Les Enfants de Pélior

Tome 1

La Ténébra

Un livre voyageur

Les Enfants de Pélior

Tome 1

La Ténébra

Miléna Owein

ISBN 978-2-9592670-0-0

Année de première parution 2024

Ce roman applique l'accord de proximité,
Plus d'information en annexe de fin.

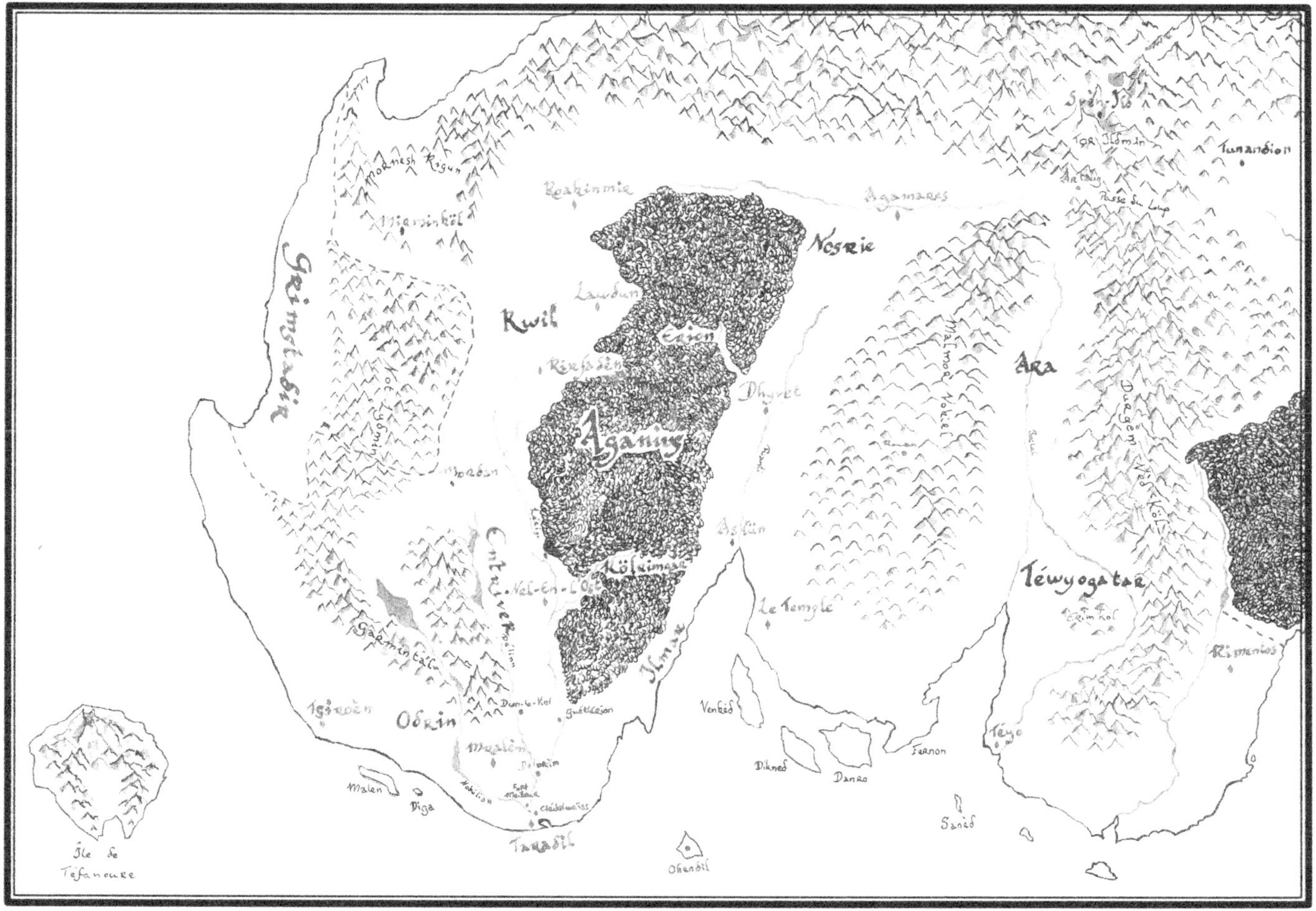

Geimstabiz
Kwil
Aganing
Nosrie
Ara
Téwyogatar
Reakinmie
Agamares
Dhyret
Le Temple
Odkin
Entriver
Tunandion
Passe du Loup
Malen
Diga
Venked
Dikned
Danro
Fernon
Sanéd
Ohendil
Île de Tefanoure

En -371, l'ère des dragonniers prit fin, leur civilisation tomba et une grande part de leurs croyances furent perdues. Mille ans plus tard, au VIIe siècle, les dracologues tentèrent de reconstituer le récit de la création du monde tel que les dragonniers le transmettaient. Connu sous le nom de Vulgate, ce texte constitua une synthèse de tous les mythes issus de ce lointain passé. Sa brièveté apparaît en témoignage du délitement de la civilisation dont ils sont issus.

La Vulgate

I

À l'aube du monde, il y avait six peuples.

Le premier d'entre eux était les Driags, nobles et loyaux.
Ils régnaient sur les mers, où leur corps de serpent et leurs courtes pattes étaient à leur avantage. Les tempêtes obéissaient à leur pouvoir comme les pluies fertiles. Ils étaient d'une grande sagesse ; aussi, bien souvent, les autres peuples firent-ils appel à leur arbitrage, pour résoudre une querelle.

Le deuxième d'entre eux était les Humains, preux à la bataille.
Nombreux étaient leurs peuples et ils régnaient sur de vastes étendues de pâturages, où paissaient leurs immenses troupeaux. Ils parlèrent le latin premièrement, puis le Serken, la langue des dragons.

Le troisième d'entre eux était les Wivèrnes, princes des cieux.
Ils avaient l'apparence du reptile, et le corps fin qui leur donnait un vol agile. Au sol ils avançaient sans grâce, courbés ainsi que des vieillards, ayant leurs ailes comme appuis, pour marcher.

Le quatrième d'entre eux était les Anges, aux blanches plumes.
Tous les peuples tremblaient devant la puissance de leur armée. Et leurs ennemis se soumettaient promptement, lorsque retentissait dans leurs rangs « Adahey », leur cri de bataille.

Le cinquième d'entre eux était les Dragons, prompts à la colère.
Quand la fureur s'emparait d'eux,
elle faisait jaillir de leur gueule une langue de feu,
comme il en jaillit des volcans, telle que nul ne pouvait l'éteindre.
Ils étaient plus beaux dans les cieux,
lorsque resplendissaient leurs écailles,
que perles et diamants assemblés, et jamais nature ne fit,
pour si grandes merveilles, plus haute magie.

Le sixième des peuples était les Démons, aux origines obscures. Ils n'avaient ni volonté ni ambition, mais grande était leur emprise sur le cœur des Hommes. Ainsi on prétend qu'autrefois, contre des jours de vie, leur Sombre Maitre offrait des choses sans valeur à ceux qui avec lui passaient un accord.

Un jour vint la guerre entre les peuples.

Bientôt ils s'entretuèrent et durant des siècles, les conflits sanglants les poussèrent à se détruire.

De cette magie qui soutenait le monde, qui faisait passer les saisons,
tenait le soleil au-dessus de la terre,
les six rois anciens se firent les maitres,
et devinrent les gardiens de cette puissance colossale,
qu'ils avaient héritée de leurs ancêtres.
Et dans le feu et la magie ils érigèrent les Six Piliers du Monde.

Azorkin, roi des Dragons, devint maitre du Feu, ce pilier fut à lui.

Neskan, roi des Démons, devint maitre des Ténèbres,
ce pilier fut à lui.

Niar, roi des Humains, devint maitre de la Terre, ce pilier fut à lui.

Naïnor, roi des Anges, devint maitre de la Lumière, ce pilier fut à lui.

Tadéir, roi des Driags, devint maitre de l'Eau, ce pilier fut à lui.

Et Vaèr, roi des Wivèrnes, devint maitre du Vent, et ce pilier fut à lui.

II

Mais leurs forces étaient égales
et nul vainqueur ne se faisait connaitre.
Les Six Piliers du Monde et leur puissance firent s'intensifier les guerres entre les peuples,
si bien que le monde lui-même fut en danger.

Les morts se comptaient par milliers dans chaque camp, et les
fleuves étaient si pleins du sang des morts qu'ils devenaient
pourpres avant d'atteindre la mer.
Les peuples semblaient pris de folie,
se détruisaient sans paix possible.

Les Dragons incendièrent les forêts,
jusqu'à ce que plus un arbre ne fût debout,
et la Terre en dessous ne fut plus que cendres infertiles.

Les Anges allumèrent le soleil, et la nuit même il brillait
pour repousser les Démons au fond de leur caverne.
Mais ainsi mourut le Soleil d'avoir trop brillé
et les créatures de l'ombre
se répandirent sur toute la surface de la Terre.

Les Driags firent se déverser sur les vallées tant et tant d'eau
que bientôt seules les montagnes les plus hautes
parvinrent à former de petites iles.
Et quand l'hiver survint, toute cette étendue liquide gela,
et la Terre ne fut plus qu'un immense orbe de glace.

Les Humains ouvrirent la terre, et les Dragons en firent jaillir
un énorme flot de feu,
qui sécha l'eau, créant des tempêtes et des orages,
qui précipitèrent leurs ennemis hors des cieux.

Vaèr, banni du ciel par le feu des Dragons,
rampa alors au pied de Tadéir pour le conjurer de s'allier à lui.
Tadéir accepta, et Naïnor qui trouvait les deux rois honorables mit
son épée à leur service.

Ainsi naquit l'Alliance Blanche, qui devait défaire
les Démons, alliés aux Hommes et aux Dragons.

Rien ne semblait pouvoir les arrêter dans leur rage infinie
et leur soif de sang.
Les guerres durèrent encore longtemps,
plus que la Terre ne semblait pouvoir le supporter.

Mais la victoire revint finalement à l'Alliance Blanche.
Les Démons furent bannis et envoyés dans un autre monde,
créé pour eux seuls,
interdit aux cinq autres, et où ils furent enfermés.
Leur rage, enfin maitrisée, ne pouvait plus nuire à quiconque.

III

La Paix put enfin s'installer.

Les Humains fuirent les Terres du Nord, trop dévastées pour les
abriter encore.
Les Dragons portèrent les Hommes jusqu'aux limites de l'océan,
et là se dressaient de hautes montagnes couronnées de neige.
Ils accostèrent sur les rives d'un pays inconnu et cette terre ils
l'appelèrent Darka-Guèn,
ce qui voulait dire à la fois « Nouvelle Terre » et « Terre des Grands
Dragons »
et ils y vécurent dans la paix.

Pour honorer les dragons,

rendre hommage à leur courage et au soutien qu'ils leur avaient
apporté durant la guerre,
Niar façonna le Darka-Guèn pour qu'il ressemblât
à un dragon endormi,
bercé dans son sommeil par les flots marins.
Et les Dragons en furent profondément honorés.

Avec le temps les haines et les conflits s'estompèrent
jusqu'à disparaitre.

Un jour, Hommes et Dragons virent venir par la mer
des nefs aux larges voiles, que menaient les Anges.
Les Wivèrnes les devançaient en vol agile,
et les Driags encadraient leur compagnie.
Ils avaient quitté leur pays pour fuir une terre
où les souvenirs de la terrible guerre s'étaient accrochés.
Et Niar et Azorkin les accueillirent comme leurs frères.

Les Dragons et les Humains étaient alors aussi proches
que pouvaient l'être des amis de longue date,
mais les Dragons craignaient
leur propre nature, orageuse et indomptable.
Ils allèrent trouver Vaèr pour requérir son aide
et faire que la paix entre Hommes et Dragons
dure jusqu'à la nuit des temps.
Alors Vaèr, grâce au vent,
fit passer ce qui faisait la force des Dragons
dans le cœur des Hommes,
et ce qui faisait la force des Hommes dans le cœur des Dragons,
ainsi furent-ils ensemble liés et l'attache, scellée par les vents
contraires, ne pouvait se défaire.

Ainsi naquirent les Dragonniers, plus grands héros de tous les temps.
Grande fut leur gloire et long fut leur règne.

Azorkin mit son feu au service des hommes.
Ceux-ci apprirent à forger des épées et des lances,
des bijoux et des joyaux.
Il leur fit part de son savoir et de sa science.

Mais Azorkin ne s'arrêta pas là et pour remercier Vaèr,
il mêla son peuple aux Wivèrnes et de ce métissage apparurent les dragons-mirages,
de petites créatures incapables de voler, mais dont le savoir en ferronnerie était sans égal.

Niar signa un traité de paix avec les Anges.
En se mêlant, les deux peuples donnèrent naissance aux elfes.
Ce furent également les Humains qui enseignèrent
l'alchimie aux elfes,
cette science de la magie qui permettait de modifier
les éléments issus de la terre.
C'était en un temps où les Humains avaient plus de magie
qu'ils n'en ont conservé par la suite.

Comme Vaèr avait scellé par un pacte l'amitié
entre Hommes et Dragons,
de même il scella celle des Hommes et des Anges.
Aux elfes, liés au ciel par les Anges, il donna un double sur terre,
un totem animal, tous deux liés l'un à l'autre pour la vie,
et l'un dans les yeux de l'autre pouvaient voir

l'autre moitié de son âme.

On n'entendit plus parler de Neskan le banni,
et sa magie fut perdue à jamais.

Néanmoins les Démons ne furent pas complètement détruits,
beaucoup avaient investi le corps d'innocents
lors des premiers temps du monde, et s'étaient multipliés depuis.
Ces humains, que rien d'extérieur ne différenciait des autres,
avaient acquis autrefois de Neskan le don de se changer en bête,
et l'avait conservé après sa chute.
On les appela des Changes Formes
on les accepta comme sixième parmi les peuples.

Le temps fila.
Les anciens gardiens des Piliers du Monde,
craignant d'être eux-mêmes le danger
de la paix des peuples,
et ne voulant donner une cible à l'avidité des êtres,
se retirèrent du Darka-Guèn, pour ne jamais y revenir.

On oublia les gardiens et leurs mystérieux pouvoirs.
Les peuples négligèrent leur gloire passée
et les Piliers du Monde s'effacèrent des mémoires.

IV

Des six peuples de jadis subsistent peu de choses.

Les Dragons ont quitté le Darka-Guèn pour des terres lointaines,
plus libres et plus sauvages. L'ile de Téfanour en abritait encore,
lorsque commença l'Ère des Hommes.
Ils l'ont désertée depuis.

Les dragons-mirages s'établirent dans les vastes plaines du
Magcam,
région autrefois luxuriante, aujourd'hui désertique.
Là, ils ont bâti une grande civilisation.
Loin de leurs voisins, ils s'y entredéchirèrent
dans des guerres de clans,
sanguinaires et sans issue.

Les Wivèrnes se sont rapprochés des oiseaux.
Ils portent aujourd'hui le nom de Vaérims,
en l'honneur de leur roi de jadis.
Ils se sont réfugiés dans les montagnes qui portent leur nom
et sont rarement aperçus des Humains,
bien qu'un lien étroit d'amitié unisse toujours les deux peuples.

Les Anges ont presque disparu et les elfes ont pris leur place,
vivant aujourd'hui au large du Darka-Guèn, dans les iles de Waniri,
avec leurs fidèles totems.

Des dragonniers ne subsistent que des légendes,
bien que leur règne fût long et immense leur gloire.
Durant près de trois-mille ans ils régnèrent en maitres sur terre
comme dans les cieux.
Ils battirent des cités plus grandes et plus belles
qu'aucun autre après eux,
et en Svèn-Ild la Grande, joyau des joyaux,

ils placèrent tout leur art.

Mais les Darkénéïdes se sont éteints, les arches sont brisées,
les hautes salles désertées.
Les dracologues connaissent encore les runes
qui font naitre les dragons,
mais leurs créations ont de commun avec les Darkénéïdes
moins que le chat sauvage avec le tigre.

L'heure de leur gloire est perdue dans un temps lointain,
recouvert d'usure et de poussière.

Les Changes Formes de jadis ont perdu leur candeur
et sont devenus les sombres lycans.
La lune déchaine leur fureur, eux les fléaux des elfes et des
hommes.
Sombres sont les nuits et dangereux les chemins,
depuis que le vent porte leurs chants.

Les Driags seuls surent demeurer pareils qu'aux temps anciens,
mais ils apparaissent peu, et beaucoup les ont oubliés.

Quant aux six gardiens, leur puissance est perdue.

Été 1453
Aganius

Chapitre 1

Arvak se réveilla en sursaut.

Autour de lui, le jour se levait à peine. L'aurore colorerait bientôt la ligne d'horizon, mais pour l'heure il n'en discernait qu'une fragile lumière, et le campement restait noyé dans une silencieuse obscurité. Il pouvait distinguer dans la pénombre la toile blanche de la tente du capitaine et les formes endormies de ses compagnons d'armes. Rien ne troublait le calme de cette douce nuit d'été, et pourtant tout cela lui semblait englouti dans la brume opaque de son effroi. Le cauchemar qui l'avait tiré de son sommeil s'effaçait déjà de sa mémoire, les images s'estompaient et ne laissèrent bientôt plus demeurer en lui que le sentiment d'urgence confus mais implacable qui l'avait réveillé.

Il se leva discrètement et alla chercher de l'eau à un puits tout proche, pour s'asperger le visage. La fraicheur de l'eau lui clarifia l'esprit. Le jour se levait. Les fortifications de pierre qui avaient protégé le campement se découpaient à présent nettement dans l'aube naissante. Leur masse sombre tranchait avec le ciel éclairé par petites touches et Arvak admira un instant les délicats clairs-obscurs de l'aube, y cherchant un apaisement à l'agitation mêlée d'inquiétude que son cauchemar avait infusée en lui.

Songeant que l'heure du petit déjeuner approchait, il profita de sa proximité avec le puits pour remplir deux seaux qu'il rapporta au camp. Là il trouva Norgar, déjà éveillé et qui avait entrepris de rallumer le feu. Il le salua d'un hochement de tête avant de poser les seaux d'eau au sol.

— Tendu ? lui demanda Norgar.

Arvak serra les mâchoires sans répondre.

— Je vois.

Les récents jours de voyage avaient repoussé de son esprit les préoccupations qui l'animaient. Mais son cauchemar avait fait ressurgir tout cela et il se sentait rattrapé par ses inquiétudes à présent que leur chevauchée arrivait à son terme. Aujourd'hui même, si le temps était bon, peut-être tard dans la nuit, ils arriveraient à la capitale, Mralèm. Arvak retrouverait la région qui l'avait vu grandir, la plus riche et la plus prospère du pays.

Depuis que son père l'avait rappelé de la frontière où il bataillait contre les hordes de lycans, il appréhendait leurs retrouvailles.

Certes une part de lui avait hâte de revoir le lieu de son enfance et les anciennes connaissances qui y étaient demeurées. Il repensa avec affection à son vieux mentor Games Gandar et à son dragon Endimir, qui lui avaient enseigné presque tout ce qu'ils savaient des sciences, de la littérature, de l'astronomie, des langues anciennes telles que le latin ou le serken. Il se demanda s'ils allaient bien et s'ils avaient beaucoup vieilli, Games Gandar lui manquait indubitablement. Et il repensait aussi avec mélancolie aux vastes prés de son père où il pouvait galoper enfant, presque en liberté, protégé des lycans par les hautes murailles de la région.

Mais cela ne l'emportait pas sur ses appréhensions de se présenter bientôt devant le roi, Tintal d'Aganius, son père.

Les flammes du feu de camp crépitèrent soudain, embrasant les brindilles sèches savamment disposées par Norgar, et une expression de contentement se dessina sur le visage de son camarade. Avec des gestes méthodiques il ajouta des buchettes dans le feu qui, bientôt, devait permettre de cuire le petit déjeuner. Arvak y plaça leur marmite sur un trépied. Ces actions simples et familières l'apaisaient toujours.

Les autres dormaient encore. Dans peu de temps, la cloche de la louvèterie sonnerait, le campement s'éveillerait et se préparerait au départ, tandis que les ouvriers agricoles débuteraient leur journée de travail. Arvak goutait pensivement ces derniers moments de calme.

Il se demandait si son père allait le reconnaitre. La question lui semblait bête pourtant, il n'avait pas tant changé en cinq ans – pas au point qu'un père ne puisse pas reconnaitre son fils. Il avait toujours la même tignasse de cheveux blonds qu'il coupait court pour ne pas avoir à la démêler, le même visage imberbe. Ses yeux bleus ne risquaient pas d'avoir changé de couleur. Il n'avait pas grandi, à son désespoir.

Lui et son père avaient depuis longtemps des relations tendues. Doué d'un tempérament vif et sincère – que Tintal avait pris soin de nourrir et laisser s'épanouir dans ses jeunes années –, Arvak s'était forgé au fil du temps des convictions très opposées à celles de son père.

Dans une région protégée des lycans par de hautes murailles de pierre, l'aristocratie odriène édictait les lois du pays depuis un espace préservé et déconnecté des réalités quotidiennes des petites gens, dans une opulence indécente au vu des faibles moyens du reste de la population. Arvak réprouvait de tout son être que des personnes n'ayant pas la moindre idée des difficultés de son peuple puissent en diriger le destin, et sur ce point il ne pouvait s'entendre avec le roi.

Il se demandait parfois si son père regrettait la liberté qu'il lui avait offerte enfant et si, à refaire, il n'aurait pas préféré briser très tôt chez lui cet esprit créatif qui lui faisait voir le monde avec un regard si différent du sien. Peut-être regrettait-il de l'avoir adopté lorsqu'il était enfant.

En repensant à ces dissensions entre eux, il ne douta pas que ces cinq années de services chez les Frontaliers avaient continué de creuser l'abime. Il sentait qu'elles avaient comme apposé leur marque en lui, et cela renforçait ses craintes d'une mésentente avec son père qu'il percevait comme inévitable.

L'esprit de camaraderie, bourru mais sincère, qui régnait chez les Frontaliers lui avait offert comme une seconde famille, et il s'y était senti plus proche de lui-même que jamais auparavant. À la cour, l'étiquette rigide lui imposait d'être quelqu'un qu'il n'était pas, de dissimuler ses pensées et ses émotions, de faire exister l'illusion d'une sécurité qui n'était qu'une chimère pour la foule des personnes communes.

Arvak avait trouvé à la Frontière quelque chose de plus vrai. La brutalité et la sauvagerie des lycans ne laissaient de place ni pour l'égo ni pour les faux-semblants. Face à eux, seules les compétences avaient de l'importance et là-bas Arvak n'était pas prince, son nom ne lui avait offert aucun privilège, il avait tout acquis au fil de sa lame. Désigné par son talent au difficile poste de Patrouilleur, son épée l'avait amené à sortir des fortifications, surveillant des lieux que fréquentaient les lycans pour déceler leur passage et anticiper d'éventuelles attaques. Il était fier de son écusson de Patrouilleur, il l'avait obtenu par ses seuls moyens.

Il avait servi durant ces années en compagnie de Norgar, qui était presque un frère, ainsi que Méaglim et Eliwyl, des amis de longue date. Tous ensemble formaient déjà un quatuor inséparable avant de rejoindre les Frontaliers, leur service les avait soudés plus que jamais.

Là-bas, lui, Norgar, Méaglim et Eliwyl étaient égaux. C'était une raison supplémentaire de ne pas vouloir rentrer chez lui.

Leurs origines sociales les éloignaient. Norgar était issu d'une haute et ancienne famille noble – les Noltr – et était le neveu du roi Tintal. Arvak et lui avaient presque été élevés ensemble et son père, Rengar Noltr, avait été son maitre d'escrime. Eliwyl appartenait à un ordre militaire ascétique et Méaglim était un ancien bagnard, condamné pour complicité d'assassinat. L'étiquette de la cour ne lui permettrait pas de les voir autant qu'il le souhaitait, et il craignait qu'elle n'affecte la sincérité qui s'était installée entre eux.

Tout ceci formait dans l'esprit d'Arvak une inquiétude diffuse, que renforçait la perspective d'entamer bientôt le dernier jour de voyage vers Mralèm. Il n'aurait pas été contre prolonger son périple de quelques semaines encore.

L'eau frémissant dans la marmite le tira de ses pensées. Il versa des flocons d'avoine, Norgar ajouta quelques épices. Un peu de miel généreusement offert par leur capitaine s'ajouta à la préparation, qui commença à embaumer une douce odeur sucrée lorsque la cloche de la louvèterie sonna.

Le campement s'anima soudain.

Une vingtaine de personnes au total, toutes familières des camps militaires, parmi lesquelles se trouvait une quinzaine de Frontaliers, des érudits, et des Loinveneurs – des spécialistes de la chasse au monstre – s'affairèrent bientôt à se rendre présentables pour la capitaine.

La louvèterie où ils avaient passé la nuit étaient une grande structure fortifiée, destinée à l'accueil des voyageurs et à l'agriculture. En contrebas du pré où ils avaient établi leur camp s'étendait un grand potager, lui aussi fortifié. Au-dessus d'eux, sur une colline, la demeure du louvetier, forte d'un second rempart, surplombait le domaine. Si celle-ci avait été moins fréquentée, ils auraient pu séjourner dans l'espace souterrain aménagé exprès sous la maison du maitre des lieux. Mais la veille, la fréquentation de la louvèterie les avait forcés à dormir à la belle étoile, dans un champ ceinturé de fortifications qui les avait protégés d'une éventuelle attaque de lycans.

Arvak avait savouré ce plaisir rare offert par la nouvelle lune et il avait passé une partie de la nuit à contempler le ciel étoilé en écoutant les criquets. Cela le surprenait à présent de s'être endormi avec un sentiment si différent de celui qui l'animait depuis son réveil.

Il se servit en flocons d'avoine, oubliant ses soucis devant l'animation familière du camp, tandis que plusieurs personnes se pressaient déjà autour de la marmite.

— Qui m'a volé mes chaussures ?

La voix était celle de Méaglim.

— Pas moi ! répondit une voix féminine dans laquelle Arvak reconnut Eliwyl.

— Ah pardon, c'est moi.

— Quoi ? Comment tu peux confondre je fais deux fois ta taille ?

— Tout le monde est réveillé ?

— Oui, Capitaine !

Eirda Valguir, leur capitaine, venait de sortir de sa tente et finissait d'ajuster son baudrier autour de sa taille. Elle avait les cheveux courts, d'un châtain assez sombre mêlé de blanc, un visage rude, marqué par les années de combat, qui inspirait à la plupart des gens un respect et une certaine crainte. C'était une femme au corps musclé et athlétique.

À son apparition, les rares qui somnolaient s'empressèrent de se rendre présentables, vérifiant leur tenue, époussetant leurs épaules, jetant un regard de droite et de gauche prêt à reprendre un ou une camarade pour sa négligence.

— Le louvetier nous offre des pommes, ajouta Eirda chaleureusement.

Une clameur de contentement saisit l'assemblée et le petit déjeuner se poursuivit dans une atmosphère de bonne camaraderie.

C'était leur dernier jour de voyage, beaucoup étaient impatients d'arriver à la capitale et Arvak écoutait ce que chacun prévoyait pour la suite. Un certain nombre aurait droit à des jours de repos, d'autres prenaient une retraite méritée, et tous spéculaient sur la façon dont ils occuperaient leur temps là-bas, lors de ce séjour à la capitale qui leur semblait si exceptionnel. Quelques-uns n'y étaient jamais allés et avaient hâte de découvrir Mralèm, plusieurs y retrouveraient leur famille. Les discussions s'entrecoupaient de rires et de réparties spirituelles.

— Allez, on lève le camp ! s'exclama Eirda lorsque le petit déjeuner fut terminé.

À son appel chacun s'anima. Les affaires furent rangées, les animaux pansés et harnachés, les bêtes de bât chargées des affaires qui leur étaient attribuées, la marmite lavée, le feu éteint, et rapidement tout fut prêt au départ. Non loin, la cloche de la louvèterie sonna le début de la journée de travail pour les ouvriers agricoles. Après un rapide inventaire des troupes, ils franchirent les murs protecteurs de la louvèterie.

La campagne s'étendait à perte de vue.

Bien que le décor lui fût familier, Arvak était toujours aussi saisit par le contraste radicales entre des régions pourtant si proches. Ici, à une journée à cheval de la capitale, le paysage était plus civilisé que celui du nord d'Ilmar qu'ils avaient quitté quelques semaines auparavant. Autour de la louvèterie s'étendaient de vastes vergers d'arbres fruitiers avec, à intervalles réguliers, de hautes tours de guet dans lesquelles les ouvriers pouvaient se réfugier en cas d'attaque de lycans. De nombreux travailleurs faisaient fructifier ici une exploitation d'une taille qui semblait considérable à Arvak, surtout en comparaison de régions plus isolées qui souffraient davantage de l'infestation de lycans.

Bien que les Frontaliers aient pour rôle de garder la frontière est du pays et d'empêcher que des lycans venus du Kotar ne la franchissent, la lycanthropie était un mal contagieux et l'intérieur du pays était infesté. Les louvèteries représentaient le seul moyen sûr de voyager par voie terrestre.

Environ un mois plus tôt, le roi avait assigné à Eirda la mission d'inspecter des louvèteries placées sur la route reliant Mralèm à Aslün. Elle devait vérifier l'état des routes, celui des fortifications, la tenue des comptes, et renseigner le roi sur la présence de lycans, éventuellement le nombre d'individus observés et la fréquence des attaques.

Arvak, Norgar, Méaglim et Eliwyl s'étaient proposés pour grossir les rangs des soldats chargés de protéger la compagnie, ce qui avait allongé de plusieurs semaines leur voyage de retour. Eirda Valguir valait bien cette loyauté.

Quoique peu fréquentes – car le réseau des louvèteries était soutenu par une administration minutieuse et bien réglée –, les inspections de ce type permettaient au roi de disposer de renseignements précis sur l'état du pays. Elles avaient lieu tous les quatre ou cinq ans en général, et assuraient la pérennité d'un système vital à l'Aganius. Tous les voyages terrestres transitaient par les louvèteries, les messagers, les commerçants, les gens du spectacle, avaient besoin d'endroits surs pour passer la nuit et risquaient la mort ou la contamination s'ils devaient dormir dehors, à la merci des lycans.

Passé l'environnement proche de la louvèterie, le paysage changea. La route s'étirait toujours devant eux, mais bordée d'une végétation de broussaille basse et dense. Personne ne vivait si loin des villes et de la louvèterie, et la nature reprenait ses droits. Non loin au nord, Arvak distinguait par endroits les contours sombres d'une forêt à laquelle aucune route ne menait et qu'il connaissait assez, de réputation. C'était les terres sauvages d'Erion que les lycans s'étaient appropriées de nombreux siècles auparavant.

Ils poursuivirent leur chevauchée tout le jour.

Ceux qui le souhaitaient prirent une collation à cheval et, en milieu de journée, ils atteignirent les campagnes odriènes. Là, à nouveau, la proximité de la ville et de ses fortifications permettait une agriculture florissante. De grands champs de céréales s'étendaient sur de vastes plaines, chacun soigneusement délimité, ponctués à intervalles réguliers de tours de guet, traversés de nombreuses routes et sentiers.

Au loin se distinguaient la tour blanche de Cledelweis et, derrière, le monumental rempart qui protégeait l'Odrin des lycans.

Chapitre 2

Le Grand Rempart de l'Odrin était une construction aux dimensions écrasantes. Posé sur la rive ouest de la Délinn, le mur s'étendait depuis les lointaines montagnes de Garmintal au nord, jusqu'à la mer, de nombreuses lieues en contrebas, et formait une longue construction de pierres grises et lisses.

Par sa hauteur et sa largeur il dépassait toute proportion humaine et imposait au paysage sa masse considérable. À côté du Rempart, tout semblait comme rapetissé. Les humains, les bêtes, les charriots de vivres, le fleuve qui le longeait et même la grande forteresse de Cledelweis, posée sur un contrefort escarpé de grès, au confluent de la Délinn et du Lérion, paraissaient être d'étranges miniatures de leurs originaux.

Ce Rempart était le secret de la prospérité de la région d'Odrin et des rois Roinkelt dont Tintal était l'héritier. Vieux de quelque six-cents ans, il avait été bâti durant la Grande Guerre sous la direction d'un grand dragon blanc. Le Rempart protégeait l'Odrin de l'incursion des lycans qui ne pouvaient franchir une fortification aussi haute et lisse, sans compter les guerriers Paladins qui la gardaient tout le long de son parcours. Derrière cette haute muraille, l'agriculture était restée florissante, l'élevage prospérait, et nulle part ailleurs dans le pays n'existait un si grand espace préservé. Depuis le Rempart jusqu'à l'extrême ouest, le monde rural était resté tel qu'il avait toujours été du temps où les lycans n'existaient pas encore, vestige d'un monde disparu, havre préservé grâce à la magie d'un dragon.

Dans tout le reste du pays, les campagnes avaient été progressivement anéanties par la contagion lycanthropique et par les attaques répétées de ces bêtes, obligeant les humains à se regrouper dans de vastes villes fortifiées et à entourer de murailles des étendues agricoles. Aucune autre ville ne disposait d'aussi grandes surfaces arables que l'Odrin, car aucune n'avait un mur tel que le sien, et aucune n'avait plus les moyens à ce jour d'entreprendre des chantiers aussi monumentaux que celui-ci, ni ne connaissait les secrets de sa fabrication.

Des Paladins, hommes et femmes, en lourdes armures de plates et hallebardes, gardaient le pont, d'autres accompagnés de chiens, contrôlaient les voyageurs. Les molosses flairaient chaque passant à la recherche de l'odeur caractéristique de la lycanthropie, qu'ils étaient dressés à dépister. Certains voyageurs montraient de l'appréhension face à ces grandes bêtes au poil gris, craignaient de voir leur mine débonnaire se muer en une agressivité soudaine, verdict sans ambigüité et rarement erroné. Les lycans rendaient les chevaux nerveux et les chiens agressifs. Les humains avaient appris à en tirer parti pour protéger leurs villes.

Pour le groupe de Frontaliers, il ne s'agissait que d'un examen de routine et chacun s'y plia sans broncher.

Une fois franchi le sombre tunnel qui traversait le Rempart, le groupe de soldats déboucha en Odrin.

De multiples routes partaient du point où il se trouvait, serpentant entre des bocages où paissaient des animaux. De loin en loin il distinguait la fumée de petits hameaux dispersés, qui vivotaient dans l'insouciance des dangers extérieurs. L'après-midi touchait à sa fin et l'air embaumait l'été, l'herbe sèche, les fleurs de prairie et le soir qui tombe.

— Je crois que c'est ici que nos chemins se séparent, dit Eirda à l'adresse d'Arvak, Norgar, Méaglim et Eliwyl.

— J'en ai bien l'impression, confirma-t-il.

— Merci pour le coup de main. Et ça a été un vrai plaisir de vous compter parmi mes troupes pendant ces cinq dernières années.

— J'espère bien qu'on se recroisera un jour, chez les Frontaliers ou ailleurs, répondit Arvak plein d'espoir.

Il avait beaucoup d'estime pour Eirda Valguir. Durant leur service, Arvak et ses trois compagnons étaient restés tous quatre ensemble. Ils avaient combattu dans le même château et il savait qu'il devait en partie à Eirda ce privilège. Ils étaient forts ensemble, elle avait su le voir et le mettre en valeur, Arvak n'avait pas les mots pour exprimer sa reconnaissance.

— J'en doute, je pars pour la Tour Frontalière du Nord dès la fin de ma mission. Apparemment les Rwiliens ont des problèmes avec leurs voisins du Grimstadir. Ça me changera des lycans ! Allez, bonne route. Restez ensemble.

Les adieux et les démonstrations d'émotions n'étaient pas le fort du capitaine. Eirda leur serra la main à eux quatre puis partit sans plus de cérémonie avec le reste de sa compagnie. Ils avaient prévu de dormir dans une auberge proche. Le lendemain, ils arriveraient à Mralèm où Eirda ferait le rapport de sa mission d'inspection, avant de partir pour son affectation au nord.

Arvak et ses compagnons de leur côté souhaitaient arriver à Mralèm dès le soir. En apportant leur aide à Eirda, ils avaient déjà retardé leur retour plus qu'ils ne l'auraient dû.

Ils chevauchèrent jusqu'à la tombée du jour et, lorsqu'il fit complètement sombre, ils allumèrent des torches pour continuer leur chemin. Les chevaux, qui avaient galopé depuis le matin, avançaient à présent tête basse, trébuchant de fatigue, et Arvak avait de la peine pour sa monture. Il l'encourageait de la voix, luttant lui-même contre le sommeil. Lorsque les portes de Mralèm apparurent enfin, Arvak et Norgar donnèrent leurs titres de noblesse aux Paladins qui la gardaient et ceux-ci leur ouvrirent l'accès. Arvak n'accorda pas d'attention aux autres portes qu'ils franchirent de la même façon avant d'atteindre le palais, il ne se souciait plus que d'arriver, manger et dormir.

Parvenu dans la cour de la maison du roi, il confia sa monture aux gardes, prit ses affaires personnelles et se dirigea vers les cuisines. Norgar, Eliwyl et Méaglim l'y suivirent.

Ils allumèrent une lampe à huile et découvrirent avec surprise Endimir endormi sur la pierre fraiche. Le grand dragon noir occupait tout l'espace de la cuisine. Il s'était lové comme un grand chat, sa tête en partie dissimulée sous son aile membraneuse. Arvak s'approcha et posa doucement la main sur son épaule.

Le contact éveilla Endimir qui redressa lentement la tête, ouvrit sur la troupe ses yeux d'un blanc laiteux. Arvak avait toujours connu le vieux dragon aveugle. Avec l'âge Endimir avait progressivement perdu chacun de ses sens, la vue, l'ouïe, l'odorat, le toucher et le gout. C'était une conséquence de la magie qui l'avait fait naitre et qui l'avait progressivement plongé dans un isolement absolu du monde extérieur. Arvak s'était toujours demandé comment le dragon pouvait se maintenir ainsi, d'année en année, sans perdre la raison. Mais à travers ce contact peau à peau, l'esprit d'Endimir pouvait voir et sentir à travers d'autres sens que les siens, c'était sa lucarne sur le monde.

Arvak redécouvrait son vieux mentor, égal à lui-même, calme et espiègle.

« En attendant dans les cuisines, j'étais sûr de ne pas vous rater ! »

Sa voix mentale était douce et pleine de prévenance, Arvak se sentit indigne de l'honneur qu'Endimir lui faisait, de l'avoir fait attendre la moitié de la nuit, seul avec le silence de son esprit. Il aurait dû hâter son retour.

« Pardon de t'avoir fait veiller aussi tard mon ami », s'excusa Arvak par la pensée.

Endimir sourit. Le dragon se redressa sur ses pattes, s'étira comme un chat en bâillant et Arvak le guida jusqu'aux appartements de son maitre.

Lorsqu'il revint dans la cuisine ses compagnons, discutaient à voix basse, une choppe à la main, et s'échangeaient des terrines et du fromage qu'ils étalaient sur de larges tranches de pain. Norgar lui tendit une chope et il se joignit à eux, dégustant la meilleure nourriture qu'il ait pu manger depuis cinq ans, savourant ce moment suspendu à mi-chemin entre la cour de son père et le quotidien des Frontaliers. Il écouta leur échange sans rien dire, comme s'il eut craint de voir tout disparaitre comme une bulle de savon.

Cet instant fragile fut de courte durée, soit que leur bruit eût éveillé un domestique, soit que ce dernier ait eu une fringale nocturne, un serviteur se présenta bientôt à la porte de la cuisine. Arvak et Norgar durent déployer des trésors de persuasion pour le convaincre de ne pas réveiller toute la maison, apprêter la grande salle et leur servir un repas de prince. Tout juste obtinrent-ils de lui qu'il prépare quatre chambres sans éveiller personne. Pendant qu'il s'exécutait, la petite troupe finit son repas et remit la cuisine en état. Puis ils suivirent le domestique jusqu'aux chambres préparées pour eux. Arvak retrouva celle dans laquelle il avait grandi, s'affala dans son lit et s'endormit sans demander son reste.

La nuit qu'il passa lui parut être la plus longue, calme et reposante qu'il eut jamais connue et il ne s'éveilla que tard dans la matinée. Il éprouva alors la sensation désagréable de la poussière du voyage collant à sa peau, mêlée à sa sueur. Son corps était courbatturé des pieds à la tête, il sentait le cheval et la bête sauvage. Il songea à se rendormir sur-le-champ. Mais le jour était bien levé et il dut admettre qu'il était tout à fait alerte. Il se força à quitter son lit.

Un domestique se présenta spontanément pour se mettre à sa disposition, et cela le gêna beaucoup d'imaginer que sa personne pût être considérée comme si importante qu'on l'attende et le serve avec une telle diligence.

— Je voudrais prendre un bain, s'il vous plait, demanda-t-il.

— Oui, mon Prince.

Et tandis qu'il repartait, Arvak en profita pour étirer doucement ses muscles endoloris par la longue chevauchée. Il remarqua que ses vêtements de voyage – qu'il avait jetés à terre pêlemêle avant d'aller dormir – avaient été enlevés et d'autres, propres, déposés sur un fauteuil de cuir, de même pour ses chaussures.

Il poursuivit ses exercices matinaux – ainsi qu'il l'aurait fait à la Frontière – pendant que des domestiques apportaient dans sa chambre une bassine de cuivre et l'eau chaude nécessaire à ses ablutions. Ils devaient aller chercher celle-ci dans les cuisines où elle chauffait au bois, et l'opération aurait pu prendre un temps considérable s'ils n'avaient pas été affairés en grand nombre. Arvak chercha à oublier leur présence par quelques mouvements d'escrime. Lorsque tout fut prêt il les congédia et commença à se laver, mais d'autres serviteurs s'empressaient de préparer son petit déjeuner. Il plongea la tête sous l'eau un instant. Sa chaleur lui fit du bien, détendant ses muscles douloureux. Il émergea et se frotta vigoureusement pour faire partir la poussière collée à ses cheveux et à son dos. Une fois terminé, il se sécha, s'habilla et s'attabla seul.

Les domestiques lui avaient apporté un petit déjeuner copieux. Deux tranches de lard grillé, accompagnées d'une omelette à l'oseille étaient disposées dans une assiette en bois, à côté d'un bol de flocons d'avoine au lait chaud et au miel. Dans un autre plat, des fruits tropicaux, cuits à la vapeur, exhalaient une odeur douce et sucrée. Arvak y reconnaissait des produits cultivés par les elfes dans les iles de Waniri. Pour boisson, trônait sur la table une bouteille de jus de raisin cuit aux épices dont le gout rappelait beaucoup l'hypocras. Enfin, une miche de pain fraiche, encore chaude, accompagnée d'un fromage de chèvre et d'un morceau de beurre, complétait ce festin auquel Arvak fit honneur.

Peu après qu'il eût commencé à manger, entra dans sa chambre le maitre d'hôtel de son père, Altred du Rwil.

Altred était un homme de haute noblesse, et un ancien et loyal ami de Tintal, avec qui il avait combattu les raids du Grimstadir dans le Rwil durant leur jeunesse. Il avait conservé de cette triple origine le gout pour l'élégance sobre, un maintien militaire, et un poste de maitre d'hôtel de la Maison du roi – poste qu'il occupait depuis de nombreuses années à présent. Arvak ne se rappelait personne d'autre pour ce rôle et dans ses souvenirs d'enfance, le visage rigide mais prévenant d'Altred revenait presque aussi souvent que celui de son père.

— Mon Prince, le salua-t-il avec une froide politesse.

— Maitre, répondit Arvak sur le même ton.

Altred se tenait à quelques pas d'Arvak, très guindé, sa main droite posée sur la garde de l'épée courte qu'il portait à sa ceinture, sa main gauche dans son dos qu'il gardait très droit. Son visage était peu expressif ainsi que l'étiquette de la cour l'exigeait. Arvak devinait dans le regard et la voix d'Altred qu'il était heureux de le revoir en bonne santé, mais son visage et son maintien exprimaient une retenue conventionnelle contre laquelle se brisait l'élan d'affection qu'éprouvait Arvak. Il adopta une posture similaire et ils échangèrent quelques politesses. Arvak l'invita à s'asseoir mais Altred déclina poliment.

— Mon roi, votre père, m'envoie vous dire qu'il ne pourra pas vous recevoir ce matin, ni probablement dans la journée.

Arvak fut surpris par cette annonce. Il s'était attendu à le voir repousser toutes les affaires d'État plutôt que leurs retrouvailles, et ne savait comment interpréter cette annonce. Peut-être Tintal n'était-il pas aussi impatient de le voir qu'il le croyait, la perspective était blessante. Ou bien peut-être une affaire grave le retenait ailleurs, cela sembla plus vraisemblable à Arvak et l'intrigua d'autant plus.

— Je comprends.

— Des émissaires elfes sont attendus ce matin et de nombreux détails le tiennent très occupé, s'empressa de justifier Altred qui percevait le trouble d'Arvak.

— Des émissaires elfes ?

— Ils sont arrivés au port de Taradil hier dans la journée, ils devraient arriver bientôt à la capitale.

Cette annonce rendit également Arvak pensif.

Les elfes et les humains avaient de bons contacts depuis de nombreuses années. La Grande Guerre, quelque six-cents ans plus tôt, avait solidement soudé les deux peuples et l'histoire de leur longue amitié remontait plus loin encore. Les humains avaient pu compter sur le soutien des elfes de nombreuses fois par la suite, notamment lors des Guerres Lycans, où les défaites auraient été nombreuses sans leur renfort. Leur immunité à la lycanthropie les rendait infiniment précieux.

Outre les liens amicaux et diplomatiques, de nombreux échanges commerciaux unissaient les deux peuples. Le climat tropical des iles de Waniri permettait aux elfes une agriculture bien différente de celle des humains, et les fruits dont Arvak avait pu profiter pour son petit déjeuner n'étaient que l'une de leurs merveilles culinaires. Les elfes échangeaient aussi avec les humains des textes et des artefacts d'alchimie.

La visite d'émissaires elfiques n'était donc ni surprenante ni inquiétante en elle-même, cependant, le silence d'Altred, le fait qu'il n'expliquât pas davantage les raisons de leur visite, l'occupation de Tintal qui l'empêchait de revoir un fils longtemps éloigné, tout cela piquait la curiosité d'Arvak.

— J'imagine qu'un comité d'accueil sera organisé ? demanda-t-il. J'aimerais m'y joindre si c'est encore possible.

Altred hocha la tête.

— Monseigneur d'Entriver a fait la même demande ce matin, je n'y vois aucun inconvénient. Games Gandar en sera la tête.

Altred parlait de Norgar. Arvak n'était pas étonné que son ami ait eu la même curiosité que lui. Il comprit cependant au silence poli du maitre qu'il devrait se hâter s'il ne voulait pas rater le départ. Altred se retira, Arvak finit de manger hâtivement et s'habilla en jetant un rapide regard sur le parvis du château. Depuis sa fenêtre il pouvait voir la cour intérieure du palais et une foule importante s'y pressait déjà. Des visiteurs et visiteuses, nobles ou bourgeois, se rendaient au palais, dans des tenues très colorées, le personnel de maison vaquait à ses occupations, et des érudits en vêtements modestes traversaient la cour.

La nuit, le château était très calme, mais le jour, dans son agitation, il ressemblait à une petite ville. Les fonctions administrative, diplomatique, domiciliaire, protectrice de la Maison du roi requéraient une foule de gens. Certains vivaient ici, parmi les plus fidèles du roi, mais beaucoup ne venaient que durant la journée.

À proximité de la porte du château, Arvak distinguait un groupe formé par des soldats et de nombreux chevaux, il ne doutait pas qu'il s'agissait du comité assemblé pour aller accueillir les elfes. Il prit une cape, la passa sur ses épaules et sortit.

Dans le couloir déambulait une multitude de gens qui tous s'arrêtaient pour le saluer. Il leur répondit poliment et, poursuivant son chemin, descendit l'escalier qui menait à la grande salle du château. À cette heure, de nombreuses personnes occupaient le grand hall, certaines discutaient oisivement entre les colonnes, profitant de la fraicheur de la grande salle, d'autres attendaient d'être reçues par le roi ou une autorité compétente. Arvak les doubla aussi poliment et rapidement que possible.

Une fois dans la cour, il retrouva Norgar, en grande conversation avec son maitre d'écurie, Morgalt d'Entriver. C'était une femme issue de la noblesse d'Entriver, la région où avait grandi Norgar et dont il était le seigneur – bien qu'il ait confié l'administration de son domaine à sa mère – depuis la mort de son père Rengar.

Morgalt était apparentée à Norgar à un degré assez éloigné dont Arvak n'arrivait plus à se souvenir en détail. Elle avait d'abord été au service de Rengar, pour qui elle s'occupait déjà des chevaux. À sa mort, Tintal l'avait prise à son service. Trouvant ses manières trop peu distinguées, il ne l'avait pas gardée, malgré ses grandes compétences équines. Il lui avait confié le soin des écuries de son fils avec qui l'entente fut immédiate.

Arvak possédait de nombreux chevaux, certains lui avaient été offerts par les nobles du pays en gage d'amitié, mais il avait gagné les meilleurs lors de courses et de tournois dans ses jeunes années. Morgalt soignait ces animaux, dirigeait l'élevage, le dressage et s'occupait de mettre en valeur ses poulains. Grâce à elle, Arvak était aujourd'hui propriétaire d'un petit cheptel ayant acquis une grande renommée dans le pays et des récompenses prestigieuses. Morgalt était la meilleure dans son domaine et Arvak le savait.

— Mon Prince, le salua-t-elle.

— Maitre. Comment va Crépuscule ?

C'était le cheval avec lequel Arvak était parti à la Frontière, ils avaient affronté de nombreux périls ensemble. Il tenait à lui comme à un allié capable de le sortir du danger, et s'inquiétait de savoir comment il récupérait après ce long voyage de retour.

— Il va bien, mais il est fatigué.

Le ton de Morgalt fut sec. Arvak comprit qu'il avait trop poussé sa monture en voulant arriver la veille au soir, et que terminer le voyage au matin aurait été préférable pour le cheval. Il jeta un bref regard à Norgar, comme pour y trouver du soutien, mais Morgalt en fit de même et, devant ses yeux noirs, Norgar se déroba.

Arvak ne put que bafouiller une excuse.

Il aurait préféré se faire tout petit et ne rien ajouter, mais il avait quelque chose à demander à son maitre d'écurie.

— Eliwyl a besoin d'une nouvelle monture, je voudrais lui donner l'une des miennes, celle qu'elle veut.

Morgalt lui lança à nouveau un regard noir.

— Je veux dire, corrigea Arvak, parmi celles dont tu peux te séparer.

— Vous faut-il autre chose, mon Prince ?

Arvak déglutit.

— Le cheval qu'Eliwyl a actuellement…

— Rocaille, le reprit Morgalt.

— Oui. Il a été blessé à la frontière et a mal récupéré, il ne pourra plus travailler. J'aimerais que tu lui fasses une place dans mes écuries et qu'il soit bien.

Sans son concours, Rocaille serait abattu et il ne l'ignorait pas. Dans un pays où la surface de terre arable était limitée à celles entourées par de larges fortifications, entretenir un cheval vieillissant était un luxe inconcevable. La demande d'Arvak sembla apaiser Morgalt.

— C'est d'accord, dit-elle en hochant la tête avant de s'éloigner.

Arvak ne doutait pas qu'elle réfléchissait déjà à une utilité pour Rocaille qui lui assurerait une retraite paisible. Tandis que la maitre d'écurie s'éloignait, Games Gandar arriva, avec à ses côtés Endimir le grand dragon noir.

Le vieil homme à la longue barbe grise et au regard malicieux, qui avait été le mentor d'Arvak et Norgar, les salua tous deux chaleureusement. Le bonheur qu'il avait de les revoir, se lisait dans ses yeux et n'était ni feint, ni dissimulé. Il prit de leurs nouvelles ainsi que de Méaglim et Eliwyl. Puis, Games Gandar les considéra tous deux un instant.

Ils avaient une belle allure même s'il les devinait encore fatigués de leur long voyage.

Arvak portait une tenue discrète, brune et verte, élégamment coupée, mais sans exubérance, assez proche de la tenue militaire des Frontaliers. Certains détails de broderie, de boucles et de boutons dénotaient une richesse et un gout raffiné, mais discret. Games Gandar reconnaissait sans mal la main d'Altred du Rwil dans ce choix et était certain qu'Arvak avait enfilé la première tenue mise à sa disposition sans même la regarder, ou à peine. Cela se voyait à son col et ses manches légèrement froissés, enfilés à la va-vite, à ses cheveux encore humides et aux quelques miettes éparses qui traînaient discrètement sur ses vêtements. Arvak les épousseta d'un geste distrait. Fidèle à lui-même, il s'était préparé dans la précipitation et la désinvolture.

Norgar de son côté avait choisi une tenue beaucoup plus proche des goûts de la cour. Il portait un manteau bleu par-dessus une chemise noire brodée de fils d'argent. Son pantalon était gris, complété par des bottes sombres, propres et cirées, aux éperons brillants. Un chapeau noir surmonté d'une plume blanche venait compléter sa tenue pensée aux couleurs de l'Entriver, bleu, noir et argent. Norgar avait toujours eu du talent pour associer sobriété et élégance ainsi que sa présente tenue en témoignait une fois encore. Elle n'avait pas l'éclat ni l'opulence des tenues de beaucoup de courtisans, mais une prestance naturelle et simple qui l'imposait au premier regard comme une personnalité de haut rang. Ses longs cheveux noirs, noués en une queue de cheval irréprochable, et ses yeux d'un gris métallique, assuraient sans aucun doute possible sa filiation avec la maison des Noltr d'Entriver. Il ressemblait beaucoup à son père.

Endimir, qui en cet instant voyait par les yeux de Games Gandar, était animé comme lui par ce sentiment de joie mélancolique. Ses deux garçons avaient grandi et étaient devenus des adultes accomplis, cela se voyait dans leur regard calme et assuré. Arvak toujours aussi naturellement étranger aux codes de la cour, et Norgar dont le sens de l'à-propos était comme une seconde nature.

Arvak prit la patte qu'Endimir lui tendait et, par ce contact, le dragon put lui exprimer mentalement ses salutations. Il fit de même avec Norgar.

— Bien, mettons-nous en route, s'exclama Games Gandar comme s'il eut voulu couper court à de trop émouvantes retrouvailles, il ne s'agirait pas de nous faire attendre des elfes !

Des chevaux furent amenés à Norgar et Arvak, qui se mirent en selle sans plus attendre, et le cortège s'ébranla.

Un porte-étendard ouvrait la marche, suivi à quelques pas de Games Gandar, et, juste derrière lui, côte à côte, de Norgar et Arvak. Après eux venait la cheffe de la garde royale, Iril Royen, et d'autres Paladins en armure. Un écuyer à l'arrière tenait par la bride deux chevaux sans cavaliers destinés aux émissaires.

L'ensemble formait un impressionnant cortège. Les armures rutilantes brillaient sous l'éclat d'un soleil d'été, déjà chaud en cette matinée, les plumes colorées des heaumes dansaient au vent, les sabots ferrés des chevaux claquaient sur les pavés, tandis qu'avec autorité, le porte-étendard enjoignait la foule à dégager les rues. Les badauds s'arrêtaient volontiers, saluant les Paladins avec admiration, les désignant à leurs enfants qui, des étoiles dans les yeux, se rêvaient comme ces fiers combattants.

Arvak se rappelait d'une époque où il s'était parfois échappé du château avec Norgar et Méaglim pour jouer dans les rues, parier aux dés dans les tavernes, et d'une époque encore plus ancienne où il avait eu les mêmes yeux pétillant en regardant les Paladins et leurs armures. Il n'aurait tenu qu'à lui d'en être, mais il avait choisi une autre voie, celle des Frontaliers. Pas un badaud ne l'aurait regardé ainsi dans son uniforme brun et vert, mais il ne regrettait pas son choix.

Tandis qu'il réfléchissait, leur groupe se rapprochait de leur destination, qui n'était pas très éloignée du palais.

Taradil, où avait accosté le navire des elfes la veille, était une ville portuaire située au sud de Mralèm, à l'embouchure du Nokilion. En empruntant le fleuve puis le réseau de canaux qui menaient jusqu'à la capitale, Arvak estimait que les émissaires arriveraient avant midi – à cheval le même trajet aurait été deux fois plus long.

Cette rapidité d'acheminement faisait du port de Mralèm le cœur commercial de la cité. Il s'étirait en arc de cercle autour d'une baie artificielle construite de nombreux siècles auparavant, du temps des Nildorims. Les bâtiments qui entouraient la baie avaient le charme et l'élégance des vieux ouvrages faits à une époque où le pays était prospère – avant la Grande Guerre et avant les lycans, pensa Arvak.

Le cortège s'arrêta à hauteur d'un espace d'amarrage laissé libre à l'attention des elfes, et bientôt les voiles du navire attendu apparurent à l'horizon. Games Gandar, Arvak, Norgar et la cheffe de garde descendirent de cheval pour venir au-devant des elfes.

Une foule de curieux se pressaient déjà alentour sur le port et les Paladins de l'escorte les tenaient à distance.

Le bateau qui s'avançait était une péniche appartenant au seigneur de Taradil. Son étendard flottait au vent et un luxe ostentatoire marquait chaque détail de la cabine et du pont. Il fut amarré au quai et une passerelle installée. Plusieurs membres de l'aristocratie taradiliène vinrent saluer Games Gandar et Arvak, qui répondit avec toute l'élégance attendue.

Les deux émissaires elfes leur furent présentés alors qu'ils s'avançaient à leur rencontre. Ils avaient des traits fins et un corps svelte, tous deux d'une rare beauté. Pour Arvak les deux émissaires semblaient être des hommes, mais il n'aurait pu l'affirmer absolument. Les elfes étaient imberbes, indépendamment de leur genre – ce que les humains percevaient en général comme des traits féminins, surtout associés à leurs traits fins. Par ailleurs les différences morphologiques entre les hommes et les femmes elfes étaient peu marquées. Les elfes avaient une force supérieure à celle des humains, mais leur musculature était plus sèche. De la sorte Arvak ne retrouvait pas chez les elfes les éléments de physionomie auxquels il était habitué. Cela ne le gênait pas, mais il craignit de froisser ses hôtes en leur attribuant par erreur un genre qui n'était pas le leur.

Games Gandar se présenta à eux, les saluant dans un elfique parfait.

Le premier des deux était le plus grand et dégageait une certaine assurance. Il avait les cheveux blancs, longs et fins, noués en une queue de cheval qui dégageait ses oreilles pointues. Il portait un pantalon d'un vert sombre, fait d'une matière qu'Arvak ne connaissait pas, mais qui semblait d'une grande souplesse, et une tunique sans manches qui laissait nue ses bras fins mais noueux, recouverts de tatouages colorés et entrelacés. Il portait une épée courte au côté et, à ses poignets, de nombreux bracelets de bronze. Arvak fut particulièrement frappé par l'énorme cicatrice que l'elfe portait au visage. Celle-ci débutait au milieu de son nez et s'étirait en trois lignes d'un rouge pâle jusqu'à son oreille droite, avant de se perdre à la racine de ses cheveux et à l'angle de sa mâchoire.

Il s'inclina respectueusement devant Games Gandar comme c'était de coutume chez les elfes, puis lui serra la main, à la façon humaine.

Le second elfe, resté légèrement en retrait, s'inclina plus bas et tenait par la bride une créature qui portait les bagages. Arvak en déduisit qu'il devait être d'un rang inférieur.

À la suite de Games, le premier elfe salua Endimir. Puis, Arvak fit un pas en avant et il le salua en troisième, Norgar lui succéda juste après, indiquant par ce bref rituel les différents rangs sociaux des personnes venues à sa rencontre.

— Je suis Karfanaël Blifen, dit le premier elfe, capitaine envoyé par Sa Majesté la reine Guildra Vent-de-Plaine Naïnor. J'ai un message à porter au roi Tintal V Roinkelt.

Il parlait avec un aplomb marqué.

— Soyez les bienvenus, je suis moi-même Games Gandar, Premier Conseiller du Roi, et m'accompagnent mon dragon, Endimir, Son Altesse le prince Arvak de l'Odrin, et le neveu du roi, Norgar Noltr, Löd d'Entriver, ainsi que l'intrépide Iril Royen d'Ilmar, cheffe de la garde royale. Le roi Tintal vous attend avec impatience, je vais vous conduire à lui.

Derrière cet exposé pompeux de titres prestigieux se cachait la volonté pour Games Gandar d'impressionner son hôte, tout en lui assurant – par la qualité des personnes venues à sa rencontre – l'estime dans lequel il était tenu par le roi. Cela sembla flatter l'elfe Karfanaël dont le regard s'adoucit.

Le second elfe n'avait encore parlé et Karfanaël l'introduisit :

— Roawir Riron ici présent, m'accompagnera, il est mon apprenti.

L'intéressé fit un pas en avant et salua à son tour, plus humblement :

— C'est un honneur de vous rencontrer.

Il était de plus petite taille que son compagnon et avait une attitude pleine d'humilité. Il semblait aussi plus jeune, bien qu'Arvak ne s'expliquât pas réellement cette impression. Il avait de longs cheveux blonds et fins qu'il nouait en queue de cheval, de la même façon que Karfanaël. Ses yeux verts semblaient pleins de curiosité. Il portait des vêtements similaires à ceux de son maitre, mais une chemise grise lui couvrait complètement les bras. Pour toute arme, il portait au côté deux tiges métalliques dont Arvak se demandait s'il ne s'agissait pas d'un bâton ou d'une hampe de lance.

L'animal qu'il tenait par la bride et qui portait leurs affaires avait une physionomie quelque part entre le loup et le cheval.

— J'ai plaisir à constater que l'hospitalité des humains n'a pas terni au fil des siècles, poursuivit Karfanaël. Par ailleurs, nous sommes tous deux accompagnés de nos animaux totems. Nous savons que votre peuple n'est pas habitué à voir les créatures sauvages qui nous accompagnent. Mais ils ne représentent aucun danger et j'espère que leur présence ne sera pas un problème.

— Non, c'est une évidence, assura Games Gandar.

Karfanaël et Roawir s'inclinèrent puis se tournèrent vers le navire.

Un oiseau prit son envol et vint se poser sur l'épaule de Roawir. C'était un faucon à l'œil vif et au plumage superbe. Arvak connaissait de nombreux grands seigneurs qui auraient volontiers vendu leurs terres et leur demeure pour posséder un tel oiseau de proie.

Après lui survint bientôt un autre animal autrement plus impressionnant, qui franchit la passerelle et vint aux pieds de Karfanaël. Dans la foule qui s'était massée alentour des acclamations de stupeur et de crainte se firent entendre. C'était un glouton à la fourrure sombre. Arvak avait déjà vu un animal semblable lors de ses patrouilles au Kotar. C'était un prédateur rare et opiniâtre, qui vivait dans les régions les plus reculées, et qui n'hésitait pas à se battre contre des loups pour défendre une carcasse. Sa tête ronde et sa démarche plantigrade le faisaient ressembler à un petit ours, mais, pour avoir étudié la biologie dans les livres de Games Gandar, Arvak savait qu'il était apparenté aux martres et aux belettes. Parmi les humains présents ce jour-là au port de Mralèm, beaucoup ne verraient jamais, de toute leur vie, un prédateur aussi rare et redoutable que ce glouton totem.

Karfanaël prit alors la parole d'une voix haute et claire :

— Je me porte garant pour Blifen, il est avec moi et ne sera un danger pour personne.

Après quoi il s'agenouilla auprès de la bête, posa la tête de son totem contre sa poitrine puis le coucha sur le dos pour lui caresser le ventre. Dans la foule résonnèrent des acclamations et quelques applaudissements. Arvak ne doutait pas que le récit de cet instant traverserait toute la capitale et serait raconté, amplifié et déformé pendant encore de longues années. Pourtant, en cet instant, Arvak se sentit embarrassé par cette mise en scène. Le glouton était un animal rare, solitaire, repoussé dans les contrées les plus inhospitalières par la prolifération des lycans, mais coriace malgré tout, un peu cabochard, capable de s'attaquer à des proies beaucoup plus grosses que lui en ne montrant ni peur, ni hésitation. Il ne méritait pas d'être humilié de cette façon. Arvak se demanda si le lien qui unissait un elfe et son totem signifiait la soumission de l'animal, il espérait que non.

Cependant il devait bien reconnaitre que cet elfe avait le sens du spectacle et qu'il avait su en un instant rassurer la foule à propos de son totem. Après cette démonstration Karfanaël se releva et Games Gandar vint lui serrer la main :

— Vous et votre totem êtes les bienvenus à la Maison du roi.

Sur un signe de la cheffe des gardes, les deux chevaux destinés aux elfes furent amenés. Ces derniers se mirent en selle en suivant le modèle de Games Gandar et bientôt la compagnie se mit en branle en direction du palais royal.

Les cavaliers progressèrent au pas, au milieu de la foule nombreuse, les soldats entourèrent le groupe en bonne escorte jusqu'au palais. Une fois franchies les portes, ils laissèrent derrière eux la cohue et le tintamarre de la ville pour venir au-devant d'Altred du Rwil. Richement vêtu, accompagné de domestiques tout aussi élégants, il les attendait dans une attitude martiale et digne.

Karfanaël et Altred échangèrent les politesses de circonstance. Arvak était depuis longtemps lassé de tout ce cérémoniel et la curiosité première qui l'avait amené à s'inviter au comité d'accueil s'était à présent envolée. Il avait chaud et soif sous le soleil d'été – ce devait être bientôt midi – il se gratta la nuque en soupirant, pressé que toutes ces cérémonies pompeuses se terminent. Norgar lui administra un discret coup de coude dans les côtes qui lui rappela de tenir son rang, au risque de peut-être froisser leur invité. Karfanaël semblait effectivement avoir une haute estime de lui-même, Arvak ne pouvait se permettre ce genre de relâchement. Il adressa un discret signe de remerciement à Norgar.

Altred semblait avoir fini de se présenter aux elfes, et ces derniers discutaient à présent à mi-voix en elfique.

— C'est une affaire sérieuse, murmura Norgar à Arvak.

Il lui jeta un regard interrogateur.

— Ils ont réhabilité les chambres aux dragons de la tour d'astronomie. Des émissaires vaérims sont attendus pour demain.

— Quand est-ce que tu…

— Pendant que tu dormais comme un loir. D'ailleurs tu as raté Méaglim. Des domestiques sont venus me réveiller tôt ce matin pour lui demander de déguerpir.

Arvak pesta à l'idée que Méaglim ait pu se faire mettre dehors comme un malpropre.

Norgar jeta un regard discret à la foule.

— Morgalt avec qui je parlais ce matin m'a confié que Kared Nimizar et sa dragonne Aïnambra avaient été envoyés au Magcam. Une délégation de dragons-mirages est attendue pour les jours à venir.

— Des elfes et des dragons-mirages autour d'une même table, j'aimerais bien voir ça !

Arvak reçut un nouveau coup discret dans les côtes.

— Un peu de sérieux. Je suis en train de te dire que d'ici la fin de la semaine, des représentants de chacun des peuples du Darka-Guèn, aux seules exceptions des lycans du Kotar et des humains du Grimstadir, seront réunis autour d'une même table. Tu comprends ça ?

— Oui.

Une telle réunion n'avait jamais eu lieu, pas même du temps de la Grande Guerre.

— Karfanaël vient de congédier son second, ajouta Norgar.

Arvak hocha la tête, il avait lui aussi compris le bref échange en langue elfique entre les deux elfes. Visiblement, Karfanaël ne souhaitait pas la présence de Roawir lorsqu'il rencontrerait le roi et il laissait son second disposer de sa journée comme il l'entendait.

— C'est peut-être l'occasion de glaner quelques informations.

Arvak acquiesça à cette proposition.

Chapitre 3

Karfanaël se dirigeait à présent vers le château en compagnie d'Altred, le glouton Blifen à ses côtés. Il avait comme accaparé toute l'attention du maitre d'hôtel et Roawir était resté en arrière, visiblement incertain quant à l'attitude à adopter.

Bientôt, une foule de domestiques se pressèrent autour de la monture qu'il tenait toujours par la longe, déchargeant les affaires qu'elle portait pour les installer dans les chambres prévues pour les elfes, sans accorder ni à la créature ni à l'elfe plus d'attention que s'ils n'avaient pas existé. Devant leurs gestes mécaniques, la chimère commença à montrer des signes de nervosité, son regard allait en tous sens et ses oreilles s'inclinaient en arrière.

Un écuyer vint droit sur elle dans l'intention de la conduire aux écuries. Mais la créature renâcla soudain, retroussant les babines et dévoilant ses crocs aiguisés. De surprise l'écuyer tomba à la renverse tandis que Roawir tentait d'apaiser sa monture par des paroles elfiques.

Arvak se porta rapidement à la hauteur de l'écuyer pour l'aider à se relever.

— Je suis désolé, s'excusa Roawir, c'est l'agitation et le voyage.

À sa voix, Arvak fut certain que l'elfe était aussi nerveux que la créature – voire davantage. Il devinait le malaise qu'il pouvait ressentir à ne savoir quelle attitude adopter dans cette ville inconnue, au milieu de tous ces gens qui s'affairaient à leurs propres tâches sans le voir.

— Rien de grave, dit-il d'une voix apaisante, personne n'a été blessé, n'est-ce pas ?

L'écuyer acquiesça, visiblement secoué mais effectivement indemne.

— Va me chercher Morgalt.

L'écuyer s'empressa de s'exécuter tandis qu'Arvak reportait son attention sur Roawir.

— Je n'ai jamais vu de créature semblable, remarqua-t-il pour engager la conversation.

Il se tenait à bonne distance, l'animal était sur la défensive et Arvak ne savait comment s'y prendre avec cette bête qu'il ne connaissait pas. Mais Roawir lui semblait plus nerveux encore et il eut l'intuition qu'en apaisant l'elfe, la créature se montrerait également plus calme.

— Elle vient de Waniri ?

— Elle s'appelle Kaléogrim, c'est une chimère, expliqua Roawir. Elle a été créée par mon maitre à partir d'un cheval et d'un loup. Je sais que les loups ont mauvaise réputation par chez vous, mais Kaléogrim n'est pas comme eux, elle est très douce en temps normal. Tout est très différent ici de ce qu'elle connaît, il faut lui pardonner.

Arvak sourit devant ce flot de paroles :

— C'est normal, ne t'en fais pas. La personne que j'ai appelée, Morgalt, c'est mon maitre d'écurie. Tu lui expliqueras comment s'occuper de Kaléogrim, elle en prendra soin.

— D'habitude elle est d'un tempérament calme et docile, s'excusait encore Roawir, elle tient plutôt du cheval. Il ne faut pas en avoir peur.

— D'accord. Est-ce que je peux l'approcher ?

Roawir hocha la tête, il semblait plus détendu mais toujours incertain et Arvak s'avança sans peur mais prudemment. La chimère fit un geste en sa direction, le sentit. De plus près, il voyait d'autant mieux la similitude entre les deux animaux dont elle était issue.

Kaléogrim avait globalement la même anatomie qu'un cheval, une taille assez haute, des pattes longues et fines, un poitrail large, une encolure arquée. Sa tête était également très similaire à celle d'un cheval, longue, avec des oreilles mobiles qui en cet instant pointaient dans la direction d'Arvak. Mais, par de nombreux points, la créature tenait aussi du loup. Ses yeux n'étaient pas sur le côté de la tête comme chez les chevaux, mais portaient droit devant elle, ce qui était typique des prédateurs. Son mufle était celui d'un loup, avec une truffe et des babines aux moustaches fines. Sa dentition était également typique des prédateurs. Elle tenait aussi du loup sa fourrure, sa queue aux poils gris et hirsutes, ses pieds avec quatre doigts griffus.

Kaléogrim continuait de renifler prudemment Arvak. La curiosité et l'intelligence qu'il lisait dans ses yeux lui plurent, elle lui rappela le regard de son cheval Crépuscule, qui n'aimait pas non plus être approché n'importe comment et par n'importe qui.

Il lui caressa le front et la chimère le laissa faire.

Roawir jetait à la chimère des regards inquiets et attentionnés. Arvak comprit, à la façon dont il tapotait son encolure, que tous deux avaient un lien particulier.

Morgalt arriva, salua sommairement le prince et l'émissaire, puis jeta un regard circonspect à la créature, sans manifester ni appréhension ni surprise.

— La monture de notre invité Roawir demande des soins particuliers, expliqua Arvak.

— Bin alors ? s'exclama Morgalt d'un ton amical en s'adressant directement à la chimère. Ça fait peur d'être bringuebalée par des inconnus ?

La chimère renâcla comme pour marquer son assentiment et cela fit rire la maitre d'écurie.

— C'est un mâle ou une femelle ? demanda Morgalt sans ambages à l'elfe.

— C'est une femelle.

— Elle s'appelle ?

— Kaléogrim.

— Elle mord ?

— Non.

Arvak sentit que le caractère direct de Morgalt commençait à mettre à l'aise Roawir. Les questions étaient simples, claires, sans faux-semblants, et Arvak ne comprenait que trop bien Roawir en cet instant. Lui aussi détestait ce qu'il ressentait toujours à la cour, ce sentiment de devoir adopter une attitude précise, sans jamais saisir avec certitude laquelle était attendue.

Par son attitude, Morgalt aplanissait toutes les difficultés et balaya la nervosité de l'elfe par la même occasion.

Arvak s'écarta pour laisser opérer son maitre d'écurie qui s'approcha et posa d'autorité la main sur le front de la chimère. Après un léger tressaillement de surprise, Kaléogrim accepta le contact. Morgalt commença à lui gratter le front et à lui flatter l'encolure, et la chimère se laissa faire.

— J'ai un box à chevaux libre dans l'écurie juste derrière – Morgalt désigna le bâtiment de la main – ça lui conviendrait ?

— Oui très bien, acquiesça Roawir.

— Je peux ?

Roawir acquiesça à nouveau et Morgalt prit Kaléogrim en main. Celle-ci eut un bref instant d'hésitation puis elle se laissa faire, marchant à la suite de Roawir et Morgalt. Arvak leur emboîta le pas.

— Par ici, indiqua Morgalt en désignant le box dont elle avait parlé.

Roawir, serviable, la devança pour lui ouvrir et, dès que Kaléogrim fut installée, elle se détendit complètement. Le cadre devait à nouveau lui être familier. Morgalt commença à lui retirer son harnachement et à la bichonner, tandis que Roawir, appuyé au battant du box, paraissait serein, comme s'il était là depuis longtemps.

— Vous avez l'habitude des chimères ? demanda-t-il à Morgalt.

— Pas du tout, confessa-t-elle sans honte, mais ça va, elle est mignonne comme tout.

Effectivement la chimère se laissait faire plus facilement que la plupart des chevaux qu'Arvak connaissait.

— Elle ne donne pas sa confiance à tout le monde, mais elle sait reconnaitre quand elle est entre de bonnes mains, dit Roawir.

Morgalt jeta à l'elfe un regard amical.

La voix de l'elfe laissait deviner la complicité qu'il partageait avec la créature et c'était le genre de choses qui touchait toujours Morgalt. Arvak resta en retrait. Il sentait que son statut social intimidait l'elfe et il ne souhaitait pas le voir perdre la confiance qu'il gagnait petit à petit en compagnie de son maitre d'écurie.

— Quel est son régime alimentaire ? demanda Morgalt pragmatique.

— Elle est omnivore, le foin ira très bien. Elle préfère l'herbe fraiche ou la viande, mais bon, je sais que c'est compliqué, ici.

— Je peux la sortir au pré.

— Les chevaux en ont peur, comme avec les lycans.

— Pas les miens, assura Morgalt.

Voyant qu'elle ne développait pas davantage sa réponse, Arvak se sentit obligé d'intervenir :

— Morgalt est la meilleure dresseuse de chevaux du pays. Elle est capable de former les poulains pour qu'une fois adultes ils ne bougent pas une oreille face aux lycans.

— Un prodige ! reconnut Roawir un peu circonspect.

— Je crée une relation de confiance avec eux, je leur montre quelque chose qui leur fait un peu peur et je les valorise quand ils lui témoignent de l'intérêt. Progressivement je les confronte à des choses plus difficiles, à leur rythme. C'est tout un processus, mais ça n'a rien de prodigieux. Et si les nobles s'intéressaient aux comportements animaux, ils seraient tous capables de faire ce que je fais.

Roawir hocha la tête comme si cette réponse l'avait rassuré.

— Elle est aussi éleveuse, poursuivit Arvak, son travail est très reconnu et a été de nombreuses fois récompensé.

Il savait Morgalt trop modeste pour parler de ses succès pourtant mérités, aussi Arvak ne se priva par pour citer quelques-unes des réussites prestigieuses qu'elle avait obtenues. Roawir regardait maintenant Morgalt avec admiration.

— À ce propos, c'est encore un des miens qui a gagné la course du Grand Veneur cette année, dit-elle à Arvak.

— Oh c'est vrai ? Toutes mes félicitations !

Arvak avait déjà gagné cette course difficile lorsqu'il était plus jeune, avec Crépuscule, cela lui faisait plaisir de savoir que Morgalt continuait d'entraîner de grands champions.

— Tu peux les lui adresser, il est juste là.

Et elle désigna d'un signe de tête les box d'à côté. Ils étaient occupés par plusieurs jeunes chevaux dont l'un, un jeune entier de petite taille, avait la couleur particulière appelée alezan brûlé.

— Ce sont les chevaux que tu veux montrer à Eliwyl ? comprit Arvak.

— Tout à fait.

Arvak émit un sifflement admiratif, ils étaient tous exceptionnels.

Roawir avait les yeux pétillants, ce que Morgalt remarqua alors qu'elle quittait le box de Kaléogrim.

— Tu devrais l'emmener au pré voir les autres, proposa-t-elle à Arvak, moi je ne vais pas avoir le temps.

L'elfe tourna la tête tour à tour vers Morgalt et Arvak avec le regard plein d'espérance.

— Oui, avec plaisir, accepta Arvak, je n'ai rien de prévu aujourd'hui. Je peux te montrer une partie du domaine.

— J'aimerais beaucoup.

— Vous pouvez prendre ces deux loulous si vous voulez faire une balade, dit Morgalt en leur désignant les deux chevaux qui avaient conduit les elfes jusqu'à Mralèm. Ne mets pas le bazar.

— Oui maitre.

Et sur ces mots, elle quitta les écuries pour retourner à ses occupations.

Roawir la suivit du regard et, lorsque son attention revint sur Arvak, il sembla hésiter sur l'attitude à adopter, reprendre la déférence due à un prince pour s'adresser à Arvak, ou poursuivre sur le ton de leur échange avec Morgalt.

— Est-ce que tu préfères boire ou manger quelque chose avant que je ne te fasse visiter ? proposa Arvak.

Il espérait conserver le naturel de leur échange mais regrettait déjà le départ de Morgalt.

— Je n'ai pas très faim, indiqua Roawir en s'inclinant respectueusement.

— Ça me va, répondit Arvak qui n'avait pas faim non plus.

Il lui montra le matériel de harnachement et de pansage afin qu'ils préparent leur monture. Il ne vint même pas à l'esprit d'Arvak de demander à un domestique de le faire à leur place. Roawir semblait connaitre tout ce matériel et ils s'installèrent bientôt dans les box de leurs chevaux respectifs.

Ceux-ci se trouvaient côte à côte et séparés à mi-hauteur par un muret au-dessus duquel tous deux discutaient.

— Le dracologue Games Gandar vous a présenté comme Prince de l'Odrin, est-ce que vous êtes le fils héritier du roi Tintal ? demanda Roawir avec prudence.

— Oui et non, répondit Arvak en continuant de brosser son cheval. J'ai été adopté par le roi Tintal lorsque j'avais cinq ans, j'étais orphelin. Je n'ai aucun souvenir d'avant ma vie ici, au château. Quant à l'héritage, dans notre pays le roi est élu par les grands seigneurs régionaux…

— Les Löds, compléta Roawir en jetant un regard à Arvak par-dessus le muret.

— … C'est cela. Si mon père venait à abdiquer ou à mourir, le cercle des Löds se réunirait pour élire le prochain roi qui deviendrait le sixième Roinkelt. Je pourrais être sur la liste des candidats, et je sais que mon père croit beaucoup en mes capacités. Pour ma part je pense que les Löds préféreront choisir quelqu'un parmi eux, qui serait bien accoutumé aux manières de la cour. Je pense qu'à choisir, Norgar aurait leur préférence.

— L'homme qui était à vos côtés, avec Games Gandar, comprit Roawir. C'est un Löd ?

— Oui, il est Löd de la région d'Entriver, comme son père l'était avant lui. Aujourd'hui c'est sa mère qui administre le domaine.

— Combien y a-t-il de régions en tout ?

— Sept. Celle où nous sommes s'appelle l'Odrin. Au nord d'ici se trouve l'Entriver, au nord encore, le Rwil. À l'est d'ici s'étend Ilmar, plus loin à l'est il y a le domaine des dracologues avec le Temple, encore plus loin à l'est Téyo. Au nord d'Ilmar se trouve la Nosrie.

Il sentait Roawir perdu avec tous ces noms.

— Il faudrait que je te montre sur une carte, ce serait plus simple, ajouta Arvak avec entrain.

— Probablement, avoua Roawir. Ces notions me sont un peu familières, car j'ai étudié le fonctionnement de votre pays. Mais c'était il y a longtemps et je ne suis pas une spécialiste de votre organisation féodale.

— Y'a pas de mal. Je me posais une question, je peux ? demanda Arvak.

— Bien sûr, l'encouragea Roawir.

— Karfanaël Blifen s'est présenté tout à l'heure comme capitaine mais quelle place a-t-il par rapport à votre reine Guildra ?

Roawir réfléchit un instant sur la meilleure façon de formuler sa réponse :

— Mon maitre Karfanaël est Tunandiël. J'ignore comment traduire cela dans votre langue. L'armée elfique se compose de plusieurs factions, un Tunandiël est le chef d'une faction. La seule personne qui soit au-dessus de lui dans la hiérarchie militaire est notre reine. C'est un grand combattant et un alchimiste de vent.

Norgar avait raison, comprit Arvak, l'affaire qui amenait les elfes était d'importance.

— Et toi, où est-ce que tu te situes dans cette hiérarchie ?

— Je suis Soram de Karfanaël. Je suis son élève, je ne commande pas de troupe mais je l'accompagne et il me forme à la fonction qu'il occupe aujourd'hui.

Il réajusta dans son esprit l'égard qu'il avait pour Roawir. Tout humble qu'il puisse paraître, il devait être une sommité dans son domaine.

— Tu es son élève depuis longtemps ?

— Il m'a pris sous son aile à la mort de mon premier maître, j'ai affronté les lycans avec lui durant les Guerres Morgaliènes. Puis j'ai pris mes distances. Je suis revenu à son service l'année dernière.

Arvak interrompit son geste. Au vu du conflit évoqué, il pouvait déduire que son interlocuteur avait plus de quarante ans et cela le laissa abasourdi. Certes il savait que les elfes ne vieillissaient pas. Mais, spontanément, le sachant apprenti et en voyant son regard émerveillé et sa timidité, il l'avait supposé très jeune. Apprendre qu'il était au moins deux fois plus vieux que lui, lui fit comprendre qu'il avait eu tort de prendre l'émerveillement de Roawir pour de la naïveté.

— C'est un bon professeur ? demanda-t-il pour poursuivre la discussion.

— Il est très compétent.

Arvak leva un sourcil interrogateur.

— En Waniri, chaque maitre alchimiste possède un blason personnel qu'il tatoue sur sa peau. Lorsque l'un de ses élèves devient accompli dans le domaine enseigné par son maitre, l'élève obtient le droit de porter le blason du maitre en tatouage sur son corps.

À cette explication, Arvak repensa aux bras entièrement tatoués de Karfanaël et eut soudainement une idée bien plus haute de ses capacités.

— Je peux te demander ce qui amène des émissaires d'une telle importance jusqu'ici ?

— Non, tu ne peux pas.

La franchise de l'elfe fit sourire Arvak.

— D'accord.

— J'ai l'interdiction de divulguer ces informations à quiconque à part le roi, précisa Roawir comme pour s'excuser.

Arvak hocha la tête.

En d'autres circonstances, il aurait peut-être rusé pour tenter d'obtenir ces informations. Toute cette affaire l'intriguait beaucoup, autant la venue de ces curieux messagers que l'émoi du château tout entier.

Mais cet elfe lui était sympathique. Arvak craignit d'attirer des ennuis à Roawir, il s'en serait voulu. Même si l'envie d'en savoir davantage le démangeait fortement, il abandonna l'idée.

Il pourrait obtenir ces informations par d'autres moyens.

Games Gandar, du fait de sa proximité avec le roi, serait bientôt dans la confidence. Arvak pourrait convaincre son vieux mentor de l'informer à son tour. Et si lui-même le pensait, Norgar aurait certainement la même idée. Ce dernier devait déjà être en train de manœuvrer pour connaitre tous les éléments de l'affaire.

Pendant qu'ils discutaient ainsi, ils avaient terminé de préparer leurs montures. Ils les sortirent de l'écurie et se mirent en selle. Riron, l'oiseau totem de Roawir, s'envola et vint se percher sur l'épaule de l'elfe tandis qu'ils traversaient la cour du château.

Sur leur gauche se trouvait la grande entrée, par laquelle la compagnie était arrivée peu de temps auparavant, le palais du roi était à leur droite. Arvak conduisit Roawir vers une autre porte située face à eux.

Bien plus modeste et moins gardée que l'entrée principale, celle-ci tranchait avec la première par ses dimensions réduites et sa rusticité. Ses deux battants de bois, épais et sombre, que recouvrait un peu de lierre, s'ouvraient sur un chemin de terre qu'Arvak connaissait bien et qui serpentait en pente douce entre des arbres. De larges ornières en avaient marqué le tracé cahoteux qui s'étirait en s'enfonçant toujours plus profondément dans une forêt d'arbres dense. Cette porte était comme la frontière entre deux univers, derrière eux, le monde riche et exubérant de la cour odriène, et devant, une nature verdoyante.

Arvak se délectait de cette fracture. Il avait traversé au matin la capitale, animée et bruyante, remplie d'une foule curieuse, et, par ce passage à peine gardé qu'il retrouvait après cinq ans d'absence, il entrait dans un lieu complètement différent, où se mêlaient au chant des oiseaux le bruissement du vent dans les feuilles, la moiteur du sous-bois, et l'odeur de la terre.

De son côté, Roawir ne sembla pas préparé à un tel contraste, il tournait la tête de droite et de gauche avec des yeux incrédules, sans comprendre quelle pouvait être la configuration de la ville pour qu'une telle chose fût possible.

Arvak sourit et lança son cheval au petit trot, suivi de Roawir.

Ils parcoururent le sentier quelque temps avant d'atteindre la lisière de la forêt et s'arrêtèrent au sommet d'une colline. Arvak inspira à pleins poumons. Devant eux s'étendaient de vastes pâturages d'herbes vertes qui ondoyaient sous le vent, jalonnés par des palissades de bois vermoulu ou de petits murets de pierres. Ils s'étiraient en pente douce jusqu'à un petit ruisseau. Au-delà, le relief s'accentuait de nouveau, ponctué de bosquets d'arbres ou de broussailles. Sur leur gauche, légèrement en contrebas, se dressait un imposant bâtiment de pierre et de bois, une écurie, bien plus grande que celles d'Arvak dans le château. Autour, divers enclos semblaient isoler des espaces de travail ou de détente pour les chevaux.

Arvak embrassa tout cela d'un regard contemplatif et rêveur. Il pouvait toujours entendre le bruissement de la ville, mais ici il se sentait dans sa bulle. La tranquillité simple de cet endroit lui avait terriblement manqué. Riron, le faucon totem de Roawir, prit son envol pour parcourir l'espace, survolant des bocages où paissaient un grand nombre d'animaux, des chevaux, des chèvres, des moutons et des bovins. Aussi loin que portait le regard, aucune habitation n'était visible, seulement de grandes étendues de verdure et, dans le lointain, un mur d'enceinte apparaissait par endroits entre les arbres, ceinturant tout l'espace. Il était facile d'oublier la capitale toute proche et c'était ce qu'Arvak aimait le plus lorsqu'il venait ici enfant.

— C'est… incroyable.

Roawir posait sur ce décor un regard émerveillé.

Arvak acquiesça.

— Oui, c'est assez déroutant.

Arvak entraîna Roawir avec lui en direction des écuries pendant qu'ils continuaient à parler.

— Le château de mon père est construit sur une colline rocheuse. Cet endroit fait tout le tour de la demeure. La partie herbue où nous nous trouvons est dédiée à l'élevage. Il y a ici des étalons et des juments poulinières, qui appartiennent pour certains à Tintal, pour d'autres à moi. Et la partie forestière est la réserve de chasse du roi.

Ils laissèrent les écuries derrière eux sans y entrer. La plupart des chevaux se trouvaient en extérieur par cette magnifique journée d'été et Arvak souhaitait montrer à Roawir les étalons.

Ceux-ci caracolaient dans des enclos de bonnes dimensions, où ils pouvaient courir et s'abriter sous des arbres, par petits groupes. Au passage d'Arvak et Roawir certains vinrent amicalement à leur rencontre, d'autres se mirent à ruer énergiquement, s'affrontant ou se poursuivant les uns les autres. Il y avait là quantité de bêtes, avec des formes et des tailles très variées. Certains étaient très musculeux, avec des poitrails larges, des encolures robustes ; d'autres étaient grands et minces, avec de belles allures amples et relevées, une tête altière ; d'autres encore étaient de petite taille, avec une musculature sèche, un corps compact et des mouvements rapides.

Arvak le mena vers un petit cheval gris. Il avait l'œil vif et intelligent, le corps bien proportionné, et dégageait, malgré ses dimensions modestes, une impression de puissance et de fougue.

— Voici Crépuscule, présenta Arvak qui était descendu pour venir lui flatter l'encolure. C'est un cheval qui a du cœur. Avec lui c'est Rocaille, il prend sa retraite. C'était le cheval d'une amie, Eliwyl, il l'a accompagnée à la Frontière face aux lycans.

Rocaille était un entier de couleur chocolat, moucheté de taches blanches.

— Il n'a pas l'air…

Alors que Roawir allait achever sa phrase, les deux chevaux repartirent galoper ensemble, et il put voir la large cicatrice que Rocaille portait à la cuisse droite. Elle s'étirait du sommet de la croupe presque jusqu'au haut du pied en cinq lignes irrégulières. Le poil avait repoussé par-dessus, la masquant par endroits, mais ses bords gonflés, la façon dont elle avait imprimé le muscle laissaient deviner un impact violent et sauvage.

— C'est arrivé il y a six mois, chez les Frontaliers, expliqua Arvak devant le regard atterré de Roawir. Une nuit, Eliwyl a été appelée en renfort dans un château voisin du nôtre. Nous étions sans nouvelles depuis plusieurs semaines et nous venions de recevoir un signal de détresse. Ils étaient attaqués par une troupe de lycans et se faisaient déborder. Eliwyl est partie à la tête de trente Frontaliers. Je n'y étais pas, car on avait vu une autre meute au matin, à proximité, et j'avais patrouillé toute la journée pour les trouver, sans succès.

Arvak s'éclaircit la gorge, essayant de garder bonne contenance, tandis que son esprit se perdait dans le passé.

— L'autre meute, celle que j'avais échoué à retrouver, a pris la troupe d'Eliwyl en embuscade. Les chevaux se sont emballés, un tiers des soldats mourut dans les premiers instants. Rocaille a été blessé à la cuisse. Eliwyl a réussi à mettre en déroute la meute, puis elle a relevé son cheval, a mis son écharpe sur sa blessure, et a galopé jusqu'au fort. Avec la vingtaine de soldats qui lui restait, elle a vaincu la meute qui assiégeait le château allié. Mais la lycanthropie était entrée à l'intérieur, et lorsqu'elle a ouvert, les nôtres, devenus lycans, nous ont attaqués. Elle a condamné les accès et l'a brûlé. Puis elle a fait le chemin du retour avec les quelques Frontaliers qui lui restait. Depuis le fort où j'étais, on voyait le feu et on pouvait entendre les hurlements.

Arvak luttait contre sa mémoire qui le ramenait là-bas.

— Quand elle est revenue au matin, elle est passée à l'inspection. Certain sont mort dans la journée, de leur blessure, d'autre ont été abattu. Ils avaient été contaminés.

Malgré lui, sa voix se brisa. Se rappeler tous les compagnons qu'il avait enterrés cette nuit-là était insoutenable. Il se tourna vers Rocaille pour ce donner de la contenance :

— Je le revois encore s'effondrer à l'entrée du château, on l'a tous cru mort. C'est Méaglim qui l'a sauvé, à force de patience. S'il était là, il dirait « avec les bêtes c'est facile, si tu as la volonté elles l'ont aussi ».

Comme s'il avait deviné qu'on parlait de lui, Rocaille s'était approché à nouveau de la clôture et Arvak lui caressait les naseaux.

— Si seulement j'avais réussi à trouver la meute, ou si les ordres d'Eliwyl avaient été moins stupides…

Puis comme s'il revenait soudain à lui-même et au présent, Arvak s'exclama :

— Pardon, je ne sais pas pourquoi je parle de tout ça.

Roawir hocha la tête avec bienveillance.

— J'ai aussi fait la guerre contre les lycans, il y a vingt ans, je me rappelle de ce que ça fait de revenir. On se sent comme une pièce qui fait plus partie du puzzle.

— Comment tu as fait à ton retour ?

Roawir haussa les épaules :

— Après la guerre, je n'arrivais plus ni à vivre parmi les miens ni à combattre. Je suis allé vivre en ermite dans les montagnes du Magcam, pendant dix-sept ans.

Il avait dit cela avec une légèreté qui fit sourire Arvak. L'idée lui avait aussi traversé l'esprit, vivre loin du monde, dans un endroit sauvage, où il n'aurait plus à se soucier de l'attitude à avoir en société, de la superficialité du monde, de l'hypocrisie et de la politique. C'était tentant, juste lui, la vie et la nature. Avec Norgar, Méaglim et Eliwyl comme compagnie cela lui semblait assez proche d'un paradis.

Mais à choisir il n'opterait pas pour le Magcam. Cette immense terre sauvage de l'est était la savane la plus inhospitalière et dangereuse qu'on puisse imaginer. Elle était si hostile et comptait des prédateurs si terribles que même les lycans n'y vivaient pas. Arvak se demanda si l'elfe qu'il avait sous les yeux, timide et réservé, qui avait sur le monde le même regard émerveillé et pétillant qu'un enfant, était bien le même que celui qui avait vécu au Magcam pendant dix-sept ans. Il ignorait si c'était seulement possible.

Roawir lui sourit naïvement et Arvak n'osa pas le questionner davantage.

Ils remontèrent en selle et reprirent leur chemin. Arvak souhaitait montrer d'autres choses à Roawir, et aussi dissiper le souvenir qui lui était si abruptement revenu en mémoire. Il ne s'était pas attendu à le partager avec une personne qu'il connaissait à peine et il en ressentait une certaine gêne, que nuançait pourtant la sympathie que lui inspirait l'elfe.

Après un galop léger, ils s'arrêtèrent un peu plus loin devant le pâturage des juments poulinières. Ces dernières n'avaient rien à envier à leurs homologues mâles, ni dans l'apparence, ni dans la fougue, ni dans le soin qu'on leur portait. Leurs crinières flottaient au vent, leurs hennissements résonnaient dans la plaine et Roawir les regardait comme s'il n'avait jamais rien vu d'aussi beau.

Riron revint se percher sur l'épaule de l'elfe tandis que ce dernier contemplait l'immensité de l'espace qui se déployait sous ses yeux.

— Je n'arrive pas à comprendre comment nous pouvons être si près du château dans une ville aussi peuplée, et malgré tout être en un instant au beau milieu d'une prairie, sans aucune habitation en vue, à proximité d'une forêt sauvage. Est-ce que c'est une sorte de jardin ?

— C'est plutôt un domaine agraire, dans une ville.

Roawir fronça les sourcils, il semblait avoir du mal à se représenter une telle surface :

— Il est complètement entouré de fortifications ? Ce doit être gigantesque !

— Oui et encore oui, confirma Arvak. Quand mon père part chasser en forêt ici, il lui arrive d'apporter des vivres avec lui et de partir plusieurs jours.

— Mais nous sommes encore dans la ville ?

— C'est exact. Viens par ici, ce sera peut-être plus clair en prenant de la hauteur.

Arvak et Roawir reprirent leur chemin jusqu'à atteindre le pied d'une tour posée contre la muraille qui ceinturait les pâtures. Au bas, une porte, gardée par des soldats, donnait sur la ville – Roawir pouvait le distinguer au bruit des rues qui à présent se faisait nettement entendre. Arvak salua les gardes, donna son nom et gravit la tour en compagnie de Roawir.

Une fois à son sommet, la vue était imprenable.

D'un côté de la muraille se trouvait le pâturage, où les chevaux s'ébattaient dans les herbes hautes, et plus loin la forêt par laquelle ils étaient venus, dominée depuis une éminence rocheuse par le château royal. De l'autre côté de la muraille, les constructions humaines s'étendaient à perte de vue vers le sud, délimitées en quartiers par des murs fortifiés aux tracés anarchiques. À l'est, après une enceinte imposante qui semblait marquer la limite de la capitale, s'étendait un espace plus verdoyant où s'élevaient par endroits de minces colonnes de fumée, indiquant des hameaux. Plus loin encore, visible par ce temps clair, se distinguait un très imposant rempart gris.

— Ce Rempart, expliqua Arvak, est ce qui rend l'Odrin si spécial et qui nous permet d'avoir d'aussi grands espaces bien fortifiés. Au nord, notre région est protégée par les montagnes de Garmintal, au sud et à l'ouest par la mer. Le Rempart protège l'accès par l'est, ce qui fait que tout cet espace est sûr. Ici nous avons encore des campagnes, la région est très urbanisée au centre, comme tu peux le voir, avec Mralèm et jusqu'à la mer au sud avec le port de Taradil. Mais une fois sorti de la capitale, à l'est ou à l'ouest, le territoire est encore très rural avec de petits villages ou même des maisons isolées. C'est le dernier endroit du pays où se trouvent encore des maisons isolées, partout ailleurs elles ont disparu.

— Vous vivez tous dans de grandes villes à cause des lycans ? demanda Roawir même s'il ne doutait pas de la réponse.

— Oui, vivre en ville et pratiquer l'agriculture à l'intérieur de fortifications est le meilleur moyen que nous ayons trouvé pour vivre en sécurité. Les lycans ne détruisent pas les cultures céréalières mais ils attaquent l'élevage et les ouvriers qui travaillent dans les champs.

— Je vois que la ville elle-même est divisée en nombreux quartiers fortifiés. Si l'Odrin est si sûr, pourquoi y a-t-il autant de protections ? Le Rempart de l'Odrin ne suffit pas ?

— La lycanthropie est un mal contagieux, expliqua Arvak. Nous sommes protégés à l'est par le Rempart de l'Odrin, les lycans ne peuvent pas le franchir, mais il existe toujours le risque qu'une personne contaminée parvienne à entrer dans le pays. Les chiens nous aident à les détecter dans la majorité des cas. Mais si une personne a été contaminée peu avant son contrôle, ou si son odeur est masquée par certains produits, les chiens peuvent ne pas parvenir à l'identifier. Sans compter qu'à l'est, les gardes sont très prudents, mais au sud, c'est plus compliqué. Taradil est une ville marchande qui brasse chaque jour une importante quantité de marchandises, de personnes, venant des quatre coins du pays, parfois même de royaumes plus lointains. Avec ces nombreuses murailles, si la lycanthropie se déclare quelque part, nous pouvons espérer stopper la contagion du mal, en isolant l'endroit concerné, et en protégeant davantage les lieux sains.

— Mais les Frontaliers sont censés empêcher les lycans d'entrer dans le territoire depuis le Kotar, si j'ai bien compris. Comment se fait-il que vous ayez des ennuis avec les lycans ici, à plusieurs milliers de lieues de la frontière ?

— Le royaume voisin du nôtre, le Kotar, est le pays des lycans. Les Kotarinides le gouvernent et le rôle des Frontaliers est d'empêcher ces créatures d'entrer sur notre territoire. Nous y arrivons plutôt très bien et aucun passage en force n'a été recensé depuis près de vingt ans. Les lycans qui nous posent problème chez nous, qui attaquent nos villes, nos voyageurs, nos fermes, ne viennent pas du Kotar mais de chez nous. Ce sont des humains d'Aganius, qui ont été transformés à un moment donné et qui sont retournés à la vie sauvage depuis.

— Pourquoi ne pas organiser l'abattage des lycans une bonne fois pour toutes, au moins à l'intérieur du territoire ? demanda naïvement Roawir.

Arvak savait les elfes immunisés à la lycanthropie, cela ne le surprenait pas qu'il échoue à envisager toutes les conséquences de ce mal pour les humains. D'autant plus que Tintal aimait donner de son pays une image de sécurité et de stabilité.

— Parce que la lycanthropie est contagieuse et que le territoire est bien trop vaste. Si nous devions faire une expédition de ce type, cela reviendrait à envoyer des milliers d'humains peut-être, sur un territoire sauvage, inconnu, à plusieurs semaines de marche de la ville la plus proche, se confronter à des créatures redoutables. Une partie des soldats envoyés au combat serait assurément contaminée, une autre déserterait sûrement avant de subir le même sort.

Arvak fit un geste de dénégation de la tête.

— Ce n'est pas une solution viable. Les lycans qui viennent de chez nous sont plus faibles et moins organisés que ceux du Kotar, les Paladins protègent les villes et les Frontaliers protègent Rimentos. Hors des villes, les Loinveneurs et les louvetiers font de leur mieux pour réguler la population quand c'est possible. Autrefois un dracologue elfe se chargeait d'abattre les lycans dans le pays, mais depuis la mort d'Anar Morken, il y a neuf ans, son poste est vacant.

Roawir hocha la tête à l'évocation de ce dracologue elfe.

— À quoi ressemble la vie hors de vos villes ?

— À de grands espaces sauvages sans présence humaine la plupart du temps. Chaque région est un peu différente. En Ilmar les deux villes de la région sont entourées de nombreuses petites forteresses qui arrivent à se maintenir malgré les lycans, grâce à la proximité avec les villes et avec le fleuve Rianti. L'Entriver est encore un peu rural, leur territoire s'étend protégé de part et d'autre par deux fleuves, la Délinn et le Lérion. Cela forme une frontière naturelle qui rend la région mieux défendable face aux lycans et leur permet d'élever des chevaux. Mais elle est de dimensions beaucoup plus réduites que l'Odrin, sa production agricole reste faible. En Nosrie, ils ont beaucoup de Changes Formes et ces derniers arrivent à vivre hors des villes, dans des places fortifiées. Ça reste des exceptions. Lorsqu'on s'éloigne d'un ou deux jours de cheval de la ville ou du relais fluvial le plus proche, on ne trouve pas âme qui vive en dehors des louvèteries. Et lorsqu'on s'enfonce en Erion, seuls demeurent les loups.

Celle qu'on surnommait parfois la Région Fantôme, Erion, avait autrefois été une région florissante, forte de nombreux guerriers, plus aucun humain n'y vivait désormais, la lycanthropie avait fait fuir ou transformé tous ses habitants. Le regard d'Arvak se perdit dans le lointain, il était préoccupé et saisi par des souvenirs douloureux.

— Je suis allé à la frontière de Rimentos. J'ai affronté les lycans du Kotar, pour qu'ils ne franchissent pas la frontière. Ils sont monstrueux, intelligents, organisés. Dix de chez nous n'en valent pas un de chez eux. Les lycans de chez nous ont pu nous contraindre à déserter les campagnes pour nous parquer derrière de hauts remparts. Ceux de chez eux ne doivent pas entrer.

Arvak haussa les épaules.

— Ils pourraient tous nous détruire.

Un bref silence se fit que Roawir n'osa pas rompre.

Arvak guettait l'expression du visage de Roawir mais celui-ci n'exprima rien, ni peur, ni étonnement, ni doute, il était devenu pensif.

Lorsqu'il avait proposé à Roawir de visiter le domaine de son père, Arvak ne pensait pas qu'il s'épancherait autant avec une personne qu'il venait de rencontrer. Mais des souvenirs de la frontière le hantaient et il était plus préoccupé que jamais par la situation du pays. Il savait qu'il ne pouvait pas parler à un émissaire elfe d'une situation politique que le roi lui-même aimait garder secrète. Certes, dans le pays, ou parmi les alliés des humains, tout le monde savait qu'ils étaient fréquemment aux prises avec les lycans et que d'importants dispositifs étaient en place pour assurer leur protection. Mais en dehors des personnes qui avaient combattu en première ligne, tous ignoraient ou feignaient d'ignorer, la gravité de la situation.

Arvak avait peur. Il regardait toute cette étendue sereine, la ville animée, les juments et leurs poulains, et l'angoisse l'étreignait car il connaissait mieux que beaucoup les dangers auxquels son pays se confrontait.

Roawir ouvrit la bouche comme pour ajouter quelque chose puis se ravisa. Tous deux échangèrent un regard et Arvak hocha la tête. Sans un mot et sans enfreindre ses ordres, l'elfe venait de lui révéler, par son silence, le but de son voyage. Une menace pesait sur tout ceci.

Arvak ne connaissait encore ni l'ampleur, ni les acteurs, ni la nature de cette menace. Il savait simplement que son pays était fragile, affaibli par des années de guerre et de confrontations avec les lycans, que l'équilibre auquel il était parvenu était incertain. Tout pouvait s'effondrer demain tel un château de cartes soufflé par la brise. Le silence de Roawir lui confirma qu'il savait cet équilibre en danger.

Était-ce ici que tout allait finir ?

Chapitre 4

Arvak raccompagna Roawir jusqu'au château, dans le silence.

Bien qu'il fît l'effort de rester souriant pour ne pas mettre mal à l'aise Roawir par son silence, il était troublé. Sa seule envie était à présent de s'isoler dans ses appartements et se plonger dans ses réflexions.

Lorsqu'ils franchirent à nouveau la porte rustique du château, des écuyers les attendaient dans la cour et vinrent à leur rencontre pour prendre en charge leurs montures. Altred Yrgan se trouvait également avec eux. Le maitre d'hôtel salua Roawir avec toute la déférence qui lui était due et l'invita à lui montrer sa chambre.

— Des domestiques pourront vous préparer un bain, lui expliqua Altred, si vous souhaitez vous rafraîchir, et Son Altesse Tintal a prévu un repas d'accueil en votre honneur ce soir. Mon prince Arvak y sera présent si cela lui agréé. Pour quelque besoin que ce soit, je suis à votre disposition.

— Merci beaucoup, répondit Roawir avant de se tourner pour le remercia également.

— Avec plaisir, répondit Arvak.

Ils se séparèrent ainsi. Arvak le regarda s'éloigner en compagnie d'Altred puis gagna le palais à son tour. Il rejoignit sa chambre, demanda une bassine d'eau claire et congédia ses domestiques. Il se lava le visage et les bras de la poussière de la chevauchée.

Sur un fauteuil avait été rapportée sa tenue de Frontalier. Il retira ses vêtements de cour et l'enfila. Il se sentit à nouveau lui-même. Les vêtements amples, rêches, lui donnèrent l'impression d'être de retour dans sa peau.

Il s'assit sur le bord de la fenêtre.

Lors de sa discussion avec Roawir, il s'était efforcé de ne pas donner une image trop sombre de son pays et des difficultés qu'il traversait. Bien qu'il ressentît de la sympathie pour Roawir, il avait su garder à l'esprit que l'elfe restait un émissaire des meilleurs alliés politiques des humains. Il ne pouvait prendre le risque de mettre en lumière auprès de lui l'adversité dans laquelle son pays se trouvait, et tous les motifs d'inquiétude dont Arvak avait connaissance qui à ses yeux rendaient l'avenir incertain.

Mais à présent seul, Arvak ne put s'empêcher d'y songer.

Depuis l'apparition des lycans – peu avant la Grande Guerre, quelque six-cents ans plus tôt –, leur nombre n'avait cessé de croître. En Aganius leur arrivée avait initié un long et lent exode rural qu'Arvak n'avait pas connu mais qui avait sculpté le monde dans lequel il avait grandi, un monde presque exclusivement urbain et confiné dans de grandes cités fortifiées.

Les lycans avaient attaqué les fermes d'élevage en premier lieu, mais aussi les maisons les plus isolées et les ouvriers qui travaillaient dans les champs. Progressivement, les habitants du pays s'étaient déplacés pour se rapprocher des villes et des grands axes commerciaux où la présence de soldats assura pendant un temps leur protection. Les domaines agraires furent désertés, laissés à l'abandon, affaiblissant irrémédiablement l'économie humaine. Le pays dut apprendre à composer avec une production agricole toujours plus réduite.

La meilleure réponse que les humains trouvèrent à cette situation fut la construction de gigantesques villes incluant intra-muros des terres agricoles, notamment pour pratiquer l'élevage. Mais la surface de ces terres était de très loin inférieure à celle d'avant l'apparition des lycans et, en temps de paix, elle suffisait à peine à subvenir aux besoins de la population.

Arvak savait que le royaume de son père n'était pas en mesure, économiquement, de faire face à une guerre, sa production agricole était trop faible et ses voies terrestres trop vulnérables. L'Aganius ne devait sa relative stabilité présente qu'aux accords de paix qui unissaient l'Aganius et le Kotar depuis près de vingt ans.

Ces accords avaient été rendus possibles, malgré la mésentente profonde entre les deux peuples et la violence de leurs contacts à la frontière, par deux facteurs. En premier lieu, les lycans du Kotar étaient divisés en clans. Certains étaient bellicistes, avec un culte de la guerre et du guerrier, ou bien une haine tenace des humains. Mais d'autres avaient, à l'égard des humains et de la guerre, des opinions beaucoup plus nuancées et privilégiaient la paix et la diplomatie. Ces divisions internes rendaient leurs capacités offensives plus faibles.

En second, les lycans avaient une très grande crainte des dragons et donc des dracologues, de sorte que leur simple présence dissuadait beaucoup de clans d'envisager un conflit total. Au cours de la dernière guerre qui les avait opposés, ceux-ci avaient brillé au combat et fait naitre une peur chez les loups qui les dissuadait encore d'une guerre.

L'ensemble de ces deux empêchaient les lycans de s'unir pour attaquer massivement les humains.

Les Frontaliers n'avaient pour l'instant à faire face qu'à des actes isolés.

Les lycans qui attaquaient Rimentos ou ses forts environnants le faisaient par vengeance, pour prouver leur courage, pour trouver de la nourriture, sous l'influence de la pleine lune, ou simplement parfois par erreur. L'instabilité des lycans, en particulier les nuits de pleine lune, rendait presque inévitable la violence lors d'un contact avec eux. Tandis que la contagion possible obligeait les humains, quoi qu'il arrive, à verrouiller leur frontière pour empêcher les lycans du Kotar d'entrer en Aganius. Le pays avait déjà de grandes difficultés à gérer les lycans naturellement présents sur son territoire, ils n'avaient pas d'autre attitude possible que d'empêcher, par tous les moyens, que les lycans du Kotar n'entrent à leur tour.

La situation du pays, tant économique que politique, était des plus fragiles.

Arvak ne doutait pas qu'un nouvel élément était venu bouleverser l'équilibre des forces et, s'il ne savait pas encore lequel, il ne pouvait s'empêcher de conjecturer.

Au départ, il avait pensé que la situation avait changé pour les lycans du Kotar. Peut-être Assar Kotarin, leur roi, avait-il finalement réussi à fédérer les chefs et cheffes de clans ? Lorsqu'il était encore à la Frontière, un peu moins de deux mois auparavant, le bruit courait déjà que le jeune roi – qui avait assassiné son oncle pour s'emparer du pouvoir – se montrait bien plus brutal que son prédécesseur, et beaucoup de clans se reconnaissaient dans son culte de la force.

Un grand nombre de lycans voyaient la guerre comme une façon de rendre leur peuple plus puissant, en éliminant les faibles de leurs rangs, comme le combat et les rivalités sélectionnaient dans la nature les animaux les plus forts. Cet eugénisme guerrier, si Assar y adhérait avec conviction, fédérerait à coup sûr un grand nombre de clans.

Une guerre avec les lycans du Kotar serait un désastre pour les humains et Arvak était persuadé qu'elle se solderait par leur annihilation pure et simple. Avec ce qu'il avait vu à la Frontière il n'avait plus aucun doute sur la capacité des lycans du Kotar à les détruire. Certes les humains disposaient d'un solide réseau de fortifications sur toute la frontière qu'ils avaient de commune avec leur voisin. Mais, comme il l'avait expliqué à Roawir dans l'après-midi, ils vivaient dans de grandes villes fortifiées, au milieu d'un territoire majoritairement vide de présence humaine.

Si les lycans du Kotar parvenaient à franchir leurs lignes de défense, ils n'auraient aucune difficulté à s'établir en Erion et dans les campagnes. Contrairement aux lycans qui erraient déjà dans ce pays, ceux du Kotar étaient capables de s'organiser et de coordonner leurs attaques. Si les Frontaliers tombaient, que les lycans s'installaient en Erion, une fois en place, ils pourraient bloquer les voies commerciales, attaquer les convois marchands, isoler les villes et les asphyxier lentement, profitant de la contamination lycanthropique pour exterminer les humains à petit feu. Ils n'auraient même pas besoin d'un nombre surréaliste de troupes pour réussir.

Le danger était réel et une guerre mettrait les Frontaliers et tout le pays à rude épreuve.

Dans l'immédiat, Arvak savait que la seule chose qui manquait réellement aux lycans du Kotar était un leader.

Mais Norgar avait parlé de messagers vaérims et dragons-mirages qui devaient arriver dans les prochains jours, or Arvak ne pouvait concevoir que ces deux peuples puissent se sentir concernés par une guerre qui ne les mettait pas eux-mêmes en danger immédiat.

En effet, ni les dragons-mirages ni les vaérims ne pouvaient contracter la lycanthropie, et ils n'avaient pas de griefs particuliers contre les lycans du Kotar. Si la perspective d'une guerre avec les lycans était catastrophique pour les humains, et si Arvak pouvait concevoir que les elfes – qui étaient de bons amis – puissent se sentir affectés par leurs difficultés, il ne croyait pas que les dragons-mirages ou les vaérims puissent intervenir à ce motif.

Arvak se demanda donc si le danger, dont il était certain de l'imminence, ne concernait pas les peuples du Darka-Guèn d'une façon plus large. Peut-être avait-il manqué de nombreuses informations durant son absence, et peut-être étaient-ce ces informations qui en cet instant l'empêchaient de comprendre la situation.

Son expérience à la frontière lui permettait de mesurer, mieux que n'importe qui à la cour, la fragilité de leurs défenses vis-à-vis du Kotar. Il n'imaginait pas que le trouble qui animait le château et la menace que dénotait la présence des elfes puissent ne pas concerner les lycans. Mais il imaginait mal que les vaérims et les dragons-mirages puissent se sentir touchés par le sort des humains dans un conflit contre eux. Le mystère demeurait donc pour l'instant insoluble.

Arvak restait assis devant sa fenêtre. Dehors, le soir commençait à tomber.

Les journées étaient longues en ce milieu d'été et la ville connaîtrait encore plusieurs heures d'ensoleillement avant que la nuit ne s'impose tout à fait. Il était déjà tard pourtant et, dans la cour du château, la foule commençait à se clairsemer, des employés du palais rentraient chez eux, ainsi que des courtisans dans des tenues bigarrées, des visiteurs. Bientôt, les gardes fermeraient les portes et le palais retrouverait un semblant de calme jusqu'au matin.

Il ressentit une soudaine aversion à rester seul, il mit ses bottes, passa une cape sur ses épaules et s'apprêta à sortir quand on frappa à sa porte.

— Entrez.

Le visiteur s'exécuta, c'était Altred qui le regarda avec un air surpris.

— J'étais venu voir si vous étiez prêt pour le repas d'accueil de nos invités elfes. Le roi votre père aimerait beaucoup vous y retrouver.

Arvak resta un instant interloqué. Le répas lui était complètement sorti de l'esprit – peut-être parce qu'il détestait ce type de réception très formelle et qu'il les fuyait chaque fois que possible.

— Je n'y serai pas, répondit Arvak avec embarras.

— Vous ne… pour quelles raisons ?

Altred était calme mais son regard et la crispation de sa mâchoire révélaient sa colère.

— Je…, hésita Arvak. Je suis malade.

— Non, vous n'êtes pas malade.

Arvak déglutit, le regard d'Altred était plus pénétrant que jamais.

— C'est vrai, reconnut-il. Mais… si je n'avais pas accueilli Roawir comme il se devait, vous auriez dû expliquer à mon père pourquoi vous avez négligé l'un de ses invités de marque.

Plus tôt dans la journée, le maitre d'hôtel s'était effectivement laissé happer par le charisme de Karfanaël, et Roawir était resté en arrière, incertain quant à l'attitude à adopter. Altred avait commis une faute et aurait dû se montrer aussi courtois envers lui qu'envers Karfanaël, lui présenter sa chambre, comme il l'avait fait pour son maitre. À ce moment-là, Arvak avait agi fort à propos et offert à l'elfe un accueil à la hauteur de l'estime dans laquelle il était tenu, Altred ne pouvait que le reconnaitre.

Son regard se radoucit et il laissa échapper un soupir de consternation.

— Votre père aimerait vous voir. Vous lui avez manqué pendant cinq ans et il s'en veut terriblement que ses obligations l'aient empêché de vous voir aujourd'hui.

Arvak baissa les yeux.

Il savait que son père l'aimait et que l'animation du château était présentement exceptionnelle. Il ne doutait pas qu'en toute autre circonstance, Tintal aurait repoussé même l'affaire la plus urgente pour voir son fils, au moins quelques heures, prendre de ses nouvelles.

Arvak passa sa main dans ses cheveux :

— J'étouffe ici, avoua-t-il, alors pour une réception formelle...

Il fit un geste de négation de la tête.

— Je veux juste avoir ma soirée.

Altred le considéra un instant dans sa tenue de Frontalier et estima qu'il était de toute façon trop tard à présent pour qu'Arvak ait le temps de se préparer convenablement.

— D'accord, je trouverai une explication pour votre père.

— Merci maitre, je serai là pour le petit déjeuner.

Il doubla Altred et sortit sans se retourner.

Altred le regarda s'éloigner, prendre une porte dérobée pour gagner les couloirs des domestiques, et laissa échapper un nouveau soupir. Pendant un instant il avait revu en ce jeune prince, l'enfant espiègle qui s'échappait en douce du palais pour aller jouer dans les rues, et il ne doutait pas de sa destination.

En effet, après avoir quitté Altred, le jeune homme alla jusqu'à la cuisine et arriva à la cour intérieure du château. De là il gagna le chemin de ronde qu'il suivit jusqu'à l'entrée principale, entra dans une tour de garde par une porte dont il avait la clef et put sortir sans croiser personne. Il n'aurait pas voulu croiser un notable, et lui expliquer les raisons de son absence à la réception organisée pour les elfes. Ce chemin n'était pas emprunté par les gardes royaux et personne d'autre n'y avait accès.

Arvak se retrouva dans la rue et s'éloigna rapidement du palais pour se mêler à la foule. Sa tenue de Frontalier, discrète et simple, le rendait méconnaissable pour beaucoup. Bien peu de personnes, même en Odrin, avaient déjà vu son visage et auraient pu le reconnaitre de façon certaine. Arvak avançait donc sans se dissimuler, d'un pas enjoué, disparaissant au milieu des gens.

Les rues continuaient d'être animées dans le soir tombant, des carrioles tentaient de se frayer un chemin au milieu des passants à pied, dans des rues parfois étroites en dehors des quelques grandes artères principales. Elles bringuebalaient en grinçant sur leurs essieux de bois, sous les cris des conducteurs qui s'alpaguaient d'une rue à l'autre.

Arvak profita d'une dispute attirant l'attention, attrapa une pomme sur un étal et poursuivit son chemin. Celui-ci le menait un peu plus avant dans les quartiers populaires, jusqu'à une échoppe à la façade de bois richement travaillée, mais usée par le temps. Son enseigne montrait un renard grimaçant, debout sur ses pattes arrière, tenant dans une main une chope et dans l'autre deux épées croisées. Sur le fronton, gravé dans le bois, peint en lettres blanches mais à la couleur délavée, se trouvait le nom de l'établissement, « Au Chat Rôdeur ». Arvak entra.

Le lieu qu'il connaissait bien semblait fort peu fréquentable au premier abord.

On devinait à son architecture de bois, à son étage en balconnet, à son grand lustre éclairé, à son long comptoir de chêne brut et à sa large cheminée monumentale, que le Chat Rôdeur avait dû être parmi les auberges les plus modernes et riches de la capitale. Il y avait eu un gout du luxe dans le choix de ses matériaux d'origine et ils avaient traversé le temps, se patinant à l'usage, sans jamais perdre complètement leur qualité première. Pourtant, aujourd'hui l'auberge avait acquis cette usure crasse des lieux longtemps entretenus avec de faibles moyens, qui voyaient passer une foule de gens, et dont les propriétaires s'étaient succédés, au fil du temps, avec leur notion de l'entretien chaque fois très personnelle et toujours approximative.

Ses murs blanchis à la chaux étaient jaunis et de la poussière s'accumulait par endroit. Ils s'ornaient d'un bric-à-brac très varié, des trophées, des portraits, des pièces d'armures, des outils agricoles anciens. Au-dessus de la cheminée, une tête de lycan empaillée semblait narguer la foule de son regard menaçant, ses babines figées. Sur le comptoir, un renard, également empaillé, trônait entouré de petites statuettes de bois, de paille ou de terre cuite. Le Chat Rôdeur sentait la bière, la sueur et le feu de bois et Arvak respira tout cela avec l'impression de rentrer chez lui.

Au fond de la salle, sur une petite estrade, un groupe de musiciens jouait des airs à danser que la foule de gens écoutait d'une oreille distraite. Les conversations et les rires formaient un brouhaha dont émergeait à peine leur musique lointaine et joyeuse.

Il salua l'aubergiste qui mit un certain temps avant de le reconnaitre :

— Ça par exemple ! s'exclama-t-il alors.

Il avait vraisemblablement fort à faire mais, entre deux tournées, il prit la commande d'Arvak, échangea quelques mots avec lui et lui indiqua que ses compagnons étaient déjà installés.

Attablés comme à leur habitude – au fond de l'auberge, près de l'escalier qui menait aux étages – Méaglim et Eliwyl étaient là, en compagnie de Norgar.

— Vous ici ? demanda Norgar à Arvak sur un ton faussement surpris.

— Je pourrais te renvoyer la question ! répondit Arvak.

Si c'était dans ses habitudes de fuir les réceptions royales, Norgar quant à lui y était généralement très à l'aise.

— Je savais que tu n'y serais pas, répondit Norgar.

Arvak espérait qu'il avait pu glaner des informations intéressantes. Il s'attabla avec les autres, pendant ce temps l'aubergiste lui apportait une bière, et Méaglim partit aux toilettes.

— Alors ? demanda Norgar. Est-ce que l'émissaire elfe t'a appris quelque chose ?

Eliwyl écoutait avec attention. Son rang social ne lui avait pas permis d'être présente à l'arrivée des elfes, mais elle avait été frappée par l'émoi qui avait animé le château toute la journée et Norgar lui avait déjà fait le récit de la matinée. Comme eux, elle souhaitait connaitre toute l'histoire.

— Roawir ? non, pas vraiment, avoua Arvak. Il m'a dit qu'il ne pouvait pas en parler et je n'ai pas osé insister.

— Ah oui ? releva Norgar. Je t'ai connu plus sagace !

— Tu as très bien fait et tu ne devrais pas écouter cet animal ! le coupa Eliwyl. De ce que j'ai compris le chef elfe est un con et Roawir aurait eu des problèmes.

Norgar se mit à rire, Eliwyl ne mâchait pas ses mots.

— Pourquoi tu dis ça ? demanda Arvak.

Son impression sur Karfanaël avait été assez mauvaise mais il n'aurait pas su dire pourquoi et l'opinion de son amie l'intéressait.

— De ce que m'a raconté Norgar il a visiblement une haute image de lui-même, aime se mettre en scène en public, accaparer toute l'attention, et n'est pas dérangé par le fait de laisser en arrière son élève.

Eliwyl compta sur ses doigts chaque chef d'accusation.

— M'est avis que c'est le genre de personne qui tire de la satisfaction à rabaisser les autres, et qui voit tout le monde en dehors de lui-même comme des ignares incompétents.

Arvak rit avec Norgar de son intransigeance, mais surtout de son franc-parler. Eliwyl disait les choses comme elle les pensait, sans dissimuler ses sentiments ni ses impressions. Il sentit soudain à quel point cette sincérité lui enlevait un poids des épaules. Ici, il était en terrain ami, sans dissimulation, ni intention cachée, ni manigance. Arvak n'avait aucune attitude à adopter, juste à être lui-même.

Alors seulement il se rendit compte qu'il s'était contenu toute la journée, pour correspondre au comportement qu'on attendait qu'il adopte, lors de l'accueil des émissaires et lors de sa discussion avec Roawir. Il aurait aimé pouvoir lui expliquer en long en large et en travers toutes les raisons qu'il avait d'être inquiet pour son pays.

Et il ne l'avait pas fait, car Roawir était un émissaire, que révéler ces informations c'était exposer le pays, le devoir l'avait fait taire, et Roawir s'était tu aussi sur les raisons de sa venue. Arvak se sentait oppressé, mais cette pression qu'il s'était imposée céda soudain en lui-même devant l'hilarité simple d'Eliwyl et Norgar.

— Quoi, j'ai pas raison ? demanda Eliwyl.

— Je ne serais probablement pas allé jusque-là, avoua Norgar, mais je dois bien avouer que mes sentiments vont plutôt dans ton sens.

Arvak acquiesça.

Il trouvait qu'Eliwyl n'avait pas suffisamment de faits pour adopter des conclusions aussi tranchées sur le caractère supposé de Karfanaël. Malgré tout, cet elfe avait laissé à Arvak une mauvaise impression et, si lui-même n'aurait osé suivre l'analyse d'Eliwyl, maintenant qu'elle avait exposé sa pensée il s'étonnait de voir à quel point elle rejoignait son propre ressenti. Voir que Norgar et Eliwyl étaient tous deux du même avis lui donnait confiance en son intuition première.

— Je pars cinq minutes et vous trouvez quand même le moyen de parler politique ! s'exclama Méaglim en se faisant une place autour de la table.

— D'ailleurs, demanda Arvak qui y pensait soudain, vous avez trouvé où vous loger ?

Eliwyl répondit la première :

— Les érudits m'ont libéré une place dans leur dortoir au palais, au-dessus de la bibliothèque.

En tant que membre éminent de l'École de Tsiroèn et en tant que fille d'Anar Morken, le dracologue qui avait protégé le pays pendant de longues années, Eliwyl avait ses entrées au château royal. Le dortoir des érudits restait malgré tout parmi les logements les plus modestes du palais, et elle n'avait pas la liberté de mouvement dont Norgar ou Arvak bénéficiaient dans le reste de la demeure.

— Moi, j'ai loué une chambre ici, ajouta Méaglim.

Au contraire d'Eliwyl, Méaglim n'était aucunement le bienvenu au palais du roi et, s'il avait été pendant plusieurs années un employé d'écurie sous les ordres de Morgalt, il n'y avait plus sa place depuis sa condamnation au bagne.

Arvak était dépité à l'idée que deux de ses amis logent de façon aussi modeste. Lui et Norgar disposaient d'appartements dans la somptueuse aile est du château, une armée de domestiques était toujours disponible pour satisfaire leurs moindres demandes et anticiper leurs besoins. De leur côté Eliwyl et Méaglim, qui avaient combattu à la frontière, bravant tous les dangers, s'étaient souvent illustrés et avaient fait beaucoup de sacrifices pour servir la cause en laquelle ils croyaient, se retrouvaient moins bien logés que la plupart des petites gens de la capitale.

En d'autres circonstances, Arvak aurait pu demander à son père de loger ses compagnons dans l'aile est, mais l'agitation du château lui laissait supposer que sa demande aurait présentement été vaine. De surcroît, l'endroit n'aurait pas été sûr pour Méaglim qui s'était attiré beaucoup d'inimitié au château à cause de l'affaire qui l'avait envoyé au bagne.

Arvak prit une gorgée de bière.

— Et toi ? demanda-t-il à Norgar, tu as réussi à avoir des informations ?

— Rien de très significatif. J'ai appris que des émissaires vaérims sont arrivés le mois dernier. Le roi leur a fourni l'accès à l'observatoire astronomique de Garmintal.

— Celui qui se trouve dans les montagnes au nord, comprit Arvak.

— Tout à fait. Un message leur a été envoyé et ils devraient arriver à la capitale demain.

— Attends, ils y vivent depuis un mois ?

Il était très inhabituel de voir des vaérims hors de leurs montagnes. Même si les humains avaient de bons contacts avec eux, ils accueillaient rarement des émissaires de ce peuple et leur pays était très lointain.

— C'est ça, confirma Norgar.

— Ils attendaient les elfes.

Norgar hocha la tête :

— Quelle que soit l'information dont ils sont porteurs, les vaérims l'attendent depuis longtemps.

— Et pour Kared Nimizar ?

— Il est arrivé à Mralèm il y a un mois, quelques jours avant l'arrivée des vaérims. Et il est reparti le lendemain à destination du Magcam.

— Il est venu depuis Artaug ? s'étonna Arvak interloqué.

Artaug se trouvait à l'extrême nord-est du pays. Située en haut d'une montagne escarpée que Kared était le seul à pouvoir parcourir grâce à sa dragonne Aïnambra. La forteresse se trouvait à la frontière du Kotar, au pied d'une passe au milieu des montagnes de Durgèm Vèd, passe que les lycans étaient susceptibles d'emprunter pour entrer dans le pays. Avec Rimentos, Artaug constituait le deuxième point clef de la protection de la frontière. Arvak ignorait combien de temps exactement était nécessaire pour rallier Artaug et Mralèm à dos de dragon, mais il estimait ce trajet à une semaine au moins, et pour aller au Magcam le chemin était bien plus long encore.

La nécessité devait être grande pour que Kared Nimizar ait ainsi enchaîné, en si brefs intervalles, deux voyages de ce type.

— Cela signifie, conclut Arvak, que ce qui provoque l'émoi actuel du château et qui a poussé les elfes à venir pourrait remonter à un mois.

— Je pencherais pour un mois et demi. J'ai appris qu'il y a un mois et demi, Andlam Valgar est venue à Mralèm avant de partir dès le lendemain pour la Waniri.

Andlam était une autre dracologue, elfe cette fois-ci. Son dragon, Valgar, était de petite taille mais redoutable, et Andlam était une guerrière estimée qui vivaient en Aganius depuis plusieurs siècles déjà. Ses voyages jusqu'à sa patrie natale étaient rares quoiqu'elle eût de bonnes relations avec les elfes de Waniri.

— Tu penses que cela a un lien avec le fait que le roi nous ait rappelés ? demanda Arvak.

Il avait reçu une lettre de son père, un mois auparavant, dans laquelle ce dernier lui proposait de revenir quelque temps en compagnie de Norgar, Méaglim et Eliwyl auxquels il donnait également une permission. Si les circonstances avaient été différentes, Arvak aurait probablement refusé l'offre – il en avait repoussé plusieurs au cours de ces cinq dernières années. Mais après la blessure de Rocaille, l'atmosphère à la Frontière s'était beaucoup dégradée pour lui et ses compagnons. Les chefs les envoyaient séparément, dans des missions de plus en plus dangereuses, parfois mal organisées, et Arvak voyait la lassitude accabler de plus en plus ses camarades.

Si le roi n'avait pas offert de les emmener avec lui, il aurait certainement décliné l'offre.

En considérant le temps nécessaire pour que cette lettre lui parvienne, Tintal avait pu l'expédier à l'époque où Andlam était venue jusqu'à Mralèm avant de repartir pour la Waniri.

— C'est ce que je crois, répondit Norgar.

— Et concernant le fin mot de l'histoire ?

— J'ai bien une hypothèse, mais elle est un peu folle.

Cette réponse déconcerta Arvak.

Entre eux deux, Norgar était le plus rationnel. Pour envisager une explication hors norme, il avait nécessairement commencé par exclure toutes les hypothèses plus vraisemblables, jusqu'à ce qu'il ne reste que l'explication invraisemblable.

— Assez de politique ! s'exclama Méaglim en frappant du poing sur la table.

Arvak aurait au contraire aimé continuer cette conversation mais Méaglim ne lui en laissa pas la possibilité. Il se leva et marcha jusqu'au milieu de la salle. Là il commença à taper du pied sur le sol de pierre de l'auberge. Le signal, bien connu d'une bonne partie de l'assemblée, attira des acclamations d'enthousiasme, on imita bientôt son battement du pied et le Chat Rôdeur s'emplit d'un joyeux tintamarre.

Quand le bruit retomba la voix de Méaglim s'éleva dans la salle.

Méaglim était un colosse, d'une taille et d'une force impressionnante. Un ours fait homme n'aurait pas paru moins redoutable que Méaglim. Lorsqu'il chantait, il avait une voix puissante, basse, qui résonnait dans la poitrine. Il entonna un chant que tout le monde ici connaissait, l'hymne des Frontaliers. Il avait une mélodie grave et lente, qui ne demandait pas d'accompagnement musical et que Méaglim chantait presque religieusement.

« Nous avons réchappé au bagne
Ou bien à quelque geôle
Toujours premiers à la castagne
Ou pour un verre de gnôle

Nous qui sommes les Frontaliers
Devons tenir le fort
Pour nos terres et pour nos foyers
Tenir jusqu'à la mort »

Au deuxième couplet, la foule commença à psalmodier en accompagnement, puis ils comprirent que si fort qu'ils puissent chanter, rien ne pouvait couvrir la voix de Méaglim et ils poursuivirent avec davantage de force.

« Les Paladins devaient veiller
Ils faillirent à la tâche
Et nous sous la lune glacée
Nous luttons sans relâche

Nous ne craignons ni les bêtes
Ni le feu ni les larmes
Et si c'est la mort qui nous guette

Elle nous trouv'ra en armes »

Un silence se fit avant le dernier couplet.

« Sur les plaines de Rimentos
Quand je rendrai mon âme
On dressera un mât de bois
Pour se souv'nir de moi. »

Lorsqu'il acheva la dernière syllabe, des acclamations et des sifflements résonnèrent dans la salle, les gens frappaient dans leurs mains ou sur les tables.

Le Chat Rôdeur était un bar notoirement connu pour être un lieu où se retrouvaient les Frontaliers de passage. D'ailleurs, Arvak reconnut bientôt parmi les gens qui venaient saluer Méaglim certains des membres de l'escorte d'Eirda Valguir, bien que cette dernière fût absente.

Par son chant, Méaglim avait ouvert les festivités, bientôt d'autres chansons résonnèrent dans la taverne et, lorsqu'il les identifiait, Méaglim, qui en connaissait beaucoup, les reprenait à son tour. Sa voix forte couvrait toutes les imperfections des autres, encourageait à se mêler au groupe. Eliwyl se joignit à lui.

Eliwyl et Méaglim étaient frère et sœur, issus de pères différents. On disait couramment d'eux qu'ils étaient l'exact opposé l'un de l'autre, ce qui était vrai par bien des aspects.

Eliwyl était aussi petite et svelte que son frère était grand et large. Elle était même plus petite qu'Arvak – qui avait rarement affaire à plus petit que lui. Mais là où son frère avait tout du placide géant, dont les manières débonnaires et généralement affables n'étaient contrebalancées que par son imposant physique, Eliwyl était d'une pugnacité qu'il était dangereux de sous-estimer – et ceux qui s'y étaient risqués en avaient fait les frais. Lorsqu'elle chantait, elle avait une voix aiguë et cristalline. Elle formait un beau duo avec son frère. D'ailleurs, tous deux entamèrent bientôt en canon une chanson paillarde qu'ils maîtrisaient particulièrement, à la grande joie de l'assemblée.

Puis les tables furent repoussées et des gens commencèrent à danser au milieu de la piste. Certains se joignaient à la foule, d'autres restaient en arrière, buvant ou tapant des mains. Les musiciens accompagnaient, jouant fort pour couvrir le tumulte, donnant le rythme des danses.

Tous quatre firent ainsi la fête jusqu'à une heure avancée de la nuit.

Méaglim finit parfaitement ivre, mais fort heureusement, ses logements se trouvaient en haut de l'escalier. Arvak et Norgar l'y conduisirent avant qu'il ne tombe. Personne n'aurait pu porter un gaillard comme lui jusqu'à son lit s'il ne s'y rendait lui-même. Arvak lui était presque sobre. Il détestait ce sentiment de perdre le contrôle qui accompagnait l'ivresse et ne buvait jamais que modérément. Norgar, pour une fois, n'avait pas suivi son exemple. Bien qu'il ne fût pas aussi alcoolisé que Méaglim, il avait l'œil brillant et un peu hagard. Il était tombé amoureux trois ou quatre fois au cours de la soirée, de demoiselles ou de jeunes gens dont il n'avait rien obtenu, mais dont il ne tarissait pas d'éloges. Arvak l'écoutait parler avec une indifférence bienveillante.

Eliwyl était restée en retrait. Suivant les préceptes de son école, elle ne buvait pas, et aimait fort peu danser. Lorsque les chants avaient cessé, elle s'était attablée avec d'autres personnes et avait eu des conversations animées pendant une bonne partie de la soirée.

Lorsque le Chat Rôdeur ferma, ils se retrouvèrent dans la rue déserte.

Il n'y avait pas d'autre éclairage que la lune, mais la nuit n'était pas si sombre et leurs yeux s'habituèrent vite à l'obscurité.

L'air frais acheva de chasser les dernières traces d'alcool de l'esprit d'Arvak. De son côté Norgar avait un fou rire inexpliqué mais contagieux. Arvak et Eliwyl se mirent à rire avec lui, sans même savoir pourquoi. Ils se calmèrent progressivement après avoir un peu marché et Norgar essuya les larmes d'hilarité qui perlaient au coin de ses yeux.

— Alors, demanda Eliwyl, quelle était ton idée un peu folle ?

— Laquelle ? J'ai eu beaucoup d'idées folles au cours des dernières heures ! répondit Norgar avec l'œil pétillant.

— Celle dont tu nous parlais avant que Méaglim ne lance les réjouissances. C'était à propos de ce qui amenait nos émissaires elfes.

— Ah, oui, répondit Norgar dont l'esprit commençait à s'éclaircir.

Il s'arrêta de marcher un instant et devint pensif.

Puis son fou rire reprit.

— Allons, n'en parlons plus, soyons joyeux plutôt !

Et il prit Arvak et Eliwyl par les épaules, mais tous deux le repoussèrent d'un même élan.

À leur regard accusateur Norgar comprit qu'il ne pourrait pas se dérober.

— Mon hypothèse c'est que la Ténébra pourrait être de retour.

Arvak se figea un instant.

La Ténébra était la créature qui avait fait s'éteindre les dragonniers à l'aide du Pilier des Ténèbres et, plus récemment, elle avait créé les lycans avant de déclencher entre les peuples une guerre fratricide, la Grande Guerre. Elle avait été enfermée dans un monde prison, comme l'avait été le précédent gardien du Pilier des Ténèbres. Mais, même si son nom et son histoire se paraient de légende, nul en Aganius ne doutait de la véracité de son existence.

— Je ne vois que ça qui peut animer aussi vivement l'ensemble de nos alliés, poursuivit Norgar. Et puis tu le sais comme moi, la seule chose qui manque aux lycans…

— C'est un leader, acheva Arvak.

Chapitre 5

Tous trois regagnèrent le château, Arvak ne dormit presque pas de la nuit.

Son sommeil fut agité, entrecoupé de pensées chaotiques et cauchemardesques, où il rêva qu'une créature faite d'obscurité était assise sur sa poitrine et l'empêchait de respirer. Lorsque le jour arriva, Arvak l'accueillit comme une bénédiction. Il se lava le visage à l'eau claire puis fit quelques exercices d'escrime pour dénouer ses muscles et se vider l'esprit. Il ressentait encore les courbatures de son long voyage à cheval depuis la frontière.

Lorsqu'il eut terminé, le palais commençait tout juste à s'éveiller. Arvak pouvait entendre les domestiques qui entamaient leur journée, il ouvrit la fenêtre et l'odeur de feu de bois qui émanait des cuisines le saisit, ainsi que les ordres tonitruants du chef.

Dans la cour, Morgalt s'activait déjà, conduisant des chevaux par la bride. Arvak n'était pas le seul à être matinal. Les portes du château étaient encore fermées et la fraicheur de la nuit demeurait, vivifiante dans le jour naissant.

Un domestique vint trouver Arvak afin de lui rappeler l'heure à laquelle il était attendu pour le petit déjeuner et lui apporter ses vêtements. Arvak l'en remercia, s'habilla et prit la direction des appartements de son père.

La salle dans laquelle il avait rendez-vous, et où il arriva bientôt, se trouvait dans l'aile est, la plus belle du palais. Elle était carrée, de dimensions modestes comparées aux proportions impressionnantes du reste de la demeure, ce qui donnait aux réunions dans ce lieu un sentiment de sérénité intimiste. De grandes baies vitrées donnaient sur un petit balcon qui offrait une vue sur le jardin intérieur du palais. Les fenêtres avaient été ouvertes et la salle embaumait les odeurs mêlées du chèvrefeuille et de la lavande.

La pièce en elle-même avait les chaudes couleurs du bois. Les murs étaient ornés de tapisseries représentant des guerriers en armure, chevauchant des dragons colorés, pourchassant des créatures fantastiques. Le plafond aux belles poutres apparentes sculptées d'arabesques, d'une teinte ambrée, s'ornait d'un lustre en cristal scintillant. Le sol était en parquet ancien, marqué par le temps, mais qu'on devinait minutieusement entretenu. Trois tables étaient réparties dans la pièce, faites de planches de bois posées sur des tréteaux et recouvertes chacune d'un drap blanc finement brodé sur ses bords. La plus haute se trouvait au fond de la pièce, face au jardin, et le siège royal y était attablé, écrasant dans le menu espace. Les deux autres tables se faisaient face, de part et d'autre de la première. Toutes trois seraient retirées par les domestiques une fois le repas pris et l'endroit retrouverait sa tranquillité discrète.

Arvak avait joué de nombreuses heures ici étant enfant et, alors qu'il promenait son regard sur les lieux, il s'attendait presque à retrouver, çà et là, égarés, son cheval de bois, sa vaisselle miniature ou son arc à ficelle. C'était une pièce dans laquelle son père aimait se délasser.

Tintal était déjà attablé. Lorsqu'il le vit, il l'appela avec joie :

— Ah, mon fils !

Arvak vint à sa hauteur et lui serra la main au-dessus de la table.

Le roi avait une carrure impressionnante, certes pas autant que Méaglim, mais son passé de soldat se devinait dans la largeur de ses épaules et dans ses bras musculeux. Il dominait son fils d'au moins deux têtes et l'estrade sur laquelle il se trouvait n'arrangeait rien. Arvak se sentit rapetisser.

— Tu portes les vêtements que je t'ai choisis, c'est bien, nota Tintal.

Arvak jeta un rapide regard à sa tenue. Il n'y avait accordé aucune attention lorsqu'il s'était préparé, l'accord de couleurs brun et vert lui avait rappelé les Frontaliers, sa sobriété lui avait inspiré confiance. Mais à présent que son père en faisait la remarque, il dénombra toutes les similitudes entre leurs deux habits. Le roi était vêtu de gris, mais plusieurs détails de broderie, la coupe du vêtement, ses boutons, montraient une évidente symétrie.

Tintal affichait un sourire courtois mais son regard d'un gris acier était intransigeant, sa poigne se resserra comme un sourd avertissement. Tout ceci n'était qu'une mise en scène à l'intention des émissaires elfes, et le roi venait de l'en avertir, avec discrétion mais fermeté. Arvak se glissa dans la peau de son personnage, s'imagina qu'il portait sa tenue de Frontalier et son épée au côté pour chasser la sensation d'écœurement qu'il ressentait, et retrouver l'amabilité dont il devait témoigner.

Le regard du roi s'adoucit et il fit signe à Arvak de s'asseoir à sa gauche, Games Gandar se trouvait déjà à sa droite. Arvak salua son vieux mentor ainsi que son dragon Endimir qui, couché dans un angle de la pièce, observait les alentours à travers les yeux de l'humain chargé de ses soins.

Peu après qu'il eut pris place, les deux émissaires elfes, Karfanaël et Roawir, entrèrent à leur tour, guidés par Altred. Blifen, le glouton totem de Karfanaël, marchait dans le sillage de ce dernier, et Riron, le faucon de Roawir, trouva bientôt sa place sur le balcon. Les elfes vinrent saluer poliment le roi ainsi qu'Arvak et Games Gandar. Bien qu'en comité réduit, aucun repas du roi n'était jamais réellement informel et Arvak s'astreignit à garder une attitude conforme à l'étiquette de la cour, sous le regard encourageant et bienveillant de Games Gandar.

Norgar entra bientôt en compagnie d'Andlam et Valgar.

La dracologue elfe avait un animal totem hors du commun et très rare pour les siens, un dragon. Il ne passa pas inaperçu auprès de l'assemblée.

Valgar était de très petite taille pour son espèce, à peine plus grand qu'un lion – ce qui, dans une pièce de dimensions modestes comme celle où ils se trouvaient, restait malgré tout très impressionnant. Il avait les écailles brunes aux reflets sombres et son échine ainsi que son dos se paraient d'une imposante crinière couleur de feu. Ses yeux à la pupille fendue chatoyaient comme deux braises ardentes et ses gestes étaient souples et gracieux.

Bien que beaucoup plus vieux qu'Endimir il n'était pas touché par le vieillissement qui avait atteint le dragon noir. Endimir était né dans le laboratoire du Temple grâce à la magie des dracologues humains, et celle-ci avait affecté son développement. Valgar était né de façon naturelle, appelé par la présence de l'elfe dont il était le totem, Andlam.

Cette dernière était d'une carrure très similaire à celle d'Eliwyl. Elle était très petite et svelte, sa minceur étant encore renforcée par sa nature d'elfe – chez lesquels la musculature était peu volumineuse, chez les hommes comme les femmes. Par sa stature elle tranchait fortement avec la moyenne de taille et de corpulence qu'on retrouvait couramment chez les humains, ce contraste était d'autant plus marquant pour la fonction qu'elle occupait. Guerrière chevronnée, érudite, professeure, tueuse de lycans dans sa jeunesse, directrice de la prestigieuse école de Tsiroèn, chevaucheuse de dragon, la longue vie d'Andlam l'avait amenée à endosser bien des rôles et à servir bien des générations de rois en Aganius, où elle était tenue en très grande estime. Durant des décennies, elle avait arpenté seule les vastes terres sauvages d'Erion, traquant les meutes de lycans, les exterminant avec méthode afin d'en réguler la population. Elle avait vécu comme chez elle dans des lieux où aucun humain n'aurait tenu une nuit.

Arvak, en de rares occasions, avait eu la chance de croiser le fer avec elle. Certes il ne lui arrivait pas à la cheville – cent ans n'y auraient pas suffi – mais il avait conservé des souvenirs mémorables de ces combats trop brefs et trop rares à son goût.

Andlam avait le visage fin, des pommettes saillantes, constellées de taches de rousseur. Sa chevelure rousse était d'une couleur presque aussi vive que celle de Valgar. Elle avait le regard pétillant et les lèvres rieuses, un humain lui aurait à peine donné trente ans.

Elle salua toutes les personnes présentes avec élégance, échangeant quelques mots de salutation et de politesse avec chacune et, lorsqu'elle en vint à Arvak, après un instant d'hésitation, elle le reconnut :

— C'est un plaisir de vous revoir Prince, j'ignorais que vous étiez de retour !

Andlam avait trop vécu et vu passer trop de princes comme de rois pour se soucier encore de dissimuler ses sentiments. Il y avait une sincérité dans la sympathie qu'elle manifestait qui fit comprendre à Arvak qu'elle l'avait reconnu, non pas seulement pour sa place politique, mais pour les rares combats qu'ils avaient partagés, et il en fut flatté. Ils ne s'étaient pas affrontés souvent et cela remontait déjà à plusieurs années. Andlam était très prise par ses fonctions et elle se montrait rarement à la cour. Ils échangèrent quelques politesses tandis qu'elle prenait place à côté de Norgar.

— Est-ce qu'Eliwyl est là aussi ? demanda Andlam.

— Bien sûr ! Elle loge à la bibliothèque en ce moment. Elle a beaucoup progressé !

— Ah ! Ça, ça veut dire qu'elle te bat ! J'irais la voir tout à l'heure.

— C'était déjà le cas avant notre départ je crois, répondit Arvak un peu penaud.

— Je crois aussi, j'avais bien dit qu'il fallait bosser.

Arvak accepta la critique. Andlam aimait taquiner les personnes de son entourage, en particulier quand elle avait de l'estime pour leurs capacités et que c'était mérité. Comme maintenant, elle le faisait généralement sur un ton léger et facétieux. Arvak ne s'en sentit pas blessé, d'autant qu'Andlam avait raison. Il ne s'était pas montré à la hauteur d'Eliwyl.

Andlam avait été l'un des professeurs de son amie, à l'école de Tsiroèn. Arvak n'était pas étonné de la similitude entre leurs caractères, à la fois francs et justes. Andlam était une femme qui donnait envie qu'on lui ressemble.

Des domestiques commencèrent à arriver, emportant les plats du petit déjeuner. Du pain chaud, des gâteaux, des confitures, des fruits, des boissons, diverses noix, du fromage, de la charcuterie, trouvèrent bientôt leur place sur les trois tables, s'étalant en un banquet d'une rare richesse et Arvak se servit copieusement.

Son père engagea la conversation avec lui. Il lui demanda comment était sa santé et comment s'était passé son service à la frontière. Arvak répondit par des banalités et sans entrer dans les détails. Puis ils parlèrent de leur élevage de chevaux, des poulains qui étaient nés au cours des cinq dernières années où Arvak avait été absent, de leurs résultats aux courses. Tintal vanta les qualités du travail de Morgalt et les bons résultats de son dernier champion, Flamme. C'était un sujet qui les passionnait tous deux et sur lequel ils s'entendaient toujours. Arvak sentait que Tintal, un peu maladroitement, tentait de se montrer agréable envers lui.

Arvak avait de nombreux sujets de désaccord avec son père. Celui-ci avait fortement désapprouvé sa décision d'accompagner Méaglim lorsque, à sa sortie du bagne, il avait rejoint les Frontaliers. Tout comme il avait désapprouvé l'amitié qui, enfant, l'avait lié à ce garçon d'écurie. À ses yeux, la place d'Arvak était à la cour, auprès de lui et des personnes de haut rang qui formaient l'élite de la nation, et son rôle était de servir le pays à la fonction de chef d'État. Mais Arvak ne s'épanouissait pas à la cour. Il ne pensait pas que les personnes les plus privilégiées du pays soient celles qui puissent apporter des solutions aux problèmes que rencontraient les populations. L'aristocratie que Tintal soutenait était, à ses yeux, trop éloignée des réalités, trop choyée par un système qui les protégeait, il ne voyait pas comment ils auraient pu trouver des solutions à des problèmes qui ne les touchaient pas. Les combats contre les lycans se déroulaient loin d'eux, le manque de nourriture, d'eau potable, l'incapacité de voyager en sécurité, de s'instruire, étaient des difficultés qu'ils ne connaissaient pas et ne connaîtraient probablement jamais.

Jusque dans la pratique de l'escrime la fracture était flagrante. L'aristocratie se complaisait dans la perpétuation d'une tradition guerrière chevaleresque, en armure de plates scintillante, aux belles passes d'armes académiques, aux joutes sophistiquées, et les Paladins incarnaient cet idéal courtois. Les Frontaliers avaient abandonné la galanterie guerrière, la plate, les coups de maitre compliqués, qui n'avaient conduit qu'à des échecs face aux lycans, pour ne plus conserver que le strict essentiel d'un art martial pensé pour tuer l'adversaire dès la première frappe. Arvak revenait toujours à penser à cette opposition entre l'ancienne et la nouvelle escrime lorsqu'il réfléchissait à ce qui l'éloignait de la noblesse. L'escrime d'apparat de la cour et les combats sur le terrain catalysaient toute l'incompatibilité entre la vie d'autrefois perpétuée par la noblesse privilégiée, et la réalité du monde incarnée de façon brutale par les lycans.

Arvak et son père avaient commencé à s'éloigner de nombreuses années avant qu'il ne parte pour la Frontière, mais cet éloignement de cinq ans l'avait renforcé, lui Arvak, dans ses convictions. Toutefois, il sentit en cet instant, malgré leurs divergences et malgré l'intransigeance de son père, une volonté de Tintal d'être affable, de ne pas évoquer des sujets sur lesquels ils étaient divisés, et Arvak mit ses réflexions de côté pour passer un agréable moment en sa compagnie.

Roawir sembla s'intéresser à leur conversation lorsqu'ils commencèrent à parler de chevaux, quoiqu'il le fît discrètement et sans oser y prendre part. Le voyant Games Gandar chercha à engager la conversation avec lui sur un sujet similaire :

— J'ai cru comprendre que mon prince vous avait montré nos plus belles montures ?

— Oui, ils…

— Roawir a dû en être ravi, le coupa Karfanaël, il a la passion de ces bêtes.

Roawir hocha la tête en assentiment.

— Aviez-vous eu d'autres occasions d'en voir ?

Roawir ouvrit la bouche mais Karfanaël le devança :

— Trop rarement je le crains, les chevaux sont rares dans nos régions. J'aurais aimé le présenter à notre bien-aimée reine Guildra Naïnor, que j'ai moi-même eu le plaisir de rencontrer régulièrement de par le poste que j'occupe. Son totem est une jument blanche d'une beauté tout à fait exceptionnelle. Malheureusement l'occasion ne s'est jamais présentée. En ces temps difficiles, elle n'a que peu de temps pour les discussions courtoises. La raison d'État prévaut toujours pour les grands que nous sommes. D'ailleurs, les montures que vous nous avez fournies étaient d'une qualité remarquable, d'aucuns en ont été admiratifs.

Tintal apprécia le compliment et commença à parler avec Karfanaël des chimères que les elfes utilisaient plus couramment comme montures. L'elfe semblait intarissable sur le sujet et en vantait la docilité :

— Il faut les dresser avec fermeté et leur montrer que vous êtes le chef, que vous prenez les décisions, assurait-il. Les jeunes années sont déterminantes, mais si vous parvenez à les soumettre, les chimères s'abandonneront sans retenue et n'écouteront ni la fatigue ni la faim. Elles n'ont pas d'identité propre, conformément à leur nature, c'est pourquoi le dressage est indispensable pour forger leur caractère.

Arvak ne doutait pas, au vu de la façon dont Roawir avait parlé de sa chimère avec Morgalt la veille, que ce dernier ne partageait pas l'opinion de son maitre, et pourtant il ne chercha pas à le contredire.

Tintal revint bientôt sur le sujet des chevaux et demanda à Roawir :

— Je crois que mon fils vous a fait visiter le domaine, y a-t-il des chevaux qui auraient attiré votre attention particulière ?

Le regard de Karfanaël se porta sur son apprenti avec insistance, comme s'il attendait de lui qu'il se montre à la hauteur de la question du souverain, et Roawir hésita quelques instants.

Rocaille lui revenait en mémoire car l'histoire qu'Arvak lui avait racontée à son sujet l'avait beaucoup touché. Mais cette réponse ne lui semblait pas celle que le roi attendait. Par ailleurs il avait le sentiment qu'Arvak s'était épanché à ce moment-là, d'une façon dont il ne se serait pas confié à son père, aussi Roawir n'osa évoquer Rocaille. Pour le reste Arvak et lui avaient essentiellement discuté de politique, il n'avait retenu à peu près aucun autre nom. À l'idée de ne pas citer les noms adéquats et de formuler une réponse inappropriée, sa nervosité grandit. Il connaissait finalement très peu de choses à ces animaux et ne croyait pas avoir les compétences pour juger de la qualité des chevaux qu'il avait vus la veille.

— Pardonnez mon élève, Votre Altesse, intervint Karfanaël alors que le silence de Roawir se prolongeait. Il a une cervelle d'oiseau, le totem sans doute.

Il avait parlé sur le ton de la plaisanterie et l'assemblée rit poliment tandis que Roawir semblait se replier sur lui-même.

— Crépuscule m'a semblé d'une qualité exceptionnelle, finit-il par dire alors que les rires s'apaisaient.

— Ah ! s'exclama Tintal, le joyau d'entre les joyaux. Mon fils a toujours refusé de me le céder. Les meilleurs étalons de mon cheptel sont tous issus de lui, cet animal est sans pareil.

Tintal était visiblement très flatté par la réponse de Roawir et donna une accolade vigoureuse à son fils comme pour appuyer ses propos. Arvak ne put s'empêcher d'intervenir à son tour. Il parla des différents chevaux qu'il avait présentés la veille à Roawir et des remarques élogieuses que ce dernier avait pu faire sur certains. Roawir put constater la précision de la mémoire d'Arvak et il fut reconnaissant de la façon dont son discours le mit en valeur auprès du roi. Autour de lui, il put constater que les regards étaient très avenants, et il se détendit un peu.

— J'ai entendu dire, s'enorgueillit-il à ajouter, que vous possédiez ici certaines pièces d'art et d'érudition de grande valeur, le Chansonnier de Dunal Muwin, un original de la Vulgate, des reliques de Pélior, la lance d'Enfel Aran, et beaucoup de manuscrits de l'époque des dragonniers ?

Le roi Tintal hocha la tête à chacun de noms évoqués par Roawir. Il s'agissait effectivement d'objets de très grande valeur pour les humains, des éléments emblématiques de leur culture et de leur histoire, que les elfes ne connaissaient généralement pas. Tintal parut flatté par l'intérêt dont il témoignait.

— C'est tout à fait exact, répondit Tintal. Mralèm est une ville d'érudition et de science, tous les rois et reines qui m'ont précédé ont eu à cœur d'embellir sa collection et j'ai moi-même poursuivi cet héritage.

— J'aurais aimé les voir, si cela était possible, à votre convenance, demanda humblement Roawir.

— Oui bien sûr. Nous possédons dans le bâtiment central une salle où sont exposées plusieurs des pièces que vous avez citées. Arvak pourrait vous en faire la visite et vous les présenter. Pour le reste Altred vous arrangera un accès aux archives de notre bibliothèque, je laisse à mon fils le soin de vous en montrer les plus beaux ouvrages.

Altred et Arvak acquiescèrent tous deux à la proposition de leur roi et les conversations se poursuivirent.

— Est-ce que Kared Nimizar sera des nôtres prochainement ? demanda Karfanaël. J'ai beaucoup entendu parler de lui et ce serait un honneur de le rencontrer.

Kared Nimizar était l'un des dracologues de l'Aganius. Chargé de la protection d'Artaug à l'extrême nord, ou de diverses missions d'importance lorsque le royaume l'exigeait, il était rarement présent à la cour.

— Malheureusement je crains que non, répondit Tintal. J'ai envoyé ce bon Kared en mission au Magcam, il y a un mois. Un courrier arrivé hier nous a appris qu'une fièvre bénigne l'avait retenu là-bas.

— Je lui souhaite un prompt rétablissement.

— Je lui transmettrai. Il nous envoie un émissaire dragon-mirage dont j'ai appris qu'il avait rejoint Taradil hier, je pense qu'il devrait arriver au palais dans la journée.

Les conversations se poursuivirent au sujet de Kared Nimizar et du peuple dragon-mirage.

Roawir garda le silence tandis que Karfanaël participait activement aux échanges, parlant plus longtemps et plus fort que toutes autres personnes présentes. Tintal semblait apprécier l'aisance verbale de l'elfe et sa science. Il avait assurément des talents d'orateur. Andlam et Norgar discutaient à mi-voix. Cette dernière ne perdit pas une occasion d'adresser à Karfanaël des remarques, chaque fois d'une politesse irréprochable, mais toujours d'un certain mordant. Arvak ne put s'empêcher de penser qu'elle devait avoir sur Karfanaël une opinion similaire à celle d'Eliwyl.

Lorsque le petit déjeuner s'acheva les convives se levèrent et les domestiques débarrassèrent les tables. Ils restèrent encore quelque temps dans la pièce, échangeant des dernières paroles. Altred en profita pour interpeller discrètement Arvak :

— J'ai fait porter une tenue moins royale dans votre chambre, à votre convenance.

— Merci, lui répondit Arvak avec une reconnaissance sincère.

Altred s'éloigna sur un hochement de tête entendu.

Arvak retrouva Roawir et ils décidèrent de visiter ce matin même la salle d'exposition évoquée par le roi. Ils prirent congé de l'assemblée et, après s'être un peu éloignés de la pièce, Arvak ne put retenir un long soupir de soulagement qui fit sourire Roawir.

— Pardon, se reprit-il.

Il s'était momentanément laissé aller et se morigéna intérieur pour cela. Roawir ne sembla pas lui en tenir rigueur. Bien au contraire, le naturel dont Arvak venait de faire preuve sembla le détendre complètement. Arvak retrouva chez lui ce regard émerveillé et curieux, la conversation s'engagea entre eux avec la même aisance que la veille.

Parvenu devant sa chambre, Arvak l'interrompit poliment :

— Je vais me changer, j'en ai pour un instant.

Il entra, trouva soigneusement pliée la tenue qu'il avait la veille pour accueillir les elfes.

Il n'avait qu'une hâte, quitter ses vêtements royaux et se sentir à nouveau libre de ses mouvements.

Chapitre 6

— C'est bon, dit-il en ressortant.

Il conduisit Roawir à travers les couloirs vers le bâtiment central, qui constituait la partie diplomatique du palais.

L'aile est qu'ils quittaient était la partie résidentielle, l'aile ouest accueillait la bibliothèque, les archives et la salle du conseil. Le bâtiment central était destiné aux réceptions, aux festivités, à l'accueil des visiteurs. Son architecture, ses dimensions, son apparat étaient une vitrine du luxe et du prestige des Roinkelt et inspiraient autant d'admiration que de crainte.

La façade du bâtiment était percée de longues fenêtres sur toute sa hauteur et ses vitraux bleus, transparents, jaunes et magenta éclairaient par touches multicolores l'escalier monumental du hall qui desservait chacun des trois étages du bâtiment. Un immense lustre de cristal descendait du plafond et scintillait sous l'éclat du soleil, ajoutant encore de la brillance au riche décor. Le hall ouvrait sur une immense salle d'apparat où se trouvait le majestueux trône royal et où avaient lieu les réceptions les plus prestigieuses. Le deuxième étage était destiné à l'hébergement des visiteurs, c'était là que Karfanaël et Roawir avaient leurs appartements. Mais c'était au premier étage de ce même bâtiment qu'Arvak conduisait à présent Roawir.

L'étage était tout entier occupé par une galerie d'art et d'histoire où étaient exposées certaines pièces prestigieuses que possédait le roi. Cette galerie était destinée à occuper les éventuels visiteurs, qui devaient parfois attendre de longues heures avant d'être reçus, et qui pouvaient ainsi nourrir leur culture et leur admiration de la maison royale. Elle s'organisait en quatre salles, communiquant les unes avec les autres et dont les œuvres exposées étaient organisées selon un ordre chronologique. Des gardes Paladins veillaient avec discrétion mais non sans vigilance.

Arvak ouvrit les portes sur une grande salle consacrée à la période récente de l'histoire humaine et aux affrontements contre les lycans des cent dernières années. On y retrouvait des équipements militaires anciens, précurseurs de ceux des Frontaliers actuels, et l'un des premiers modèles de leur armure iconique : le Brunmantel.

C'était une armure de tissu, de cuir et de mailles, inventée au début du siècle pour protéger les soldats des morsures de lycans. Cousus ensemble en trois épaisseurs, ces composants permettaient d'arrêter les crocs avec une grande efficacité et son invention avait constitué une révolution dans la protection des soldats. Comparé à une armure de plates, le brunmantel était plus léger, moins coûteux à fabriquer, à entretenir, à réparer, plus facile d'emploi et non soumis à la déformation. Toutes ces qualités avaient grandement amélioré la capacité des Frontaliers à protéger le pays. À côté se trouvaient des épées en argent, aux propriétés toxiques contre les lycans. Là aussi le temps et les connaissances avaient amélioré les techniques humaines, depuis les armes simplement plaquées argent jusqu'aux alliages qu'Arvak utilisait et qui égalaient le meilleur des aciers.

Au milieu de la pièce trônait une grande sculpture en taille réelle du guerrier Anar Morken chevauchant son dragon Valor, le héros de toute une génération – avec qui Arvak avait eu la chance de croiser le fer étant enfant. La statue était peinte et on sentait un souci du détail autant dans la taille de la pierre que dans la représentation et la coloration de sa parure.

Il était vêtu de la tenue des Frontaliers qu'Arvak connaissait bien, le brunmantel, les brassards en cuir, la cape verte, le pantalon brun. Dans le dos il portait les deux lames emblématiques de l'école de Tsiroèn. Ses longs cheveux blonds étaient noués en queue de cheval, dégageant de fines oreilles légèrement pointues. Il avait un regard sévère, figé dans le marbre avec une attitude martiale. Son dragon Valor avait tout de l'apparence d'un gigantesque loup gris. Ses ailes de plumes, partiellement déployées, montraient de larges rémiges dont les couleurs rappelaient celles de la chouette.

Roawir arrêta sur la statue un regard ébloui et Arvak endossa son rôle de guide :

— Anar Morken a posé en personne devant l'artiste qui a réalisé cette sculpture, elle fut achevée peu avant sa mort, il y a neuf ans.

— Elle est très ressemblante en effet, dit pensivement Roawir.

Devant le regard interloqué d'Arvak, il précisa :

— J'ai eu l'occasion de le rencontrer, lors des guerres lycans, il y a environ une vingtaine d'années. Ce fut bref mais marquant. Il n'avait pas l'air aussi sévère en vrai.

— C'était un guerrier de grande valeur. Il a tué le roi des lycans, Sayan Kotarin. Puis il s'est encore illustré à la bataille de Vran Jar.

En disant cela, Arvak conduisit Roawir devant une tapisserie qui représentait cette bataille. On y voyait une foule de lycans, bloqués dans un étroit corridor rocheux. Au-dessus d'eux, quatre dragons incendiaient l'armée de leurs flammes.

— Il y a vingt ans, lors d'une guerre contre les lycans, les humains ont remporté une importante victoire à Artaug, dans le nord-est du pays. Nous sommes parvenus à bloquer les lycans dans une vallée étroite et les dragons les ont brûlés vifs. Cette victoire a ancré la peur des dragons chez les lycans et nous a permis d'obtenir les accords de paix qui nous lient encore aujourd'hui avec eux.

Roawir secoua la tête :

— Ça ne s'est pas passé comme ça, s'étonna-t-il. Il y avait bien quatre dragons, mais seul celui d'Anar Morken crachait des flammes, Valgar crachait de la foudre, et les deux autres répandaient de l'huile sur les ennemis pour que le feu prenne de l'ampleur.

Arvak connaissait les récits de cette bataille.

— C'est une vue d'artiste, précisa-t-il, mais tu as tout à fait raison. Les draco faber nés au Temple ne peuvent pas cracher du feu et Valgar possède une magie bien à lui.

Devant le regard interrogateur de Roawir, Arvak décida d'apporter quelques précisions sur les draco faber :

— Les dragonniers ont disparu aujourd'hui. Ils ont laissé de nombreux œufs issus de leurs dragons, malheureusement, ces derniers sont incapables d'éclore. Les dracologues utilisent des sortilèges pour forcer leur naissance, et ce processus affecte la magie des dragons. Ils ne peuvent pas cracher de flammes et vieillissent comme les humains. Valgar et Valor sont des dragons de genres différents. Valgar, le dragon d'Andlam, est son animal totem, le lien qui existe entre un elfe et son totem lui a permis de naitre. Il grandit bien plus lentement qu'un dragon né au Temple mais ne subit pas de vieillissement et il a une affinité avec la foudre. Valgar est né au Temple d'un œuf que possédaient les humains mais les dracologues ne sont pas intervenus dans sa naissance. Valor était le fils de Valgar et d'une dragonne sauvage, il était aussi un dragon totem, celui d'Anar Morken, qui était un demi-elfe. C'est de cette ascendance sauvage qu'il tient son apparence. La forme de loup et les ailes de plumes sont des caractéristiques des dragons Grincor, une des dernières espèces de dragons sauvages encore présentes au Darka-Guèn.

— La diversité des dragons est vraiment extraordinaire.

— Et encore tu n'as rien vu !

— Je croyais que les dragons avaient disparu ? s'interrogea Roawir.

— Oui c'est une situation complexe à comprendre. Les dragons forment une grande famille et regroupent de très nombreuses espèces, très variées de formes et de tailles. La plupart des espèces, notamment les plus grandes, ne vivent plus sur notre continent, et beaucoup de dracologues les pensent même éteintes. Les dragons Grincor – comme Valor – sont de petite taille comparés à ce que nous savons des dimensions normales des espèces de grandes tailles. Et la mère de Valor est la seule créature de son espèce que nous ayons observée ces six derniers siècles. Peut-être y a-t-il encore des dragons Grincor sauvages dans les hautes montagnes du Vaèr mais nous ne sommes sûr de rien.

« Les dragons des dragonniers – les Darkénéïdes – sont des représentants des espèces de grandes tailles. Ils ont cessé de naitre depuis au moins deux mille ans d'après nos sources, mais nous sommes toujours en possession d'œufs issus d'eux. Les œufs des Darkénéïdes sont indestructibles et peuvent traverser les millénaires sans dommage. Ceux que nous possédons ont été soit trouvés dans les vestiges d'anciennes cités des dragonniers, soit conservés à travers les siècles par de vieilles familles nobles.

« Au départ les dracologues avaient pour ambition de faire revenir les dragonniers en rendant à nouveau possible la naissance des Darkénéïdes. Mais jusqu'à maintenant toutes leurs tentatives ont échoué. Dans les meilleurs des cas, le dragon naît mais il ne transmet aucune magie ou aptitude à l'humain qui le fait naitre, au contraire de ce que faisait un Darkénéïde pour son Dragonnier. Il décline progressivement et sa personnalité, son identité, ses capacités physiques et mentales finissent par se concentrer sur un seul trait significatif, et tous les autres sont sacrifiés progressivement.

— Comme Endimir, comprit l'elfe.

— Oui. Le trait d'Endimir est son mental. Tous ses sens ont disparu progressivement mais ses capacités cognitives sont restées tout aussi affûtées, voire même davantage. Aujourd'hui son physique s'amoindrit, il ne pourra bientôt plus voler, ni probablement marcher. Lorsque son esprit commencera à décliner, il sera près de s'éteindre. Mais dans sa jeunesse il a été un grand guerrier et a participé à de nombreuses batailles.

— Si vous possédez autant d'œufs de Darkénéïdes pourquoi ne pourriez-vous pas en faire naitre un grand nombre et ainsi constituer une armée qui puisse faire face aux lycans ?

— Les dragons qui naissent par ce processus sont stériles, les dracologues préfèrent donc préserver les œufs dont ils disposent, dans l'espoir de trouver un jour un moyen de faire renaître les dragonniers. Et puis, faire naitre un dragon au Temple est une tâche complexe, qui demande une très grande érudition, et qui doit s'adapter presque au cas par cas à chaque œuf. Aujourd'hui nous comptons trois dragons nés par ce processus dans tout le pays et tous ont plus de trente ans, je ne suis même pas certain qu'il soit possible de faire naitre un grand nombre en peu de temps.

Ces paroles laissèrent Roawir pensif.

— Pour ce qui est des dragons de grande taille, poursuivit Arvak, le dernier représentant de cette espèce a été observé il y a environ six-cents ans au cours de la Grande Guerre.

Il fit signe à Roawir de le suivre et ils entrèrent ensemble dans la deuxième salle.

Celle-ci était consacrée presque entièrement à la Grande Guerre et on y retrouvait de l'équipement militaire, le squelette de l'un des premiers lycans, l'armure d'un dragon-mirage, mais surtout, au milieu de la salle, la statue d'un grand dragon blanc à la crinière noire, elle aussi peinte.

Son corps était recouvert d'écailles larges et sa tête fine, avec un museau court, lui donnait un visage étrangement humain. Deux petites cornes d'or surmontaient fièrement sa tête et son regard semblait pensif, lointain, comme observant un mystère inaccessible.

Il était représenté assis, sa longue queue reptilienne entourant ses pattes, et ses ailes membraneuses étaient légèrement déployées au-dessus de lui. À son côté gauche se trouvait un cheval cabré, très détaillé par l'artiste, et qui arrivait à hauteur du coude du dragon. L'animal avait été représenté ainsi pour aider à se figurer la taille colossale de la créature draconique qu'ils avaient sous les yeux.

— Voici Le Blanc, son nom véritable nous est inconnu, expliqua Arvak. Il était vraisemblablement sauvage et très âgé. Au cours de la Grande Guerre ses conseils et ses connaissances ont permis à mon peuple de résister face aux lycans. Il a été comme un guide spirituel. Ce fut lui qui découvrit la faiblesse des lycans, l'argent, et qui mit fin à la Grande Guerre en se sacrifiant pour enfermer la Ténébra dans un monde prison.

Arvak connaissait ces histoires et il ne doutait pas que Roawir les connaissait aussi mais, depuis sa discussion de la veille avec Norgar, il y portait un intérêt renouvelé. Il fut étonné toutefois de voir Roawir s'y intéresser au moins autant.

Dans la pièce une tapisserie représentait le Blanc affrontant la Ténébra. Cette dernière n'apparaissait que comme une masse sombre à la forme confuse mais vaguement ailée. À ses pieds des lycans transformés affrontaient des humains en armure. En arrière-plan, une aura lumineuse sphérique évoquait le portail magique dans lequel la Ténébra avait basculé à l'issue du combat.

— Si je comprends bien, cette créature, le Blanc, n'avait aucun lien avec les dragonniers ? demanda Roawir.

— Non, pas d'après ce que nous savons.

— Et les dragonniers s'étaient déjà éteints au moment de la Grande Guerre ?

— C'est exact, confirma Arvak.

Et il guida Roawir jusqu'à la troisième salle.

— Cette salle, expliqua Arvak, est consacrée à la fin de l'ère des dragonniers. C'est la période de leur histoire que nous connaissons le mieux, car les dracologues savent traduire la langue de cette époque. Malgré tout, nos connaissances restent lacunaires. Nous savons que les Darkénéïdes ont cessé de naitre il y a environ deux mille ans, mais nous ignorons tout des circonstances exactes qui ont conduit à cela. Les dracologues connaissent aujourd'hui les raisons physiologiques et magiques qui empêchent la naissance des Darkénéïdes, raisons qu'ils ne parviennent ni à surmonter, ni à guérir.

— D'où vient l'incapacité des dragons à éclore ?

Arvak haussa les épaules :

— C'est une question trop technique pour moi, seul un dracologue pourrait répondre.

— Donc si je comprends bien, tous les dragons des dracologues sont issus d'œufs de Darkénéïdes ? demanda Roawir.

— Oui c'est cela, tous d'œufs ayant au moins deux mille ans, parfois davantage, parfois moins.

— Comment pourriez-vous avoir des œufs ayant moins de deux mille ans puisque les Darkénéïdes se sont éteints à cette période ?

— Ils ne se sont pas éteints, ils ont cessé d'éclore. Par conséquent aucun dragonnier n'est plus jamais apparu depuis cette date. Cependant, comme ni les Darkénéïdes ni les dragonniers ne vieillissent, ceux qui étaient encore en vie il y a deux mille ans continuèrent leur existence encore de nombreux siècles après. Ils disparurent progressivement. Le dernier dragonnier a été tué par un humain il y a environ mille sept cents ans. Par la suite son meurtrier devint roi d'Aganius.

« Il s'agissait d'Enfel Aran. Il était issu de l'ancienne famille royale des dragonniers mais n'était pas dragonnier lui-même. Tout le long de son règne, il s'est acharné à exterminer les dragonniers et à détruire leurs textes et leurs vestiges. C'est en partie à cause de lui que nos connaissances sont aussi lacunaires au sujet des dragonniers.

« Beaucoup de ce que nous savons nous provient directement de la transmission orale, à travers des légendes. Nous possédons encore un nombre assez important de textes remontant à la période des dragonniers, mais la plupart sont écrits dans une langue que nous ne savons pas traduire. En vérité, ce que nous savons de la fin de l'ère des dragonniers nous provient majoritairement de textes et de traductions établis cinq cents ou six-cents ans après les faits.

Arvak conduisit Roawir à une vitrine qui trônait au centre de la pièce.

Dans cette vitrine se trouvait le reliquaire contenant le cœur de Pélior et, à côté, la patte avant gauche de son dragon Nigmos. C'était une patte d'un rouge vif, gigantesque, griffue, écailleuse, qui faisait presque deux fois la taille d'une tête d'homme, laissant deviner une corpulence que personne n'osait imaginer.

— Pélior fut le dernier dragonnier, mais tout ce que nous savons de lui se perd dans les légendes populaires. Il est l'un des protagonistes de la Saga des Renégats.

À cette évocation le regard de Roawir s'alluma :

— Je connais cette saga, reconnut-il.

Arvak ne doutait pas que l'elfe venait de faire le lien dans son esprit entre diverses choses importantes pour lui. Roawir resta un instant pensif et Arvak ne put s'empêcher de se remémorer tous les souvenirs que le seul nom de cette saga évoquait en lui.

Enfant, lors des longues nuits d'hiver, Games Gandar s'asseyait près du feu pour lire ou conter une histoire des Renégats, tandis que lui et Norgar écoutaient en rêvant à ces folles aventures faites de quêtes, de mystères et de dragons. Leur vieux mentor leur racontait comment, lorsque les dragonniers arrivèrent à leur déclin, les Renégats se mirent en quête du gardien antique du Pilier du Vent, Vaèr, pour demander son soutien et son assistance. La saga ancienne était restée inachevée. Trouvèrent-ils ce qu'ils cherchaient ? Moururent-ils en essayant ? De nombreux auteurs se succédèrent, rivalisant d'inventivité pour proposer une fin, de nouvelles aventures, au milieu de tout ceci l'imaginaire pouvait se déployer à sa guise.

À l'époque Arvak se fichait de savoir s'il y avait une origine réelle à ces légendes, il aimait juste se perdre à imaginer ces anciens héros. La légende les montrait tantôt comme des elfes, chacun accompagné à la fois de leur dragon et de leur animal totem, avec Pélior entouré de la Darkénéïde Irwin et du dragon totem Nigmos ; tantôt comme des dragonniers humains. Ils partirent en quête de Vaèr pour obtenir de lui son aide contre l'ennemi qui était en train de détruire les dragonniers, la Ténébra.

Aujourd'hui il aurait payé cher pour savoir s'il y avait un fond de vérité derrière ces légendes, si Pélior avait rencontré Vaèr et où se trouvait l'antique gardien, si les Renégats avaient obtenu son aide et comment. Mais aucun vestige historique n'éclairait ce point et la légende s'était depuis trop longtemps emparée de ce récit pour qu'aucune vérité historique ne puisse lui être accordée.

Dans la vitrine, à côté de Pélior, se trouvait le fer de la lance qui l'avait tué, celle d'Enfel Aran. Roawir resta un long moment pensif devant ces reliques.

— Je trouve ça incroyable, dit-il, que des gens aient pu se lancer dans une telle aventure. Qu'ont-ils pensé ou cru pour décider un matin que le gardien antique du Pilier du Vent était leur meilleure chance de succès ?

— Peut-être qu'à leur époque ils avaient davantage d'informations sur les gardiens ou s'en sentaient plus proches. Peut-être que Vaèr ne leur paraissait pas aussi légendaire qu'à nous aujourd'hui. Mais nous n'avons à ce jour aucune preuve que Pélior ait vraiment réalisé cette quête, tous les témoignages que nous en avons sont des récits d'aventures, écrits près de mille ans après la date supposée des faits.

Arvak avait envie de croire qu'un fond de vérité demeurait derrière la légende, que Pélior avait véritablement réalisé une partie des folles aventures qu'on lui attribuait. Mais son esprit rationnel ne lui permettait pas de prendre pour véridique tout ce que les sagas racontaient.

— Savais-tu que l'hypothèse des Piliers du Monde est considérée comme une hypothèse scientifique valide par les elfes ? demanda Roawir.

Les paroles de l'elfe le déroutèrent complètement.

— La magie est un sujet d'étude complexe, poursuivit ce dernier. Comment l'expliquer simplement ? Tu peux la voir comme de l'eau. L'eau dans notre monde est présente partout, sous de nombreuses formes, liquide, solide, gazeuse, elle tombe en pluie, coule en rivières, s'assemble en nappes souterraines, forme de gigantesques océans. Les êtres vivants la boivent, et sont constitués d'eau en bonne part. Nous pouvons l'utiliser sous certaines de ses formes et sous d'autres elle est hostile.

« De la même façon la magie est présente partout sous de nombreuses formes, sous certaines nous pouvons l'employer, et sous d'autres non. Pour beaucoup d'elfes, tout est même de la magie, et la matière ne serait qu'un assemblage de briques élémentaires minuscules qui serait une forme spécifique de magie. Mais en dehors de la matière, il existe un flux qui est au monde ce que l'eau douce liquide est à la vie. Et comme l'eau peut être employée à des tâches si on possède les bonnes méthodes, de même la magie peut être utilisée pour des tâches qui sortent du commun.

« Par exemple un meunier peut utiliser l'eau pour moudre du grain grâce à son moulin, ou un paysan peut rendre fertile une terre par l'irrigation grâce à des canaux. Moi je suis alchimiste, avec des glyphes et la bonne formule, je peux transformer la matière en une autre, ou bien changer sa forme. Les glyphes et la formule sont mon moulin, d'une certaine façon.

Arvak hocha la tête, il n'était pas magicien et n'avait que de très vagues notions des concepts évoqués par Roawir mais les propos de l'elfe l'intéressaient particulièrement.

— Dans le monde de la physique, l'eau obéit à des règles qu'il n'est pas possible d'enfreindre de façon naturelle. Par exemple, si je verse de l'eau elle va tomber ou suivre la direction d'une pente, et il n'existe pas de situation où d'elle-même l'eau liquide remonterait une pente pour revenir dans son contenant. En faisant cela, l'eau suit la force de gravité de notre planète qui attire les objets au sol, et cette force est elle-même imprimée par la masse de notre planète. Celle-ci subit aussi la gravité du Soleil, qui l'attire, et le Soleil suit lui-même la gravité de corps célestes plus imposants.

Roawir fit une courte pause comme pour s'assurer qu'Arvak arrivait à le suivre.

— Lorsqu'on observe les fonctionnements de la magie, elle semble obéir à certains principes et certaines lois que nous sommes loin de cerner. L'hypothèse des Piliers du Monde est une hypothèse scientifique chez les érudits elfes, qui consiste à supposer l'existence de corps magiques, comme il existe des corps célestes. Les Piliers du Monde seraient à la magie ce que la terre et le soleil sont à la physique et aux lois qui régissent la matière.

— Des astres autour desquels tout gravite, comme dans un système solaire, crut comprendre Arvak.

— Quelque chose comme cela. Nous n'avons pas de preuves que les gardiens antiques aient jamais existé ni qu'ils aient créé les Piliers du Monde, ou les aient employés au combat comme le raconte la genèse. Et nous ne savons pas non plus si ces Piliers sont faits de lumière, d'eau, de feu, d'air, de terre ou de ténèbres ni s'ils peuvent être contrôlés ou utilisés. Mais pour les érudits elfes, les Piliers du Monde, en tant qu'entités magiques massives, sont considérés comme une réalité. Cette hypothèse explique mieux que toutes les autres le monde que nous observons, et les mouvements de la magie.

Arvak n'était pas certain d'avoir compris l'ensemble des explications de Roawir.

Tout comme la grande majorité des humains, Arvak n'avait pas d'affinité avec la magie et son érudition s'arrêtait à des idées un peu mystiques sur les capacités prodigieuses des magiciens. Il avait le sentiment cependant que Roawir n'avait pas terminé ses explications.

Contemplant le reliquaire de Pélior, l'elfe semblait incertain. Pendant un bref instant, Arvak se demanda si cette indécision portait sur les termes à employer ou sur les concepts à aborder. Peut-être le voyait-il comme un inculte avec qui il aurait fallu adapter et simplifier à outrance un discours ? Arvak se pensait tout à fait capable de comprendre n'importe quel concept magique pour peu qu'on le lui explique avec patience et méthode, et il fut un instant troublé de penser que Roawir le voyait peut-être comme un ignorant. Mais le regard de l'elfe était perdu dans le lointain et Arvak comprit que ses réflexions portaient sur tout autre chose. L'elfe semblait hésiter à aborder un sujet et Arvak attendit.

— La magie est un sujet d'étude fascinant, dit-il à voix basse. Il y a des domaines dans lesquels elle va à l'encontre de toutes les lois qui s'appliquent à la physique. Par certains aspects la magie possède ses propres lois.

Sa voix était plus basse mais il parlait comme si leur sujet de conversation avait été naturel. Roawir porta son regard vers le garde Paladin qui surveillait la salle mais celui-ci était loin et ne semblait pas leur accorder d'attention.

— Par exemple, poursuivit Roawir, je comparais tout à l'heure la magie à de l'eau. Prenons un grand lac et imaginons qu'on y jette une pierre, celle-ci produira un impact sonore puis des vaguelettes sur l'eau. On pourrait dire que cet évènement se disperse dans l'espace et le temps. La personne qui aura lancé la pierre percevrait le son, l'éclaboussure et les vaguelettes, mais quelqu'un sur la rive du lac pourrait ne rien voir. Et une personne qui arriverait dix minutes après que la pierre ait été jetée n'aurait aucun moyen de savoir que quelque chose s'est produit.

Roawir marqua une courte pause et jeta un regard à Arvak qui écoutait très attentivement.

— Dans la magie, on observe quelque chose de très différent. La magie est un flux qui réagit lorsqu'on l'utilise, mais l'écho des perturbations qui l'animent ne se disperse pas dans l'espace ou le temps. C'est un phénomène plutôt fascinant. Un peu comme si, en jetant un caillou dans un lac, le son, l'éclaboussure et les vaguelettes, étaient perceptibles par tous, quelle que soit la distance à laquelle il se trouve de l'impact et quel que soit le temps qui l'en sépare.

— Est-ce que cela signifie qu'il est possible de retrouver les traces de n'importe quel sortilège qui a un jour été lancé dans la magie ? demanda Arvak.

— Dans les faits non. Les traces que je laisse dans le flux de la magie en tant qu'alchimiste sont insignifiantes. Un peu comme de jeter un grain de poussière dans un océan, je ne trouble pas la magie. Sans compter qu'il existe des millions de créatures à travers le monde qui emploient la magie, pas seulement des elfes ou des alchimistes. Retrouver l'infime perturbation de mon grain de poussière spécifique au milieu de l'immensité d'infimes perturbations provoquées par des grains de poussière tout aussi infimes que le mien, aucun être n'est capable d'une telle chose. Mais cette information existe dans la magie. Par contre si un sortilège avait lieu, qui soit plus puissant que les autres, ou qui soit d'une nature qui rendrait son écho véritablement particulier dans le flux de la magie, qui provoquerait une singularité vraiment notable ; alors toutes les créatures sensibles à la magie percevraient l'écho de ce sortilège comme s'il avait été lancé juste à côté d'eux. Et ils pourraient étudier ce phénomène, durant des mois ou des années, tandis que l'écho du sortilège dans la magie conserverait la même précision que s'il venait d'être lancé.

— Fascinant, constata Arvak.

Roawir hocha la tête.

— Puisqu'on en est à parler de choses qui vont à l'encontre de la physique, j'ai quelque chose en lien avec la magie qui pourrait peut-être t'intéresser.

Arvak conduisit Roawir devant une vitrine présentant un manuscrit, richement enluminé. Sur la page de droite, une fleur bleue aux cinq petits pétales délicats, minutieusement reproduite, avait été peinte en couleur vive. Sur la page de droite se trouvait un texte écrit en latin dont Arvak fit la lecture :

> *« En cestuit jour, le .XXI. du tierce mois de printemps CDLIV, vîmes par le ciel avenir grant merveille par la puissance des astres et autres phénomènes astrologiques. Quand vint l'heure du dit jour où par équilibre de nature le Soleil décline à l'horizon, il avint qu'il déclin comme de droit. Mais lors que la lune vint, qui était ronde et rousse, vint aussi le Soleil par rebours et inversion de tracé et si vint devers la lune qui masqua il. Devant isnel merveille grant peur print la foule par la ville et nombres crurent que c'estoit mal signe et perdition, mais aucun mal n'avint en c'estuit jour ni maladie ni misère durant un an, mais abondance de récoltes et de vêlages, et nombre de femmes ou bêtes femelles qui en travaille ou proche de terme étaient, furent promptement délivrées.*
>
> *En ce même jour avint encore par merveille que de petites fleurs du genre Asteraceae Caeruila, poussèrent en grande abondance et diligence sur les monts de Mralèm et tout espace de terre qu'elles trouvèrent libre. Elles estoient petites et frêles de nature et présentoient cinq pétales estroits et azurés sur pistil d'or. Et beaucoup par les rues en firent bouquet, et si bien crurent qu'elles furent passées au matin. Qui en avoient fait séché les portaient en signe de chance. »*

— Vous avez vraiment une langue singulière, nota Roawir avec un sourire. Mais oui, quand j'évoquais une singularité magique, celle-ci est typique, les elfes l'ont observé également.

— C'est un récit qui rapporte une merveille magique observée en 454, poursuivit Arvak en reprenant son rôle de guide. Il fut écrit par un témoin de l'évènement et encore aujourd'hui cet évènement est entouré de mystère. Nous avons trop de témoignages concordants pour croire qu'il ne s'est rien passé ce jour-là. Mais ce qui est décrit est beaucoup trop extraordinaire pour être crédible. Est-ce qu'il faut que je traduise ?

— Non je pense que j'ai l'idée générale, et puis, comme je l'ai dit, nous avons des récits similaires chez les elfes. Nous appelons ce phénomène Adaëssay Olwin et il aurait lieu tous les mille ans. J'ai étudié par le passé les textes qui l'évoquent : le soleil qui fait sa course à rebours, l'éclipse de lune, la floraison miraculeuse. Votre texte n'évoque pas son impact sur le flux de la magie, les nôtres parlent de l'effacement des traces dans la magie et de la régénération du flux magique. J'ignore à quel point nous devrions croire ces récits, et personne chez les elfes n'est d'accord à ce sujet.

Arvak était fasciné :

— Oui, j'ai du mal à y croire également, peut-être qu'il s'agissait simplement d'une éclipse ?

— Nous le saurons bien assez tôt, si ce phénomène à bien lieu tous les mille ans, le suivant sera l'année prochaine.

Arvak resta pantois et contempla un instant le manuscrit, pensif. Ce texte était vu comme une curiosité, le témoignage d'un miracle, d'un évènement surprenant, mais il ne l'avait jamais pris au sérieux. Ce qu'il rapportait était trop incroyable. Mais il se demanda soudain quelle était la part de vérité dans cet extraordinaire évènement, et s'il était lié d'une quelconque façon à ce qui animait le château.

— Est-ce que vous avez un original de la Vulgate ? demanda soudain Roawir. J'ai entendu dire que c'était la version la plus ancienne évoquant les Piliers du Monde.

— Oui, confirma Arvak, juste ici.

Il le mena devant un beau présentoir où était exposé, sous verre, un petit manuscrit à la reliure de cuir et aux pages jaunies. L'ouvrage comptait à peine une quinzaine de feuillets et Roawir ne pouvait en consulter que la double page que laissait voir la vitrine. Un texte central l'occupait, entouré d'apparat critique, de notes érudites, agrémenté de quelques enluminures.

— La Vulgate a été écrite par les dracologues entre le septième et le neuvième siècle de notre ère, expliqua Arvak. Ils ont souhaité recomposer le mythe de la création du monde tel qu'il devait se trouver dans les croyances des dragonniers. On sait que les dragonniers gravaient les textes du Mythe de la Genèse sur les murs de leur Temple mais ceux-ci ont presque tous été détruits au fil du temps, sans compter qu'Enfel Aran a activement participé à faire disparaitre ces constructions et les copies de ces textes.

« Les légendes relatives au Mythe de la Genèse se sont maintenues dans la culture orale mais avec de nombreuses transformations et ajouts. Au septième siècle, les dracologues ont souhaité pouvoir faire la distinction entre les légendes qui remontaient à l'époque des dragonniers et celles plus tardives composées après leur disparition. Ils ont confronté toutes les légendes en leur possession, les quelques évocations manuscrites, les vestiges architecturaux et archéologiques, et ils ont fini par en faire émerger un tronc commun.

« Si on veut résumer très grossièrement, on pourrait dire que la Vulgate rassemble un ensemble de légendes dont on peut affirmer que l'origine est antérieure à la disparition des dragonniers, il y a deux mille ans. Le texte en lui-même a connu de nombreux remaniements entre le septième et le neuvième siècle en suivant les progrès dans l'étude de cette littérature. Après la Grande Guerre, un quatrième chant a été ajouté pour actualiser les mythes et montrer la continuité entre les peuples actuels et ceux de l'époque des dragonniers. La Vulgate n'a pas été retouchée après cet ajout, le texte définitif est donc vieux de six-cents ans environ.

— Ce texte a donc été composé longtemps après la disparition du dernier dragonnier.

— Plus de mille ans après oui, confirma Arvak.

— Donc on ne sait pas si ce texte est une image fidèle de ce en quoi croyaient les dragonniers.

— Non.

— Et on ne sait pas non plus si ce texte raconte la réalité de la création du monde.

— Tout à fait.

— Et les faits relatés dans les mythes de la genèse seraient antérieurs à la colonisation du Darka-Guèn, puisque la guerre de la genèse se termine par l'exil des humains sur notre continent. Avez-vous une estimation sur la date de cette colonisation ? demanda Roawir. Chez les elfes, nous avons une estimation de l'arrivée de Naïnor mais il me semble que la colonisation humaine est bien antérieure ?

Avec un sourire il conduisit Roawir vers la quatrième.

Il ne savait encore que penser de tout ce que venait de lui apprendre l'elfe, mais il croyait deviner que Roawir avait minutieusement choisi tant les explications qu'il souhaitait lui donner que l'ouvrage qu'il voulait consulter.

La dernière salle était destinée aux artefacts remontant à une période antérieure à la chute de dragonniers. Au mur s'étirait une vaste carte représentant tout le Darka-Guèn. Sur celle-ci figuraient divers points et nuages de points qui désignaient des cités archéologiques réelles ou supposées de l'époque des dragonniers. À l'entrée de la salle se trouvaient des manuscrits datant de l'ère des dragonniers, avant leur déclin et leur lente disparition. Il s'agissait d'épais volumes. Certains avaient une reliure de cuir finement travaillée, d'autres de métal orné d'or et de pierres. L'un d'eux était ouvert sur un présentoir sous verre très similaire à celui de la Vulgate. Il laissait apercevoir une double page de fins caractères d'un alphabet que Roawir ne savait déchiffrer. Certaines lettres évoquaient l'alphabet latin, d'autres avaient les fines arabesques de l'écriture elfique, mais leur sens demeurait une énigme, tant pour

Arvak que pour Roawir. Les pages en elles-mêmes étaient faites d'une matière qu'Arvak ne connaissait pas et, s'il avait dû la décrire avec les premiers mots qui lui venaient à l'esprit, il l'aurait probablement comparée à des ailes de libellule. Les pages des livres qu'il avait sous les yeux avaient l'aspect délicat, translucide, légèrement scintillant et nervuré des ailes de ce petit insecte volant.

— D'après l'estimation des dracologues, l'ère des dragonniers aurait duré au moins trois-mille ans. Nous pensons que ces livres remontent à la période de leur apogée.

— Qui a eu lieu quand environ ? demanda Roawir.

— C'est là que l'estimation se complique.

Arvak montra le manuscrit :

— Nous possédons un grand nombre d'ouvrages de ce type, car ces pages ne souffrent ni du temps, ni de l'humidité, ni de l'usure, mais elles sont écrites en serken archaïque et nous sommes incapables de les déchiffrer. Au-delà de la période de la chute des dragonniers, il y a deux mille ans, toutes les dates se mélangent et il nous est très difficile aujourd'hui, avec les connaissances que nous avons, de dater ces manuscrits. Les dracologues pensent que les livres de ce type ont été produits au moment de l'apogée des dragonniers, qu'ils situent dans les mille ans qui précédèrent leur chute. Mais ce sont des estimations assez vagues.

Arvak progressa vers le fond de la salle.

— Au-delà d'un certain point nous ne trouvons plus de manuscrits de ce type.

Ils étaient à présent devant une vitrine exposant des rouleaux fortement dégradés par le temps. Roawir devinait qu'ils n'étaient pas consultables au vu de leur état.

— Les dracologues estiment ces artefacts vieux de peut-être quatre mille ou cinq mille ans.

Ils remontèrent encore la salle et se trouvèrent devant des éclats de poteries dont certaines étaient gravées de runes, d'anciennes armes, des boucliers de cérémonie.

Un sarcophage de marbre, sur lequel on devinait d'anciennes traces d'écriture, et peut-être le portrait de la personne enterrée, buriné par le temps, trônait à côté d'un crâne de dragon sculpté d'arabesques, elles aussi effacées par l'usure et le temps.

— Ici on suppose que ces objets datent d'il y a six mille ou huit mille ans. Et là…

Arvak désigna les derniers vestiges d'un bateau de bois qui occupait le fond de la salle.

— Ce bateau pourrait être l'un de ceux des premiers colons humains arrivés au Darka-Guèn. Il a été retrouvé dans les glaces du Vaèr à l'extrême nord du pays et certes nous ne pouvons pas estimer précisément la date de sa fabrication, mais les techniques employées ne sont ni celles des elfes ni celles des humains de l'époque moderne. Et les dragonniers ne voyageaient presque pas par bateau. Les dracologues l'estiment vieux de dix mille ans.

— Si la colonisation humaine est si ancienne, les évènements de la genèse le sont plus encore.

Arvak hocha la tête. L'ancienneté de ces objets avait quelque chose de vertigineux.

Tous deux restèrent pensifs quelque temps. Ils avaient fait le tour de la collection exposée au palais. Ce n'était qu'un bref aperçu de l'histoire des humains et elle délivrait somme toute peu d'informations, mais Arvak et Roawir y trouvaient tout deux matière à réflexion.

Bientôt le bruit d'un brouhaha lointain leur parvint et, pris de curiosité, ils gagnèrent le balcon qui surplombait le hall.

Les grandes portes du palais étaient largement ouvertes et deux lignes de gardes Paladins à l'armure rutilante, armées de lances de cérémonie, formaient une haie d'honneur qui menait à la grande salle de réception du rez-de-chaussée.

Le roi Tintal, en tenue d'apparat, entouré de Games Gandar et Andlam, attendait devant l'entrée de la grande salle. Bientôt apparurent dans l'encadrement de la porte trois émissaires vaérims, guidés par Altred et entourés de domestiques de la Maison du roi qui portaient les affaires des émissaires.

Les vaérims étaient des créatures à l'anatomie surprenante et, bien qu'Arvak en ait vu des illustrations au cours de ses études, c'était la première fois qu'il en observait de ses yeux.

Leur tête était très similaire à celle d'un aigle, avec le même long bec d'un jaune vif et les grands yeux brillants. Elle s'en différenciait toutefois par deux oreilles longues et fines, légèrement mobiles, recouvertes par un duvet de plumes, qui se prolongeait élégamment à l'arrière de leur crâne. Ils avaient un cou long, souple et gracile, et, au-delà, une longue et ample cape cachait le reste de leur corps. Seule se distinguait, marquant leur sillage, leur longue queue reptilienne recouverte de plumes. Leur duvet était d'un bleu magnifique, avec de subtiles nuances entre les individus. Le vaérim qui marchait en tête avait la couleur azur du plus pur ciel d'été, à son côté droit marchait un vaérim à la teinte plus claire, semblable au ciel légèrement cotonneux des journées d'hiver, et à sa gauche un autre aux teintes plus sombres, comme le soir tombant. Leurs capes étaient d'une riche couleur mauve ou magenta, avec une doublure d'hermine et un fermoir en or. Des broderies aux motifs entrelacés parcouraient tout le vêtement en fil d'argent.

Arvak ne pouvait distinguer leur posture, recouvert par leur cape, mais il la connaissait.

Les vaérims descendaient des Wivèrnes. Comme ces créatures, leurs membres supérieurs étaient des ailes. Anatomiquement ces ailes étaient similaires à des bras et lorsqu'ils marchaient ils s'appuyaient sur la partie qui correspondait au dos de la main, tandis que les doigts, qui soutenaient les rémiges de l'aile, venaient se replier le long des avant-bras. Leurs membres postérieurs avaient connu une mutation similaire à celle de leurs membres antérieurs. Le dernier doigt de leurs pieds s'était allongé pour soutenir lui aussi les plumes d'une seconde paire d'ailes. Arvak se rappelait nettement la fascination qu'il avait éprouvée en étudiant tout cela auprès de Games Gandar et les similitudes extraordinaires entre son poignet et les ailes avaient laissé un souvenir vif dans sa mémoire, presque autant que de connaitre la mécanique de leur vol.

Lorsqu'ils volaient, les vaérims déployaient leurs quatre ailes majestueuses et pouvaient ainsi profiter pleinement des courants aériens, seul mode de déplacement possible dans les redoutables montagnes du Vaèr. Les longues capes qui les couvraient presque entièrement protégeaient leur délicat plumage, qui se renouvelait lentement. Les humains auraient été susceptibles de l'endommager du fait de leur méconnaissance de ce peuple et de leurs trop rares contacts.

Mais ces capes détournaient aussi l'attention des humains de leur anatomie et de leur démarche si particulière. Les vaérims avaient une façon de marcher, appuyée sur leurs membres antérieurs, qui évoquait beaucoup celle d'un vieillard s'appuyant sur des cannes. Leur simple présence attirait déjà une vive attention parmi le personnel du palais et les courtisans du roi, aussi Arvak pouvait comprendre qu'ils ne souhaitaient pas être dévisagés sous les moindres aspects et les capes aidaient nettement à cela.

Tintal salua chaleureusement les trois émissaires, les appelant par leurs noms respectifs et leur demandant des nouvelles. Arvak se souvint que, comme le lui avait appris Norgar la veille, ces émissaires s'étaient présentés au roi un mois plus tôt et avaient logé dans les montagnes de Garmintal durant cet intervalle. À la façon dont le roi s'adressait à eux, Arvak comprit que l'émissaire au centre, à la couleur bleu azur, était une femelle, de même que le vaérim couleur bleu nuit. Le vaérim blanc cotonneux était apparemment un mâle. Rien dans leur apparence, leur attitude ou leurs vêtements ne distinguait vraiment leur genre et lorsqu'Arvak entendit leur voix, il ne distingua pas non plus une différence de timbre.

Tintal mena bientôt les vaérims dans la salle de réception et ils disparurent de la vue d'Arvak et Roawir. Ce dernier en profita pour prendre congé :

— Merci beaucoup pour cette visite, c'était très enrichissant, dit-il, je vais devoir partir. Mon maitre souhaitait ma présence cette après-midi au conseil et je voudrais me préparer avant que celui-ci ne commence.

— Avec plaisir, nous nous verrons peut-être au conseil.

— J'en serais ravi, termina l'elfe.

Puis il partit en direction de ses appartements au deuxième étage.

Il devait être bientôt midi, Arvak décida de regagner sa chambre lui aussi. Il espérait parvenir à trouver Altred ou Games Gandar pour négocier avec eux sa présence au conseil mais Norgar le rattrapa en chemin.

— J'ai des nouvelles infos, lui murmura-t-il au passage.

— Tu vas m'expliquer tout ça.

— Et comment !

Ils marchèrent ensemble jusqu'à la chambre d'Arvak. Lorsqu'ils arrivèrent, Norgar interpella les domestiques pour demander qu'on lui apporte de quoi boire et manger. Une fois que tout fut préparé, Norgar les congédia.

— Pendant que tu jouais les touristes avec ton elfe, je me suis entraîné à l'escrime avec Eliwyl et Andlam. J'en ai profité pour discuter avec elle et j'ai appris deux, trois trucs, commença Norgar sans préambule.

— Tu as fait des combats contre Andlam ? admira Arvak.

— Oui, mais ce n'est pas la question.

— C'était comment ?

— Exceptionnel !

— Tu as pris une branlée.

— Monumentale. Mais tu ne veux pas savoir ce que j'ai appris ?

— Si bien sûr.

— Bon. Donc, Andlam m'a révélé qu'il y a un mois et demi un phénomène a eu lieu dans la magie qui a mis en alerte à peu près tout le monde à travers le continent. Et elle le sait très bien, car elle-même l'a perçu, c'est elle qui est venue en avertir le roi. Elle a essayé de m'expliquer le phénomène en question, mais je dois avouer ne pas avoir très bien compris.

Arvak fit immédiatement le lien avec ce que Roawir lui avait dit dans la matinée des particularités de la magie. Il en donna à

Norgar un condensé sommaire, les échos d'un sortilège se réverbéraient dans la magie sans être amoindris par le temps et par la distance. Si un phénomène particulièrement singulier avait lieu, il pouvait potentiellement être perceptible par toutes les créatures sensibles à la magie et étudié, même longtemps après les faits.

— C'est cela qu'Andlam a essayé de m'expliquer, conclut Norgar. Tu dis que ça vient de Roawir ?

— Oui.

Norgar sembla pensif.

— Est-ce qu'il n'essaierait pas de nous dire quelque chose qu'il a l'interdiction de dire ?

— C'est ce que je crois.

— Il me plaît cet elfe, acquiesça Norgar avant de poursuivre. Suite au phénomène dont je parlais, Andlam s'est rendue chez les elfes et elle m'a fourni leur observation préliminaire. Apparemment ils ont pu établir que ce phénomène était de faible intensité, mais de nature à créer une réaction bien particulière dans la magie. Ce n'était pas un phénomène d'origine naturelle et il provenait d'une créature vivante sensible à la magie. Les elfes devaient poursuivre leurs recherches, je pense que la raison de leur présence au palais signifie qu'ils en savent maintenant davantage sur ce phénomène et sur celui qui l'a provoqué.

Arvak essayait d'organiser tout cela dans sa tête.

— Si je comprends bien, ce phénomène aurait tout déclenché : le roi qui nous rappelle de la frontière, Kared Nimizar qui vient à la capitale depuis Artaug puis repart au Magcam chercher un émissaire, les vaérims qui nous rendent soudain visite et restent le temps d'obtenir des informations, enfin l'arrivée d'émissaires elfes apparemment très attendus.

— C'est cela, confirma Norgar.

— Et les humains n'en ont rien perçu, car nous ne sommes pas sensibles à la magie.

— Oui sans Andlam nous n'aurions eu connaissance de ces faits que par les elfes ou les vaérims, appuya Norgar.

— Et Roawir a dit lui-même qu'il était porteur d'informations qu'il ne devait révéler qu'au roi, compléta Arvak. Tu penses toujours que ton hypothèse est la bonne ?

— Je ne sais pas. Mais ce qui est certain c'est que ce phénomène a mis en émoi tous les peuples sensibles à la magie, et que les elfes ont visiblement travaillé dur au cours du mois écoulé pour comprendre ce qu'il s'était passé. Nous saurons probablement toute la vérité cette après-midi, j'ai obtenu de Games Gandar que nous puissions assister au conseil en tant que spectateurs.

Chapitre 7

Arvak s'était préparé minutieusement pour assister au conseil. Norgar l'avait aidé à choisir une tenue et des accessoires de circonstance. Ils avaient fini par trouver un juste équilibre entre le gout d'Arvak pour la sobriété et la richesse qu'il devait afficher du fait de son rang. Arvak ne pouvait s'empêcher de trouver tout cet effort absurde mais il préférait encore être conseillé par Norgar que de porter les vêtements choisis par son père.

La salle du conseil où ils arrivaient tous deux était située dans la partie nord-ouest du palais, juste à côté du jardin intérieur et de la bibliothèque. C'était une grande pièce en amphithéâtre. Elle présentait de larges marches de pierre en arc de cercle, au centre se trouvait une estrade surmontée d'une table de bois travaillé, d'un siège à haut dossier qu'on devinait réservé au roi, entouré d'autres plus modestes. Sur les gradins de pierre, tables, chaises et coussins avaient été installés à l'intention des différents émissaires et de leur confort respectif. Pour l'heure les membres du conseil n'avaient pas encore pris place.

Norgar et Arvak de leur côté s'installèrent dans une alcôve de bois réservée aux visiteurs ou aux copistes, et ils y retrouvèrent Roawir. La pièce était petite et fraiche, elle comptait pour mobilier quelques chaises ainsi qu'un pupitre rudimentaire, et on y accédait par un couloir extérieur qu'Altred leur avait ouvert. Le maitre d'hôtel en avait profité pour leur rappeler de garder le silence durant le conseil, et qu'ils devaient écouter sans discuter entre eux. Les conversations dans l'alcôve – même à voix basse – pouvaient être audibles depuis l'estrade, malgré la distance qui les séparait. Altred insista sur l'honneur qui leur était fait, et sur le bon sens comme sur la tenue dont il attendait qu'ils fassent preuve. Un copiste devait arriver bientôt qui aurait la responsabilité de prendre en note les échanges qui allaient avoir lieu.

Altred comptait sur la présence d'une personne studieuse dans la pièce pour assurer le silence des visiteurs. Norgar et Arvak l'assurèrent de leur bonne conduite et le maitre d'hôtel retourna à ses occupations. Enfin seuls ils saluèrent Roawir et l'invitèrent à se joindre à eux, ce qu'il accepta. Le conseil n'ayant pas encore commencé, ils ne se privèrent pas pour engager la discussion ensemble.

— Alors, demanda Norgar à Roawir, comment tu trouves Mralèm ?

C'était la première fois que Norgar avait réellement l'opportunité de discuter avec l'elfe, aussi il préféra commencer par des banalités. De son côté Roawir semblait embarrassé et craignait visiblement de faire preuve de maladresse, en particulier après le long discours rigide d'Altred.

— Oublie l'étiquette, le rassura Norgar. Tu vois Arvak, il vit ici depuis vingt ans et il n'a toujours pas compris comment ça marchait !

— Quoi ? s'exclama Arvak.

Il n'avait pas écouté leur échange, son attention était concentrée sur l'émissaire qui venait d'entrer.

— Tu vois ? renchérit Norgar, puis il baissa la voix et dit à Roawir en murmurant : quand tu ne sais pas comment répondre, aie l'air important et mystérieux.

Roawir sourit puis tenta une réponse à la question de Norgar en appliquant ses conseils :

— Vous êtes des hôtes très affables et il y a beaucoup de beauté dans votre pays.

Norgar lui répondit par un sourire et un geste d'assentiment.

Alors Arvak attira son attention sur le conseil.

L'émissaire qui avait fait son apparition était du peuple des dragons-mirages. Comme pour les vaérims, Arvak en voyait un pour la première fois et il les avait très peu étudiés. Il découvrit une créature à l'apparence très éloignée de ce qu'il avait pu imaginer.

L'émissaire était de petite taille, peut-être moitié moins grand qu'un humain, mais Arvak pouvait difficilement comparer les deux. Lorsqu'il marcha pour rejoindre sa place dans l'amphithéâtre, l'émissaire tendit son cou musculeux et son corps fuselé vers l'avant. La ligne de son dos, alors presque parallèle au sol, prolongée par une queue reptilienne rigide, était à mi-hauteur d'homme, et cette démarche le faisait paraître très petit. Mais lorsqu'il s'arrêta pour leur adresser un bref regard, il se redressa de toute sa taille, et, du fait de son long cou, il parut alors de taille humaine, tandis que ses épaules discrètes se seraient trouvées à hauteur de poitrine.

Il avait un corps musculeux, sec et svelte, des bras minces dont les mains évoquaient les serres des rapaces, des cuisses puissantes et des pieds à quatre doigts pourvus de griffes d'une taille effrayante. Sa tête ressemblait à celle d'un dragon, avec des yeux plus grands, vigilants, une mâchoire puissante. Ses écailles avaient une teinte ocre cuivrée, ponctuée de nuances et d'ocelles colorés, dorés, noirs ou rouges, formant un ensemble assez discret. Dans une savane d'herbe sèche, il aurait pu devenir invisible.

La créature dégageait une telle impression de puissance martiale qu'Arvak en eut froid dans le dos alors même qu'aucun de ses gestes, regards ou attitudes, n'était belliqueux.

Il portait un pagne autour de la taille, des bracelets aux poignets et des colliers autour du cou. Sa tête était ornée d'une coiffe de métal finement travaillée, dont partaient de longues et fines plumes colorées. Arvak savait pour l'avoir étudié que les dragons-mirages partaient au combat en armure de plates et il osa à peine imaginer l'effet que cela lui ferait s'il se retrouvait attaqué par plusieurs créatures similaires, vêtues d'armures, dans la savane sauvage du Magcam.

— Il est très impressionnant, remarqua-t-il.

À côté de lui Roawir toussota légèrement.

— « Elle », corrigea-t-il, c'est une femelle. Les mâles ont des écailles de couleur beaucoup plus vive.

À ce moment-là, des coups discrets furent frappés à la porte de l'alcôve et Norgar alla ouvrir, ce devait être le copiste.

Eliwyl apparut dans l'entrée, un paquet de feuilles à la main et au côté une sacoche de scribe. Elle entra sous le visage stupéfait de Norgar :

— Comment tu as fait ça ? lui demanda ce dernier, très surpris à l'idée qu'elle ait pu être désignée comme scribe du conseil.

— J'ai attrapé dans le couloir le scribe qui devait venir, expliqua Eliwyl en installant ses affaires. Je lui ai dit que s'il ne me laissait pas sa place je lui casserais la gueule. Oh, rebonjour Roawir !

Il fit un geste hésitant de la main.

— Vous vous connaissez ? s'étonna Arvak.

— On s'est croisés tout à l'heure dans les écuries, raconta Eliwyl.

— J'étais allé voir Kaléogrim, compléta Roawir.

— Très belle chimère d'ailleurs.

— Merci.

Dans la salle du conseil toutes les personnes conviées étaient à présent arrivées et commençaient à prendre place.

Tintal se trouvait au centre de l'estrade, à sa droite son premier conseiller, Games Gandar et près de lui, Endimir le dragon noir. À sa gauche siégeaient l'elfe Andlam et son dragon Valgar. Ils formaient à eux cinq un portrait saisissant qui impressionna Arvak et probablement l'ensemble des émissaires du conseil.

Face à eux, assis sur d'épais et riches coussins, se trouvaient les trois émissaires vaérims, la femelle azur au centre, encadrée par la femelle couleur nuit et le mâle blanc. À gauche des vaérims se trouvait Karfanaël, attablé derrière un pupitre, et son totem Blifen, sur un confortable coussin. À droite des vaérims se trouvait la femelle dragon-mirage.

Le roi se leva et prit la parole :

— Estimés émissaires, chers représentants des peuples du Darka-Guèn, c'est avec un immense honneur et beaucoup de reconnaissance que je vous accueille en ma demeure. Vous avez tous et toutes fait de longs voyages pour venir en ce lieu où la nécessité nous rassemble. Le danger qui nous guette est grand et, outre les réponses que nous désirons tous obtenir de ce conseil, j'ai l'espoir en moi-même que cette réunion sera l'opportunité de renforcer les liens entre nos peuples.

La voix de Tintal s'élevait, forte et claire, dans la salle à l'acoustique excellente.

— Maître Karfanaël est ici présent en qualité d'émissaire de la reine des elfes Guildra Vent-de-Plaine Naïnor, deuxième souverain de la maison réunie des Rirdenrim et des Naïnorèm. Il est également alchimiste combattant, chercheur et érudit pour la Maison Royale des elfes, spécialiste du flux magique du monde et des particules des forces élémentaires. Maîtres, pourriez-vous s'il vous plait nous proposer un résumé des récents évènements ?

Karfanaël se leva et vint au milieu de la salle. Depuis l'alcôve, Arvak et Norgar, les coudes posés sur le parapet, écoutaient avec une grande attention.

— Votre Altesse, je vous remercie. Comme vous l'avez si justement souligné, la nécessité est grande, aussi sans préambule, voici donc un exposé des faits, tels que les recherches des érudits elfes de Sa Majesté la reine ont permis de les reconstituer.

Karfanaël marqua une pause théâtrale, l'attention de l'assemblée tout entière était portée sur lui et un silence absolu régnait dans la salle. Il ne tenait à la main aucun document ni feuillet qui lui aurait servi d'aide-mémoire, sa voix et ses gestes semblaient occuper de sa présence toute la salle.

— Au troisième jour du deuxième mois de l'été, en cette année-ci de 1453, a eu lieu dans la région du Grimstadir, ou de ses environs proches, dans les montagnes du Mornesh Rigun – au nord-ouest du pays – un phénomène magique qui fut fortement perceptible par l'ensemble des peuples sensibles à la magie. Nous avons pu établir que ce phénomène a été d'intensité modérée mais de singularité forte.

L'elfe observa un bref silence. Il savait que son jargon de spécialiste des arts magiques n'était pas accessible à tous et il attendit qu'un soupçon de désarroi s'impose dans l'assemblée, afin d'être celui qui le lèverait.

— Ici il faut comprendre que le sortilège impliqué dans ce phénomène n'a pas été puissant par lui-même – il ne s'agissait pas d'une déflagration dans la magie, ni d'un sortilège d'une puissance gigantesque – mais il a été d'une nature qui a fait réagir le flux de la magie d'une façon très nettement et intensément perceptible.

Depuis l'alcôve Norgar se tourna vers Arvak et commença à murmurer, avec le plus de discrétion possible :

« C'est cela que j'ai du mal à comprendre, comment un phénomène pourrait être peu puissant et émouvoir autant les peuples ? »

Ce fut Roawir qui lui répondit, également en murmurant :

« En fait, ce qui a été perceptible c'est la réaction du flux de la magie à ce sortilège, pas la puissance du sortilège en lui-même. C'est comme jeter un morceau de sodium solide dans l'eau. Mettre en contact ces deux matières crée des explosions. Un morceau de sodium de la taille d'une petite pierre peut créer des explosions plus fortes et plus impressionnantes que si on avait jeté une immense pierre dans l'eau. »

Depuis le centre de la salle, Karfanaël poursuivait :

— Cette nuance est complexe à saisir mais elle est importante. Faire l'erreur d'imaginer le phénomène dont nous parlons comme un sortilège d'une puissance monstrueuse fausserait notre compréhension des faits. Le phénomène a été d'une intensité modérée mais a provoqué une réaction explosive dans le flux de la magie.

Karfanaël appuyait ses propos de gestes autoritaires comme pour en souligner l'importance et la pertinence.

— Comme vous le savez je l'espère, le flux de la magie conserve des traces observables de tous les bouleversements dont il est secoué. Cette particularité nous a permis et nous permet encore d'étudier le phénomène tel qu'il s'est manifesté le jour trois du deuxième mois de l'été. Cette étude nous a permis rapidement d'exclure toute cause naturelle. Il n'a été provoqué ni par un mouvement des astres – éclipse ou alignement de planètes –, ni par une cause terrestre – tectonique du sol, séisme ou éruption volcanique –, climatique – tempête, cyclone –, ou biologique – épidémie, mort en masse d'espèces animales ou végétales. Nous avons pu déterminer que ce phénomène a été d'origine individuelle et provoqué par une créature utilisatrice de la magie. Ces conclusions préliminaires ont pu être établies dans les quinze jours qui suivirent le phénomène et pour la plupart des personnes présentes ici, vous déteniez déjà ces informations. Voici donc pour le résumé des faits. Si Son Altesse le roi Tintal me le permet, j'aimerais poursuivre, en exposant les informations que je détiens et que beaucoup attendent depuis longtemps, ou sont venus chercher de très loin.

Il se tourna respectueusement vers Tintal qui lui donna l'assentiment pour poursuivre par un hochement de tête.

— L'étude longue et minutieuse des traces laissées dans le flux de la magie par le phénomène dont nous parlons nous a permis de conclure, sans aucun doute possible, que le Pilier des Ténèbres était impliqué dans la singularité que nous avons étudiée. Nous pouvons donc présumer que ce phénomène prouve le retour au Darka-Guèn de la Ténébra.

Arvak donna un coup de coude discret à Norgar :

« Tu avais raison. »

Ce dernier hocha la tête mais paraissait plus terrifié que véritablement fier de ses déductions. Dans la salle du conseil, Tintal, Games Gandar et Andlam semblaient impassibles. Ils avaient appris cette nouvelle la veille et avaient eu le temps de s'y préparer. Les trois vaérims de leur côté semblaient beaucoup plus nerveux, ils se cherchaient du regard les uns des autres. Leurs oreilles plumeuses bougeaient de droite et de gauche, comme chez les chevaux anxieux. Arvak avait cru lire lorsqu'il était jeune que les vaérims parlaient entre eux par une forme de télépathie. Si cela était vrai, il ne doutait pas qu'en cet instant tous trois étaient en grande conversation.

La dragon-mirage de son côté semblait impassible mais c'était bien dans les habitudes de ce peuple guerrier de ne manifester aucune émotion.

— Quelle preuve exacte avez-vous qui relie sans aucun doute possible ces traces au Pilier des Ténèbres ? demanda-t-elle avec calme.

— Ma reine, Guildra Naïnor, est dépositaire d'un artefact, transmis dans sa famille depuis Naïnor lui-même et qui a conservé la trace du Pilier de la Lumière. En confrontant les traces magiques de cet objet à celle que nous avons observée, nous avons pu noter une exacte et parfaite opposition. Celle-ci ne saurait être expliquée que par l'opposition entre le Pilier des Ténèbres et le Pilier de la Lumière.

La réponse sembla satisfaire l'émissaire dragon-mirage et l'ensemble du conseil.

— Merci, maitre Karfanaël, pour cet exposé limpide, dit Tintal en se levant.

L'intéressé salua respectueusement puis retourna s'asseoir.

— Comme vous pouvez le constater, l'heure est grave, poursuivit Tintal. Les éléments que nous détenons nous permettent de penser que l'ennemi que nous craignons, est revenu de son bannissement.

Tintal ne rappela pas pourquoi cet ennemi était à craindre. Tous les peuples du Darka-Guèn avaient été impactés par la Grande Guerre et s'y étaient trouvés engagés à un moment donné. Cette guerre avait été orchestrée par la Ténébra, elle avait créé les lycans grâce au Pilier des Ténèbres puis les avait dirigés pour que le monde s'embrase.

La terreur générée par la nouvelle de son retour ne nécessitait pas davantage d'explications.

— Mon espoir, continua Tintal, en tant que roi, mais aussi en tant que membre de cette assemblée, est que les peuples du Darka-Guèn fassent le choix de l'unité. Faisons front commun contre cet ennemi.

La dragon-mirage se leva pour prendre la parole :

— Comment pourrions-nous l'être ? Il m'a fallu un mois pour être averti de la tenue de ce conseil et m'y rendre depuis le Magcam. Comment pourrions-nous avoir une action coordonnée et mettre en commun nos efforts avec des moyens de communication et de transport aussi lents ?

Sa voix était tranchante et sèche mais elle soulevait un problème d'importance et les vaérims abondèrent en son sens :

— Les communications sont effectivement un problème, appuya la vaérim de couleur azur. Je suis d'accord avec vous, Altesse, l'unité est ce qui nous sauvera. Mais il faut près de trois semaines pour que vos courriers parviennent jusqu'à nous, et si nous devions communiquer avec les familles dragons-mirages le délai serait plus long encore. La Ténébra et les lycans ne souffriront pas de tels délais et si nous devions coordonner nos actions ou agir rapidement, cela nous serait impossible. Comment pouvons-nous espérer lutter ensemble dans ces conditions ?

Un silence tomba sur l'assemblée et Karfanaël en profita pour s'exprimer avec force :

— Le savoir est la clef.

Il eut un bref répit avant de reprendre :

— Chacun de nos peuples respectifs possède une somme importante et millénaire de savoir. Nous accomplissons aujourd'hui des choses que nos ancêtres croyaient impossibles et nous devrons accomplir, pour vaincre notre ennemi, des choses qu'aujourd'hui même nous pensons hors d'atteinte. Pour surmonter ce défi, nous devrons réaliser l'impossible, parce que notre ennemi est insurmontable. C'est un fait, la lenteur des communications nous restreint dans nos actions. Nous ne pourrons surmonter cette limitation technique et technologique que par le savoir. Je propose que l'ensemble des peuples mettent en commun et partagent les connaissances scientifiques qu'ils détiennent, c'est ainsi que nous surmonterons les capacités individuelles de nos nations.

Son discours jeta un grand émoi dans l'assemblée.

Certes le discours de Karfanaël était inspirant mais il se heurtait à des limitations culturelles. Chacun des représentants des peuples commença à énoncer à voix basse ou haute différents cas particuliers.

Le savoir des dracologues sur les techniques artificielles pour faire naitre un dragon était tenu secret et il semblait évident à Games Gandar comme à Tintal qu'elles ne pouvaient être mises en commun avec les autres peuples. De même Andlam, qui dirigeait Tsiroèn, ne souhaitait pas voir les secrets de son école partagés avec le plus grand nombre. La sélection y était drastique et ce n'était qu'au terme d'une longue formation qu'un élève pouvait espérer accéder à toute la sagesse de son enseignement. Andlam n'aurait pas accepté que ce savoir soit transmis à quelqu'un qui n'aurait pas donné les preuves de sa persévérance ni de son mérite.

De leur côté les dragons-mirages étaient divisés en de nombreuses familles dont toutes n'étaient pas alliées, et la mise en commun des connaissances se heurterait nécessairement aux complexités politiques et culturelles de leur société. Enfin les vaérims étaient un peuple très secret et qui accueillait peu d'étrangers. L'idée de mettre à disposition leur savoir les dérangeait et cette proposition avait pour eux quelque chose d'intrusif, malgré la cordialité de leurs liens avec les autres peuples. Ils ne pouvaient s'empêcher de penser, malgré l'amitié qu'ils ressentaient pour les humains et les elfes, que leur dévouement à la cause commune ne leur serait pas aussi profitable à eux qu'elle le serait aux autres.

Games Gandar prit la parole pour tenter d'apaiser les débats :

— Mes amis, il est évident que si une mise en commun des savoirs devait s'organiser, elle devrait se faire dans le respect des volontés et de la culture de chacun. Je propose qu'une compagnie soit constituée, qui serait formée d'un représentant de chaque peuple. Ainsi ces représentants pourraient d'une part veiller à la façon dont les connaissances de son peuple seraient employées et diffusées, d'autre part servir d'intermédiaires entre les érudits de cette compagnie et le peuple qui la recevrait.

L'idée semblait séduire au moins le vaérim blanc mais la dragon-mirage émit à cette proposition un son guttural discret qui avait tout de la désapprobation :

— Aucune compagnie ne saurait rendre compte de toute la diversité des peuples. Elle ne saurait être représentative de ce que nous sommes.

Andlam ne semblait pas plus satisfaite par cette idée.

— Peut-être, proposa la femelle vaérim couleur nuit, peut-être pourrions-nous restreindre le sujet de recherche. De la sorte, au lieu de mettre en commun toutes nos connaissances, nous commencerions par partager celles en rapport avec un objectif commun. La communication est un élément essentiel, commençons par cela.

Les autres vaérims appuyèrent cette proposition.

Le projet, ambitieux autant que nécessaire, perdait à chaque réplique un peu de sa superbe. Karfanaël observait en silence le débat et Arvak fut surpris par son stoïcisme. Il comprit que l'elfe guettait le moment propice où son intervention aurait le plus d'impact.

— Au Magcam nous utilisons des messagers à pied pour communiquer, nous n'avons pas de connaissance à apporter dans ce domaine, nota la dragon-mirage.

À ce moment, Karfanaël reprit la parole :

— Il me semble évident et normal qu'une coopération totale, telle que je l'ai suggérée tout à l'heure, ne saurait se mettre en place dans de brefs délais. Nous sommes chacun immensément attachés à nos traditions, à notre culture, à nos valeurs, et il est normal, je pense, que cet attachement, cet amour pour nos nations, se traduise par non pas une réticence – le mot serait excessif peut-être – mais disons par une certaine réserve. Je pense qu'il serait préférable que nous construisions cette cohésion avec prudence et respect, pas à pas, jusqu'à ce que chacun de nous et de nos peuples y adhère pleinement sans s'y sentir contraint ni forcé.

Karfanaël avait une aisance à parler qui avait en un instant capté toute l'attention de l'assemblée. Il poursuivit :

— Rien ne nous prouve, en l'état actuel de nos connaissances, que nous soyons obligés d'agir dans la précipitation. Nous savons que la Ténébra est de retour, nous savons que le Pilier des

Ténèbres est sur le Darka-Guèn, cette connaissance nous renforce, elle nous rend conscients de l'avenir qui se profile et nous permet de nous préparer avec méthode. De son côté, la Ténébra a été absente durant six-cents ans, nous pouvons supposer qu'elle ne retrouvera pas en un instant l'emprise qu'elle possédait – sur les lycans et sur le monde – au moment de la Grande Guerre. Plusieurs mois, peut-être même plusieurs années, lui seront nécessaires. De plus les traces du Pilier des Ténèbres que nous avons décelées dans le flux de la magie étaient très faibles, infimes même, et nous n'avons pu les déceler que parce que de très nombreux elfes ont étudié cette portion du flux de la magie, très attentivement, et durant une longue période. Nous pouvons donc raisonnablement penser que la Ténébra est affaiblie et qu'il lui faudra du temps avant de recouvrer sa force première.

Depuis l'alcôve, Roawir fronça soudain les sourcils.

« Non, c'est…, hésita l'elfe toujours en murmurant, les éléments que nous avons ne nous permettent pas du tout d'affirmer cela. Peut-être que la Ténébra a cherché à dissimuler ses traces, peut-être que c'est la nature même du Pilier des Ténèbres de ne laisser que des traces infimes. Affirmer que les traces sont infimes parce que son pouvoir est affaibli est une énorme approximation. »

Norgar et Arvak semblèrent préoccupés par la réponse de Roawir, de son côté Eliwyl continuait de noter les paroles dites au conseil mais ne perdait pas une miette de leur conversation.

— … Le plus simple, compte tenu des inquiétudes normales et compréhensibles de chacun, serait que nous commencions par de petites choses, qui puissent être une source d'inspiration et de confiance pour les autres peuples. Les humains et les elfes sont des amis de longue date, or nous savons que les dragonniers maîtrisaient un territoire cent fois plus grand que celui que les humains contrôlent actuellement. Peut-être possédaient-ils une technologie de communication que nous avons perdue depuis. Les humains sont détenteurs de nombreux manuscrits datant de l'époque des dragonniers mais ils affirment qu'ils ne leur sont pas compréhensibles. Ces textes n'ont jamais été observés ni analysés par les elfes, ni par les humains et les elfes ensemble d'ailleurs. Peut-être qu'en conjuguant nos efforts nous pourrions parvenir à tirer un grand savoir des textes en serken archaïque qui nous sont pour l'instant impénétrables. Et si ce n'est pas un moyen de communication, peut-être que ce sera une arme que nous pourrions utiliser contre notre ennemi.

« Nous avons des textes écrits par les dragonniers en Waniri, souffla Roawir sans que le conseil pût l'entendre, nous ne savons pas davantage les lire. »

— J'aimerais obtenir ici la permission d'accéder au Temple afin de procéder à des recherches. J'ai la conviction que les secrets qui se trouvent là-bas nous aideraient dans notre situation. Cet accord serait, je n'en doute pas, inspirant pour nos alliés vaérims et dragons-mirages.

Depuis l'alcôve, Roawir semblait décontenancé au point de ne plus trouver les mots pour exprimer son désarroi. Il avait conscience que les paroles de son maitre jouaient sur la méfiance entre les peuples pour contraindre le roi à aller dans son sens.

Arvak et Norgar paraissaient tout aussi mal à l'aise face aux paroles de Karfanaël.

À ce moment-là, Eliwyl leva le nez de sa copie pour s'adresser à Roawir :

« Est-ce que ça te semble envisageable que Karfanaël agisse pour des motifs personnels ? »

« Non, je… c'est quelqu'un de très intègre ! »

Norgar et Arvak se jetèrent un regard inquiet.

« Cela fait des années que Karfanaël essaie d'accéder au Temple, murmura Norgar, je tiens l'information d'Andlam, et Games Gandar me l'a confirmée. »

Roawir resta pantois, bousculé dans ses convictions.

Le nez au-dessus de ses feuilles, Eliwyl ajouta :

« Et maintenant, si le roi refuse ce qu'il demande, il inspirera la méfiance aux autres peuples. »

Dans la salle du conseil, Tintal prit la parole :

— Cette proposition mérite d'être examinée. Nous vous proposons une pause.

L'ensemble des membres du conseil approuvèrent la pause proposée par Tintal et la salle se vida progressivement.

« Tu crois que mon père va accepter ? » demanda Arvak à Norgar.

« Bien sûr qu'il va accepter, répondit Eliwyl, il n'a plus le choix. »

Chapitre 8

Devant la salle à présent vide, Arvak ressentit soudain le besoin de quitter l'alcôve. Il sortit sans dire un mot, l'esprit plongé dans ses réflexions, et Norgar le suivit ainsi qu'Eliwyl qui rangea précipitamment ses affaires de scribe. Roawir resta en arrière. Avant de quitter la pièce, Norgar l'interpella en lui proposant de les suivre mais l'elfe déclina d'un vague geste de la tête.

À l'extérieur, Arvak traversa les couloirs d'un pas rapide. Beaucoup de pensées se bousculaient dans sa tête et il savait qu'il ne pouvait en parler ici où trop d'oreilles indiscrètes pouvaient les surprendre.

Norgar le rattrapa à grandes enjambées :

— Où vas-tu comme ça ?

— J'ai besoin de me vider la tête, répondit Arvak.

— Le Chat Rôdeur donc.

Devant eux un jeune adolescent en tenue d'érudit s'écarta soudain de leur chemin. Eliwyl l'accosta au passage et lui fourra dans les bras les notes qu'elle avait prises ainsi que les affaires de scribe.

— Tiens, merci de me les avoir prêtées.

Et elle reprit sa marche rapide à la suite d'Arvak.

Avec un sourire complice, Norgar comprit qu'il s'agissait du scribe dont elle avait usurpé la place. L'adolescent regarda les notes et les matériels qui venaient de lui être restitués, avec un mélange de doute et d'inquiétude, mais Eliwyl n'y accordait déjà plus d'attention et marchait à hauteur d'Arvak. Tous trois traversèrent le palais, quittèrent le château et tracèrent leur chemin dans les rues animées jusqu'au Chat Rôdeur. Leurs vêtements attiraient les regards, certains les saluaient révérencieusement, d'autres s'étonnaient de voir d'aussi riches personnes se déplacer à pied plutôt qu'à cheval. Arvak n'y prêta aucune attention, toujours obnubilé par ses pensées.

Arrivé devant le Chat Rôdeur, Norgar siffla et Méaglim ouvrit bientôt une fenêtre à l'un des étages.

— Hé, ça faisait longtemps ! lança-t-il avec une certaine ironie avant de venir à leur rencontre.

Il leur ouvrit la porte de la cour de l'auberge et toute la troupe grimpa par un escalier extérieur, rejoignant la chambre que Méaglim louait à l'étage de leur auberge favorite. En ce milieu d'après-midi, celle-ci était déjà très animée, des rires, des chants et de la musique montaient de la salle par vagues successives et bruyantes.

La chambre de Méaglim était une petite pièce au mobilier spartiate. Un grand lit occupait la majorité de l'espace ainsi qu'une armoire où Méaglim avait rangé le peu d'affaires qu'il possédait. Un bureau et une chaise occupaient un angle, à côté de la fenêtre se trouvait un fauteuil et une vasque de pierre pour se laver. Enfin, à côté du lit, trônait une petite table de chevet accueillant un chandelier – inutile pour qui n'avait pas les moyens d'acheter de bougies.

Méaglim s'assit sur le lit, Norgar sur le fauteuil, Eliwyl à califourchon sur la chaise et Arvak sur le rebord de fenêtre.

Eliwyl et Norgar firent à Méaglim un résumé des récents évènements. Le conseil avait confirmé la menace qui se dessinait, la Ténébra était de retour et le pire était à craindre. Ils passèrent sur les explications magiques données par Karfanaël et les preuves qu'il avait fournies de ce retour. Méaglim avait un esprit simple, il avait arrêté ses études très tôt pour travailler et n'avait ni la patience, ni les connaissances, ni l'envie de cerner les notions techniques que le maitre elfe avait abordées. Eliwyl et Norgar le savaient et lui en firent grâce.

— Donc si je résume, reprit Méaglim, le seigneur du mal qui a détruit les dragonniers, créé les lycans et provoqué la Grande Guerre est de retour après son bannissement, les peuples ne sont pas très chauds pour coopérer entre eux, mais sont plus ou moins d'accord avec l'idée qu'il faut être unis et qu'ils vont devoir partager leurs connaissances. Sauf que cet elfe, Karfanaël, a décidé d'utiliser tout le bordel pour servir ses objectifs personnels, c'est bien ça ?

— Oui globalement, on pense que c'est ça, confirma Norgar.

— Pourquoi vous n'êtes pas restés ? demanda Méaglim.

— Ils sont tombés d'accord sur l'idée de coopérer et de construire cette coopération progressivement, répondit Arvak qui regardait distraitement par la fenêtre. Maintenant ils vont passer l'après-midi à légiférer pour poser les bases, les conditions et les champs d'application de cette entente. Je ne pense pas qu'on en aurait appris davantage en restant.

— Et vous, vous en pensez quoi ? demanda encore Méaglim.

Il était le moins érudit du groupe. Arvak et Norgar, du fait de leur rang, avaient bénéficié d'une instruction avancée, Eliwyl avait étudié dans l'une des meilleures écoles du pays et y avait excellé. Méaglim de son côté avait appris à lire et à écrire à dix-neuf ans et avait oublié à peu près les deux depuis. Il se sentait toujours complexé par cette inculture, ne donnait jamais un avis qu'il n'eût particulièrement réfléchi au préalable, par peur de laisser voir qu'il n'avait pas d'esprit. Tous trois tenaient en grande estime le caractère circonspect de Méaglim.

— Qu'on est dans la merde, résuma nonchalamment Eliwyl.

— Ce qui m'inquiète le plus, développa Norgar, c'est qu'à écouter le conseil ils ne prévoient aucun réel moyen d'action contre la Ténébra.

Par un regard interrogatif, Eliwyl l'invita à développer.

— Ils ont parlé de moyens de communication, de technologies, mais on a, face à nous, un ennemi dépositaire du Pilier des Ténèbres, l'une des plus grandes forces magiques de notre monde. Elle ne sera pas vaincue par une bonne coordination entre les peuples !

Il semblait exaspéré par les résultats du conseil.

— Je suis d'accord, surenchérit Arvak en ramenant son attention vers le groupe. Il nous faut une arme, il faut qu'on parte en quête des autres Piliers du Monde.

— Oui voilà, appuya Norgar, il faut qu'on… attend, il faut qu'on quoi ?!

Tous les regards se tournèrent vers lui.

— Mon père a raison, dans cette situation le salut des peuples repose sur notre unité. Au conseil ils sont en train de construire cette unité et nous en aurons besoin pour faire face aux lycans et aux autres difficultés que la Ténébra va nous créer. Mais Norgar a raison aussi, et c'est ce que je pense, cette unité des peuples ne vaincra pas le Pilier des Ténèbres et ne vaincra pas la Ténébra. Lors de la Grande Guerre, il nous a fallu le Blanc et nous n'avons aucune créature dans notre camp qui soit à sa hauteur. Conclusion, il nous faut quelque chose capable de rivaliser avec notre ennemi. Elle possède un Pilier du Monde, trouvons au moins l'un des autres, voire plusieurs.

Méaglim hochait la tête comme quelqu'un trouvant tout cela très sensé, mais en voyant les regards atterrés et dubitatifs de Norgar et Eliwyl, il cessa.

— Et comment tu comptes t'y prendre ? demanda Norgar. Et prenons en considération le fait que nous ne sachions pas si les autres Piliers du Monde existent, ni à quoi ils ressemblent, ni où ils sont, ni si nous pouvons les utiliser contre la Ténébra.

— On sait déjà qu'au moins une personne a envisagé cela dans une situation similaire.

— Pélior, comprit Méaglim.

La Saga des Renégats était l'un de ses récits préférés et il connaissait beaucoup de chansons sur leurs exploits.

— Une légende, répliqua Norgar pragmatiquement.

— Peut-être pas seulement, contesta Eliwyl.

L'attention se tourna vers elle.

— On sait que les Darkénéïdes ont cessé de naitre il y a environ deux mille ans et d'après la légende c'est à ce moment-là que Pélior est parti en quête de Vaèr. On sait que Pélior est mort en -222, environ trois cents ans après l'arrêt des naissances, et qu'il est mort en Aganius. Durant l'intervalle tout porte à croire que Pélior n'était pas en Aganius, aucune de nos sources historiques ne le mentionne, sauf pour dire qu'il est absent. Nous avons des documents comptables qui décrivent des festivités en donnant le détail des invités mais aucun ne mentionne Pélior sur cet intervalle. Pareil, nous n'avons aucun document administratif de lui sur cette période, alors qu'il devait bien vivre quelque part. Nous retrouvons des traces de lui avant l'arrêt de la naissance des Darkénéïdes puis peu avant sa mort, mais rien entre les deux.

Eliwyl avait étudié les textes anciens avec plus de profondeur que Norgar ou Arvak, et comme les Renégats fascinaient son frère, elle avait approfondi le sujet, certainement moins qu'un dracologue, mais beaucoup plus qu'eux trois réunis.

— On sait que les légendes qu'on a aujourd'hui ont été composées par des poètes plus de mille ans après la date supposée de la quête de Vaèr par les Renégats. Ils se basèrent sur des récits transmis oralement, parce que les textes des dragonniers racontant son périple soit n'ont jamais existé, soit étaient perdus, soit étaient incompréhensibles. Et peut-être que l'absence de mention de Pélior résulte juste de la destruction des textes qui le mentionnaient. Mais si effectivement il a été absent d'Aganius durant les trois cents ans au cours desquels la légende situe la quête de Vaèr, il a pu accomplir des choses incroyables.

Norgar et Arvak hochèrent la tête à cet exposé, Méaglim essayait de suivre. Eliwyl conclut :

— Certes nos légendes ne peuvent pas être considérées comme vraies, car elles ont été composées trop longtemps après les faits, et beaucoup par des romanciers ou des poètes pour plaire à un public qui voulait une suite à ces récits. Mais Pélior a réellement existé et il semble qu'il ait été absent du pays à la période où la légende situe la quête de Vaèr. Peut-être que si nous pouvions trouver des textes sur lui ou son aventure qui seraient contemporains de la fin des dragonniers, des textes qui auraient une vraie valeur historique, nous aurions davantage d'informations sur ce qu'il a réalisé durant cette période, s'il est vraiment parti en quête de Vaèr ou non, et s'il l'a trouvé.

« Au final c'est la même chose pour les Piliers du Monde. Tout ce que nous savons d'eux aujourd'hui provient de la Vulgate, qui date d'il y a six-cents ans. Mais nous savons que les dragonniers avaient des légendes à propos des Piliers. Peut-être que si nous trouvions des versions du Mythe de la Genèse composées il y a deux mille, ou trois-mille ou cinq mille ans, peut-être que nous aurions davantage d'éléments pour les trouver. Je crois que Karfanaël a raison…

Elle buta soudain sur cette phrase et Arvak la compléta :

— Le savoir est la clef.

Eliwyl avait visiblement du mal à donner raison au maitre elfe, même quand son jugement était juste.

— Ton père ne prendra jamais cette entreprise au sérieux, nota Norgar, et il ne te donnera jamais les accès dont tu as besoin.

— Non, remarqua Méaglim, y a que nous pour prendre ça au sérieux, c'est pour ça que c'est à nous de le faire. Tout ce que vous avez dit – sur le fait que l'unité ne peut pas vaincre la Ténébra, sur le fait que nos sources ne sont pas fiables et que si on en avait des fiables on en saurait davantage – ça me semble cohérent.

— On sait que Karfanaël va obtenir des accès au Temple, ajouta Arvak, ça pourrait être l'occasion de se joindre à lui. S'il veut obtenir des accès pour son bénéfice personnel, pourquoi ne ferions-nous pas pareil, en restant dans son sillage ?

Eliwyl fit la grimace à cette proposition.

— Games Gandar pourrait nous faire cette faveur, acquiesça Norgar, il voudra quelqu'un en qui il a confiance pour surveiller Karfanaël.

Méaglim montra son assentiment à ces propos.

— Le Temple serait un bon départ, c'est certain, reconnut Eliwyl.

Ils continuèrent à discuter ainsi, cherchant la façon dont ils pourraient partir tous ensemble. En paroles ils organisèrent leur départ comme si celui-ci était déjà imminent. Méaglim se proposait d'acheter toutes les fournitures nécessaires. Vivant hors du château, il n'aurait aucun compte à rendre sur ses achats et, avec un peu d'argent que Norgar pouvait lui fournir, il serait en mesure d'acheter tout ce dont ils auraient besoin, sans attirer l'attention. Eliwyl envisageait déjà de demander à Andlam son soutien pour participer à cette mission. Seul Méaglim restait, mais Norgar pourrait peut-être le faire passer pour son domestique.

Ils étaient enthousiasmés par ces différents projets. Arvak écoutait d'une oreille distraite, participait peu à cette effervescence joviale.

— N'empêche, remarqua Eliwyl au bout d'un moment, j'ai de la peine pour Roawir. Il avait l'air vraiment mal lorsqu'on est partis.

Arvak hocha la tête, lui aussi se faisait du souci.

— Il a accordé son estime et sa confiance à quelqu'un qui en a profité, reconnut Norgar. Mais le fait que ça le touche montre qu'il est peut-être en train de voir Karfanaël pour ce qu'il est.

Arvak repensait à l'attitude que le maitre elfe avait eue vis-à-vis de Roawir lors du petit déjeuner. Il se fit la réflexion que si Karfanaël était capable de se montrer ainsi en public, il devait être pire encore en privé. Il eut un élan de sympathie pour l'elfe lorsqu'il s'imagina son quotidien, espérant pour lui qu'il arriverait à se défaire de cette personne. Il aurait préféré voir Roawir en leur compagnie plutôt que dans l'ombre de son maitre. S'ils parvenaient à suivre Karfanaël au Temple, peut-être qu'ils pourraient également soutenir Roawir. En tout cas cette perspective lui plaisait.

L'après-midi touchait à sa fin lorsqu'ils se décidèrent à rentrer au palais. Arvak estimait que la séance du conseil devait être terminée et, tandis que le jour tombait doucement, ils franchirent les portes gardées. Un domestique vint à leur rencontre pour leur annoncer qu'ils étaient cordialement invités à un repas festif en l'honneur des émissaires. Arvak et Norgar acceptèrent l'invitation. Tous trois se séparèrent, Eliwyl retourna à ses quartiers dans les dortoirs de la bibliothèque tandis qu'Arvak comme Norgar regagnèrent leurs appartements respectifs.

Une fois de retour dans sa chambre Arvak trouva préparé à son intention un baquet d'eau chaude et des vêtements propres. Il se lava, se sécha, s'habilla et peu après qu'il eut terminé, Altred le conduisit à la salle de réception. Il n'accorda au maitre d'hôtel qu'une attention distraite, toujours perdu dans ses pensées et se retrouva bientôt dans la salle d'apparat du palais.

Couvrant tout le rez-de-chaussée du bâtiment central, celle-ci donnait à la fois sur le hall d'entrée et sur le jardin intérieur. Ses ouvertures monumentales laissaient présentement entrer un air frais et parfumé, qui circulait délicatement entre les hautes colonnes de pierre finement sculptées de monstres fantastiques. Quatre tables, posées sur des tréteaux, formaient un carré au centre de la pièce. Celle située près du mur est était dédiée au roi et à ses proches. Posée sur une estrade, elle dominait le décor et le siège imposant du souverain trônait de toute sa splendeur en son milieu.

Pour l'heure les convives n'étaient pas encore attablés mais parcouraient tout l'espace de la salle, en petits groupes. Des espaces plus familiers étaient ménagés à l'écart des grandes tables, dans des alcôves, entre des paravents de papier, sur la terrasse, sur des coussins délicats, et les convives s'y déplaçaient, d'un groupe à l'autre, avec enthousiasme. Il y avait là les membres du Conseil mais également des courtisans et des bourgeois, richement vêtus, des nobles à la mine sévère, que le roi avait conviés ou qui avaient su se faire inviter. Arvak pouvait constater que toute la haute société s'était réunie pour l'occasion. Les vaérims se mêlaient à la foule et discutaient en compagnie de gens qui s'extasiaient de leur apparence exotique. Andlam et Valgar ne passaient pas inaperçus non plus, en revanche, Arvak ne distinguait ni Roawir, ni Karfanaël.

Il vit bientôt venir Norgar entouré de deux guerriers Paladins en armure rutilante.

Celui-ci le salua chaleureusement et affichait une gaieté qui correspondait en tout point à l'humeur des convives. Il lui donna une accolade amicale, mais, dès qu'il fut suffisamment près de lui pour que lui seul pût l'entendre, il lui souffla rapidement :

— N'en montre rien. L'émissaire dragon-mirage est introuvable, ainsi que Roawir.

Arvak masqua son trouble pour ne pas perturber les festivités et suivit Norgar ainsi que les gardes.

Il apprit ainsi de lui qu'à la clôture du Conseil la dragon-mirage avait été raccompagnée à ses appartements du bâtiment central. Altred s'y était rendu pour la conduire jusqu'à la grande salle et avait trouvé les lieux vides.

De là une recherche discrète et silencieuse s'était mise en place. Du fait de la taille de la demeure, il n'était pas impossible que l'émissaire se fût tout simplement perdue. Cependant les couloirs étaient continuellement parcourus par des domestiques et aucun ne l'avait aperçue.

Roawir était également absent et lorsqu'on avait interrogé Karfanaël, celui-ci avait confié ne pas avoir vu son apprenti de toute la soirée. Altred avait fait renforcer la garde autour du roi et les recherches se poursuivaient tout en essayant de ne pas éveiller l'inquiétude chez les convives. Tous espéraient qu'il ne s'agissait que d'une fausse alerte.

— Sire Norgar nous a indiqué que vous aviez beaucoup parlé avec Roawir depuis son arrivée et nous espérons que vous pourrez nous aider à le trouver.

Tandis qu'il écoutait cet exposé, un Paladin vint apporter à Arvak son épée et il la passa autour de sa taille. Il ressentit un certain soulagement à percevoir à nouveau son poids familier à son côté gauche.

— Vous avez regardé dans mes écuries ? Il est très proche de sa chimère.

— Oui, il n'y est pas, Maître Morgalt ne l'a pas vu.

Arvak réfléchit à un endroit tranquille où l'elfe aurait pu s'isoler. La galerie où ils avaient passé la matinée lui vint en mémoire. Alors que la fête battait son plein, ces lieux seraient vides et Roawir avait montré beaucoup d'intérêt pour la galerie consacrée à la fin des dragonniers.

— Je vais voir s'il est dans la galerie d'art, continuez à chercher la dragon-mirage et tenez-moi informé.

Il grimpa l'escalier du hall quatre à quatre et, comme il le pressentait, Roawir se trouvait dans la deuxième salle, devant la statue du Blanc. Il fut soulagé de le trouver.

— Est-ce qu'il y a un problème ? demanda Roawir visiblement surpris par la situation.

Le premier réflexe d'Arvak aurait dû être de conserver les apparences, d'inviter poliment Roawir à rejoindre la Grande Salle sans qu'il pût se douter un instant de l'émoi qui animait la garde du palais. Mais Arvak ressentit une aversion soudaine à l'idée de mentir à quelqu'un qui pouvait être un allié, dans une situation qui de toute évidence était en train de leur échapper.

— L'émissaire dragon-mirage est introuvable.

L'éclair d'inquiétude qui traversa furtivement le regard de Roawir révéla mieux que les mots ce qu'il savait de ces créatures.

Soudain un cri bestial déchira la nuit.

— Blifen ! reconnut Roawir.

Le glouton totem de Karfanaël venait de pousser un son d'une détresse qu'Arvak n'avait jamais entendu. Roawir et lui s'élancèrent d'un même mouvement hors de la galerie et gravirent les escaliers menant aux étages du bâtiment central. L'elfe courait plus vite et Arvak fut bientôt distancé, il le perdit de vue un bref instant, le retrouva devant la porte ouverte de la chambre de Karfanaël, livide, le regard figé sur l'intérieur de la pièce. Du sang était répandu sur le pas de la porte.

Arvak glissa un regard à l'intérieur de la chambre.

La pièce était jonchée de débris, une chaise brisée était éparpillée au sol à côté de la table renversée. Sur le riche tapis maculé de sang, gisait le corps affreusement mutilé de Karfanaël, le bras droit coupé et la tête arrachée. Blifen avait été éventré et son corps jeté contre un mur.

La bataille, quoique trop brève pour alerter la garde, avait été d'une rare violence.

Arvak détourna les yeux avec dégoût, n'osant pas détailler davantage le macabre décor. Il vint auprès de Roawir. L'elfeé était pétrifié, sous le choc. Arvak le secoua par l'épaule, il se ressaisit soudain.

— Elle était là il y a un instant, il faut la trouver, haleta Roawir.

Arvak hocha la tête, le couloir était silencieux et la pièce vide, aucune trace de la femelle dragon-mirage n'apparaissait immédiatement au regard. Il vint alors à l'esprit d'Arvak qu'elle avait pu emprunter les couloirs des domestiques. Ceux-ci ne formaient pas à proprement parler des couloirs secrets, car ils étaient bien connus et utilisés par le personnel, mais ils constituaient un réseau complexe de couloirs parallèles qui desservaient une grande partie de la demeure et dans lesquels il était facile de disparaitre. Arvak se dirigea vers une porte dérobée dont il connaissait l'emplacement et l'ouvrit.

Des traces de sang au sol suivaient une ligne parfaitement visible, qui se perdait dans le dédale gagné par l'obscurité nocturne. Sans attendre, Roawir s'engouffra dans le corridor, tandis qu'Arvak se saisit d'une bougie pour le suivre.

Roawir n'était plus en vue. Arvak continua à suivre les traces de sang que la dragonne avait laissées. Elle était visiblement blessée et la piste se révéla facile à suivre, malgré les tâches s'espaçant de plus en plus nettement. Arvak en déduisit que la femelle courait à grande vitesse et lui-même accéléra le pas. Les gouttes de sang le menaient plus profondément dans la demeure et il se mit à craindre que la dragonne n'ait eu d'autre cible que Karfanaël. Il descendit un étage et comprit qu'il arpentait à présent l'aile est en direction des appartements de Games Gandar. Des bruits d'affrontement lui parvinrent. Il redoubla le pas et déboucha enfin dans la chambre de son mentor.

Deux gardes Paladins étaient au sol, baignant dans leur sang, et la pièce était sens dessus dessous. Games Gandar, dos au mur, avait le regard terrifié, Endimir près de lui était ramassé dans une posture de défense aveugle. Face à eux se tenait la femelle dragon-mirage.

Elle avait troqué ses parures d'émissaire contre l'armure de guerre de son peuple. Le métal rutilant et maculé de sang rougeoyait dans la lumière chaude de la pièce, éclairée par une haute cheminée et quelques bougies. Les plaques de l'armure glissaient l'une sur l'autre sans un bruit, parfaitement ajustées à son corps, et le silence de sa marche, la lueur des flammes, ses yeux brillants d'un éclat féroce et sauvage, lui donnaient une terrifiante allure spectrale.

Elle tendit le cou, poussa un rugissement aigu et vibrant. Roawir, entre elle et sa proie, la tenait en respect.

Le sang de la femelle continuait de se répandre et coulait goutte à goutte entre les pièces de son armure, depuis sa clavicule et le long de son flanc. Arvak tira son épée mais à peine eut-il le temps d'achever son geste que la dragonne jaillit sur lui, à une vitesse qu'il n'avait jamais vue de la part d'aucune créature.

Roawir s'interposa, ouvrant du même coup le chemin vers Games Gandar.

La femelle changea vivement de direction, doubla Roawir pour atteindre le vieux dracologue. Alors l'elfe tendit la main devant lui, des runes s'allumèrent le long de son arme et une colonne de flammes jaillit de la cheminée. La dragonne fut happée dans sa course et projetée avec violence contre la fenêtre, qui vola en éclats.

Elle fut jetée à bas dans la cour où elle ne tarda pas à se relever.

Des cris de terreur se répandirent parmi les convives, tandis que dans la chambre de Games Gandar, le feu prenait les rideaux et les tapisseries.

Roawir aida Games Gandar à se relever et à sortir de la pièce. Arvak guida Endimir dans les couloirs où ils furent bientôt rejoints par Norgar accompagné d'une colonne de Paladins. Une chaîne humaine se mit promptement en place pour tenter d'éteindre le début d'incendie.

Dehors, la femelle dragon-mirage avait fait naitre un vent de panique dans la foule des invités, mais Andlam ne tarda pas à lui faire face. La dragonne, qui commençait à montrer des signes de faiblesse, se redressa face à l'elfe avec dignité. Valgar l'attaqua par le côté dans un assaut rapide et brutal. La terreur se lut dans le regard de la femelle lorsque les mâchoires du dragon Valgar la saisirent à la gorge.

Son armure la protégeait, mais le dragon secoua la créature en tous sens comme une poupée de chiffon. Par un violent coup de poignard, elle parvint à se libérer mais le dragon revint à la charge, l'assommant d'un coup de griffe, puis attrapa la tête de la créature entre ses crocs. Affaiblie, hagarde, résignée à l'issue inévitable de sa mortelle entreprise, la femelle dragon-mirage eut un instant d'égarement et Andlam en profita pour lui porter le coup de grâce.

La foule sortie de sa stupeur, acclama la prouesse d'Andlam et Valgar.

À l'étage, le début d'incendie semblait en passe d'être maîtrisé mais il faudrait encore de longs efforts pour qu'il le fût totalement. Les tentures, les tissus s'étaient d'ores et déjà perdus dans les flammes, comme une partie du mobilier.

Accompagnés à l'écart, Arvak, Roawir et Games Gandar, sous le choc, racontèrent comme ils purent ce qui venait de se produire. Aucun d'eux ne pouvait encore mesurer toutes les répercussions de la mort de Karfanaël.

Chapitre 9

Le meurtre de Karfanaël plongea le château dans le plus grand désarroi.

Le jour qui suivit se déroula dans un engourdissement funèbre. Le roi ferma l'accès aux visiteurs, et les couloirs, la demeure, les salles parurent vides et silencieuses. Les domestiques de la maison se déplaçaient dans les allées désertes à pas discrets, parlant à voix basse, comme s'ils craignaient que leur activité ne perturbe le recueillement de la demeure.

Arvak passa la journée dans la bibliothèque du château, à consulter des livres sur l'histoire de la Grande Guerre, sur les dragons-mirages et sur la Ténébra. Norgar et Eliwyl tentèrent bien, chacun leur tour, de venir le trouver pour le sortir de son isolement, en vain. Ils pensaient deviner que les scènes de la veille avaient fait rejaillir à sa mémoire des souvenirs qu'il voulait écarter, et il ne vit personne ce jour-là.

Il semblait avoir oublié qu'il avait promis à Roawir de lui faire visiter la bibliothèque, et l'elfe lui-même n'y songeait plus. Celui-ci consacra sa journée à organiser les funérailles de son maitre.

Au cours de la matinée, il rencontra Tintal et Games Gandar avec qui il discuta des soins à prodiguer aux corps du défunt et de son totem. L'état de leurs dépouilles et les conditions de leur disparition rendaient le sujet difficile. Le roi et son dracologue exprimèrent leurs condoléances à Roawir et leur volonté de respecter la mémoire et la culture de son maitre. Mais Roawir comprit bien vite que Tintal voulait en particulier cerner les sentiments de l'elfe au regard du drame qui avait eu lieu et le récit qu'il en ferait à sa reine, afin de s'assurer que leurs relations ne souffriraient pas de cette tragédie.

S'il avait écouté ses sentiments, Roawir se serait enfermé dans sa chambre pour ne voir personne. Mais il avait conscience que la raison d'État ne pouvait attendre. Karfanaël était un émissaire de Guildra Naïnor, son assassinat sous le toit de Tintal constituait un fait diplomatique des plus graves. Roawir répondit donc aux interrogations du roi avec politesse, esquivant les sujets sur lesquels il ne voulait s'engager. Tintal comprit sa douleur et finit par prendre congé pour le laisser à son deuil. Alors qu'il quittait la pièce, Games Gandar s'attarda sur le seuil, hésitant.

— Puis-je vous parler en privé, maitre elfe ?

— Je ne suis pas maitre, corrigea Roawir.

Games désigna un fauteuil devant une table d'échec :

— Puis-je ? demanda-t-il avec un sourire affable.

Roawir acquiesça avec l'attitude de quelqu'un qui ne savait comment inviter le vieil homme à partir d'une façon polie. Games Gandar referma la porte et vint s'asseoir, Roawir l'imita.

— Je vous dois la vie, Endimir également, sans votre bravoure cet assassin serait parvenu à ses fins et mon pays en aurait cruellement souffert.

— C'était un honneur.

Games Gandar tapota la table, Roawir attendit qu'il en vienne au fait.

— J'aimerais vous poser une question en toute sincérité, me le permettez-vous ?

— Je vous en prie.

— Puisque vous m'avez si justement rappelé que vous n'aviez pas le rang de maitre, quelles seront pour vous les conséquences de ce funeste évènement à votre retour au pays ?

Roawir s'adossa à son fauteuil. Il hésita à s'ouvrir au vieil homme alors que le regard bienveillant de Games Gandar l'y encourageait de tout cœur.

— Mon retour auprès de mon maitre était récent, et il est mort alors que je n'étais pas auprès de lui, tué par un ennemi des elfes que je connais pourtant bien car j'ai longtemps vécu au Magcam.

Games Gandar hocha tristement la tête. Roawir n'ajouta pas que sa réputation serait ruinée et qu'aucun maitre alchimiste digne de ce nom n'accepterait de finir sa formation, le vieux conseiller connaissait suffisamment les elfes pour le comprendre par lui-même.

— Avez-vous des personnes à qui vous adresser en Waniri ?

Roawir ne répondit pas. Games Gandar tapota à nouveau la table.

— Si je peux faire quoi que ce soit pour vous aider, adressez-vous à moi. Vous avez fait preuve d'un grand courage et il n'est pas juste que les vôtres ne reconnaissent pas vos valeurs.

L'elfe hocha froidement la tête et Games Gandar se leva, se dirigeant vers la sortie.

— Vous n'êtes pas responsable de ce qui est arrivé, ne vous en blâmez pas.

— Ce n'est pas ce que mes pairs diront de moi.

Le vieil homme quitta la pièce et Roawir se retrouva seul. Il expédia une lettre à Taradil, là où se trouvait l'équipage que commandait Karfanaël, avec lequel il avait fait le chemin depuis la Waniri. Par son message il les informa des récents évènements, invitant Inawèn, la lieutenante de Karfanaël – qui présentement commandait l'équipage – à venir jusqu'à Mralèm où elle pourrait assister à sa crémation avant de rapatrier ses cendres vers la Waniri.

Une fois ces dispositions prises, Roawir resta cloîtré dans ses appartements.

Dans la tour d'astronomie, les émissaires vaérims mettaient également leurs affaires en ordre. Les évènements de la veille les avaient amenés à beaucoup changer leur état d'esprit vis-à-vis du souverain. Si la veille ils avaient semblé tout à fait prêts à négocier une alliance au nom de leur peuple, au lendemain du drame ils exprimèrent leur volonté de rendre compte à leurs semblables des nouvelles informations qu'ils détenaient, avant de prendre le moindre engagement.

Le roi Tintal comprenait ce choix et l'accepta bien qu'il repoussât à plus tard toute mise en œuvre d'une coopération entre les peuples – ce qu'il déplorait beaucoup. Après de longues discussions, Tintal parvint à obtenir qu'une nouvelle date fût fixée, trois mois plus tard, pour une nouvelle rencontre entre les humains et les vaérims. Ces derniers exprimèrent leurs amitiés aux humains, ainsi que leur espoir de voir cette coopération prendre forme prochainement. La vaérim couleur azur semblait véritablement intéressée par une telle alliance et Tintal ne doutait pas qu'ils partaient avec une impression favorable des échanges qu'ils avaient pu avoir avec les humains. Malgré tout, il ne pouvait s'empêcher – en voyant partir les vaérims, dans une situation aussi critique, où visiblement le temps était précieux et compté, sans avoir rien obtenu qu'un hypothétique espoir futur – de considérer comme un échec les démarches diplomatiques qu'il avait entreprises depuis plusieurs jours.

En parallèle, Altred, sous les ordres de Tintal, commença son enquête pour tenter de comprendre comment et pourquoi un dragon-mirage avait pu assassiner l'un des hôtes de Tintal dans sa propre demeure. Les témoignages de Roawir, Arvak et Games Gandar l'amenèrent à penser que le dracologue avait également été une cible de l'émissaire, mais dans l'immédiat le mystère restait entier quant à ses motivations ou ses objectifs.

À son arrivée à Mralèm la veille, Altred avait pu établir que l'émissaire dragon-mirage avait été conduite par bateau aux frais d'une grande famille de Téwyogatar, qui avait financé tout son transport, et la veille, cette référence lui avait semblé suffisante pour considérer que l'émissaire était bien qui elle prétendait être. La lettre qui lui avait été présentée était authentique, portait le sceau de la famille des Löds de Téyo et Altred reconnaissait l'écriture du fils du Löd. La femelle dragon-mirage avait embarqué à Téwyogatar, trois jours plus tôt, dans un navire rapide, et rien, parmi les éléments dont Altred disposait au moment de son accueil, n'aurait pu lui permettre de supposer une fraude ou de mauvaises intentions de la part de cette invitée.

Dans l'immédiat, il en était à tenter de comprendre comment un tel drame avait pu se produire, en rassemblant les éléments dont il disposait, sans parvenir encore à leur trouver un sens.

Norgar, comme à son habitude, sut habilement s'informer pour collecter toutes ces informations et il les transmit à Arvak, qui ne l'écouta que d'une oreille distraite. Norgar aurait aimé discuter avec son ami des conséquences que la mort de Karfanaël risquait d'entraîner sur leur projet personnel, mais Arvak, à l'image de tout le palais, semblait avoir plongé dans une sorte de stupeur amorphe. I renonça, la situation était de toute façon trop confuse pour qu'il fût possible de rien en tirer. Dans la soirée, il se rendit au Chat Rôdeur où il expliqua à Méaglim ce qu'il s'était produit et lui remit une bourse dont ils avaient discuté la veille. Norgar avait l'intuition qu'en ces temps troublés, une alternative serait bienvenue.

La nuit passa ainsi.

Le lendemain, dans la matinée, Tintal convoqua Arvak dans ses bureaux, et ce dernier s'y rendit dès qu'il fut présentable. Il avait revêtu, sans vraiment y faire attention, sa tenue de Frontalier et portait son épée au côté.

Son père le reçut dans l'une des salles du bâtiment central. C'était une pièce de travail austère, sans décoration spécifique. Un grand bureau en bois sombre occupait la majorité de l'espace, des étagères chargées de dossiers complétaient le mobilier.

Lorsqu'Arvak entra, son père était assis à son bureau, consultant des documents qu'il referma prestement en faisant signe à son fils de s'asseoir.

— Nous avons davantage d'éléments pour comprendre ce qui s'est passé avant-hier, déclara Tintal en préambule.

Arvak s'assit tandis que son père poursuivait, visiblement préoccupé :

— Nous avons appris hier par un pigeon voyageur que les corps sans vie de Kared Nimizar et de sa dragonne Aïnambra ont été retrouvés à proximité du Temple.

La stupeur s'empara d'Arvak.

Tintal se leva, il semblait troublé par cette nouvelle. Arvak n'avait pas connu personnellement le dracologue, mais il savait en revanche qu'il était un bon ami de son père.

— Les dracologues ont estimé que sa mort remontait à environ un mois au vu de l'état de décomposition des corps. De ce fait, il est impossible qu'il soit jamais arrivé au Magcam. Qui que soit la créature qui est entrée au palais il y a deux jours, elle n'était pas l'émissaire dragon-mirage que Kared Nimizar devait aller chercher. Cette créature a pu entrer au palais recommandée par le fils du Löd de Téyo. J'ai détaché une commission d'enquête pour savoir dans quelles circonstances cette créature est parvenue à se faire passer pour un émissaire, et établir s'il y a eu trahison de la part de cette famille ou s'ils ont également été abusés.

Arvak accusait le coup, il tentait tant bien que mal de mesurer tous les tenants et aboutissants de ce que lui révélait son père.

— Je pense que nous pouvons considérer, poursuivit Tintal, que cette créature visait les dracologues et donc Games Gandar. Nous savons que la présence de dragons est la seule chose qui garantisse aujourd'hui la paix avec les lycans. Il est évident que leur disparition aiderait à fédérer les lycans derrière un chef. Nous savons également que la Ténébra est de retour et qu'elle avait partie liée avec les lycans durant la guerre. Je ne peux affirmer que les attaques sur nos dracologues ont été commanditées par elle, mais il est certain que celui ou celle qui pourra revendiquer l'assassinat des dragons gagnera un grand prestige aux yeux des lycans. Nous ne pouvons exclure que l'hégémonie de la Ténébra ne soit pas si lointaine que nous voulions l'espérer.

Arvak eut le sentiment que son père monologuait sans tenir compte de sa présence, comme s'il voulait gagner du temps, si bien qu'il se demanda pourquoi il avait été convoqué.

— Quant à la mort de Karfanaël, nous n'avons pas d'éléments sur ce qui a pu motiver la créature. Pour ma part il me semble qu'elle a saisi l'opportunité de nous diviser. Après tout, cette mort a repoussé à une date ultérieure toute démarche de coopération et à peu près réduit à néant tous les projets qui avaient pu émerger du Conseil.

— Père, pourquoi m'avoir fait venir ?

Tintal se tourna vers Arvak.

Il sembla frustré d'avoir été interrompu.

— Je suis content que tu n'aies pas été blessé, dit-il du ton assez froid qui lui était habituel.

Arvak commença à devenir nerveux, il croyait deviner que son père souhaitait obtenir quelque chose de cet échange et il ne discernait pas encore quoi. Il décida de le pousser à révéler ses intentions :

— Qu'en est-il du projet de Karfanaël d'étudier les textes du Temple ?

— Nous n'avons encore rien statué à ce propos mais, du fait de la mort de Karfanaël, ce projet ne me semble plus d'actualité.

— Roawir pourrait faire les recherches que prévoyait de faire son maitre ? Vous aurez moins à vous méfier de lui que de Karfanaël.

— Je n'en doute pas, mon fils. Mais cela ne me semble plus raisonnable. Tant que la reine Guildra Naïnor ne se sera pas exprimée sur ce drame, nous avons décidé avec Games Gandar de ne négocier aucun accord avec Roawir.

Arvak cacha sa déception tandis que son père reportait à nouveau son attention vers la fenêtre.

— Quels sont tes projets mon fils ? demanda-t-il en se tournant brièvement vers lui. Je ne parle pas nécessairement de tes projets à court terme mais qu'envisages-tu dans l'avenir ?

Au timbre de sa voix, Arvak comprit qu'il n'y avait à cette question qu'une réponse qui agréerait à son père, contre plusieurs qui lui déplairaient. Arvak ne se croyait pas capable de lui fournir une réponse honnête qui lui serait agréable. Aussi il ne dit rien.

— Tu as été absent pendant cinq ans, presque sans donner de nouvelles, aujourd'hui tu es de retour, poursuivit Tintal. Je ne doute pas que tu as vécu des choses difficiles à Rimentos, et qu'il te faudra du temps pour te réhabituer à la capitale, temps que je suis tout à fait disposé à t'accorder. Mais un père a besoin de savoir ce que son fils prévoit pour la suite.

En parlant, Tintal s'était rapproché de lui et était à présent adossé au bureau.

— Vous voudriez que je reste près de vous au palais, comprit Arvak.

— Bien sûr que j'aimerais te voir rester, approuva le roi.

Tintal posa sur son fils un regard paternaliste :

— J'ai besoin de toi à mes côtés, insista-t-il, tu es mon seul enfant. Tu es sincère et droit. Eirda m'a dit qu'à la frontière tu inspirais la confiance et l'honnêteté à ceux qui te servaient.

— À la frontière, les miens me suivaient, ils ne me servaient pas, releva Arvak.

Tintal secoua la tête, comme si la nuance lui semblait abstraite.

— Je sais que tu t'intègres mal à la cour, mais mon gouvernement a besoin de gens comme toi, qui ont une vision différente des problèmes que nous rencontrons. Il suffirait que tu apprennes à t'y mêler et tu apporterais une vision neuve dont mon ministère a besoin.

— Est-ce que vous vous souciez de ce que je souhaite ?

— Bien évidemment, je ne veux que ton bonheur, dis-moi ce que tu veux et je te guiderais.

Arvak eut soudain l'intuition qu'il devait absolument taire le projet qu'il avait évoqué, deux jours plus tôt avec ses compagnons.

— Je veux faire quelque chose qui ait du sens, répondit-il, quelque chose qui fasse la différence. Et …

Il marqua un bref silence puis ajouta :

— … rester dans un palais, à écouter des privilégiés statuer sur des problèmes qu'ils n'ont jamais vécus et qu'ils sont persuadés de ne jamais vivre, ne me semble pas avoir de sens.

Le visage de Tintal s'empourpra.

— C'est ici que les décisions se prennent ! C'est ici que se décidera la façon dont nous affronterons cette crise.

— Dans ce cas père, avez-vous décidé quelque chose dont vous devriez m'informer ?

La mâchoire de Tintal se crispa.

Les dissensions entre eux n'étaient pas nouvelles, mais, exacerbées par le drame récent, Arvak sentait qu'elles prenaient un tour nouveau.

— J'ai décidé, répondit Tintal après avoir pris le temps de retrouver son calme, que je ne pouvais plus me passer de la présence de mon fils à la cour.

Arvak se raidit en entendant cela.

— J'ai fait preuve de bienveillance avec toi, je t'ai laissé partir, servir les Frontaliers, et tu sais que je désapprouvais ce choix. Toutefois il faut bien que jeunesse se fasse, je ne doute pas que tu y as reçu des leçons profitables. Mais à présent il est temps pour toi d'occuper la place qui est la tienne, à la cour, là où tes compétences serviront le mieux ton pays. Et j'emploierai tout le temps et les efforts nécessaires pour que tu acceptes cette réalité.

— Vous ne pouvez pas me forcer à rester ! s'exclama-t-il en se levant.

— Non, mais je peux éloigner tous ceux à qui tu tiens si tu me désobéis.

Arvak se figea tandis qu'un sentiment de peur lui nouait la gorge.

Son regard se porta sur le dossier que son père consultait lorsqu'il était entré dans la pièce, celui-là même qu'il avait prestement refermé. Il s'en saisit vivement. Tintal n'esquissa pas un geste pour l'en empêcher. Il parcourut rapidement les documents qu'il contenait.

Arvak y trouva une affectation au poste Frontalier d'Artaug, à l'extrême nord-est du pays, au nom de Méaglim. Au nom d'Eliwyl, il put lire un ordre d'enseignement, signé par Andlam, qui la conduirait à réintégrer le cercle très fermé de l'École de Tsiroèn. Enfin il découvrit plusieurs lettres émanant de la mère de Norgar dans lesquelles elle acceptait de renoncer à sa régence sur le Löguèn d'Entriver, afin que Norgar récupère l'administration du domaine. Elle avait également trouvé une épouse pour son fils et n'attendait que l'aval du roi pour faire le nécessaire.

— Quand avez-vous fait cela ? s'exclama Arvak scandalisé.

Tintal ne pouvait pas avoir pris toutes ces dispositions au cours des derniers jours. Les correspondances avec la mère de Norgar remontaient à plusieurs semaines.

— Dès que j'ai compris que quelque chose de grave était en train de se produire et que j'aurai besoin de toi à mes côtés.

De dépit, Arvak jeta les documents au visage de son père et tourna les talons pour sortir. Mais Tintal se leva brusquement et, à peine eût-il entrouvert la porte, Tintal la referma dans un claquement autoritaire. Il dominait Arvak de toute sa hauteur.

— Comprends-moi bien, je n'ai jamais eu l'intention d'employer ces moyens. Tant que tu te plieras à ma volonté, tu n'auras pas à le redouter. Mais ma volonté est que tu sois là où est ta place, et il en ira comme je l'ai décidé.

Alors seulement il permit à Arvak d'ouvrir la porte.

Ce dernier s'engouffra dans le couloir, presque en courant.

Il avait le souffle court et envie de vomir. Il marcha droit devant lui, sans se soucier d'où il allait. La peur, la colère, la détresse et la honte tourbillonnaient dans sa tête, et il avança sans plus rien percevoir autour de lui, comme si sa tempête intérieure avait tout englouti. Parvenu devant la porte de sa chambre, sans réfléchir, il entra, Norgar derrière lui le hélait en vain.

Lorsqu'il avait croisé Arvak dans les couloirs, tout indiquait son mal-être et il le suivit jusqu'à sa chambre. Il entra à son tour, et il l'y trouva qui faisait les cent pas dans la pièce. À son arrivée Arvak eut un mouvement de recul, comme face à un ennemi, et son regard fuyait.

— Ça va aller ce n'est que moi, dit Norgar de la voix la plus apaisante qu'il pût.

Il s'installa dans un coin de la pièce.

— S'il te plaît, raconte-moi.

Arvak se sentit incapable de parler, il recommença à faire les cent pas, une vasque remplie d'eau claire se trouvait posée sur la table, il la jeta à travers la pièce, sans que cela ne l'apaise. Enfin, au bout d'un instant, il se laissa tomber sur une chaise, la tête entre les mains, inerte. Alors seulement il put raconter le pénible échange qu'il venait d'avoir avec son père, et à mesure qu'il le fit, le visage de Norgar se décomposa.

Il savait que Tintal était un souverain à la poigne de fer et que lui et Arvak avaient parfois eu des différends, mais jamais il n'aurait imaginé que le roi pût employer les pouvoirs qu'il détenait pour plier son fils à sa volonté. D'ailleurs il ne l'aurait pas cru s'il ne l'avait entendu d'Arvak lui-même.

— Tu étais au courant ? demanda Arvak en pleine détresse.

— Quoi ? Jamais de la vie !

Norgar était horrifié qu'Arvak ait pu envisager un seul instant qu'il lui eût caché des informations aussi importantes. Les doutes d'Arvak lui semblaient si impensables qu'ils le laissèrent complètement abasourdi.

— Tu es au courant de tout ici, et tu veux me faire croire que tu ignorais que tu allais te marier ?

En disant cela il s'était élancé sur Norgar, ses yeux trahissaient l'égarement de quelqu'un qui ne sait plus ce qu'il doit croire.

Norgar se leva et le frappa derrière la tête.

Arvak resta interloqué.

— C'est mieux ? lui demanda-t-il.

Arvak avait un air penaud.

— Je suis avec toi et je n'étais au courant de rien, affirma Norgar.

Il baissa les yeux.

— Allez viens, sortons d'ici, ce palais sent la mort de toute façon.

Et Norgar le traîna jusqu'au Chat Rôdeur.

Chapitre 10

— J'ai pas envie de boire si c'est à ça que tu penses ! s'exclama Arvak.

— Je ne pensais pas à ça, et il est un peu tôt de toute façon.

Dans la cour de l'auberge, Eliwyl et Méaglim virent venir Arvak et comprirent tout de suite qu'il était secoué. Norgar attrapa une épée de bois et la lui lança.

— Que dis-tu d'un entraînement matinal ? proposa Norgar. Comme à la Frontière.

Arvak dut bien admettre qu'il n'avait pas beaucoup pratiqué depuis son retour, quatre jours plus tôt, alors que les Frontaliers exigeaient un entraînement quotidien.

L'auberge du Chat Rôdeur était notoirement connue pour être fréquentée par les Frontaliers qui venaient boire, chanter, ou, comme Méaglim, y vivaient entre deux missions. De ce fait elle prêtait volontiers les tenues d'entraînement et les armes factices que les Frontaliers utilisaient dans leurs exercices. Il n'était pas rare que la cour intérieure en terre battue accueille des entraînements improvisés, et, dans l'immédiat, l'espace était libre pour qui le voulait.

Arvak, Norgar, Méaglim et Eliwyl commencèrent par s'échauffer ensemble, déverrouillant leurs muscles par des exercices de course et de saut, des frappes à l'épée dans le vide. Arvak avait répété ces exercices tant de fois à la Frontière, il était tellement habitué à leur régularité, que chaque geste le ramenait un peu plus en lui-même, comme un liquide qui retrouve son contenant. Lorsqu'ils furent prêts, ils s'équipèrent pour s'affronter les uns les autres avec les armures d'entraînement propres aux Frontaliers. C'était un équipement de cuir et de tissu matelassé, plus léger que leurs protections de guerre, et fait pour amortir les impacts des épées de bois. Arvak avait bien l'intention de se battre jusqu'à retrouver sa plus complète tranquillité d'esprit et il ne pensait pas y parvenir en un seul engagement.

Il choisit Eliwyl comme premier opposant.

Il voulait l'affronter d'abord, car elle était la plus énergique de leur groupe et il savait qu'après un ou deux combats, il n'aurait plus les ressources suffisantes pour rivaliser avec elle.

Tous deux se mirent en garde et aussitôt Eliwyl entra dans le combat.

Son corps ne bougeait pas, ses épaules étaient relâchées, mais son esprit se tendit, immédiatement à l'affût de l'ouverture. Elle se battait à deux épées dans le plus pur style de l'école de Tsiroèn. De la main gauche, elle tenait sa première lame devant elle, cherchant l'ouverture, menaçant Arvak et testant sa garde. De la main droite, elle avait déjà armé sa seconde épée et n'attendait l'opportunité de l'abattre sur son adversaire, en une frappe rapide et brutale. Avec des mouvements légers, à peine perceptibles, elle le jaugeait, l'esprit affûté mais calme.

Arvak repensait à son père, à sa trahison, au corps démembré de Karfanaël, son esprit embrumé sautait d'une pensée à une autre. En lui la colère face aux menaces de son père se mélangeait à la honte de s'être senti si vulnérable et appeuré. Eliwyl restait immobile, patiente, et cela frustrait Arvak de voir que le combat ne commençait pas et qu'il ne savait comment l'engager à son avantage.

Il lança sa lame au hasard, pour ouvrir les hostilités, qu'ils se battent.

Devant l'assaut improvisé d'Arvak, Eliwyl, sans difficulté, dévia sa tentative de la main gauche et abattit son autre épée sans ménagement sur le crâne d'Arvak, l'étourdissant brièvement.

Une frappe irréfléchie n'avait aucune chance d'aboutir contre elle et Arvak le savait. La facilité avec laquelle elle venait de l'atteindre augmenta sa frustration. Il riposta par une attaque tout aussi désordonnée et Eliwyl le punit avec la même intransigeance.

Elle n'avait aucune difficulté à anticiper un adversaire ayant si peu de contrôle de lui-même qu'Arvak en cet instant. Elle voyait toutes ses offensives en avance, frappait avec un timing parfait qui ne laissait aucune chance à Arvak, le confrontant durement à ses propres lacunes. Elle maniait ses deux lames avec aisance, plaçant toujours chacune à l'emplacement idéal pour parer ou attaquer. Eliwyl pouvait penser les mouvements de chacune de ses lames autant séparément que conjointement ou alternativement, et le résultat était terrifiant de maîtrise.

Arvak voyait la piètre qualité de ses assauts, leur prévisibilité, leur manque de conviction et d'énergie, il avait honte d'être aussi mauvais et de donner une image aussi désastreuse de ses capacités. Eliwyl de son côté ne lui faisait aucun cadeau, ne laissait aucune prise, ne témoignait aucune compassion. Chaque fois qu'Arvak manquait de vigilance, de la main gauche, Eliwyl ouvrait sa garde comme on ouvre une boîte et Arvak se trouvait à nu, désemparé, tandis que la seconde lame s'abattait sur lui, implacablement.

Il pouvait discerner qu'à sa façon elle trépignait.

Elle était impatiente qu'Arvak lui offre un meilleur combat, qu'il cesse ses offensives brouillonnes et désordonnées, qu'il trouve le calme qui lui permettrait d'être au meilleur de lui-même. Elle savait qu'il pouvait rivaliser et elle n'attendait que cela. Arvak n'arrivait à rien.

Par un signe Eliwyl mit fin au combat et vint vers lui.

— Bon, ce que tu fais c'est nul, dit-elle sans l'épargner, mais de ce que je vois tu es à deux doigts d'exploser. Ce que je te propose c'est : je te fais des ouvertures, tu te défoules un bon coup et après on discute.

Arvak accepta, non sans honte.

L'exercice entre eux changea. Eliwyl ouvrait sa garde pour présenter ses protections, et Arvak enchaînait les attaques au rythme le plus soutenu dont il était capable.

Lorsqu'il faisait mine de se relâcher, Eliwyl l'attaquait à son tour, avec intransigeance et brutalité. Lorsqu'il semblait s'apaiser, elle le prenait à défaut, lui présentait une ouverture pour l'amener à s'y engouffrer et, au dernier instant, exploitait son assaut prévisible pour le frapper. C'était une attitude frustrante et humiliante, qui relançait Arvak dans son énervement. Eliwyl le fit pour le forcer à vider son sac, une bonne fois pour toutes.

Tous deux se connaissaient par cœur. Ils avaient pratiqué cet exercice à de très nombreuses reprises, pas toujours pour l'usage qu'ils en faisaient aujourd'hui. Ils ne se seraient permis ce type d'échange avec personne d'autre. Malgré les assauts furieux d'Arvak, Eliwyl le contrôlait sans effort. Elle parait ou se dérobait sans difficulté, toujours l'une de ses lames était là pour la protéger ou attaquer. Arvak s'appuya sur elle, sur son talent et son art, pour libérer son esprit de la tempête qui l'oppressait, comme on attrape une main salutaire pour ne pas sombrer. La reconnaissance prit la place de la fureur.

Ils ne poursuivirent pas ainsi durant très longtemps et, lorsqu'Arvak eut son compte, il l'indiqua à sa partenaire par un signe.

Alors ils se remirent en garde. Arvak avait le souffle court, les membres endoloris par les coups qu'il avait reçus et par la crispation dans ses muscles, mais son esprit était clair, vide, enfin concentré sur le combat.

Ils reprirent véritablement l'affrontement. Leurs attaques devinrent plus rares, mais plus intenses. Le corps d'Arvak révélait moins ses intentions et ses attaques furent plus pertinentes. Eliwyl en profita pour passer à la vitesse supérieure.

Alors qu'à la première phase de leur combat elle s'était contentée de punir son manque de concentration, elle commença à lui mettre la pression. Elle entrait dans sa zone de confort, plaçait la pointe de son épée d'entraînement près de ses yeux ou de sa gorge, occupait son champ de vision de toute sa présence.

Eliwyl était une frêle jeune femme, elle était plus petite que lui, plus légère aussi, mais l'arme à la main, elle faisait peur. Sa présence était intimidante, même à l'entraînement. Arvak pouvait sentir la mort s'abattre sur lui quand son épée de bois le frappait. Et, maintenant qu'il avait prouvé qu'il pouvait ordonner ses assauts, c'était au tour d'Eliwyl de s'exprimer. Maintenant qu'il pouvait l'encaisser et y répondre, à son tour Eliwyl laissa parler le fauve. Elle n'avait encore rencontré nul autre que lui parmi ses adversaires – en dehors de quelques rares mentors comme Andlam – qui pût rivaliser avec elle.

Avec tous les autres sa présence au combat, son agressivité, sa volonté de tuer son adversaire avaient raison de toute velléité de résistance. Elle balayait la force mentale de ses opposants comme on souffle une bougie, et contre tous les autres, si Eliwyl voulait le meilleur de son adversaire, elle devait se modérer, réfréner son esprit combatif, se montrer moins agressive et moins intimidante, pour ne pas briser son adversaire. Mais contre Arvak, plus elle s'exprimait, plus elle allait crescendo dans ses attaques, plus elle engageait sa combativité, et plus elle aiguisait la vigilance d'Arvak. Plus il rivalisait avec elle. Alors elle pouvait être pleinement qui elle était, et ressentir son être comme un tout, cohérent et indivisible. Elle avait besoin de cette harmonie dans son âme pour se sentir apaisée dans sa vie.

Alors que la peur achevait de concentrer Arvak, son instinct de survie prit le dessus, quelque chose de plus ancien et plus primitif que lui. Dans son esprit, la tempête avait pris fin, seul demeurait un silence absolu de pensée. Le temps lui sembla ralentir, une seconde de combat lui en paraissait dix, il percevait chaque détail, une crispation de l'épaule, un mouvement de pied, une pression particulière contre sa lame, un regard qui tombait sur une partie ouverte de sa garde. Il recueillait tout ceci en une fraction de seconde, sans même qu'il le perçût, ou à peine. D'instinct, il sentait, presque tactilement, comment pousser son adversaire à l'erreur, comment la forcer à révéler une ouverture. Il la conduisait à faire quelque chose qu'elle ne voulait pas accomplir et dont il profitait. Et Eliwyl de son côté adopta une attitude identique, de sorte qu'ils devaient s'anticiper l'un l'autre, se tromper l'un l'autre pour se vaincre. Même leur immobilité devint un combat, et les attaques, parades, contre-attaques, plus rares, partaient avec une vitesse et une précision prodigieuses.

Autour d'eux, des visiteurs de l'auberge avaient commencé à se rassembler et ni Eliwyl ni Arvak n'eurent à rougir de la démonstration qu'ils firent de leur art à ce moment-là. Ils concentrèrent leurs efforts dans un dernier assaut et se frappèrent mutuellement. Leur conviction et leur puissance lors de cette frappe furent telles qu'il aurait été impossible de départager entre eux la victoire sur ce point, ou de dire qui des deux combattants aurait survécu à cet assaut.

Les spectateurs applaudirent ou sifflèrent pour manifester leur contentement devant ce combat, et Arvak s'empressa d'aller trouver Eliwyl.

— Merci beaucoup, lui dit-il avec une reconnaissance sincère.

— Avec plaisir !

Eliwyl était radieuse. Il savait qu'elle ressentait en cet instant le même calme que lui.

— À mon tour, s'exclama alors Norgar en défiant Arvak.

— Je peux récupérer un peu ? demanda ce dernier.

— Haha, non.

Là où Arvak préférait affronter Eliwyl avant d'être fatigué, Norgar lui préférait se battre contre Arvak après qu'il se soit épuisé. Cela accroissait ses chances de prendre l'avantage.

Ils se mirent en garde tous deux et l'entraînement reprit.

Arvak pratiquait avec Norgar depuis toujours, ils avaient eu les mêmes professeurs et maniaient la même arme, l'épée bâtarde typique des Frontaliers. Pourtant, ils avaient développé tous deux des styles très différents.

Norgar avait eu un père intransigeant qui avait tenu à ce que son fils témoigne d'un art particulièrement exemplaire. Il avait fait travailler Norgar en lui imposant une grande rigueur et en l'obligeant à se conformer à l'art le plus pur et le plus reconnu de son école.

Il en avait conservé un style très académique et droit. Ses mouvements étaient d'une pureté remarquable. Sa gestuelle correspondait toujours à une forme martiale exemplaire, et il fallait être d'une remarquable clairvoyance pour déceler des gestes parasites ou des crispations involontaires dans son attitude. Il avait également une approche très intellectuelle du combat, analysait son adversaire avec méthode, et disposait ses attaques et contre-attaques comme un général dispose ses troupes.

Arvak de son côté était un combattant beaucoup plus intuitif. Il avait acquis les formes de base avec beaucoup plus d'aisance et de rapidité que Norgar, de sorte qu'il avait très tôt commencé à innover, employant des techniques ou des passes qu'on ne lui avait pas encore apprises mais qui lui avaient semblé évidentes au moment du combat. Norgar avait longtemps été jaloux du plus grand talent qu'il avait très tôt manifesté et de la façon dont Tintal avait valorisé cet esprit créatif.

Arvak avait bénéficié d'une plus grande liberté que Norgar pour exprimer son potentiel – il n'avait pas été tenu de se conformer à des préceptes scolaires. Il était moins académique et moins propre que Norgar, et de même il intellectualisait moins le combat, en revanche il pouvait brusquement sortir des cadres de l'art scolaire, déstabilisant Norgar par une offensive intuitive et innovante à laquelle ce dernier n'était pas préparé.

Depuis de nombreuses années, Norgar n'arrivait plus à rivaliser avec lui et pourtant il était loin d'être mauvais élève. Il l'avait accepté et il appréciait à présent la finesse de l'approche d'Arvak. Avec du temps et de l'attention, il avait fini par trouver une faille.

Arvak avait besoin d'avoir peur pour révéler tout son potentiel. C'était dans ces moments-là que son sens du combat, de l'analyse et de l'anticipation, était le plus aiguisé. Aussi Norgar adopta une attitude froide et distante. Sa gestuelle ne révélait rien de ses intentions, il ne menaçait pas ou très peu et, même lorsqu'il engageait l'assaut, il le faisait sans appuyer sur ce qui mettait en alerte Arvak. De la sorte, le sens de danger d'Arvak restait en sommeil, et son mental cherchait à prendre le relais.

Sans pouvoir s'appuyer sur son instinct, ce dernier le faisait agir de façon prévisible ou au contraire le forçait à trop réfléchir avant de frapper. Norgar n'avait pas besoin d'intimider Arvak, de le pousser dans ses retranchements ou de tendre des pièges, sa gestuelle ne révélait rien, ne donnait aucune prise et il lui suffisait d'attendre que cela sème le désarroi chez son adversaire. Il cultivait son impatience et son sentiment de sécurité. Derrière cette tranquillité apparente, l'intellect de Norgar était sur le qui-vive et, lorsqu'il déclenchait ses attaques, elles semblaient sortir de nulle part, faisaient mouche avec précision, et il traversait son adversaire sans rencontrer la moindre résistance.

Lors des premiers échanges, Arvak se laissa déstabiliser par cette attitude, et Norgar prit aisément l'avantage. Mais il avait été suffisamment échauffé par son combat contre Eliwyl, sa frustration de prendre des coups ranima sa volonté. Il se montra plus agressif, et, imposant son rythme à Norgar, il gêna sa stratégie d'affrontement, l'empêchant de contrôler la situation. Perdant prise sur le combat, le calme insondable de Norgar se fissura et Arvak commença à distinguer dans ses gestes des mouvements involontaires qui trahissaient ses intentions et ses pensées.

Arvak prit l'avantage à mesure que Norgar se révélait, ses gestes et son regard trahissaient sans mensonge possible les pensées qui l'animaient. Alors dans une ultime attaque, Arvak mit en défaut Norgar, ouvrit sa garde, exposant sa tête, Arvak dressa sa lame au-dessus de lui avec la détermination irrévocable du bourreau. À l'instant où Norgar sut qu'il était vaincu, qu'il vit sa garde ouverte et la lame d'Arvak foncer sur lui, à ce moment-là Arvak perçut sur son visage une expression particulière de stupeur incrédule qu'il était impossible de feindre. Il abattit sa lame et emporta le combat.

À l'instant de ce point, il avait reconnu sur le visage de Norgar la même expression de stupeur que celle qu'il avait eue lorsqu'Arvak lui avait demandé s'il connaissait les projets de son père. Cette attitude, dans un moment aussi spontané que celui du combat, ne pouvait pas être feinte. Et le fait de la voir si parfaitement identique, dans un affrontement où Norgar ne pouvait pas mentir, convainquit Arvak sans aucun doute possible que Norgar ignorait effectivement tout des projets de son père. Ce seul détail lui prouvait qu'il pouvait avoir confiance en lui-même et en Norgar.

Ils arrêtèrent leur combat.

— Pardon pour la baffe de tout à l'heure, s'excusa finalement Norgar.

— Je n'avais pas les idées claires, reconnut Arvak.

Puis Méaglim défia Norgar, et Arvak prit le temps de souffler.

Le colosse constituait un cas à part dans leur troupe d'amis. Il était l'aîné de quelques années, et le seul qui n'eût pas fait d'études. Par la corpulence, Méaglim tranchait aussi fortement avec les autres. Norgar, Arvak et Eliwyl avaient une carrure assez svelte, Arvak était plutôt petit, Norgar le dépassait mais de peu. Méaglim quant à lui avait un physique hors norme, et pas seulement au regard du groupe. Il était très grand, large d'épaules et maniait une grande épée à deux mains, propre aux combattants du Grimstadir, et qu'ils appelaient zweihänder.

Contrairement à ses trois compagnons d'armes, Méaglim n'avait pas étudié l'art de l'escrime d'une façon très avancée. Games Gandar avait été brièvement son mentor lorsqu'il était arrivé à Mralèm en compagnie de sa demi-sœur Eliwyl, mais il n'avait révélé aucun talent, ni pour l'étude ni pour l'escrime. Ses maîtres d'armes avaient rapidement désespéré de lui enseigner aucune notion et ils l'avaient traité pour ce qu'il était à leurs yeux, un élève des plus médiocres. Pourtant, Games Gandar avait cru en son potentiel. Il travaillait alors dans les écuries du roi. Là au contact des chevaux, il avait démontré qu'il apprenait vite et bien, pour peu qu'il trouvât du sens à un enseignement.

Le savoir livresque, l'érudition, la rigueur scolaire, n'étaient pas dans le tempérament de Méaglim, il avait besoin de pratiquer pour comprendre, de vérifier par lui-même. Quand Games Gandar le comprit, il encouragea ses maîtres d'armes à l'initier au maniement de la zweihänder. C'était une arme presque une fois et demie plus grande que celle que maniaient Arvak et Norgar. Dans les espaces étroits, elle montrait ses limites, en revanche en espace découvert ou contre de multiples adversaires, elle était d'une violence redoutable.

Son poids en rendait le maniement difficile mais Méaglim y excellait. Avec une arme aussi lourde, la force brute ne suffisait pas seule, il fallait au contraire jouer de l'équilibrage de l'arme. Arrêter l'arme dans sa course était une perte d'énergie inutile, l'immobiliser pour la mettre en mouvement l'instant d'après l'était tout autant. Pour frapper, changer de trajectoire, ramener l'arme à soi, il fallait jouer du tournoiement de l'épée, envoyer le poids de l'arme, la garder en mouvement pour qu'elle fût disponible. Cela demandait beaucoup de souplesse dans les poignets et les épaules, beaucoup de sensibilité aussi. Il fallait conserver perpétuellement un mouvement et une énergie fluides, rediriger et canaliser plutôt que soumettre par la force. Alors le poids de l'arme devenait un atout sans être un handicap, il augmentait la puissance de frappe, et Méaglim profitait de l'allonge prodigieuse de sa lame.

Il excellait dans cet art qui demandait davantage de sensibilité que d'érudition. Il devait ressentir le poids de l'arme, son inertie, sa direction, pour en jouer et garder son arme disponible. En combat Méaglim avait une approche uniquement intuitive, ses connaissances de l'art étaient très rudimentaires, mais il avait un sens inné du combat et savait employer sa force, sa carrure et sa finesse pour prendre l'avantage.

Face à quelqu'un comme Norgar, qui avait un tel niveau de maîtrise technique, Méaglim se sentait rustre et primitif. Cela le poussait à donner le meilleur de lui-même. Il ne voulait pas être un poids mort. Il savait que Norgar, Eliwyl et Arvak avaient besoin d'adversaires à la hauteur pour progresser et se perfectionner, et Méaglim ne voulait pas être un frein pour eux. Entre eux, nul ne s'appliquait autant ni ne déployait une telle énergie pour donner le meilleur de lui-même.

Arvak ou Norgar n'étaient pas toujours au mieux de leurs capacités. Parfois, leur état d'esprit n'était pas bon, ou bien ils n'avaient pas suffisamment de volonté. Mais Méaglim se sentait tellement loin de leur niveau qu'il était toujours face à eux au maximum de ce dont il était capable. Il voulait qu'ils puissent affronter un adversaire qui les ferait progresser, et il était convaincu que pour leur offrir cela il devait se surpasser.

En vérité, bien que ses connaissances fussent intuitives et non scolaires, Méaglim était loin d'être mauvais.

Pour Arvak et Norgar, Méaglim était un adversaire des plus menaçants et contre lui, ils n'étaient jamais sereins. Lorsqu'ils l'affrontaient, ils savaient qu'ils combattaient quelqu'un qui donnait tout ce qu'il avait, et ils devaient s'élever au même niveau de détermination pour espérer l'emporter. Ils ne pouvaient se reposer sur leurs acquis, car Méaglim improvisait loin des sentiers battus, était insensible à leurs manigances d'experts bretteurs, et se battait jusqu'à la mort.

Enfin, Méaglim avait une allonge bien supérieure à celle de ses partenaires, par son arme mais aussi par sa taille, de sorte qu'il mettait Norgar ou Arvak dans une situation nécessairement inconfortable. Ils devaient approcher pour espérer l'atteindre et Méaglim en profitait, soit pour lancer une attaque de très loin, soit pour se précipiter au corps à corps dans une charge dévastatrice.

En combat réel, il utilisait ses poings et ses pieds presque autant que son épée, et personne ne se sortait indemne d'un coup de poing de Méaglim à pleine vitesse.

Ici à l'entraînement, il modérait sa force, d'autant qu'avec une épée en bois, plus légère que son arme habituelle, il ne percevait pas aussi bien son arme qu'avec une lame en acier, et il avait toujours peur de blesser ses partenaires en frappant avec trop de force.

Face à lui, Norgar n'en menait pas large. Avancer était dangereux, rester immobile était dangereux, Méaglim était trop brute pour être sensible aux subtiles manipulations de Norgar, et quand bien même il le prenait au piège, celui-ci s'y engouffrait avec la fureur d'un sanglier traversant une palissade de paille. Face à lui, Norgar expérimentait la peur, primitive, brutale, telle qu'il l'avait parfois ressentie à la Frontière lorsqu'un lycan furieux se dressait devant lui et fonçait de toute sa puissance.

Toutefois, Norgar avait de l'entraînement, ils s'affrontaient depuis de longues années. Il prit sur lui pour maîtriser sa peur et sut garder sa forme propre et académique. Tant qu'il y parvenait, il pouvait prendre l'avantage, car les assauts de Méaglim semblaient prévisibles à son regard de fin stratège. Mais il devait être au top de ses capacités, car la férocité de Méaglim ne lui pardonnait aucune erreur.

Ils emportèrent tous deux plusieurs assauts exemplaires et arrêtèrent le combat au bout de quelques minutes. Méaglim était le plus essoufflé des deux :

— J'ai fait de mon mieux, s'excusa Méaglim.

— Tu m'as bien cassé la gueule, oui, reconnut Norgar sans honte.

— C'était vachement bien ! le félicita Arvak.

Méaglim avait du mal à trouver des qualités à son escrime quand il voyait celle de Norgar, aussi il fut très reconnaissant des compliments. Arvak trouvait qu'il avait bien souvent trop peu d'estime pour ses qualités.

Il le défia à son tour.

Il adorait se battre contre Méaglim.

Quand il voyait son immense stature se dresser devant lui et sa lame plonger dans sa direction, son sens de danger entrait immédiatement en alerte, les battements de son cœur accéléraient, son cerveau passait à la vitesse supérieure. Méaglim se donnait toujours à fond et, quand il l'affrontait, Arvak se calait immédiatement sur cette intensité. Il adorait l'état d'esprit de Méaglim, son énergie, sa générosité. Il savait qu'il ne faisait rien de tout ça pour lui-même, mais pour voir des personnes qu'il estimait progresser. Et Arvak ne trouvait rien de plus motivant. Méaglim les tirait tous vers le haut.

Entre eux le combat prit une tournure joviale. Arvak félicitait Méaglim de lui avoir administré un coup particulièrement bien ajusté, et ces encouragements donnaient encore plus envie à Méaglim de se donner à fond. Il y avait de la bonne humeur et du jeu dans leur échange et, lorsqu'ils furent tous deux essoufflés et qu'ils cessèrent leur affrontement, ils riaient aux éclats.

Pendant qu'ils s'asseyaient à l'écart pour refaire le combat, Arvak vit que la cour s'était entre-temps remplie de spectateurs, dont certains commençaient à s'échauffer en attendant que la cour se libère. Il avait affronté chacun de ses compagnons et il leur faudrait bientôt laisser la place à d'autres amateurs d'escrime. Il ne restait plus que deux combats à Eliwyl pour qu'ils se soient tous rencontrés les uns les autres, Arvak ne comptait pas en perdre une miette.

Eliwyl et Norgar se placèrent en garde dans la cour.

La jeune femme appréciait le côté très académique de Norgar car, comme lui, elle admirait la beauté et la pureté du geste de certaines formes. De plus, Norgar n'avait pas étudié à la même école qu'Eliwyl. L'art qu'elle pratiquait – celui à deux épées, enseigné à l'école de Tsiroèn – ressemblait par quelques aspects à l'art de la Nouvelle Escrime tel qu'il était enseigné par l'école de Mingar, mais s'en différenciait aussi en bien des points, et combattre avec un adversaire aussi érudit et aussi soigneux que Norgar était pour elle un privilège. De plus, elle savait qu'avec lui elle pouvait travailler son art de façon plus cadrée et scolaire qu'avec Arvak ou Méaglim.

La première partie de leur combat fut très académique, ils s'arrêtaient parfois pour discuter d'un élément précis, échangeant leurs points de vue théoriques. Puis ils firent à tour de rôle des exercices travaillant des points spécifiques de l'escrime, cherchant ensemble la bonne approche, la bonne forme, le bon timing.

Ils finirent par se battre de façon plus spontanée.

Eliwyl combinait une connaissance très pointue de l'art de l'escrime, une analyse fine de son adversaire, et une approche intuitive à la façon d'Arvak. Dès qu'elle commença à se lâcher, Norgar fut dépassé. Son esprit d'analyse n'était pas assez rapide pour anticiper et piéger Eliwyl, mais depuis le temps il ne se formalisait même plus de ne pas réussir à rivaliser. Parfois, il parvenait à lui placer une frappe dont il était particulièrement fier et il attachait son attention à cela, plutôt qu'aux nombreux coups qu'il recevait.

Eliwyl riait aux éclats et Norgar essaya d'exploiter ces moments, pensant qu'il s'agissait d'une preuve d'inattention. Mais Eliwyl n'avait aucun moment de relâchement dans ses combats, jamais son esprit ne quittait la bataille. Même lorsqu'elle rengainait le sabre son esprit était prêt. Un seul geste, un seul signe, une seule intention, et son regard se mettait à briller, elle entrait dans cet esprit combatif où tout son être se dirigeait vers la bataille.

Norgar ne pouvait pas rivaliser. Il s'avoua vaincu.

À peine essoufflée, elle fit un geste pour inviter Méaglim à la rejoindre.

Un murmure d'inquiétude courut parmi la foule de spectateurs.

À première vue, un observateur extérieur ne connaissant aucun des deux combattants se serait inquiété pour Eliwyl. Elle était beaucoup plus petite et légère que son adversaire, un frêle lapin contre un ours. Méaglim avait une plus grande allonge et il donnait l'impression de pouvoir l'encastrer dans un mur d'une de ses charges brutales.

Mais c'était mal connaitre Eliwyl que de penser qu'elle serait intimidée par la carrure d'un adversaire. Pour les charges, Eliwyl en avait vu d'autres. Soit elle les esquivait, soit elle les encaissait souplement. Elle reculait, certes, de plusieurs pas parfois, mais toujours sur ses appuis, en garde, prête à enchaîner dans l'instant. Et lorsqu'Eliwyl le chargeait, Méaglim encaissait avec la même impassibilité qu'un roc, mais Eliwyl semblait comme rebondir sur son frère et le frappait quand même, tout aussi souplement.

Elle contrebalançait l'allonge de son adversaire par sa vivacité, se plaçant très vite à distance d'attaque, venait sans crainte à une distance où Méaglim n'avait plus d'option pour attaquer, mais où elle pouvait encore lui porter une frappe.

Eliwyl avait un très bon niveau, tant technique que martial, et il était très difficile pour quelqu'un comme Méaglim de rivaliser avec elle. Son physique n'était pas un atout décisif et Eliwyl au contraire l'utilisait contre lui, lui imposant sa propre distance d'attaque, trop courte pour sa longue épée, ou se plaçait à contretemps pour qu'il ne puisse exploiter le poids de son arme au moment opportun. Eliwyl contrôlait tout le combat.

Parfois, elle relâchait la pression, pour laisser Méaglim s'exprimer et que l'affrontement lui fût profitable, elle lui donnait l'espace dont il avait besoin pour déployer son arme, s'ajustait à son niveau. Méaglim n'était pas dupe et, s'il appréciait qu'elle le guide ainsi pour l'amener à progresser, il reconnaissait sans mal qu'il n'était pas à son niveau. Il faisait partie des gens avec qui Eliwyl ne pouvait pas se donner à fond et il regrettait de ne pouvoir faire mieux.

Eliwyl, quant à elle, ne lui en voulait pas du tout – d'ailleurs l'idée ne lui serait pas même venue à l'esprit. En vérité, Méaglim avait une approche du combat tellement intuitive qu'elle le rapprochait souvent de l'instinct des lycans et, en s'entraînant avec lui, elle avait souvent découvert des attitudes ou des réflexes qu'elle avait par la suite reconnus chez eux, et qu'elle avait pu ainsi anticiper ou contrer. Méaglim, par ses combats, la préparait à affronter des adversaires grands et brutaux, et elle avait beaucoup perfectionné sa maîtrise sur ces points depuis qu'ils s'affrontaient régulièrement. Elle savait qu'elle devait son imperturbabilité et sa facilité à encaisser les coups à ses combats réguliers contre une personne aussi corpulente et puissante que son frère. Et ces aptitudes lui avaient maintes fois sauvé la vie.

Lorsqu'ils mirent fin à leur combat, ils rejoignirent Arvak et Norgar qui s'étaient assis légèrement à l'écart. Ils auraient pu continuer longtemps de cette façon, mais déjà d'autres escrimeurs prenaient place dans la cour et la petite troupe décida d'un commun accord qu'ils avaient leur compte pour cette fois.

Les combats avaient ramené le calme dans l'esprit d'Arvak. Ses pensées traçaient à présent une ligne claire. Ce qu'il devait faire lui semblait relever de l'évidence et il en discuta avec eux, réglant les derniers points essentiels. Pour eux aussi, unanimement, la suite des évènements s'imposa et elle leur sembla d'autant plus logique après qu'Arvak leur eut raconté sa discussion du matin avec son père.

Lorsqu'Arvak rentra au palais, il se dirigea vers les écuries où il retrouva Morgalt seule.

— J'aurais besoin que tu fasses sortir Crépuscule, Royal et le cheval d'Eliwyl, discrètement.

— Quand ?

— Avant ce soir, au Chat Rôdeur.

Elle hocha la tête et lui tendit la main.

— C'était un plaisir de te revoir, prends soin de Crépuscule.

— Comme d'un frère.

Son maitre d'écurie tourna les talons et Arvak regagna sa chambre, pensif.

Peu de temps après un grand remue-ménage se fit entendre dans la cour. Morgalt déplaçait tout un troupeau de chevaux vers un autre pré proche de la capitale. Perdu dans la foule équine se trouvaient Crépuscule et les autres chevaux de la troupe. Arvak devina qu'ils disparaîtraient mystérieusement dans une cour d'auberge qu'il connaissait bien.

Il sourit.

Morgalt avait une notion de la discrétion très efficace mais bien à elle.

Puis mû par une soudaine intuition, comme si de voir l'immense troupeau s'élancer dans l'étroite porte du palais avait arrêté dans son esprit une décision qui mûrissait lentement, il alla frapper à la porte de la chambre de Roawir.

Après un instant, l'elfe lui ouvrit :

— Nous partons ce soir, lui dit-il sans préambule.

Et Roawir hocha la tête avant de refermer la porte.

Il ignorait si l'elfe prendrait la décision de les suivre mais, maintenant qu'il était libéré de l'influence de son maitre, Arvak espérait très fortement qu'il le ferait.

Chapitre 11

La nuit étendait son voile de silence sur le palais. Tout le château dormait, ou presque.

Arvak, assis à la fenêtre, était bien éveillé. L'aube ne se lèverait pas avant de nombreuses heures. Il avait une coordination précise à suivre s'il voulait être hors de l'Odrin quand son père découvrirait qu'il avait bravé son autorité. Sortir du palais ne le mettrait pas à l'abri de ses représailles, il devait franchir le Rempart. Après, la vaste campagne lui offrirait des issues, mais pour l'heure et jusqu'au lever du jour, chaque minute serait précieuse.

Plus tôt dans la nuit, Arvak avait pu voir se glisser dans la cour les ombres furtives de Norgar et Eliwyl, qui, l'un après l'autre, à une heure d'intervalle, s'étaient éclipsés hors du château. Méaglim patientait dehors, avec les fournitures dont il avait fait l'acquisition et les chevaux de la troupe.

Ils avaient convenu qu'Arvak serait le dernier à partir.

Il portait sa tenue de Frontalier, son épée au côté, son sac de voyage était prêt. Il savait que le moment de son départ était venu. Le délai qu'ils devaient respecter était précis mais, assis à la fenêtre, il attendait. Il ignorait quelle décision avait prise Roawir, il ne s'était pas manifesté durant la journée de la veille, peut-être les avait-il dénoncés. Peut-être que des gardes Paladins s'étaient déjà saisi de Méaglim et ses compagnons, n'attendant plus que lui pour avoir l'ensemble de leur troupe. Arvak ne le pensait pas.

Alors qu'il restait à la fenêtre à attendre, des coups discrets furent frappés à sa porte.

Il alla ouvrir, avec circonspection, s'attendant presque à voir Altred.

Roawir se tenait sur le seuil.

Ils échangèrent un regard complice mais ne dirent pas un mot.

Arvak guida Roawir hors du palais, par des chemins qu'il connaissait à travers les couloirs des domestiques. Ils descendirent dans la cuisine, vide et silencieuse, puis débouchèrent dans la cour. La nuit était fraiche, des nuages obscurcissaient la lune et un vent léger faisait bruire les arbres.

Arvak se dirigea vers les remparts et l'accès qu'il connaissait, mais Roawir le retint d'un geste catégorique. Kaléogrim se trouvait toujours dans les écuries.

La chimère risquait de compliquer leur retraite. Arvak n'était pas certain qu'elle pourrait passer par le chemin qu'il avait prévu. Il eut un instant de doute, essayant de se rappeler la carrure de la créature. Elle était plus svelte qu'un cheval, plus docile aussi, ce devait être possible, il fallait que cela le soit.

Se glissant le long des bâtiments pour rester invisibles, ils entrèrent dans les écuries que personne ne surveillait et approchèrent des box. La chimère se leva en les voyant, et avec des gestes méthodiques, Roawir harnacha son animal. Puis tous trois se faufilèrent à l'extérieur.

Ils exploitèrent l'obscurité pour esquiver les gardes, se figeant quand un bruit les mettait en alerte, gravirent un escalier et gagnèrent les remparts. Kaléogrim suivit Roawir avec une grande docilité, ses pas de loup, silencieux sur la pierre, n'émettaient que le faible crissement de ses griffes. Elle suivait avec une remarquable intelligence et Arvak, bien qu'il sentît la tension monter en lui chaque pas, ne put que reconnaitre la bonne volonté de la créature.

Ils descendirent un second escalier et accédèrent à une ouverture dont Arvak possédait la clé, franchirent la porte qui les mena à l'extérieur et Arvak referma derrière lui. La serrure cliqueta bruyamment et un frisson d'angoisse lui parcourut l'échine. Il tendit l'oreille, à l'affut du moindre son, puis tous trois s'éloignèrent lentement du château en longeant les ombres.

Méaglim, Norgar et Eliwyl les attendaient à quelques rues de distance.

— Qu'est-ce que tu foutais ? murmura Norgar avec impatience lorsqu'il vit venir Arvak.

Il fit un geste vers l'arrière, Roawir apparut suivi de Kaléogrim.

— Ah ! souffla Norgar. Bienvenue. Bon, partons maintenant !

Arvak récupéra les rênes de Crépuscule et se mit en selle, Roawir en fit de même avec sa chimère et ils prirent un trot tranquille, cherchant à ne pas attirer l'attention.

La première étape de leur évasion avait réussi mais ils n'étaient pas sortis d'affaire pour autant. L'Odrin était une région entièrement fortifiée, dans laquelle les messages circulaient vite et où Arvak et ses compagnons auraient pu facilement être identifiés pour peu qu'on fît circuler leur signalement.

Ils devaient donc parvenir à franchir le Rempart de l'Odrin au petit matin, dès l'ouverture des portes, alors que le palais n'était pas encore levé et que leur départ n'aurait pas encore été signalé. Une fois les remparts franchis, ils ne seraient certes pas à l'abri des nombreuses autres difficultés ni complètement hors d'atteinte de Tintal. Mais pour le moins leurs options seraient meilleures et plus nombreuses.

Il y avait à leur voyage de nombreuses questions et inconnues, auxquelles ils n'avaient pas pris le temps de réfléchir dans les moindres détails, mais pour l'heure, Arvak serait déjà soulagé de parvenir à quitter l'Odrin.

Sortir de Mralèm leur fut facile, Arvak et Norgar se présentèrent aux gardes et donnèrent leurs noms et titres de noblesse. Les gardes n'avaient aucune raison de refuser le passage à des personnalités d'aussi haut rang.

Dès qu'ils se furent un peu éloignés de la cité, ils lancèrent leurs montures au grand galop. La nuit serait longue et éprouvante pour elles. Arvak espérait que Crépuscule avait bien récupéré au cours des quatre jours passés à la capitale. Il repensa à Morgalt, imaginant son mécontentement.

Ils galopèrent tout le restant de la nuit, ne faisant que de brèves haltes pour désaltérer les chevaux et les laisser souffler un peu. Autour d'eux, le ciel s'éclairait graduellement, facilitant leur avancée. Le Rempart de l'Odrin se dessinait à l'horizon, entre les arbres. Ils traversèrent de petits hameaux au galop sans s'arrêter et, au petit matin, alors que le soleil se levait à peine, ils parvinrent au mur de l'Odrin.

Les portes s'ouvraient, les ouvriers agricoles commençaient leur journée de travail dans les cultures céréalières à l'extérieur du mur. La troupe se mêla aux paysans. Les gardes Paladins leur posèrent les questions réglementaires et se livrèrent aux vérifications d'usage, mais leur présence ne sembla pas interpeller plus que de raison. Kaléogrim intriguait, de même que l'elfe Roawir, mais les Paladins semblèrent seulement retenir qu'ils n'étaient pas des lycans. Ils franchirent le Rempart calmement et poursuivirent leur route, puis une fois hors de vue des vigies, à nouveau, ils lancèrent leurs montures au grand galop pour s'éloigner autant que possible de l'Odrin.

Ils laissèrent derrière eux les plaines céréalières qui jouxtaient au Rempart et s'engagèrent dans la sauvage route d'Ilmar au rythme rapide de leurs montures.

Ce galop avait quelque chose d'exaltant, la route en terre battue s'étendait à perte de vue sans un obstacle, sans un mur, sans une clôture. Une aube fraiche et ensoleillée nimbait encore de brume les creux du paysage, couvrait en vague lente les broussailles, qu'ils dépassaient à grande vitesse. Arvak sentait le souffle puissant et régulier de Crépuscule, son galop le portait loin de l'Odrin et de son père. Au milieu de ses compagnons, ce galop avait un bruit de victoire et un goût de liberté.

Il n'était pas encore midi quand, au détour d'un virage, ils aperçurent un ruisseau qu'un chemin longeait en se détachant de la route. Ils ralentirent l'allure et l'empruntèrent, espérant trouver un endroit ombragé où ils pourraient faire une halte.

Le temps commençait déjà à être chaud et les chevaux, qui avaient galopé toute la nuit, n'en pouvaient plus. Les cavaliers ressentaient sensiblement la même lassitude.

Ils trouvèrent bientôt ce qu'ils cherchaient. L'endroit semblait bien connu des voyageurs car un cercle de pierres déjà en place portait les vestiges d'un feu de camp, il n'était pas visible depuis la route, des arbres le couvraient de leur ombre et un ruisseau coulait non loin. Ils mirent pied à terre et dessellèrent les chevaux pour les laisser respirer et se désaltérer.

À ce moment, Arvak porta son attention sur le cheval d'Eliwyl. Il était curieux de savoir lequel avait emporté son choix et, dans leur trépidante chevauchée, il n'avait pu y accorder d'attention.

Il découvrit avec stupeur un jeune entier à la robe alezan brûlé :

— Mais c'est Flamme ! s'exclama-t-il.

— Tout à fait, répondit Eliwyl l'œil pétillant.

Arvak émit un sifflement admiratif, il n'aurait pas cru Morgalt capable de se séparer de son champion.

Pendant qu'ils discutaient, Norgar voulut préparer à manger, mais Méaglim, qui avait tout organisé – depuis les achats de fourniture jusqu'à la répartition équitablement des poids entre les montures – était le seul à savoir où chaque chose était rangée. Il fit les choses à sa façon et ne laissa personne y mettre la main.

Aussi chacun prit place autour du feu et Norgar reporta son attention sur Roawir.

— Bienvenue parmi nous, le salua-t-il.

À cause de leur départ précipité au beau milieu de la nuit, ils n'avaient pas pris le temps d'accueillir l'elfe.

— Oh c'est vrai, moi c'est Méaglim.

Tous deux ne s'étaient encore jamais rencontrés et dans le feu de l'action il avait oublié de se présenter. Il lui tendit son énorme main et tous deux se saluèrent.

— Puisque tu es là, poursuivit Norgar, j'imagine qu'Arvak t'a expliqué ce qui nous a amenés ici.

La voix de Norgar se teintait d'une légère désapprobation. Il semblait désapprouver qu'Arvak ait informé une tierce personne de leur plan.

Roawir ouvrit la bouche pour répondre, puis se ravisa.

— Je lui ai dit que nous partions, sans donner plus de détails, expliqua Arvak.

— J'ai hésité jusqu'au dernier moment, ajouta Roawir.

La stupéfaction se peignit sur le visage de Norgar, lorsqu'il comprit dans quelles circonstances l'elfe avait arrêté son choix. À sa place, sans rien connaitre ou presque de l'aventure ou des gens qui partaient, Norgar ne pensait pas qu'il aurait fait le choix de Roawir. Eliwyl quant à elle affichait indéniablement un respect pour l'elfe et de l'estime pour la confiance, la folie ou l'audace dont il venait de faire preuve.

— Je pense avoir compris dans les grandes lignes, précisa l'elfe. Et peu de choses me ramenaient en Waniri.

Norgar – embarrassé de la situation dans laquelle Arvak avait mis Roawir pour préserver le secret de leur entreprise – expliqua à l'elfe le plan auquel ils avaient réfléchi quelques jours plus tôt et qui les avait conduits à fuir de la capitale. Il lui parla de Pélior, des Renégats, et de leur projet fou de marcher dans leurs traces en quête du Pilier du Vent, et des autres Piliers du Monde si leurs recherches le leur permettaient.

— Notre objectif initial, résuma pour finir Norgar, était de nous rendre au Temple pour chercher des versions des légendes rapportant les récits des Renégats ou de la Genèse plus anciennes que celles que nous connaissons ; en espérant y trouver des informations plus précises que nous pourrions exploiter pour les trouver. Mais j'ai peur qu'avec les récents évènements cet objectif ne soit compromis.

Arvak et Eliwyl acquiescèrent. Ils n'avaient pas encore pris le temps de discuter ensemble des conséquences que la mort de Karfanaël et leur départ précipité auraient sur leur projet.

— Je suis presque certain qu'on ne pourra pas accéder au Temple, avoua Arvak. Avec la mort de Kared Nimizar et la tentative d'assassinat sur Games Gandar, le plus logique serait que le roi renforce la sécurité là-bas. Sans compter que s'il nous fait rechercher, nous pourrions nous faire capturer au Temple.

— Vous pensez qu'il va le faire ? demanda Méaglim en finissant de préparer à manger.

— Pour moi il va mettre tous les moyens en œuvre pour nous retrouver ! s'exclama Norgar.

— Je ne suis pas d'accord, répondit Eliwyl.

Roawir ne semblait pas de l'avis de Norgar non plus et Eliwyl prit le temps de développer.

— Le roi a fait en sorte que la nouvelle de la libération de la Ténébra ne soit divulguée qu'à un nombre restreint de personnes. Il craint probablement que cette information n'affaiblisse son autorité en le faisant paraître vulnérable. Ses opposants politiques pourraient utiliser la peur pour diviser ses partisans, ou critiquer sa gestion de la crise qui approche. De plus, un émissaire vient d'être assassiné sous son toit, ce qui est une preuve flagrante qu'il est faillible. À mon sens il ne peut pas se permettre de reconnaitre publiquement que son fils a échappé à son autorité, ce serait un aveu de faiblesse bien trop grand.

Roawir acquiesçait à ses propos.

— Si le roi doit nous faire rechercher, termina Eliwyl, je pense qu'il le fera par des moyens détournés, sans attirer l'attention, et probablement dans un temps limité. Je pense que nous n'avons pas à craindre de voir nos portraits placardés dans toutes les villes et nos signalements donnés à tous les gardes. D'un point de vue politique ce serait agir stupidement.

Arvak ne savait plus exactement que croire concernant son père, et dans l'immédiat il le pensait capable de tout faire pour lui nuire. Malgré cela, le discours d'Eliwyl lui semblait convaincant et Roawir, bien qu'il n'osât pas s'exprimer, montrait son assentiment à ses propos.

— Ça ne me semblerait pas judicieux de parier là-dessus, remarqua malgré tout Norgar.

— Mon totem Riron peut servir d'éclaireur, intervint finalement l'elfe.

Eliwyl mit un coup de coude discret à Norgar comme pour appuyer les qualités de l'elfe. Elle semblait déjà l'avoir adopté.

— C'est un faucon pèlerin, il passera inaperçu dans la faune, poursuivit Roawir. Il pourra m'informer de mouvements suspects et, comme c'est un oiseau migrateur, il est infatigable.

Norgar le regardait avec admiration.

— Du coup on reste sur l'idée d'aller au Temple ? demanda Méaglim alors qu'il commençait à servir le repas.

— On y entrera jamais, assura Norgar.

— Vous aviez l'air de dire que c'était notre meilleure option pour faire des recherches sur les textes.

— Méaglim a raison, ajouta Eliwyl, le Temple est notre meilleure option. C'est la plus grande réserve de textes et de connaissances sur les dragonniers. Et les deux autres plus grandes réserves sont en Odrin puisqu'il s'agit de Mralèm et Tsiroèn.

Eliwyl n'avait pas besoin de préciser que faire demi-tour pour retourner en Odrin n'était pas envisageable. Arvak écoutait.

Il s'en voulait de les avoir tous entraînés dans une aventure aussi incertaine et ne pouvait s'empêcher de penser qu'il aurait dû tempérer les choses avec son père, le temps de faire davantage de recherches à Mralèm ou à Tsiroèn peut-être. Cela ajoutait à la culpabilité qu'il ressentait. Il tâta la poche intérieure de sa veste et le petit livre qui s'y trouvait. Certes ses récentes recherches à la bibliothèque lui avaient apporté des éléments intéressants, mais il lui semblait ajouter plus d'incertitudes encore à un voyage déjà très hasardeux.

— Roawir et Riron peuvent nous prévenir en cas de danger, poursuivit Méaglim, et une fois à Aslün on trouvera des infos auprès des Frontaliers sur place. Suffit de tâter le terrain à ce moment-là pour savoir si accéder au Temple est possible ou non. Si oui on tente, sinon, on s'en va.

— Pour aller où ? demanda Norgar.

— J'ai peut-être un plan B, intervint Arvak.

Il s'éclaircit la gorge.

— J'ai profité de la journée d'avant-hier pour faire des recherches à la bibliothèque, justement en me disant que nous ne pourrions peut-être pas aller au Temple. Si cette option nous est définitivement fermée, à mon sens notre meilleure piste sera Svèn-Ild.

Ce nom était des plus évocateurs pour l'ensemble de la troupe. C'était celui de l'ancienne capitale des dragonniers. Elle faisait l'objet de nombreux fantasmes depuis des siècles, tout particulièrement, car elle n'avait encore jamais été découverte. Beaucoup d'expéditions avaient été entreprises par les dracologues, toutes avaient échoué. Norgar retint ses objections et laissa Arvak poursuivre :

— Les premières recherches de Svèn-Ild par les dracologues remontent à 540. À cette époque, des mentions dans des textes d'archives ont permis aux dracologues d'établir la localisation de Svèn-Ild, mais celle-ci n'a jamais été découverte. Nous pouvons donc espérer trouver là-bas des textes que ne détient pas le Temple.

Arvak déploya une carte au sol où il avait reporté les informations qu'il possédait :

— Nous savons que la cité est au nord d'Artaug, dans les montagnes. Plusieurs expéditions ont été tentées à cette époque mais aucune n'a abouti. Aujourd'hui le Temple n'autorise plus ce genre d'expédition car les échecs ont été trop nombreux et l'entreprise a été jugée trop dangereuse. J'ai parcouru les rapports d'expéditions que nous possédions à Mralèm, et j'ai découvert quelque chose qui me fait penser que nous aurions plus de chances de la trouver aujourd'hui qu'à l'époque.

Il sortit de son manteau un cahier relié de cuir :

— J'ai apporté une copie en langue modernisée d'un rapport d'expédition datant du sixième siècle. L'expédition s'est déroulée à la fin du printemps 541 et jusque dans le milieu de l'été 541, elle a débuté à Agamares au nord et fait route jusqu'aux montagnes avant de rebrousser chemin quelques mois plus tard. Le climat décrit dans ce document me semble bien plus froid que ce que nous connaissons aujourd'hui dans cette région. Regardez : « 3e mois du printemps, jour 14 : nous avons perdu deux toiles de tente dans une tempête car elles avaient été mal fixées dans le sol gelé ». Et ici : « 1er mois de l'été, jour 22 : il neige depuis quatre jours, nous sommes immobilisés ». Il y a d'autres mentions de ce type, je vous laisse regarder.

Arvak donna le cahier à Norgar et Eliwyl et ils le firent tourner entre eux, il avait souligné les différentes mentions du climat.

— J'ai parcouru sommairement une dizaine de comptes-rendus de ce type, celui-là est le plus complet, mais tous décrivent un climat semblable : un sol gelé toute l'année et des tempêtes de neige en plein été.

Norgar et Méaglim hochaient la tête. Certes le climat à Agamares ou Artaug était plus froid que celui qu'ils connaissaient en Odrin, et ils savaient que dans ces régions il pouvait neiger en été. Mais ils étaient d'accord avec Arvak, le rapport d'expédition semblait décrire un climat bien plus rude que celui dont ils avaient eu des échos.

— Je pense que le climat était beaucoup plus froid il y a neuf cents ans qu'aujourd'hui et que c'est la raison pour laquelle les dracologues ne sont pas parvenus à trouver Svèn-Ild. Eirda Valguir a vécu de nombreuses années à Artaug, elle doit être en route pour Roakinmir à présent. Nous pourrions aller la voir, elle saura nous dire si mes suppositions sont justes concernant le climat, et je crois qu'elle pourra nous renseigner sur cette région. Elle pourrait aussi peut-être nous recommander un guide.

— Et si nous arrivons à trouver la cité et qu'elle a déjà été pillée ? demanda Norgar.

— Les dragonniers gravaient leurs textes sacrés sur les murs de leurs lieux de culte, et leurs récits les plus emblématiques sur les murs des lieux de pouvoir. Pillée ou pas, cette cité renferme des textes vieux de plusieurs milliers d'années et dont nous n'avons jamais eu connaissance.

Un silence tomba sur le groupe.

— C'est une piste incertaine, concéda Arvak, nous pourrions parcourir ces montagnes une vie durant sans jamais rien trouver. Ou nous pourrions ne rien trouver sur place qui nous aide dans notre quête. Ou nous pourrions trouver des textes en serken archaïque que nous n'arriverons pas déchiffrer. Mais si véritablement le Temple nous est inaccessible, Svèn-Ild est notre meilleure chance.

— En tout cas c'est une piste, reconnut Norgar.

— Il faut qu'on fasse attention à la pleine lune aussi, nota Méaglim. C'est dans combien de temps ?

Norgar sortit d'une poche intérieure de son manteau un large disque métallique qu'il ouvrit. À l'intérieur se trouvait un astrologien, un calendrier perpétuel établi grâce aux fines connaissances astronomiques des humains. Basé sur les mois solaires, il permettait une correspondance exacte avec le cycle lunaire et une prévision des phases de la lune. Plusieurs disques de métal crantés constituaient une mécanique complexe prédisant les phases de la lune en fonction de l'année, du jour et du mois.

— Dans onze jours, répondit Norgar, dix si on compte la lune gibbeuse la veille qui a déjà presque la même influence sur les lycans qu'une lune pleine. Ça nous laisse encore un peu de temps.

Ils prirent la décision de poursuivre en direction du Temple tant que rien ne s'opposerait à leur voyage, en espérant, malgré toute attente, qu'ils pourraient y accéder. Mais Norgar paraissait satisfait de disposer d'une seconde option certes plus incertaine, mais convaincante malgré tout.

Ils finirent de prendre leur repas puis rangèrent leurs affaires, sellèrent leurs montures et partirent.

La route qui s'étendait entre Mralèm et Aslün était une unique voie de terre, traversant une campagne déserte et sauvage. La majorité des voyageurs préféraient les transports maritimes, plus surs et plus rapides, laissant la voie terrestre peu fréquentée. Seuls les voyageurs les plus pauvres ou quelques rares Frontaliers l'empruntaient. Riron, qui les survolait, pouvait attester qu'aucune présence, ni en avant ni en arrière de la troupe, ne se trouvait sur la route et ils ne rencontrèrent personne de tout le jour.

Ils voyageaient à un rythme régulier et rapide, sans épuiser les chevaux. Dans les moments où ils les laissaient se reposer, ils discutaient entre eux. Arvak et Norgar en tête parlaient de détails du voyage. Leur discussion ne semblait pas captiver Eliwyl qui en profita pour engager la discussion avec Roawir, lui demandant s'il connaissait des chansons en elfique. Ce dernier avoua ne pas être un très bon chanteur mais accepta de partager un peu de son répertoire.

Sa voix mélodieuse se déploya bientôt au-dessus de la troupe, en notes légères et cristallines, portant les mots d'une langue inconnue qui attira l'attention de Méaglim. À la demande d'Eliwyl, Roawir entreprit de leur enseigner à tous deux cette chanson, une comptine, dont la mélodie et les paroles étaient assez simples.

La jeune femme montra rapidement des facilités à articuler les sons de cette langue exotique et elle finit par admettre auprès de Roawir qu'elle avait un quart de sang elfique du côté de son père. Méaglim quant à lui avait plus de difficulté mais il savait se montrer persévérant.

Il avait l'oreille musicale et sa voix était particulièrement juste. Il révéla bientôt une grande curiosité sur la langue et les sons de sorte que Roawir commença à lui traduire les paroles et à lui expliquer des éléments de grammaire et de morphologie de l'elfique. Roawir fut impressionné par la vivacité d'esprit de ce grand gaillard.

Quand le soir commença à tomber, la troupe approchait d'une louvèterie, la même que celle où ils s'étaient arrêtés en compagnie d'Eirda, moins d'une semaine plus tôt, mais ils espéraient bien cette fois dormir dans le corps de logis et non dehors.

La grande exploitation agricole étendait ses vergers dans la campagne environnante. La frontière avec la forêt d'Erion avait été repoussée, minutieusement défrichée pour étendre les terres arables et de nombreux pommiers, séparés par des allées bien entretenues, où des travailleurs achevaient leurs besognes quotidiennes, étendaient leurs branches chargées de fruits sur le chemin. Les ouvriers saluèrent les voyageurs à leur passage et la troupe chemina vers la demeure du louvetier.

Ils furent accueillis par le chien de la maison qui vérifia qu'ils n'étaient pas des lycans. Une fois cet examen passé, un employé prit en charge leurs chevaux, tandis que la maîtresse des lieux les conduisait jusqu'à la salle commune.

Cette pièce se trouvait sous la demeure familiale. C'était une large salle, éclairée par une cheminée monumentale, ponctuée de tables et de chaises. Les voyageurs trouvaient ici un abri sûr pour se protéger des lycans durant la nuit, et au besoin pouvaient acheter quelques fournitures, mais la louvèterie n'offrait qu'un confort rudimentaire. La troupe ne disposerait ni de chambres individuelles, ni de débit de boissons, ni d'agréments, tout au mieux un ragoût cuisiné par le louvetier dans une immense marmite commune, peut-être un peu de bière ou d'hydromel si la louvèterie en produisait. À la nuit venue, ils étendraient leurs couvertures à même le sol de la grande salle et passeraient ainsi la nuit jusqu'au matin.

Les louvèteries n'étaient pas des auberges, seul comptait d'être à l'abri des lycans.

La troupe s'installa à une table. Avec leur propre vaisselle, ils allèrent se servir dans la marmite et agrémentèrent ce repas simple d'un peu de viande séchée issue de leurs provisions personnelles. Dans un coin, un petit groupe de travailleurs agricoles parlait à voix basse sans leur prêter attention, non loin, des comédiens révisaient leur répertoire musical. La troupe pouvait discuter tout à son aise.

— Je me posais une question, demanda Roawir après un certain temps, les louvèteries ont l'air d'endroits isolés, comment faites-vous pour être sûr que la lycanthropie n'y entre pas ?

Les autres se lancèrent un regard gêné.

— Il y a en Aganius des personnes qui ont des aptitudes spéciales qui les immunisent contre la lycanthropie, expliqua Arvak.

— Des Changes Formes, compléta Eliwyl, des humains capables de prendre l'apparence d'un animal.

— Un Change Forme ne peut pas devenir un lycan car il est déjà un métamorphe, ajouta Méaglim.

— Alors, crut comprendre Roawir, de ce que tu me disais par rapport à la situation de votre pays, les Changes Formes doivent être vos meilleurs alliés dans le combat contre les lycans.

La troupe fit un discret signe de dénégation.

— Malheureusement non, reconnut Arvak.

Imperceptiblement il avait baissé la voix.

— Pourquoi ? Je ne comprends pas, puisqu'ils sont immunisés.

— À ses débuts, poursuivit Arvak, la lycanthropie n'était pas un mal identifié, on ne la différenciait pas de la magie des Changes Formes. Nous savons aujourd'hui que les Changes Formes ne sont pas des lycans, qu'ils ne réagissent pas à la pleine lune, qu'ils contrôlent leur métamorphose, qu'ils ne sont pas contagieux, qu'ils ne peuvent devenir des lycans. Mais nous n'en avons pas toujours su autant.

— À une époque, compléta Norgar en baissant la voix, les humains pensaient que les Changes Formes et les lycans étaient une même créature, qu'ils pouvaient devenir lycans ou répandre la lycanthropie. Nous avons longtemps pensé que la magie des Changes Formes et celle des lycans étaient une seule et même magie.

— À cause de cela, les humains ont pourchassé et exterminé les Changes Formes, compléta Méaglim, parce qu'ils ne les comprenaient pas, qu'ils en avaient peur et qu'ils les confondaient avec les lycans. À l'époque de la Grande Guerre, beaucoup de préjugés se sont construits sur eux, et ils sont encore tenaces. Beaucoup de gens continuent de s'en prendre aux Changes Formes. La plupart doivent cacher leur nature, pour éviter les ennuis. Les choses évoluent, mais lentement. Les louvèteries sont des relais de voyageurs tenus par des Changes Formes dont la nature a été révélée au grand jour. On leur a laissé le choix entre la misère ou l'exil. Ils sont employés par le roi, c'est une fonction correcte, mais beaucoup ici avaient une vie ou une famille avant d'être louvetiers. Notre hôte est Change Forme, il nous offre sa protection, et ce n'est pas très poli de parler de ça ici.

Ils changèrent de sujet tandis que des regards en coin se portaient sur eux.

Roawir comprit que c'était un sujet douloureux qui ne pouvait être abordé sans un certain touché, et probablement pas en public. Il ne connaissait pas tous les éléments de l'histoire humaine – les elfes n'avaient pas de préjugés concernant les Changes Formes –, il ne pouvait donc pas mesurer ses propos ni avoir conscience de son manque de tact, ce que la troupe lui pardonnait, mais peut-être pas les Changes Formes présents. L'elfe se tut, pensif.

Peu après, la troupe alla dormir et ils prirent tout le repos dont ils avaient besoin jusqu'au matin.

Au lever du jour, avant leur départ, Méaglim en profita pour acheter des provisions. Roawir s'étant ajouté à la troupe, ils risquaient de manquer par rapport à ce qu'il avait prévu.

Les jours qui suivirent furent relativement similaires à leur premier jour de voyage. Ils continuèrent de cheminer à un rythme rapide, galopant quand le terrain le permettait, trottant ou marchant le reste du temps. Dans les moments de tranquillité ils discutaient entre eux, parfois par petits groupes, parfois tous ensemble.

L'intérêt d'Eliwyl et Méaglim pour les chansons elfiques les occupa un certain temps et, lorsqu'ils eurent le sentiment d'avoir fait le tour de ce que Roawir pouvait leur transmettre – ou d'avoir épuisé sa patience – Méaglim parla de son expérience avec les chevaux. Roawir découvrit que le gaillard était une mine de connaissances sur ces animaux. Il avait servi dans les écuries d'Arvak pendant de nombreuses années sous les ordres de Morgalt.

Il parla aussi des dragons de l'Aganius, Aïnambra et Valor dont il s'était parfois occupé – les dragons de Kared Nimizar et Anar Morken.

Arvak et Norgar étaient souvent en tête, discutant ensemble de différents aspects du voyage, leur vitesse, la fatigue des chevaux, les louvèteries où ils pourraient s'arrêter, demandant souvent l'avis de Roawir dont le totem – qui continuait de jouer les éclaireurs – leur apportait des informations précieuses sur leur avancée.

Norgar était d'avis de profiter du beau temps et de pousser les chevaux autant qu'il était raisonnable de le faire, pour éviter d'être trop retardés si la météo devenait capricieuse plus tard. Il souhaitait arriver à Aslün avant la pleine lune et Arvak le rejoignait sur ce point. Pour la pleine lune, une ville fortifiée, protégée par des Paladins, serait un bien meilleur abri que n'importe quelle louvèterie. De plus Norgar s'inquiétait de la capacité des oiseaux messager à devancer leur course, en particulier si le roi avait fait appel à des Changes Formes aviens. Arvak devait reconnaître que cette perspective n'était pas réjouissante. Un pigeon voyageur pouvait couvrir en une journée deux fois plus de distance qu'un cheval, et certains Changes Formes étaient plus rapides encore.

Roawir découvrait progressivement les caractères de chacun et les liens qui les unissaient les uns aux autres. Tous se montraient affables avec lui, l'invitaient à participer aux discussions.

La troupe était bien organisée, que ce fût à leur pause de mi-journée ou lors des nuits en louvèterie, chacun savait très exactement quoi faire et ils se concertaient très peu les uns les autres pour accomplir les différentes tâches quotidiennes. D'abord légèrement décontenancé par leur organisation bien rodée, Roawir comprit rapidement que chacun accomplissait les tâches qui correspondaient au matériel dont il disposait dans son barda. Celui qui possédait les cordes mettait les chevaux à l'attache, celui qui avait la vaisselle faisait à manger, celui qui avait la machette coupait le bois et allumait le feu, ainsi de suite chacun trouvait une occupation. Lorsqu'il leur arrivait d'échanger de tâche ils suivaient la même logique.

Quand il l'eut compris, Roawir proposa de porter sa part du matériel commun et Méaglim équilibra différemment leurs ustensiles. Dès lors, Roawir se trouva naturellement intégré aux tâches quotidiennes et ne se posa plus de question sur ce qu'il devait faire, ni où il pouvait trouver tel instrument dont il avait besoin.

De même, Roawir comprit bientôt qu'ils rangeaient tous leurs affaires d'une façon similaire. Un rangement était dédié à du matériel commun, un autre aux provisions – qui étaient communes mais dont ils répartissaient la charge entre eux – et un dernier à leurs effets personnels. De la sorte, chacun se servait sans gêne dans les bardas des uns et des autres, respectant les affaires individuelles rangées à part, mais piochant dès que nécessaire dans le commun. Roawir adopta le même type d'organisation et, quand il eut repéré quel était le sac personnel de chacun, il n'eut plus de crainte de mal agir en empruntant du matériel, de même que le reste de la troupe ne craignit plus de piocher dans son barda.

De temps à autre il leur arriva de croiser des voyageurs, mais ce fut plutôt rare. Au troisième jour de leur voyage ils doublèrent une troupe de troubadours, et au quatrième jour ils partagèrent la salle commune de la louvèterie avec trois autres Frontaliers qui se rendaient à Mralèm. Rien de tout cela n'alarmait Riron, ni ne pouvait faire penser à la troupe que le roi avait déployé d'importants moyens pour les capturer et les ramener à Mralèm.

Ils commençaient à espérer que peut-être Tintal ne tenterait tout simplement rien contre eux.

Chapitre 12

Un matin, alors qu'ils avaient quitté Mralèm depuis cinq jours et qu'ils avaient chevauché sans trouble dans leurs habitudes, Riron alerta Roawir qu'une ombre à l'horizon volait vers eux.

— Un dragon vient vers nous ! s'exclama Roawir en voyant la créature au loin.

Norgar, qui n'avait pas une vue aussi perçante que l'elfe, se saisit immédiatement de sa longue-vue pour se faire son idée de leur poursuivant.

— Petit, brun et rouge, avec une cavalière sur le dos ? devina Arvak.

— C'est ça, répondit Norgar en reposant sa longue-vue.

— Andlam et Valgar, résuma Méaglim.

— Combien de temps avant qu'on soit rattrapé ? s'enquit Eliwyl.

— Une heure grand maximum je dirais, estima Norgar.

— Riron me dit qu'il y a une ravine un peu plus loin devant nous, où nous pourrons nous cacher.

La troupe suivit les indications de Roawir. Ils lancèrent leurs montures au grand galop et trouvèrent effectivement un renfoncement dans le sol, planté d'arbres bas et d'une végétation dense. Dans la précipitation ils poussèrent les chevaux à l'abri, les mirent à l'attache et attendirent, espérant qu'Andlam n'était pas à leur recherche et qu'elle se contenterait de passer son chemin.

Entre les branches d'arbres, Arvak pouvait maintenant voir nettement se dessiner l'ombre du dragon et, en quelques instants, il fut au-dessus d'eux.

Au début Arvak ne perçut rien de sa présence si ce n'était son ombre passant à intervalles réguliers sur le sol. Le son de ses ailes était feutré, mais bientôt il devint évident que Valgar faisait des grands cercles autour de leur bosquet.

Les arbres frémissaient sous le souffle de ses ailes membraneuses et Valgar émit un puissant rugissement qui résonna dans la poitrine d'Arvak avec des accents sauvages. Une peur primitive le saisit tandis que le dragon poursuivait ses cercles concentriques. Il oublia un instant que Valgar était le plus petit des dragons d'Aganius et qu'il ne dépassait pas la taille d'un lion. Les chevaux tiraient sur leur attache en renâclant. Bien que dressés à être imperturbables face aux lycans, ils étaient visiblement terrifiés.

Un deuxième coup de trompe retentit, plus violent encore que le premier et à ce second appel, Arvak fit mine de sortir de sa cachette.

Norgar l'attrapa immédiatement par le col :

— Tu fais quoi ? murmura-t-il.

Arvak se dégagea :

— C'est Andlam ! Vous pensez lui échapper en jouant à cache-cache ?

Le reste de la troupe fut bien obligé d'admettre qu'il n'avait pas tort, alors que Valgar continuait à faire de larges cercles autour de leur bosquet, jetant de temps à autre de prodigieux rugissements.

Arvak en tête, ils sortirent de leur abri en file indienne.

Au-dessus d'eux, Andlam les repéra bientôt et Valgar décrivit un arc de cercle, avant d'atterrir avec souplesse. Le vent de ses ailes souleva un nuage de poussière, qui obligea Arvak et le reste de la troupe à se protéger les yeux. Puis il replia ses ailes contre son corps et Andlam mit pied à terre.

Elle releva sur son front les lunettes de cuir qu'elle portait pour le vol et jeta sur la troupe un regard hilare :

— Vous vous êtes cachés ?

— On ne savait pas à quoi s'attendre, répondit Arvak.

— Ça aurait changé quelque chose ?

— Tu aurais pu juste passer.

— Je vous cherchais, précisa Andlam.

Effectivement, cela n'aurait rien changé. Il n'y avait qu'une seule route entre Aslün et Mralèm, sans compter que Valgar parcourait en une heure autant de distance que la troupe en une journée de chevauchée.

— Je vous apporte une lettre de Games Gandar, poursuivit Andlam en fouillant dans ses sacs de selle.

— Ce n'est pas mon père qui t'envoie ? demanda Arvak interloqué.

— Oh, si bien sûr ! Il m'envoie à Artaug pour remplacer notre défunt Kared Nimizar. La citadelle a besoin d'un dragon pour barrer le passage aux lycans et actuellement il n'y en a pas d'autre. Le temps de tout organiser, je suis partie hier après-midi.

— Est-ce qu'il t'a donné des ordres spécifiques nous concernant ? demanda Arvak.

— Lorsqu'il a appris votre départ, il m'a ordonné de vous poursuivre et de vous ramener par tous les moyens possibles. Je lui ai répondu que je n'étais pas ta nounou, que je n'avais pas envie de me mêler de vos querelles, et encore moins de prendre parti. Réglez vos différends et ne comptez pas sur moi, ni toi, ni lui.

— Merci, répondit confusément Arvak.

— En ce qui me concerne, je vous trouve tous les deux puérils. Lui d'avoir fait quelque chose qui t'a contraint à partir, et toi d'avoir abandonné ton poste. Pendant que vous divisez vos forces, notre ennemi croît en puissance. Mais, ajouta Andlam, je te connais et je ne doute pas que tu as de bonnes raisons. Alors quand Games Gandar m'a demandé de te porter une lettre si je te croisais en chemin, j'ai accepté.

Elle tendit un paquet à Arvak.

Celui-ci l'ouvrit. Il contenait un message où son vieux mentor lui exprimait toute la peine que son départ lui avait causée. C'était une lettre touchante et pleine d'affection qui émut Arvak. Dans la même lettre il lui expliquait les dispositions que Tintal avait prises à la suite de son départ. Il lui apprenait notamment qu'une troupe armée avait été détachée au Temple pour en renforcer la sécurité suite à l'assassinat de Kared Nimizar, avec ordre de ne laisser entrer personne excepté sous recommandation expresse du souverain. Arvak voyait son dernier espoir d'accéder au Temple s'envoler.

Il poursuivit sa lecture. Le roi avait aussi mobilisé des soldats pour le reprendre lui et ses compagnons. Games Gandar avait joint à la lettre une copie de l'ordre de mission expédié aux troupes par le roi. Arvak, après avoir expliqué au reste de la troupe dans les grandes lignes le contenu de la lettre, fit la lecture de l'ordre de mission :

« Ordre vous est donné, par la présente, de chevaucher en toute célérité sur la route d'Ilmar pour porter renfort à mon fils qui poursuit en ce jour un suspect dans le meurtre de l'émissaire Karfanaël Blifen. Lorsque vous aurez retrouvé icelui, vous le soutiendrez jusqu'à trouver la personne poursuivie ou toute piste éteinte, puis vous l'escorterez en retour à Mralèm, sous bonne garde, protection et diligence, selon ma volonté. Une compagnie similaire fera route pareillement depuis Aslün, si bien qu'il ne pourra être autre façon que vous les trouviez tous, et mon fils et l'homme qu'il poursuit. Ci-joint comment le reconnaitre ainsi que sa compagnie... »

Arvak ne poursuivit pas plus loin.

Eliwyl avait eu raison lorsqu'elle avait affirmé que Tintal ne pourrait reconnaitre publiquement que son fils avait échappé à son autorité. Mais il avait visiblement trouvé un leurre pour le faire capturer et ramener à Mralèm tout en sauvant les apparences. De surcroît, comme il n'y avait qu'une seule route entre Mralèm et Aslün, si une compagnie partait de l'une et l'autre de ces villes, elles ne pouvaient que finir par les prendre en tenaille. À ceci s'ajoutait que le réseau de louvèteries – et la pleine lune approchant – rendait leur déplacement prévisible. Arvak se blâma lui-même d'avoir pu penser un seul instant que son père le laisserait partir ainsi sans rien tenter.

— J'ai vu la compagnie se préparer, ils prévoient de vous rejoindre avant la pleine lune et je peux vous affirmer qu'ils vous ramèneront de force s'il le faut.

La troupe était atterrée par ces nouvelles.

— Merci pour ton aide, dit Arvak avec reconnaissance.

En acceptant de leur porter la lettre de Games Gandar, elle leur avait assurément évité de se jeter sans le savoir dans le piège tendu par le roi.

— Pas de ça, je ne soutiens personne, débrouillez-vous.

Et après quelques salutations, elle se remit en selle et Valgar prit son envol. Bientôt, il fila à l'horizon et sa silhouette s'amenuisa, jusqu'à n'être plus qu'un mince trait dans le ciel.

La troupe resta un instant ébahie devant la soudaine apparition, contemplant la fuite rapide du dragon. Arvak était pensif. Le fait d'avoir connaissance du piège qui leur était tendu constituait certes un avantage, mais cela ne leur assurait pas d'y échapper. Ils regagnèrent bientôt leur abri végétal et commencèrent à discuter des informations qu'ils venaient de recevoir.

— Bon, pour le Temple, c'est mort, résuma sobrement Méaglim.

— Les vrais problèmes maintenant c'est les compagnies, compléta Arvak.

— Ils n'auront aucun mal à nous intercepter et nous sommes de toute façon bloqués par la pleine lune, ajouta Norgar.

En connaissant le cycle lunaire, la vitesse des voyageurs et les places fortes environnantes, les prendre en chemin n'était pas difficile et Norgar aurait tout à fait pu organiser une telle nasse.

— Il faut qu'on passe la pleine lune dehors, exposa Méaglim.

Cette perspective parut terrifiante à toute la troupe et le seul fait de l'envisager n'enchantait personne. Ils connaissaient déjà tous les arguments que Norgar pouvait opposer à ce plan. Dormir à la belle étoile sur les routes d'Aganius était déjà tout à fait risqué, mais être dehors à la pleine lune tenait purement du suicide. Arvak, Norgar, Méaglim et Eliwyl avaient servi à la Frontière, aucun n'avait besoin qu'on lui rappelle ce que les lycans avaient de monstrueux ou terrifiant, ni la brutalité qu'ils manifestaient à la pleine lune.

— Soit ça, soit on continue en espérant passer entre les mailles du filet, compléta Méaglim.

Eliwyl ne semblait pas trouver l'idée judicieuse et Roawir non plus.

— Si nous voulions laisser tomber le Temple pour aller à Roakinmir sans quitter le réseau des louvetiers, indiqua Eliwyl, nous serions obligés de faire demi-tour jusqu'au Rempart et nous tomberions forcément en chemin sur la compagnie qui nous poursuit. Nous sommes obligés de passer par Erion à un moment donné.

Norgar n'aurait su trop dire ce qui était le pire entre se faire capturer par les troupes du roi ou traverser Erion au risque de se faire tuer par les lycans. Les deux mettraient un terme définitif à leur entreprise.

— Kölrimgar pourrait résoudre nos deux problèmes, proposa Arvak.

Pour Eliwyl et Norgar cette perspective n'était guère plus engageante que celle de Méaglim.

— Qu'est-ce que c'est ? demanda l'elfe qui semblait ne plus réussir à suivre le raisonnement de la troupe.

— C'est une cité en ruines, expliqua Norgar, l'ancienne capitale de la région d'Ilmar. Au cours de la Grande Guerre, Kölrimgar a été assiégée par la Ténébra, la lycanthropie est entrée dans la cité et à la pleine lune tous ses habitants se sont entre-dévorés. Après ça la ville est restée à l'abandon.

Norgar, pragmatique, passa outre les légendes qui entouraient depuis cet endroit maudit. Pas un humain n'était retourné y vivre après le ravage de la cité, et elle avait été laissée là, abandonnée, livrée à la nature, et progressivement absorbée par Erion.

Arvak déplia la carte devant la troupe :

— Kölrimgar se trouve à environ trois jours à cheval. Nous pourrions arriver là deux jours avant la lune gibbeuse, ça nous laisserait le temps de repérer les lieux et d'organiser une défense. On y resterait trois jours le temps de passer les deux lunes gibbeuses et la pleine, puis on reprendra la route vers l'ouest en direction de Roakinmir.

— Ça voudrait dire dormir dehors jusqu'à Kölrimgar, puis à nouveau jusqu'à ce que nous rattrapions le réseau des louvetiers de l'ouest, nota Norgar.

Tous quatre savaient parfaitement ce que cela impliquait de danger.

Beaucoup des lycans qui parcouraient l'Aganius étaient des créatures ayant perdu leur raison et leur humanité. Elles gardaient perpétuellement leur forme lupine et se déplaçaient en meutes, ce qui les rendait très dangereuses, même avec leur intelligence limitée. Elles étaient plus actives à la nuit tombée et la pleine lune exacerbait leur sauvagerie.

Du fait de leur expérience à la Frontière, la troupe était mieux préparée que la plupart des voyageurs à ce qui pouvait les attendre, mais cela ne rendait pas leur entreprise sûre pour autant.

— Il faudra qu'on voyage de nuit et qu'on dorme en fractionné, précisa Eliwyl.

— Et qu'on fasse des tours de garde, compléta Méaglim. Et qu'on soit toujours par groupe, soit deux, soit trois, même pour aller chier.

— Je suis immunisé à la lycanthropie, je suis un elfe, précisa Roawir.

— Je suis immunisé aussi. Ça fait deux sur cinq, c'est plutôt pas mal, dit Méaglim.

Roawir lui jeta un regard interrogateur mais Méaglim ne poursuivit pas. Sa réponse ne sembla surprendre personne d'autre et il n'osa pas demander de précisions. Un silence s'installa brièvement qu'Arvak finit par rompre :

— Norgar, tu saurais nous guider jusqu'à Kölrimgar ?

— En me fiant à la lune et aux étoiles je pense que oui.

— J'ai une dernière question, intervint Roawir.

Tous l'encouragèrent d'un regard à poursuivre.

— Qu'est-ce qui vous fait penser que le roi ne tentera pas de nous poursuivre lorsque nous serons en chemin pour Roakinmir ? Pourquoi ne pourrait-il pas utiliser le même procédé qu'actuellement ?

— Le réseau de louvèteries de l'ouest est très différent de celui sur la route d'Ilmar, expliqua Norgar. Entre Aslün et Mralèm le réseau maritime est très efficace et rapide, de sorte que le réseau des louvetiers est très secondaire. Les personnes qui le peuvent voyagent par bateau, ce qui est plus sûr et plus rapide. Il n'y a donc qu'une seule route entre Mralèm et Aslün. À l'ouest le réseau de louvèteries est beaucoup plus étendu car les voyages par bateau sont plus compliqués – le réseau fluvial est important mais plus ou moins praticable suivant la pluviométrie et il est souvent moins rapide que la voie terrestre. Les routes sont donc plus nombreuses, les louvèteries aussi.

Ils discutèrent encore de plusieurs détails, notamment sur le trajet à suivre. Ils se mirent d'accord pour aller au plus court pour sortir d'Erion une fois la pleine lune passée. Cela allongerait quelque peu leur voyage vers Roakinmir puisqu'ils devraient obliquer plein ouest pour ensuite remonter vers le nord, mais Norgar estimait qu'ils voyageraient plus vite et plus sûrement dans le réseau des louvetiers qu'à travers Erion. Tous le rejoignaient sur ce point.

L'entreprise restait incertaine mais, après avoir pesé le pour et le contre, elle leur semblait préférable à celle qui aurait consisté à se jeter dans le piège du roi en espérant en sortir. Ils n'avaient pas au final beaucoup d'options pour rejoindre Roakinmir, et comme l'avait souligné Eliwyl, toutes passaient par Erion.

Une fois leur choix arrêté pour Kölrimgar, ils ne perdirent pas davantage de temps et se remirent en selle.

La première étape fut de franchir les étendues en friche qui bordaient la route d'Ilmar. Dans ces espaces de jachère, laissés dégagés pour voir venir une éventuelle attaque de lycans depuis la forêt, poussaient de la végétation dense, des arbustes, des ronces, des buissons d'épineux. Les chevaux piétinaient à l'intérieur, se prenant les pattes dans les fourrés. Mais ils trouvèrent des sentiers de gibier, et alors ils progressèrent plus aisément jusqu'à la forêt.

Celle-ci se dressa bientôt devant eux, imposante et sauvage, ils en franchirent la lisière comme on passe une frontière.

Chapitre 13

De l'autre côté de l'orée du bois, la forêt était moite, mouchetée de touches de lumière. Les arbres hauts et touffus jetaient leurs ombres feutrées sur les sentiers que les animaux avaient tracés entre les troncs. Norgar estimait pouvoir trouver son chemin grâce à leur carte et aux astres. Le fait qu'il recherche une cité d'une taille tout à fait conséquente le rendait confiant en ses capacités. Pourtant ses connaissances étaient soumises à rude épreuve. Leur carte était peu précise quant à Erion, où aucune route n'avait été tracée. Ils suivaient des sentes de chevreuils qui serpentaient entre les arbres, sans orientation précise, déviant parfois de leur direction, avant d'y revenir, pour en dévier à nouveau.

Parfois, la forêt se dégageait et les arbres se dressaient alors telles les colonnes d'un vaste hall, mais à d'autres moments, les ronces et la broussaille se massaient entre les troncs, et le sol apparaissait, déformé de racines noueuses ou de ravines. Des pierres grises affleuraient par endroits et des ruisseaux chantaient de loin en loin, avec leurs petites voix discrètes.

Quand la nuit tomba ils décidèrent de monter le campement. Ils devraient bientôt changer de rythme – dormir quelques heures lorsque cela était possible et cheminer essentiellement la nuit – de façon à être réveillés et alertes dans les moments où les lycans avaient le plus d'activité. Pour l'heure ils se sentaient tous épuisés par leur journée de voyage et décidèrent de prendre du repos. Ils trouvèrent au creux d'un vallon broussailleux, un petit renfoncement adossé à une paroi de grès et ils résolurent d'y installer leur campement.

Celui-ci leur demandait davantage de mise en place que lors de leurs habituelles pauses du midi. Sur la route d'Ilmar, les probabilités de croiser des lycans étaient rares. Les jachères dégagées qui bordaient la route ne leur plaisaient guère et elles permettaient de les voir venir de loin. De plus, leurs arrêts du midi dépassaient rarement une à deux heures. Ici, dans la forêt, ils resteraient jusqu'au matin, peut-être davantage.

Roawir, Arvak et Eliwyl entreprirent d'amasser une grande quantité de bois. Le feu était contre les lycans une arme dissuasive d'une grande efficacité et qui bien souvent les tenait à distance.

Méaglim et Norgar de leur côté abattirent un arbre dont ils ramenèrent le tronc afin d'y attacher les chevaux. Quels que puissent être les évènements de la nuit, celui-ci assurerait que leurs montures ne pourraient s'enfuir.

Bien que dressés à l'impassibilité, il y avait des limites aux peurs que les chevaux pouvaient endurer et le risque demeurait de les voir s'enfuir dans la nuit. Arvak ne donnait pas cher de leur peau à tous si cela arrivait. À pied, ils étaient à deux ou trois jours de la louvèterie la plus proche et, sans chevaux, ils ne pouvaient espérer distancer des lycans à la course. Survivre trois jours durant au milieu d'un pays aussi sauvage était hautement improbable.

Méaglim et Norgar placèrent le tronc d'attache contre la paroi de grès au fond du camp et Eliwyl ainsi qu'Arvak creusèrent dans le sol deux petites tranchées qui seraient par la suite enflammées et alimentées en bois toute la nuit. Celles-ci se déploieraient de part et d'autre du tronc d'attache, délimitant le camp, ne laissant qu'un passage par le milieu. Elles auraient l'avantage de dissuader d'éventuels lycans mais aussi, peut-être, s'ils avaient de la chance, de couvrir leur odeur pour qu'ils ne fussent pas repérés.

Une fois le tronc installé et les tranchées creusées, ils ajoutèrent encore, en retrait des tranchées, des branches tordues qu'ils placèrent comme des barricades. Certes l'installation était rudimentaire et sa solidité ne ferait pas barrage à un lycan opiniâtre. Mais au-delà d'être des créatures monstrueuses et violentes, les lycans conservaient une psychologie globalement animale et une simple barrière telle que celle-ci pouvait être dissuasive à leurs yeux.

Pour que tout fonctionne, ils avaient besoin d'assez de bois pour alimenter leur feu de camp et les tranchées jusqu'au matin, et aussi d'un peu de chance.

Lorsqu'ils finirent leur installation, la nuit était complètement tombée et elle leur sembla très sombre sous la canopée. Roawir se proposa pour le premier tour de garde et les autres allèrent dormir.

Ses yeux d'elfes perçaient l'obscurité sans difficulté et, avec la lune ascendante, même sous les arbres, il lui semblait voir comme en plein jour. Pourtant, les nuances de gris prévalaient dans son champ de vision et Riron, à ses côtés, restait vigilant. Il vit passer de nombreux animaux, sangliers, chevreuils, blaireaux, certains s'approchèrent très près, par curiosité, avant de déguerpir. Mais, alors qu'il s'apprêtait à réveiller Arvak et à prendre lui-même du repos, quelque chose dans l'air changea.

Roawir sentit comme une ombre glaçante s'étendre sur la forêt et un silence tomba soudain. Derrière lui, Crépuscule et un autre cheval renâclèrent brièvement. L'elfe scruta l'obscurité, ne percevant plus aucun bruit, pas même un souffle de vent. Un sentiment de peur instinctif fit son nid au creux de sa poitrine et alors, entre les arbres, se confondant avec les masses grises de la végétation, il distingua un mouvement. Comme pour lui donner raison, non loin, un autre attira son attention.

Il ne percevait encore que des ombres fugaces et silencieuses mais leur taille ne lui laissait aucun doute. Il réveilla les autres. À son signal, dans le plus grand calme et aussi silencieusement que possible, chacun se saisit de son arme.

Personne d'autre que Roawir en cet instant ne pouvait distinguer leurs visiteurs nocturnes mais bientôt ceux-ci approchèrent davantage. Leurs grattements devinrent perceptibles, leurs glapissements étouffés, et les bruissements des arbustes à leur passage ne laissèrent plus de doutes quant à leur identité.

— Personne ne bouge, murmura Arvak en tendant l'oreille.

Les lycans semblaient rester à bonne distance et invisibles dans la nuit mais l'un d'eux finit par s'enhardir. Il s'avança face à l'entrée et la lumière du feu tomba sur son corps tuméfié.

La créature éclairée par les flammes ne méritait ni le nom d'homme ni celui de loup. Elle avait l'échine plantée de poils épars, gras et noirs, sur une peau galeuse. Sa tête au museau court, ses oreilles déformées, moitié dressées, moitié pendantes, évoquaient presque davantage le molosse que le loup. Ses yeux, très humains, semblaient vides de toute vie.

Ce regard s'anima subtilement lorsqu'il se posa sur la troupe. Ses prunelles mortes comme si rien ne les avait animées depuis longtemps, semblèrent l'être moins, d'une façon infime,

Arvak n'aurait su dire ce qui se passait en cet instant dans l'esprit de la créature, et entre confusion, curiosité, peur, fascination et violence, il ne pouvait qu'interpréter. Il eut l'impression que leur présence évoquait quelque chose au lycan, un souvenir peut-être, les cendres d'une vie passée, autrefois sienne. Ce regard ne cillait pas, il perçait l'obscurité, il traversait les ombres jusqu'à eux, ou au-delà. Il y avait de l'obsession dans ces yeux, de la rage, comme s'il eut pensé que se trouvait au-delà des flammes, dans ce camp, quelque chose qui lui avait appartenu jadis et qu'il pouvait reprendre.

La créature fit un pas en avant. Méaglim agita un brandon enflammé sous ses yeux et elle déguerpit à quatre pattes. Autour, les lycans s'animèrent également.

— Vois-tu combien ils sont ? demanda Arvak à Roawir dans un murmure.

— Je ne sais pas exactement, peut-être dix ou quinze.

Arvak hocha la tête.

— Tant qu'ils n'attaquent pas, on ne bouge pas.

Bientôt un autre lycan s'avança, toujours face à l'entrée, le regard animé d'une étincelle meurtrière. Il trépigna à la limite de la lumière dégagée par le feu, comme s'il n'osait franchir cette imperceptible frontière de clarté. Comme son prédécesseur, les mouvements d'un brandon enflammé suffirent à le faire fuir.

Leur dispositif semblait agir de la façon dont ils l'avaient souhaité. Les tranchées de feu et les barricades de fortune protégeaient leur flanc, empêchant les lycans de les encercler, l'ouverture au centre les obligeait à se présenter un par un. Tout ceci mettait visiblement les bêtes dans l'inconfort.

Arvak espérait que cette parade tiendrait jusqu'au matin. Il savait que les lycans ne se montreraient pas aussi hardis une fois le soleil levé et qu'il pouvait espérer qu'ils se disperseraient. D'après le nombre annoncé par Roawir, leurs chances de survie étaient très faibles si les lycans passaient à l'offensive tous ensemble. Leur meilleure chance était de ne pas les attaquer en espérant qu'eux ne le feraient pas non plus.

La tension était palpable parmi les membres de la horde, des glapissements résonnaient dans la nuit. Derrière la troupe, les chevaux s'agitèrent et Méaglim entreprit de les calmer.

La pleine lune était encore loin, et les lycans se montraient plus craintifs que ce qu'ils auraient pu être en d'autres circonstances.

La nuit passa ainsi, toute la troupe resta en alerte. Parfois une agitation soudaine saisissait la horde, des galopades et des rugissements se faisaient entendre dans les bois. Ils approchaient de l'entrée, toujours plus près, toujours plus hardis, mais toujours repoussés par la menace des flammes, ils venaient gratter à proximité des tranchées de feu. Et parfois au contraire, le calme retombait complètement dans le vallon.

Nul dans la troupe ne ferma l'œil de la nuit et les lycans continuèrent sans relâche à manifester leur présence.

Lorsque le jour se leva enfin, ils se dispersèrent et la troupe prit quelques heures de sommeil en alternant les tours de garde. Ils dormirent ainsi toute la matinée sans voir un seul lycan, mais Roawir savait qu'ils étaient toujours dans les environs. Les chevaux étaient nerveux et la forêt bien trop silencieuse. Il envoya Riron explorer les alentours et son faucon totem les localisa bientôt en dehors du vallon.

Peu avant midi, ils sellèrent les chevaux, éteignirent les feux, puis reprirent la route.

Riron suivait les mouvements de la horde de loin en loin et ils furent bientôt forcés d'admettre que celle-ci les suivait. À mesure qu'ils progressaient, la horde réduisait la distance, tout d'abord en restant loin mais, au fil de la journée, ils furent bientôt visibles au sommet des collines.

— On va tenter de les semer, proposa Norgar.

Et ils profitèrent d'un chemin dégagé pour lancer leurs montures au grand galop.

Ceci sembla comme un signal pour les lycans.

Ils s'élancèrent soudain à leur poursuite avec des aboiements sauvages, réduisant la distance. Mais les chevaux d'Aganius étaient rapides et surtout bien plus endurants que ces molosses difformes. Leur meute s'étira bientôt en une longue colonne derrière eux, les plus rapides en tête, les plus lents à la traîne, puis se découpa en petits groupes. Alors Norgar fit signe à Arvak et Eliwyl.

C'était le moment qu'ils préféraient tous deux, celui de passer à l'action.

Dès le signal de Norgar, ils tournèrent bride en un clin d'œil et galopèrent face aux lycans. Ils dégainèrent leurs épées tandis que leurs montures les rapprochaient de la meute et, lorsqu'ils se trouvèrent à hauteur des lycans en tête de file, ils les décapitèrent sans ménagement. Après quoi, tournant bride à nouveau, ils rejoignirent le groupe.

Derrière eux la ligne se reforma.

Les lycans qu'ils affrontaient étaient stupides, incapables d'improvisation, et, maintenant qu'ils avaient pris pour cible la troupe, ils ne dévieraient pas de leur stratégie première avant d'être épuisés. C'était un avantage dont les cinq compagnons entendaient tirer parti.

Lorsqu'Arvak et Eliwyl eurent rejoint la troupe, après avoir vérifié que la ligne adverse s'était reformée, Méaglim et Norgar tournèrent bride à leur tour. Ils abattirent de la même façon trois autres lycans avant de revenir vers le groupe.

Leurs deux passages avaient largement clairsemé la horde, mais Eliwyl et Arvak se permirent un second passage, presque par plaisir. Ils firent volte-face au grand galop.

Arvak dégaina à nouveau son épée et l'abattit sur le cou d'un lycan de toutes ses forces. Il sentit la lame traverser la chair épaisse, puis la résistance si particulière de l'os qui cède sous le tranchant, et la tête du lycan roula entre les pattes de Crépuscule alors qu'un sang chaud éclaboussait le flanc du cheval.

À côté de lui, l'autre bête semblait avoir anticipé la manœuvre et bondit sur Eliwyl dans une détente prodigieuse. Mais la jeune femme, imperturbable, dégaina son épée courte et l'enfonça entre les côtes du monstre, atteignant son cœur. Elle dégagea sa lame et, avant même que le premier lycan n'ait touché le sol, elle l'abattit sur un second, le décapitant avec la même mortelle précision qu'Arvak. Ils poussèrent tous deux l'audace jusqu'à en tuer deux de plus, puis firent demi-tour pour rattraper la troupe.

Si la horde comptait encore des lycans, ils se trouvaient à présent loin derrière.

À leur retour, Arvak et Eliwyl riaient et se chahutaient. Le cheval d'Eliwyl, qui venait de connaitre sa première vraie situation de combat, se cabrait et renâclait d'une façon spectaculaire, mais Eliwyl le tenait sans difficulté. Retrouver les autres sembla l'apaiser un peu. Après avoir distancé les lycans et établi qu'ils n'étaient plus poursuivis, la troupe reprit le pas, les chevaux étaient en nage et essoufflés.

— Ça va tu t'en sors bien avec lui, remarqua Arvak admiratif.

— Il est génial, reconnut Eliwyl. Morgalt a fait un super boulot.

Arvak comprit qu'elle adorait son énergie et sa combativité.

Les lycans inspiraient naturellement aux chevaux une terreur qui les rendait hors de contrôle. Il fallait un dressage très spécifique et très méthodique, depuis le plus jeune âge, pour obtenir d'eux qu'ils restent impassibles face aux lycans, et même correctement formés, il fallait un cavalier de qualité afin de poursuivre et parfaire le dressage. Plusieurs éleveurs avaient tenté d'obtenir un tel calme face aux lycans, mais seuls les dresseurs de chevaux d'Entriver avaient une méthode vraiment efficace. Et Morgalt était unanimement reconnue parmi les meilleurs.

— J'ai plus qu'à lui apprendre les ficelles du métier, conclut Eliwyl.

Lorsque la nuit tomba ils poursuivirent leur route avec la volonté de chevaucher jusqu'au matin, mais leurs montures étaient épuisées. Lorsqu'au détour d'une colline ils trouvèrent les ruines d'un vieux château à l'abandon, ils décidèrent de s'y arrêter pour le reste de la nuit. Il devait s'agir d'une très ancienne demeure seigneuriale qui avait été abandonnée en même temps qu'Erion, plusieurs siècles auparavant. Il ne restait presque rien de ses murs d'enceinte, mais suffisamment de sa demeure seigneurial pour offrir un abri modeste. Ils l'explorèrent pour vérifier qu'aucun lycan ne s'y trouvait, aménagèrent les lieux pour une éventuelle défense, puis s'endormirent en alternant des tours de garde.

Chapitre 14

Le château dans lequel ils s'abritèrent était de petite taille, et comptait parmi les nombreuses habitations abandonnées lors de la désertion d'Erion. Ils avaient trouvé refuge au premier étage de l'ancienne demeure et ses parois éventrées leur donnaient une vision des environs aussi dégagée que possible malgré les arbres.

La matinée était bien avancée mais toute la troupe dormait encore, à l'exception de Méaglim qui montait la garde. Roawir se leva bientôt – il avait besoin de moins de sommeil que les humains de la troupe.

— Alors à quoi ça ressemble dehors ? demanda Roawir après avoir salué Méaglim.

Ce dernier désigna d'un mouvement de tête l'extérieur et Roawir y tourna son attention. La forêt s'étendait aussi loin que pouvait porter son regard mais bientôt entre les arbres il distingua des ombres furtives qui se déplaçaient.

— Ils nous ont suivis, comprit Roawir atterré.

— Les mêmes ou d'autres, acquiesça Méaglim, ils appelaient tout à l'heure.

— Oui j'ai entendu leurs hurlements aussi pendant ma garde.

Roawir repensa aux cris de ces créatures et un sentiment de dégoût le saisit. Il aurait eu bien du mal à les comparer au chant des véritables loups.

— Je ne comprends pas leur attitude, murmura l'elfe en s'asseyant à côté de Méaglim, pourquoi n'attaquent-ils pas ?

— Ces lycans sont très différents de ceux du Kotar, expliqua Méaglim. Ce sont des humains d'Aganius à qui la lycanthropie a fait perdre la raison. Au départ ils étaient humains, ensuite ils se sont transformés à chaque pleine lune pendant un temps. Puis petit à petit leur humanité s'est diluée jusqu'à disparaitre complètement.

Depuis, ils ont cette forme en permanence. Chez nous on les appelle des Chiens Errants, parce qu'ils ne ressemblent pas à des loups et s'approchent des humains.

— On dirait qu'on les fascine.

— Oui, quelque chose comme ça. Je ne crois pas qu'ils soient capables de penser. Mais notre présence les attire, et les repousse en même temps. Ils voudraient se réapproprier notre humanité, et la détruire en même temps. Un truc du genre. Moi je les trouve misérables, même pas des bêtes.

Roawir se souvenait de l'impression que le lycan de la veille lui avait laissée.

— Les Chiens Errants comme eux se débrouillent mal dans la nature, ils s'adaptent pas, la plupart sont maigres et malades. Les animaux sauvages fuient leur présence, donc ils arrivent pas vraiment à chasser. Les lycans se régénèrent du coup ils peuvent pas mourir de maladie ou de faim. Parfois ils se mangent entre eux, mais à moins que le cœur d'un lycan soit dévoré, ils vont se régénérer et continuer leur errance.

Roawir ne put cacher un rictus de dégoût au portrait que Méaglim faisait.

— C'est à cause d'eux que les louvèteries ont une partie enterrée pour l'accueil des voyageurs. Régulièrement les Chiens Errants entrent, ils franchissent les fortifications en sautant, ils explorent. Ils peuvent pas s'en empêcher, ils sont attirés par l'humain. Ils ne trouvent pas leur place dans la nature, alors ils n'arrêteront jamais.

Roawir avait affronté les lycans du Kotar près de vingt ans auparavant et, bien qu'il n'eût gardé d'eux qu'un souvenir confus autant qu'atroce, il ne put s'empêcher de constater que ces créatures que Méaglim appelait des Chiens Errants se comportaient d'une façon bien différente de celles qu'il avait affrontées.

— Est-ce qu'ils ne risquent pas de nous attaquer tout à l'heure quand nous reprendrons la route ?

— On va en discuter avec Norgar justement. Le plus important c'est de rester calme. Les Chiens Errants sont toujours sur le fil, le moindre truc peut les faire démarrer au quart de tour. Ce qui nous est arrivé la nuit d'hier, beaucoup de gens auraient fini par craquer et auraient tenté de tuer les lycans, ça les aurait déclenchés et ils auraient attaqué tous ensemble.

— Je comprends, dit Roawir.

— La plupart du temps, si les chevaux restent calmes, si les gens restent calmes, et avec un élément de dissuasion comme du feu, ils gardent cet état de fascination où ils trépignent sans attaquer. À la pleine lune par contre ce sera différent.

Dans la pièce, le reste de la troupe commençait à se réveiller. Ils allumèrent le feu pour se préparer à manger et en profitèrent pour parler de la journée qui s'annonçait afin d'établir la meilleure stratégie face aux Chiens Errants.

— Roawir, demanda Norgar, est-ce que ta chimère a peur des lycans ?

— Non, elle est absolument impassible. Elle est la chimère d'un loup et d'un cheval mais elle n'a pas hérité de l'instinct de proie de ce dernier. J'ai souvent affronté les lycans avec elle, elle ne les craint pas.

— D'accord, dans ce cas on va mettre Crépuscule devant, juste après Flamme, encadré par Royal et Belle-mère, enfin Kaléogrim en dernier pour fermer la marche.

Crépuscule, le cheval d'Arvak, était le plus imperturbable de tous et il avait de l'autorité sur le groupe des équidés. Norgar escomptait qu'il inspirerait le calme aux autres. Flamme était le jeune entier d'Eliwyl, le plus inexpérimenté, et Norgar avait absolument besoin qu'il ne s'agite pas. Il savait qu'Eliwyl était tout à fait capable de le canaliser, mais l'entourer de chevaux plus stoïques serait plus sûr, en l'occurrence, celui de Méaglim et le sien.

Belle-mère, le cheval de Méaglim, était la matriarche du groupe. C'était une jument d'un certain âge à présent et au caractère bien trempé qui faisait régner la discipline parmi les jeunes chevaux fougueux de la troupe. Son nom lui était venu de l'habitude de Méaglim de l'appeler « ma belle » ou « mémère » suivant les moments, et il s'était rapidement imposé, au départ comme une plaisanterie, puis plus sérieusement devant le caractère intraitable de la jument. Royal enfin était le cheval de Norgar et il méritait bien son nom. Robe noire, crin blanc, port de tête altier, Royal n'avait que peu à envier à Crépuscule et savait attirer les regards.

— On emportera des torches avec nous, poursuivit Norgar, de façon à pouvoir éclairer le chemin et repousser les lycans. Et on marchera tout le temps qu'il faudra jusqu'à Kölrimgar. La cité ne doit plus être très loin et, au vu de la façon dont les lycans commencent à s'assembler, plus tôt nous pourrons profiter de sa protection, mieux ce sera.

Ils prirent le temps nécessaire pour se fournir en bois afin d'avoir des torches à disposition toute la nuit, puis ils se remirent en route. L'après-midi avait commencé mais ils avaient encore de longues heures de jour devant eux.

Tant qu'il fit clair, les Chiens Errants se tinrent à bonne distance. Parfois, Arvak en apercevait furtivement entre les troncs noueux, ou bien lorsqu'ils prenaient un bref galop, un groupe se formait à leur suite tout en restant à distance. Arvak ne parvenait pas à évaluer leur nombre mais leur présence était oppressante.

À la nuit tombante, ils s'arrêtèrent, firent un feu pour manger et allumer leurs torches, puis repartirent.

Lorsque l'obscurité eut complètement envahi les bois d'Erion, le décor devint véritablement lugubre.

Le regard de la troupe ne portait pas au-delà de la courte distance que leurs torches éclairaient, mais tout autour d'eux ils pouvaient entendre les glapissements et les cavalcades des Chiens Errants. À mesure que la nuit avança, le cercle des lycans se resserra, imperceptiblement, autour d'eux. La lumière de leurs torches accrochait parfois par hasard leurs dos hirsutes, ou l'éclat brillant d'un regard fou, puis la bête déguerpissait brusquement.

Au milieu du groupe, Flamme trépignait nerveusement mais Eliwyl lui serrait la bride. Royal et Belle-mère ne semblaient guère plus rassurés. Seuls Crépuscule et Kaléogrim avançaient fièrement. Devant Arvak, le groupe de Chiens Errants s'écartait comme une marée grouillante pour lui laisser le passage, et derrière lui, Roawir pouvait les voir se refermer.

Un lycan s'avança plus près et fit claquer ses mâchoires à proximité du groupe, Flamme fit une embardée. Eliwyl le recadra immédiatement tandis que Méaglim chassait la bête d'un geste de sa torche. Le jeune cheval n'en menait pas large, il transpirait et tremblait de tout son corps.

La nuit avança, interminable, et la fatigue le calma à l'usure.

Les chevaux trébuchaient à présent de fatigue, même Crépuscule semblait atteindre ses limites et, alors que le jour commençait à se lever, ils arrivèrent à proximité des murs d'enceinte de Kölrimgar. Au début, ils ne virent rien. Dans l'aube naissante, l'horizon était peuplé d'ombres. Puis, quand ils furent au pied des anciennes douves à présent sèches, un immense mur de pierre, couvert de mousses et de pousses d'arbres, se dressa devant eux.

Ils firent le tour des fortifications jusqu'à trouver l'une des entrées de la ville et, lorsqu'ils eurent franchi les remparts, ils découvrirent les ruines de la cité abandonnée.

La plupart des bâtiments s'étaient effondrés sous l'effet du temps. Dans les rues, au milieu des anciennes maisons, des arbres et des arbustes avaient poussé au hasard, reprenant leurs droits sur ce territoire qui avait jadis appartenu aux humains.

— Restez sur vos gardes, signala Norgar, il pourrait y avoir des lycans dans les ruines.

Tous étaient épuisés et Arvak ne donnait pas cher de leur peau s'ils tombaient dans une embuscade. Ils décidèrent d'un commun accord de s'arrêter pour dormir dès qu'ils auraient trouvé un endroit adéquat à défendre et avant de pousser plus loin leur exploration des lieux. Ils arrêtèrent leur choix sur ce qui avait l'air d'être une commanderie. Ils y trouvèrent des attaches pour leurs chevaux et un puits dont l'eau leur parut potable.

Ils dessellèrent leurs montures, les abreuvèrent, les nourrirent d'une double ration d'avoine pour leur peine, puis les laissèrent se reposer. Si le plan qu'ils avaient imaginé se déroulait comme prévu, ils n'auraient pas à repartir avant trois jours ce qui leur laisserait le temps de récupérer.

Avant de songer à prendre le moindre repos, ils organisèrent la défense de leur campement provisoire et, lorsque tout fut en place, le soleil était parfaitement levé. Arvak prit le premier tour de garde.

Ils dormirent durant tout le restant de la matinée, se relayant toutes les heures jusqu'à ce que chacun ait son compte de sommeil.

En début d'après-midi, ils se divisèrent en deux groupes pour partager les tâches. L'un d'eux, constitué de Norgar, Méaglim et Eliwyl, partit explorer les rues de Kölrimgar, à la recherche d'un endroit qu'ils pourraient aisément défendre durant les trois prochains jours. L'autre, comptant Roawir et Arvak, resta à proximité du camp pour assurer la sécurité des chevaux et pour commencer à couper et ramasser du bois. Quel que puisse être le lieu sur lequel leur choix s'arrêterait, leur stratégie de défense nécessiterait dans tous les cas de conserver un feu allumé sans discontinuer durant trois jours.

Kölrimgar, en tant qu'ancienne capitale de la région d'Ilmar, était une ville très étendue et Norgar, Eliwyl ou Méaglim n'auraient pu l'explorer complètement dans le temps dont ils disposaient. Aussi cherchèrent-ils en premier un point surélevé qui leur permettrait de concevoir, au moins de façon rudimentaire, un plan général des ruines. Ils trouvèrent bientôt les restes d'une haute maison qu'ils purent escalader. Une fois au sommet, Norgar eut une vision large de la ville, il sortit sa longue-vue et entreprit de se faire une idée de la topographie.

Elle avait été bâtie sur une proéminence rocheuse de sorte que la partie est de la cité était bien plus en hauteur que la partie ouest. La ville s'étendait ainsi d'est en ouest, s'étirant en largeur et en longueur depuis ce poste surélevé. Sur cette colline qui dominait les environs, Norgar distinguait les vestiges d'un château fortifié, la demeure des anciens Löds. Le talus à la pente abrupte qu'il surplombait était aujourd'hui envahi d'arbre et d'herbes folles, ses remparts étaient éventrés par endroits, couverts de mousse. Les murs qui ceinturaient la cité quant à eux, semblaient d'un bon état relatif. Ils étaient fragilisés, des arbres avaient poussé jusqu'à l'intérieur, et les murs étaient parcourus de fissures par endroits. Les créneaux et les chemins de ronde étaient effondrés, les pierres ainsi que leurs jointures, érodées, les trois portes que Norgar devinait, au nord, au sud et à l'ouest, n'étaient plus que des ouvertures béantes sur l'extérieur.

Il griffonna une esquisse de carte dans un carnet puis il descendit de son poste élevé. Il lui semblait que la demeure seigneuriale était la plus susceptible de les abriter et, avec Eliwyl et Méaglim, ils cheminèrent jusqu'à elle, avec prudence et l'épée au clair. Le bas de la colline sur laquelle était bâti le château fort était ceint d'un premier rempart délabré qu'ils dépassèrent avant de se frayer un chemin jusqu'en haut. Une végétation dense et sèche, similaire à la bruyère, envahissait la route autrefois large et pavée qui reliait la ville au château du Löd. Malgré tout, ils progressaient avec une certaine facilité et Norgar devina, à des signes de coupe sur les arbres, que ce lieu devait accueillir de temps à autre des voyageurs égarés à la recherche de protection.

Après cette ascension, ils franchirent la porte éventrée du château et arrivèrent dans la cour intérieure. Celle-ci était entièrement recouverte d'une herbe haute et un vénérable chêne avait poussé sur les ruines de ce qui avait peut-être été une écurie ou une salle d'armes, sur leur gauche. À droite, un châtaignier et un prunier avaient pris racine à côté d'un puits. De-ci de-là, des amas de débris témoignaient d'anciennes constructions effondrées. Devant eux, la façade de la demeure, aux fenêtres délabrées, se dressait, morne et silencieuse. Aucune présence inquiétante ne planait sur l'endroit, et des oiseaux chantaient gaiement dans les branches du chêne. Prudents malgré tout, les trois compagnons s'aventurèrent à explorer les lieux. Le puits sembla contenir une eau potable, quant à la demeure, il ne restait plus guère que les murs. Les étages s'étaient effondrés sur eux-mêmes, les poutres avaient pourri, des débris jonchaient le sol.

Cependant, un espace dégagé au centre, les vestiges d'un feu, témoignait, comme Norgar l'avait déjà compris, que le lieu accueillait parfois des voyageurs. Les traces n'étaient pas récentes, peut-être personne n'était-il venu depuis des années, voire des décennies.

Cela ne surprit pas Norgar outre mesure que des gens aient pu trouver refuge ici. Kölrimgar était, en dehors des louvèteries, le seul endroit, à des lieues à la ronde, où il était possible de se protéger de la pleine lune, et de tous les bâtiments dont Kölrimgar disposait, le château était de loin le plus à même d'être protégé. Norgar ne trouvait pas impossible qu'au cours des décennies passées, des difficultés similaires aux leurs aient conduit d'autres voyageurs aux mêmes extrémités.

Ils firent le tour des lieux de façon succincte afin de s'assurer que la forteresse était vide et cela leur confirma qu'elle était leur meilleure option de défense. Puis, ils revinrent vers Roawir et Arvak pour leur faire part de leurs conclusions.

Ceux-ci ne s'étaient pas beaucoup éloignés de leur campement du matin mais avaient accumulé beaucoup de bois. Sous les conseils de Norgar ils chargèrent le combustible sur leurs montures et firent le trajet à pied, sans se départir de leur prudence.

Une fois parvenus à la forteresse, ils laissèrent les chevaux vaquer à leurs occupations dans l'herbe folle et installèrent leurs affaires dans la demeure. Puis la troupe put pousser davantage son exploration du lieu.

Dans l'angle nord-est de la forteresse se dressait encore une haute tour, dont les étages s'étaient effondrés, mais qui avait conservé fonctionnel un escalier menant au chemin de ronde. Norgar et Arvak le gravirent ce qui leur offrit une vue imprenable sur la ville et ses environs, leur donnant une idée plus nette de la configuration de la place forte. Elle disposait d'une double rangée de fortifications, une première au bas de la colline et une seconde autour de la demeure.

Au bas de la colline coté est, donnant sur Erion, se dressaient les remparts de la cité, épais et hauts, dans un état satisfaisant compte tenu de leur ancienneté. Côté ville ce rempart au bas de la colline était plus modeste et éventré par endroits.

La seconde rangée de fortifications ceinturait la demeure en elle-même et elle n'était pas trouée, ce qui la rendait d'un état plus qu'acceptable. De plus l'une des deux tours qui encadraient la porte avait conservé un parapet fonctionnel. On pouvait y monter et disposer là-haut d'une vision dégagée sur la ville.

Norgar déplorait plusieurs détériorations. La porte du château, en bois, avait pourri sur ses gonds et s'était effondrée, il n'en restait rien qui pût faire obstacle aux lycans si bien que la large entrée du château s'ouvrait, béante, sur la ville. Le chemin de ronde s'était également effondré. Le haut des remparts ne demeurait plus par endroits que comme une arête rocheuse dressée sans conviction.

Il n'y avait rien qu'ils puissent construire au cours des deux jours dont ils disposaient qui pût, de façon certaine, résister à une meute de lycans obstinés. Même les remparts du château donnaient par endroits l'impression de pouvoir s'effondrer sous les coups répétés de leurs assaillants. L'habitation quant à elle, avec ses fenêtres éventrées, ne constituait pas un bastion défendable.

Malgré tout ils n'avaient pas de meilleures options et le lieu conservait des avantages. Le puits leur assurait de l'eau potable à disposition, la végétation qui poussait sur la colline était sèche et constituerait un bon combustible, enfin, malgré son état déplorable, le mur d'enceinte du château n'avait aucune trouée à l'exception de la porte, tout ceci était plus que Norgar n'aurait osé espérer.

Ils consacrèrent tout le restant de la journée à améliorer leurs défenses, toujours par petits groupes. Une partie de la troupe sortait du château pour couper du combustible sur le talus, tandis qu'à l'intérieur le reste amassait des tas de gravats contre les murs de la demeure pour en accroître l'épaisseur et obstruer les fenêtres basses.

En creusant les décombres, sous un éboulis, Méaglim découvrit le haut du corps d'un humain. Le bas du corps, qui devait dépasser du tas de gravats, avait certainement été dévoré par des prédateurs. Norgar comprit qu'ils venaient probablement de découvrir un précédent voyageur et il essaya de ne pas penser à leur propre sort.

Lorsque la nuit commença à tomber, ils creusèrent une tranchée de feu devant l'entrée principale qu'ils entravèrent de plus avec une barricade de fortune. Puis ils se relayèrent pour dormir, deux personnes montant la garde, trois dormant, et tout se déroula sans difficulté. Ils entendirent les hurlements des lycans durant une bonne partie de la nuit, mais ceux-ci semblaient se trouver loin, peut-être hors de Kölrimgar.

Le lendemain ils continuèrent leur œuvre.

En explorant la cité, ils trouvèrent une meule à grains qu'ils rapportèrent à leur abri en la faisant tracter par leurs chevaux. La grande roue de pierre était d'un poids considérable mais, à plusieurs, ils parvinrent à la faire rouler jusqu'à l'intérieur de l'habitation, pour la placer devant la porte. Cette meule permettait de protéger l'entrée contre les lycans. Son poids et son épaisseur la rendraient difficile à enfoncer tandis que la troupe pourrait la faire rouler d'un côté ou de l'autre pour se dégager un passage.

Ainsi la demeure commençait à avoir des fortifications accéptables. De hauts talus de pierre, de terre et de gravats entouraient la demeure, sur la hauteur du rez-de-chaussée approximativement, obstruant toutes les fenêtres basses. Ils formaient ainsi un remblai d'environ trois coudées d'épaisseur. À l'intérieur, un tronc d'arbre avait été placé au fond pour attacher les chevaux, et du bois se trouvait rangé dans un angle en abondance.

Dehors, ils avaient renforcé par des tas de gravats, aussi bien qu'ils le pouvaient, les parties les plus vulnérables du mur d'enceinte, restait encore à protéger la porte d'entrée. Les deux tours partiellement effondrées qui la bordaient laissaient encore voir des vestiges de l'ancien système de herse, mais toute la machinerie était tombée en poussière.

La troupe ajouta à la tranchée de feu construite la veille devant la porte, une barricade barbelée, faite de branches élaguées, taillées en pointe, pour en faire une barrière, espérant que cela suffirait à dissuader les lycans de passer.

Lorsque le jour de la lune gibbeuse arriva, la troupe terminait les travaux qu'ils avaient mis en œuvre. Norgar estima leur défense dérisoire face à des lycans. Et Arvak devait bien reconnaitre que rien de ce qu'ils avaient construit ne tiendrait longtemps face à eux, s'ils se montraient opiniâtres. Il espérait que le caractère désorganisé et pulsionnel des Chiens Errants les ferait disperser leurs forces. De son point de vue, ils avaient fait du mieux possible au regard de leurs moyens et du temps dont ils disposaient, et Norgar était assez d'accord. La lune gibbeuse qui se lèverait ce soir-là leur donnerait une idée de ce qui les attendrait.

Alors que la nuit tombait, la troupe rentra les chevaux dans la demeure et alluma des feux. Ils étaient déjà tous passablement fatigués. Les travaux qu'ils avaient accomplis les avaient obligés à agir le jour, tandis que la nuit, les hurlements des lycans et leurs mouvements les avaient souvent empêchés de dormir. Ils n'avaient pris que quelques heures de sommeil, de temps à autre, dans la journée, et ils savaient que les trois jours qui suivraient seraient pénibles.

Les premières heures furent calmes, entrecoupées des hurlements funèbres des Chiens Errants. Mais à mesure que la nuit avançait leurs cavalcades commencèrent à se faire entendre dans l'espace boisé qui entourait le château. Roawir escalada la tour de l'entrée qui pouvait l'être et il put voir le reste de la ville éclairée par le clair de lune.

Les rues étaient grouillantes de Chiens Errants qui se pourchassaient ou s'attaquaient les uns les autres. Ils sautaient d'une ruine à l'autre, mordaient les arbres, attrapaient les créatures qui attiraient leur attention, dans une tumultueuse agitation. Bientôt, des Chiens Errants commencèrent à tourner autour de l'entrée du château.

Ils reniflaient, grattaient le sol, glapissaient, repartaient en hurlant. Le feu semblait les tenir à l'écart mais leur nombre augmenta rapidement et ils paraissaient se donner du courage les uns les autres. Chacun dans la troupe tira son épée.

Un premier lycan franchit le mur au nord. Il avait dû escalader la paroi.

Eliwyl se jeta sur lui, ses deux épées en avant. D'un geste vif de la main gauche, elle écarta de sa longue lame la gueule du lycan tendue vers elle en un coup brutal qui lui emporta la moitié de la mâchoire, et, dans le même mouvement, de la main droite, elle planta son épée courte entre les côtes de la bête, atteignant le cœur. Le Chien Errant s'effondra tandis que, par le mur sud, un autre de ses semblables franchissait le rempart.

Arvak l'attaqua sans hésitation, chargeant vivement la bête qui elle aussi courait à toute vitesse dans sa direction. Sa lame au clair accrocha brièvement la lumière de la lune tandis qu'au dernier instant, il s'effaça de la trajectoire de son adversaire, lacérant le ventre du monstre avec toute la vitesse de sa course, et les viscères du lycan se répandirent sur le sol. Alors que ce dernier cherchait à se relever, se prenant les pieds dans ses propres entrailles, Arvak l'acheva d'une lame dans le cœur.

Devant l'entrée, les autres trépignaient. Par chance pour la troupe, les Chiens Errants avaient une intelligence trop limitée pour prendre exemple sur ceux qui venaient de trouver un passage. Aussi, ils continuaient leur frénésie décérébrée et arrivaient au compte-gouttes, par le nord ou le sud, selon les individus qui trouvaient les mêmes brèches.

Le suivant qui passa par le mur sud fut abattu par Norgar qui le décapita avec cette nonchalance dont il avait l'habitude. Trois encore franchirent le mur nord et Roawir les affronta en compagnie d'Eliwyl. Devant la porte, un premier lycan, puis un deuxième, bondirent par-dessus la tranchée de flammes et la barricade. Sous l'effet de la lune du chasseur et de l'odeur du sang, leur exaltation devint une furie meurtrière.

Méaglim les attendait de pied ferme. Dans l'espace dégagé de la cour, il fit tournoyer sa zweihänder et, d'un impact puissant, sa lame emporta le buste d'un lycan, depuis l'épaule jusqu'au flanc, traversant la chair et les os à pleine vitesse. Il sentait sur ses poignets le poids de la lame entraînée dans sa course et ne chercha pas à résister, imprimant plutôt un mouvement de rotation par lequel il arma à nouveau avant de frapper son second adversaire par le milieu du corps. Entre-temps un troisième lycan était entré, Norgar le saisit au passage d'un coup d'estoc en plein cœur.

Dans la cour, de nombreux lycans parvenaient à entrer mais à eux cinq, la troupe les élimina en exploitant leur stupidité et leur frénésie.

Roawir ne put qu'admirer l'extrême maîtrise dont ses compagnons d'armes faisaient preuve, tant d'eux-mêmes que de leurs lames. Ils avançaient droit sur les lycans, sans témoigner de la moindre peur, comme s'ils avaient pu égaler une créature d'une force surhumaine et capable de les contaminer de leur mal, et, lorsque leur adversaire fonçait à son tour, arrêtant dans son esprit limité une direction d'attaque, alors ils s'effaçaient vivement, de droite ou de gauche, tranchant au passage tantôt un membre, tantôt une tête, tantôt un ventre. La seule exception était Méaglim qui prenait parfois le parti de continuer sa course droit devant lui, tranchant son adversaire par le milieu sur toute sa longueur. Roawir, qui avait pourtant des réflexes d'elfe bien plus aiguisés qu'aucun des leurs, trouvait qu'il avait le plus grand mal à rivaliser. La vivacité avec laquelle ils arrivaient à anticiper les mouvements de leurs adversaires et à les mettre en échec lui semblait extraordinaire.

Devant la tranchée de feu, les lycans s'étaient à présent si bien amassés que la pression de la foule jeta la première ligne des Chiens Errants en travers des flammes. Piétinés sans états d'âme, ils servirent de pont à leurs semblables qui passèrent au-dessus de la tranchée, balayèrent la barricade de bois et déferlèrent dans la cour tandis que d'autres lycans continuaient de franchir les murs par le nord et le sud.

Le repli s'imposa dès lors à la troupe comme la seule solution, mais Roawir s'avança. Il n'avait pas pris le temps d'expliquer à la troupe ses aptitudes mais en l'occurrence, son bâton d'alchimiste disposait de formules qui pouvaient les aider. Les runes de son arme s'activèrent dans une lumière bleutée et les flammes de la tranchée gagnèrent soudain en puissance, embrasant les lycans. Le feu explosa brusquement en une colonne ardente qui expulsa loin de l'entrée les Chiens Errants qui s'y trouvaient encore. Les flammes se prirent dans leur fourrure éparse et sur leur peau tuméfiée, les faisant courir follement dans des glapissements de douleur, enflammant à leur passage la végétation sèche de la colline qui bordait le château. Toute la butte s'embrasa et, dans le clair de lune résonnant des hurlements de douleur des Chiens carbonisés, se dressa bientôt des flammes gigantesques qui répandaient une odeur de chair brûlée.

Alors qu'ils achevaient les derniers lycans dans la cour, l'un d'eux prit le parti de s'enfuir et se jeta dans les flammes. La colline résonna bientôt de ses cris d'agonie. Lorsque le combat prit fin, toute la troupe s'assembla devant la porte qui ne laissait plus voir qu'un rideau de feu.

Le sentiment de la troupe était partagé entre l'admiration et l'horreur.

— Quel dommage de ne pas avoir gardé ça pour demain ! finit par remarquer Norgar dans le silence.

Ce soir n'était qu'une lune gibbeuse, la nuit prochaine, les lycans se montreraient bien plus violents, et Roawir n'était pas sans l'ignorer. Allumer un tel incendie n'avait pas été son intention première, il n'avait souhaité que repousser les lycans qui envahissaient la porte en attisant la tranchée, il n'avait pas anticipé que les lycans pris par les flammes répandraient l'incendie dans toute la colline et sa végétation sèche. S'il l'avait su, il en aurait fait l'économie ce soir, réservant pour le lendemain ce feu salvateur qui ne pouvait servir qu'une fois.

— Désolé, répondit Roawir.

Mais tous lui tapotèrent amicalement l'épaule, l'issue aurait été incertaine sans l'intervention de l'elfe.

Les flammes brûlèrent tout le restant de la nuit et aucun lycan n'osa les franchir. Elles restèrent cantonnées à l'espace de la colline, entre les deux lignes des remparts. Par chance, le vent ne souffla pas cette nuit-là, sans quoi les flammes auraient bien pu se répandre sur toute la ville, voire même jusqu'à l'intérieur du château.

Au petit matin, alors que tout ce qui pouvait l'être avait été consumé, le jour se leva sur la ville morte, portant une odeur nauséabonde dans l'air. La troupe construisit une barricade de fortune devant la porte puis ils allèrent prendre quelques heures de repos. La nuit prochaine s'annonçait encore plus rude, et ils n'avaient pas d'option valable pour protéger l'accès au château.

Chapitre 15

La troupe dormit quelques heures avant de se remettre à la tâche pour réparer leurs protections en prévision de la pleine lune. La veille, la tranchée de feu et la barricade s'étaient révélées très faibles face à des lycans exacerbés par la lune gibbeuse, et Norgar fit part à la troupe de ses inquiétudes sur le sujet. Tous convenaient que l'ouverture béante de la porte était un point faible auquel ils devaient impérativement remédier avant le soir.

Norgar se prêta à un examen plus poussé de la structure de maçonnerie de la porte. Il imagina creuser au sol une tranchée et glisser des rondins de bois à l'emplacement initialement prévu pour la herse.

Son idée obtint l'assentiment de tous et ils allèrent prélever d'épais rondins de bois dans la cité. Arvak et Eliwyl travaillèrent en équipe pour protéger le groupe d'éventuelles attaques de lycans, aidés par Riron qui survolait les environs. Bien qu'il fît jour, les Chiens Errants se trouvaient toujours en ville et la troupe observa la plus grande prudence.

Ils découpaient les pièces de bois une à une, puis les acheminaient jusqu'au fort grâce aux chevaux. Une fois sur place ils devaient les manœuvrer pour les glisser à l'emplacement de l'ancienne herse. Sans la force prodigieuse de Méaglim et de Roawir, leur tâche se serait révélée impossible.

Ce fut un travail long et difficile qu'ils durent interrompre à plusieurs reprises pour se mettre à l'abri de Chiens Errants isolés, mais au terme de leur entreprise, l'entrée fut complètement obstruée par une large palissade de bois. Elle obligeait les membres de la troupe qui souhaitaient quitter les remparts à l'escalader par le nord et le sud, là où les lycans avaient démontré que leur franchissement était le plus facile.

Ils creusèrent également une nouvelle tranchée de feu plus grande devant la palissade. Celle-ci se révélerait probablement aussi peu efficace que la première, mais Arvak se dit qu'elle tiendrait les lycans à distance le temps qu'elle durerait, et les autres furent d'accord avec lui.

Lorsque la nuit commença à tomber, ils allumèrent les feux et attendirent.

Bientôt la lune rousse leva son œil cyclopéen dans les ombres crépusculaires. Les lycans la saluèrent de leurs hurlements dénaturés, qui résonnèrent dans toute la ville et au-delà, des milliers de chants dont la troupe, depuis sa tour, distinguait les auteurs sous l'apparence difforme de créatures lupines.

L'effroi saisit Arvak au ventre. Il pouvait à peine mesurer leur nombre mais sentit l'aspect dérisoire de tout ce qu'ils avaient entrepris jusqu'à cette nuit. Il tourna son regard vers ses compagnons et lut dans leurs yeux la même peur.

Les lycans formaient une marée à travers toute la ville, déchaînant leur rage sur tout ce qu'ils trouvaient, se battaient entre eux, hurlaient, galopaient en tous sens, sans aucun ordre perceptible, mais avec frénésie. Bientôt, un petit groupe approcha de leurs fortifications. Ils reniflaient les lieux, couraient, trépignaient. Leur attention tomba sur les braises et les flammes parurent faire naitre une obsession en eux. Leur ardeur devint telle qu'ils grattèrent la tranchée à même les braises, certains brûlèrent vifs par leur acharnement, répandant les brandons enflammés sur une terre où tout avait déjà brûlé. Lorsqu'ils eurent terminé rien ne restait des tranchées de feu.

Un premier lycan attaqua alors la porte, la martelant de coups de griffes et de crocs. Un second l'imita ce qui fit redoubler d'efforts le premier, et de voir que certains s'obstinaient sur ces bois spécifiques en encouragea d'autres à faire de même. Ils furent bientôt un grand nombre à battre les rondins avec une rage aveugle.

Alors que la horde de lycans se massait derrière la porte, d'autres commencèrent à escalader les remparts au nord et au sud.

Comme ceux de la veille, ils ne franchissaient les murs que par petits groupes.

La troupe quitta son poste d'observation pour aller abattre ces lycans isolés.

Dès l'instant où ces créatures les virent, une lueur sanguinaire et furieuse s'alluma dans leur regard et tout leur être ne fut plus animé que par la volonté de les détruire.

Des Chiens Errants de leur calibre, arrivant par deux ou trois, ne représentaient pas une menace pour la troupe, leur expérience avec les lycans du Kotar les avait préparés à bien pire. Mais ils devaient tenir jusqu'au matin. Ils se relayaient pour les affronter en économisant leurs forces, tenir la cour aussi longtemps qu'il leur serait permis de le faire. Ils savaient qu'ils seraient bientôt obligés de se replier dans la demeure, mais les remblais qu'ils avaient amassés contre les ouvertures ne tiendraient pas longtemps face à la horde, surtout s'ils grattaient et creusaient avec le même acharnement que celui qu'ils manifestaient contre les rondins. Ils n'avaient aucun espoir d'abattre tous les lycans, ils étaient des milliers dehors, seul les sauverait de les ralentir jusqu'au lever du jour.

Aussi, la troupe devait gagner du temps, se replier dans la demeure en dernier recours, en espérant que leurs remblais tiendraient assez longtemps.

Mais l'acharnement des Chiens Errants les amena bientôt à frapper les remparts. La paroi déjà fragile, battue par leur force surhumaine, vibrait en égrainant de la poussière. Le mur nord s'effondra sous les coups des bêtes, les pierres s'éboulèrent avec fracas, et les lycans se déversèrent dans la cour.

— Repli ! hurla Norgar et tous coururent dans la demeure.

Méaglim et Roawir firent rouler la meule devant l'entrée tandis que la marée vivante des bêtes venait se fracasser sur la pierre.

La troupe pouvait entendre leurs hurlements et leurs grattements frénétiques. En peu de temps un premier lycan trouva un passage par l'une des fenêtres de l'étage. Il bondit au milieu de la pièce où il fut abattu par Arvak. Ce passage devait être d'un accès plus difficile car il n'en arrivait qu'à petit nombre, à moins que la horde ne fût trop obnubilée par les remblais pour lever la tête et voir le passage.

Les cadavres commencèrent à s'amonceler au sol, répandant une odeur fétide qui acheva de terrifier les chevaux. Ceux-ci hennissaient et tremblaient de terreur, se cabraient et ruaient en tirant sur leurs attaches, redoublant par leur hystérie la rage des lycans. À une fenêtre obstruée par les remblais, le bruit des grattements s'intensifia, et de la poussière commença à glisser entre les roches. Les griffes d'un monstre apparurent puis sa gueule béante. Eliwyl le décapita sans sommation.

Le corps secoué de convulsions fut violemment tiré en arrière par la horde et des aboiements furieux résonnèrent dans la cour, suivis de bruits de cavalcade. Arvak comprit alors qu'ils se dévoraient entre eux. Les grattements contre les remblais semblèrent diminuer tandis que les cris de douleur et de rage des Chiens Errants se déchaînaient dans la nuit.

Puis le silence tomba complètement.

Méaglim entreprit de calmer les chevaux.

Pendant encore de longues minutes, ils attendirent. Le silence n'était entrecoupé que par les craquements de leur feu de camp et par le tumulte à présent lointain de la horde.

Les lycans n'étaient pas assez évolués pour se taire par feinte. La troupe fut bientôt convaincue que leur attention avait été attirée ailleurs. Méaglim fit rouler la meule pour ouvrir la porte. Un lycan solitaire se jeta immédiatement par l'ouverture, mais Roawir l'abattit immédiatement.

Dans la cour ne restait plus qu'un petit groupe auquel ils firent un sort, puis ils gravirent la tour pour observer la ville et ce qu'ils virent alors leur coupa le souffle.

Un cavalier, monté sur un cheval blanc, galopait à travers les rues de la cité envahie de lycans. Lui et sa monture étaient pourchassés par la horde grouillante, mais sa vitesse et son agilité étaient prodigieuses. L'animal gravissait les éboulis, sautant par-dessus ses ennemis, allait d'une rue à l'autre, bifurquait vivement, semait ses poursuivants, avec une extraordinaire adresse.

Et soudain, alors qu'il était pris au piège par la horde, une ombre apparut au sommet d'une ruine. Elle était d'un noir profond, qui tranchait dans la clarté lunaire. Elle poussa un prodigieux rugissement de fauve, qui attira à elle l'attention de la horde, tandis que le cavalier et sa monture s'effaçaient dans l'obscurité d'une rue.

La horde poursuivit bientôt cette seconde cible mais elle jouait avec les ténèbres. Elle en jaillissait soudain avant d'y disparaitre à nouveau, semant la confusion dans la horde, tandis que le cavalier s'approchait imperceptiblement du fort. Jouant de la blancheur de sa monture, le cavalier ramenait l'attention à lui quand le fauve noir était proche d'être pris.

Arvak et les autres contemplaient impuissants la chasse cauchemardesque de ce cavalier solitaire qui galopait avec une fougue désespérée, au milieu de la horde monstrueuse de milliers de loups. La peur les animait de le voir saisi soudain, pris par les bêtes, et dévoré sous leurs yeux. Arvak ne pouvait imaginer d'autre issue et elle le terrifiait.

Pourtant, la coordination dont ces deux entités témoignaient, l'une claire sous la lune, l'autre d'une obscurité profonde, imposait le respect autant que la crainte. Arvak était comme suspendu à cette cavalcade terrible et il finit par percevoir un changement chez les lycans.

Leur excitation augmentait. Le cavalier avançait au grand galop, une épée au clair dans une main, les rênes de sa monture dans l'autre, et Arvak voyait sa lame brillante sous la lune happer de son fil meurtrier ses assaillants. Elle tranchait des têtes ou des membres, avec méthode. Arvak comprit, à la dynamique du groupe, à la façon dont la horde bougeait, que la lame du cavalier s'abattait sur des individus qui donnaient une certaine cohésion rudimentaire au groupe, des meneurs peut-être, ou ce qui s'en rapprochait le plus pour ces bêtes.

L'intensité de la rage qui avait saisi les lycans augmenta à mesure que ces derniers verrous sautaient un à un, leurs mouvements devinrent plus enragés, et, soudain, comme la flamme embrase subitement un bois qu'on attise, les lycans s'agressèrent entre eux.

Dans un déchaînement de violence, ils commencèrent à se dévorer les uns les autres, hurlant dans toute la ville, se pourchassant, se déchirant de leurs griffes et de leurs crocs.

Le cavalier et le fauve avaient tant harcelé les lycans, faisant monter leur rage et leur frustration, qu'ils finirent par rediriger contre leurs semblables leur démence meurtrière.

Dans le chaos, le cavalier s'achemina discrètement vers le fort et franchit d'un bond les remparts là où les lycans les avaient faits s'effondrer.

La troupe vint à sa rencontre.

Vêtu de noir, avec une capuche couvrant son visage, aucun ne pouvait distinguer les traits de cet étrange et mystérieux visiteur.

— Montre ton visage ! Quel est ton nom ? demanda Norgar avec autorité.

La personne qui se trouvait face à eux mit pied à terre et abaissa sa capuche. C'était une femme elfe.

— Je m'appelle Riwan, déclara-t-elle.

Alors apparut derrière elle sur les gravats, une majestueuse panthère noire. Elle était essoufflée, sa gueule dégoulinait de sang. Elle avait dans le regard cette étincelle meurtrière du fauve qui venait d'éprouver, jusque dans les tréfonds de son âme, la pureté de ses instincts de prédateur.

— Et voici Koumal, mon totem.

La panthère émit un bref feulement en manière de salutation puis descendit de son promontoire rocheux pour disparaitre dans les ombres.

À l'extérieur des remparts résonnaient les hurlements de douleur et de rage de la horde dans un chaos sans nom. Riwan jeta un bref regard sur l'habitation protégée de remblais puis elle rengaina son épée.

Elle fit un bref signe de la tête en direction des lycans :

— Ils vont être occupés un certain temps mais ils finiront par revenir.

Arvak hocha la tête et la troupe se concerta brièvement du regard. La cour n'était plus défendable à cause de l'effondrement du mur, et il n'était pas dans leurs principes de laisser un voyageur dehors à la pleine lune. Aussi, tous entrèrent dans la demeure suivis de Riwan qui tenait sa jument par la bride, Koumal ferma la marche. Le feu brûlait toujours, les chevaux semblaient tout aussi terrifiés. Méaglim, après avoir fait rouler la meule de pierre devant l'entrée, alla vers eux tandis que les autres s'asseyaient en cercle autour du foyer.

Tous les regards étaient tournés vers Riwan qui ignorait ostensiblement l'attention qu'elle suscitait. Elle avait des vêtements noirs et amples. Une cape sur ses épaules donnait à sa silhouette une apparence fantomatique, en particulier dans la faible clarté dégagée par le feu de camp. Attachées dans son dos, croisées et fermement sanglées, elle portait deux épées dont Arvak ne distinguait que le fourreau et la garde, mais dans lesquelles il reconnut un style sobre similaire à celui des lames de Tsiroèn. Sur sa hanche gauche, elle arborait deux autres baudriers, dont le style de garde était cette fois-ci très proche des épées bâtardes que les Frontaliers employaient. Celles-ci étaient à peine visibles, dissimulées par l'amplitude de sa longue cape, et de même, peu visible sous la faible lumière, Arvak distinguait sur son buste un vêtement aux reflets métalliques, une armure peut-être, comme un brunmantel, ou bien un survêtement de cuir pour ranger des couteaux de lancer. Sans un éclairage plus franc, Arvak ne pouvait que faire des suppositions.

Pour le reste, de ce qu'Arvak pouvait en juger, elle avait un physique elfique. Ses traits étaient fins, avec des pommettes hautes, des oreilles fines et pointues, le corps svelte et athlétique. Elle ressemblait beaucoup à Roawir d'une certaine façon, avec une peau plus foncée.

À cet instant, le regard de Riwan croisa le sien. Ses yeux, d'un vert clair, avaient quelque chose de glaçant. Arvak eut l'impression d'être transpercé de part en part et détourna la tête. Il se rendit compte qu'il l'observait ainsi avec insistance depuis un long moment.

Dehors, le tumulte des lycans se poursuivait, comme une tempête.

— Alors, finit par dire Norgar en rompant le silence, qu'est-ce qui peut amener un voyageur si loin de la civilisation ?

— La même chose que vous j'imagine, au moins dans les grandes lignes. Kölrimgar est le seul abri dans les environs pour qui évite les louvèteries. Comme vous je suppose, j'aurais préféré passer ma nuit ailleurs, si cela avait été possible.

Nul dans la troupe n'osa la contredire.

— Je suis arrivée hier soir, précisa Riwan, j'ignorais que d'autres personnes étaient sur place avant de voir votre incendie. Quand ma cachette a été découverte, j'ai pensé que la vôtre m'accueillerait peut-être.

— J'ai bien peur qu'on ait ameuté tous les Chiens Errants du pays, acquiesça Arvak. Ils nous suivent depuis plusieurs jours.

— C'est le problème à voyager en groupe, compléta Riwan, c'est plus difficile de passer inaperçu.

Un long silence s'installa.

Arvak sentait la fatigue lui tomber sur les épaules. La tension de la bataille et de la peur retombait, il avait froid, ses muscles lui faisaient mal, il n'avait dormi qu'en fractionné depuis trois ou quatre jours et son corps demandait grâce.

Pourtant, la nuit serait encore longue.

Dehors, des bruits de combat se firent entendre et bientôt, la truffe d'un lycan apparut dans le trou de la meule qui barrait l'entrée. La bête renifla bruyamment puis s'enfuit en couinant, avant de revenir, elle ou une autre. La troupe sut que les ennuis revenaient.

Bientôt, les bruits de grattement reprirent. Soudain, un lycan trouva un passage par l'une des fenêtres hautes et déboula dans l'habitation. La troupe le tua dans l'instant. Il ne fut pas le seul, plusieurs autres empruntèrent le même passage dans les heures qui suivirent. Se relayant pour récupérer, la troupe se battit ainsi jusqu'au matin, soutenue uniquement par leur volonté de rester en vie, et par l'agitation extérieure qu'ils percevaient déclinante.

Les lycans grattaient les remblais avec la même fureur aveugle, mais régulièrement ils redirigeaient les uns contre les autres leur agressivité, de sorte que la troupe était parfois de longues minutes en paix. Mais celle-ci n'était jamais que transitoire et les lycans ne leur laissèrent aucun vrai répit jusqu'au lever du jour. Arvak avait rarement trouvé sa lame aussi lourde. Eliwyl, pourtant infatigable, montrait des signes de faiblesse. Méaglim soufflait comme un bœuf et Norgar avait moins de prestance dans ses attaques qu'à son accoutumée. Seuls Riwan et Roawir semblaient frais.

La nuit se poursuivit, interminable, et, lorsqu'à travers le toit éventré de l'habitation, ils virent le ciel s'éclairer lentement et qu'ils entendirent dehors l'ardeur des lycans diminuer, un extraordinaire sentiment de soulagement et de joie les envahit. Les membres de la troupe se félicitèrent les uns les autres, riant et chahutant ensemble, malgré leur épuisement. Riwan resta à l'écart, un mince sourire aux lèvres.

Lorsque tout fut complètement et parfaitement silencieux, ils étendirent leur couchage et allèrent dormir, au milieu des cadavres des lycans qu'ils avaient abattus, trop épuisés pour déblayer leurs carcasses dans l'instant. Roawir prit le premier tour de garde, et même Riwan en profita pour fermer l'œil.

Chapitre 16

Ils furent rapidement réveillés par l'odeur des cadavres pourrissants. Leur épuisement avait été tel qu'ils ne s'étaient pas crus capables de les enlever avant de penser à dormir. Mais après seulement quelques heures de sommeil, ils durent se résoudre à nettoyer l'abri.

Il n'y avait aucune trace de Riwan ni de Koumal, son totem. Leur jument était toujours attachée avec les autres, Arvak ne doutait pas qu'elles se trouvaient à proximité.

Méaglim ouvrit la porte en roulant la lourde meule. Dehors, le sol était jonché de cadavres de lycans. Certains avaient été abattus par la troupe au cours du combat de la veille, d'autres visiblement dévorés par leurs semblables. L'herbe sèche était maculée d'un sang noir et coagulé, parsemée de morceaux de cadavres. Les remblais autour de l'habitation étaient creusés de toutes parts et une puanteur nauséabonde régnait partout.

Riwan était dehors et avait déjà entrepris de débarrasser la cour des dépouilles des Chiens Errants. Elle avait posé sa longue cape noire, ainsi que ses protections et ses épées. Ses longs cheveux, d'un châtain assez clair, étaient noués en une queue de cheval pratique. L'un après l'autre, elle attrapait un cadavre par les pattes, le traînait sans ménagement jusqu'à la partie effondrée des remparts, au nord, puis le jetait par la trouée. En chemise dans la chaleur de la matinée, elle transpirait sous l'effort. Lorsqu'elle vit la troupe sortir de la bâtisse, elle s'interrompit, frotta ses mains poisseuses de terre et de sang sur son pantalon noir et alla prendre une gourde d'eau dans ses affaires.

— Bonjour, la salua Arvak.

Elle leur répondit par un signe de tête.

Depuis la tour, Koumal les observait en silence.

Arvak se rendit compte que ses propres vêtements, sa peau, même ses cheveux étaient poisseux de sang et de sueur. Il prit des vêtements de rechange et, avec ses compagnons, alla jusqu'au puits pour se laver, imité par ses compagnons.

L'eau était glacée mais claire. Arvak, Norgar, Eliwyl et Méaglim se mirent nus pour se débarrasser de toute la crasse, sans la moindre gêne, ils s'aspergeaient par jeu. Roawir, qui ne semblait pas habitué à une telle familiarité, prit le parti d'aider Riwan à enlever les corps, en attendant de pouvoir profiter de plus d'intimité.

Quand ils eurent terminé, ils s'habillèrent de vêtements propres et apportèrent leur aide aux elfes. Les cadavres étaient lourds, Riwan, Méaglim et Roawir pouvaient sans mal les transporter seuls, mais Arvak, Norgar et Eliwyl n'y parvenaient qu'en s'entraidant par deux. Se sentant bientôt de trop dans le trio, Norgar décida de faire la lessive.

Ainsi, les corvées s'organisèrent.

La troupe devrait encore passer une nuit dans la forteresse. La lune gibbeuse descendante serait probablement moins difficile que la pleine lune – surtout compte tenu du déchaînement dont les lycans avaient fait preuve dans la nuit – mais continuer de bénéficier des protections du château en ruines était plus sûr.

En peu de temps tous les corps furent retirés, amoindrissant l'odeur de cadavre qui restait présente malgré tout à cause du sang séché. Dans la cour, des cordes tendues par Norgar étaient parsemées des vêtements de la troupe séchant au soleil. Roawir y ajouta les siens.

La trouée du mur nord embêtait Norgar et il en fit part à la troupe. Il aurait préféré que l'ouverture fût bouchée avant la nuit, mais il ne voyait pas par quels moyens le faire. Ils n'avaient rien à disposition pour réaliser des ouvrages de maçonnerie et très peu de temps devant eux pour trouver une solution.

— Peut-être que notre ami alchimiste peut aider, proposa Riwan en désignant Roawir.

— Oui peut-être, reconnut Roawir.

— Qu'est-ce que tu pourrais faire ? demanda Arvak.

Roawir s'approcha de l'éboulis, toucha la roche, la goûta, réfléchit un instant.

— C'est du grès, avec la bonne formule je peux peut-être faire un mur en quartz.

— Comment ça fonctionne ? demanda Méaglim qui voulait comprendre par quel moyen la magie pouvait monter un mur à partir d'un tas de pierres.

— Les formules et les glyphes de l'alchimie me permettent de transformer la matière selon ses propriétés physiques et chimiques. Ici la difficulté est que je ne connais pas la composition exacte de la roche dont on dispose. En théorie il faudrait que je passe par d'autres formules pour décomposer des échantillons et établir une estimation de sa composition exacte. Puis il faudrait que je fasse des calculs pour estimer la quantité de matière première disponible, en fonction de la taille et du poids moyens des blocs. Ensuite il faudrait établir l'épaisseur et la hauteur du mur souhaité en fonction de la matière disponible. Enfin je devrais créer une formule qui reprenne toutes ces informations – la composition du matériau, sa quantité, et les dimensions du mur souhaité.

Roawir parlait à un rythme rapide, devant le regard interloqué de la troupe, il ralentit le rythme :

— Pour monter un mur avec de l'alchimie, j'ai besoin d'une formule alchimique qui exprime la composition chimique du matériau que je veux utiliser pour la construction – sachant que chaque brique élémentaire possède son propre glyphe et que je ne peux rien faire si je ne le connais pas. La formule doit aussi exprimer la quantité de ce matériau que je souhaite utiliser, les dimensions et densités finales de la construction. C'est un peu comme si je donnais un plan de fabrication à la magie, ensuite elle fait le reste.

Méaglim semblait perdu dans ces explications.

— Tout ce processus prendrait plusieurs jours, estima Roawir en poursuivant. Mais je sais que le grès est majoritairement composé de quartz, donc je peux essayer d'estimer la quantité de quartz et voir si avec ça je peux fabriquer un mur.

— Pourquoi ne pas réempiler les blocs avec de la magie tout simplement ? demanda Méaglim qui essayait de comprendre.

Roawir fit un signe de négation de la tête.

— Avec l'alchimie je ne peux pas faire ça.

Il prit une pierre entre ses mains et la montra à Méaglim.

— Le grès est une roche constituée de plein de petits morceaux de matière, comme du sable aggloméré. Il y a du quartz, du silicate, mais aussi du carbone, sodium, potassium, du fer, du magnésium. L'alchimie ne me permet de manipuler cette pierre que si j'en connais la composition exacte. Pour la magie, cette pierre n'existe pas comme matériau, elle n'existe qu'en tant qu'assemblage des briques élémentaires qui la composent. Je n'ai pas de glyphe qui me permette de dire à la magie « Monte un mur avec cette pierre ». Pour dire à la magie qu'elle doit utiliser cette pierre pour monter un mur, je dois lui en donner la composition chimique exacte. Et comme je l'ai dit, avec le grès c'est compliqué.

Méaglim hocha la tête :

— Parce qu'y a plein d'éléments différents dedans.

Il n'était pas sûr d'avoir tout compris.

— Combien de temps ça va te prendre ? demanda Norgar.

— Plusieurs heures assurément, le temps de faire tous mes calculs et de trouver la bonne formule. Ma spécialité c'est le feu à la base, j'ai étudié un peu la roche, c'est pour ça que je connais le glyphe de quartz. Chaque domaine de l'alchimie a ses propres spécificités et ses propres glyphes, les fluides par exemple sont un tout autre univers.

Norgar émit un sifflement, il ne pensait pas que la magie prenait si longtemps.

— Pourtant, intervint alors Arvak, avant-hier, tu as utilisé l'alchimie pour enflammer les arbres, mais tu n'as pas eu besoin de calculs. Comment est-ce possible ?

Roawir prit son bâton entre ses mains, fit un geste et son arme s'illumina. La lumière bleutée courait le long de glyphes, de runes et d'arabesques sur toute la longueur de son arme.

— En alchimie, tout repose sur la formule runique. Nous possédons des runes qui permettent de désigner à la magie une matière et des actions à accomplir. Plus l'action est complexe, plus elle demande une formule complexe. Plus la formule est précise, plus elle est sûre. Par exemple, ici, si je me contentais de faire une formule qui dirait à la magie « prends du quartz et fabrique un mur avec » la magie pourrait tout à fait prendre le quartz dans tout l'espace environnant, dans la terre, dans les murs de l'habitation, même dans nos corps. Je dois trouver une formule pour dire à la magie qu'elle doit prendre du quartz dans ce tas de gravats précis, et monter un mur avec des proportions précises. En dehors de quelques formules assez simples comme ici, il faut en général plusieurs années de recherches à un alchimiste pour composer une formule efficace et fiable. C'est encore plus vrai pour le combat où la formule doit en plus être polyvalente et s'adapter à de nombreuses situations. Mon bâton constitue la synthèse de tout ce que j'ai appris et de tout ce qu'on m'a enseigné. Des formules y sont gravées qu'il me suffit d'activer en combat.

Il fit léviter son bâton au creux de sa paume :

— Quand une formule est déjà écrite au préalable, l'utiliser est très facile. En activant certaines runes, je peux changer la forme de mon arme pour en faire une épée, une sphère, un bouclier, une lampe, une lance…

Entre ses mains, le métal de son arme semblait être devenu fluide et changeant de forme au gré de l'activation des runes.

— Pour le feu, c'est très difficile, je dois respecter le tétraèdre du feu : combustible, comburant, chaleur et réaction en chaîne. La plupart du temps je préfère utiliser un feu déjà existant car les formules que je possède sont beaucoup plus stables.

La lumière du bâton de Roawir s'éteignit.

— Je sais pas si mes explications sont très claires, dit modestement Roawir, l'alchimie est une discipline assez technique.

S'il fallait plusieurs années pour composer une formule, Arvak comprenait sans mal que des concepts puissent lui échapper.

Ils laissèrent à Roawir le soin de faire ses calculs et pendant ce temps, ils continuèrent de trouver des tâches à accomplir en prévision de la nuit à venir. Méaglim et Eliwyl détachèrent les chevaux pour les laisser se dégourdir et se détendre dans la cour. Flamme s'était blessé en tirant sur son attache, Royal aussi. C'était de plaies bénignes mais les deux frangins prirent le temps de les soigner. Arvak et Norgar allèrent inspecter les rondins de bois qui obstruaient la porte et purent constater que ceux-ci avaient plutôt bien résisté. Ils avaient été rongés et déchiquetés mais Norgar estimait qu'ils tiendraient encore la nuit prochaine. Arvak en fut soulagé, il ne s'imaginait pas s'aventurer dans la ville pour abattre des arbres après la nuit qu'ils venaient de passer. Riwan quant à elle avait gravi la tour de l'entrée. Sur le parapet, elle et Koumal non loin échangeaient de fréquents regards et l'expression du visage de Riwan, parfois songeuse, parfois ombrageuse ou inquiète, changeait vivement. Arvak aurait juré que l'elfe et son totem étaient en grande conversation.

Quand toutes leurs tâches furent accomplies, ils prirent quelques heures de repos, toujours en se relayant, par prudence.

Pendant tout ce temps, dans la cour, Roawir traçait sur le sol, au bâton ou à la craie, des lignes d'alchimies que lui seul comprenait, murmurant à voix basse des phrases en elfique comme s'il était plongé dans une intense réflexion. Riron sur son épaule semblait participer de temps à autre par ses piaillements.

En fin de journée, Roawir poussa une exclamation en elfique et traça un cercle d'alchimie au sol, puis à l'intérieur ajouta des lignes, des arcs de cercle, des runes, des glyphes, des symboles numéraires et, lorsqu'il l'activa, tous ces tracés se colorèrent d'une lumière bleue. Des résilles d'énergie parcoururent le tas d'éboulis, les pierres s'effritèrent, tombèrent en poussière, tandis que, dans le trou béant, poussaient telles des fleurs de larges cristaux de quartz. Ils formèrent de longues tiges octogonales, qui se déployèrent dans chaque direction, s'enchevêtrant étroitement.

Lorsque la construction cristalline eut atteint les dimensions de l'ouverture, Roawir stoppa la transmutation alchimique. Il avait un indéniable sourire de satisfaction aux lèvres et sa construction était de toute beauté. Tous le félicitèrent et l'encouragèrent à prendre des heures de repos. Le crépuscule approcherait bientôt.

Quand la nuit tomba, ils décidèrent de s'enfermer dans l'habitation avec les chevaux, abandonnant l'idée de défendre la cour. Ils étaient épuisés par la nuit de la veille et par leur rythme de sommeil irrégulier. Combattre dans leur état aurait été pour Norgar, Arvak et Eliwyl prendre le risque de faire une erreur qui pourrait leur coûter leur vie, voire leur humanité. Quant à Roawir et Méaglim, ils étaient certes immunisés mais pas suffisamment alertes pour ne pas se mettre en danger. Riwan ne fit aucune objection et semblait indifférente à leur dilemme.

Méaglim fit rouler la pierre devant l'entrée et ils attendirent.

Dehors, les hurlements des loups commencèrent à se faire entendre, puis leurs affrontements. Ils étaient encore nombreux dans la ville. Les mouvements que la troupe entendit ne paraissaient pas dirigés contre le fort. Aucun glapissement proche ne se faisait entendre. Norgar finit même par s'endormir et Méaglim le suivit peu après, les autres restèrent vigilants.

Après de longues heures, ils entendirent gratter et renifler derrière les rondins de bois. Riwan escalada la façade intérieure de la bâtisse et se hissa jusqu'à une fenêtre du premier étage. Là, assise sur le rebord, dissimulée par l'ombre du mur, elle observa le lycan franchir le mur et faire le tour de la cour.

Il grattait le sol, attaquait les troncs des arbres, courait après sa queue, se roulait, puis, comme mû par une intuition soudaine, son attention se porta sur la demeure. Il renifla en s'approchant, trouva l'entrée, glissa son mufle par le trou de la meule. Il glapit brièvement puis commença à gratter frénétiquement, repartit, revint à nouveau, frappa la pierre, s'écarta, revint encore.

Riwan suivait ses moindres gestes, elle le vit s'asseoir et elle comprit qu'il s'apprêtait à hurler pour appeler ses semblables.

Vivement, elle se saisit d'un couteau qu'elle lança en direction du lycan. La lame effilée fendit l'air et se planta dans la gorge palpitante du monstre, étouffant son cri. Le lycan jeta sur elle un regard imprégné de surprise et de souffrance quand déjà Riwan sautait à bas de son promontoire, se réceptionnant avec souplesse sur les remblais en contrebas. Elle dégaina sa lame d'argent et décapita la bête sans lui laisser la moindre chance. Puis elle retourna dans l'abri, en se hissant par la même fenêtre.

Dans la ville, le vacarme et le chaos régnaient mais peu de lycans semblaient accorder de l'attention au château, et pour la troupe la nuit continua dans cette sécurité relative.

Lorsque le jour se leva enfin, le calme retomba complètement.

La troupe rassembla ses affaires et décida de partir sur-le-champ.

Leur seule hâte était de fuir ce château puant le cadavre. Ils firent rouler la meule, montèrent à la tour pour observer les environs et, voyant qu'aucun lycan ne se trouvait à proximité, ils retirèrent les rondins de la porte.

— Dans quelle direction partez-vous ? demanda alors Riwan.

Arvak et Norgar échangèrent un regard.

— Pour quelles raisons ? s'enquit ce dernier.

— Vous avez l'air d'avoir ameuté tous les Chiens Errants de la région, je ne donne pas cher de moi s'ils me tombaient dessus dans les jours à venir. Si votre chemin vous mène au plus vite en dehors d'Erion, j'aimerais me joindre à vous.

Ils se consultèrent du regard puis Norgar haussa les épaules.

— C'est d'accord, répondit Arvak.

Ils se mirent en selle et partirent.

Ils traversèrent les rues de Kölrimgar en formation serrée, par peur de se trouver confrontés à des lycans. Ceux-ci dormaient pour la plupart ou agonisaient lentement. Les rues étaient jonchées de morceaux de cadavres, les murs maculés de sang, et la puanteur qui s'en dégageait était indescriptible. Le spectacle macabre témoignait à lui seul de la violence et de la brutalité dont les lycans avaient fait preuve à la pleine lune, et la troupe ne fut pas mécontente de laisser derrière elle cette cité maudite.

Une fois qu'ils eurent quitté la ville, ils chevauchèrent encore jusqu'à trouver un lieu propice pour y établir un campement. Puis ils coupèrent du bois, creusèrent des tranchées de feu, placèrent des barricades, et dormirent tout le restant du jour en alternant les tours de garde.

Ce fut leur premier vrai repos continu des cinq derniers jours.

Chapitre 17

À la nuit tombée, ils reprirent la route.

Celle-ci les menait à présent hors d'Erion vers l'Entriver et tous espéraient un trajet aussi court que possible. Dans les ombres de la nuit, sous la lueur blafarde de la lune déclinante et des flammes dansantes de leurs torches, après les scènes de cauchemars auxquelles ils avaient assisté, la forêt d'Erion semblait d'une noirceur à glacer le sang. Arvak guettait les ombres, l'ouïe tendue vers le moindre bruissement, par crainte de distinguer les mouvements d'un Chien Errant. Les sons lui paraissaient distordus, amplifiés par l'obscurité. La fatigue ajoutait à la troupe un surcroît de tension à chaque instant passé en ces lieux. Ils marchaient sans un mot.

Norgar avançait en tête, se guidant aux étoiles pour trouver le chemin le plus direct vers l'ouest, le long de voies tracées par les animaux à travers la végétation. Mais bientôt Riwan le rejoignit.

— C'est par ici qu'il faut passer, signala-t-elle à voix basse.

Elle désignait à Norgar un chemin étroit et tortueux dans une végétation dense. Norgar quant à lui guidait la troupe sur un chemin plus large et régulier.

Il lui jeta un regard interrogatif.

— Ton chemin est plus large parce qu'il a été tracé par le passage des lycans, si nous le suivons nous finirons par tomber sur une meute. Celui-ci a été fait par les chevreuils. Ils vont où les lycans ne vont pas.

Et sans rien ajouter, elle s'engagea elle-même dans le chemin qu'elle désignait.

Norgar resta un instant en arrière, jetant un regard interrogateur à Arvak. Celui-ci hocha la tête et tous emboîtèrent le pas à Riwan.

Derrière eux, l'ombre furtive de Koumal les suivait.

La sente qu'elle avait choisie ressemblait à un long couloir végétal, il se dégageait parfois, mais se refermait ensuite, et seule une mince ligne au sol indiquait le passage successif des animaux. Il serpentait ou plongeait, enjambait des ruisseaux dans son tracé irrégulier, mais Riwan le suivait avec une assurance silencieuse. Elle ouvrait la marche et sa jument à la robe blanche brillait sous le clair de lune, guidant la troupe.

— Je commence à comprendre comment vous avez ameuté autant de Chiens Errants à Kölrimgar, murmura-t-elle dans la nuit et ce furent ses dernières paroles jusqu'au matin.

Riwan agissait de manière taciturne et détachée. Elle marchait droit devant elle, sans jamais se retourner vers la troupe ni vérifier qu'ils suivaient. Son regard scrutait les ombres avec méthode. Elle semblait parfaitement calme et sûre de sa direction. De temps à autre, la végétation se froissait de l'un ou l'autre côté de leur route et l'ombre de Koumal en émergeait furtivement. Elle échangeait un regard avec Riwan, avant de disparaitre à nouveau. La panthère arrachait toujours un frisson à Arvak. Elle avait des gestes vifs et une intensité dans le regard qui le glaçait.

Nul n'avait osé poser de questions à leur étrange guide, ni d'où elle venait, ni où elle allait, ni qui elle était. Et elle-même en avait fait autant à l'égard de la troupe. Pourtant, ce n'était pas la curiosité qui manquait à Arvak et il aurait volontiers questionné cette elfe mystérieuse qui semblait sortir de nulle part. Toutefois il ne souhaitait pas révéler à Riwan les circonstances qui les avaient conduits jusqu'à Kölrimgar et il percevait ce silence mutuel comme un accord tacite entre eux – à moins que cela fût égal à Riwan d'obtenir des informations sur la troupe.

Au petit matin, l'elfe arrêta son chemin à un endroit propice pour camper. Elle aida la troupe à installer leurs défenses, à couper des réserves de bois et à placer des barricades. Lorsque tout fut installé, elle attacha sa jument avec les chevaux de la troupe et se hissa dans un arbre où elle s'endormit. Eliwyl monta la garde et les autres allèrent se coucher.

Ils se relayèrent tout le jour, récupérant au mieux les heures de sommeil qui leur manquaient depuis la pleine lune. Parfois ils se levaient en petits groupes et se retrouvaient à deux ou trois autour du feu. Ils furent tentés de discuter pour passer le temps mais leurs murmures semblaient tonitruants dans le silence. Toute la forêt était devenue une créature oppressante.

Pourtant, ils ne décelèrent la présence d'aucune meute, ni le jour de leur départ de Kölrimgar, ni le suivant. Riwan continua de les guider à travers Erion le long des pistes de chevreuil tandis que Norgar vérifiait aux étoiles qu'ils avançaient dans la bonne direction.

L'elfe parlait toujours en phrases brèves et à voix basse. Elle participait spontanément à toutes les tâches collectives dont elle bénéficiait également et se montrait alors aussi volontaire qu'efficace. Mais pour le reste, elle ne s'occupait guère que d'elle-même et ne donnait pas l'impression de se préoccuper de leur sort. Elle ne participait pas aux tours de garde – Arvak supposait qu'elle se relayait avec Koumal et ne comptait pas sur la troupe pour protéger son sommeil –, elle cuisinait ses propres provisions, partait ou revenait sans prévenir quiconque, parfois plusieurs heures durant.

Riwan semblait en permanence proche et lointaine à la fois.

Pourtant il y avait aussi une sorte de prévenance discrète dans son attitude. Lorsqu'elle les guidait, en pleine nuit, elle anticipait toutes les difficultés qu'ils étaient susceptibles de rencontrer, les prévenant d'obstacles divers, semblant prendre en compte qu'elle y voyait mieux que la troupe dans la nuit noire.

Une après-midi, alors que Norgar montait la garde et que Riwan était réveillée, ce dernier en profita pour demander à l'elfe comment elle différenciait les sentes de gibier et celle de lycans. Riwan se montra plus loquace qu'il ne s'y attendait et il fut déconcerté de la facilité avec laquelle elle partagea ses connaissances.

Du fait de son attitude solitaire et taciturne il s'était attendu à des réponses brèves, voire condescendantes peut-être, mais il dut reconnaitre que Riwan démontrait de bien meilleures compétences que lui en pistage. Norgar ne s'était d'ailleurs jamais beaucoup intéressé à ce domaine, lui qui se repérait aux étoiles.

Ils restèrent de longues minutes à discuter des différentes façons d'identifier le passage d'une meute de lycans, les poils, les traces, les déjections, les griffures sur les arbres, la largeur du chemin, les odeurs. Riwan avait une façon très sensitive de décrire le pistage et Norgar avait l'impression de parler avec un fauve, une créature plus rustique et plus ancienne que l'elfe pourtant propre et civilisé qu'il avait sous les yeux. Il devinait, sans la sonder complètement, la complicité profonde qui la liait à Koumal et la façon dont elle se connectait aux sens de la panthère.

Ils voyagèrent encore une troisième nuit en Erion et, au matin, ils virent une claire lumière traverser le sous-bois. La lisière était toute proche.

Lançant leurs montures au galop ils franchirent l'orée des sous-bois dans une cavalcade exaltée.

Devant eux, les plaines de l'Entriver s'étendaient baignées dans la douce lumière de l'aube. Une herbe haute et dorée ondoyait sous le vent matinal, ponctuée parfois de buissons ou de bosquets de trembles.

Ils laissèrent éclater leur joie de quitter l'ancienne forêt sauvage. Malgré la fatigue de leur nuit passée à chevaucher, il leur semblait qu'une partie de leur lassitude s'était envolée avec leur peur. Ils marchèrent un instant à travers la prairie puis rejoignirent la route qui s'étendait vers le nord, plate et rectiligne.

Leurs chevaux caracolèrent sur cette route droite et facile où ils pouvaient délier leurs muscles. Les trois mâles, Crépuscule, Flamme et Royal galopaient en tête, se chahutant les uns les autres, mais bientôt, Crépuscule prit de la vitesse et distança ses deux poursuivants. La jument blanche de Riwan, Waïna, suivait avec nonchalance, Roawir à ses côtés sur Kaléogrim comprit qu'elle n'aurait eu aucune difficulté à distancer les trois mâles mais elle les laissait à leur compétition. Belle-mère suivait, un peu à la traîne, mais avec une détermination à briser un rocher.

Après s'être brièvement défoulés ainsi, ils virent se dessiner à l'horizon les contours fortifiés d'une louvèterie.

Elle était d'une taille beaucoup plus modeste que celles qu'ils avaient pu voir sur la route d'Ilmar. Constituée d'un corps de ferme assez simple comptant une grange, un hangar, quelques écuries et une habitation sommaire, construite au sommet d'une colline, ceinturée d'un mur d'enceinte rudimentaire surmonté de piques, entourée de pommiers. La louvèterie avait tout d'une bâtisse rustique. Arvak devinait qu'il n'y avait ici aucun ouvrier agricole, seule la famille qui la gérait.

À leur arrivée ils furent accueillis par le père de famille. Ses chiens les examinèrent et lorsque leur hôte eut la confirmation qu'ils n'étaient pas lycans, il les fit entrer.

— Que puis-je pour vous voyageurs ? demanda-t-il.

— Nous souhaitons prendre du repos, répondit Arvak.

— Combien de temps ?

— Au moins quelques heures, peut-être jusqu'à demain matin.

Le louvetier jeta un instant un regard dubitatif sur la chimère Kaléogrim puis sur Koumal qui se tenait en retrait et disparut prestement dans le verger.

— Elle est avec moi, signala Riwan, et je partirai avant la nuit.

Le louvetier se tourna alors vers l'habitation. Une femme se tenait dans l'embrasure de la porte et Arvak se dit que ce devait être son épouse. Elle hocha la tête.

— C'est d'accord, octroya le louvetier en reportant son attention sur la troupe. Nos écuries sont là-bas si vous voulez y mettre vos chevaux, je vous enverrais bien mon fils pour s'en occuper mais il est aux champs avec les abeilles.

Arvak le remercia.

Ils mirent tous pied à terre et attachèrent leurs montures pour les desseller et les panser. Ils préparèrent les écuries eux-mêmes, les garnissant de paille, servirent une ration d'avoine de leurs provisions dans les mangeoires, remplirent les abreuvoirs, puis laissèrent les chevaux prendre du repos bien mérité.

En réalisant ces tâches, Eliwyl tomba par hasard sur une armure d'entraînement utilisée par les Frontaliers. Celle-ci était rangée dans la sellerie, sous de vieux tapis, et prenait la poussière. En fouillant plus attentivement, elle en trouva une deuxième, ainsi que les armes factices dont elle avait l'habitude. Elle les inspecta avec un œil expert et le trouva d'un état acceptable.

Alors que l'hôtesse de maison leur apportait à boire, Eliwyl lui demanda si elle pouvait emprunter ce matériel.

— Un Frontalier nous a laissé ces armures en paiement il y a plusieurs années, allez-y, je n'y vois pas d'inconvénient.

Eliwyl ne cacha pas sa joie.

Elle avait galopé toute la nuit et peu dormi ces derniers jours, mais après la cavalcade avec Flamme, la sécurité de la louvèterie et la perspective d'un combat, elle se sentait parfaitement alerte.

— Riwan, demanda-t-elle, est-ce que tu me ferais cet honneur ?

L'elfe sembla étonnée. Elle jeta un regard au reste de la troupe alors qu'Eliwyl lui tendait l'un des casques.

— D'accord, accepta-t-elle finalement.

Les armures feraient l'affaire quoique trop grandes pour elles. Eliwyl rembourra de tissu son casque pour l'ajuster. Riwan prit une épée factice et arrangea également son équipement. Ses gestes montraient qu'elle n'avait pas l'habitude de ce type de protection et Eliwyl ne lui laisserait pas le temps de s'y faire.

Elle désirait l'affronter depuis qu'elle l'avait vue l'épée à la main et elle ne comptait pas perdre une miette de ce combat.

Elles se saluèrent et Eliwyl chargea dès que Riwan fut en garde.

L'elfe ne témoigna aucune surprise, elle esquiva l'attaque et riposta. Eliwyl se protégea de son épée courte et reprit sa distance pour jauger son adversaire.

Riwan montrait un style nonchalant qui lui rappela Norgar. Son visage, son regard et son corps ne révélaient rien, ses muscles étaient parfaitement détendus, elle ne bougeait pas ou à peine.

Eliwyl tenta une seconde attaque mais Riwan s'effaça à une vitesse prodigieuse, et la frappa sans qu'elle ne pût rien faire.

La jeune femme savait que les elfes étaient plus rapides que les humains et qu'elle partait avec un net désavantage, mais cela l'exaltait d'autant plus, elle qui ne trouvait jamais ou rarement d'adversaire à sa mesure parmi les siens. Elle ajusta sa vitesse en montant d'un cran. Elle sentit Riwan tester sa garde, elle avança légèrement, sans précipitation, et Eliwyl commença à l'apercevoir à travers le combat.

Soudain, Riwan lança la pointe de sa lame droit en avant. Eliwyl la vit foncer sur elle, droit vers son œil gauche, comme pour le traverser de part en part. Devant la vivacité et la détermination de l'elfe, la peur la saisit et elle rejeta la tête en arrière dans un réflexe primitif. La lame de Riwan l'atteignit à la gorge et Eliwyl bascula dans la poussière de la cour.

L'instant d'après elle était à nouveau debout et se remettait en garde. Leurs échanges reprirent mais Riwan avait un ascendant très net. Elle anticipait chacun des mouvements d'Eliwyl, réagissait en un éclair et, à chaque relâchement, à chaque hésitation de son adversaire, elle fondait sur elle, imposant la peur dans son esprit, sa lame toujours à l'endroit exact de son point faible.

Arvak, qui observait le combat de l'extérieur, n'avait jamais vu Eliwyl être autant mise sous pression, subir autant l'affrontement. Et pourtant jamais Eliwyl n'avait combattu comme elle le faisait à présent. En quelques enchaînements Riwan avait conduit Eliwyl plus haut et plus loin que jamais Arvak n'avait réussi à le faire lui-même, y compris dans ses meilleurs jours. Même lorsqu'il se donnait à corps perdu dans le combat, il ne l'avait jamais vue avoir une telle fulgurance.

Eliwyl prit de nombreux coups, bien plus qu'elle n'en avait eu l'habitude ces dernières années. L'elfe bougeait avec un temps d'avance, comme si elle lisait en elle et aucune des frappes d'Eliwyl n'avait encore réussi à l'atteindre.

Mais elle touchait au but. Ses gestes, son attitude, ses réflexes, ses affinités, à présent elle la comprenait. Maintenant elle voyait Riwan.

Elle laissa libre cours à son esprit combatif. Elle savait qu'elle n'avait aucune restriction à avoir face à la maîtrise dont témoignait l'elfe. Pour la première fois peut-être, elle combattit sans la moindre retenue face à quelqu'un. Elle ne sentit plus ni la fatigue de ses muscles, ni son essoufflement, tout son être se jeta dans la bataille. Son esprit devint parfaitement clair, ne s'arrêta plus sur aucune pensée, décelait chaque infime détail du combat.

Leurs échanges se conclurent sur des égalités, aucune d'elle ne parvenant plus à atteindre l'autre, et Eliwyl commença à distinguer quelque chose, une ouverture peut-être. Riwan semblait perdre du terrain. Elle anticipait et parait les attaques d'Eliwyl, mais ses attaques ne franchissaient plus sa deuxième lame, et lorsqu'elle tentait une offensive brutale, Eliwyl cédait, reprenait de la distance, gardait son esprit alerte, détaché de la peur et présent dans le combat.

Alors qu'Eliwyl reculait, elle perçut une très subtile crispation dans l'épaule droite de Riwan. Eliwyl se reçut souplement sur le pied gauche et s'élança immédiatement, centrant toute son attention sur le côté opposé de là où elle percevait l'ouverture. Elle savait qu'elle avait un passage à droite, mais son esprit ne s'y arrêta pas, et elle oppressa Riwan à gauche. Elle devait attirer son attention sur un autre point que celui qu'elle visait réellement. Elle sentit dans ses mains que Riwan commençait à se verrouiller sur la menace qu'elle imprimait. Eliwyl s'élança alors avec conviction, visant à gauche et, dès l'instant où Riwan esquissa le moindre signe de parade, Eliwyl pivota et abattit sa lame sur l'épaule droite de Riwan avant de se laisser emporter par son élan.

La surprise se peignit un bref instant dans le regard de Riwan au moment où elle reçut le coup. Eliwyl l'avait prise en défaut.

Lorsque celle-ci se retourna vers Riwan après sa frappe, elle exultait intérieurement. Elle avait rarement subi autant de coups que contre Riwan, et l'elfe avait contrôlé et anticipé ses offensives pendant une bonne partie du combat. Jamais Eliwyl ne s'était sentie aussi parfaitement mise en échec, elle avait dû se surpasser plus que jamais pour emporter cet unique point. Le regard de Riwan était insondable, mais elle crut y discerner de l'admiration.

Cette exaltation ne dura qu'un bref instant, en quelques secondes, la fatigue se saisit d'elle et elle tomba à genoux dans la cour. Elle avait le souffle court, les membres endoloris, sa vision s'obscurcit brièvement. Eliwyl mesura alors à quel point elle avait outrepassé ses limites pour emporter ce point. Elle s'était tant focalisée sur le combat que, brièvement, plus rien d'autre n'avait existé dans son esprit. Riwan quant à elle n'était pas même essoufflée.

Malgré la fatigue qu'elle témoignait, Eliwyl avait un regard de feu, de celui qu'Arvak lui voyait quand rien ne pouvait l'arrêter.

Le reste de la troupe applaudissait et sifflait avec enthousiasme, tandis que Riwan vint la relever.

— Est-ce que ça va ? lui demanda-t-elle avec sollicitude.

— Parfaitement bien ! s'exclama Eliwyl avec un sourire radieux aux lèvres. Je crois que c'est ma plus belle défaite.

Riwan sourit brièvement puis acquiesça.

— Tu as quel âge ? demanda l'elfe.

— Dix-huit ans.

Riwan ne parvint pas à cacher sa surprise.

— Tu es de l'École de Tsiroèn ? Ta professeure est Andlam ?

Eliwyl hocha la tête, toujours essoufflée.

— Elle doit être très fière de toi.

— Merci.

Toutes deux se déséquipèrent puis allèrent rejoindre le reste de la troupe. Une table en pierre se trouvait dans la cour et ils s'y installèrent avec les rafraîchissements de leurs hôtes.

— Très impressionnant, reconnut Arvak.

— C'est toujours aussi impressionnant de voir un type Sentinelle en action, confirma Roawir à l'adresse de Riwan tandis qu'Eliwyl continuait de récupérer.

Riwan acquiesça.

— Un type Sentinelle ? s'étonna Méaglim.

— C'est de l'animentarie, répondit Roawir.

Ces termes n'évoquaient rien à Arvak.

— L'animentarie est un pouvoir psychique héréditaire, c'est un don que possèdent certains humains et certains elfes, expliqua Roawir. Il en existe plusieurs types. Le type Guetteur permet de communiquer par la pensée avec quelqu'un. Le type Frappeur permet de déplacer des objets.

— Et le type Sentinelle, quelles sont ses aptitudes ? demanda Arvak.

— Il confère une préhension très fine de son environnement, la perception des intentions ou des émotions des créatures conscientes proches, poursuivit Riwan à la place de Roawir. Dans l'idée ça ressemble à un instinct du danger, mais basé sur une sensibilité à l'environnement de type télépathique.

— Tous les plus grands épéistes elfes sont de type Sentinelle, précisa Roawir avec une certaine admiration, cela leur donne une capacité d'anticipation proprement stupéfiante.

Arvak qui venait de voir Riwan en action ne doutait pas de la puissance de cette capacité.

— Mais lire dans les pensées c'est pas plus fort ? demanda Méaglim.

— En fait, le type Guetteur – celui qui permet de lire dans les pensées – demande de la concentration, poursuivit Riwan. Il faut avoir l'esprit calme et discipliné pour parvenir à sonder les pensées de quelqu'un réellement, la plupart doivent se mettre dans un état méditatif pour y parvenir. Ce n'est pas compatible avec une pratique de combat. Le type Sentinelle en revanche est plus proche de l'instinct, c'est une forme de vigilance permanente, d'où son nom.

— Ah oui, donc le combat n'était pas du tout équilibré en fait ! comprit Eliwyl.

— Globalement oui, mais pas complètement, assura Riwan.

Devant le regard interloqué de la jeune femme, elle poursuivit :

— Qu'est-ce que tu sais du parcours d'Andlam avant qu'elle n'arrive en Aganius ? s'enquit Riwan.

— À peu près rien, reconnut Eliwyl.

— Avant de rencontrer son totem, Valgar, Andlam a intégré l'école des Rimrad, à Delmindel.

— C'est l'école du sabre la plus prestigieuse de Waniri, compléta Roawir, les gardes personnels de la reine viennent tous de cette école.

— Je suis sûr qu'elle était la meilleure ! assura Eliwyl.

— Bien au contraire, poursuivit Riwan. C'était la plus mauvaise de tous les élèves. Les Rimrad ne recrutent à terme qu'un seul profil d'elfe : des types Sentinelles dont le totem est un fauve. Andlam n'est pas de type Sentinelle. Elle a travaillé très dur, probablement plus dur qu'aucun autre élève de l'école, et elle était certainement l'une des épéistes les plus talentueuses de son époque. Mais l'animentarie est un don qu'elle n'a pas reçu à la naissance, et sans le type Sentinelle, il lui était impossible de rivaliser avec les autres élèves du Rimrad. Ils anticipaient la moindre de ses intentions d'une façon telle qu'elle paraissait n'avoir aucun talent. Lorsque son totem a commencé à lui apparaître en rêve, personne ne l'a crue quand elle a affirmé qu'il s'agissait d'un dragon d'Aganius. Son école lui a tourné le dos, sa famille aussi. Pour tout le monde elle était une ratée qui se berçait d'illusions sur ses véritables aptitudes.

Eliwyl était atterrée d'entendre un récit si éloigné de l'image qu'elle avait d'Andlam.

— Elle a pris un bateau jusqu'à Aslün, elle s'est infiltrée au Temple et elle a fini par trouver l'œuf de Valgar. Elle a consacré tout le reste de sa vie à développer un art du combat pouvant contrer le type Sentinelle, un art fondé sur la discipline mentale et l'esprit en perpétuel mouvement. De ce que tu m'en as montré tout à l'heure, elle a réussi de façon plus qu'admirable.

— Comment ça fonctionne ? demanda Norgar.

— En fait le type Sentinelle est très similaire au pouvoir de Guetteur, c'est un pouvoir psychique, une perception des pensées.

Un pouvoir de Guetteur peut être mis en échec par une personne ayant un esprit suffisamment discipliné. Si quelqu'un arrive à n'avoir qu'une seule et unique pensée, et à maintenir cet état sans céder à ses émotions ou à d'autres idées, le Guetteur ne percevra rien d'autre que cette pensée en utilisant ses pouvoirs sur lui. Le problème étant que ces techniques de blocage demandent du calme et de la concentration, ce qui est rarement compatible avec une pratique de combat. L'enjeu pour Andlam a été de trouver une façon d'adapter ces techniques de protection mentale à la pratique d'un art martial.

— Andlam nous enseignait de ne jamais laisser notre esprit s'arrêter sur une pensée durant un combat, expliqua Eliwyl. Il doit toujours être en mouvement sans jamais se figer sur une intention précise. Lorsqu'il se fige, le corps lui aussi s'arrête et révèle ses intentions à l'adversaire.

— C'est exactement ça, confirma Riwan. Si l'esprit ne s'arrête jamais sur rien de précis, mon type Sentinelle ne peut déceler qu'un danger vague. Ce que tu décris c'est tout à fait ce que j'ai perçu tout à l'heure. À un moment donné, j'aurais été parfaitement incapable de prédire ce que tu allais faire. Ce don est tout le temps en éveil dans mon esprit, même sans le vouloir je m'appuie sur lui à chaque instant, pas seulement en combat, je perçois le monde à travers lui presque autant qu'à travers mes sens. Il y a eu des moments dans notre combat où je me suis sentie aveugle.

Eliwyl ne cachait pas sa fierté en entendant ces mots et Méaglim lui tapotait vigoureusement le dos en guise de félicitations.

— Est-ce que tu as déjà affronté Andlam ? demanda Eliwyl.

— Je n'ai pas eu cette chance, non, mais de ce que je peux voir de tes techniques, je ne donnerais pas cher de ma peau.

— Tu as fait partie des Rimrad ? questionna Roawir.

— Quelque temps oui, mais c'était il y a de longues années.

Voyant que Riwan répondait volontiers aux questions, Arvak s'enhardit à poser celle qui le taraudait :

— Comment une elfe s'est-elle retrouvée à Kölrimgar pour la pleine lune ?

— Comment le prince d'Aganius s'est retrouvé à Kölrimgar pour la pleine lune ? rétorqua Riwan.

Arvak se recula dans son siège, atterré.

— J'ai reconnu Crépuscule, expliqua Riwan, je l'ais vu à une course il y a six ans, et ce cheval n'a qu'un seul cavalier.

Un silence suspicieux tomba sur le groupe. Norgar semblait visiblement mal à l'aise de voir que cette voyageuse inconnue les avait si vite percés à jour. Arvak le connaissait suffisamment pour avoir une idée de ce qui se passait dans sa tête. Norgar était en train de se demander ce qu'elle savait, ce qu'elle avait deviné, qui d'autre pouvait en avoir fait de même et si elle donnerait cette information à quelqu'un. Arvak pouvait voir au pli soucieux de son front que son esprit était en pleine effervescence et qu'il jaugeait à présent Riwan avec méfiance.

Celle-ci, impassible devant le malaise qu'elle venait de créer, sortit d'une poche intérieure de son manteau un carnet relié de cuir. C'était un volume épais, aux pages et à la couverture usées par le temps et les intempéries, fermé par une simple cordelette. Riwan la déroula avec un geste expert, ouvrit le livre et le déposa au centre de la table. Les pages en papier rugueux étaient recouvertes d'écritures variées dans lesquelles Arvak reconnut de l'elfique, du serken et du latin, des glyphes faisant penser à l'alchimie, la quasi-totalité lui apparaissait incompréhensible. En tournant quelques pages il découvrit aussi des cartes et divers croquis.

— Je cherche à traduire le serken archaïque.

Elle avait dit cela comme si la longue tradition d'échec sur ce domaine ne comptait pas. Le serken était la langue des dragonniers et sa forme archaïque avait été utilisée pendant la majorité de leur règne. Les dracologues possédaient un grand nombre de textes écrits en cette langue mais depuis la chute des dragonniers, nul n'était parvenu à en révéler les secrets.

— Cela fait des années que j'arpente les vestiges des lieux où vivaient les anciens dragonniers. La plupart ne sont guère plus que des coquilles vides, dégradées par le temps, le pillage et les expéditions trop hâtives. Tout ce qui pouvait avoir de la valeur a été enlevé.

Riwan sortit des pages de son cahier une carte qu'elle déplia devant la troupe et poursuivit :

— Il y a un mois j'étais aux Champs de Noskilan pour revoir d'anciens vestiges, j'espérais… eh bien, je pensais avoir un regard un peu plus neuf aujourd'hui qu'à mon précédent passage.

En citant ce nom, Riwan avait tapoté son emplacement sur la carte mais il était familier de tous les gens présents. D'après les légendes, Pélior avait trouvé la mort à cet endroit, quelque part à mi-chemin entre Dyvhet et Rirfadèn, beaucoup prétendaient aussi que l'ultime combat qui avait opposé le Blanc et la Ténébra durant la Grande Guerre s'était déroulé là également. Mais de ce qu'Arvak savait, l'emplacement exact des Champs de Noskilan n'était pas connu. Cette elfe prétendait non seulement qu'elle en connaissait l'emplacement mais de surcroît qu'elle s'y était rendue à plusieurs reprises. Soit les connaissances que possédait Arvak sur les dragonniers étaient bien moindres que ce qu'il croyait, soit celles de l'elfe dépassaient de beaucoup la science de nombreux dracologues. Norgar se disait quant à lui qu'elle pouvait tout aussi bien leur mentir.

— Ensuite je voulais fouiller les souterrains de Kölrimgar. Et je dois avouer que j'aurais préféré que vous ne rameutiez pas tous les Chiens Errants du pays, j'aurais eu la tâche plus facile. Je pars tout à l'heure pour Mordan, pour des raisons similaires.

À nouveau Riwan tapota la carte.

Moins connue que les Champs de Noskilan, Mordan était également une ville bâtie par les anciens dragonniers. Avec le temps le glacier du Vanaryar l'avait recouverte, rendant son exploration particulièrement difficile, mais Arvak croyait savoir que les dracologues avaient exploré cette cité.

— Et qu'est-ce que ça donne ? questionna Norgar.

— Pas grande chose, je le crains. Les dracologues ont réussi à reconstituer le serken classique, celui qui était parlé en Aganius à la fin de l'ère des dragonniers. Les textes les plus anciens que nous parvenons à traduire remontent à -600 environ, mais au-delà tout est obscur. Pourtant on sait que le serken archaïque est un ancêtre du serken classique.

— Pourquoi est-ce que c'est si difficile ? demanda Méaglim.

Riwan resta un instant pensive puis, se levant, elle alla chercher quelque chose dans ses affaires personnelles. Elle revint avec un sac à la main dont elle versa le contenu sur la table, c'était du riz.

— Ceci, c'est un tas de riz d'accord ? Si j'en retire un grain, ça reste un tas de riz.

Elle prit un grain qu'elle posa à côté du tas.

— Et ce grain n'est pas un tas de riz, c'est un simple grain.

Méaglim hochait la tête.

— Si je retire un autre grain de riz, mon tas est toujours un tas. Et mon grain de riz est devenu deux grains de riz, mais n'est toujours pas un tas. Maintenant, à ton avis, combien il faudrait que j'enlève de grains pour que mon tas cesse d'être un tas ? Et combien il faudrait que j'ajoute de grains pour que mes grains deviennent un tas de riz ?

En disant cela elle poursuivait sa démonstration, prenait un grain sur le tas, et l'ajoutait aux grains isolés. Leur nombre augmentait mais sans former un tas.

— Ce n'est pas un moment précis, comprit Méaglim. Il n'y a pas un nombre net qui fait qu'un tas cesse d'être un tas, ou que des grains deviennent un tas.

— Exactement, acquiesça Riwan.

Elle rassembla tous les grains :

— Maintenant imaginons que ce tas soit le serken archaïque et que ce grain…

Elle isola un grain entre ses doigts.

— … soit du serken classique, celui qu'on arrive à traduire. Si j'ajoute une variante...

Elle prit un grain de riz sur le tas.

— … j'ai du serken classique un peu différent mais je le comprends toujours.

Elle poursuivit son geste.

— À un moment donné, le serken classique cesse d'en être, et je cesse de le comprendre, mais il n'y a pas une rupture nette entre les deux.

Méaglim hocha la tête pour montrer qu'il comprenait l'idée et Riwan poursuivit :

— La transition du serken archaïque vers le serken classique s'est faite progressivement dans le temps, par petites variantes successives dans l'utilisation de la langue. Le serken archaïque a varié au fil du temps et des régions – c'est pour ça que je le représente par un tas –, ce n'était vraisemblablement pas un parler unique et uniforme. Parmi les textes des dragonniers que nous possédons, peut-être que certains ont trois-mille ans et d'autre sept mille, de sorte que même entre plusieurs textes, tous en serken archaïque, la langue n'est pas la même. Idéalement, pour comprendre le serken archaïque, il nous faudrait un même texte écrit dans cette langue et dans une autre que nous connaissons, comme le latin ou l'elfique.

— Mais je ne comprends pas, intervint Norgar. Si la transition est progressive dans le temps, pourquoi y a-t-il une frontière temporelle aussi nette, nous devrions pouvoir retracer l'évolution de la langue au fil des siècles et ainsi utiliser des textes que nous comprenons pour reconstituer les textes antérieurs que nous ne comprenons pas.

— C'est ce qu'il se passerait si nous avions une tradition textuelle riche et représentative de la période étudiée, et que la langue écrite de ces textes retraçait toute la progression de la langue archaïque vers la langue classique. Mais en l'occurrence, beaucoup de manuscrits des dragonniers ont été détruits sous le règne d'Enfel Aran, nous n'avons donc pas la possibilité de reconstituer toute la tradition manuscrite dans sa continuité. De plus il est possible que les dragonniers n'aient eu aucun problème à comprendre le serken archaïque de leurs écrits tout en parlant une forme plus moderne de la même langue. De la sorte la transition de l'archaïque vers le classique aurait pu se faire dans la langue orale uniquement, sans que l'écrit en témoigne. Il est possible qu'ils n'aient ressenti le besoin d'écrire dans leur langue d'usage qu'à la fin de leur règne – lorsque la langue écrite ancienne cessa progressivement d'être compréhensible. Si tel est le cas alors aucun texte ou presque ne témoignera de cette transition. Nous n'avons aucune assurance qu'il existe des témoins écrits de cette longue et lente mutation de l'archaïque vers le classique. Mais c'est pourtant ce que je cherche dans les vestiges des cités des dragonniers.

Elle tourna quelques pages de son cahier :

— Je m'intéresse aux graffitis, poursuivit-elle.

— Les graffitis ? s'étonna Arvak.

— Oui, les phrases gravées au couteau dans la roche, par des écoliers ou des passants. Quand quelqu'un écrit un livre, il fait attention à la langue et à la façon d'écrire pour correspondre à un idéal élitiste. Mais quand un passant grave une phrase sur un mur, il écrit comme il parle, ce qui peut donner des informations sur la façon dont la langue a évolué. Si j'arrive à comprendre l'évolution de l'archaïque vers le classique, je devrais arriver à reconstituer l'archaïque et à en comprendre ses différentes formes.

— Et ça fonctionne ? demanda Norgar.

— Pour l'instant pas vraiment. Il faut croire que les gens qui gravent des trucs n'ont rien d'intéressant à dire. La plupart du temps je tombe sur des « je t'aime » ou des dessins de phallus.

Cela fit rire la troupe.

— Alors ? demanda Riwan. À votre tour.

Autour de la table le groupe resta un instant pensif, insensiblement, les regards se tournèrent vers Arvak. Il comprit que c'était à lui de décider de révéler ou non des informations sur leur quête à Riwan.

— Nous cherchons la cité de Svèn-Ild.

— À Kölrimgar ? Vous n'étiez pas vraiment au bon endroit.

— Non, Kölrimgar c'était pour échapper à mon père. Il préférerait me voir régner à ses côtés plutôt que parcourir les routes.

Riwan hocha la tête sans manifester ni accord ni désaccord envers l'attitude de Tintal ou d'Arvak.

— Svèn-Ild donc, poursuivit-elle, qu'est-ce que vous espérez y trouver ?

Arvak avait du mal à décrypter ses intentions. Il s'était attendu à ce que Riwan se montre étonnée, enthousiaste, à ce qu'elle les dissuade éventuellement, mais son visage était insondable.

— Des textes sur le Mythe de la Genèse, répondit Arvak, ou sur la Saga des Renégats.

— Vous vous intéressez à Pélior ?

— Peut-être.

Riwan se tut.

— Est-ce que tu l'as cherchée ? demanda Arvak.

— Quoi donc ?

— Svèn-Ild.

— Tout le monde l'a cherchée.

Son regard devint lointain un instant, porté vers l'entrée de la louvèterie où Koumal se trouvait.

— Où comptez-vous aller dans l'immédiat ? s'enquit Riwan.

— À Roakinmir, on espérait qu'une amie là-bas pourrait nous aider.

— Qui ?

— Eirda Valguir.

— Eirda est à Roakinmir ?

— Elle y sera bientôt, elle doit être en chemin en ce moment. Tu la connais ?

— Il m'est arrivé de passer par Artaug à l'époque où elle servait là-bas. À cheval vous y serez dans, quoi ? Une quinzaine de jours, un peu plus.

Arvak se tourna vers Norgar. C'était lui qui se chargeait des trajets et qui savait le temps qu'ils mettraient, mais il ne confirma ni n'infirma les estimations de Riwan. Celle-ci n'y prêta pas attention, vida son verre et se leva.

— Je vous retrouverai là-bas, assura-t-elle à la surprise d'Arvak.

Puis elle retourna dans les écuries où elle prépara rapidement sa jument avant de repartir. Elle franchit la porte au trot sans même se retourner, et l'ombre de Koumal lui emboîta le pas, laissant la troupe et la louvèterie derrière elle.

À grandes foulées, sa jument l'emporta rapidement au loin, levant un nuage de poussière dans son sillage, filant comme le vent sur la route qui menait à Mordan.

Arrivée au sommet d'une colline, la cavalière s'arrêta pour se retourner.

La louvèterie se trouvait en contrebas, sa cheminée exhalait une mince fumée grise dispersée par le vent. Au-dessus plana un instant la silhouette brillante d'une créature ailée, qui marqua une volte délicate pour rejoindre Riwan.

Grande comme un aigle, ses écailles d'un rouge vif rutilantes au soleil, la créature tournoya brièvement autour de l'elfe avant d'atterrir sur son dos, agrippant le baudrier de ses épées entre ses quatre pattes griffues. Le jeune dragon replia ses ailes membraneuses et se hissa sur l'épaule de l'elfe, regardant par curiosité dans la même direction qu'elle.

Koumal à son côté avait une étincelle dans le regard que Riwan lui connaissait bien.

Sans un mot elle tourna bride et reprit sa route vers la cité des dragonniers.

Chapitre 18

Autour de la table, Arvak et les autres restèrent stupéfaits par le départ précipité de Riwan.

Ils regardèrent pendant un instant la porte ouverte de la louvèterie, sans dire un mot. Puis Norgar asséna à Arvak une tape derrière la tête.

— Aïe ! Mais pourquoi ?

— Tu sais très bien pourquoi !

— Fallait m'arrêter si je parlais trop.

Norgar leva les yeux au ciel. En vérité il ne savait quoi penser de la situation.

Arvak ne doutait pas que si la décision avait appartenu à Norgar il n'aurait rien révélé à Riwan.

À ce moment, Eliwyl bâilla à s'en décrocher la mâchoire.

— Et si on allait dormir ? proposa-t-elle.

Ils avaient galopé toute la nuit et très peu dormi au cours de la semaine écoulée, aussi la proposition d'Eliwyl mit tout le monde d'accord. Ils laissèrent le problème en suspens et allèrent trouver le louvetier, qui les conduisit jusqu'à l'abri en sous-sol. Ils y étendirent leurs affaires et, dans la demi-obscurité d'une pièce seulement éclairée par quelques braises de la veille, ils s'endormirent sans demander leur reste.

Le louvetier raviva le feu dans la cheminée pour faire chauffer une immense marmite de ragoût qu'il laissa à disposition de ses hôtes puis quitta la pièce. Méaglim ronflait déjà et tous avaient sombré dans un sommeil profond.

Après un long moment, la faim finit par réveiller Arvak.

Dans la cheminée, des flammes léchaient des bûches en crépitant, jetant un éclairage crépusculaire sur une salle carrée qui comptait deux tables et quelques chaises. Arvak n'avait aucune idée du temps qu'il avait dormi. Il lui semblait qu'il s'était effondré sur sa couche et ne se rappelait qu'à peine avoir fermé les yeux.

Il bâilla en se grattant la tête. L'odeur du ragoût chatouillait ses narines. Il se leva, prit en silence une écuelle dans son sac, se servit à la marmite puis approcha une chaise où il s'assit pour manger.

Bientôt il entendit remuer derrière lui et vit Norgar émerger de l'obscurité.

Il avait le teint gris, les yeux mi-clos, ses longs cheveux bruns, pour une fois dénoués, lui tombaient en bataille sur les épaules. Arvak pouffa en voyant sa mine défaite. Il le rejoignit bientôt.

— C'est ça, rigole, murmura Norgar d'une voix aussi basse que possible pour ne pas éveiller le reste de la troupe.

Il démêla à la hâte ses cheveux en y passant la main et les renoua en queue de cheval.

— Bien dormi ? demanda Arvak.

— Oh, j'ai mal partout, j'aurais préféré prendre une cuite.

Arvak gloussa à nouveau.

Norgar se servit en ragoût et ils mangèrent en silence.

Puis Arvak posa sa gamelle au pied de sa chaise, le regard perdu dans les flammes.

— Tu penses vraiment que j'en ai trop dit, tout à l'heure, à Riwan ?

Norgar prit une inspiration en croisant les bras sur la poitrine.

— Honnêtement, répondit-il, je n'arrive pas à me faire une idée sur la question.

Arvak lui jeta un regard interrogateur, ils parlaient tous deux très doucement pour ne réveiller personne.

— Tu me connais, si ça n'avait tenu qu'à moi, je n'aurais pas évoqué Svèn-Ild, ni Eirda. Elle nous a reconnus, elle connaît notre prochaine destination, on n'a aucune idée de qui serait prêt à payer pour ce type d'informations. On ne sait pas ce que le roi a entrepris pour nous retrouver, ni si la Ténébra a des agents dans le pays. Alors de mon point de vue moins on en dit, mieux c'est.

Norgar se frotta la mâchoire.

— Cette elfe, Riwan, elle m'intrigue. Je veux dire, quelles étaient les probabilités qu'il y ait quelqu'un d'autre que nous à Kölrimgar pour la pleine lune ?

— Assez élevées je dirais, répondit Arvak.

— Assez élevées ?!

Arvak haussa les épaules :

— Kölrimgar est le seul endroit, à des lieues à la ronde, où il est envisageable de se protéger d'une pleine lune – en dehors des louvèteries. Quelles étaient les probabilités que nous soyons les seuls vagabonds à vouloir nous protéger de la pleine lune ? Les seuls hors-la-loi ? À des lieues à la ronde ?

— Je n'avais pas vu ça sous cet angle, reconnut Norgar.

— Et puis tu as vu la façon dont le louvetier l'a regardée quand on est arrivés, il n'était pas à l'aise avec une elfe et sa panthère. Si les louvetiers ont l'habitude de la refuser, à sa place j'aurais prévu mon trajet pour être à Kölrimgar pour la pleine lune – plutôt que de risquer d'être refoulé d'une louvèterie le soir même.

Norgar hocha la tête.

— La ville est grande, poursuivit Arvak. Si ça se trouve il y avait d'autres personnes en même temps que nous et nous n'en avons rien su parce qu'ils connaissaient mieux l'endroit.

Ce fut au tour de Norgar d'être pensif.

— Elle a des compétences intéressantes, admit-il.

— Tu parles du serken archaïque ou de l'escrime ?

Norgar hocha la tête avec une lueur d'admiration dans le regard.

— Les deux, clairement les deux.

Il se tut un instant puis ajouta :

— Tu imagines la somme d'informations auxquelles on pourrait avoir accès si elle parvenait à décrypter le serken archaïque ? On pourrait peut-être découvrir pourquoi les Darkénéïdes ne naissent plus. On comprendrait des milliers de volumes, au Temple, à Tsiroèn, à Mralèm…

— Que des endroits où on a pas accès, rappela Arvak.

— C'est vrai.

Un bref silence s'installa entre eux puis Norgar reprit :

— Je ne sais pas s'il fallait lui parler de nos objectifs ou pas. Mais ses compétences pourraient beaucoup nous apporter. Mon intuition me dit que, sans franchise de notre part, nous étions certains de la rebuter, et de perdre toute opportunité d'une collaboration.

— Je l'ai ressenti comme ça aussi, acquiesça Arvak.

— Alors peut-être que c'était un risque à prendre, moi je ne l'aurais pas fait, mais peut-être qu'il fallait.

Cela rassura Arvak de constater que Norgar avait eu une impression similaire à la sienne, et qu'il n'était pas fondamentalement en désaccord avec les initiatives qu'il avait prises dans la matinée.

À ce moment ils virent que Roawir s'approchait d'eux.

Le pas de l'elfe était si léger qu'ils ne l'avaient pas entendu se lever, ils le saluèrent de la main.

— Je ne dérange pas ? murmura-t-il.

— Non pas du tout, l'invita Norgar en se rapprochant d'Arvak pour laisser à Roawir une place près de la cheminée.

Roawir s'assit parmi eux :

— Je vous ai entendu parler de Riwan.

Arvak acquiesça, cette rencontre n'avait laissé personne indifférent.

— Tu avais l'air bien renseigné sur le type Sentinelle et le Rimrad, est-ce que tu aurais d'autres choses à nous apprendre sur elle en tant qu'elfe ? demanda Norgar.

— Concernant le type Sentinelle, j'avais déjà de fortes présomptions quand elle nous guidait, reconnut Roawir. Je ne sais pas si vous vous rappelez mais, dans la forêt d'Erion, elle ne tournait jamais la tête aux alentours ou presque, que ce soit pour nous regarder ou attirée par un bruit.

— Oui, ça m'a mis assez mal à l'aise, se rappela Norgar.

— Ce n'est pas naturel, continua Roawir. Un animal qui se déplace de nuit dans un environnement hostile garde tous ses sens en éveil, son ouïe, sa vue, son odorat, pour capter le moindre indice de menace. Mais comme elle l'a expliqué elle-même, un type Sentinelle a une perception instinctive et très fine de son environnement. C'est un peu comme si elle avait une bulle autour d'elle et qu'elle percevait intuitivement chaque chose à l'intérieur. Du coup elle ne ressent pas le besoin de s'appuyer sur sa vue ou son ouïe pour capter des informations sur son environnement.

— Est-ce qu'elle a pu lire nos pensées ou autre chose ? s'inquiéta Norgar.

— Non je ne pense pas. Lire dans les pensées correspond au pouvoir du type Guetteur, c'est aussi de l'animentarie mais d'un autre type. L'animentarie est un pouvoir héréditaire. C'est possible d'avoir plusieurs types d'animentarie, ou de naitre avec un seul et de parvenir avec de la pratique à développer un autre type, modestement. Mais c'est un peu comme d'être gaucher ou droitier. Un droitier peut utiliser sa main gauche, et inversement. Mais un droitier ne sera jamais aussi habile de sa main gauche que de sa main droite, et plus il aura de dextérité à une main, moins il sera compétent de l'autre.

Roawir s'interrompit brièvement pour vérifier que ses murmures ne réveillaient pas Méaglim ni Eliwyl, puis il reprit :

— Lorsqu'elle nous guidait dans la forêt, Riwan s'appuyait très peu sur ses sens, cela signifie qu'elle se repose intuitivement beaucoup sur son type Sentinelle. Cela s'est confirmé dans son combat contre Eliwyl. J'aurais tendance à en déduire qu'elle est un type Sentinelle plutôt très puissant, et ce n'est pas compatible avec un bon type Guetteur. Avec une telle sensibilité, même si elle a des aptitudes de Guetteur, c'est impossible à mon sens qu'elle puisse lire dans nos pensées sans que nous le sachions.

Norgar était rassuré.

— En tout cas son combat était très impressionnant, intervint Arvak.

— Les types Sentinelles sont très impressionnants l'arme à la main. C'est comme s'ils voyaient tout avec un temps d'avance.

— Est-ce qu'il y a d'autres choses a propos desquelles tu es sûr ?

Roawir hocha la tête :

— Elle est seule depuis longtemps et elle n'a pas de liens avec la Waniri, peut-être même qu'elle n'y a jamais vécu ou très peu.

Par un regard, Arvak l'invita à poursuivre.

— Vous avez dû la voir parler avec son totem. Leurs dialogues étaient télépathiques mais leurs regards, les expressions de son visage et les mugissements de la panthère révélaient leur dialogue intérieur.

Arvak se rappela avoir effectivement observé ce que Roawir décrivait.

— C'est quelque chose qu'on n'observe pas chez les elfes qui vivent en Waniri. Dans notre pays, ce genre d'aparté ne se fait pas en public. Je ne sais pas trop comment l'expliquer. La relation avec son totem relève du domaine intime, un elfe n'est pas censé montrer aux personnes autour de lui qu'il est en pleine conversation avec son totem. C'est impoli. Imaginons que tu sois avec un groupe de personnes, les gens avec qui tu discutes n'ont pas à savoir que des échanges qu'ils n'entendent pas sont en train d'avoir lieu, et que tu n'es plus attentif à eux. Pour moi, la façon dont Riwan et son totem Koumal interagissent prouve qu'elles ont longtemps été seules l'une avec l'autre et qu'elles ont coupé les contacts avec la Waniri.

— Tu penses qu'elle vit en Aganius ?

— Ici ou ailleurs, mais pas dans la contrée des elfes.

— Et tu disais qu'elle était probablement seule depuis longtemps ?

— Oui, discuter aussi naturellement avec son totem, et s'appuyer autant sur le type Sentinelle, elle n'agirait pas ainsi si elle avait l'habitude d'être entourée. Les autres personnes ne l'entendent pas discuter avec son totem, et ce type d'échange à huis clos les mettraient forcément mal à l'aise à l'usure, elle d'être vue en train de parler à Koumal, les autres de voir qu'une conversation a lieu à laquelle ils n'ont pas accès. Et pour le type Sentinelle, Norgar a dit lui-même que ça créait un sentiment de malaise. Vivre avec quelqu'un qui ne ressent pas le besoin de se tourner vers toi pour te parler, parce qu'il ressent finement ton état émotionnel, c'est bizarre.

Norgar hocha la tête notant soigneusement ces informations.

À ce moment la porte de la salle s'ouvrit et le louvetier passa la tête dans l'embrasure. Voyant que du monde était réveillé il entra.

— Je savais bien que j'entendais parler. Je venais vous prévenir que des Chiens Errants sont entrés dans la cour, mais que vous n'avez pas à vous en inquiéter.

Arvak tendit l'oreille. Maintenant que le louvetier lui en faisait la remarque il entendait effectivement des bruits de galopades, des grattements et des glapissements.

— C'est déjà la nuit ? demanda-t-il.

— Oui, vous avez dormi tout le jour, informa le louvetier.

Norgar fronça les sourcils aux bruits qu'il entendait.

— C'est courant que des Chiens Errants franchissent les remparts, ils l'escaladent et passent au-dessus, rien à faire pour empêcher ça. Mais l'écurie et la maison ont été faites dans un mortier à limaille d'argent, ils ne passeront pas. Il n'y a pas de nourriture à leur portée, alors ils vont juste faire le tour et repartir. Si près d'Erion c'est toujours un peu agité après la pleine lune.

Arvak hocha la tête et remercia le louvetier d'être venu les informer.

Il repartit et Arvak, Norgar et Roawir décidèrent de retourner dormir en attendant le matin.

Au point du jour, le louvetier vint frapper à leur porte pour les informer de l'heure. Arvak était déjà levé et le remercia. Il s'habilla, réveilla les autres et bientôt, ils se retrouvèrent dehors pour le petit déjeuner, à profiter d'une belle matinée de l'été finissant.

Ils mangèrent avec appétit. Tous avaient meilleure mine. Méaglim et Eliwyl avaient dormi toute une journée et étaient plus énergiques et joviaux que jamais. Roawir, malgré son tempérament réservé et calme, avait le regard rieur. Norgar s'était peigné, lavé, rasé, habillé de vêtements propres, il avait une mine aristocratique. Et Arvak se glissait dans cette ambiance simple et conviviale, profitant de l'instant.

Quand ils furent enfin repus, Méaglim, le ventre rebondi, s'écarta de la table avec un soupir d'aise. Une légère brise soufflait.

— Alors, demanda Arvak à l'adresse de Norgar, la suite du voyage, ça donne quoi ?

— J'y réfléchissais justement.

Il sortit une carte et la déplia sur la table.

— D'après mes estimations les plus optimistes, nous pourrions arriver à Rirfadèn dans sept jours et à Roakinmir, cinq jours encore après, soit douze jours en tout. Il faudrait que nous avancions à un bon rythme et sans embûches. La pleine lune est dans vingt-quatre jours donc aucun risque de ce côté.

— Ça me semble bien, commenta Arvak.

Norgar parut dubitatif :

— Cela nous ferait arriver à Roakinmir environ dix jours avant la pleine lune, donc si nous voulons poursuivre vers Agamares et Artaug, il nous faudra vraisemblablement attendre le passage de la pleine lune à Roakinmir, ce sera plus sûr que de risquer d'être sur la route quand elle arrivera. Donc au final je ne suis pas certain qu'on y gagne vraiment. En avançant à un rythme plus tranquille on pourrait être à Rirfadèn dans dix jours et à Roakinmir la semaine d'après, ce serait moins dur pour les chevaux et on arriverait à la tour Frontalière une semaine avant la pleine lune. On pourrait longer la périphérie d'Entriver et arriver à Rirfadèn pour la nouvelle lune, comme ça on la contournerait et on resterait sur le réseau des louvèteries.

— Tu veux éviter les villes ?

— Oui. On ne sait pas ce que le roi a pu mettre en place pour nous attraper. Je ne pense pas qu'il ait fait placarder nos portraits sur tous les murs des villes. Eliwyl a raison, et je la rejoins sur ce point, le fait de reconnaitre que son fils a échappé à son contrôle serait un aveu de faiblesse qu'il ne peut pas se permettre. Mais je ne parierais pas ma vie là-dessus. Éviter les villes me rassurerait. Avec la nouvelle lune, les lycans seront calmes, c'est parfait.

Arvak acquiesça, la proposition de Norgar était probablement la plus sage.

— Pourquoi rester en périphérie d'Entriver ? demanda Roawir.

Norgar jeta un regard autour de lui et baissa la voix :

— Je suis le Löd d'Entriver, murmura-t-il. Toutes les terres, depuis les montagnes de Not Lindmin jusqu'à la forêt d'Erion, sont à moi.

Il se tut un instant.

— Arvak n'est pas sociable, poursuivit-il toujours à voix basse, mais moi ici, beaucoup de personnes me connaissent. Si on se rapproche trop du cours du Lérion, on risque de rencontrer des patrouilles de Paladins et j'avais beaucoup de liens avec la noblesse quand j'étais plus jeune.

— La périphérie sera plus tranquille, appuya Méaglim.

— Faisons comme ça alors, décida Arvak.

— Tu regrettes pas de ne pas pouvoir passer par Nel-En-L'Ost ? demanda Eliwyl.

— Ah, tu n'imagines pas, dit-il en repliant la carte, entendre les cloches du beffroi carillonner au matin, et voir galoper les chevaux de mon père. Ma mère nous aurait accueillis comme des rois ! Elle ne m'a pas vu depuis cinq ans. Elle devra attendre encore, et moi aussi. Au vu de ce que le roi et elle prévoyaient pour moi, un retour dans ma ville natale est présentement impossible.

Il rangea ses affaires et n'en parla plus.

La troupe fit ses préparatifs de départ, pansa les montures, paya le louvetier pour l'hébergement et quelques vivres, puis reprit la route.

Celle-ci les menait à présent plein nord en direction de Rirfadèn.

Dans cette région, contrairement à Ilmar, de nombreuses routes couraient à travers la plaine. De loin en loin, lorsqu'ils parvenaient à des positions surélevées, ils pouvaient voir monter dans le ciel des colonnes de fumée, signes de l'emplacement d'une louvèterie. Celles-ci formaient des îlots rares, où vivait une famille, avec parfois quelques employés, dans des fermes fortifiées, bâties en pierre, parfois en bois pour les plus modestes. La troupe en quittait une au matin et n'en trouvait généralement une autre qu'à l'approche de la nuit.

Ils étaient toujours accueillis avec beaucoup de prévenance car les louvetiers avaient de l'estime pour les Frontaliers, et leur uniforme les rendait immédiatement sympathiques. La présence surprenante de Roawir et de sa chimère Kaléogrim ne parvenait pas à effacer cette bonne impression. Ils lui jetaient parfois un regard circonspect mais les quatre Frontaliers semblaient chaque fois agir comme une recommandation.

Après quelques jours à constater cette manifeste sympathie pour les Frontaliers, Roawir décida d'interroger la troupe à ce sujet afin de savoir d'où elle venait.

— Tu veux lui expliquer Méaglim ? demanda Arvak.

Celui-ci hocha la tête et ralentit sa monture pour se mettre à la hauteur de l'elfe.

— Tu te rappelles la dernière fois, quand on parlait que les louvetiers étaient des Changes Formes ?

— Oui vous m'expliquiez qu'un Change Forme ne pouvait pas devenir lycan et que vous aviez besoin d'eux pour protéger les relais de voyageurs, se rappelait Roawir. Et vous m'aviez parlé des discriminations que les Changes Formes subissent dans votre pays.

— Voilà. Tu verras pas de chef d'état, de grand cultivateur, de noble, de bourgeois, révéler publiquement qu'ils sont Changes Formes. D'ailleurs y a pas beaucoup de gens riches qui soient des métamorphes. Ceux qui le sont cachent leur talent, et la plupart de ceux qui ne le sont pas ont des préjugés sur les métamorphes – parce qu'on leur a enseigné quand ils étaient petits que c'était mal d'en être un. Et ceux dont la nature Change Forme est révélée au grand jour deviennent louvetiers en général, pour ne plus vivre dans les villes, au milieu des humains. Ça rassure les humains et ça évite qu'il arrive des accidents.

— L'État ne fait rien pour empêcher que ces… « accidents » arrivent ? demanda Roawir.

L'elfe était visiblement mal à l'aise avec l'idée qu'une communauté puisse être brutalisée sans que les lois ne l'interdisent.

— Les louvetiers sont payés par le roi. C'est un travail honnête. Mais quand la haine vient des riches, c'est compliqué de faire que les lois soient appliquées.

La rancœur de Méaglim était perceptible dans sa voix

— Tintal a fait beaucoup, nuança-t-il, mais il en reste beaucoup à faire.

— Quel rapport avec les Frontaliers ? demanda Roawir.

— Les Frontaliers sont des soldats chargés de garder la frontière, celle de Rimentos à l'Est, en empêchant les lycans de passer – y'en a aussi ailleurs parce que c'est l'ordre militaire du roi, mais bref. C'est un travail dangereux, ils ont peu de moyens. La plupart du temps, les soldats qui se retrouvent là-bas le choisissent pas. C'était des condamnés à mort, des anciens bagnards, des miséreux, des déshérités. Des gens pour qui un retour à la vie normale n'était pas possible. Il y a bien quelques idéalistes, des patriotes, des aristocrates en mal d'aventures, mais la force vive des Frontaliers c'est tout ça, la crasse du pays. Tous ceux dont le pays ne veut pas et qu'il rejette peuvent toujours finir là-bas. Beaucoup de Changes Formes y atterrissent, soit parce qu'ils n'avaient nulle part d'autre où aller, soit parce qu'ils étaient pauvres et ont magouillé pour survivre jusqu'à devenir criminels.

— C'est une magie qu'on retrouve surtout dans les classes populaires, comprit Roawir.

— C'est tout à fait ça. Pauvre et métamorphe, c'est le combo gagnant pour une vie de misère.

— Donc les louvetiers apprécient les Frontaliers parce qu'il y a des Changes Formes parmi eux ?

— J'y viens. La majorité des Frontaliers sont des humains, qui ont grandi avec des préjugés humains sur les Changes Formes. Mais à la Frontière ils affrontent des lycans, leur survie dépend de leur escouade. Dépendre de la vie de quelqu'un comme ça, et avoir une vie qui dépend de soi, ça soude les gens, y a qu'à voir avec nous. Et avoir un Change Forme dans sa compagnie, pour un Frontalier, c'est précieux. Ça veut dire se battre aux côtés de quelqu'un qui est immunisé, en qui tu pourras toujours avoir confiance pour ne pas être devenu un lycan, qui pourra partir en éclaireur ou chercher de l'aide, discrètement.

Méaglim marqua une courte pause avant de poursuivre :

— Chez les Frontaliers, des humains qui n'avaient jamais connu les Changes Formes qu'à travers des préjugés peuvent les rencontrer en vrai, apprendre à les connaître, à connaître leur magie, à voir ce qui est faux dans ce qu'on dit sur eux. À la Frontière, les talents des Changes Formes sont respectés par leurs frères d'armes. En général, ça reste secret, c'est pas comme si le Change Forme pouvait recevoir une médaille. Mais ça reste le seul endroit du pays où un Change Forme peut voir ses capacités de métamorphose être estimées et respectées. Quant aux louvetiers, ils accueillent tous types de voyageurs, tous savent qu'il y a au moins un Change Forme dans la louvèterie, la plupart ont jamais connu autre chose de la métamorphose que les préjugés. Mais quand ils hébergent des Frontaliers – ce qui est courant parce que, comme on n'a pas un rond, on voyage pas par bateau – les louvetiers savent qu'ils hébergent quelqu'un qui doit peut-être la vie à l'un des leurs, ou qui a sauvé l'un des leurs, ou qui a servi dans une compagnie où les talents d'un de leurs semblables étaient connus et estimés.

Roawir hocha la tête, il y avait de l'émotion dans la voix de Méaglim.

Il voulut poser la question qui lui vint en tête mais se ravisa par pudeur.

— Tu peux demander, l'autorisa Méaglim.

— Est-ce que tu es un Change Forme ?

Il hocha la tête :

— Oui.

Roawir n'était ni choqué ni surpris. Il n'avait pas les préjugés que les humains véhiculaient et Méaglim, peu avant la pleine lune, avait dit être immunisé à la lycanthropie.

— Quel animal ?

— Ça c'est privé.

— Pardon.

— Y a pas de mal. Mais ça se demande pas.

— D'accord.

Un bref silence s'installa.

— En dehors des gens ici, personne ne sait, et je tiens pas à ce que ça change, précisa Méaglim. Alors je compte sur toi.

— Merci de me faire confiance.

— Et les louvetiers sont pas des aubergistes, c'est pas leur métier de recevoir des voyageurs. À la base ils sont des fermiers. Alors quand on est là-bas, outre le fait d'éviter les sujets douloureux – comme la métamorphose, ça on en a déjà parlé – la politesse veut qu'on fasse le plus de choses tout seul, et qu'on les sollicite aussi peu que possible. C'est pas à eux de nous préparer à manger, laver nos assiettes ou nous servir à table.

Roawir en prit note. Il ne croyait pas avoir fait beaucoup de faux pas car il avait majoritairement imité l'attitude des autres membres de la troupe. Mais en y réfléchissant il se dit qu'il avait pu, par moments, s'adresser à eux comme s'ils avaient été de condition servile, et il se promit d'être plus attentif à son attitude à l'avenir.

Lorsqu'ils s'arrêtèrent au soir ainsi que dans les louvèteries qu'ils croisèrent par la suite, Roawir prit garde à se montrer prévenant et plus humble envers leurs hôtes. Il put constater que la méfiance qu'ils avaient vis-à-vis de lui, et qu'il avait jusqu'à présent mise sur le compte de sa nature d'elfe et de la présence de Kaléogrim, s'effaçait bien plus vite pour laisser place à une affabilité souriante. Le quotidien de la troupe n'en fut que plus facile.

Après dix jours de chevauchée, ils arrivèrent en vue de Rirfadèn.

Ils s'arrêtèrent dans une louvèterie, à quelques heures de cheval de la porte sud de la ville, et toute la journée suivante leur fut nécessaire pour la contourner.

La gigantesque cité fortifiée étendait ses cultures agricoles ceintes d'un rempart de brique sur une large périphérie, et Roawir parut saisi par les dimensions de l'ouvrage de maçonnerie. Pour la troupe qui avait grandi en Odrin, ces murs semblèrent aussi rustres que laids. D'autant plus que la brique était par endroits dans un piètre état.

Leur route se poursuivit vers le nord.

Entre Rirfadèn et Roakinmir le trajet fut plus animé. La proximité entre Rirfadèn et Lawdun semblait encourager au voyage, et la présence de Roakinmir faisait de la route un lieu de passage des Frontaliers et de divers personnels.

Ils croisèrent davantage de monde au cours de la semaine qui suivit qu'ils n'en avaient croisé ces dix derniers jours. Norgar informa Roawir qu'ils avaient quitté l'Entriver et se trouvaient à présent dans le Rwil, une région très peu peuplée et où ils avaient peu de chance de croiser un visage connu. En dehors de l'axe reliant Rirfadèn à Lawdun et Roakinmir, la région était presque aussi déserte qu'Erion.

Malgré ce dépeuplement, les louvèteries étaient très fréquentées, en particulier en cette période de nouvelle lune qui rendait les nuits si tranquilles. L'ambiance y était joviale et festive, sans excès, par respect pour leurs hôtes. Ils croisèrent des troubadours et des comédiens, beaucoup de Frontaliers et, au terme de leur longue chevauchée, parvenus à l'extrême nord-est de l'Aganius, ils finirent par arriver aux abords de la Tour Frontalière du Nord, Roakinmir.

Chapitre 19

La vallée où avait été bâtie la citadelle de Roakinmir était une lande austère.

Plantée par endroits de bosquets d'arbres bas, balayée par le vent, elle étendait, au nord et à l'est, son paysage vallonné de bruyère et de ronces touffues. De loin en loin affleuraient d'imposants blocs de grès, tantôt arrondis par le passage des ans, tantôt dressés telle une griffe à travers la plaine.

Au pied de Roakinmir toutefois, sur sa face ouest et sud, la terre semblait plus douce. Des collines débonnaires et, ailleurs, des étendues planes offraient au regard des pâtures d'herbes riches, où paissaient des moutons, des chèvres et des chevaux. On devinait dans cette partie plus avenante du décor, les alluvions d'une ancienne rivière qui avait déposé, année après année, des sédiments riches sur un sol égal. Mais le cours du torrent s'était largement déplacé avec le temps, contournant à présent la citadelle plus loin par le nord et l'est.

Il n'en demeurait plus qu'un mince ruisseau, bondissant entre les rochers, et son cours, tantôt large et tranquille, tantôt resserré et puissant, remontait loin vers le nord, prenant sa source dans les montagnes du Vaèr.

Depuis l'endroit où il se trouvait, Arvak le devinait, à son scintillement sous le soleil et au son carillonnant qu'il faisait contre les pierres.

Mais malgré la beauté minérale du décor, la tour de Roakinmir fut celle qui capta le plus immédiatement son attention.

Bâtie plusieurs milliers d'années plus tôt par les anciens dragonniers – pour garder la passe de Mirminköl à l'ouest et prévenir du franchissement des cols par les dragons sauvages – la tour de Roakinmir se dressait, plus haute et large que ce qu'aucun humain ne pouvait construire. Sa pierre noire, usée par le temps, tranchait nettement avec le reste des constructions plus modernes qui entourait son pied et, par sa teinte irréelle, donnait au décor un aspect fantasmatique.

On pouvait deviner encore que sa façade avait autrefois été finement travaillée, ornée de gargouilles, d'arabesques et de créatures mythiques. Mais la plupart n'avaient pas résisté au passage du temps, et il n'en demeurait plus aujourd'hui que des ombres, grotesques vestiges de ce qu'elles avaient été. Les premiers étages paraissaient habités, mais le délabrement de la tour augmentait avec les degrés et Arvak devinait, à sa hauteur extraordinaire, qu'il n'était pas humainement possible d'y vivre sur tous les niveaux, de les gravir et descendre journellement. Ainsi, les plus hauts étages apparaissaient éventrés et en partie effondrés.

Au pied de la tour, des constructions plus récentes avaient été ajoutées, l'adaptant à l'usage que les humains avaient fait du lieu, depuis la disparition des dragonniers.

Les bordures du piton rocheux où avait été bâtie la citadelle étaient à présent ceintes d'une fortification en grès, ponctuée de tourelles, surmontée de barbelés d'argent. Sa surface était inégale et formait au sud une déclivité où avait été construite une tourelle, imposante pour une construction moderne, mais dérisoire comparée à celle des dragonniers.

Arvak pouvait deviner, par son expérience militaire et depuis sa position surélevée, que l'intérieur de la fortification devait compter des entrepôts, des écuries et les logements des Frontaliers.

Autour du piton de la citadelle, ceinturant un vaste territoire dont une bonne partie restait de la lande sauvage, un mur de brique avait été construit pour écarter les lycans des pâtures et de ses animaux. Ce second rempart semblait dérisoire, mal entretenu et érodé par endroits, mais en plein jour et contre les Chiens Errants, Arvak savait qu'il suffisait.

Les Frontaliers n'utilisaient guère comme territoire que les alluvions fertiles au pied de la tour, bien qu'une plus grande étendue fut ceinturée de brique. Le reste était peuplé de ronces et de bruyère, entrecroisant leurs tiges sauvages pour former d'épais buissons épineux. De même ils n'employaient de la tour des dragonniers que les quatre ou cinq premiers étages. Arvak devinait qu'ils n'étaient pas assez nombreux pour entretenir davantage les lieux.

Voilà ce qu'était la tour frontalière de Roakinmir.

La troupe y parvint en fin de journée, une semaine après avoir doublé Rirfadèn.

Ils se présentèrent en premier lieu à l'avant-poste de la muraille de brique et y retrouvèrent des têtes connues.

— Ça par exemple ! s'exclama la première garde avant d'appeler sa collègue.

Il s'agissait de deux soldates avec lesquelles Arvak, Norgar, Eliwyl et Méaglim avaient fait la route depuis Aslün jusqu'à Mralèm à peine deux mois plus tôt.

— Nous venons voir Eirda, signala Arvak.

La seconde garde les fit inspecter par ses chiens puis hocha la tête.

— Bien sûr.

Elles leur laissèrent le passage et la troupe suivit la route qui montait jusqu'à la citadelle. À leur droite, des pâtures clôturées étaient gardées par des Frontaliers et leurs chiens. À leur gauche se trouvait un potager quelque peu en friche mais qui faisait pousser un peu de légumes.

À l'entrée de la citadelle ils se plièrent aux inspections. Ils ne connaissaient pas ces seconds examinateurs, mais quand Norgar leur eut présenté son écusson de capitaine et Arvak celui de Patrouilleur, ils leur laissèrent le passage. Depuis le chemin de ronde, des arbalétriers leur jetaient des regards déconcertés tout en guettant les alentours.

Parvenus dans la cour, un vétéran vint à leur rencontre. Il s'agissait d'un soldat que tous quatre connaissaient bien – ils avaient servi dans la même fortification durant presque un an. Ce vieil homme était un taiseux. Il les salua d'un hochement de tête et d'un sourire affable mais sans un mot et les conduisit aux écuries où ils laissèrent leurs chevaux. Le soir commençait à tomber et les Frontaliers rentraient toutes les bêtes dans le fort pour la nuit. Une fois celles-ci installées, il guida la troupe vers le bureau de la capitaine Eirda Valguir, toqua, ouvrit la porte et leur fit signe d'entrer avant de repartir.

Ils pénétrèrent dans une salle rectangulaire au mobilier simple, sans fenêtre. Un puits de lumière éclairait le bureau du capitaine situé au fond de la salle face à la porte, mais en cette fin de journée l'éclairage était rudimentaire. À gauche du bureau prenait place un lit au baldaquin de tissu épais formant à lui seul la chambre d'Eirda, et en face se trouvaient une cheminée et deux fauteuils de cuir. Quelques étagères complétaient le mobilier.

À leur entrée, Eirda leva un regard vers la troupe et la surprise se peignit rapidement sur ses traits.

— Si je m'attendais à ça !

Elle se leva et échangea avec eux une poignée de main martiale. Quand elle arriva devant Roawir, en se rendant compte qu'il s'agissait d'un elfe, elle eut un mouvement involontaire de surprise, puis exécuta un salut elfique avec une rigidité toute militaire. Arvak reconnaissait bien le tempérament d'Eirda, froid et réservé, et cela le mit à l'aise de la trouver aussi égale à elle-même.

Elle s'appuya contre son bureau le regard pensif.

— Pour ce soir vous dormirez dans le dortoir, mais pour demain, si vous êtes d'accord, il y a des chambres libres dans la tour. Mes soldats ne l'aiment pas, ils trouvent que les murs noirs sont lugubres.

— On est là pour… commença Arvak.

— Demain, l'interrompit catégoriquement Eirda. Il fait presque nuit et les bougies coûtent cher. Je vais demander à ce qu'on vous prépare un bain.

Elle retourna s'asseoir derrière son bureau et d'un geste de la tête leur donna congé.

Lorsqu'ils quittèrent la pièce Roawir sembla désemparé.

— Du Eirda tout craché, pragmatique avant tout, nota Méaglim en lui tapotant l'épaule. Faut pas t'inquiéter.

Ils reprirent le même chemin qu'à l'aller et une fois parvenus à l'extérieur ils n'eurent pas de difficulté à trouver quelqu'un pour leur indiquer où se trouvaient les bains. Après leurs ablutions, ils découvrirent qu'Eirda avait informé ses officiers de leur présence. L'un de ces derniers les conduisit jusqu'au réfectoire.

Située au-dessus des écuries pour bénéficier de la chaleur des bêtes, la grande salle servait à la fois de réfectoire, de salle d'armes et de dortoir, suivant l'usage et l'heure de la journée. Pour l'instant des tables montées sur des tréteaux, entourées de bancs étaient disposées çà et là, et les Frontaliers allaient et venaient entre elles par petits groupes.

Un joyeux tintamarre régnait et la troupe se glissa dans la foule, non sans attirer quelques regards suspicieux, jusqu'à une table où Arvak et Norgar reconnurent des visages familiers. Une fois intégrés aux discussions, les regards en coin cessèrent petit à petit et la troupe put manger en toute tranquillité. Eirda rejoignit la table des officiers, les salua d'un mouvement de tête cordial mais ne les invita pas, et Arvak ainsi que Norgar préférèrent la laisser à ses habitudes.

Elle était entrée en poste depuis moins d'un mois d'après les estimations de Norgar quant à son voyage, et Arvak ne doutait pas que sa prise en main de lieux à la suite de son prédécesseur devait encore être consolidée.

Lorsque le repas fut terminé, les Frontaliers débarrassèrent, lavèrent puis replièrent les tables. Des hamacs furent accrochés entre les poutres de la charpente et des matelas de paille étendus au sol. Par endroits, des tentures de tissu furent tendues pour délimiter l'espace et donner un semblant d'intimité.

Le reste de la nuit passa ainsi.

Dans ces régions reculées du nord, les Chiens Errants étaient plus rares. La lande touffue, vide de population humaine, sans grand gibier, leur laissait peu de chance de trouver de la nourriture, et ils n'appréciaient guère les environnements exposés. Nul chant de loup ne résonna cette nuit et la troupe dormit paisiblement.

Au matin, ils reçurent une convocation d'Eirda et la retrouvèrent dans son bureau.

En pleine journée, le lieu était plus avenant. Ils trouvèrent la capitaine plongée dans ses papier, et, lorsqu'elle les vit entrer, elle se leva pour les accueillir. Des chaises supplémentaires avaient été apportées et chacun trouva la sienne, Eirda adossée au bureau face à eux, les autres assis.

— Bon, dites-moi tout, demanda alors Eirda, et ne soyez pas avares de détails.

— Nous aurions besoin de toi pour…, commença Arvak.

Eirda l'arrêta d'un geste catégorique.

— Non, tu ne m'as pas comprise, je veux savoir ce qui vous a amenés jusqu'ici. Je vais vous aider mais j'ai d'abord besoin de comprendre toute la situation. Expliquez-moi tout par le menu, et ensuite tu me diras de quoi vous avez besoin.

— Par où commencer, se demanda Arvak décontenancé.

— Par le phénomène peut-être, proposa Norgar.

Arvak hocha la tête, Norgar avait raison, tout était parti de là et Arvak commença son récit.

Presque deux mois et demi plus tôt, un étrange phénomène magique était survenu dans le Grimstadir et il avait mis en alerte tous les peuples sensibles à la Magie. Norgar intervint pour préciser la date précise – le troisième jour du deuxième mois de l'été – et la localisation – dans le Mornesh Rigun. Eirda acquiesça et Arvak reprit.

Il décrivit l'enchaînement des évènements tels qu'il avait pu les reconstituer, avec les informations que Norgar avait pu collecter. Le lendemain même du phénomène, Andlam s'était rendue à la capitale pour avertir le roi qu'un évènement extraordinaire venait de se produire, et dans les jours qui suivirent des vaérims se présentèrent à Artaug, pour rencontrer Kared Nimizar. Alarmé par ce qu'il apprit d'eux, le dracologue fit le chemin jusqu'à Mralèm. Là il reçut l'ordre de partir au Magcam chercher un émissaire du peuple dragon-mirage, tandis qu'Andlam fit la même démarche auprès des elfes de Waniri. Arvak supposait que Tintal avait émis le courrier qui les avait rappelés de leur poste à la frontière à ce moment-là.

En Waniri durant ce temps, les elfes avaient procédé à l'étude du phénomène et, quelques jours avant que la troupe ne parvienne à Mralèm, deux émissaire elfes – Roawir, qu'ils présentèrent, et Karfanaël son maître – s'étaient mis en route vers l'Aganius. Ils portèrent au roi les conclusions de leurs recherches dans un conseil qui, pour la première fois depuis la fin de la Grande Guerre, avait réuni des représentants de tous les peuples à l'exception des lycans. Eirda sembla fascinée autant que captivée par l'extraordinaire récit qu'Arvak lui faisait.

Roawir donna davantage de précisions sur le contenu de leurs études. Il était le plus qualifié pour parler de phénomènes magiques et, sans entrer dans des détails trop techniques qu'Eirda aurait eu des difficultés à comprendre, il lui expliqua que la perturbation était d'une singularité si forte et si nette que, d'après les recherches des elfes, elle ne pouvait s'expliquer que par l'action du Pilier des Ténèbres. Les elfes ayant trouvé des traces dans la magie de l'usage de ce Pilier, ils en avaient conclu au retour de la Ténébra.

Eirda les écoutait, imperturbable mais indubitablement pensive.

— Moi qui croyais que mon affectation ici était une mise au placard.

Le Mornesh Rigun – la région où les elfes supposaient que le phénomène s'était produit – se trouvait au nord-ouest de Roakinmir, dans le Grimstadir, un pays rival. L'endroit était perdu dans les montagnes et difficile d'accès. D'après les dates qu'Arvak et la troupe lui annonçaient, elle calculait qu'elle avait eu connaissance de sa nouvelle affectation quelques semaines après cet étrange phénomène. Eirda avait des états de service tout à fait exemplaires et Arvak ne doutait pas que la volonté d'avoir sur place une personne plus que qualifiée était un atout pour le pays.

Il poursuivit son récit en exposant les conclusions qu'ils avaient eux-mêmes tirées de ces révélations, à savoir qu'une arme leur semblait nécessaire pour vaincre la Ténébra et que le conseil ne semblait pas se préoccuper ni de trouver ni de créer des moyens de lutte contre cet ennemi. Leur choix s'était alors porté sur les autres Piliers du Monde, et plus particulièrement le Pilier du Vent puisque la légende racontait que le dragonnier Pélior l'avait recherché.

Ils avaient d'abord espéré parvenir à suivre Karfanaël au Temple et trouver là-bas des textes plus anciens et plus complets rapportant la légende de Pélior ou de la Genèse, desquels ils espéraient tirer des informations exploitables sur ces anciens artefacts. Mais Karfanaël avait été assassiné sous le toit du roi, par l'émissaire dragon-mirage qui avait vraisemblablement dissimulé son identité véritable.

Le lendemain, ils avaient reçu la nouvelle de la mort de Kared Nimizar, et son corps, découvert à proximité du Temple, ainsi que l'ancienneté de sa mort, prouvait qu'il avait été tué bien avant d'avoir rejoint le Magcam et rencontré les dragons-mirages. Quant à l'identité du mystérieux assassin qui s'était présenté comme émissaire elle restait inconnue.

Cela avait bousculé leur plan.

Arvak se montra évasif sur les raisons exactes de son départ et Eirda fronça les sourcils. Elle sentit que sur ce point il ne lui disait pas toute la vérité, mais elle le laissa poursuivre.

Parvenus hors de l'Odrin ils avaient un temps continué à croire qu'ils pourraient accéder au Temple, mais le roi les avait obligés à revoir leur plan et, suivant une intuition d'Arvak, ils s'étaient rabattus sur la quête de Svèn-Ild, espérant là-bas y trouver des informations utiles. La cité n'avait jamais été découverte mais Arvak, en étudiant les vieux comptes-rendus d'exploration, avait trouvé un indice lui permettant de croire que la capitale des dragonniers était plus accessible aujourd'hui. Ils s'étaient rendus à Roakinmir dans le but de demander à Eirda des renseignements sur cette région. Ils comptaient sur elle pour confirmer ou infirmer l'hypothèse sur laquelle Arvak avait fondé tout leur périple jusqu'ici.

Enfin il lui parla du chemin qu'ils avaient suivi et de la pleine lune à Kölrimgar.

— Vous êtes sacrément inconscients pour avoir passé la pleine lune à Kölrimgar ! s'exclama Eirda. Quelle mouche vous a piqués ?

Comme Arvak avait été évasif sur les raisons de leur départ précipité, il n'avait pas précisé qu'ils s'étaient trouvés poursuivis par les troupes du roi sur la route d'Ilmar.

— C'était plus court, simplifia-t-il.

À nouveau Eirda sentit qu'il y avait anguille sous roche, mais Arvak perçut au regard qu'elle lui jeta qu'elle se gardait cela pour plus tard.

— Et toi Norgar, qu'est-ce que tu penses de tout ça ?

Elle savait que Norgar était le plus rationnel du groupe.

— D'après la légende, à la chute des dragonniers, Pélior est parti en quête du Gardien du Pilier du Vent, Vaèr, pour mettre fin à la destruction des dragonniers. Vaèr était le Saint Gardien des dragonniers, et cela me semble logique de penser que quelqu'un ait entrepris cette aventure à ce moment-là. Partant de là, aboutie ou non, découvert ou pas, menée par Pélior ou attribuée à lui par la légende, cette quête est la quête d'un Pilier du Monde la plus récente. La seule pour laquelle nous pouvons espérer trouver des traces dans des textes historiques. Pour moi c'est la piste qui est la plus susceptible d'aboutir. Si je n'y croyais pas, je n'en serais pas.

— Si même le rationaliste est d'accord, acquiesça Eirda, j'espère être assez qualifiée pour vous aider. Quelle était la piste que tu voulais que je vérifie ?

Arvak lui présenta la copie du cahier d'exploration qu'il avait volé à Mralèm :

— J'ai relu beaucoup de cahiers de ce genre, expliqua-t-il, celui-ci était le plus précis et le plus complet, mais il est cohérent avec au moins une vingtaine d'autres. J'ai eu le sentiment qu'il décrivait un climat dans la région d'Artaug beaucoup plus froid qu'actuellement. Et j'ai pensé que si c'était le cas, le climat à l'époque avait peut-être rendu la ville inaccessible et que, s'il est plus doux aujourd'hui, sa découverte serait facilitée.

Eirda parcourut le cahier en diagonale, s'attardant sur les passages soulignés par Arvak.

— Les tempêtes de neige, même en été n'ont rien de surprenant dans cette région.

— Mais à Artaug… commença Arvak qui ne cachait pas sa déception.

Eirda le coupa par un signe de négation de la tête.

— Il faut comprendre le climat à cet endroit.

Elle alla chercher dans ses affaires une grande carte du pays qu'elle déroula sur son bureau en la calant avec ce qui lui tombait sous la main.

Arvak reconnaissait le centre du pays avec les régions qu'ils avaient traversées au cours du mois écoulé, Ilmar, Entriver, Rwil, et celle qu'ils parcourraient prochainement, la Nosrie. À l'est de cette zone se trouvaient une première chaîne de montagnes, Mal-Mort, puis la vallée d'Ara et encore à l'est, marquant la frontière avec le Kotar, Durgèm Vèd. À l'entrée de la vallée d'Ara, au bord de la mer du sud se trouvait la région fertile de Tewyogatar.

— Tu vois ces deux chaînes de montagnes, expliqua Eirda en montrant sur la carte Mal-Mort et Durgèm Vèd. Elles partent presque de Téyo et se rejoignent au nord d'Artaug, en formant un massif montagneux qu'on appelle Tór Ildmin. C'est dans cette région que les dracologues estiment que Svèn-Ild se trouve. Ces deux chaînes de montagnes, Mal-Mort et Durgèm Vèd, forment un entonnoir, les colonnes d'air chaud et humide venant du sud depuis l'océan s'y engouffrent comme dans une cheminée. Elles remontent tout le long de la vallée d'Ara et, parvenues au point où les chaînes se rejoignent, elles entrent en collision avec l'air froid et sec qui descend des montagnes du Vaèr. De ce fait, sur le massif de Tór Ildmin la météo est particulièrement instable, les tempêtes sont fréquentes et violentes. Artaug a été construit à plusieurs jours de marche au sud de ce massif, justement pour être aussi loin et à l'abri que possible. C'est vrai qu'en été les tempêtes de neige sont rares à Artaug, et encore plus rares dans la vallée, mais en cas de tempête très forte sur Tór Ildmin, ça peut arriver.

Eirda réfléchit un instant :

— Il y a un autre point qui m'interpelle. Le copiste dit qu'il traduit depuis la langue noroise, le serkant. Je ne sais pas si la langue que l'auteur utilisait à l'époque est la même que la mienne, mais je sais qu'aujourd'hui neige se dit « muvn » et grêle se dit « umun ».

Eirda prit un papier et y traça à la va-vite les deux mots. Sans application, les courbes des lettres se confondaient entre elles, de sorte qu'il était difficile de différencier les deux mots l'un de l'autre.

— Le copiste a pu confondre « tempête de grêle » et « tempête de neige », or de la grêle en été est tout à fait banale dans cette région.

Eirda poursuivit sa lecture.

— Cela dit, ce point est intéressant.

Arvak reprit espoir.

— Le texte mentionne à plusieurs reprises que les tentes tenaient mal car le sol était gelé. Au début j'ai pensé que l'explication pouvait être une incompétence des monteurs plutôt qu'un sol gelé. Ces explorations avaient en général un grand nombre de membres, des érudits, des aventuriers, et tous n'étaient pas compétents pour parcourir la haute montagne. Or, gelé ou pas, monter une tente dans un sol rocailleux demande un certain savoir-faire. Mais je suis en train de lire leur description du glacier de Vanar Not et elle est très précise. Ils avaient un guide vraiment qualifié et compétent, qui connaissait la montagne, ça ne fait aucun doute. Si véritablement le sol était gelé toute l'année alors oui le climat était beaucoup plus froid, je pense même qu'une occupation du type de celle que nous avons aujourd'hui à Artaug aurait été impossible.

Alors qu'elle poursuivit sa lecture elle s'exclama soudain :

— Ah !

Elle montra à Arvak le passage qui l'avait interpellée et qu'il avait omis de souligner :

— Ici il parle d'un dédale entre les rochers qui conduit au pays des elfes – ça ne peut être que la passe du Loup – et mentionne qu'ils ont de la chance de ne pas la trouver prise dans la glace. Puis ils disent qu'ils traversent un glacier pour atteindre la Tombe de Grinkaël. Sa tombe est en endroit bien connu. Depuis Artaug il faut compter une journée de marche à pied dans la montagne. Quand je servais là-bas, en été, je recevais souvent des pèlerins qui s'y rendaient. Aujourd'hui il n'y a plus la moindre trace de glace sur la passe du Loup, et presque pas autour de la Tombe de Grinkaël. Les glaciers auxquels s'est confronté l'auteur de ce livre n'ont plus le même tracé qu'à l'époque, et probablement plus la même étendue.

Eirda sortit une carte plus précise de la région d'Artaug :

— Ici se trouve Artaug, là, la passe du Loup qui va jusqu'au Kotar. En été, les Frontaliers patrouillent couramment cette zone, ici, et là, avec un avant-poste estival un peu plus haut, pour s'assurer que les lycans ne franchissent pas la frontière. En hiver ce n'est pas nécessaire car le vent et le froid s'en chargent.

Eirda prit un crayon et hachura sur la carte les zones bien connues des Frontaliers. Elles formaient un espace assez large autour d'Artaug, sur la passe du Loup, englobaient la Tombe de Grinkaël et remontaient encore un peu au nord.

— Le dracologue explore la chaîne de Durgèm Vèd, car les cols sont trop abrupts pour être parcourus à pied, et il peut aller comme ça presque jusqu'à Rimentos.

À nouveau elle hachura la zone.

— À l'époque où je servais nous allions parfois jusqu'en Ara mais j'ai entendu dire qu'à présent un louvetier garde la vallée.

Sous les yeux de la troupe, les endroits bien connus des Frontaliers formaient une zone de plusieurs lieues d'est en ouest et du nord au sud. Elle était beaucoup plus étendue que ce qu'Arvak pensait.

— Je peux affirmer que sur toute cette zone, il n'y a aucun glacier. Le seul que nous connaissons, le Vanar Not, est plus au nord, dans Tór Ildmin, et les Frontaliers ne vont pas si haut. Je ne connais pas cette région-là. Or si je reprends les indications données par le cahier – en prenant en compte les temps de voyage qu'il annonce, en les comparant aux nôtres, et les quelques points fixes que je reconnais, comme la Tombe de Grinkaël et la passe du Loup – je dirais que les explorateurs ont rebroussé chemin alors qu'ils se trouvaient approximativement dans ce coin-là.

Elle traça un cercle situé légèrement au nord de la Tombe de Grinkaël, à l'intérieur de la zone que les Frontaliers arpentaient aujourd'hui couramment en été.

— Et lorsqu'ils ont fait demi-tour, ils enduraient le froid, le gel et la neige depuis des semaines, précisa Eirda. Donc oui, avec ces éléments, je pense pouvoir affirmer que le climat qu'ils ont affronté n'était pas le même que celui que nous connaissons aujourd'hui. La neige et le froid pourraient peut-être s'expliquer par une saison d'une rigueur inhabituelle, ou une erreur de transcription. Mais le tracé des glaciers et le sol gelé en été ne correspondent pas à ce que nous observons aujourd'hui.

Arvak était transporté de joie. Grâce aux indications d'Eirda, il avait la certitude qu'il pourrait au moins aller là où l'exploration avait fait demi-tour.

— Et au-delà ? demanda-t-il en désignant les limites tracées par Eirda de la zone parcourue par les Frontaliers.

— Au-delà nous n'y allons pas. Les vents sont trop incertains pour le dracologue, c'est pour ça qu'il parcourt le sud. Et les gens d'Artaug ont peur d'aller plus au nord. La montagne est dangereuse, ses orages aussi, et ils sont superstitieux, ils croient qu'une présence mauvaise plane sur ces montagnes.

— Y a du vrai là-dedans ? demanda Norgar.

— Les Frontaliers sont superstitieux. Si vous les écoutez, ici, il ne faut pas se promener dans la lande la nuit car une bête à tête de tortue va chercher à les dévorer ; et la tour des dragonniers est peuplée de fantômes. Si vous allez dans la basse-cour, vous verrez une alcôve avec toutes sortes de babioles, des sculptures en bois, des poupées de paille, des pierres en forme de coquillage, c'est pour faire fuir les démons qui pourraient venir du puits.

Eirda haussa les épaules :

— Moi je suis pragmatique, la montagne est dangereuse, je dirais que c'est plus sage de ne pas s'y aventurer. Alors faire courir des récits de tempête vivante et de bête du Vaèr est certainement une bonne chose.

— Est-ce que ça veut dire que nous ne trouverons personne à Artaug qui pourrait nous guider dans la montagne plus au nord ? s'enquit Norgar.

— C'est probable. À Artaug, vous pourrez rencontrer des gens qui connaissent parfaitement cette zone-là, dit Eirda en tapotant la carte, et la montagne en général. Mais je ne crois pas que personne là-bas soit jamais allé beaucoup plus loin que ce que je vous ai indiqué. Enfin les choses ont peut-être changé par rapport à quand j'y étais. À l'époque, aucune des personnes sous mon commandement ne le faisait. Quelques pèlerins se présentaient parfois, avec leur guide et l'ambition de faire de grandes découvertes. La plupart ne revenaient pas. Parfois on les retrouvait au printemps, morts de froid.

Eirda replia la carte méthodiquement :

— Vous restez jusqu'à la pleine lune ?

Arvak acquiesça.

— Alors nous aurons tout le temps de discuter des détails.

— Quand tu dis que la plupart ne revenaient pas, insista Arvak, ça signifie que certains revenaient.

— Presque toujours en mauvais état, précisa Eirda, transis de faim ou de froid. À une époque, il y a eu une elfe qui parcourait les montagnes. Les gens d'Artaug en avaient peur car elle était là-haut comme chez elle. Je lui vendais des vivres et elle repassait régulièrement. Une année, elle est arrivée peu avant l'hiver, nous pensions la revoir avant que le froid ne s'installe complètement, mais elle n'est pas venue. Et puis elle est réapparue au printemps comme si de rien n'était, et elle est allée vers le Kotar. C'est à partir de là que les gens d'Artaug ont commencé à vraiment croire que c'était un fantôme. Personne ne peut survivre un hiver dehors si loin au nord.

Arvak tiqua à cette description :

— Est-ce que tu serais capable de reconnaitre cette elfe si tu la voyais à nouveau ?

Eirda jeta un regard gêné en direction de Roawir :

— Ne le prenez pas mal surtout, mais c'était il y a des années et à mes yeux les elfes se ressemblent tous.

— Tu te rappelles son animal totem ?

Eirda réfléchit :

— Je ne l'ai jamais vu.

Ils ne discutèrent pas davantage à ce moment-là, Eirda avait beaucoup à faire et chacun partit vaquer à ses occupations.

La troupe profita de ce moment de calme qui n'était pas pour leur déplaire.

Eliwyl travailla avec son cheval Flamme, et Roawir échangea avec elle quelques exercices qu'il faisait faire à sa chimère. Arvak essaya de se délasser au soleil, lisant un livre, puis il alla prêter main-forte aux Frontaliers qui cherchaient à réparer une baliste. Norgar se consacra à l'entretien et la réparation de son matériel en cuir – bottes, selle, filet, brunmantel, tout y passa. Et Méaglim apporta son aide pour toutes sortes de travaux de force.

Pour la première fois depuis des mois, ils se sentaient sereins, optimistes et, étrangement, chez eux. Seul Arvak paraissait soucieux.

Chapitre 20

En fin d'après-midi ce jour-là, Eirda convoqua Arvak seul.

Il ne savait trop quoi penser et cette convocation qui lui rappelait un entretien similaire, avec son père quelques semaines plus tôt. Il tenta de se rassurer en se disant qu'Eirda avait peut-être des questions à régler concernant leur voyage, mais il ne voyait pas pourquoi elle n'aurait pas abordé le sujet avec Norgar. Il était plus méthodique que lui. Il se sentit oppressé.

Soucieux de ne pas faire attendre la capitaine, Arvak se rendit à son bureau et frappa à la porte.

— Entre, entendit-il.

Il passa la tête par la porte et vit Eirda derrière son bureau qui triait des papiers.

— Vous vouliez me voir ? demanda-t-il.

— Oui, installe-toi, j'arrive.

Elle lui désigna de la main les fauteuils qui faisaient face à la cheminée.

Le temps qu'il prenne place, Eirda l'avait rejoint.

— Je peux vous aider pour votre voyage, je connais du monde à Agamares et Artaug, et je peux vous indiquer le meilleur itinéraire, au moins jusque-là. Mais pour vous conseiller au mieux et vous envoyer vers les bonnes personnes, j'ai besoin de tous les éléments, et il y a un point sur lequel tu as été évasif ce matin.

Arvak détourna le regard.

Il connaissait pourtant la pugnacité d'Eirda. Il n'aurait pas dû espérer qu'elle abandonnerait si vite le seul point qu'Arvak avait laissé dans l'ombre. Il aurait préféré pourtant.

— Qu'est-ce qui a hâté votre départ de Mralèm ?

Arvak se gratta la tête sous le regard inquisiteur d'Eirda.

Il savait qu'il ne quitterait pas cette pièce avant de lui avoir tout raconté.

— Mon père voulait que je reste auprès de lui à la cour, et il était déterminé à obtenir ce qu'il voulait, résuma Arvak.

Eirda sentit que le sujet était pénible pour lui.

— Déterminé jusqu'à quel point ?

— Il m'a menacé d'éloigner tous les gens que j'aimais, si je ne lui obéissais pas.

Arvak se leva.

— Il avait déjà tout planifié ! s'emporta-t-il. Il aurait marié Norgar avant de lui faire reprendre les commandes du Löguèn de son père. Il aurait affecté Méaglim à un poste de Frontalier à Artaug et Eliwyl serait devenue enseignante à Tsiroèn. Tout était déjà réglé, j'ai vu les documents signés, de mes yeux. Il n'avait qu'à les faire appliquer.

Eirda lui fit signe de se rasseoir avec bienveillance et lui servit un verre d'eau de vie.

Arvak en prit une gorgée, la liqueur lui piqua la gorge.

— J'ai été stupide, et impulsif, maugréa-t-il. J'aurais dû tempérer les choses avec mon père et profiter de ma place à Mralèm pour faire des recherches. Mralèm, Tsiroèn et le Temple, Tintal aurait pu me donner accès à tout cela, une recommandation de sa main aurait suffi, sans parler de collections privées des hauts dignitaires. Au lieu de quoi on se retrouve sur la route, à chercher une cité légendaire que personne n'a jamais trouvée, avec aucune perspective d'avoir un jour accès aux principales archives du pays. Et je les ai emmenés jusqu'à Kölrimgar, à la pleine lune ! Les Chiens Errants étaient là par milliers, l'infestation du pays est terrible.

Arvak se tut, la gorge nouée, incapable de poursuivre.

— Concernant ton père, le rassura Eirda, je crois que dès l'instant où il aurait su que tu avais besoin de lui, il en aurait joué pour te tenir sous son emprise. S'il était aussi déterminé que tu le dis, et que tu avais dû passer par son influence pour obtenir les informations nécessaires à ton départ, il se serait assuré que tu n'obtiennes jamais tout ce dont tu avais besoin, jusqu'à détruire toute ta volonté de partir. Il aurait tout fait pour te donner le sentiment que ton départ devait sans cesse être repoussé. Je pense qu'il n'y avait rien de plus sage que de partir dès l'instant où il a commencé à te menacer, et sans te retourner. Que s'est-il passé ensuite ? Il a envoyé des gens à vos trousses ?

— Des soldats d'Aslün et de Mralèm devaient nous prendre en étau sur la route d'Ilmar. C'est pour ça que nous avons dû quitter cette voie et traverser Erion.

— Un choix risqué qui vous a conduit à passer la pleine lune à Kölrimgar, comprit Eirda. Comment avez-vous été avertis ?

— Mon père voulait envoyer Andlam à nos trousses le jour même de notre départ, mais elle a refusé. Il l'a assignée au poste de dracologue à Artaug et elle nous a croisés en chemin. Elle nous a remis une lettre de Games Gandar, qui nous a prévenus des plans de mon père.

— Vous êtes recherchés ?

— Pas que je sache. Eliwyl pense que Tintal ne peut pas prendre le risque politiquement de nous faire rechercher comme des criminels. Pour l'instant en dehors de la poursuite sur la route d'Ilmar nous n'avons pas eu de problèmes avec les autorités. Mais disons qu'on a préféré faire profil bas, éviter les grands axes, les villes. On voyage sans donner nos titres et sans attirer l'attention.

— Une sage décision, acquiesça Eirda, une idée de Norgar ?

— Oui.

Eirda s'adossa à son fauteuil pensive.

— Donc Andlam est à Artaug, tu ne l'as pas mentionné ce matin. C'est une très bonne chose. Kared Nimizar était quelqu'un de rigide et condescendant. Obtenir quelque chose de lui aurait été très difficile, et il en aurait assurément fait un rapport complet au roi. Enfin, on le regrettera bien assez tôt. En tout cas, Andlam sera plus accessible.

— Et concernant les textes, reprit Arvak, est-ce que ce n'est pas un grave problème d'être privé des sources principales ?

— Je ne suis pas une experte en érudition, admit Eirda, je ne sais pas à quel point l'accès à Mralèm, Tsiroèn ou le Temple vous aurait aidés. Mais je sais que les dracologues ont accès à ces documents et pourtant aucun d'eux n'a jamais trouvé Svèn-Ild ni le Pilier du Vent. Tu t'es toujours appuyé sur ton intuition dans tes choix, et tu as rarement fait des erreurs de jugement. Ces derniers temps je peux voir que les choix ont été plus difficiles, et qu'ils vous ont engagés dans une voie incertaine. Mais je ne crois pas que tu aies manqué de discernement. Qu'en pense Norgar ?

— La même chose, reconnut Arvak avec soulagement.

— Alors tu peux t'appuyer sur lui. Tu l'as toujours fait et ça vous a toujours réussi à tous les deux.

Arvak se sentait rassuré et plus sûr de lui, mais il y avait encore un point qui le tracassait, et il s'en ouvrit à Eirda :

— Ce que nous avons fait, je veux dire, partir comme ça, contre la volonté de mon père, ça ne sera pas sans conséquences. Même si nous pouvions voyager sans être recherchés comme des fugitifs – et j'ai l'impression que nous avons cette chance pour l'instant – j'ai peur qu'il n'y ait pas de retour en arrière possible. Pour moi, je ne m'inquiète pas, je sais que j'aurai toujours les ressources pour assumer mes choix. Pour Norgar, je m'inquiète assez peu, il est propriétaire de suffisamment de biens et de titres pour se mettre à l'abri de la colère de mon père. Mais Eliwyl et Méaglim, j'ai peur pour eux, retrouver leur vie d'avant pourrait être impossible, et je m'en veux de les avoir embarqués là-dedans.

— Tu n'as rien fait, ils étaient libres et ont fait leur choix, tu ne peux pas leur enlever ça. Quand Méaglim est sorti du bagne, il n'avait pas de meilleure option que de rejoindre les Frontaliers. Toi et Norgar avez fait le choix de le rejoindre. Votre choix d'alors n'était pas très différent du leur aujourd'hui. Et pour le reste…

Le regard d'Eirda s'assombrit :

— La Ténébra foule la terre, les lycans menacent nos frontières, les dracologues sont ciblés et tués, quelle que puisse être cette vie d'avant que tu crains que tes amis ne retrouvent pas, quand tout sera accompli, cette vie-là n'existera probablement plus.

Eirda vida d'une traite son verre d'eau de vie.

La vision d'Eirda était plutôt radicale mais Arvak comprit qu'elle avait raison. Que les choses évoluent en bien ou en mal, elles ne pouvaient que changer, sans retour en arrière possible.

— Andlam est à Artaug donc, c'est très bien, poursuivit Eirda davantage pour elle-même. Pour voyager discret vous pourrez compter sur le réseau des louvetiers et des Frontaliers. Je connais des gens à Agamares qui ne rechigneraient pas à cacher des personnes recherchées par le roi, si le cas devait se présenter.

— Merci.

— On abandonne pas les nôtres.

Arvak prit congé d'Eirda et rejoignit le reste de la troupe.

Il resta silencieux et distant mais Norgar le trouva plus serein, comme s'il avait moins de poids sur les épaules.

Ils étaient en train de déplacer leurs affaires vers la tour des dragonniers.

Eirda n'avait pas menti, la tour était presque vide. Le rez-de-chaussée servait de stockage pour les réserves de nourriture, et les deux officiers y avaient établi leurs quartiers. Le premier étage servait au stockage des fournitures et des archives. Un étage entier était consacré au séchage de la viande, un autre servait de pigeonnier. C'était tout.

La troupe prit des chambres au quatrième étage, au-dessus d'eux plus d'une trentaine restaient complètement vides, et, même à leur niveau, ils n'occupaient jamais que cinq de la dizaine de pièces disponibles.

Il n'y avait qu'un mobilier sommaire et de la poussière. Norgar devinait que leur étage était parfois utilisé, lorsque la citadelle était très peuplée ou qu'elle recevait des invités exceptionnels. Les chambres comptaient un lit de paille, une étagère et une petite table portant une vasque qu'on pouvait remplir d'eau – s'ils avaient le courage d'en transporter jusqu'ici depuis le puits de la basse-cour, dans le cas contraire ils devraient se laver dans les bains au rez-de-chaussée. Des carreaux aux fenêtres attestaient que l'étage avait été rénové et qu'il servait de temps à autre. L'une des pièces, comptant une cheminée monumentale à côté de laquelle était stockée une petite réserve de bois et des chaises élimées, pouvait faire office de salon.

Une autre pièce devait avoir servi de cantine à une époque, mais tout le nécessaire de cuisine avait disparu, et la pièce demeurait nue et vide. Ils devraient descendre pour prendre le repas avec les autres soldats.

À présent qu'il se trouvait sur place, Arvak comprenait mieux le ressenti des Frontaliers quant à cet endroit. L'absence de mobilier, les murs noirs, les carreaux de pierre froids qui claquaient dans l'air sec du lieu donnaient une impression étrange. Non pas mauvaise, comme celle qu'aurait pu dégager un lieu malveillant ou sombre, mais pour le moins étrange, comme d'observer une coquille vidée de toute substance, le fantôme d'une époque révolue qui ne vivait plus que dans les légendes.

Lorsque la nuit tomba, l'aversion des Frontaliers pour ce lieu lui devint évidente.

Dans les étages aux fenêtres éventrées, aux portes brisées, aux salles vides, le vent s'engouffrait, sifflant entre les pierres. Son chuintement ricochait contre les arcades, faisant résonner l'écho de son passage dans les pièces vides et contre les colonnes brisées. Chaque pièce, chaque dédale, apportait son tintement propre suivant sa configuration, et cela formait un grondement constant, qui croissait ou murmurait au gré des bourrasques, comme une bête à l'agonie.

Arvak comprit le nom de la citadelle, Roakinmir, la citadelle rugissante.

Il continuait à ne pas avoir d'impression néfaste sur ce lieu et ne le percevait pas comme maléfique. Mais il concevait sans difficulté que l'étrangeté de l'endroit pouvait paraître repoussante pour d'autres.

Il finit par trouver le sommeil et ne s'éveilla qu'au petit matin lorsque les rayons du soleil le tirèrent du lit. Il se leva avant tout le monde et se rendit dans le réfectoire pour y prendre son petit déjeuner. Une partie des soldats de la citadelle n'était pas encore levée, mais une cloche sonna bientôt et en un rien de temps tout le monde fut debout, les tables dressées et la nourriture servie. Le reste de la troupe le rejoignit et ils mangèrent ensemble en compagnie d'autres Frontaliers.

Alors que les tables finissaient d'être rangées, son attention fut attirée par des claquements de sabots d'un cheval sur les pavés. Arvak s'approcha d'une haute fenêtre et reconnut sans mal la silhouette encapuchonnée qui venait de franchir les portes. Sa jument blanche piaffait avec énergie et ses pas tintaient nettement sur la pierre ancienne. Riwan la maîtrisait avec douceur. Elle semblait voyager avec un équipement léger et, des quatre épées qu'elle portait à leur rencontre à Kölrimgar, Arvak n'en distinguait plus qu'une. De même, bien qu'il la cherchât du regard, il ne vit pas Koumal.

Riwan descendit de selle tandis qu'un officier, accompagné d'Eirda, se portait à sa rencontre. Riwan la suivit portant ses sacs de selle sur une épaule, confiant sa jument Waïna aux soins des Frontaliers.

— Les choses sérieuses vont commencer, dit Norgar derrière Arvak.

Et ce dernier hocha la tête.

Peu après, toute la troupe se rendit au bureau d'Eirda, et ils y retrouvèrent Riwan en compagnie de la capitaine. L'elfe les salua d'un signe de main familier.

— Cette personne prétend vous connaître ? s'enquit Eirda.

— C'est exact, confirma Arvak, nous nous sommes rencontrés à la dernière pleine lune à Kölrimgar.

— Et à ce moment vous avez convenu de vous retrouver ici, conclut Eirda avec un ton accusateur qui soulignait qu'ils auraient pu l'en avertir.

Le fait d'héberger une inconnue, qui plus est une elfe, mettait visiblement mal à l'aise Eirda.

Arvak resta interloqué mais Norgar prit le relais :

— C'était une rencontre impromptue, précisa Norgar. Nous ne nous attendions pas à rencontrer quelqu'un, et réciproquement j'imagine. Ce hasard nous a conduits à échanger sur les raisons de nos présences respectives dans la cité. Nos raisons ont semblé l'intéresser et les siennes de même. Lorsque nous lui avons appris que notre prochaine étape serait Roakinmir, elle a décidé de nous y rejoindre de son côté. Pour ma part, en toute sincérité, j'ignorais quelle foi accorder à cet engagement.

— Si cela peut vous tranquilliser, compléta Riwan, je peux payer pour mon hébergement ou travailler. Et ces personnes pourront vous confirmer qu'en cas d'attaque de lycans mon soutien ne sera pas modeste.

Il n'était pas d'usage en Aganius de mettre un voyageur à la porte si près de la pleine lune, et si loin de toute civilisation. Aussi Arvak savait qu'Eirda ne lui refuserait pas l'hospitalité. Mais il comprenait tout son embarras de se voir mise devant le fait accompli.

Il s'en excusa platement.

Le fait que Riwan propose de travailler pour payer son hébergement rassura Eirda. Dans ces contrées, les relais de ravitaillement et les voyageurs étaient rares, la monnaie y avait souvent moins de valeur que le travail, faute de biens à échanger. De surcroît la citadelle n'était pas une auberge qui se faisait payer pour sa peine. Les Frontaliers connaissaient les usages de leur ordre et ne rechignaient jamais à mettre la main à la pâte là où ils allaient. Riwan semblait connaître ces codes, et Eirda avait davantage confiance en quelqu'un qui était familier des méthodes des Frontaliers.

La capitaine se leva de son bureau et alla chercher une carafe d'eau fraiche dont elle proposait un verre à l'elfe. Au vu de l'heure matinale, elle s'interdisait l'eau-de-vie :

— Donc vous vous intéressez à leur voyage, qu'est-ce que vous en savez ? demanda Eirda.

Arvak s'était attendu à ce que la capitaine leur donne congé, mais elle semblait visiblement désireuse de mieux cerner cette personne inconnue qui se présentait chez elle. Elle fit signe au groupe qu'ils pouvaient prendre place sur les fauteuils. Riwan vida son verre d'une traite puis se leva et resta debout, appuyée contre le montant de cheminée, près de la porte. Le reste de la troupe prit place.

— Je sais qu'ils s'intéressent à Svèn-Ild et aux anciens textes des dragonniers, répondit l'elfe.

— Riwan fait des recherches sur le serken archaïque, d'où nos intérêts convergents, précisa Norgar et elle confirma d'un hochement de tête.

— Vous recherchez Svèn-Ild également ? questionna Eirda.

— Non, plus maintenant, j'ai eu mon compte, fit l'elfe avec un signe de négation de la tête. Mais, pour que le prince d'Aganius entreprenne ce voyage, contre l'avis de son père, j'ai pensé qu'il devait avoir un guide sûr, ou de nouveaux éléments, et cela a attisé ma curiosité.

Les membres de la troupe échangèrent des regards qui insensiblement finirent par converger vers Arvak. Ce dernier quant à lui porta son attention sur Norgar qui haussa les épaules.

— La nécessité nous pousse, et nous sommes plus démunis que nous le voudrions.

Il vit au regard de Riwan qu'il avait toute son attention.

— Il y a un peu plus de deux mois, un phénomène magique a eu lieu, en l'analysant, les elfes y ont trouvé des traces qu'ils ont identifiées comme émanant du Pilier des Ténèbres. Ils en ont déduit que la Ténébra était de retour.

Riwan parut surprise mais moins qu'Arvak ne l'aurait pensé.

En tant qu'elfe il se dit qu'elle avait probablement perçu le phénomène, sans pouvoir l'attribuer à quiconque. Et Arvak avait le sentiment qu'elle avait déjà compris par elle-même beaucoup de ce qu'il révélait à présent.

Arvak fit un signe de tête à Roawir qui fournit des explications un peu plus techniques. Riwan écouta distraitement.

— Suite à cela, poursuivit Arvak, un conseil a eu lieu à Mralèm et mon père espère parvenir à fédérer les peuples du Darka-Guèn contre cet ennemi commun. Mais moi et mes compagnons pensons qu'une telle alliance ne suffira pas à vaincre le Pilier des Ténèbres.

Riwan grimaça à cette évocation.

Elle paraissait du même avis.

— Et je crois comprendre que le roi Tintal ne permettra pas d'accéder aux lieux déjà évidents ? demanda Riwan.

Arvak acquiesça :

— Nous avons quelques pistes intéressantes pour Svèn-Ild, précisa-t-il en sortant de sa poche le compte-rendu d'exploration.

Il fit mine de le tendre à Riwan qui le repoussa :

— Merci, j'ai déjà ma copie. Un climat plus froid, un glacier plus étendu, et une localisation de Svèn-Ild très inexacte, comme toutes les explorations du VIe siècle.

Arvak et Norgar échangèrent un regard inquiet.

— En résumé, continua Riwan le regard plongé dans les flammes de la cheminée, vous n'avez ni guide, ni sauf-conduits royaux pour bénéficier de l'aide d'Artaug.

— Nous comptons un peu sur Andlam qui est à Artaug à présent, rectifia Arvak, mais pour le reste, comme je l'ai dit, nous sommes démunis.

— Andlam à Artaug ? Pourquoi Kared Nimizar n'y est pas ? s'étonna Riwan.

À nouveau Arvak et Norgar échangèrent un regard.

— Kared est mort, il y a plus d'un mois.

Cette fois la surprise et l'inquiétude se peignirent sur le visage de Riwan.

— Avez-vous connaissance d'autres attaques en direction des dragons ? demanda-t-elle.

Roawir fit mine de parler et Arvak ainsi que Norgar lui donnèrent leur assentiment discret.

— L'un des émissaires présents au conseil était une assassin dissimulée, elle a tué mon maître puis attaqué Games Gandar. On pense que le vénérable était sa vraie cible.

Le regard de Riwan devint soucieux, après un instant de silence pensif elle remarqua :

— Vous n'êtes pas avares d'informations.

— Nous sommes venus ici demander des conseils à Eirda, elle nous a confirmé ce que nous pensions, et elle nous en a apprit beaucoup sur les Frontaliers d'Artaug. Elle pense que nous ne trouverons personne là-bas qui connaisse la partie de la montagne qui nous intéresse.

— Elle a raison, les Frontaliers ne parcourent qu'une petite zone, en été, autour d'Artaug et dans la passe du Loup. Il leur arrive de remonter plus haut jusqu'à la Tombe de Grinkaël mais jamais plus loin au nord. Ils ont peur de Tór Ildmin et ils ont raison. Même en plein été le froid y est glaçant, et même par le plus beau soleil, un blizzard soudain peut se lever. Il arrache les tentes, emporte les sacs laissés au sol, et on n'y voit même plus jusqu'à sa main tendue devant soi. La montagne recèle mille dangers, les glaciers qui se dérobent sous les pas en révélant une crevasse qu'avaient masquée la neige, les glissements de terrain, les avalanches, et puis les engelures, le froid, la faim. Les Frontaliers la traitent comme une bête indomptable et farouche, c'est à raison qu'ils la craignent.

— Nous avons besoin de quelqu'un pour nous guider à travers la montagne, expliqua Norgar, et si tes compétences sont à vendre, Arvak et moi ne sommes pas sans ressources.

— Je ne suis pas une mercenaire, rétorqua Riwan qui se sentait visiblement insultée.

Elle continuait d'être pensive et Arvak avait le sentiment que ce qu'ils lui disaient n'avait pas de prise sur elle.

— La question n'est pas si simple, poursuivit-elle. Est-ce que j'ai déjà parcouru la région dans laquelle les dracologues pensent trouver Svèn-Ild ? Oui. Est-ce que je suis capable de franchir un glacier, me repérer dans le blizzard, survivre à la montagne ? De toute évidence. Mais vous voulez savoir si je peux vous guider à travers la montagne jusqu'à Svèn-Ild, et ici la réponse n'est pas simple.

Riwan détacha son regard du feu et se tourna vers la troupe :

— J'ai parcouru ce massif pendant longtemps, mais c'était il y a des années maintenant. Or la montagne change tous les ans. Une vallée qui a été facilement franchissable pourra très bien, l'année suivante, devenir un piège recouvert de neige, qui se dérobe et oblige à des détours. Ou alors un glissement de terrain interdira une voie autrefois droite, et devra être contourné sur plusieurs lieues. Là-haut, toutes les pierres sont semblables, et dans le blizzard, il est facile de prendre un chemin pour un autre. Beaucoup de dédales de pierres ne mènent nulle part. Quant à trouver Svèn-Ild, il y a encore d'autres difficultés.

Elle s'interrompit un instant avant de poursuivre.

— En -273, soit il y a – Riwan sembla calculer de tête – mille sept cent vingt-six ans, sous le règne du dernier roi dragonnier Akunen, la cité de Svèn-Ild a subi les attaques des vaérims et toute sa partie supérieure a été détruite. À la suite de cela, l'ancienne capitale fut désertée et ses vestiges laissés à l'abandon. Nous savons cela par des archives en serken classique qui sont parvenues jusqu'à nous. Lors des premières explorations à la recherche de Svèn-Ild, vers 540, les dracologues ne lisaient pas encore cette langue, ils n'avaient donc aucune connaissance sur les raisons de l'abandon de la capitale des dragonniers, et leur localisation de la cité était faussée. En 625, lorsque les recherches des dracologues permirent enfin de reconstituer et comprendre le serken classique, ils purent corriger leurs estimations sur la localisation de Svèn-Ild, mais ils découvrirent également la destruction de la cité. S'il en demeure encore quelque chose aujourd'hui, il ne peut s'agir que de sa partie enfouie sous la montagne, recouverte par les glaces. Quand bien même quelqu'un connaîtrait la localisation exacte de la cité, rien ne garantit qu'un accès existe depuis la surface. C'est la découverte de ces informations qui a mis fin à la quête de Svèn-Ild par les dracologues.

Son regard replongea dans les flammes :

— Même avec le plus expert des guides, même si vous rencontriez quelqu'un qui sait s'y rendre, vous et lui pourriez passer juste à côté de l'accès sans le voir à cause du blizzard, ou trouver la porte close par un glacier infranchissable, ou vous perdre dans un dédale de pierres toutes semblables. Peut-être que je suis passée devant mille fois sans la voir.

Norgar notait toutes ces informations dans son cahier.

— De surcroît, poursuivit Riwan, nous sommes déjà presque en automne. L'hiver approche et voilà qui ajoute une difficulté supplémentaire.

— Pourtant la légende dit qu'on peut voir la cité de Svèn-Ild depuis la Tombe de Grinkaël ? l'interrompit Méaglim.

Il connaissait de nombreuses chansons, et ce point avait fait rêver plusieurs générations d'explorateurs. Le compte-rendu que portait Arvak le mentionnait également et d'ailleurs l'exploration en question avait commencé par la Tombe de Grinkaël.

— C'était peut-être vrai il y a longtemps, mais, si ça l'a jamais été, ça ne l'est plus depuis cette fameuse guerre.

— Et tu n'as pas envie de savoir quels mystères la cité renferme ? demanda Eliwyl en trépignant. Quels textes jamais découverts ? Toi qui cherches à traduire le serken archaïque, pense à tout ce que tu pourrais trouver là-bas qui n'a jamais été étudié par personne.

— Les textes gravés sur les murs de la cité sont tous en serken classique ils ne peuvent pas m'aider dans mes recherches.

La troupe jeta un regard interrogateur et suspicieux à Riwan qui précisa :

— Entre -371 et -360, à la fin de l'ère des dragonniers, Azerate a fait restaurer les fresques de Svèn-Ild. Des dracologues ont découvert dans la reliure d'un manuscrit, une page d'un ancien livre de compte. C'est courant depuis la fin de l'ère des dragonniers d'utiliser des parchemins plus anciens pour constituer la reliure d'un nouveau livre. Cette page mentionne les paiements effectués pour ces travaux de restauration à Svèn-Ild et la langue demandée pour ces textes. À l'origine le livre de compte complet devait fournir bien plus d'informations sur les travaux à Svèn-Ild, mais il est perdu, comme beaucoup de textes de cette époque, qui furent détruits par Enfel Aran. Le serken classique ne présente plus de difficulté de compréhension aujourd'hui et il est bien enseigné à Tsiroèn, notamment par Valgar il me semble.

— Oui, acquiesça Eliwyl, j'ai été surprise qu'un dragon m'enseigne une langue, mais c'est un très bon professeur.

— Tu as étudié les archives de Mralèm, comprit Arvak, et peut-être même celle du Temple.

— Tu pourrais beaucoup allonger la liste. Mais la dernière fois que je me suis rendue à la capitale, Anar Morken était encore en vie, et – si j'ai bonne mémoire – Méaglim était le garçon d'écurie qui s'occupait de son dragon lorsqu'il venait en visite. Tu t'es bien occupé de Waïna c'est quelque chose que je n'ai pas oublié.

Cela fit drôle à Méaglim de penser qu'il avait déjà croisé Riwan par le passé, et Arvak de se dire qu'il l'avait peut-être doublée dans les couloirs du château. Aucun ne se rappelait d'une elfe mais il s'agissait de leur enfance et cela les ramenait assez loin dans le passé, à une époque où tous quatre étaient bien différents de qui ils étaient à présent.

— Y a-t-il quoi que ce soit que nous puissions te proposer pour que tu acceptes de nous servir de guide ? demanda à nouveau Norgar.

— Je crois que dans l'immédiat vous n'avez rien qui puisse m'intéresser, déclara Riwan.

En d'autres circonstances, Arvak aurait probablement considéré qu'il s'agissait d'un refus. Mais Riwan était pensive, et elle avait semblé distraite par d'autres réflexions pendant tout leur échange.

Arvak eut la conviction qu'il ne pouvait rien faire pour incliner Riwan en leur faveur.

Elle avait raison, ils avaient tout à gagner de ses compétences et si peu à offrir en retour.

— Pour quand voulez-vous une réponse ? demanda-t-elle.

— Nous pensions rester jusqu'au passage de la pleine lune, et repartir aussi tôt que possible après.

— Je vous répondrai avant votre départ. Si votre capitaine accepte de me loger jusque-là, bien évidemment.

— Je ne laisserai personne dehors pour la pleine lune, assura Eirda.

Leur discussion se termina là-dessus.

Arvak en garda une impression en demi-teinte, il ne parvenait pas à discerner de quel côté penchait la balance, et il se sentait impuissant. Il avait le sentiment de ne rien pouvoir faire qui pût décider Riwan à accepter, avec toutes les conséquences qu'un refus de sa part engagerait et contre lesquelles il ne pouvait rien. Si Riwan refusait, il leur faudrait trouver quelqu'un d'autre et, au vu du peu d'humains qui parcouraient cette région, cela pourrait s'avérer difficile. Ils devraient renseigner sur leur quête un certain nombre de candidats et d'intermédiaires, jusqu'à trouver le guide idéal, ce qui rendrait vulnérable leur entreprise et les exposerait à être repris par le roi. Sans compter que l'hiver pourrait arrêter leur pérégrination à Artaug pendant une durée indéterminée. Il n'était pas exclu qu'ils doivent attendre le retour du printemps, voire davantage s'ils ne trouvaient personne.

Rien n'était particulièrement certain dans ce qu'ils avaient entrepris, ni les compétences de Riwan, ni leur aptitude collective à trouver Svèn-Ild, mais Arvak n'était même pas certain de trouver d'autres options.

Tout le jour durant, Riwan apporta son aide dans divers travaux à la citadelle et elle ne ménagea pas sa peine. Qu'il s'agisse de maçonnerie sur des faiblesses de la forteresse, d'affûtage de lames, de graissage des cuirs ou de soins des chevaux, on la trouva rarement inoccupée. Bien que suspicieux d'abord, les Frontaliers ne pouvaient qu'estimer son ardeur à la tâche, sa force et sa bonne volonté. Riwan aida en silence et les Frontaliers cessèrent leurs regards défiants.

En fin de journée, Riwan déplaça ses affaires dans la tour des dragonniers.

Plusieurs pièces restaient libres avec la troupe, mais elle préféra s'installer à l'étage supérieur, complètement vide. Elle vint dans le réfectoire à l'heure du repas, puis, une fois celui-ci terminé, elle disparut dans ses quartiers.

Durant la nuit, alors qu'Arvak contemplait le plafond de sa chambre éclairée par la lumière blafarde de la lune montante, l'esprit concentré sur le mugissement du vent dans la tour, il lui sembla entendre un bruissement qui n'était pas celui du vent.

Il se leva en silence et passa la tête dans l'embrasure de la porte.

Au-dessus de lui, entre les dalles disjointes de la tour laissée à l'abandon, il vit passer l'ombre d'un manteau sur le sol. Aucun pas ne se faisait entendre et il ne douta pas que Riwan était l'auteure de cette marche nocturne. Il n'osa se déplacer. Connaissant l'ouïe fine des elfes, il craignit d'éveiller sa vigilance. Aussi, il concentra son attention sur l'escalier, certain de voir son ombre en descendre les degrés.

Il attendit mais ne vit rien.

Plus aucun son suspect ni signe de présence n'était perceptible.

Piqué de curiosité et n'y tenant plus, il traversa pieds nus le couloir, remonta l'escalier le plus silencieusement possible et parvint à l'étage de Riwan.

Il trouva toutes les portes ouvertes, les pièces vides, ses affaires emportées. Il tenta de se rassurer en se rappelant que la pleine lune approchait et que même quelqu'un comme Riwan avait besoin d'un abri en ces circonstances. Il alla dans une pièce d'où on pouvait voir la cour, espérant apercevoir son ombre fugitive mais tout était immobile. Il se porta de l'autre côté, dans une pièce qui donnait sur la lande et scruta l'horizon.

Dans la clarté de la lune, celle-ci ressemblait à un océan de gris. Des pierres se découpaient dans un blanc laiteux, jetant leur ombre d'un noir profond dans leur sillage, tandis que les buissons nuançaient le décor de leurs touches ombragées. Soudain, il vit une silhouette à pied apparaître au milieu de la bruyère. Elle sautait avec souplesse de rocher en rocher, se fondait parfois dans une ombre, reparaissant quelque peu, s'effaçant à nouveau tel un fantôme. Puis, un nuage passa devant la lune et Riwan disparut complètement de sa vue. Lorsqu'il s'éloigna enfin, Arvak ne distingua plus rien.

Riwan était à pied et Arvak ne doutait pas qu'elle n'abandonnerait pas sa jument derrière elle. Aussi, il retourna se coucher, tout à fait rassuré quant à la perspective de la revoir prochainement, mais intrigué par son escapade mystérieuse hors de la tour.

Dehors, Riwan poursuivit sa route.

Lorsque le nuage voila la lune, elle se cacha dans l'ombre d'un rocher, bifurqua dans la direction opposée de celle qu'elle suivait initialement et continua son cheminement à l'abri des broussailles. Elle voulait s'assurer que, si mince que fût la possibilité qu'on l'eût observée auparavant, nul ne pût suivre ses pas jusqu'à sa destination.

La lande étendait son austère tapis de broussailles à perte de vue et Riwan le franchissait d'un pas léger et agile. Elle passa le ruisseau et commença à gravir la pente plus escarpée de sa rive nord, montant de rocher en rocher jusqu'à un pic qui se dressait non loin.

Sans égaler ni la hauteur ni la surface du piton où avait été construit Roakinmir, ce pic n'en paraissait pas moins un pâle cousin. À son sommet avait été bâtie ce qui devait être une petite chapelle, ou le plus approchant, un lieu de retraite et de médiation peut-être. Les quatre murs et quelques pièces se devinaient encore mais le toit s'était effondré. Riwan se dirigea au fond de la bâtisse, souleva un panneau de bois vermoulu qui avait été posé là pour dissimuler l'accès au sous-sol. Elle prit l'escalier qui s'ouvrit devant elle et parvint à une crypte voûtée. Les murs étaient percés d'alcôves et l'ensemble de la pièce comptait plusieurs gisants de pierre usés, brisés pour certains. Il y faisait très sombre et même ses yeux d'elfe avaient le plus grand mal à percer les ténèbres, mais elle se dirigea sans hésitation vers l'un d'entre eux qu'elle ouvrit. À l'intérieur se trouvait une échelle qui menait plus en profondeur encore. Elle s'y engouffra, refermant le gisant derrière elle.

L'obscurité devint complète mais elle connaissait chaque détail du parcours. Elle descendit les barreaux un à un, longea un couloir tandis que lui parvenaient des bruits étouffés. Elle arriva devant une lourde porte de pierre ronde qu'elle fit rouler sur le côté selon son mécanisme.

Alors les bruits étouffés qu'elle entendait depuis quelque temps se transformèrent en un tintamarre monumental. Elle entra précipitamment, referma la porte et accourut.

— Mais qu'est-ce qu'il se passe ici ?! jeta-t-elle depuis le haut d'une balustrade.

En contrebas, dans une salle richement éclairée par des lumières dont seuls les dragonniers avaient le secret, plongée dans le pire capharnaüm qu'on eût pu imaginer, un petit dragon rouge, juché sur une étagère, ailes déployées, crinière hérissée, feulait contre une créature qui cherchait à se saisir de lui, sans parvenir à l'atteindre.

Cette dernière avait un corps trapu, un crin épais et gras, une tête de tortue, et des pattes griffues qu'elle lançait en direction du dragon. Derrière elle, mordant sa queue à pleines dents, la panthère Koumal tentait de la retenir. Autour d'eux tout n'était qu'étagères renversées, meubles brisés et papiers éparpillés.

Lorsque Riwan les interpella, tous trois tournèrent la tête vers elle mais bientôt la créature à tête de tortue revint à son idée première d'attraper le jeune dragon, qui sauta lestement sur une autre étagère que la créature renversa sans ménagement, jetant le dragon au sol. Koumal avait lâché prise, crachant entre ses crocs une touffe de poils hirsutes.

Riwan descendit quatre à quatre les marches et s'interposa entre la créature et le dragon.

Ce dernier rugissait et toisait la bête avec détermination et sans peur, mais son cri juvénile semblait dérisoire, à côté de l'autre.

Haute comme un bœuf, la créature rugissait puissamment, secouant son échine, battant l'air de sa queue et de ses pattes griffues. On la devinait prête à mettre en pièce le dragonnet. Toutefois lorsque Riwan se plaça entre eux elle n'osa plus avancer.

— Ça suffit !

La créature ne semblait ni plus calme ni moins en colère mais elle se tassa légèrement, obéissante.

Derrière, le dragon lui jeta un rugissement de défi.

— Toi aussi Tiamé, ça suffit ! ordonna Riwan. « *Que s'est-il passé ?* »

Elle formula cette question télépathiquement à son totem qui lui répondit de même :

« Tiamé a volé un truc qu'il aurait pas dû toucher et Svalrim l'a attaqué. »

« Tu pouvais pas les arrêter ? »

« J'ai essayé, mais tu sais très bien que Svalrim ne peut pas m'entendre », se renfrogna Koumal.

— Donne, dit Riwan à l'adresse du dragon rouge.

Celui-ci recula en détournant la tête avec arrogance.

Le voyant, la créature fit mine de se jeter à nouveau sur lui et Tiamé reprit ses rugissements de défi.

— J'ai dit, ça suffit ! ordonna à nouveau Riwan en mettant les deux mains devant le visage de la créature qui obtempéra à contrecœur. Tiamé, donne !

Le petit dragon, l'air penaud s'avança vers la main tendue de Riwan et régurgita ce qu'il avait volé. Il s'agissait d'une chaînette brillante. Lorsqu'elle la vit, le regard de la créature s'enflamma à nouveau.

— C'est bon, ça va, assura Riwan, je te la rends.

Elle recula de quelques pas, très lentement et sans geste brusque jusqu'à parvenir au pied de l'escalier qui donnait accès à la salle. Là se trouvait un tas de vieilles affaires trouées et poussiéreuses, un sac à dos, un manteau, une paillasse, des bottes dont l'une était mâchouillée. Riwan déposa sur le dessus la chaînette que Tiamé avait volée puis s'écarta vivement tandis que la créature se jetait dessus en mugissant. Elle entoura les vieilles affaires de son corps et se lova autour, faisant claquer sa mâchoire devant qui osait approcher. Tiamé revint la défier de son rugissement juvénile.

— Non, le renvoya Riwan, tu la laisses tranquille maintenant !

Et elle le chassa vers une partie plus éloignée de la pièce.

La créature commença à mâchouiller sa botte habituelle et le calme revint.

Riwan laissa échapper un soupir de consternation.

Elle suivit Tiamé pour voir où il avait trouvé abri.

Le dragon s'était dirigé vers une salle reculée. Là-bas, les lumières des dragonniers fonctionnaient mal et ne laissaient passer qu'une lumière tamisée. Au milieu trônait une table de pierre ronde entourée de tabourets de pierre. Sur sa surface six niches avaient été creusées et dans cinq d'entre elles reposaient des œufs de dragon. Chacun avait sa teinte propre, ambre, noir, azur, jaune et émeraude, et chacun diffusait une faible luminosité à sa couleur.

Tiamé se hissa sur la table et passa auprès de chacun d'entre eux, y posant les pattes, y frottant sa tête comme un chat, puis parvenu à la niche restée vide, il s'y lova, bien qu'il fût trop grand pour y tenir.

« Il s'ennuie », confia Koumal.

Chapitre 21

Riwan vint s'asseoir auprès du jeune dragon et lui gratta les écailles jusqu'à ce qu'il se fût complètement endormi.

Koumal de son côté se jucha sur une alcôve et se coucha.

« Tu as appris des choses intéressantes ? » demanda la panthère.

Riwan hocha la tête, elle réfléchissait à la meilleure façon de présenter cela à son totem. Le lien entre elles était puissant. Si elle l'avait voulu, elle aurait simplement pu la laisser entrer dans son esprit. Koumal y aurait vu toutes ses pensées, et elle toutes les siennes, si bien que la discussion qui arrivait aurait été inutile. Mais Riwan avait déjà expérimenté par le passé les limites de ce mode de communication, si parfait et infaillible qu'il pût sembler de prime abord. Présentement ses pensées étaient confuses, elle avait besoin de les organiser, de les formuler afin que Koumal les examine plus précisément et puisse y répondre. Elle avait besoin de ce dialogue intérieur et d'un regard extérieur.

Devant son silence mental, Koumal prit l'initiative.

« Je sais ce que tu penses, avertit la panthère*, et je suis contre. »*

« Tu es contre tout ce qui implique d'avoir confiance en quelqu'un et de ne pas tout maîtriser. »

Koumal gronda sourdement.

« Tu as perçu notre ennemi aussi clairement que moi et nous étions d'accord qu'une créature aussi puissante et malveillante devait être détruite », commença l'elfe.

Koumal confirma.

« À ce moment-là nous pensions que les dragons pourraient la vaincre si nous parvenions à les faire naitre. Mais maintenant nous savons que cet ennemi est le Porteur du Pilier des Ténèbres et je pense que cela change la donne. Il y a bien peu d'ennemis que six dragons ne pourraient pas anéantir,

mais je ne crois pas qu'ils soient en mesure d'affronter un Pilier du Monde. Nous ne pouvons pas prendre le risque de les perdre inutilement. »

Koumal lécha ses griffes. Elle ne voulait pas admettre que leur plan était changé par cette nouvelle information. Elle y était obligée pourtant. Riwan savait que la panthère n'était pas en désaccord avec ce qu'elle venait d'avancer, mais elle sentait son opposition aux changements inévitables que cela entraînait sur leur dessein initial. Il y avait deux points sur lesquels Riwan voulait obtenir l'assentiment de son totem, et elle savait que l'entreprise serait difficile.

À sa droite se trouvait l'œuf couleur ambré et Riwan posa la main dessus.

« *Nous savons que cet œuf doit revenir à Arvak. Je le sais, et tu le sais aussi. La dernière fois, Arvak était trop jeune, le dragon s'est rendormi. Avec la venue de cet ennemi nous étions d'accord sur le fait qu'il était temps de le lui remettre. Nous avions aussi conclu que découvrir les personnes adéquates pour le reste de la couvée était une priorité.* »

Koumal acquiesça à nouveau. Elles avaient eu de longues discussions à ce sujet et la panthère ne souhaitait pas remettre tout cela en question.

« *Que tu sois d'accord ou pas, que cela soit une bonne chose ou non, bientôt, cet œuf ira à Arvak et un dragon en naîtra. Il lui revient, et je n'ai pas à le garder plus longtemps.* »

Koumal se renfrogna encore, elle commençait à voir nettement où Riwan voulait en venir.

« *Je pense que nous devrions présenter les autres aux compagnons d'Arvak.* »

Koumal émit un rugissement sauvage et Riwan sentit que tout son être se rebellait contre cette idée. Un torrent de pensées contestataires et furieuses assaillit l'esprit de l'elfe.

Koumal n'exprima pas cette protestation avec des mots. Dans leurs échanges télépathiques, elles communiquaient entre elles des pensées qu'elles comprenaient mutuellement. Parfois, comme en cet instant, Riwan prenait le temps d'organiser son discours, et elle le formulait en mots que Koumal comprenait. Mais de son côté

Koumal n'avait pas recours au langage. Ses paroles prenaient la forme d'émotions, de sensations, de souvenirs, d'images, de sons, d'odeurs, d'intuitions, qu'elle organisait pour s'exprimer. Parfois ses propos étaient très clairs et construits, et ils étaient alors presque transposables en langage. Mais le plus souvent, comme en cet instant, les pensées de la panthère n'étaient qu'un torrent tumultueux, cohérents dans l'idée qu'ils transmettaient, mais impossible à verbaliser. Pour la panthère l'existence des œufs devait rester cachée à tout prix, et le secret ne pourrait en être révélé qu'à des personnes soigneusement sélectionnées. Elle trouvait globalement l'idée de Riwan aberrante et stupide.

Riwan laissa passer la tempête. Les pensées de la panthère étaient aussi les siennes, et, si ses convictions étaient ailleurs, elle ne se débattait pas moins avec les mêmes ressentiments.

Elle prit son temps avant de poursuivre :

« Tu as vu ? pendant notre discussion Arvak consultait les autres du regard avant de révéler des informations. Et quand nous étions avec eux tu as forcément remarqué leur cohésion. »

Koumal n'avait pas été présente lors de l'échange que Riwan avait eu avec la troupe, mais elle avait tout vu à travers elle. Elle trouvait que le temps que Riwan avait passé avec la troupe et cet échange étaient trop brefs pour en déduire quoi que ce fût de leur cohésion.

« Je ne pense pas qu'Arvak gardera la naissance du dragon secrète et je ne crois pas que nous puissions le convaincre ou le contraindre de taire ceci à ses compagnons. »

Malgré elle, Koumal était d'accord. Riwan sentit qu'elle aurait voulu résister, et insister sur le peu de temps qu'elle avait partagé avec la troupe, sur l'inconsistance de son jugement. Mais Koumal sur ce point avait la même intuition que Riwan, et elle refusait de mentir, sur son ressenti, comme sur le fait qu'il était identique à celui de Riwan.

L'elfe continua :

« Cela signifie que d'ici les prochains jours, a fortiori, les compagnons d'Arvak sauront que j'ai été en possession d'un œuf de dragon et qu'il a éclos

pour Arvak. La majorité de ce que nous pouvions vouloir garder secret – l'existence de cette couvée, le fait qu'elle est en ma possession – sera donc révélée, à Arvak au moins et au reste de ses compagnons très certainement. »

Koumal en convenait.

« *À côté de cela garder le secret sur la quantité d'œufs ne représente presque rien.* »

Koumal était aussi d'accord mais elle détourna la tête et Riwan sentit sa réticence à le reconnaitre.

« *Garder secret le nombre d'œufs me semble un gain dérisoire à côté de ce que nous pouvons espérer gagner en présentant le reste de la couvée aux compagnons d'Arvak.* »

C'était ici que Riwan avait besoin de ses meilleurs arguments pour convaincre Koumal :

« *Si jamais ne serait-ce qu'un seul dragon venait à naitre suite à ça, nous aurions un renfort de plus contre notre ennemi. Même si un seul naissait, cela nous ferait toujours une personne de moins à chercher.* »

« *Qu'est-ce qui te fait penser que les dragons pourraient naitre pour eux ? Toi et les autres vous avez gardé les œufs pendant des années, et Tiamé n'est née qu'il y a deux mois !* » objecta Koumal.

« *Pour l'instant, la seule chose que nous savons c'est que les dragons ne peuvent pas naitre pour quelqu'un qui n'a pas l'aptitude de communiquer avec eux. Or nous savons que chaque membre de la troupe a cette aptitude.* »

Les pensées de Koumal devinrent interrogatives.

« *Pour Arvak la question est réglée depuis longtemps. Norgar est issu de la haute aristocratie de l'Aganius, et donc de plusieurs très anciennes lignées de dragonniers, il a été l'élève du dragon Endimir. Eliwyl est la fille d'Anar Morken, qui était accompagné d'un dragon, et elle a hérité de cette aptitude puisqu'elle a confirmé pouvoir communiquer avec Valgar.* »

« *Pour Roawir ?* »

« *Si tu l'as vu se laver quand nous étions à Kölrimgar, tu sais qu'il porte le tatouage d'élève de Lidius dont le totem était un dragon. Il n'aurait pas été son apprenti s'il n'avait pu communiquer avec eux.* »

« *Et Méaglim ?* »

« *Il a été palefrenier à la cour de Mralèm justement parce qu'il était capable de s'occuper des dragons des dracologues, et en particulier de Valor, le dragon d'Anar Morken, qui ne tolérait pas beaucoup d'humains. Pour moi ça ne fait aucun doute que Valor n'aurait pas toléré quelqu'un qui n'avait pas cette aptitude. »*

« Ça ne prouve pas que des dragons vont naitre pour eux », objecta à nouveau Koumal.

« Non, concéda Riwan, *mais nous avons la certitude que ce n'est pas impossible. Nous avons un groupe pour lequel nous sommes absolument certains qu'ils possèdent la faculté de communiquer avec un dragon. Quelles sont nos chances que cela se reproduise ? Même si nous trouvions plus tard un candidat qui nous semblerait idéal, les probabilités que son passé nous renseigne sur cette aptitude sont minces, tout le monde ne grandit pas à la cour de Mralèm aux côtés de Games Gandar et Anar Morken, et rares sont les élèves des dracologues ou des elfes au totem draconique. Dans le cas où le passé d'un candidat ne nous renseignerait pas – parce qu'il n'aurait jamais rencontré de dragon de toute sa vie, ou jamais eu l'opportunité de communiquer avec lui, ce qui est le cas pour la très grande majorité des créatures du pays – quelles seraient nos options ? Lui présenter tous les œufs un par un an en espérant un miracle ? Lui présenter Tiamé pour qu'il teste cette aptitude ? Avec le risque de révéler son existence pour rien. »*

Koumal ne fut pas insensible à cet argument mais Riwan sentait qu'elle résistait toujours.

« Que ferais-tu, toi ? » lui demanda-t-elle.

« Je donnerais l'œuf à Arvak puisqu'il lui revient. Je chercherais à le convaincre de garder le secret là-dessus et de quitter la troupe pour nous suivre dans un endroit sûr – un endroit où le dragon pourrait rester caché le temps de grandir et d'être moins vulnérable. »

« Un endroit sûr ? l'interrogea Riwan. *Il faudrait un lieu reculé, où personne ne pourrait tomber sur de jeunes dragons. »*

Koumal acquiesça.

« Où ils seraient protégés de toute attaque de lycans. »

La panthère acquiesça encore.

« Un endroit comme une cité ancienne, isolée dans les montagnes, enfouie, inaccessible et invisible pour qui ne la connaît pas, et dont les salles souterraines sont assez grandes pour que des dragons puissent y voler. »

Les oreilles de Koumal se rabattirent sur son crâne de dépit.

« Svèn-Ild », comprit la panthère.

« Il faudrait assurément de solides arguments pour le convaincre d'abandonner la troupe pour se rendre dans un coin aussi reclus et de suivre une formation avec quelqu'un qu'il ne connaît pas ! »

Koumal gronda pour seule réponse.

« Et quand prévoirais-tu de te consacrer à la recherche des autres candidats ? Avant, pendant ou après la formation d'Arvak ? Tu ne craindrais pas qu'il reparte vers la troupe pendant que tu irais chercher les autres ? »

« Ça va, j'ai compris », rugit-elle, mais elle n'était pas convaincue pour autant.

« Arvak nous a confirmé ce que nous pensions : la Ténébra et les lycans semblent pressés d'en finir avec les dragons, rappela Riwan, *cela signifie que tout le temps que nous passerons loin d'un abri nous fera courir le risque qu'ils soient découverts par les lycans et exposés au danger. Si nous présentions la couvée aux compagnons d'Arvak et qu'un autre dragon naissait, ou plus, cela ferait d'autant moins de trajets pour les mettre à l'abri. Au contraire, si nous décidions de ne donner que l'ambré à Arvak, nous devrons découvrir qui d'autre conviendrait. La recherche exposerait Tiamé, puisque nous aurons probablement besoin de lui pour tester les aptitudes des candidats, ainsi que le dragon qui naîtrait, puisque nous devrons à nouveau le conduire jusqu'à l'abri. »*

Koumal semblait résister un peu moins à l'idée et Riwan insista :

« Tu ne comprends pas à quel point la situation est parfaite ? Nous n'avons pas besoin de les convaincre de se rendre dans un endroit isolé. Nous n'avons pas à craindre qu'ils emploient les dragons pour leur bénéfice personnel, ils ont déjà décidé de se dévouer à la lutte contre le Porteur du Pilier des Ténèbres. Nous savons qu'ils vont s'entendre, ils ne risquent pas de mal travailler ensemble, ou de se morceler en petits groupes. »

Riwan se leva :

« Quelles étaient nos perspectives avant Kölrimgar ? Nous rendre à Mralèm, aller à la rencontre d'Arvak ou découvrir l'endroit où le trouver, aller le chercher, le convaincre que son destin est d'affronter un seigneur du mal, le persuader de nous suivre à Roakinmir pour lui remettre cet œuf, puis de nous

suivre jusqu'à Svèn-Ild où le dragon pourra grandir à l'abri. Et en parallèle de tout ça, chercher des personnes qui pourraient convenir aux autres dragons de la couvée, en espérant les convaincre de la même façon, et de ne pas tomber sur une personne mal intentionnée qui emploierait le dragon pour lui-même. Tout cela pour quoi au final ? Constater que notre ennemi porte le Pilier des Ténèbres et que les dragons seront peut-être impuissants à le vaincre ! »

Koumal grognait toujours.

« Avant Kölrimgar, nous étions résolues à des mois de recherches, à la perspective qu'Arvak puisse refuser de nous suivre, et nous étions résignées à ce que peut-être nous ne parviendrions pas à trouver les personnes idéales pour toute la couvée dans le temps qui nous est donné. Nos intérêts ont convergé d'une façon qui nous a déjà fait gagner des mois et des mois de voyage, et qui nous a permis d'aller explorer Mordan alors que nous y avions renoncé en voyant l'approche de la pleine lune. »

Riwan sentit que Koumal cédait petit à petit.

« Nous n'avons aucune certitude que les dragons vont naitre pour eux. Mais si jamais un seul naissait, nous gagnerions déjà beaucoup plus que ce que nous aurions osé espérer il y a encore trois semaines. Je ne propose pas de les leur présenter parce que je crois que les compagnons d'Arvak soient plus qualifiés que d'autres, mais parce que si le hasard ou les dragons voulaient bien les désigner – et nous savons que c'est possible – alors le gain serait au-delà de tout ce que nous envisagions. »

« Et concernant leur quête ? » demanda Koumal qui commençait à comprendre toute la pensée de Riwan.

« Je pense les rejoindre. »

À nouveau l'esprit de Koumal se déchaîna comme une tempête, et celle-ci fut pire que la première.

« Après tout ce que nous avons enduré, tu vas donner la couvée à des gens pour qui elle ne représente rien ? À qui elle n'a rien coûté, ni peine, ni sacrifice ? Des gens que tu as côtoyés deux jours et avec qui tu as parlé dix minutes ? Et s'il n'était question que de la couvée ! Mais tu veux tout leur offrir sur un plateau ! Un abri sûr, tout le savoir accumulé, tes compétences ! C'est ça le peu d'estime que tu as pour nos accomplissements ?! »

La panthère était exaspérée. Dans l'esprit de Riwan défilèrent en bataille plusieurs des pires moments qu'elle avait endurés au cours des dernières années, les blessures, la perte, les épreuves. Riwan fut prise à la gorge par ce tourbillon d'émotions.

« Nous voulons la même chose, vaincre la Ténébra », objecta Riwan.

« Tu n'as aucune certitude qu'ils vont garder leur plan initial une fois qu'ils auront les dragons. S'ils naissent, tu n'as aucun moyen de savoir comment ils vont réagir. Est-ce que tu as une idée de tout ce que les dragons représentent pour les humains ? Que feras-tu s'ils décident soudain que protéger leur pays avec l'aide des dragons est plus important que de vaincre la Ténébra ? Ils pourraient très bien être totalement chamboulés par ce qui leur arrive. Que feras-tu si la jalousie de ne pas avoir son dragon faisait voler en éclats cette cohésion que tu admires tant ? Que feras-tu si le fait d'avoir un dragon leur fait tourner la tête ? Tu te précipites, et ils ne sont pas prêts ! »

Riwan resta un instant interloquée.

« Je ne peux pas emmener les œufs avec moi et leur montrer plus tard, ce n'est pas sûr de les emmener sur les routes, se reprit Riwan, *ici j'ai un endroit où ils sont en sécurité, avec Svalrim pour les garder. Prêts ou pas, si les œufs doivent revenir à la troupe, ça ne peut avoir lieu qu'ici et maintenant. »*

« Je n'ai pas fait tous ces sacrifices pour que tu bazardes tout au premier venu ! »

« Comme si je n'avais rien sacrifié pour réunir la couvée ! Comme si la quête de Svèn-Ild ne m'avait pas coûté autant qu'à toi ! »

La panthère se releva, furieuse. Le pelage hérissé elle poussa un rugissement terrible avant de quitter la pièce en trombe.

Les raisons de l'opposition de Koumal n'étaient certes pas toutes rationnelles mais ses inquiétudes concernant l'impact de la naissance des dragons sur la troupe étaient tout à fait légitimes. Riwan était certaine que, de toutes les options, la sienne était la meilleure, et que, si elle n'était pas sans risque, aucune autre ne l'était moins à ses yeux. Malgré tout, l'opposition farouche de Koumal la faisait douter et elle put ressentir à quel point l'accord de la panthère sur toute cette entreprise lui était indispensable. Koumal était d'accord avec son raisonnement, mais méfiante face à l'idée. Riwan était certaine de la pertinence de son idée mais craignait malgré tout de faire fausse route. Quoi qu'il doive advenir, elles devaient le faire ensemble.

Riwan sentait une rage palpiter dans sa poitrine sans savoir de qui elle venait, d'elle-même ou de son totem. Elle sentit progressivement la colère refluer et Riwan finit par retomber, épuisée sur son tabouret de pierre. Devant elle, Tiamé ouvrit un œil inquiet. Elle comprit que les rugissements de Koumal l'avaient éveillé, mais qu'il était resté immobile, par peur peut-être. Elle posa une main qu'elle voulait rassurante sur son flanc puis résolut à aller se coucher. La nuit était bien avancée et elle n'avait pas dormi depuis des jours.

Chapitre 22

Riwan ne prit que quelques heures de repos à peine.

Le soleil n'était pas encore levé lorsqu'elle se réveilla.

Elle entreprit de ranger le hall d'entrée où Tiamé et Svalrim s'étaient affrontés la veille. La pièce était sens dessus dessous, les étagères effondrées, certaines démolies, avaient déversé leur chargement de livres et d'ustensiles que les deux bêtes avaient éparpillés aux quatre coins de la pièce.

Elle redressa les étagères qui pouvaient encore servir et y empila pêlemêle le bric-à-brac en désordre. Il y avait peu de choses ici qui eût une véritable utilité. Celles auxquelles elle accordait de la valeur se trouvaient avec son sac et ses épées, à l'écart de la bagarre.

Koumal n'était pas présente, mais leur abri, quoique relativement petit, comptait quelques endroits où la panthère pouvait s'isoler. Riwan ne la chercha pas, elle savait qu'elle devait attendre que Koumal revienne vers elle et aborde le sujet.

Au pied de l'escalier qui permettait d'accéder à leur cachette se trouvait Svalrim qui gardait entre les pattes le nécessaire de voyage poussiéreux qu'elle ne lâchait jamais. Riwan s'était attendue à ce que la chimère lui accorde de l'intérêt mais elle regardait fixement l'escalier. Parfois elle se couchait ou jetait un bref regard dans la pièce, mais toujours son attention y revenait.

Riwan brisa les débris d'étagères en petits morceaux et les brûla dans la cheminée. Elle profita du feu pour se cuire un repas chaud puis remit sur pied la longue table de chêne qui lui servait de bureau. Elle sortit des livres de ses affaires, prit quelques feuilles de papier et entreprit de poursuivre ses recherches sur le serken archaïque, feuilletant les pages translucides d'un manuscrit en ailes de libellule.

Elle avait encore un peu de temps avant le lever du jour, bien qu'elle n'eût pas encore décidé si elle voulait retourner à la tour Frontalière avant l'aube. Cela la contrariait très peu que les Frontaliers puissent découvrir son absence.

Après quelque temps, Koumal entra dans la pièce, Riwan lui jeta un bref regard mais la panthère se détourna et alla se coucher à l'autre bout de la table où étudiait l'elfe.

Riwan décida de l'ignorer et se reconcentra sur ses manuscrits. La panthère la fixait et un feulement sourd roulait dans sa gorge. Riwan sentait sa frustration et sa colère, ses sentiments ne s'exprimaient pas en mots mais s'intensifiaient à mesure qu'elle continuait de ne pas porter d'attention à sa présence. L'elfe posa sa plume et la regarda mais Koumal détourna à nouveau la tête.

« Je ne prendrai aucune décision sans ton accord », précisa-t-elle.

Elle voulut la rassurer, encourager la panthère à formuler ses pensées mais elle la sentait fermée et sur la défensive.

« Et que feras-tu si je refuse complètement ? » ironisa Koumal.

« Je présenterais l'œuf ambré à Arvak lorsque nous serons d'accord sur les circonstances. »

« Le blizzard au-dessus de Svèn-Ild pourrait nous aider à séparer Arvak de ses compagnons. Avec l'hiver qui arrive il ne pourra pas les retrouver et réciproquement. Ça nous laisserait plusieurs mois pour le convaincre de nous suivre et lui remettre l'œuf sans que les autres soient dans la confidence. »

Riwan était écœurée par l'idée, mais le plan plaisait à Koumal.

« Tu ne le feras pas », nota Koumal.

« Non. »

La panthère l'avait su avant même de le dire.

Riwan sentait Koumal plus calme mais son esprit était comme la surface plane d'un lac agité en profondeur, et elle devinait une férocité toujours prête à surgir. Cela la fascinait et l'effrayait en même temps.

« La couvée n'a jamais été à nous, dit Riwan pour tenter de l'apaiser. *Le fait que nous ayons travaillé à la rassembler pendant si*

longtemps, en sacrifiant autant de choses, tout ça n'y change rien. Nous ne serons jamais rien d'autre que des passeurs. »

« *Je m'en fous* », l'interrompit Koumal.

Riwan laissa le silence s'installer entre elles.

Non loin devant l'escalier, Svalrim continuait de fixer les marches.

Koumal suivit le regard de Riwan.

« *Elle attend qu'il rentre*, expliqua la panthère. *Elle est comme ça tout le temps.* »

La gorge de Riwan se noua :

« *Je ne peux même pas lui expliquer qu'il ne rentrera jamais.* »

Koumal ne répondit rien.

« *Moi aussi j'ai peur* », reconnut Riwan.

La panthère jeta un regard vers elle.

« *Si nous échouons à atteindre Svèn-Ild, l'hiver et le blizzard pourraient anéantir en une fois tout ce que nous avons accompli.* »

« *Tu ne pensais pas à cette cité au départ* », comprit Koumal.

« *Il y a bien des cités de dragonniers isolées et oubliées, toutes ne sont pas aussi dangereuses d'accès que Svèn-Ild. J'aurais préféré Mirminköl.* »

Koumal ne répondit rien. Riwan aurait cru qu'elle ferait de nouvelles objections mais leur destination n'était pas au cœur de leur désaccord. Dans son esprit les dangers de Svèn-Ild semblaient de bien moindre importance comparés à l'idée de présenter le reste de la couvée à des gens qu'elle connaissait à peine.

« *Nous sommes pressés par le temps*, rappela Riwan, *plus longs nous serons à nous constituer, plus ardue sera la bataille contre notre ennemi. Pendant que nous nous divisons sur des futilités, la Ténébra croît en puissance.* »

« *Tu as raison*, finit par reconnaitre Koumal, *le Pilier des Ténèbres est en jeu et cela change tout. Qui pense le contraire s'aveugle lui-même.* »

« *Je n'aurais pas envisagé cette option en d'autres circonstances.* »

« *Si la Ténébra n'avait pas été au cœur de tout ceci, Arvak n'aurait pas entrepris ce voyage, nous ne l'aurions pas rencontré à Kölrimgar, Eirda n'aurait pas été envoyée à Roakinmir et nous ne serions pas ici et maintenant à délibérer de cette façon.* »

Riwan acquiesça :

« C'est la nécessité qui nous a menés où nous sommes, chacun sur notre chemin, et qui nous pousse à ces extrémités ; Arvak à entreprendre un voyage vers une cité qu'aucun dracologue n'a jamais découverte, moi à tenter de te convaincre que nous devons les rejoindre et présenter la couvée à ses compagnons. »

Les pensées de Koumal semblaient plus limpides et apaisées.

Riwan ne l'avait pas rangée à son avis. Sa colère, sa frustration et sa méfiance restaient inchangées. Les raisons qui lui faisaient détester le choix proposé par Riwan étaient les mêmes. Mais à présent tout ceci arrivait en second après la nécessité de vaincre la Ténébra :

« Ce qui doit être fait, doit être fait. La Ténébra doit être détruite. Je suis d'accord avec tout le reste. Comment penses-tu procéder ? »

Riwan fut un instant désarçonnée par la rapidité du revirement de Koumal et la panthère se remit à gronder. Elle avait signalé son assentiment, cela lui déplaisait de voir Riwan s'attarder sur ses faiblesses.

« Je pourrais ramener les œufs à la tour la nuit prochaine et les présenter à la troupe la nuit suivante. La tour est presque complètement inoccupée, ce sera facile d'y cacher des dragons. »

Koumal fit un geste d'acquiescement

Elles parlèrent encore longtemps de plusieurs détails importants.

Riwan savait que Koumal n'abandonnerait pas sa méfiance et que ses motifs de craindre les conséquences de leur décision resteraient présents dans son esprit à chaque instant. Mais elles étaient maintenant d'accord sur l'idée centrale et sur leur objectif commun, ce qui pacifia beaucoup leurs échanges et donna à Riwan encore plus de détermination et de confiance en elle.

Quand le jour se leva, Riwan décida de retourner à la tour des Frontaliers, laissant Koumal en garde de Tiamé et de la chimère.

Chapitre 23

À la tour Frontalière la journée qui suivit se déroula paisiblement.

Riwan continua d'apporter son aide aux Frontaliers et Arvak n'osa pas l'interroger sur son escapade nocturne. Il parvint à se convaincre que c'était pour pouvoir continuer d'observer ses allées-venues et non car l'elfe l'intimidait.

La pleine lune approchait et les Frontaliers redoublaient d'efforts pour sécuriser leur protection. L'ensemble de l'armurerie fut révisée, rangée, son matériel affûté. Les barbelés au sommet des murs d'enceinte furent inspectés et réparés, de même que le système de pont-levis de la porte principale.

Eirda avait rejoint Roakinmir quelques jours à peine avant la pleine lune précédente, de sorte que les préparatifs avaient été l'affaire de son prédécesseur aux commandes. Pour la capitaine cette pleine lune était donc importante pour affirmer auprès de ses troupes sa compétence à la direction du lieu. Elle y brilla par son organisation. Les méthodes d'Eirda reflétaient sa longue expérience. Elle donnait des ordres clairs, précis, concis, et son autorité avait une grande pertinence.

Une ombre d'inquiétude planait pourtant sur la tour, que la présence d'Eirda atténuait mais sans la faire complètement disparaître. En ces régions reculées les pleines lunes étaient généralement plus calmes, mais l'isolement ne leur laisserait guère de perspectives dans le cas où elle ne le serait pas.

Quand le soir tomba, les Frontaliers partagèrent un repas presque morne, qu'Arvak mit sur le compte de la fatigue de la journée et de l'inquiétude à l'approche de la pleine lune.

À la nuit venue, Arvak ne parvint pas à trouver le sommeil malgré la journée harassante.

Il dormait toujours mal avant la pleine lune, il ne savait jamais s'il le devait à son expérience de la Frontière ou s'il en avait toujours été ainsi.

Alors qu'il ne bataillait même plus pour trouver le sommeil, il entendit un bruissement d'étoffe et eut la certitude que Riwan partait pour une nouvelle échappée nocturne.

Il attendit dans l'obscurité, puis, timidement, se leva. Comme la veille il trouva l'étage de Riwan déserté et ses affaires emportées. Il s'assit à la fenêtre et observa la lande mais cette fois-ci il ne vit aucune trace de sa présence.

Toujours incapable de trouver le sommeil il décida de rester à la fenêtre pour tenter de la voir à son retour. Il ne doutait pas qu'elle s'était rendue à la même destination que la veille.

Il piqua du nez à quelques reprises mais, après qu'une bonne partie de la nuit fut écoulée, il vit revenir vers la tour une ombre furtive dont il ne douta pas un instant que ce fût Riwan. Elle portait sur l'épaule un ample sac de jute, visiblement d'un certain poids. À la distance où il se trouvait, Arvak ne distinguait que peu de détails, mais remarqua l'aspect très rebondi de son chargement.

Inquiet à l'idée d'être surpris par Riwan, il décida de regagner sa propre chambre, et, alors que dans son lit il continuait de réfléchir à ce qu'il venait de voir, il finit par trouver le sommeil et dormit plusieurs heures avant que la cloche ne sonne le réveil des troupes.

Le lendemain, Arvak eut le sentiment que quelque chose dans l'air avait changé. Les Frontaliers semblaient plus joviaux, se parlant plus volontiers. La veille, la tension provoquée par l'approche de la pleine lune était palpable. La compétence manifeste d'Eirda la tempérait, mais cette inquiétude restait perceptible, dans les regards et les conversations.

Elle semblait toujours présente, et subsistait dans les échanges entre les Frontaliers. Mais Arvak percevait par-dessus quelque chose de plus léger. Le vent semblait plus frais, la noirceur des pierres de la Tour de Roakinmir scintillait d'un éclat qu'Arvak ne lui avait pas remarqué jusqu'alors. Il avait l'impression de la sentir irriguer un peu du souvenir des anciens dragonniers et de leur vieille magie.

Norgar lui sembla plus distrait qu'à l'ordinaire. Il le surprit par moments contemplant la tour, perdu dans ses pensées et sursautant parfois lorsqu'on l'appelait.

Pour le reste, la journée fut calme, le travail moins difficile.

Le soir venu, les Frontaliers se réunirent pour leur repas et, alors que la veille celui-ci avait été silencieux, la compagnie fut cette fois-ci très animée, parlant avec entrain. Des festivités s'improvisèrent. La pleine lune aurait lieu dans quatre jours, en considérant la lune gibbeuse la veille, il ne restait guère de soirées où les soldats pourraient prendre le loisir de veiller tard et de se distraire. Ils devraient être bien reposés quand la lune gibbeuse commencerait, afin d'affronter les longues nuits d'insomnie et de danger qui s'annonçaient.

Un Frontalier sortit un fifre, un autre un tambour, un luth.

Un concert s'improvisa et des danseurs s'y mêlèrent, encouragés par les chansons d'Eliwyl et Méaglim.

Quand le calme retomba, dans le silence retrouvé de la nuit, la voix grave de Méaglim s'éleva :

Sur les montagnes enneigées
Entre les cimes escarpées
Volaient autrefois par milliers
Les dragons et leur dragonnier,
Leurs écailles, aux diamants pareilles,
Étincelaient dans les rafales
Lorsque se levait le soleil
Sur les toits de la capitale.

Svèn-Ild, qu'aucun ne sut trouver,
On crut ta beauté éternelle
Mais tes arcades sont tombées,

Et sur ta montagne mortelle
Jamais de si terribles pièges
N'eurent au monde si riches voiles,
Que tes gouffres couverts de neige
Qui scintillaient sous les étoiles.

Tombé aussi fut Pélior
En Noskilan où il mena
Le combat qui scella son sort
Contre Enfel Aran, l'odieux roi.
Le dragonnier tint sans céder,
Nul ne pourra l'appeler traître,
Il préféra, lui le dernier,
Mourir plutôt que se soumettre.

À la mémoire des dragonniers
J'abreuverai encore mon âme
Puisse leur lumière sans ciller
Flamboyer comme une oriflamme,
Car la noirceur grandit dehors
Rend les lycans d'autant plus forts
Et s'il faut affronter la mort
Aux dragons je veux croire encore.

La mélodie était bien connue de tous, et plusieurs soldats commencèrent à la fredonner doucement, les paroles n'évoquaient rien de précis à Arvak mais il n'avait pas un répertoire aussi étendu que Méaglim.

La poésie était simple, peut-être Méaglim l'avait-il écrite lui-même, mais ses motifs étaient familiers. Arvak les avait entendus, dans son enfance, mille fois déclinés, toujours chantés, racontés, ou lus, la légende de Pélior, l'ancienne cité de Svèn-Ild, la beauté des dragons. Et la chanson de Méaglim raviva dans son cœur le souvenir de tous ces récits qui avaient bercé son enfance et les rêves qu'ils avaient inspiré.

Le chant jeta un pétillement dans les yeux et dans les cœurs de toute l'assemblée. Les vers sans prétention faisaient écho à tant et tant de rêves d'enfant, d'espoirs, qu'ils saisissaient quelque chose dans leur poitrine, dissipant un peu de la peur qu'ils avaient des lycans et de la pleine lune. Les vieux héros des temps anciens rassemblèrent la compagnie et quiconque commençait à chanter une mélodie connue, était sûr d'être suivi. Méaglim en connaissait beaucoup. L'un voulait entendre les amours de Délinn et Lérion, il le savait, d'autres la mort de Grinkaël, la pièce lui était familière.

Le colosse chantait avec modestie et passion de sa voix vibrante, éloignant les ténèbres de la nuit au souvenir des dragonniers et de leurs fières montures.

Il reçut beaucoup de compliments ce soir-là, qu'il accueillit avec humilité et la conviction qu'ils n'étaient pas mérités.

La citadelle dormit plus profondément et calmement que jamais.

Au matin, Norgar proposa à Eliwyl d'aller explorer la tour en sa compagnie.

Les travaux de préparation étaient bien avancés et Norgar était convaincu qu'Eirda ne leur refuserait pas quelques heures de loisir. En vérité il ressentait depuis la veille une curiosité nouvelle pour ce bâtiment qu'il ne s'expliquait pas, presque un tiraillement, qui ramenait toujours ses pensées vers la tour de roche noire.

Eliwyl accepta et après le petit déjeuner ils se lancèrent dans leur entreprise.

L'étage au-dessus de celui qu'ils occupaient avait été accaparé par Riwan et, par politesse, Norgar et Eliwyl l'ignorèrent. Au-dessus, sur quelques étages, la tour avait été rénovée, les salles étaient poussiéreuses faute d'usage, mais les fenêtres avaient des carreaux et du mobilier vétuste occupait l'espace. Au-delà d'un certain point, la tour était complètement abandonnée.

Les fenêtres n'étaient plus que des ouvertures béantes sur l'extérieur, les murs usés, percés ou effondrés par endroits. Norgar s'était attendu à un décor de désolation tout à fait minérale, mais il fut étonné d'y trouver çà et là des fougères, des mousses, du lierre.

Dans une salle entièrement vide, un ancien bassin s'était rempli d'eau de pluie, qui s'était écoulée des murs supérieurs le long de délicates stalactites, et formait une petite mare dans laquelle s'ébattaient des batraciens et quelques poissons. Norgar se demandait si des oiseaux pouvaient, de quelque façon, les avoir ramenés en ces lieux, par leurs déjections peut-être.

Une autre salle attira beaucoup leur attention.

Il s'agissait comme pour celle du bassin, d'une grande pièce circulaire, de la taille de la tour. Au milieu se dressait un grand chêne qui poussait là depuis vraisemblablement plusieurs siècles, étendant ses racines entre les pierres, étirant ses branches sous les arcades voûtées de la salle. Norgar n'osa pas même se demander comment un tel arbre avait trouvé les sources de subsistance dont il dépendait, ni comment sa présence avait pu ne pas faire s'effondrer la tour, il fut saisi par l'incroyable décor. Et Eliwyl le fut bien plus encore.

Elle laissa échapper un sifflement admiratif.

La salle sentait la mousse et l'humus, des souris galopaient entre les racines du chêne, des oiseaux nichaient dans ses branches. Au mur se trouvaient de nombreuses alcôves, certaines garnies de statues blanches que la mousse envahissait, d'autres n'en conservaient que des débris, la plupart étaient vides.

Ils poursuivirent leurs explorations mais au-delà d'une certaine hauteur ils commencèrent à trouver des nids de grands rapaces, des aigles, des faucons, des hiboux, et ils décidèrent de rebrousser chemin, d'autant plus que le sol devenait dangereux et instable par endroits. Norgar aurait aimé monter jusqu'au dernier étage, contempler l'horizon depuis un point plus élevé que ce qu'aucune construction humaine ne pouvait atteindre. Il dut renoncer et redescendre.

Parvenus à nouveau devant l'étage habité par Riwan, le tiraillement lui revint et il s'y engagea.

— Qu'est-ce que tu fais ? l'interpella Eliwyl.

— Je jette un œil, y a pas de mal.

Eliwyl le suivit, prudemment.

L'étage que Riwan occupait était très similaire au leur et l'elfe n'utilisait qu'une des nombreuses chambres. La majorité des portes étaient ouvertes et les pièces froides. Tous deux y jetèrent un regard rapide.

Alors qu'ils déambulaient dans les couloirs, quelque chose attira l'attention d'Eliwyl.

Devant elle des débris et de la poussière formaient une ligne à terre, qui pointait en direction du mur, et le sol paraissait avoir été râpé, comme si une porte s'était ouverte à cet endroit. Pourtant le mur s'offrait à la vue, lisse et uniforme. Eliwyl s'approcha. Cela lui rappelait les couloirs de domestiques de la cité de Mralèm, dissimulés par commodité, mais non véritablement secrets. En avançant son visage de la pierre elle sentit effectivement un léger souffle de vent.

— On dirait qu'il y a un passage ici, dit Eliwyl à l'adresse de Norgar.

Elle tâta le mur et, après une pression hasardeuse, elle entendit un cliquetis mécanique et une porte s'ouvrit. Eliwyl laissa échapper une acclamation de satisfaction :

— Regarde ça ! On dirait que ça monte dans les étages, ça descend aussi. Eh, Norgar, tu m'écoutes ?

Il ne l'écoutait pas.

Figé devant une porte close, la main hésitant au-dessus de la poignée, il semblait perdu dans ses pensées. Son esprit rationnel lui soufflait que si la porte était close il était inconvenant de chercher à entrer. Mais le tiraillement qu'il sentait depuis la veille lui trouvait des excuses. La pièce n'était pas la chambre de Riwan, si la porte n'était pas verrouillée il n'y avait donc aucun mal à y jeter un œil. Personne n'avait interdit qu'il visite l'étage que s'était approprié Riwan, tout comme lui-même n'interdisait pas l'accès à sa chambre ou à l'étage de la troupe. Ce n'était pas comme si Norgar venait voler quoi que ce soit ou embarrasser quelqu'un.

Norgar ne comprenait pas qu'il puisse tenir autant à entrer dans cette pièce en particulier. Il ne se l'expliquait pas et cela allait contre toutes ses habitudes rationnelles.

En désespoir de cause il décida d'actionner la poignée. Il trouva la porte verrouillée. Il insista mais la porte tint ferme avec un cliquetis inflexible.

— Vous cherchez quelque chose ?

La voix de Riwan le sortit brutalement de sa pensée.

Elle se trouvait sur le palier de l'escalier.

Eliwyl referma prestement la porte dissimulée pour rejoindre Norgar.

— Non, dit ce dernier en lâchant la poignée.

Il jeta un dernier regard vers la porte close puis descendit les escaliers en compagnie d'Eliwyl.

Koumal apparut dans l'ombre de Riwan.

« Voilà qui est encourageant », remarqua la panthère.

Nul autre que Riwan ne pouvait l'entendre.

« Pour Norgar j'avais de bons espoirs au vu de sa généalogie, mais je ne m'attendais pas à une réaction aussi explicite, compléta Riwan. *Pour le reste attendons ce soir. Merci de m'avoir prévenue. »*

« Y'a pas de quoi. Quels œufs est derrière la porte ? »

« Seulement le noir, je viens juste de déplacer les autres. »

Bien que Koumal désapprouvât toujours l'entreprise de Riwan, elle semblait intriguée par la tournure des évènements et Riwan préférait percevoir l'intérêt de la panthère plutôt que sa réprobation.

Koumal passa la journée dans les étages, à surveiller Tiamé, prête à prévenir Riwan si un autre humain montrait la même curiosité que Norgar, mais personne ne se présenta et lorsque la nuit revint, les préparatifs de l'elfe étaient terminés.

Riwan avait prévu de rester à proximité de la couvée, invisible, mais veillant au bon déroulement de la suite. Koumal devait mener Arvak jusqu'à l'œuf ambré. Pour cela, Riwan avait placé l'œuf dans une cache au sous-sol de la tour, car les chemins pour y accéder étaient les moins fréquentés et la panthère pourrait les parcourir sans crainte d'y croiser quelqu'un.

Lorsque l'heure fut propice, Koumal se rendit à proximité de la salle commune où les Frontaliers prenaient leurs repas. Comme la veille, ils s'éternisèrent un peu.

Ils fêtaient la fin de leurs préparatifs et leur dernière soirée tranquille avant la pleine lune. Arvak n'était pas fatigué et, Eirda ayant décrété que le lendemain serait un jour de repos, il n'eut aucun remords à veiller tard.

Alors que la troupe partait dormir, il resta. L'alcool lui fit perdre la notion du temps et, lorsqu'il décida enfin d'aller se coucher, il se rendit compte qu'il avait peut-être été déraisonnable. Il n'était pas ivre, mais plus tout à fait sobre, dans cet entre-deux qui arrondissait les contours de la réalité. Alors qu'il se dirigeait vers la tour, il finit par se rendre compte qu'une ombre l'accompagnait. Depuis un recoin, Koumal surgit devant lui. Arvak recula, stupéfait.

La panthère resta un instant immobile, le fixant d'un regard perçant. Puis elle bondit à nouveau dans le couloir, sans un son, sans un signe, sans même un frémissement d'air.

Arvak la suivit.

Elle l'entraîna vers les sous-sols de la tour. Sa fourrure sombre, son pas léger de fauve la rendaient presque invisible, la nuit lui faisait comme un voile et elle y disparaissait, semblant capter toute lumière. Elle arriva bientôt devant un escalier qui s'enfonçait dans les catacombes de la tour et Arvak savait qu'ils n'y croiseraient aucun Frontalier à cette heure tardive.

Superstitieux, les soldats de Roakinmir craignaient les fantômes et les démons. Les ombres dansantes des torches sur les murs noirs, la pierre froide qui renvoyait dans un claquement sec le bruit des pas des voyageurs égarés faisaient naitre dans leur esprit tout un bestiaire de créatures anciennes et mystérieuses.

Arvak avait l'esprit embrumé par l'alcool. Il se dit que, pour avoir vu Riwan en action, le démon nocturne qui marchait devant lui – qui probablement avait arraché à une nuit sans étoile un lambeau de son ciel et s'en était fait une fourrure – ce fauve-là qui lui servait de guide, pouvait se faire autrement plus terrifiant que tous les démons qui hantaient l'imaginaire des Frontaliers.

Il n'avait pas peur.

Sobre, Arvak ne se fût pas aventuré dans des recoins si sombres en pareille compagnie, mais il sentait en cet instant chez la panthère que les ténèbres qui la voilaient n'étaient pas sans compassion. Il y avait de la détermination au-delà du voile, de l'honneur et de l'amour aussi. Koumal lui semblait faite de cette nuit qui marche vers l'aurore.

Il se trouvait maintenant très profond sous la citadelle et se saisit d'une torche qu'il alluma. Ce geste lui fit perdre Koumal des yeux. Avançant droit devant lui il pénétra dans les catacombes. La lumière de la flamme se posa sur la fourrure de Koumal juste à temps pour voir qu'elle obliquait à gauche.

Entre deux allées d'ossements humains, Koumal tourna vers la droite, puis vers la gauche à nouveau, continua tout droit, tourna encore. Arvak accéléra l'allure pour se porter plus près de la panthère mais à mesure qu'il avançait, elle accélérait également.

Bientôt Arvak la perdit complètement des yeux, se retrouvant à un carrefour, sans savoir par où continuer. Il fit plusieurs fois le tour de lui-même, scrutant les ténèbres. Il ne fut alors plus capable de dire par quel chemin il était venu. La peur commença à le gagner, chassant les effets de l'alcool. Il choisit un chemin au hasard et s'y précipita. Au carrefour suivant, il entendit un bruit de pas étouffés derrière lui. La peur l'étreignit, il se retourna vivement. Deux yeux luisaient dans l'obscurité, plantés au milieu d'une gueule dont un rugissement étouffé faisait luire les crocs à la lumière de la torche.

C'était Koumal.

Lentement elle reprit son chemin, marchant plus près d'Arvak.

Le nombre d'embranchements sembla augmenter mais Koumal conduisait Arvak avec la même assurance. Obnubilé par une peur sourde, il ne chercha pas à savoir ce qui guidait la panthère, s'en remettant entièrement à elle pour le mener à bon port quelle que fût la destination.

Il n'aurait pas cru que la citadelle pût avoir un sous-sol aussi étendu, mais son histoire était vieille de plusieurs milliers d'années.

La torche d'Arvak continuait de brûler répandant tout autour de lui et de la panthère une pâle et rouge lueur qui faisait un halo que les ténèbres semblaient assaillir. Des murs d'ossements humains se dévoilaient petit à petit, mis à nu par cette lumière impromptue. Arvak sentait une sueur froide couler dans le dos et il détourna les yeux de ces orbites vides, de ces dents cassées, de ces os blanchis par le temps.

Après ce qui parut à Arvak une éternité, la panthère s'arrêta. Elle l'avait conduit devant une haute porte en chêne, épaisse et lourde. L'humidité ne l'avait pas attaquée, le temps non plus semblait-il, bien que l'épais loquet de fer – qui, en l'absence de serrure, suffisait seul à fermer la porte – eût complètement rouillé. Arvak l'actionna et ouvrit la porte.

Elle donnait sur une caverne voûtée aux proportions gigantesques. Un ponton de pierre lui faisait face, donnant sur un immense lac souterrain, contre lequel battaient lugubrement les derniers restes encore flottants d'une barque en bois. Le puits auquel la citadelle prenait son eau douce devait relier à ce même lac. Arvak se rappela ce que leur avait raconté Eirda à propos des Frontaliers qui craignaient les démons sortis du puits.

Si une telle caverne souterraine se trouvait sous la citadelle, le moindre clapotis de l'eau, la moindre chute de pierre sous ces profondeurs rocheuses devait résonner entre les voûtes avec un écho inquiétant.

Arvak leva la torche, mais il ne voyait pas au-delà du ponton. Le lac pouvait aussi bien s'étendre à des lieues dans les ténèbres.

Il se sentait à présent tout à fait sobre.

Balayant la lumière de droite et de gauche, son regard s'arrêta bientôt sur une alcôve dans laquelle reposait un objet luminescent.

C'était une sorte de pierre de forme ovale, à la surface irrégulière et de couleur ambrée, qui émettait une très légère lueur dansante. Arvak posa sa torche sur un présentoir et s'avança de quelques pas. À mesure qu'il approchait, la luminescence de la pierre augmentait et le cœur d'Arvak se mit à battre dans sa poitrine. La lumière palpita en réponse, au même rythme.

Arvak était animé par une joie étrange, comme s'il revoyait un ami cher, un camarade, un frère, quelqu'un qu'il avait déjà rencontré, longtemps auparavant, qu'il avait oublié mais dont son cœur se souvenait. Et cette lumière qui émanait de l'œuf l'aveuglait et semblait plonger en lui-même. Il eut l'impression qu'une étoile s'était mise à luire dans sa tête. Il ne ressentait ni peur, ni surprise, juste l'évidence.

Il savait.

Il l'avait reconnu.

Il connaissait son nom.

La lumière de l'œuf diminua, et il apparut, fier dragon, minuscule encore, à peine la taille d'un chaton de six mois, mais déjà noble dans son allure. Ses écailles portaient les teintes chaudes de l'ambre et il avait au cou un duvet de plumes brunes, que la torche faisait luire de reflets roux. De cette crinière juvénile se distinguaient deux oreilles longues et fines.

— Kinra... murmura Arvak.

À l'instant où il prononça ce nom, Arvak eut la certitude que le dragon était une femelle. Et lorsqu'elle l'entendit, elle releva la tête.

Leurs regards se croisèrent.

Deux cœurs pareils se parlent par le regard, quelqu'un avait dit cela.

Arvak s'agenouilla et Kinra, la jeune dragonne aux écailles d'ambre, descendit de son piédestal pour venir à sa rencontre d'un pas leste. Arvak tendit la main et leurs deux peaux se rencontrèrent. Sous ses doigts les écailles étaient chaudes et douces.

La jeune dragonne se hissa sur son épaule et Arvak chercha Koumal du regard.

La panthère était restée dans l'embrasure de la porte, en retrait, attendant un signe d'Arvak pour le guider vers la sortie. Elle repartit en sens inverse et il la suivit. Lorsqu'ils quittèrent les catacombes, Kinra se cacha sous son manteau et plus rien d'autre ne lui sembla réel cette nuit-là que la conscience de cette toute nouvelle vie qui palpitait, fragile mais pleine d'espoir, contre sa poitrine.

Ses pensées étaient hachées, entrecoupées d'images de batailles anciennes, de sensations de vol libre, qu'il ne pouvait pas avoir un jour connues. Il marcha derrière Koumal comme un fantôme, incapable de prendre la mesure de l'évènement, de s'interroger sur le pourquoi ou le comment, ni même d'en percevoir les répercussions.

Norgar l'entendit alors qu'il regagnait sa chambre d'un pas traînant.

Il ne dormait pas non plus.

Il avait entendu Méaglim se lever un peu plus tôt et supposa qu'il était parti prendre l'air. S'il avait été dans son état normal, Norgar se serait probablement fait la réflexion que, si personne ne dormait, ils auraient tout aussi bien pu passer leur insomnie à discuter ensemble, dans le salon, devant un feu de bois, comme ils l'avaient si souvent fait. Mais Norgar ne se sentait pas dans un état qu'il aurait qualifié de normal.

Depuis que la nuit était tombée, son esprit était obnubilé par l'image de cette pièce fermée à l'étage de Riwan. Il ne comprenait pas cette étrange obsession mais ses pensées y revenaient sans cesse, comme une chanson qui restait en tête, ou une démangeaison d'insecte. Il ne pouvait pas dormir.

Après de nombreuses heures à fixer le plafond de sa chambre, n'y tenant plus, il se leva et s'habilla. En silence et dans l'obscurité relative d'une tour éclairée par la lune croissante, il gravit l'escalier jusqu'à l'étage supérieur. Il tendit l'oreille, guettant la présence de Riwan, mais n'entendit rien. Si l'elfe était là, il supposa qu'elle dormait.

Comme un voleur – ce qui n'était pas dans ses principes – il avança jusqu'à la porte qui était restée close au matin et la trouva entrouverte. Il repoussa lentement le battant.

Dans la pièce, il ne vit rien d'autre qu'un coffre de chêne. Les rayons de lune qui tombaient là rendaient le lieu lumineux, éclairant un matelas de paille, une petite table de chevet maculée de gouttes de cire, mais l'esprit de Norgar était si complètement accaparé par ce coffre qu'il ne vit rien d'autre.

Il s'avança et l'ouvrit.

À l'intérieur se trouvait un œuf de dragon à la coquille complètement noire qui luisait sourdement. Il s'avança pour le toucher mais, à cet instant, un bruit lui parvint. Pris d'inquiétude à l'idée d'être surpris, il enveloppa sa trouvaille dans le tissu sur lequel elle reposait et l'emporta dans sa chambre, franchissant les couloirs comme un fugitif.

Il se cacha sous ses couvertures pour être certain que la luminescence de l'œuf n'éveillerait pas la curiosité. Il ne s'expliquait son étrange obscession, ni la façon dont il s'était introduit dans les appartements de Riwan pour s'emparer de ce qu'elle gardait dans un coffre, et encore moins son sentiment de ne pas avoir mal agi. Il ne voulait que contempler à nouveau l'œuf.

Avec prudence, il défit les pans du tissu qui l'entouraient et dès que son regard se posa sur lui, sa beauté balaya tous les doutes qu'il pouvait avoir. L'œuf n'appartenait à personne d'autre et nul n'aurait pu s'interposer pour empêcher ce qui allait se produire. Il émit une lumière plus puissante et bientôt sa coquille se fissura.

Dans un éclair d'obscure clarté un dragon en émergea.

Il était très petit, les écailles noires encore fines, mais les ailes bien formées déjà et le regard alerte. Norgar l'observa un instant, fasciné. Il tendit la main vers lui et toucha ses écailles chaudes.

Alors Norgar sentit dans son esprit comme un écho jailli de la nuit des temps. Le dragon n'avait pas encore vu les rayons du soleil mais déjà son esprit était riche de sons et de couleurs. Des images se mirent à défiler devant les yeux de Norgar tel un flot continu et ininterrompu. Elles formaient un enchevêtrement complexe de scènes de bataille, de chants guerriers, de flots de sang. Puis le décor changea et ce fut une forêt, imprégnée de l'odeur des pins, du clapotis de l'eau, du galop d'un cheval, de bruits d'épées, accompagnés d'images et d'odeurs qui défilèrent trop vite pour que Norgar puisse les identifier une à une. Les pensées du dragon tourbillonnaient dans sa tête. Comme dans un rêve, elles semblaient décousues, et pourtant les sons, les images et les odeurs trouvèrent brusquement un sens et s'assemblèrent dans l'esprit de Norgar, formant une idée globale, un ensemble cohérent, une histoire, un nom, le nom du dragon.

— *Tomoko…*

À peine eut-il formulé ce nom que, plus haut dans les étages de la tour, là où Riwan veillait sur le reste de la couvée, l'œuf aux couleurs d'or se mit à luire d'un puissant éclat. Sa clarté emplit toute la salle et, vivement, Riwan le couvrit de sa cape de voyage.

Koumal feula sourdement.

« Comment je pouvais savoir qu'il brillerait autant ? » se défendit Riwan.

Elle espérait que personne n'avait vu cette lumière dans la citadelle.

Par prudence, elle jeta un regard discret par une fenêtre en direction de la cour.

Méaglim depuis les remparts regardait dans sa direction.

Riwan se rappela l'avoir entendu se lever, il avait dû vouloir se dégourdir les jambes à l'air nocturne. Elle entendit ses pas dans l'escalier. Elle retira le drap qui couvrait l'œuf dont l'éclat avait diminué. Cela suffirait à guider Méaglim.

Elle se cacha pour observer sans intervenir.

Bientôt, il parvint en effet au bon endroit et trouva la salle qui avait tant interpellé sa sœur, Eliwyl, plus tôt dans la journée. Comme elle alors, il fut saisi par le décor, et comprit en un instant la fascination qu'elle avait ressentie. Au milieu de la pièce se dressait un arbre multicentenaire, qui étendait ses racines à la surface du sol noir de la tour, et ses feuilles jusqu'à la voûte du plafond. Les rayons de la lune, tombant sur lui depuis les fenêtres éventrées, faisaient scintiller à la surface de ses feuilles de légères et délicates gouttes de rosée.

Méaglim en fit le tour avec admiration et, de l'autre côté, dans une alcôve, l'origine de la clarté qui avait attiré son attention se révéla.

Lui qui connaissait un si grand nombre de chants en leur honneur reconnut immédiatement qu'il avait sous les yeux des œufs de dragon.

Aucun mot n'aurait été assez fort pour décrire ce qu'il ressentit à cet instant. Jamais il n'aurait seulement osé espérer voir un œuf de dragon de toute sa vie. Son admiration pour eux était proche de la vénération. De pouvoir poser son regard sur l'un d'entre eux l'animait d'un sentiment de gratitude inqualifiable. Parcourant l'espace du regard il vit deux autres œufs dans d'autres alcôves, l'un bleu, l'autre vert, et son sentiment de reconnaissance décupla encore.

Le bleu attira plus que les autres son regard.

Il luisait légèrement et sa surface était comme parcourue de reflets changeants, formant des motifs ondoyants et chatoyants comme l'eau, animée d'une multitude de nuances de bleu. Méaglim le contemplait comme s'il n'avait jamais rien vu d'aussi beau.

Il tendit naïvement la main vers sa surface.

Alors il vit son énorme paluche de bagnard, caleuse au-dedans, poilue au-dehors. Intérieurement, il jeta un regard à toute sa personne. Il se trouva rustre, mal dégrossi, grand comme une bête, puant comme un fauve. Avec tous les travaux de préparation, dans lesquels il n'avait pas chômé, il avait délaissé son hygiène personnelle. Il n'avait pas changé ses vêtements depuis deux jours et de la saleté était restée collée sous ses ongles. Il arrangea nerveusement sa tenue, frottant inutilement sur sa veste, se morigénant d'avoir ne serait-ce qu'un seul instant envisagé de poser la main sur une telle beauté.

Non loin, l'œuf doré continuait d'émettre une lumière plus vive que les autres.

Par curiosité il s'approcha et, son envie finissant par l'emporter sur tout le reste, il céda et effleura la surface de l'œuf du bout du doigt. À cet instant, il s'éteignit.

Méaglim fut convaincu qu'il n'avait pas sa place en ces lieux et fit demi-tour.

Revenu à hauteur de l'arbre il s'arrêta, hésita.

Il posa la main sur l'écorce rugueuse du grand chêne. Plus jamais de sa vie il ne contemplerait pareille splendeur. Il glissa en arrière un regard presque suppliant. L'œuf doré était inerte à présent, le bleu ondoyait toujours de ces subtiles nuances qu'il trouvait si belles, le vert dormait.

Il marcha vers l'escalier, triste mais résolu.

Soudain, un éclair de lumière repoussa les ombres de la nuit. Méaglim fit volte-face. À la place de l'œuf bleu se trouvait une jeune dragonne aux écailles chatoyantes et il tomba à genoux.

Quelques étages plus bas, Eliwyl était assise sur son lit.

Elle avait fait un rêve d'une netteté qu'elle avait rarement connue.

Elle s'était vue dans la salle qu'elle avait découverte dans la journée avec Norgar, celle qu'un grand chêne occupait presque complètement. Elle l'avait vu baigné dans la lumière de la lune et, autour, dans des alcôves vides, se trouvait des œufs de dragon. Dans son rêve, un œuf aux couleurs d'or l'appelait par son nom et elle répondait à son appel.

Mais au moment de le toucher, la lumière qu'il émettait s'était brusquement éteinte et cela l'avait éveillée en sursaut. Depuis cet instant, elle était restée assise, tenaillée par l'envie de gravir les étages pour revoir cette salle. Mais la peur de croiser quelqu'un en pleine nuit dans les couloirs et de devoir expliquer sa présence la tenait clouée sur place.

Elle repensa au passage secret qu'elle avait trouvé à l'étage de Riwan et se dit qu'elle pouvait emprunter ce passage pour rejoindre la salle sans croiser personne. Immédiatement elle se leva, s'habilla et partit.

L'étage de Riwan était très similaire au leur, si bien qu'en cherchant au même endroit, elle trouva la même ouverture. Un escalier étroit remontait ainsi à l'intérieur du mur, percé par endroits de fines ouvertures qui laissaient passer un peu de lumière et un souffle d'air. Les marches étaient usées et glissantes mais Eliwyl avait le pied agile et voyait clair dans l'obscurité.

Elle gravit les marches d'un pas léger et sans un bruit, comptant les degrés jusqu'à celui qui l'intéressait. Elle tâtonna un instant dans les ténèbres puis finit par trouver le mécanisme qui commandait l'ouverture.

Elle l'actionna et pensait trouver de l'autre côté l'immense chêne qui l'avait tant captivée au matin mais, dès qu'elle ouvrit, soudain, une lumière aveuglante oblitéra complètement son champ de vision.

Ce flamboiement ne dura qu'un très bref instant et, lorsqu'Eliwyl recouvra la vue, le chêne centenaire se trouvait effectivement face à elle, nimbé de rayons de lune, surnaturellement identique à son rêve. À droite de l'arbre, dans une alcôve, là où son rêve lui avait montré un œuf étincelant, se trouvait à présent un bébé dragon aux écailles dorées. Elle le prit dans ses bras, jetant des regards inquiets sur le reste de la pièce, comme si une bête monstrueuse eut pu brusquement surgir pour s'en prendre à lui. Eliwyl ne portait pas ses épées, elle se sentit nue et vulnérable. Elle serra le dragon contre sa poitrine et redescendit les marches jusque dans sa chambre.

Lorsque la jeune femme eut quitté la salle à son tour, Riwan sortit de l'ombre.

Depuis le recoin où elle était dissimulée, elle avait observé toute la scène.

Il ne restait plus que l'œuf de couleur verte.

« Quatre sur cinq, c'est un joli score », remarqua Koumal.

C'était effectivement plus que Riwan n'aurait osé espérer.

Riwan posa le regard sur le dernier restant.

« Je ne sais pas s'il est nécessaire d'attendre, se demanda Riwan, *c'est toujours plus compliqué avec les elfes, ils sont moins imprégnés de la magie des dragons que les humains. »*

Koumal émit un bref grondement de contestation.

Riwan s'approcha de l'œuf vert mais Tiamé s'interposa.

La crinière hérissée, les babines retroussées, il rugissait avec toute la détermination dont il était capable. Son cri était juvénile mais son regard ne l'était pas.

« Le petit a raison », confirma Koumal.

Riwan surprise, sonda les pensées de la panthère.

Elle y sentit la même opposition que lorsque l'idée de présenter la couvée à la troupe avait été proposée par Riwan. Même maintenant que quatre dragons étaient nés avec tous les avantages qu'ils représentaient, elle continuait de sentir les réticences de la panthère, sa méfiance et son appréhension pour la suite. Mais à travers ses sens et son instinct de Sentinelle Koumal avait également pu percevoir le lien profond entre Arvak et Kinra, ainsi que l'admiration sans limites de Méaglim pour les dragons. La panthère sentait confusément qu'elle n'avait pas le pouvoir de s'opposer à la marche des évènements. Riwan percevait également une détermination à laquelle elle ne s'attendait pas.

Ses réticences n'avaient pas changé mais elle refusait de revenir sur l'accord qu'elle et Riwan avaient trouvé :

« Nous devons faire jusqu'au bout ce que nous avons décidé. »

Riwan étendit ses perceptions de Sentinelle.

Roawir dormait tout à fait.

— Va le chercher, dit-elle à Tiamé.

Le dragon cessa sa posture intimidante, huma l'air, et semblant comprendre, s'élança à tire-d'aile dans les escaliers.

Peu après elle entendit les pas légers de Roawir dans les escaliers.

Elle regagna sa cachette tandis que le dernier œuf se mettait soudain à briller.

Chapitre 24

La citadelle était calme.

La cloche qui aurait dû sonner le réveil de la compagnie restait silencieuse. Les couloirs étaient vides, les salles désertes. Quelques matinaux s'étaient levés aux aurores pour nourrir les chevaux et sortir le bétail mais pour le reste les soldats dormaient à poings fermés.

La tour des dragonniers était tout aussi muette.

À l'étage de la troupe, certains s'étaient endormis d'un sommeil de plomb, d'autres n'avaient pas fermé l'œil.

Norgar était de ceux-là. Allongé dans son lit, la main posée sur le flanc palpitant du tout jeune dragon noir Tomoko, incapable de trouver un sens logique aux évènements de la nuit, il regardait fixement le plafond, attendant le retentissement d'une cloche qui ne venait pas.

Dans la chambre d'en face, un tressautement de Kinra réveilla Arvak. Un sourire béat se dessina sur ses lèvres lorsqu'il vit la dragonne lovée comme un chat sur son ventre. Il caressa du bout du doigt sa crinière encore naissante et elle se mit à ronronner discrètement. Il avait perdu toute notion du temps. Lorsqu'il entendit la porte de la chambre de Norgar s'ouvrir, il n'y tint plus et sauta du lit tandis que Kinra lui emboîtait le pas.

— Bonjour, le salua-t-il avec enthousiasme.

C'est alors qu'il vit Tomoko juché sur son épaule.

Arvak en resta bouche bée, figé par la stupeur, et, lorsqu'il réalisa enfin, son euphorie fut telle qu'il prit Norgar dans ses bras en riant. Ce dernier ne semblait pas être sur la même longueur d'onde.

— Est-ce que ça va ? demanda Arvak en s'en rendant compte.

Norgar paraissait troublé, heureux mais soucieux.

— Je l'ai volé, confessa-t-il avec honte.

— Quoi ? s'étonna Arvak pour qui la phrase Norgar n'avait pas le moindre sens.

— Je ne comprends pas ce qu'il s'est passé. Pourquoi j'aurais fait ça ? Ce n'est pas moi !

Norgar semblait secoué.

À son épaule, Tomoko plana maladroitement jusqu'au sol et vint renifler Kinra. Les deux dragons commencèrent bientôt à se courir après. Le regard que Norgar posa sur le petit dragon noir était plein de tendresse. Arvak mit une main sur son épaule :

— Respire un coup, viens, on va aller dans le salon, et tu vas me raconter tout ce qu'il s'est passé.

Norgar hocha la tête. Il donnait l'impression d'être bouleversé au point de ne pas avoir de pensées cohérentes. Lorsque Kinra vit Arvak s'éloigner, elle le suivit, de son trottinement incertain de bébé dragon. Tomoko se ramassa et bondit sur elle alors qu'elle lui tournait le dos. Kinra se rebiffa, le chassant d'un coup de patte, et les deux dragonnets se mirent à les suivre de concert sous le regard attendri d'Arvak.

Parvenus à la pièce qui leur servait de salon, ils trouvèrent Méaglim assis sur l'un des fauteuils élimés qui faisaient face à la cheminée. Il tourna la tête vers eux.

À sa façon il semblait aussi bouleversé que Norgar.

Norgar paraissait incapable de saisir les liens logiques reliant tout ce qu'il venait de vivre. Méaglim quant à lui avait un regard absent, le teint de quelqu'un qui n'a pas dormi de la nuit, et dans ses yeux se mêlaient la plus absolue admiration et une totale incompréhension.

Au creux de ses grandes mains jointes comme une coupe dormait lovée une dragonne aux écailles bleues.

L'enthousiasme d'Arvak redoubla et il donna une bourrade amicale à Méaglim.

— C'est génial !

— Attention tu vas la réveiller, murmura le colosse.

À cet instant, Tomoko, qui était venu flairer la dragonne, sauta sur elle. Cette dernière se réveilla en sursaut et tous deux roulèrent dans la poussière de la salle, sous le regard médusé de Méaglim.

— Arrête-le, il l'attaque ! s'exclama-t-il.

Sans réfléchir, Norgar attrapa Tomoko qui émit un rugissement de surprise et de protestation suivi d'un glapissement plaintif.

Arvak posa une main apaisante sur l'épaule de Méaglim :

— Je n'ai pas l'impression qu'ils cherchent à se faire du mal.

— Mais elle est tellement petite ! s'émut Méaglim.

Avec une hésitation, Norgar finit par lâcher Tomoko qui repartit embêter ses camarades d'une démarche encore mal assurée. Les dragons se chamaillaient mais, telle une portée de jeunes chats, ils ne semblaient effectivement pas se blesser mutuellement. Arvak, Norgar et Méaglim les regardèrent un long moment sans un mot, avec des grands yeux émerveillés.

Puis Méaglim se mit à pleurer entre ses mains, comme s'il lâchait prise après un déferlement d'émotions beaucoup trop intenses. Cela secoua Arvak. Il ne se rappelait plus de la dernière fois où il avait vu le grand gaillard pleurer.

— Ça va aller, lui dit Arvak en lui tapotant l'épaule.

De voir Méaglim aussi ému amena momentanément Norgar à relativiser sa propre confusion.

— Je suis pas qualifié pour le job, s'affolait Méaglim, regarde mes grosses mains, et elle est tellement menue. Je vais la casser ! Un poulain je sais faire, un chien passe encore, un chaton c'est pas difficile, mais un dragon qu'est-ce que j'en sais moi, comment on élève un dragon ?

— Tu es le gars le plus délicat que je connaisse, dit Arvak pour tenter de le calmer. Y a pas plus doux avec les bêtes.

— Et est-ce que je vais devoir lui apprendre à chasser ou à voler ? Comment je dois le nourrir ? De quoi elle a besoin ? Est-ce que la viande suffit ou alors il lui faut aussi des os, des abats ? Et pour cracher du feu, est-ce qu'elle doit manger quelque chose de particulier ?

Arvak dut reconnaitre que toutes ces questions ne lui avaient même pas effleuré l'esprit, tant sa joie et sa stupeur avaient oblitéré tout le reste.

— On trouvera des réponses à tout ça.

— Je ne suis pas la bonne personne, je suis juste un rustre balourd et inculte, comment quelqu'un qui sait même pas lire pourrait s'occuper d'une créature aussi sage et aussi belle qu'un dragon ? Elle a dû se tromper de personne, ou moi, je vois que ça, elle attendait quelqu'un d'autre et j'étais là par hasard, j'ai cru que c'était pour moi mais en fait non.

Arvak et Norgar n'en revenaient pas d'entendre l'opinion que Méaglim avait de lui-même. Ils l'avaient vu dompter des chevaux rétifs avec plus de douceur qu'une mère pour son enfant, surmonter les difficultés avec une détermination de fer et un grand cœur. Ils durent s'y mettre à deux pour l'apaiser et lui exprimer à quel point il avait tort dans son opinion de lui-même. Arvak comprit alors que Méaglim avait passé la nuit, assis dans ce fauteuil, sans dormir, à ruminer tout cela.

— Tu aurais dû venir nous chercher, protesta Arvak. Fallait pas rester dans cet état-là !

— Et puis, ajouta Norgar, je crois que quelles que soient les difficultés, on les affrontera ensemble.

— Fiwarèm s'est endormie, j'ai plus osé bouger.

Méaglim prononça le nom de la dragonne presque avec vénération.

Il semblait plus apaisé, Norgar aussi.

Fiwarèm avait trouvé une souris et les dragons poursuivirent l'infortuné rongeur. Sous l'excitation de la chasse, les écailles de la dragonne bleues ondoyaient avec un léger tintement. Elles semblaient osciller sur leur base, se hérisser ou se rabattre très légèrement et, suivant leur orientation, la lumière donnait à ses écailles une nuance particulière de bleu. Les autres dragons ne semblaient pas avoir cette aptitude. Tomoko et Kinra avaient des écailles beaucoup plus fines et uniformes, proches de la peau des lézards pour la dragonne ambrée, plus épaisses pour le noir, mais avec quelque chose de très juvénile pour eux deux.

— Quand je les vois comme ça, balbutia Norgar, je ne peux pas m'empêcher de penser que je n'ai rien fait de mal. Et pourtant je l'ai volé. Je ne comprends pas, mon comportement d'hier n'a aucun sens.

Il raconta à Méaglim et Arvak le déroulé de sa soirée, comment il avait été obnubilé par cette pièce de l'étage de Riwan au point d'y revenir en pleine nuit, et comment il était finalement entré pour s'emparer du contenu du coffre qui y était. Cela troublait profondément Norgar de ne pas trouver de sens à son attitude.

— Tu peux pas l'avoir volé s'il a toujours été à toi, conclut Méaglim.

— Je suis presque certain que cet argument ne tiendrait pas devant une cour de justice. Même si je dois reconnaitre que ça résume bien ce que je ressens.

— Et toi alors ? demanda Arvak curieux à l'adresse de Méaglim.

Ce dernier raconta la lumière étrange qu'il avait vue briller dans la tour alors qu'il était sorti prendre l'air, comment il avait gravi les étages pour arriver dans la salle du grand chêne. Là il parla des trois œufs, doré, bleu et vert, qu'il avait vus et de la naissance de Fiwarèm.

— Alors il y en a d'autres ? s'exclama Norgar.

— Vous pensez qu'ils ont toujours été là ? demanda Méaglim.

— Non, j'ai visité cette pièce dans la journée avec Eliwyl et il n'y avait rien, rappela Norgar. Quelqu'un les y a forcément placés.

— Ça piaille par ici !

Eliwyl venait d'entrer dans la pièce et Arvak la salua avec entrain.

Elle tenait endormi dans ses bras un petit dragon aux écailles d'or.

— Je me suis réveillée en me disant que je devais absolument vous raconter le rêve bizarre que j'ai fait cette nuit, mais…

Elle jeta un regard sur le dragon dans ses bras et les trois autres qui s'ébattaient gaiement à ses pieds.

— … je crois que c'était pas un rêve en fait ! ironisa-t-elle.

Eliwyl se joignit aux autres et leur présenta Rorkane, une dragonne qui visiblement ne demandait pas mieux que de roupiller. Elle jeta un regard endormi aux membres de la troupe et à ses congénères, repoussa d'une patte autoritaire les invitations de Tomoko, puis se roula résolument en boule. Eliwyl leur raconta comment un rêve l'avait conduite à revenir à la salle du chêne en pleine nuit.

— Il restait donc encore l'œuf vert, nota Arvak, vous pensez que Roawir…

Il laissa sa phrase en suspens, plein d'espérance et imperceptiblement les regards de la troupe se tournèrent vers la porte de la salle.

— Pardon, j'ai veillé tard, désolé je ne vais pas pouvoir descendre pour le petit déjeuner, je crois que j'ai attrapé… Oh !

La stupeur de voir les dragons interrompit brusquement Roawir.

Tandis que son regard se posait sur ceux-ci qui chahutaient au milieu de la pièce, une petite bête poilue doubla l'elfe avec des jappements enthousiastes. Pour l'heure il ressemblait bien davantage à un chiot de deux mois qu'à un dragon, avec un pelage juvénile vert et des oreilles tombantes autour d'une tête ronde et amicale. Mais la troupe reconnut sans mal un dragon du type Grincor, semblable à celui qui accompagnait autrefois Anar Morken, avec son apparence proche du loup et des ailes de plumes.

— Je crois qu'on est au complet, commenta Norgar.

— Comment il s'appelle ? demanda Arvak curieux.

— Sérengar, répondit distraitement Roawir à peine remis de sa surprise.

La troupe partit d'un grand éclat de rire en voyant l'air ahuri de l'elfe.

— Que vont penser les Frontaliers si on est en retard pour le petit déjeuner ? s'inquiéta soudain l'elfe, plus pragmatique. Je n'ai même pas entendu la cloche ! Et puis on ne peut pas les laisser seuls ?

— Eirda a décidé qu'aujourd'hui serait un jour de repos, rappela Arvak, la cloche ne sonnera pas et rien ne nous oblige à descendre. Il nous reste des provisions on peut passer la journée ici.

Sa proposition obtint l'assentiment général.

Ils étaient tous si captivés et abasourdis par la présence des dragons que pendant un instant ils ne pensèrent à rien de concret. Ils étaient simplement heureux d'être tous ensemble, dans le même bateau. La nuit venait de réaliser un rêve qu'ils n'avaient jamais osé avoir, et ils s'abandonnèrent brièvement à un bonheur naïf et innocent.

Ils riaient devant les démarches encore incertaines des tout jeunes dragons, devant leurs chamailleries, leur curiosité, s'émerveillant face à leurs mimiques attendrissantes. Petit à petit ils se calmèrent, Tomoko bâilla à s'en décrocher la mâchoire et revint dormir sur les genoux de Norgar, malgré les appels au jeu de Sérengar. Voyant ses efforts vains, le petit dragon à fourrure verte se tourna vers Kinra et tous deux commencèrent à chahuter.

Progressivement, à mesure que la conscience des réalités leur revenait, le silence tomba sur la troupe, jusqu'à ce que plus un rire ne fuse et que tous se regardent avec des airs ahuris.

— Mais qu'est-ce que c'est que ce bordel ? résuma Norgar.

Méaglim hocha la tête avec un air hagard.

— Ce soir c'est la lune gibbeuse, rappela Eliwyl. Eirda va compter sur tout le monde, qu'est-ce qu'on va faire d'eux ?

— On peut pas les emmener, soutint Arvak.

— Et on peut pas les laisser seuls, certifia Méaglim.

Norgar émit un soupir de dépit :

— Est-ce qu'on doit les garder cachés, ou est-ce qu'il faut révéler leur existence ? Et s'ils doivent rester cachés, comment masquer leur présence ici ? Comment les faire sortir ? Comment parcourir le réseau des louvèteries avec eux ? Comment ferons-nous à Artaug ?

À chacune de ses questions, les membres de la troupe se jetaient entre eux des regards de plus en plus déconcertés.

— Il faut qu'ils restent cachés, assura Arvak.

Méaglim et Eliwyl semblaient du même avis.

— Est-ce qu'on est surs de ça ? demanda Norgar.

Tous lui jetèrent un regard incrédule.

— Pensez-y deux secondes, poursuivit-il. Pensez à tout ce qu'ils pourraient changer pour le pays. Il y a encore quelques années il y avait cinq dracologues en Aganius. Anar Morken chassait les Chiens Errants, Kared Nimizar gardait la frontière de Durgèm Vèd, Andlam formait les guerriers d'élite à Tsiroèn, Games Gandar conseillait le roi, et Andavir Lamraïk étudiait les textes du Temple, en formant les futurs dracologues. À eux cinq, ils étaient suffisants pour dissuader les lycans d'envahir le pays. Le simple fait de les savoir présents les tenait en respect, et leurs dragons étaient déjà vieillissants. Depuis la mort d'Anar Morken plus personne n'abat les Chiens Errants et leur infestation n'a jamais été aussi grave, vous l'avez vu à Kölrimgar. Avec la mort de Kared Nimizar, Andlam a dû reprendre Artaug et la direction de l'école est vacante. Il ne reste plus que trois dragons dans tout le pays, dont deux ne sont plus en état de combattre.

Le constat était effectivement sans appel et Norgar continua :

— À nous cinq nous venons de presque tripler les effectifs du pays, avec des dragons qui seront bientôt tous dans la force de l'âge. Méaglim et Roawir sont immunisés à la lycanthropie, ils pourraient nettoyer le pays plus efficacement qu'aucun humain, et nous serions encore trois pour contrer la menace des lycans, ou même aider aux communications pour que les peuples soient plus efficaces dans leur lutte contre la Ténébra. Ils pourraient sauver des milliers de vies.

Il déglutit difficilement avant de poursuivre :

— Je ne dis pas que c'est ce que nous devons faire, mais est-ce que les dragons ne nous donnent pas une responsabilité ? Au vu de leurs capacités, de tout ce qu'ils peuvent accomplir, est-ce qu'on n'a pas le devoir d'envisager toutes les possibilités et de choisir celle qui profitera au plus grand nombre ?

Le discours de Norgar ne laissa personne indifférent.

— Ce qui nous a convaincus de partir, rappela Arvak, c'était la conviction que rien de ce que nous possédions ne pouvait vaincre le Pilier des Ténèbres. Et ça n'a pas changé. Oui les dragons pourraient changer beaucoup de choses, ils nous feraient gagner du temps, sauveraient des vies à la frontière, sécuriseraient les routes et les échanges. Mais au final tout cela ne durerait que le temps de leur vie. Ils ne peuvent pas vaincre le Pilier des Ténèbres. Les dragonniers et leurs Darkénéïdes n'ont pas réussi, et ils étaient des milliers. Nous sommes loin de les égaler, en nombre comme en magie.

Norgar se rangea à ces arguments.

— Si leur existence devenait connue, tout le monde voudra se les accaparer, ajouta Roawir.

— Il a raison, poursuivit Arvak, le Temple voudra savoir comment ils ont éclos, le roi les voudra à son service, et je ne parle même pas des personnes qui pourraient chercher à s'en emparer par pur appât du gain.

Ils étaient tous de cet avis, les dragons étaient trop rares et trop précieux pour ne pas attiser l'envie d'un grand nombre de personnes mal intentionnées.

— Est-ce que les œufs ne peuvent pas venir du Temple ? demanda Méaglim. Peut-être que les dracologues les ont ensorcelés pour qu'ils puissent éclore ?

— Y a peu de chances, estima Eliwyl. Les sorts pour engendrer des draco faber sont très complexes et encore imparfaits. Les dracologues ne forcent l'éclosion d'un œuf que lorsqu'ils pensent avoir réalisé une avancée significative. Ils n'ont jamais fait éclore cinq petits d'un coup, je ne suis même pas certaine qu'ils en aient les capacités.

— Rappelle-moi la différence entre les dragons des dracologues et ceux des dragonniers ? demanda poliment Roawir.

— Ils proviennent tous les deux d'œufs de Darkénéïdes – les dragons des dragonniers – mais les draco faber sont beaucoup plus faibles en magie que les Darkénéïdes. Le Temple possède beaucoup d'œufs de Darkénéïdes mais ceux-ci n'éclosent pas. Les dracologues sont parvenus à trouver une formule alchimique qui peut briser manuellement la coquille de l'œuf, puis ils emploient des techniques de soin complexes pour réanimer l'embryon. Cette opération affecte gravement la magie du dragon. Il va grandir, être dans la force de l'âge durant quinze ans, puis commencer une sénescence et mourir vers soixante-dix ou quatre-vingts ans dans le meilleur des cas. Il ne pourra pas employer la magie ni cracher du feu. Le processus peut aussi affecter l'intelligence du dragon, certains n'arrivent jamais à parler correctement. À l'inverse les Darkénéïdes ne vieillissaient jamais. Ils employaient la magie, crachaient du feu, avaient une intelligence hors du commun, des souvenirs remontant à plusieurs générations, et possédaient toutes ces aptitudes extraordinaires dès la naissance. À la base l'objectif du Temple était de trouver comment faire revenir les dragonniers, en contrant ce qui empêche l'éclosion des œufs de Darkénéïdes qu'ils possèdent. Mais leur processus d'éclosion assistée ne permet finalement pas cela.

Ayant étudié à Tsiroèn et côtoyé Andlam, Eliwyl était celle qui connaissait le mieux les dracologues, mais son savoir restait malgré tout assez superficiel. Elle n'avait que des notions très vagues sur les techniques et formules employées par les dracologues pour forcer l'éclosion des œufs – comme le reste de la troupe.

— S'ils n'ont pas été créés par le Temple, comment expliquer leur présence dans ce cas ? demanda encore Roawir.

— Riwan, conclut Arvak.

Il leur raconta comment le totem de l'elfe l'avait guidé jusqu'à Kinra.

— En soi les formules pour faire éclore les œufs fonctionnent, et Riwan a l'air de connaître beaucoup de choses sur les dragonniers, si elle a étudié les formules des dracologues, et si elle a eu les œufs en sa possession assez longtemps elle aurait composé les formules adéquates.

— Dans ton hypothèse, conclut Méaglim, ces cinq-là seraient des draco faber.

— Je ne vois pas ce qu'ils pourraient être d'autre, reprit Norgar. Dès leur naissance les Darkénéïdes pouvaient voler, chasser, cracher du feu, utiliser la magie, ils avaient la mémoire de milliers d'années, leur voix était si puissante qu'elle tenait quiconque sous son emprise, je n'ai pas l'impression que nos protégés correspondent à cette description. Au contraire les draco faber ne crachent pas de feu, mettent du temps à apprendre à voler, ne parlent qu'au bout de plusieurs mois et n'ont pas de mémoire ancestrale. Ça me semble mieux correspondre.

— Peut-être que ça viendra plus tard, objecta Méaglim, ils viennent juste de naitre. Comment savoir s'ils ne crachent pas de feu ?

Les récits étaient unanimes sur le fait que les petits Darkénéïdes étaient tout à fait autonomes dès la naissance, et la troupe devait bien reconnaitre qu'avec leurs gestes pataudS les dragonnets ne correspondaient pas à la description. Ils n'exprimaient aucune pensée intelligible ni même vaguement compréhensible, quant à cracher du feu, effectivement, personne n'en avait été témoin.

À cet instant, Fiwarèm, qui tentait de repousser Sérengar, émit un feulement profond, souffla de l'air sur le dragon poilu mais son souffle resta inerte. La dragonne sembla désemparée, comme si elle se fut attendue à une autre réaction, et vint se blottir contre Méaglim.

— Tu vois, confirma Norgar. S'ils se mettent à cracher du feu dans les semaines à venir, ou parler de façon intelligible, ou s'ils me montrent des images d'un passé révolu depuis deux mille ans, j'accepterai de reconsidérer les choses. Mais en l'état ce que je vois me semble pouvoir n'être que des draco faber.

Même si Arvak rêvait de croire au retour des dragonniers, il devait bien admettre que les créatures qu'il avait sous les yeux semblaient avoir beaucoup moins de magie que tout ce que les légendes des dragonniers rapportaient, même en considérant que les légendes avaient exagéré la réalité.

— Il n'y aura plus de retour en arrière, comprit Eliwyl.

Les autres se tournèrent vers elle.

— Si nous décidons de poursuivre notre quête du Pilier du Vent, nous serons obligés de tout faire pour garder leur existence cachée. Si elle devenait connue, nous aurions beaucoup trop de personnes prêtes à nous mettre des bâtons dans les roues pour se les accaparer. Donc, il n'y aura plus un endroit où nous pourrons nous considérer chez nous parmi les humains, ni chez les Frontaliers, ni chez les louvetiers, nulle part nous ne pourrons relâcher notre vigilance. Nous ne devrons révéler leur existence à personne, pas même à Eirda.

Un silence tomba sur l'assemblée. Les conclusions d'Eliwyl étaient évidentes et sans appel. La troupe avait déjà conscience qu'un retour en arrière, depuis leur départ précipité de l'Odrin, n'était pas une option viable. Mais Eliwyl avait raison, avec les dragons, s'ils décidaient ici de poursuivre dans cette voie, ils s'engageraient dans un chemin sans retour.

— Et si nous les donnions au Temple, tandis que nous poursuivrons notre recherche du Pilier du Vent ? proposa Norgar. Les dragons ne se sont pas essentiels à notre entreprise, et de la sorte ils pourraient servir et protéger le pays.

C'était dans son tempérament d'envisager toutes les options, même celles qui le rebutaient, son sens du devoir passait avant ses souhaits, et Arvak voyait bien que Norgar ne proposait pas ceci de gaîté de cœur, que l'idée même de se séparer de Tomoko lui était abominable.

Sa proposition n'obtint pas l'assentiment de la troupe. Il semblait évident à tout le monde que les dragons offraient les perspectives d'un pouvoir beaucoup trop grand. En ces temps d'incertitudes annoncés par le retour de la Ténébra, confier des dragons au hasard était risquer de voir le pays s'entredéchirer pour obtenir la main mise sur eux, et tous les atouts de lutte qu'ils représentaient. Norgar était tout à fait d'accord avec ceci, d'ailleurs il avait perçu l'inconsistance de son raisonnement presque immédiatement après l'avoir formulé, ce qui ne l'empêcha pas de ressentir un certain soulagement à ce qu'elle fût rejetée.

— Pourquoi nous ? demanda alors Roawir.

Ce n'était que l'une des centaines de questions auxquelles ils n'avaient pas de réponses.

— Parce que je compte détruire la Ténébra et que j'avais l'intention de remettre les dragons à des personnes qui m'y aideraient, déclara Riwan en se présentant à l'entrée de la salle.

Arvak se demanda depuis combien de temps elle écoutait ainsi.

À voir le regard à peine surpris du reste de la troupe il eut le sentiment qu'ils avaient tous épuisé leur quota de stupeur pour la journée, peut-être même pour la vie entière. Norgar semblait méfiant, Riwan plutôt mal à l'aise. Elle restait adossée à l'encadrement de la porte sans savoir où poser son regard, Koumal derrière elle se dérobait à la vue.

Alors Tiamé fit son entrée dans la pièce. Fendant l'air et l'espace, le dragonnet rouge voleta un instant avant de se poser au milieu de la salle avec un rugissement victorieux. Il était environ deux fois plus grand que les dragons et Arvak en déduisit qu'il était plus vieux. Là où les autres dragonnets faisaient la taille d'un chaton de six mois, lui avait celle d'un chat adulte, ce qui restait une taille somme toute modeste pour un dragon. Les petits qui dormaient se réveillèrent à son cri et piaillèrent en retour en venant l'accueillir comme l'un des leurs.

Le regard de la troupe sur Riwan changea et devint plus avenant.

— J'irai où ils iront, certifia Riwan.

— D'où viennent-ils ? demanda de but en blanc Norgar.

— Je les ai trouvés dans des vestiges d'habitations de dragonniers au cours de mes recherches. Beaucoup de sites sont encore inexplorés.

Arvak savait la chose possible. À la fin du règne des dragonniers, la plupart des œufs avaient été déplacés au Temple, mais le territoire autrefois contrôlé par eux était très vaste et certains œufs demeuraient cachés. Les dracologues avaient surtout exploré les sites qui se trouvaient en Aganius, et ils avaient parfois trouvé des œufs de dragon dans les ruines d'anciennes cités. Ce type de découverte était rare, et le nombre d'œufs toujours très restreint, ce n'était pas pour autant impossible. Quelques siècles plus tôt, dans les montagnes du Magcam, les elfes avaient découvert une ancienne cité de dragonniers et des œufs de Darkénéïdes y étaient cachés.

Riwan, semblant comprendre qu'elle ne pourrait éluder toutes les questions, entra dans la pièce et s'assit sur un buffet non loin de la porte.

— Comment t'y es-tu prise pour les faire éclore ?

— Avec beaucoup d'efforts et en surmontant de nombreux défis.

— Mais encore ?

Depuis l'extérieur de la pièce Koumal se mit à gronder sourdement.

— J'ai passé plusieurs années au Temple et j'ai beaucoup étudié les dragonniers.

— Tu avais les œufs depuis longtemps ?

— Tout dépend desquels.

— Le plus vieux ?

— Vingt ans.

— Si nous trouvions d'autres œufs, pourrais-tu faire qu'ils éclosent ?

— S'ils sont viables, avec assez de temps et les candidats adéquats, oui.

— Les candidats adéquats ?

— Je ne décide pas de qui aura leur préférence.

— Tu veux dire qu'ils nous ont choisis nous particulièrement ? balbutia Arvak.

— J'ignore à quel point ils sont sélectifs. Je sais qu'ils ne peuvent pas naitre pour quelqu'un qui n'aurait pas la capacité de communiquer avec un dragon, mais c'est tout. J'ignore s'ils se contentent du premier candidat qui se présente, ou s'ils choisissent plus subtilement.

— Comment peux-tu l'ignorer si c'est toi qui les as fait éclore ? objecta Norgar.

— Vous m'attribuez plus de connaissances que je n'en ai. Concernant les dragons beaucoup de choses restent mystérieuses. Les dracologues n'ont gratté que la surface des connaissances accumulées par les dragonniers, et j'en sais moins encore. La méthode qui a fait naitre ces dragons est nouvelle, il y a encore beaucoup de choses que j'ignore sur elle et sur eux.

Ces informations allaient dans le sens de ce qui semblait le plus probable à la troupe.

Riwan attendit d'autres questions qui ne vinrent pas.

Ils semblaient décidés à poursuivre leur quête initiale – malgré quelques questionnements qui avaient fait se dresser les poils de Koumal – et Riwan n'en demandait pas davantage.

— Vous devriez vous reposer, conseilla-t-elle, vous avez une mine affreuse.

Riwan quitta la pièce et nul n'eut la présence d'esprit de la retenir.

Dans un coin, Méaglim, la dragonne bleue lovée entre ses bras, venait de s'endormir et ronflait doucement.

Chapitre 25

La troupe passa la journée entière sans quitter ses appartements.

Étant au quatrième étage d'une tour entièrement vide, ils ne craignaient pas que les cris des dragons n'alertent les Frontaliers et ils restèrent tous ensemble.

Les dragons avaient des gestes incertains et ils ne pouvaient pas voler, à part Tiamé qui était plus vieux. Tomoko, Kinra et Fiwarèm imitaient leur aîné aux écailles rouges en battant l'air de leurs ailes membraneuses sans parvenir à s'élever du sol. Sérengar, le dragon vert, et Rorkane, la dragonne dorée, n'avaient pas encore fait leur plumage et ils en faisaient de même avec leurs ailes encore nues. Ils passèrent la majorité du temps dans la salle principale à chahuter ensemble, manger et surtout dormir, Koumal leur apportait des souris et des rats – qui ne manquaient pas dans les étages inhabités.

Comme ils ne pouvaient voler et marchaient gauchement, les surveiller se révéla plus simple que ce à quoi la troupe s'attendait et tous en profitèrent pour se reposer.

Vers le milieu de l'après-midi, un Frontalier vint à leur porte pour prendre des nouvelles. Arvak alla à sa rencontre sans le laisser entrer. Eirda voulait savoir s'ils préféraient être de garde ensemble ou séparément, pour la pleine lune à venir, et Arvak, avec une soudaine lucidité, lui indiqua sa préférence pour des groupes séparés. Le Frontalier leur assigna les leurs.

Cela simplifierait grandement le problème de la garde des dragons.

La période de la pleine lune demandait une vigilance et une présence accrue de la part des Frontaliers. Pour ce faire Eirda avait l'intention de constituer des groupes tournants, de façon à ce qu'il y ait toujours des personnes pour la garde, les tâches domestiques, ou le repos. Arvak connaissait ce fonctionnement, c'était celui des Frontaliers à Rimentos. Il savait que ces groupes tourneraient continuellement durant les trois prochains jours avant de reprendre un rythme plus normal et des gardes de nuit en petits groupes. Cette rotation permettrait de garder toujours l'un d'entre eux présent à la tour pour surveiller les dragons.

Lorsqu'il expliqua ceci aux autres, ils parurent soulagés.

À la tombée de la nuit, les groupes de soldats se rassemblèrent pour accomplir les tâches qui leur avaient été assignées.

L'expérience de Kölrimgar demeurait pour Arvak un souvenir pénible, il avait pourtant affronté de nombreuses pleines lunes, mais il appréhenda cette nuit. Il dut vite reconnaitre que ses craintes n'étaient pas fondées. La bonne organisation d'Eirda et le jour de repos qu'elle avait accordé semblaient avoir miraculeusement tranquillisé les soldats de la citadelle. Ils se montraient vigilants mais sans peur excessive et après la tombée de la nuit, dans les moments particulièrement calmes, Arvak put les voir jouer aux dés sur le chemin de ronde.

Il y avait bien quelques bêtes étranges qui parcouraient la lande, quelques rugissements lointains, mais à de telles distances, et dans la nuit, il était impossible de dire s'il s'agissait de Chiens Errants. L'un d'eux vint tourner au pied des remparts, plus curieux qu'agressif et un Frontalier l'atteignit d'un carreau d'arbalète au travers du crâne. La créature s'enfuit en jappant pitoyablement.

La nuit de la lune gibbeuse se déroula ainsi.

Leur nombre, leur expérience, la faible population de Chiens Errants si loin au nord, et la présence des solides murs d'enceinte de la citadelle leur assurait de toute façon une nuit au pire fatigante, dans tous les cas sans réel danger.

La nuit suivante fut plus angoissante.

Lorsque la pleine lune se leva, des milliers de chants de Chiens Errants s'élevèrent dans les airs, mais leur présence semblait se resserrer autour des villes proches, Lawdan ou Rirfadèn, à plusieurs lieues au sud.

Un petit groupe d'une vingtaine d'individus assaillit Roakinmir. Ils escaladèrent les remparts, certains arrêtés par des carreaux d'arbalètes, ou les barbelés d'argent, d'autres jusqu'au sommet. Là ils furent reçus par des fines lames qui ne leur laissèrent aucun espoir de survie, malgré de violents assauts.

Plus tard dans la nuit, un autre groupe se présenta mais son sort fut similaire.

Parmi les lycans qu'ils abattirent ce jour-là, tous n'étaient pas des Chiens Errants. Certains étaient d'apparence plus vigoureuse, avec un poil plus soyeux. Arvak reconnut en eux des créatures qui prenaient encore leur forme humaine entre les nuits de pleine lune, soit qu'elles eussent été transformées peu de temps auparavant, soit qu'elles fussent toujours dans le déni de leur condition.

Les corps des Chiens Errants furent brûlés au matin, aucun Frontalier n'avait péri. Après ce bûcher funéraire sans cérémonie, chacun fut examiné par le médecin de la garnison. Il devait vérifier qu'aucun ne portait de blessures s'apparentant à une morsure. Là encore les Frontaliers n'eurent rien à déplorer et ce fut un soulagement pour tout le monde. Le brunmantel avait une fois de plus révélé toutes ses qualités de prévention contre les mâchoires de lycans. Il y avait bien quelques contusions, des côtes brisées, des poignets malmenés et des crânes commotionnés, mais aucun Frontalier n'aurait à emprisonner un frère aujourd'hui.

Par prudence, Eirda maintint la même organisation pour la nuit suivante, la lune gibbeuse descendante, mais cette dernière fut à peine plus animée que la première gibbeuse. Une horde d'une dizaine de Chiens Errants tourna autour des remparts puis repartit.

Parvenue au matin, la troupe se prépara au départ, avec la satisfaction d'avoir passé la pleine lune dans un endroit protégé du danger.

Ils s'installèrent dans la cour de la citadelle pour discuter de derniers détails, à l'abri d'un arbre, profitant du soleil de la fin de l'été, en compagnie d'Eirda et Riwan. Ils avaient momentanément laissé les dragons à la garde de Koumal. Autour d'eux les

Frontaliers profitaient de leur jour de repos successif à la pleine lune et ils n'avaient pas à craindre d'être entendus.

Norgar déplia une carte du pays, ainsi qu'une autre plus précise de la région d'Artaug. Cette seconde carte portait distinctement les zones connues des Frontaliers, la Tombe de Grinkaël, ainsi que la zone où les dracologues localisaient Svèn-Ild.

— Si j'ai bien compris, commença Arvak, notre prochaine étape maintenant c'est Agamares puis Artaug.

— C'est ça, confirma Norgar. D'après mes calculs nous devrions pouvoir atteindre Agamares d'ici une dizaine de jours en voyageant par le réseau des louvèteries.

Ils n'avaient pas encore réglé le problème des dragons mais ils ne pouvaient l'évoquer devant Eirda.

— Après Agamares, poursuivit Norgar, nous devrons franchir les montagnes de Malmort, passer la vallée d'Ara, puis suivre les chemins de montagne jusqu'à Artaug, il faudra compter au moins neuf jours, peut-être dix.

— Nous pourrons faire tout ça à cheval, continua Riwan, mais après Artaug il faudra voyager à pied. Nous devrons d'abord aller à la Tombe de Grinkaël puis nous pourrons faire route jusqu'à cette zone.

Riwan tapota l'emplacement de Svèn-Ild.

— Pourquoi passer par la Tombe de Grinkaël ? demanda Eliwyl. Elle n'est pas sur notre route.

— Ces montagnes sont majoritairement inconnues, aucune carte n'est assez fiable pour nous guider. Les recherches des dracologues sur l'emplacement de Svèn-Ild prennent toutes la tombe comme point de repère et estiment la position de la cité à partir de là. Je dois donc aller là-bas pour régler mes instruments de voyage, c'est le seul point fixe sur lequel je puisse me baser de façon certaine. De plus la Tombe de Grinkaël est située sur une proéminence rocheuse qui donne un point de vue très large de la région. Une fois là-haut je pourrai voir quel temps il fait sur la région qui nous intéresse et ainsi repousser ou précipiter notre voyage.

— Et une fois à l'emplacement de Svèn-Ild, si tant est que vous y arriviez ? demanda Eirda qui ne tenait pas à confier ses protégés à une elfe inconnue.

— Il nous faudra quadriller la plus large zone possible en espérant trouver un accès. Avec l'hiver qui approche nous aurons peut-être un mois pour nous rendre sur place et revenir à Artaug si nous ne trouvons rien.

— Si le temps le permet, mon totem, Riron, pourra survoler la zone, compléta Roawir.

Il ne pouvait pas parler des dragons mais tous suivirent sa pensée.

— Tu l'as déjà trouvée ? demanda Eirda.

— J'ai échoué de nombreuses fois, répondit Riwan, mais je n'avais pas de soutien aérien.

— Tu estimes qu'on peut rejoindre la zone où se trouve Svèn-Ild en combien de temps ? demanda Norgar à l'adresse de Riwan.

— Impossible à dire, ça dépend de la météo, de la praticabilité du glacier, de notre aptitude à ne pas nous perdre. Je dirais pas moins de dix jours, mais nous pourrions tout aussi bien mettre des mois.

Même avec un guide semblant connaître son affaire, l'entreprise continuait d'être périlleuse et toutes ces incertitudes marquaient le front de Norgar d'un pli soucieux.

— Il nous faudra un endroit sûr à Agamares pour passer la nuit, remarqua Arvak à l'adresse d'Eirda.

— Nous ne pourrons pas la contourner, renchérit Norgar, cela prendrait trop de temps, surtout si nous en avons aussi peu que le prétend Riwan. Sans compter que nous devrons y acheter du matériel pour parcourir la montagne.

— Je connais quelques auberges de Frontaliers à Agamares, des gens discrets.

— Il nous faudrait un endroit vraiment sécurisant, précisa Arvak, pour…

Il ne pouvait pas parler des dragons.

— Pour ma chimère, acheva Roawir. Elle est très reconnaissable, je préférais ne pas prendre le risque qu'un aubergiste s'en rappelle.

Arvak le remercia d'un discret signe de tête.

— J'ai peut-être quelqu'un qui pourra vous aider. Elle loue ses sous-sols à des Changes Formes pour qu'ils puissent… employer leurs aptitudes, loin des regards indiscrets, vous voyez ce que je veux dire. Je vais vous faire une recommandation, elle ne me refusera rien.

— Il va nous falloir un animal de bât aussi, remarqua Méaglim. Nous devrons avoir bien plus de matériel dans la montagne et les chevaux ne porteront pas plus que ce que nous avons déjà.

En vérité, Méaglim pensait surtout aux dragons, qu'il leur faudrait bien porter puisque leur jeune âge ne leur permettrait pas de les suivre toute la journée durant.

— J'ai ce qu'il faut, une chimère, intervint Riwan avant qu'Eirda ne le fasse, elle n'est pas aimable et pas discrète mais elle portera plus que sa part, même sur le chemin de Svèn-Ild.

Sa proposition sembla satisfaire tout le monde.

Ils discutèrent encore quelque temps. Méaglim avait procédé à l'inventaire de leurs fournitures la veille alors qu'il gardait les dragons, et il soumit à Eirda une liste des choses qui leur manquaient, incluant une quantité non négligeable de viande séchée.

— Prenez ce qu'il vous faut, vous avez bien mérité ce paiement après toute l'aide que vous avez apportée avant et pendant la pleine lune. Quand pensez-vous partir ?

— Aussi tôt que possible, idéalement aujourd'hui, répondit Arvak.

Eirda hocha la tête :

— N'oubliez pas de me dire au revoir.

— Merci pour tout.

Ils acquiescèrent et commencèrent leurs préparatifs de départ.

Ils prirent les fournitures dont ils avaient besoin, rassemblèrent leurs affaires, firent un peu de ménage dans leur étage. Pendant ce temps ils se relayèrent pour occuper les dragons autant que possible. Ils voulaient les faire se dépenser afin qu'ils dorment à poings fermés quand ils quitteraient la tour, et les dissimuler dans leurs sacs de selle à ce moment-là.

— Je pars devant, je vous retrouve sur la route, déclara Riwan lorsqu'ils eurent presque terminé.

Elle fit d'abord sortir Koumal et Tiamé par la porte secrète qu'elle connaissait, puis quitta la citadelle montée sur sa jument Waïna et disparut.

À quelques minutes du départ, ils laissèrent les dragons s'endormir et ceux-ci avaient tellement joué avec eux qu'ils ne demandèrent pas leur reste. La troupe les déplaça alors délicatement pour les cacher dans leurs bagages. Arvak emporta ses affaires jusqu'aux écuries et prépara Crépuscule. Jamais il n'avait été aussi précautionneux pour ses sacs de voyage, les gardant toujours près de lui, tremblant dès que quelqu'un approchait à tel point qu'il se réprimanda lui-même. Il allait finir par attirer l'attention sur son barda en le couvant comme il le faisait.

Il sella sa monture, chargea ses affaires et, quand ils furent tous prêts, après une poignée de main chaleureuse à Eirda, ils quittèrent Roakinmir.

Ils marchèrent jusqu'aux remparts de brique, craignant à chaque foulée que le pas saccadé des montures ne fasse se réveiller les dragons endormis. Ils doublèrent le second poste de garde et laissèrent la lande derrière eux pour avancer plein est sur la route qui menait à Agamares.

Non loin sur le chemin, ils retrouvèrent Riwan et la créature qui l'accompagnait, Svalrim. C'était une chimère trapue, aux poils longs et durs. Sa tête était celle d'une tortue avec un bec acéré. La troupe n'en voyait que peu de détails car Riwan l'avait muselée avec un attirail de fer épais qui semblait la gêner. Pour le reste, en dehors des pattes avant griffues et écailleuses, son corps évoquait plutôt une chèvre ou un yack.

— La muselière c'est pour quoi ? demanda Arvak légèrement inquiet.

— Pour éviter qu'elle ne tue quelqu'un, précisa Riwan en vérifiant le harnachement de la chimère. Ne l'approchez pas, ne touchez pas à ce sac-là, et tout se passera bien. Petit à petit elle s'habituera et je devrais pouvoir la démuseler.

Riwan avait désigné un vieux sac de voyage usé.

— C'est noté, répondit Arvak.

La troupe lui fit passer des sacs de matériel qu'elle fixa sur le dos de la chimère. Une fois les charges réparties entre les sept animaux, Riwan se mit en selle et la troupe prit la route.

Ils marchaient tranquillement par peur de réveiller les jeunes dragons et Norgar vint aux côtés de Riwan.

— Comment tu penses procéder cette nuit avec les dragons ? lui demanda-t-il.

— Que veux-tu dire ?

— Nous ne pouvons pas amener les dragons dans les louvèteries, ils seraient découverts. Et dormir dehors est dangereux à cause des lycans.

— Je les protégerai avec Koumal et Svalrim, pendant que vous autres dormirez en louvèterie.

Arvak tendit l'oreille.

Cela ne lui avait pas effleuré l'esprit que les dragons dormiraient dehors, il n'avait pas non plus envisagé qu'il serait séparé de Kinra. Il se trouverait à l'abri derrière des remparts, tandis que la petite dragonne de quatre jours qui l'accompagnait serait exposée à tous les dangers, au milieu des bois infestés de lycans. En plus des lycans, Arvak pensa soudain à tous les autres périls qui pouvaient menacer une toute jeune créature. Elle pouvait se blesser, tomber d'un arbre, s'étouffer en avalant quelque chose, se perdre, être attaquée par des prédateurs qui peuplaient cette région. Un renard ou une belette pourrait tout à fait la tuer.

La peur lui serra le ventre. En un instant, défila dans son esprit une centaine de façons que la jeune dragonne aurait de perdre la vie, toutes plus affreuses les unes que les autres, et il vit Riwan revenir au matin avec le corps inerte de Kinra entre les mains.

À la pâleur de Norgar et Méaglim, Arvak devina qu'ils pensaient tous à la même chose.

La femme elfe ne sembla pas remarquer leur trouble. Elle regardait droit devant elle, comme s'il n'y avait aucun débat à avoir sur le déroulé des évènements et comme si ce qu'elle proposait allait de soi.

— Est-ce qu'on ne peut pas dormir tous ensemble avec les dragons ? proposa Eliwyl.

Elle ne semblait pas plus à l'aise que les autres avec l'idée d'être séparé des dragonnet.

— Vous êtes humains, votre présence va exciter les lycans et vous risquez d'être contaminés. Je ne peux pas protéger les dragons et vous en même temps.

Arvak devait reconnaitre que c'était plutôt sensé.

— Moi je ne lui suis pas, répliqua Roawir, je resterai avec les dragons.

Riwan ne fit pas d'objection.

— Et moi je suis immunisé, ajouta Méaglim, je viendrai aussi.

Elle leva un sourcil interrogateur mais ne fit aucune remarque.

Arvak, Norgar et Eliwyl se regardèrent. Ils n'étaient pas davantage rassurés, mais Riwan avait raison, qu'ils dorment en louvèterie serait plus sûr pour tout le monde et ils s'y résignèrent.

Riwan accéléra l'allure, mettant fin à la discussion.

Le trot des chevaux réveilla les dragons qui émirent des piaillements de surprise ensommeillés. Arvak vit Kinra s'agiter dans le sac de selle mais la troupe prit bientôt un petit galop et l'allure chaloupée et régulière berça les jeunes dragons qui se rendormirent.

Ils prirent une pause en milieu de journée pour manger et les dragons jouèrent avec entrain, puis ils chevauchèrent à nouveau.

L'automne arrivait et les jours étaient plus courts. Ils décidèrent de s'arrêter avant la tombée de la nuit afin d'aider

Riwan, Roawir et Méaglim à monter le campement. Pour Eliwyl, Arvak et Norgar c'était une façon calmer leur inquiétude.

Ils creusèrent des tranchées de feu, coupèrent une importante quantité de bois, établirent des barricades avec une application qui dépassait beaucoup le nécessaire. Riwan observa leur zèle avec une certaine surprise.

Arvak se demanda comment elle procédait habituellement mais il n'osa pas l'interroger à ce sujet. Quand la nuit fut complètement tombée, le campement donnait l'impression d'avoir été établi pour plusieurs jours et Riwan dut pousser Arvak, Eliwyl et Norgar à partir.

Lorsqu'ils gagnèrent la louvèterie la plus proche il faisait parfaitement nuit.

Aucun d'eux trois ne dormit sereinement, leur esprit revenant sans cesse aux jeunes dragons. Au matin, ils hâtèrent leur départ et rejoignirent Roawir, Riwan et Méaglim à l'aube.

Le grand gaillard avait la mine déconfite de quelqu'un qui n'avait pas dormi.

— Ils ont pas arrêté de piailler, dit-il, et Tomoko ronfle.

Cela fit sourire Norgar malgré lui.

Riwan revint en portant sur les épaules la carcasse d'un chevreuil.

— Ça a été ? lui demanda Arvak.

— Rien à signaler, répondit-elle.

Elle posa le chevreuil au sol et les divers prédateurs du groupe lui firent un sort. Koumal prit les meilleurs morceaux, les chimères partagèrent avec les dragons et en peu de temps les os furent proprement nettoyés.

La troupe prit un petit déjeuner ensemble et plia les affaires tandis que les dragons repus commençaient déjà à bâiller. Comme la veille ils dormirent dans des sacs de selle pendant une partie du trajet mais, passées les quelques heures de digestion, ils manifestèrent leur énergie et leur envie de partir explorer ce tout nouvel univers qui s'ouvrait à eux.

Ils grattaient le cuir, sortaient de leur cachette, piaillaient, s'agitaient sur les chevaux ou grimpaient sur le dos des cavaliers. Leurs gestes vifs, leurs cris, leurs griffes piquantes, effrayaient les chevaux qui faisaient des embardées en sentant ces créatures leur courir dessus et escalader leurs crins. Flamme, le plus jeune de la troupe, était le plus désorienté et malgré la maîtrise d'Eliwyl, ses yeux roulaient de peur.

De surcroît, les voyant aussi énergiques, tous craignaient de voir les dragons faire une mauvaise chute. Ils furent obligés de s'arrêter et trouvèrent un coin à l'écart du chemin où ils pourraient s'égailler sans risque.

Au sol, les dragons se bagarrèrent ensemble, se sautant les uns sur les autres, se courant après, dans un concert de jappements variés et enthousiastes. Tout attirait leur curiosité, la moindre feuille, le moindre trou dans le sol, un bâton sembla être un instant le plus grand trésor de l'univers avant qu'une pomme de pin ne lui enlève ce titre. Méaglim et Arvak les regardaient en riant aux éclats. Norgar s'inquiéta à l'idée que leurs pépiements puissent être entendus, mais Riron continuait de survoler les environs et assura qu'il n'y avait pas de voyageur à proximité.

Cette vive activité ne dura pas très longtemps. Koumal rapporta bientôt un lièvre, les dragons mangèrent puis se roulèrent en boule pour dormir. La troupe les remit délicatement dans leurs sacs de selle et reprit la route à un pas délicat, mais le premier trot les réveilla. Ils furent contraints de s'arrêter à nouveau et cette première journée de voyage se poursuivit tant bien que mal, fractionnée entre les siestes des dragons et leurs moments d'activité.

Ils parvinrent à atteindre une louvèterie avant la nuit, préparèrent le campement comme la veille avant de se séparer. Eliwyl, Norgar et Arvak réfléchirent à une façon d'améliorer le trajet, peut-être qu'avec des couchages plus confortables les dragons accepteraient plus facilement de dormir à cheval. De son côté Méaglim réfléchit à comment il pouvait utiliser des jeux pour apprendre aux dragons des ordres simples.

Dans la journée, Norgar s'était inquiété à l'idée que les dragons puissent être découverts tant ils étaient bruyants. Si par hasard ils croisaient un groupe de voyageurs, ils auraient besoin que les dragons se taisent et restent dans leurs sacs, c'était des tours que Méaglim voulait leur enseigner et il en discuta avec Roawir.

Le lendemain, au petit déjeuner, ils se retrouvèrent et mirent en commun leurs réflexions. Ils adaptèrent les sacs de transport des dragons pour qu'ils deviennent plus douillets et Méaglim leur montra ses petites avancées. Ils jouèrent beaucoup avec les dragons pour les fatiguer puis se remirent en route. Norgar espérait progresser plus vite que la veille.

Les dragons révélèrent rapidement leur grande sagacité. Ils ne mirent pas longtemps à comprendre qu'ils ne pouvaient batifoler lorsque la troupe chevauchait et adoptèrent une attitude plus calme dans ces moments-là. La troupe savait qu'ils ne pouvaient trop exiger d'eux, aussi ils faisaient des pauses fréquentes et assez longues pour que les dragons puissent se dépenser à loisir et accepter mieux le calme qu'on leur demandait lors des chevauchées.

Petit à petit ils trouvèrent un équilibre.

Le galop des chevaux berçait les dragons, le confort ménagé pour eux aida certainement. Ils dormaient beaucoup et, dans ces moments-là, la troupe avançait autant que possible, puis, quand les dragons se réveillaient, ils faisaient halte, les chevaux récupéraient et les dragons se dépensaient.

Méaglim arriva à leur faire comprendre qu'un sifflement particulier signifiait qu'ils devaient se taire, un autre, qu'ils devaient se cacher. Dès lors la troupe n'eut plus d'inquiétude à l'idée de croiser quelqu'un ou de faire face à un danger.

La curiosité des dragons était sans limites et si Méaglim eut dans un premier temps honte d'apprendre à des dragons des tours qu'il aurait appris à un chien – il avait l'impression de manquer de respect à ces créatures pour lesquelles il avait une telle vénération –, à leur regard pétillant et avide d'apprendre, il comprit qu'ils avaient besoin de faire travailler leur tête. Méaglim leur proposa ainsi chaque jour de nouvelles choses et semblait inépuisable.

Arvak l'observait avec un sourire encourageant en se rappelant qu'il avait douté de ses capacités au départ.

Passé le premier émerveillement devant chaque chose de la nature, les brins d'herbe, les fourmis, les papillons, les mulots, les lézards et tout ce qui pouvait passer à proximité de leurs naseaux, les dragons se prirent d'intérêt pour les affaires de la troupe. Ils avaient à présent une semaine et, s'ils ne pouvaient toujours pas voler, leurs gestes en revanche étaient devenus très habiles.

Ils commencèrent à fureter partout, entrant dans les sacs de la troupe, mordillant leurs bottes et les harnais des chevaux. Sérengar essaya de s'infiltrer dans les sacs de provisions. Par chance sa goinfrerie n'avait d'égale que son manque absolu de discrétion. Tomoko parvint à déjouer le nœud qui fermait le sac de Norgar et y trouva un bien dont Arvak n'aurait jamais envisagé qu'il puisse être d'un tel prix aux yeux d'un dragon, une chaussette.

Il sortit son trésor en se pavanant, la tête haute et le poitrail bombé puis fit quelques sauts de cabri en la secouant en tous sens avant de rouler au sol pour l'attaquer de ses griffes. Alors Norgar l'aperçut et fonça sur le dragon noir, qui saisit sa précieuse trouvaille et détala ventre à terre poursuivi par Norgar, sous les rires de la troupe.

Les autres dragons l'attrapèrent avant Norgar et chacun repartit avec des fragments de l'infortunée chaussette, sous le regard penaud de Tomoko qui ne semblait pas comprendre la disparition si soudaine de son trésor.

Cette curiosité inquiétait Riwan car Svalrim tolérait très mal qu'ils viennent fouiner près d'elle. La chimère continuait d'être hostile envers les dragonnets et envers les membres de la troupe. Elle tolérait Riwan et Koumal, dans une certaine mesure, et Tiamé davantage que les autres dragons, mais son attitude laissait deviner qu'un sac en particulier ne devait être touché par personne, et même Riwan ne le manipulait jamais qu'en gestes lents.

Roawir reconnut que l'attitude de la chimère était celle d'une créature gardant les affaires de son maître, dans l'attente de son retour, et il avait souvent vu les chimères développer ce type de comportement à la mort de leur propriétaire. Riwan savait utiliser judicieusement cette aptitude de protection, plaçant toujours ce sac à un endroit stratégique de leur campement, pour que la chimère protège le lieu où ils dormaient en protégeant les affaires de son maître. Mais il était clair qu'elle n'était pas ce maître disparu auquel Svalrim restait fidèle. Lors des nombreuses pauses, Riwan emprunta des vêtements aux membres de la troupe et entoura avec la muselière de la créature. L'elfe espérait que, en s'imprégnant de leur odeur, la chimère les tolérerait mieux.

Ils purent observer une amélioration avec une créature qui préféra faire usage de l'intimidation avant de mordre, plutôt que d'attaquer aveuglément. Le sac du maître demeurait malgré tout un point sensible.

Riwan et les autres s'inquiétaient surtout pour les dragons. Svalrim les aurait tués plutôt que de les laisser toucher aux affaires de son maître. Riwan discuta de ce sujet avec Méaglim mais ce fut Tiamé qui trouva la parade.

À une pause, le petit dragon rouge parvint à attraper un loir et il le déposa fièrement devant les pattes de la créature. Celle-ci l'avala goulûment devant les piaillements enthousiastes et admiratifs des petits dragons. Ceci devint un jeu pour les dragons et ils se battaient pour apporter à manger à la créature, ce qui les fit gagner en sympathie à ses yeux.

Un peu moins d'une semaine s'était écoulée depuis leur départ de Roakinmir quand Riwan estima qu'elle pouvait démuseler Svalrim. La chimère ne s'en porta que mieux.

Le quotidien de la troupe changea beaucoup. Par bien des aspects il devint plus compliqué. Ils devaient se séparer le soir, se cacher lorsqu'ils croisaient des voyageurs, conserver une prudence de chaque instant et anticiper toutes sortes de danger. Mais la gaieté qu'apportaient les dragons valait mille fois cela. Leurs jeux étaient une source d'émerveillement pour toute la troupe, qui y prenait part volontiers, et même Koumal s'y prêtait parfois, agitant sa queue dans l'herbe telle une proie qu'ils poursuivaient.

Les dragons se bagarraient ensemble, se coursaient les uns les autres, chassaient ou se disputaient les proies attrapées avant de se les partager. Ils avaient aussi des moments de tendresse, dormaient ensemble ou se toilettaient. Ils partageaient les mêmes moments avec la troupe.

Une après-midi, Kinra se réveilla plus tôt que les autres. Elle passa sa tête en dehors du sac de voyage et bâilla. Arvak la prit et la posa devant lui sur le pommeau de la selle. Encore à moitié endormie, désemparée par les soubresauts de Crépuscule lancé au grand galop, elle se cramponna au cuir, les membres encore tremblotants d'un reste de sommeil, et huma l'air. Arvak la tenait d'une main délicate et elle prit confiance, se redressa. La route s'étirait sans fin devant eux, la voie s'élargit, la forêt reculait et la plaine vallonnée couverte d'herbe drue s'étira à l'horizon. Le vent agitait la crinière de Crépuscule, la cape d'Arvak claquait derrière lui. Kinra, cramponnée de toutes ses griffes au pommeau de la selle, déploya ses ailes. Arvak talonna Crépuscule qui prit de la vitesse. La dragonne faisait semblant de planer, inclinant ses ailes de droite ou de gauche en suivant le tracé de Crépuscule. Arvak se mit à rire et Kinra le regarda avec une étincelle d'espoir dans le regard. Elle poussa un rugissement juvénile et Arvak l'imagina adulte poussant le même rugissement triomphal en prenant son envol.

Puis la petite dragonne bâilla et vint se pelotonner contre lui.

Arvak ralentit l'allure et posa une main rassurante sur ses flancs.

Chapitre 26

Leurs trajets étaient émaillés de nombreux moments de complicité.

Les différentes personnalités des dragons commençaient à apparaître.

Tomoko, le dragon noir, aimait éprouver sa force. Tiamé cherchait à diriger le groupe. Les bagarres de ces deux-là prenaient souvent un tour qui débordait du jeu. Tiamé voulait prendre le dessus, Tomoko se dépassait. Mais ils finissaient toujours par revenir à quelque chose de moins âpre et ils semblaient beaucoup apprécier leurs combats.

Kinra n'était pas en reste quand il s'agissait de mesurer sa force et elle affrontait Tomoko ou Sérengar très souvent, parfois les deux en même temps.

Sérengar, le petit dragon à fourrure verte avait une attitude très débonnaire et joviale, il aimait toutes les formes d'échange pour peu qu'il y en ait, et il n'était jamais le dernier à se jeter sur la nourriture. Son petit ventre rebondi témoignait de son bon appétit.

Fiwarèm ne commençait ou ne cessait le jeu que lorsqu'elle le décidait, et elle l'arrêtait souvent lorsque Tomoko devenait trop agressif, ou Tiamé trop arrogant, en les remettant chacun à leur place.

Rorkane était la plus calme entre tous les dragons et passait la majorité de son temps à dormir.

Ils cheminèrent ainsi, pendant onze jours, de louvèterie en louvèterie, jusqu'à parvenir à Agamares. La cité s'offrit à leur regard un matin, ses hauts murs de pierres grises s'imposant dans le décor végétal, de plaines et d'arbres.

Bâti au confluent de deux fleuves, le cœur de la ville était construit sur une île qui abritait encore la demeure des Löds de

Nosrie. Mais le bourg s'était largement étendue sur les rives environnantes.

La troupe traversa les cultures céréalières qui bordaient les remparts et, aux premiers signes de présence humaine, ils intimèrent aux dragons de se cacher. Ceux-ci obtempérèrent et Arvak espérait qu'ils comprendraient qu'ils devraient rester ainsi durant un long moment. Koumal cherchait à se dissimuler entre les pattes de Waïna, la jument de Riwan, visiblement mal à l'aise et nerveuse.

La troupe franchit la porte ouest de la cité à la tombée du jour, alors que les gardes faisaient rentrer les travailleurs extérieurs pour la nuit derrière la protection offerte par les remparts. Leurs chiens humaient les passants à la recherche de lycans, et la troupe chercha à se mêler à la foule.

Arvak, Norgar, Eliwyl et Méaglim n'avaient rien qui pût attirer l'œil, ils n'étaient que des Frontaliers à cheval – si les dragons voulaient bien rester cachés. Roawir et Riwan, avec leurs chimères et totems respectifs, étaient moins discrets mais la muselière de Svalrim cachait partiellement sa tête de reptile, et Kaléogrim ressemblait assez à un cheval dans l'obscurité naissante.

Les chiens aboyèrent face à un passant qui fut arrêté par les Paladins et mené à l'écart. Les gardes n'accordèrent que peu d'attention à la troupe qui arriva dès lors dans la partie agricole fortifiée de la ville.

Il y avait là de gigantesques potagers, une partie plantée en pleine terre, l'autre en pots suspendus pour en augmenter la surface. Des champs comptaient du bétail pataugeant dans la boue. Les surfaces étaient trop petites pour que les animaux puissent conserver de l'herbe et, s'ils semblaient bien nourris et soignés malgré tout, Roawir ne put s'empêcher de leur trouver un air misérable. Il compara dans son esprit ce décor à ce qu'il avait vu de l'Odrin et il comprit ce qu'Arvak avait cherché à lui expliquer alors. L'Odrin semblait bien plus privilégié que cette cité, où l'espace étant beaucoup plus restreint, et qui avait été optimisé pour une production maximum.

Sérengar sortit le museau pour humer l'air, et l'elfe l'invita doucement à ne pas bouger.

Continuant à suivre la foule, la troupe passa bientôt la seconde porte gardée où les soldats étaient plus distraits et ne leur accordèrent aucune attention. Ils parvinrent alors dans la partie habitée de la cité et ce fut un décor des plus saisissants pour Roawir.

Les bâtiments étaient très hauts, aucun ne comptait moins de quatre ou cinq étages. Mais surtout, chaque balcon, chaque terrasse, chaque fenêtre, chaque toit, comptait des plantes comestibles. Le moindre espace, privé ou commun, faisait pousser des légumes, des fruits, des graines. Les arbres dans les rues étaient des pommiers, des pruniers, des châtaigniers, faisant de la ville un gigantesque verger. Les murs étaient parcourus de capucines, les fleurs ornementales étaient des tournesols, du colza. Même les quelques rares plantes non comestibles qu'il vit possédaient toutes quelques vertus thérapeutique ou répulsive.

L'ensemble formait un décor des plus étranges, comme si on eut fusionné un décor urbain et agricole.

— La ville d'Agamares est la seule avec Mralèm à être en autosuffisance alimentaire, commenta Arvak en voyant le regard surpris de Roawir. Ils ont adopté un fonctionnement collectiviste pour produire et partager la nourriture, cela leur permet de réduire le gaspillage et d'éviter l'accaparement des ressources par les riches. Leur modèle s'est révélé tellement efficace lors des guerres contre les lycans qu'il a été imité par toutes les cités à diverses échelles.

L'endroit et le moment ne se prêtaient pas véritablement à un long exposé de l'histoire politique du pays, ni aux bouleversements qu'avait entraînés l'apparition des lycans, ils continuèrent donc leur chemin en suivant les instructions que leur avait laissées Eirda et se dirigèrent vers un hôtel proche de l'une des rivières de la ville.

Arvak entra et présenta à la patronne le document que leur avait fourni Eirda. D'abord suspicieuse face à des étrangers, après sa lecture, elle hocha la tête d'un air compréhensif :

— Suivez-moi.

Elle guida la troupe, chevaux, chimères et panthère incluses, à travers une allée étroite qui débouchait sur l'entrée d'une cave qu'elle ouvrit avant de descendre la première, une torche à la main, le long d'une pente douce. Elle alluma d'autres torches au passage de sorte que les chevaux et la troupe purent suivre sans trébucher.

Après s'être enfoncés profondément sous terre, ils débouchèrent dans une grande cave voûtée. L'endroit avait dû être employé au stockage du vin et elle comptait plusieurs pièces, mais elle avait été complètement réaménagée.

Le sol de terre battue et de gravier simulait des collines et des creux. Un arbre mort occupait une autre pièce et sa base avait été griffée, ailleurs se trouvaient des galeries, des tanières de bois et de tissu, des plateformes, des hamacs de corde.

— Si vous avez besoin de quoi que ce soit, vous avez les tuyaux pour m'appeler. Le repas sera servi dans deux heures, nous pouvons vous l'apporter. Nous sommes en semaine maigre donc nous n'avons pas de viande, mais si nous pouvons faire quoi que ce soit pour rendre votre séjour plus agréable n'hésitez pas. Je vous laisse vous installer.

Elle sortit après avoir remis les clefs à Arvak.

Ce dernier vérifia que tout était verrouillé avant de pousser un sifflement admiratif, que les dragons prirent pour le signal qu'ils pouvaient sortir. Ils se ruèrent hors des sacs.

L'endroit ne laissait pas vraiment de doute sur la fonction pour laquelle il avait été pensé et Méaglim trouvait la simple existence de ce lieu écœurante. Il permettait à des Changes Formes de pratiquer leur magie sans risquer d'être découverts. En dehors des travailleurs agricoles, des marchands, des soldats, des Frontaliers, très peu d'humains quittaient les villes. La plupart de ses semblables passeraient leur vie enfermés entre des murs gris, à ne jamais pouvoir parcourir le monde sauvage sous leur forme animale, condamnés à se cacher. Des lieux comme celui-ci seraient les seuls dans lesquels ils pratiqueraient leur magie. Il détestait cet endroit et tout ce qu'il représentait.

Certes il préférait que ces auberges existent, que des Changes Formes puissent avoir un endroit sûr, ou rencontrer leurs semblables. Mais Méaglim ne pouvait pas s'empêcher de honnir ces lieux. Il était qui il était et n'en avait aucune honte. Ni lui ni aucun des siens n'aurait dû être contraint de vivre caché.

Arvak, voyant son trouble, lui tapota l'épaule.

Les choses s'amélioraient mais les Changes Formes dissimulaient leurs dons dans des caves.

Pour les dragons en revanche, l'endroit était un paradis.

Des tunnels allaient de pièce en pièce, ils les parcouraient en se courant après, escaladaient l'arbre, se jetaient depuis les branches en planant, allaient de plateforme en plateforme, se cachaient dans une tanière et en défendaient l'entrée, avant de rouler sur leur assaillant et de détaler vers une autre cachette.

La troupe riait aux éclats.

La cave était assez en profondeur pour qu'ils n'aient pas à craindre que les dragonnets soient entendus depuis la surface. Ils installèrent les chevaux et les chimères dans la première pièce, puis ils étendirent leurs affaires dans une autre. Peu après une cloche sonna et ils trouvèrent un plateau-repas déposé devant leur porte. Ils mangèrent, donnèrent un peu de viande séchée aux dragons, de l'avoine aux chevaux.

Pour la première fois depuis presque deux semaines, ils pourraient passer la nuit tous ensemble avec les dragons et ils profitèrent du moment.

Les dragons continuèrent leur cavalcade une bonne partie de la nuit, et la troupe ne chercha pas à les tempérer, pour une fois qu'ils pouvaient s'ébattre librement.

Au matin la cloche sonna le petit déjeuner et ils se rassemblèrent, essayant de manger tranquillement alors que les dragons leur tournaient autour. Ils firent le point sur la suite du voyage. Norgar aurait aimé pouvoir repartir dès le lever du jour car il se sentait exposé dans cette ville gigantesque et surpeuplée, mais ils n'auraient pas d'autre occasion d'acheter de quoi parcourir la montagne et ils devraient repousser leur départ en fin de matinée.

Norgar, Méaglim et Riwan accompagnés de la jument de Méaglim, Belle-mère, se rendirent dans le quartier nord de la ville au milieu d'une foule dense et bigarrée. Ils avaient besoin de cordes, de crampons, de vêtements chauds, de maillets, de crochets, d'amadou, Riwan avait établi une liste de toutes les choses indispensables. Ils avaient aussi besoin de nouveaux rangements pour fixer tout ceci sur le dos de Svalrim et Kaléogrim. Dans la haute montagne, seules les deux chimères pourraient les suivre.

Ils retrouvèrent les autres peu avant midi, Roawir, Arvak et Eliwyl restèrent dans la cave tout ce temps, occupant les dragons qui ne semblaient jamais à court de jeux dans cet endroit si stimulant pour eux.

Ils mangèrent tous ensemble puis remballèrent leurs affaires et se préparèrent au départ.

Ce fut difficile de convaincre les dragons qu'il était temps de partir mais, penauds, ils finirent par retourner se cacher dans les sacs de voyage.

Ils payèrent leur nuit puis cheminèrent vers la porte Est en direction d'Artaug.

Les dragons avaient tellement batifolé jusqu'au matin, qu'à peine entrés dans leurs cachettes ils s'endormirent complètement. La troupe ne les entendit ni remuer ni piailler de tout leur cheminement jusqu'à la sortie de la ville.

Ils franchirent les portes alors que l'après-midi était déjà bien avancé et s'élancèrent au galop pour rattraper le temps perdu.

Ils entraient dans un territoire sauvage et presque complètement dépeuplé. Les plaines herbeuses, jaunies par le vent sec venant des montagnes du Vaèr toutes proches, s'étendaient à perte de vue, et, sous les pieds de leurs montures, un chemin de terre serpentait droit vers la montagne et vers Artaug. Nul n'arpentait cette route en dehors des Frontaliers et de quelques convois de ravitaillement qui se rendaient à la citadelle. C'était pourtant l'endroit le plus sûr du pays.

Dans la vallée d'Ara, un peu plus loin au sud-est de leur position actuelle, se trouvait un homme, un Change Forme, qui depuis sept ans tenait à lui-seul toute la vallée. Aucun Chien Errant ne parcourait ses terres, aucune louvèterie n'attendait sur les routes des voyageurs qui ne venaient pas dans ces régions, par le seul fait de celui dont le nom était légendaire pour les Frontaliers, le Vieux Tigre.

Les gens d'Agamares ne pouvaient savoir qu'ils tenaient leur quiétude d'un Change Forme, et le reste du pays ignorait combien de lycans du Kotar, ayant franchi la frontière en dépit de la vigilance des Frontaliers d'Artaug et du dracologue, avaient trouvé la mort sous sa griffe, dans la vallée d'Ara. Le premier rempart du pays était une citadelle, forte de mille soldats ne craignant pas la mort. Le second rempart n'était qu'un homme.

La troupe campait à la belle étoile, plaisir rare, dormait avec les dragons, second privilège.

La journée, Riron volait loin au-dessus d'eux, aucun voyageur isolé n'aurait pu échapper à sa vue. Ils se sentaient libres.

Les dragons l'étaient tout autant.

Après trois jours, ils franchirent les montagnes de Malmort. À cet endroit, le relief était doux, c'était une passe bien connue des Frontaliers. Les collines arrondies, parfois surmontées d'un rocher dentelé, ne présentèrent aucune difficulté à leur chevauchée et ils arrivèrent en Ara.

— Faisons un détour par le sud, proposa Riwan, j'ai un ami qui habite par ici et qui nous hébergera volontiers.

Les membres de la troupe se regardèrent incrédules. Une seule personne habitait cette région.

— Ce n'est pas un grand détour, on voit la fumée de sa maison là-bas, insista Riwan.

— Et les dragons ? objecta Arvak.

— Il m'a aidé à les rassembler, les voir lui fera plaisir.

Et sans plus négocier, Riwan s'engagea à travers champs vers la fumerolle qui indiquait une habitation. Ils trottèrent un instant dans les hautes herbes puis arrivèrent à l'habitation du Vieux Tigre.

C'était une cahute au toit de chaume et aux murs de boue, presque une cabane. Sur le côté gauche un appentis abritait du bois coupé, à droite avait été construit un poulailler rudimentaire où s'ébattaient quelques volailles. Un peu plus loin se trouvait un entrepôt fermé par deux portes qui bâillaient sur leurs gonds. L'ensemble était ceinturé d'une palissade de bois et de jonc. Ce décor avait quelque chose de complètement surréaliste pour les quatre Frontaliers du groupe. De toute sa vie, Arvak n'avait jamais connu aucune habitation humaine qui ne fût pas férocement fortifiée, même la plus modeste des louvèteries avait son rempart. Et ici, au milieu de nulle part, vivait quelqu'un dans une maison qu'un souffle de vent aurait emportée.

— Oh, Umrao ! appela Riwan d'une voix tonitruante.

— Pas la peine d'hurler.

La porte s'ouvrit et un grand gaillard d'une quarantaine d'années en sortit.

Il devait faire une tête de moins que Méaglim mais avait une carrure similaire, tout en muscles. Son visage était affable, la barbe grisonnante sur ses joues atténuait le carré de sa mâchoire, et ses cheveux noirs, un peu gras, noués en queue de cheval, lui donnaient l'air civilisé. Une étincelle sauvage dans le regard le faisait paraître beaucoup plus grand. Il portait une chemise de lin ouverte sur un torse velu et musculeux, son pantalon, d'une étoffe tout aussi grossière, était resserré à la ceinture par une corde et aux chevilles par des lacets usés.

Il se posta face à la troupe et croisa les bras sur la poitrine.

— Je savais que vous approchiez.

Alors Arvak entendit un feulement sur la gauche.

Un grand fauve se tenait à quelques pas, les babines retroussées sur ses canines longues comme une main, son pelage couleur sable se mêlait au doré de l'herbe haute. Il devait faire la taille d'un poney bien que, ramassé sur lui-même, prêt à bondir, il paraissait plus petit qu'il ne l'était vraiment.

Arvak n'avait jamais vu ces fauves ailleurs que dans les livres, mais les crocs en poignard et la fourrure couleur sable ne lui laissèrent aucun doute sur son identité. Il était face à un tigre des plaines du Magcam, des créatures qu'on ne croisait pas en Aganius, sauf en Ara, autour du Vieux Tigre. Crépuscule se crispa, les oreilles rabattues en arrière. La peur que lui inspirait l'immense créature dépassait celle des lycans.

Arvak se rappela alors que ces fauves chassaient en meute.

D'un rapide regard circulaire Arvak comprit qu'ils étaient encerclés.

Alors Tiamé se hissa sur l'épaule de Riwan et déploya ses ailes à la lumière du soleil et les autres dragons suivirent son exemple avec des rugissements enthousiastes.

Une étincelle de victoire passa dans le regard du Vieux Tigre, puis il partit d'un grand éclat de rire, tandis que la meute de tigres se dispersait.

— Voilà une vision pas banale, nota Umrao, venez je vais vous trouver un peu de place.

Il ouvrit les portes de la grange, poussa du matériel agricole dans un coin, pour que la troupe y installe ses montures.

— Wiman ! appela le Vieux Tigre.

Un jeune garçon d'à peine sept ans sortit la tête de la bâtisse.

Il tenait dans ses bras un bébé tigre des plaines qui ne devait avoir à peine plus d'une semaine.

— Tu veux bien mettre de l'eau à chauffer, mon grand ?

— Oui, tonton.

— Allez-y, ajouta-t-il à l'adresse de la troupe, partez devant j'arrive.

La troupe obtempéra et se dirigea vers la maisonnée. En se retournant, Arvak vit que le Vieux Tigre était en train d'uriner contre la porte de la grange. Umrao termina son affaire puis les rejoignit.

— Pardon, pas très distingué, mais ça évitera que les tigres ne les embêtent, allez-y entrez.

La maison était constituée pour ainsi dire d'une unique salle. Au fond on devinait un réduit et peut-être un accès à des sous-sols. Dans la partie gauche de la demeure se trouvait l'espace dédié à la cuisine avec une cheminée de pierre, une cuve d'eau, des ustensiles de cuisine, de la viande séchée pendue au plafond et des caissettes remplies de légumes. Sur la droite, un étage arrivait jusqu'au milieu de la pièce, on y devinait deux chambrettes délimitées par des rideaux. Au-dessous, un espace encadré de paravents de jonc, dont le sol était recouvert de paille, laissait entrevoir une femelle tigre des plaines qui paraissait avoir mis bas quelques jours plus tôt. Tout le reste de la pièce était occupé par une monumentale table de chêne, entourée de deux bancs et de chaises.

Le petit garçon qui avait répondu au nom de Wiman se trouvait à ce moment dans la cuisine, avec Riwan, remplissant une théière avant de la mettre à chauffer, mais il était gêné dans ses gestes par le bébé tigre qu'il tenait dans ses bras – une petite femelle au pelage blanc moucheté de taches noires.

— Laisse-moi faire, lui intima Umrao.

— Non je suis assez grand !

— Chaque chose en son temps, va d'abord rendre la petite à sa mère.

L'enfant obéit et alla auprès de la tigresse endormie pour déposer le tigron avec le reste de la portée. Puis il s'assit à côté de la mère, posant la tête du fauve sur ses genoux.

— Fais attention mon grand, je t'ai déjà dit, c'est pas des jouets.

— Mais Naalan ne me fera pas de mal, objecta le môme.

— Peut-être mais elle reste un fauve, alors prudence.

La troupe observa cet échange.

— Pardon, poursuivit Umrao, je manque à mes devoirs, installez-vous, faites comme chez vous.

Les dragons ne semblaient pas savoir où se mettre. Arvak devinait que la maison emplie d'une odeur animale les intimidait. Intuitivement, ils n'osaient vagabonder en tous sens comme ils en avaient l'habitude et restèrent sur la table ou à proximité de leur compagnon. Sérengar avait le regard rivé sur un jambon qui pendait du plafond.

Umrao prépara une infusion de plantes puis commença à cuisiner le repas. Bientôt une riche odeur de viande grillée et de pommes de terre au fromage emplit l'air. La troupe mangea de bon cœur.

Au bout de la table Umrao scrutait l'assemblée du regard. Ses yeux se posaient sur chaque détail, le visage des membres de la troupe, leur attitude, les dragons qui les suivaient, Riwan à sa gauche, Wiman couché à côté du tigre, il semblait embrasser tout cela du regard, pareil à un chien de berger surveillant son troupeau. Arvak eut le sentiment qu'il faisait cela sans même y penser. Sans qu'il sut dire pourquoi, l'attitude d'Umrao lui inspirait de la sympathie.

Son attention se posa un instant sur les écailles ambrées de Kinra et sur Arvak, puis se porta vivement sur Riwan.

— Où allez-vous comme ça ? demanda Umrao. Vers Artaug j'imagine ?

La troupe ne savait pas que révéler ni que taire à cette personne qu'ils ne connaissaient pas en définitive.

— Tout à fait, confirma Arvak sans entrer dans le détail.

— Pas trop de problèmes avec les lycans ?

— L'infestation n'a jamais été aussi terrible, commenta Norgar. Heureusement cette région est calme, mais ils pullulent en Erion.

— J'en ai eu des échos oui. Depuis la mort d'Anar Morken tout empire.

Alors qu'ils parlaient, derrière le paravent, la mère des tigres se déplaça et, d'un coup, ouvrit la gueule pour mordre le jeune garçon. Umrao, vit le geste de la tigresse se dessiner, se leva brusquement, abattit son poing sur la table et poussa un rugissement formidable. Son cri arrêta net le mouvement de la mère.

Wiman avait esquivé l'attaque mais pleurait doucement de surprise et de peur, tandis que tous les dragons s'étaient cachés où ils pouvaient.

— Allez, viens par ici mon grand, dit le Vieux Tigre en se rasseyant.

Wiman vint vers lui et il le prit sur ses genoux :

— Naalan est gentille, sanglota-t-il sans comprendre.

— Très gentille, confirma Umrao, la plus gentille de toute. Mais c'est aussi une maman. Et parfois pour protéger leurs petits, les mamans font des choses qu'on comprend pas et qu'elles devraient pas. Ça doit pas lui plaire que tu emportes sa petite partout comme ça. Tu sais qu'il faut pas le faire en plus !

— Elle s'appelle Kelnizar et quand elle sera grande et moi aussi, ce sera mon totem, et on bottera le cul des lycans, comme toi.

— Dis pas de gros mots.

— Toi t'en dis tout le temps.

— Ah oui ? Quels gros mots je dis tout le temps ?

— Saloperie.

— Qu'est-ce que j'ai dit ? Pas de gros mots ! Pour la peine tu feras la vaisselle.

— Mais c'est pas juste !

Le jeune garçon frappa des poings indignés contre le torse du Vieux Tigre.

— Ça va je plaisante, mais pas de gros mots.

Wiman resta renfrogné et alla s'installer sur les genoux de Riwan.

Umrao lui jeta un regard attendri avant de revenir vers la troupe.

— Pardon pour la frayeur, s'excusa-t-il, mes tigres, je les comprends, mais ils ne sont pas domestiqués, vous voyez. Ils font à leur façon.

Ils continuèrent encore un peu leur discussion et Wiman finit par s'endormir sur les genoux de Riwan.

— Il se fait tard, constata le Vieux Tigre, je vous laisse ma chambre.

De la tête il désigna l'étage.

— Nous ne voudrions pas abuser de votre hospitalité, commença à objecter Norgar mais Umrao le coupa d'un geste autoritaire.

— Les tigres vont et viennent en liberté ici, j'aime autant que vous dormiez à l'étage avec les dragons.

Ils suivirent ses directives et étendirent leurs matelas à l'étage, non loin du lit de Wiman. La troupe ne tarda pas à monter prendre du repos, laissant Riwan et Umrao dans la salle principale.

Arvak pouvait entendre les murmures de leurs voix et ce son le berça tandis que toute la troupe s'endormait. L'odeur des fauves imprégnait les couvertures et il oscilla un instant entre le rêve et la réalité dans cette moiteur sauvage de la cabane d'Umrao. Subitement, un éclat de voix un peu plus fort le ramena à la réalité :

— Ça n'est pas possible.

La voix était celle d'Umrao.

Arvak avait dû s'endormir car le début de la conversation lui manquait et la nuit était tout à fait noire.

— Je te crois, mais ma magie ne peut pas faire ça.

Umrao avait baissé la voix, il semblait répondre à Riwan mais Arvak ne distinguait pas les paroles de l'elfe.

— Je ne sais pas. Je ne crois pas qu'aucun Change Forme puisse faire ce que tu décris. Je n'ai jamais entendu parler d'une transformation en une créature à six membres… j'entends bien, je dis ce que j'en pense. Oui les aigles ont des ailes, mais deux pattes, pas quatre. Quatre pattes et deux ailes, je n'ai jamais entendu dire qu'un Change Forme pouvait faire ça, je pense que c'est impossible.

Le silence lui répondit.

— Pardon de ne pas pouvoir t'aider.

Pendant un moment assez long, Arvak n'entendit plus rien.

— J'ai vu que tu avais gardé Svalrim, il serait content, elle a l'air en forme.

La conversation prenait un tour plus privé et le sommeil commençait à regagner Arvak.

— Tu aurais dû revenir plus souvent, je me suis inquiété pour toi, à pas avoir de nouvelles. Je sais que tu t'en fous…, dis pas le contraire, y a que tes livres qui t'intéressent. Moi, je me suis inquiété, et tu manquais à Wimantar.

La porte de la chaumine claqua et le silence tomba sur la pièce.

Arvak finit par s'endormir.

Chapitre 27

Lorsque la troupe se leva le lendemain, le Vieux Tigre était absent.

Riwan, déjà éveillée, avait préparé le petit déjeuner, Wiman dormait encore.

Chacun fit un effort pour ne pas le réveiller, même s'il fut difficile d'intimer le calme aux jeunes dragons. Ils se rassemblèrent autour de la table et mangèrent.

— On est loin d'Artaug ? murmura Méaglim pour faire le moins de bruit possible.

— Trois ou quatre jours, répondit Norgar sur le même ton.

— Comment va-t-on faire pour les dragons ? demanda Eliwyl. On ne pourra pas les emmener à la citadelle, Andlam aurait trop de questions.

— Koumal va rester dans la montagne avec eux, exposa Riwan. Il n'y a pas beaucoup de lycans en altitude et elle connaît le terrain aussi bien que moi.

Ils se consultèrent du regard mais n'avaient rien de mieux à proposer.

— Par contre, ajouta Riwan, il faudra qu'ils restent hors de la zone patrouillée par les Frontaliers. Roawir et Riron peuvent nous prévenir des mouvements de soldats mais des changes-formes pourraient tout aussi bien patrouiller cette zone sous leur apparence animale. Nous ne devons pas prendre le risque que les dragons puissent être vus.

— Ils vont être très loin d'Artaug, protesta Norgar.

— Si quelque chose arrive nous serons impuissants, surenchérit Arvak.

— C'est notre meilleure option. Pour garantir que leur existence restera secrète, les dragons devront rester loin des patrouilles des Frontaliers et d'Andlam. Comme le moindre animal pourrait être un éclaireur Change Forme, je ne crois pas qu'il y ait d'autres choix.

— Tu pourras communiquer avec Koumal à cette distance ? demanda Roawir.

Riwan reposa son bol d'infusion, son regard semblait lointain et incertain.

— Je saurai toujours où la retrouver, et s'il lui arrivait quelque chose je le sentirai. Quant à communiquer, peut-être qu'avec le bon état d'esprit j'y parviendrai, je n'en suis vraiment pas sûre.

Roawir expliqua à la troupe que la communication longue distance avec son animal totem était compliquée. Il aurait retrouvé Riron où qu'il soit sur la planète, savoir dans l'instant s'il était blessé ou malade, ou triste, ou heureux, mais il n'avait pas besoin de s'éloigner beaucoup pour que discuter avec lui devienne impossible. Plusieurs lieues sépareraient Koumal et Riwan, Roawir ne croyait pas beaucoup en ses capacités à leur donner des nouvelles des dragons.

Tout ceci ne plaisait pas du tout à la troupe, en particulier à Norgar qui éprouvait à l'idée d'éloigner Tomoko un étrange sentiment de déchirement. Mais ils étaient tous d'accord sur la nécessité de garder les dragons secrets. Informer Andlam de leur existence revenait à informer le Temple, et il n'y avait pas pire pour les entraver dans leur quête. Ils n'avaient aucun argument à opposer à Riwan.

— Nous les retrouverons lorsque nous nous mettrons en route pour Svèn-Ild, tenta de les rassurer l'elfe.

Tous se résignèrent et acquiescèrent.

— J'ai faim, signala alors Wiman de sa voix timide.

Sans qu'ils l'aient entendu le jeune garçon s'était levé. Les cheveux en broussaille, il les regardait d'un œil encore embué de sommeil.

La troupe lui fit une place autour de la table.

— Il est pas là tonton ?

— Il est parti tôt ce matin, expliqua Riwan.

La troupe attendit mais la matinée avançait sans qu'Umrao fût de retour. Ils commençaient à envisager le départ mais l'idée de laisser le petit garçon seul et de partir sans avoir salué leur hôte les gênait beaucoup.

— Vous en faites pas, assura Wiman, je suis grand moi. Tonton, il part souvent en vadrouille, il rentrera avant la nuit.

Arvak lui trouvait trop de maturité pour son âge.

Ils n'avaient pas beaucoup d'autres options. Umrao ne serait probablement pas heureux de les héberger une nuit de plus s'il ne rentrait qu'au crépuscule. Sans compter que Norgar espérait profiter du beau temps pour avancer dans leur voyage. Artaug était encore loin et le ciel changeait vite en montagne.

Ils durent se résigner à quitter la cahute en laissant seul le jeune garçon. Arvak déposa quelques pièces à l'intention du Vieux Tigre, en espérant que ce geste serait apprécié, il n'en était pas certain. Umrao ne les avait pas accueillis contre de l'argent. Malgré tout Arvak n'aurait pas supporté de partir dans ces conditions, comme des voleurs.

Ils emballèrent leurs affaires et scellèrent leur monture.

Wiman se trouvait devant l'entrée de la cahute, observant leur départ.

— Tiens, c'est un cadeau, lui dit Riwan en lui tendant un livre. Tu diras à Umrao qu'il se trompe sur ce qui compte pour moi. Prenez soin de vous deux.

Le petit garçon serra le livre contre lui, comme un trésor.

Alors qu'ils s'éloignaient, Arvak jeta un dernier regard en sa direction. Naalan, la mère tigre, était sortie de la cahute et venait de se coucher à ses pied. Elle embrassait d'un regard vigilant à la fois sa portée de jeunes tigrons, qui gambadaient dans la cour avec des gestes maladroits, et l'enfant. Elle avait le même regard scrutateur qu'Umrao lors du repas de la veille, et Arvak eut le sentiment – malgré la scène de la veille – que Wiman était sous bonne protection, cela le rassura.

Ils suivirent la plaine herbeuse jusqu'à la route qui partait en direction du nord, parvinrent en peu de temps au pied de la montagne et commencèrent leur ascension. Ils arrivaient à la jonction des deux chaînes de montagnes qui bordaient la vallée d'Ara. À l'ouest les vieilles montagnes arrondies de Mal-Mort descendaient jusqu'au Temple, loin au sud, et à l'est, les jeunes montagnes de Durgèm Vèd étiraient leurs sommets déchiquetés et neigeux jusqu'à la lointaine Téyo. Devant eux se dressait le massif plus élevé encore de Tór Ildmin. Là se trouvaient les plus hauts sommets d'Aganius, à l'endroit où, au milieu des cols, se perdait la frontière entre la terre des Hommes et celles de vaérims. Au-delà commençait le Vaèr dont les sommets vertigineux faisaient passer n'importe quelle autre montagne d'Aganius pour une simple motte de terre.

La route tracée pour les chevaux s'étirait en pente douce mais serpentait entre des reliefs escarpés, se frayant un passage au milieu des arbres à larges feuilles qui poussaient dans les moindres anfractuosités du terrain. Ils trouvèrent un abri pour la nuit dans une cavité rocheuse.

Au matin, Koumal et les dragons allèrent de leur côté, quittant la route pour partir vers le cœur de la montagne, loin des voies des Frontaliers. Pour la première fois depuis leur naissance, la troupe fut véritablement séparée des dragons et, sans qu'ils s'en rendent compte, ils restèrent un long moment immobiles à observer l'arbre derrière lequel les dragonnets avaient disparu. Norgar ressentait un curieux sentiment de déchirement, comme s'il n'allait plus jamais revoir Tomoko, et quand ils reprirent leur chevauchée en silence, pendant un bref instant, il lui parut que le dragon noir était toujours à ses côtés.

Il lui semblait qu'en tournant la tête, il allait le voir, dormant sur la croupe de son cheval, ou sortir la tête de son sac. Ce sentiment était si net qu'il l'étonna, puis, comme une chandelle qu'on souffle, cette sensation disparut soudainement, le laissant seul et désemparé. Il ignorait si ses compagnons avaient ressenti quelque chose de similaire mais, au silence qui planait sur le groupe, il ne doutait pas que tous étaient affectés à leur façon.

Pour Arvak c'était l'absence de leurs piaillements enthousiastes qui creusait le plus le vide.

Riwan fermait la marche avec Svalrim.

Leur ascension se poursuivit dans un silence morne. La forêt autour d'eux changeait à mesure de l'altitude, les feuillus laissèrent bientôt place à de hauts conifères dont la fragrance piquante se déployait dans l'air froid et sec. Lorsque le soleil se coucha la froidure devint beaucoup plus nette et mordante, la troupe apprécia plus que de coutume son repas chaud auprès du feu.

Au troisième jour après qu'ils eurent quitté la cabane du Vieux Tigre, la forêt autour d'eux se clairsema. Peu après midi il n'y avait plus guère sur les côtés de la route que des pins tordus par les vents, réduits à la taille de broussailles. Les chevaux commençaient à peiner sur les dénivelés parfois abrupts. Arvak pensait qu'ils souffraient peut-être également de l'altitude, à porter d'aussi lourdes charges. Ils n'hésitèrent pas à mettre pied à terre lorsque les bêtes semblaient trop essoufflées.

Arvak se demanda comment les charriots de vivres parvenaient à s'acheminer par cette voie jusqu'à Artaug. Il devinait pourtant les ornières sur leur chemin.

Lorsque le soleil commença à décliner à l'horizon, ils parvinrent sur un espace plat qui s'étirait entre le massif de Tór Ildmin et les crêtes de Durgèm Vèd, une vallée encaissée mais régulière qui, à des altitudes où seuls les bouquetins avaient leur territoire, reliait l'Aganius et le Kotar, la Passe du Loup. Alors Artaug se découvrit à leur regard.

Adossée à une falaise au pied de la passe dans sa partie nord, posée sur un socle rocheux qui lui faisait comme une estrade, sur un endroit où, les falaises se resserrant, ne demeurait qu'un mince défilé rocheux, la forteresse d'Artaug se dressait dans toute sa beauté rustique et austère.

Son estrade rocheuse était ceinturée d'un rempart en arc de cercle qui comptait cinq tours crénelées. L'entrée se faisait via une pente douce par l'ouest. Une partie de ses bâtiments avait été taillée dans la montagne même et la falaise apparaissait creusée d'ouvertures lumineuses.

Le soleil couchant éclairait sa roche grise d'un éclat de feu.

Arvak fut saisi par la majesté brutale de la citadelle qu'il voyait pour la première fois. Il avait entendu tant de récits sur Artaug, sur la force de ses soldats, sur l'âpreté des combats à la Passe du Loup, sur les prouesses de Kared Nimizar et de sa dragonne Aïnambra, sur la bataille de Vran Jar et sur Anar Morken. Tant de destins avaient trouvé ici leur conclusion, heureuse ou funeste, qu'Arvak en ressentit un bref instant comme un vertige.

La troupe se présenta à l'entrée.

— Qui va là ? s'exclama une vigie.

— Des Frontaliers, ouvrez au nom du roi, répondit Norgar.

Par des trappes, trois énormes chiens de guerre sortirent et vinrent les flairer, puis, leur examen terminé, ils rentrèrent dans la forteresse et les portes s'ouvrirent.

Un capitaine vint les accueillir pour s'enquérir de leur identité et des raisons de leur présence. Arvak, Norgar, Méaglim et Eliwyl présentèrent leur écusson de Frontalier, Roawir et Riwan déclinèrent leur identité. Arvak présenta également une lettre de recommandation qu'Eirda leur avait remise. Cela sembla les satisfaire. Leurs chevaux furent pris en charge et des chambres leur furent préparées. Ils apprirent qu'Andlam était en patrouille avec Valgar et qu'elle ne rentrerait pas avant le lendemain.

L'atmosphère d'Artaug était très différente de celle qu'Arvak avait pu connaître à Roakinmir ou à Rimentos. Les soldats étaient silencieux pour la plupart, et ils toléraient leur présence plus qu'ils ne l'appréciaient. Leurs regards inquisiteurs les suivaient où qu'ils aillent et la troupe fut logée dans le quartier des invités, loin des salles communes et des dortoirs de la garde. Ils étaient tous épuisés, aussi ils se contentèrent de prendre leurs quartiers et d'aller se coucher.

Arvak dormit mal cette nuit-là. Le silence de la forteresse, le rugissement du vent de montagne, le froid de sa chambre le tinrent éveillé jusqu'au matin. Alors que la lumière de l'aube commençait à percer l'horizon il se leva et s'habilla.

À Rimentos, il avait souvent entendu parler du poste d'observation de la cité d'Artaug. On disait qu'un accès avait été creusé dans la montagne jusqu'à un pic rocheux qui dominait largement la passe du Loup. Ne voyant pas de meilleure occupation avant que ses compagnons ne se réveillent, il décida de s'y rendre.

Il demanda son chemin à un soldat qui lui indiqua la direction d'un geste vague, presque à contrecœur, mais Arvak finit par trouver l'escalier en colimaçon qui menait jusqu'au sommet. L'ascension était raide et Arvak s'étonna de sa difficulté. Malgré sa très bonne condition physique, il se sentit essoufflé bien avant d'arriver au but.

Parvenu au sommet il eut la surprise d'y retrouver Riwan.

— Tu es pile à l'heure, le salua l'elfe.

Le poste d'observation se trouvait exposé au vent. Un parapet le ceinturait et un abri surplombait l'escalier, mais en dehors de ces deux aménagements, c'était un promontoire de pierre posé au-dessus du vide.

— À l'heure pour quoi ? demanda Arvak entre deux respirations laborieuses.

Quand il eut un peu repris son souffle, il s'avança vers le parapet.

Son regard se porta à l'horizon et un vertige soudain le saisit. Au nord, sa vue était obstruée par les formidables montagnes du Tór Ildmin. Mais vers l'est son regard portait jusqu'à l'infini de l'horizon. Il pensait même apercevoir la forêt du Kotar entre les montagnes. La passe du Loup s'étendait sous ses yeux jusqu'à la terre des lycans en une longue vallée de rocailles et d'alpages. À ses pieds se trouvait un abime, et tout en bas, si petits, il devinait quelques gardes qui déambulaient dans la cour d'Artaug. Au sud les crêtes de Durgèm Vèd déployaient toute leur majesté dans la lumière matinale, avec leurs cimes couronnées de neige qui luisaient dans l'aube naissante. Derrière lui, il pouvait voir un morceau de la vallée d'Ara et il croyait presque pouvoir estimer l'emplacement de la cabane d'Umrao. La vue était à couper le souffle.

— Tu vois cette montagne là-bas ?

Riwan lui désignait un point au nord-est.

— À gauche il y a une montagne au sommet très rond et blanc, plus proche de nous, un pic noir et abrupt, mais entre les deux, celle dont la fin ressemble à une colonne.

Arvak finit par identifier la montagne en question. Elle formait une masse pyramidale assez large à sa base mais son dernier tiers était raide comme une aiguille.

— Oui je vois.

— Regarde le sommet, ne le perds pas des yeux.

Intrigué, Arvak obtempéra.

La lumière de l'aube était bien nette à présent. Le vent soufflait, froid et mordant, mais Riwan ne bougeait pas, fixant la montagne elle aussi. Bientôt le soleil apparut, presque au centre de la passe du Loup et, lorsqu'il émergea, le sommet de la montagne désignée par Riwan s'illumina soudain comme si un feu l'eut embrasé. C'était une lumière vive, d'un vert qui ne pouvait être confondu avec aucun autre scintillement. Arvak n'en avait jamais vue de semblable, comme si la lumière de l'aube eut été réfractée par une gigantesque émeraude.

La lumière brilla vivement pendant quelques instants puis elle déclina et disparut complètement. Le soleil avait légèrement avancé dans sa course et tombait différemment sur la montagne. Arvak regarda cette clarté s'éteindre lentement avec un mélange d'émerveillement et de tristesse.

— Je ne m'en lasserai jamais, soupira Riwan.

— C'est… ? demanda Arvak sans finir sa phrase.

— La Tombe de Grinkaël.

Arvak resta pris de stupeur un instant.

— C'est si près, murmura-t-il enfin.

— Oui, nous y serons ce soir si tout va bien.

Arvak ne sut quoi répondre.

Ils avaient fait un si long voyage. La Tombe de Grinkaël était la première étape avant de partir à la conquête de Svèn-Ild, et c'était exaltant et terrifiant à la fois d'être si proche et si loin en même temps. Ses pensées se tournèrent vers Kinra. Il espérait qu'elle allait bien et qu'il la retrouverait bientôt.

Riwan se leva et quitta l'observatoire. Arvak resta un instant à contempler l'horizon et la montagne qu'ils devraient bientôt gravir.

L'elfe était déterminée à débuter le voyage au matin même et elle donna à la troupe de très bonnes raisons de se hâter. Le temps était superbe, le ciel dégagé et le vent quoique froid restait assez faible pour ces régions inhospitalières. Ils ne pouvaient espérer de meilleures conditions. Elle les pressa dans leurs préparatifs de départ, vérifia leur matériel et le contenu des paquetages, constitua leurs provisions pour passer une nuit-là haut, équipa Svalrim et Kaléogrim pour porter le matériel dont ils avaient besoin.

Ils n'eurent d'autres choix que de suivre le mouvement.

Ils quittèrent Artaug peu après le lever du soleil, longèrent brièvement la passe du Loup vers l'est sur un chemin facile. Mais rapidement, Riwan les fit obliquer vers le nord et le dénivelé devint très vite beaucoup plus abrupt. Roawir ne connaissait que les montagnes chaudes du sud du Magcam et pour Arvak, Norgar et Eliwyl, l'expérience était complètement nouvelle. Riwan profita de toute la journée de cheminement pour leur expliquer quelques notions de base sur le voyage en haute montagne.

Ils avaient le pied sûr et une très bonne condition physique, ce qui facilita grandement leur apprentissage, mais ils n'avaient aucune connaissance des particularités du terrain et l'altitude les mettait en difficulté. Eliwyl était celle qui s'en sortait le mieux mais Méaglim soufflait comme un bœuf. Arvak et Norgar accusaient le coup.

Le chemin serpentait entre les cols dans une pente assez douce quoique certains passages leur posaient parfois des difficultés. Arvak devinait, à voir la raideur des pentes qui l'entouraient, que l'ascension d'un pic serait une tâche autrement plus ardue que ce qu'ils affrontaient à présent.

Peu après midi ils arrivèrent sur une portion gelée qui s'étendait au pied de la Tombe de Grinkaël, la troupe devrait la suivre durant une bonne longueur avant d'atteindre la montagne. Ce lieu était bien connu des Frontaliers et régulièrement parcouru par eux, des fanions plantés dans le sol indiquaient les principales difficultés ou les passages les plus surs. Des échelles et des cordes étaient déjà en place par endroits. On devinait qu'elles avaient été installées au début du printemps et pour toute la saison estivale, quand des Patrouilleurs et quelques pèlerins faisaient fréquemment ce chemin. À présent que l'automne était bien avancé, le marquage semblait fatigué.

Pour Riwan ce fut l'occasion d'expliquer à la troupe les difficultés qu'ils pouvaient rencontrer sur la glace, et l'utilisation qu'ils devaient faire de leur matériel. Elle leur montra comment placer et retirer les crampons, les nœuds à utiliser et quelques techniques très simples d'encordement. Le parcours ne représentait aucun danger majeur, cela permit à Riwan d'évaluer la troupe, son aptitude à assimiler les gestes et techniques, de voir les difficultés qu'ils pouvaient rencontrer. Chacun était très différent et Riwan s'adaptait à leurs facilités ou difficultés propres.

Arrivés au pied de leur objectif ils quittèrent la glace et commencèrent l'ascension.

Arvak se sentait essoufflé. Il avait mal à la tête et sentait son cœur battre fortement. Il n'était pas le seul, Norgar était dans un état similaire. Riwan leur expliqua les difficultés liées à l'altitude et Arvak put constater qu'il en expérimentait quelques effets. Ils firent de nombreuses pauses avant de parvenir au pied de l'aiguille qui couronnait la montagne.

Celle-ci se dressait, presque verticale, jusqu'au sommet.

— Est-ce qu'on va l'escalader ? demanda Norgar avec une certaine appréhension.

— Si ça ne tenait qu'à moi, je vous ferais franchir la face nord à mains nues. Mais je vais manquer de temps pour vous enseigner les techniques d'escalade dont vous avez besoin pour gravir la paroi sans danger.

— Et si nous avons besoin de ça pour atteindre Svèn-Ild ? objecta Arvak.

— Alors nous ferons un détour, la montagne ne pardonnera aucune erreur de novice et je ne peux pas vous rendre suffisamment expérimentés en si peu de temps. Apprenez déjà les techniques d'encordement et de déplacement sur la glace que je vous ai montrées aujourd'hui.

Arvak accusa le coup, la franchise de Riwan faisait mal, mais elle avait entièrement raison, ils étaient des novices. Il espérait que cela ne mettrait pas en péril leur entreprise.

Des escaliers avaient été ménagés autour de l'aiguille sur sa face sud, jusqu'au sommet, pour faciliter l'accès à la tombe et la troupe l'emprunta. Une corde, scellée dans la roche, assurait leur ascension sur la pierre glissante.

Une fois à destination un spectacle époustouflant s'offrit à Arvak.

La cime de l'aiguille rocheuse avait été aplanie et au centre se dressait un gigantesque dragon.

Figé pour l'éternité, il tendait sa gueule vers le ciel, comme pour humer l'air ou défier les dieux. Ses deux pattes antérieures très légèrement relevées du sol, ses membres postérieurs contractés, tout dans son geste saisissait avec une rare délicatesse l'instant exact précédant l'envol. Ses yeux étaient mi-clos, son visage donnait une impression de calme et d'espérance. Ses écailles d'un vert époustouflant scintillaient dans la lumière du jour qui tombait, avec une brillance qu'aucun des siècles passés n'avait ternie. Nulle poussière ne s'était posée sur lui, pas une feuille, pas une mousse, pas un lichen, rien ne ternissait l'éclat spectaculaire de son corps, qui avait tout conservé de sa vivante splendeur.

Il ne semblait pas mort. Il donnait l'impression d'être prêt pour un nouveau vol, tendu, plein d'espoir, rutilant sous le soleil, un rugissement de joie suspendu à ses lèvres immobiles.

Arvak tomba à genoux. Pour la première fois il contemplait un Darkénéïde, mort certes, mais figé dans toute sa beauté, sur un sommet qu'il auréolait de sa lumière, sur cette frontière si fine entre le ciel et la terre que constituait la cime de la montagne. Il volait en vérité, ou il promettait de voler. Ses écailles luisant comme des pierres précieuses, ses muscles saillants, pleins de vigueur, sa crinière figée semblait encore battre dans le vent et un éclat émanait de lui qui n'avait aucun égal. Les draco faber du temple, les dragons totem des elfes paraissaient tous plus mort que lui. C'était Melkinor, le Darkénéïde de Grinkaël.

Ses ailes pour moitié déployées couvraient deux autres statues, de pierre celles-ci.

À sa droite, debout, une épée au clair, se tenait un guerrier elfe. Il paraissait étrangement musculeux pour quelqu'un de son espèce, peut-être avait-il été un sang-mêlé. Son visage baissé, ses yeux clos, il était comme plongé dans ses pensées, dans une attitude calme et triste. La magie des dragonniers avait préservé tous les détails de la pierre, les traits de son visage, son armure luisante, les deux lames dans son dos et sa cape qui tombait en plis autour de lui. Bien que la teinte de la pierre ne laissât aucun doute sur sa nature, il y avait une telle précision des traits que le tissu et le métal semblaient réels.

À gauche du dragon se tenait, rugissant, l'échine hérissée, un grand fauve de la région du Magcam. Il ressemblait à un lion juvénile mais d'une taille bien plus considérable. Un tigre du Magcam l'aurait certes dépassé, mais il demeurait formidable et terrifiant, prêt pour la bataille. Une lueur carnassière brillait dans son regard, et bien que figé dans la pierre, il semblait tout aussi vivant. C'était Nashiro, le totem de Grinkaël.

C'était pour toute la troupe une expérience saisissante autant qu'étrange. Une atmosphère particulière baignait l'endroit, comme si, ici, les jours anciens ne s'étaient jamais arrêtés, comme si Grinkaël eut pu à chaque instant, ouvrir les yeux, se saisir de son épée et repartir à la bataille, comme si Melkinor eut pu prendre son envol triomphal et Nashiro pousser le rugissement de gloire que l'artiste avait figé dans sa poitrine. C'était un lieu magnifique, plein de force et de délicatesse, un lieu de recueillement et d'espoir, de promesses et de souvenirs.

Derrière le dragon se trouvait une stèle appuyée sur une colonne que surmontait un brûloir abrité du vent. Sur la stèle ces quelques mots pouvaient être lus, que Riwan traduisit pour la troupe :

« Ci-gît l'elfe Grinkaël, Nashiro son totem, et Melkinor le dragon,
tombés sous les griffes d'Atagas, fléau de la Ténébra,
qui fit maintes victimes dans nos rangs avant de rencontrer son destin,
sous les lames de Grinkaël.

Le gisant fut réalisé par je, Pélior, un ami sincère,
À la mémoire d'un combattant qui permit
Par sa lame, son courage et son abnégation,
Qu'un espoir subsiste pour les nouvelles générations.

Qui y croira comme lui,
Gardera la flamme allumée. »

Lorsque Riwan eut lu ces lignes, les membres de la troupe se regardèrent avec émotion. Ils connaissaient tous la légende de Grinkaël et de son combat contre la chimère créée par la Ténébra, comment il avait abattu la bête avant de mourir lui-même du venin. Arvak savait qu'il avait trouvé la mort plusieurs siècles après que les Darkénéïdes eurent cessé de naitre, et qu'il n'y avait pas eu de nouvelle génération après sa mort. Mais, comme Pélior, comme tous les humains du Darka-Guèn, Arvak avait envie de croire au retour des dragonniers.

Mû par un unanime mouvement, Arvak alluma le brûloir, et la flamme ce soir-là brilla sur des lieues à la ronde.

Chapitre 28

Bientôt le soleil tomba derrière la montagne.

Il fit alors trop sombre pour que Riwan pût régler ses instruments de navigation mais cela n'avait pas d'importance puisqu'elle avait prévu de passer la nuit à la tombe. La troupe monta son campement au sommet de l'aiguille, à l'ombre de Melkinor, avant que la nuit ne s'installe complètement.

Le froid était mordant et le vent forcit avec la tombée du jour. Roawir utilisa son alchimie du feu pour les éclairer et les réchauffer. Il donna à son bâton la forme d'une coupole qu'il remplit avec une petite quantité de neige. Elle semblait capable de maintenir une petite flamme, pour peu que le vent ne soit pas trop fort.

Arvak ne comprenait pas comment un feu pouvait brûler avec de la neige et Roawir tenta de lui expliquer :

— J'utilise une formule pour extraire l'hydrogène de l'eau, c'est un gaz inflammable qui me sert de combustible. Cela fait des années que je travaille sur cette formule, mais je n'arrive pas à la rendre stable, je peux sans problème faire brûler une petite flamme comme ici, mais dès que j'essaie d'augmenter la taille de la flamme l'expérience explose. Karfanaël m'avait promis de me présenter un alchimiste spécialiste de l'eau et des fluides mais il n'en a pas eu le temps. Le mieux que j'arrive à faire c'est un réchaud.

Arvak ne comprenait toujours pas mais il retint que Roawir ne pouvait pas en tirer plus que cette petite flamme qu'il fallait abriter du vent. Comme ce dernier prit de la vigueur, ils durent bientôt renoncer à la magie. Ils passèrent une partie de la nuit à se raconter les récits de Pélior et Grinkaël. Méaglim chanta quelques chansons.

— Les elfes dragonniers devaient être incroyables, s'émerveillait Eliwyl. Vous imaginez ? L'elfe, son totem et le dragon.

— En fait, quand un elfe devenait dragonnier, la plupart du temps, il perdait son totem, expliqua Roawir.

— Pourquoi ça ? s'étonna Eliwyl.

Roawir se tourna vers Riwan comme s'il s'attendait à ce qu'elle en sache plus long que lui, mais comme elle ne disait rien, il poursuivit :

— Notre totem représente qui nous sommes. Comprendre pourquoi lui et pas un autre est le travail de toute une vie d'introspection et d'acceptation de soi-même. Notre totem nous donne la réponse à la question « qui suis-je ? » mais il faut toute une vie pour appréhender cette réponse et la découvrir, avec lui.

Il s'interrompit brièvement, pensif :

— Les Darkénéïdes représentent une force contraire. Ils choisissent une personne et abolissent par leur seule naissance tout ce que la vie avait pu prévoir pour lui. Ils donnent à leur dragonnier la liberté de choisir leur destin, qui ils veulent être. Par le passé, cela a presque toujours conduit à déliter le lien entre l'elfe et son totem.

— Depuis dix-mille ans que les peuples ont colonisés le Darka-Guèn, il n'y a eu en tout et pour tout que cinq elfes ayant conservés leur lien totémique en s'attachant à un dragon, compléta Riwan.

— La légende prétend que Pélior avait un dragon pour totem et une dragonne pour Darkénéïde, ajouta Arvak le regard brillant.

— Si c'est vrai il n'y eut aucun autre comme lui, assura Riwan.

— Du temps des dragonniers, les elfes et les humains étaient ennemis, poursuivit Roawir. Ils avaient le sentiment que les dragons détruisaient leur identité et leur culture, en brisant par leur naissance le lien avec leur frère d'âme animal. J'imagine que de leur point de vue le lien avec un dragon devait représenter quelque chose de similaire au fait de devenir lycan aujourd'hui pour un humain.

Arvak n'avait aucune idée que les dragonniers aient pu représenter un ennemi pour les ancêtres de Roawir, et cela le troublait encore plus d'imaginer que devenir dragonnier pouvait être détestable pour certains. Cela lui semblait impensable.

— C'est pour cette raison qu'ils sont appelés les Renégats, continua l'elfe, parce qu'ils ont quitté leur peuple pour rejoindre les dragonniers. Ils ont rejeté leur tradition et n'ont pas été fidèles à la voie tracée par leur totem.

— Je croyais que c'était car ils s'étaient opposés à la tyrannie du dernier des Aranéïde.

— Oui aussi, probablement, concéda Roawir.

— Ils devaient être à la frontière entre deux cultures, moitié elfe, moitié dragonnier, toujours un peu étrangers où qu'ils aillent, murmura Riwan.

Les Renégats incarnaient aujourd'hui pour la troupe les plus grands héros des dragonniers. Arvak avait du mal à imaginer qu'ils aient pu être autre chose à leur époque. Il s'endormit la tête pleine de pensées contradictoires.

Au matin l'atmosphère avait quelque chose d'oppressant.

Au nord, de lourds nuages s'amoncelaient. Alors que la veille une vue dégagée s'était offerte sur la montagne, jusque très loin au nord, à présent l'horizon apparaissait noir et beaucoup de sommets n'étaient plus visibles. Le vent soufflait fort sur l'aiguille et ils devaient crier pour se comprendre.

Riwan régla ses appareils.

Les dracologues des siècles passés n'avaient pas eu de difficultés à déduire l'emplacement de la cité à partir du point fixe que constituait la Tombe de Grinkaël et des textes en serken classique. En réglant son compas sur la latitude et longitude de la cité déduite par les dracologues, Riwan posséderait la direction de la cité chaque fois que son compas serait correctement orienté. Mais il ne s'agirait que d'une direction en ligne droite, ne tenant pas compte des dénivelés ni des obstacles. La difficulté était donc de toujours revenir à cette orientation initiale malgré les multiples détours. Ceci en affrontant les dangers d'une montagne que personne n'avait cartographiée, et sans pouvoir compter sur une vue dégagée du ciel ou de son objectif pour vérifier la direction. La tâche ne serait pas facile et ces lourds nuages ne lui inspiraient pas confiance.

Elle utilisa d'autres appareils pour mesurer le vent et estimer la météo.

— Cette tempête est mauvaise, cria Riwan pour couvrir la tourmente. Elle va retarder notre départ pour Svèn-Ild.

— De combien de temps ? cria également Norgar.

— Je ne sais pas. Nous devons attendre que la tempête passe, assura Riwan, si ici le vent est aussi fort, imaginez plus haut dans la montagne. Elle peut rester un moment vu sa puissance. Le vent souffle vers le sud, donc elle se déplace vers Artaug.

Cette nouvelle ne semblait pas plaire à Norgar.

La pleine lune arriverait dans cinq jours et il avait espéré partir avant. Artaug était très proche du Kotar et les lycans de ces régions étaient bien plus redoutables que les Chiens Errants de Kölrimgar. Il avait espéré qu'au moment de la pleine lune ils seraient loin au nord des terres patrouillées par les Frontaliers, dans une région que les lycans ne parcouraient pas à cause du froid et de l'altitude. Les dangers de la montagne lui faisaient moins peur que les lycans du Kotar.

Riwan sembla comprendre ses réticences et lui posa une main rassurante sur l'épaule :

— Nous partirons à la première accalmie, en attendant rentrons à Artaug avant que la tempête ne nous rattrape.

Ils regagnèrent Artaug à la nuit tombée et Andlam les accueillit en compagnie du dragon Valgar. À présent qu'Arvak avait vu la statue de Melkinor, Valgar lui paraissait minuscule et terne. Ses écailles brunes n'avaient aucun luisant et il aurait paru petit à côté du fauve Nashiro, seule sa crinière couleur de feu avait quelque chose de l'éclat des Darkénéïdes.

— Vous nous ramenez du gros temps ! s'exclama Andlam avant de les conduire à l'intérieur.

Arvak voulut lui expliquer les raisons de leur présence à Artaug, mais Andlam l'interrompit :

— Je ne veux pas me mêler de cette histoire, je suis là pour protéger Artaug. En ce qui me concerne, vous n'êtes pas là et je ne vous ai jamais vus. N'espérez pas mon aide et partez rapidement.

Nous avons trop peu de ressources ici pour vous fournir quoi que ce soit à part quelques vivres.

Arvak la remercia.

En dehors d'un hébergement ils n'avaient besoin de rien et le silence sur leur passage était plus qu'ils ne pouvaient espérer. Ils prirent congé et retournèrent à leurs quartiers. Dehors la pluie commençait à tomber.

Toute la journée du lendemain la tempête déversa ses trombes d'eau sur la forteresse, sans discontinuer. La cour devint boueuse tandis que l'eau s'abattait en rideau épais, ruisselant sur les toits, jaillissant des gargouilles de pierre en cascades bouillonnantes.

Les Frontaliers annulèrent leurs patrouilles. Avec un tel déluge le risque de glissement de terrain était trop grand. Andlam envisagea un instant de survoler la région à la faveur d'une accalmie, mais elle dut se résigner. Le vent restait fort en altitude et Valgar était d'un trop petit gabarit pour affronter les bourrasques.

Andlam et Eliwyl, nullement découragées par la pluie, s'entraînèrent à l'épée sur le terrain glissant. L'elfe était une épéiste fantastique et Arvak, qui n'avait pas eu l'occasion de la voir à l'œuvre depuis longtemps, fut saisi par son talent, sa vitesse et sa fureur guerrière. Eliwyl n'était pas en reste. L'admiration qu'elle vouait à Andlam décuplait sa volonté de rivaliser avec elle. Son pied était très sûr malgré le sol boueux. Ses lames avaient une précision formidable, elle dépassait tous les combattants qu'Arvak avait pu affronter. Comme lorsqu'il avait assisté à son combat contre Riwan, Arvak mesura à quel point Eliwyl l'avait laissé en arrière. Elle le surpassait à présent de beaucoup. Il comprit que les fois où il avait eu le sentiment de rivaliser avec elle, Eliwyl se mettait en réalité à son niveau.

Pourtant lorsque leur engagement prit fin, Arvak vit passer très brièvement, quasi furtivement, une tristesse dans le regard d'Andlam. Était-ce de la déception ? Arvak ne pouvait le croire, aucun mentor n'aurait pu être déçu par les capacités qu'Eliwyl venait de démontrer. Cette dernière était essoufflée, à genoux dans la boue, les épaules trempées de pluie, le front mouillé de sueur sous son armure d'entraînement. Comme Arvak elle vit passer cette émotion dans le regard de son maître. Elle ne dura qu'un instant, un battement de cil, mais ce regard ne mentait pas et Eliwyl en comprit immédiatement la signification.

Elle n'était qu'humaine. Ses capacités physiques ne pouvaient l'amener qu'à un certain point et son quart de sang elfe ne lui permettrait pas de s'affranchir de cette limite. Durant ce bref instant, Andlam l'avait contemplée et elle y avait vu ses restrictions humaines, en pensant à tout ce qui aurait encore été à sa portée si elle était née elfe.

Cela ne dura qu'une fraction de seconde puis la seule chose qui demeura dans le regard d'Andlam fut l'admiration et le respect. La technique d'Eliwyl était formidable. Andlam n'aurait pu être plus fière de la façon dont Eliwyl utilisait ses enseignements.

Elle releva son élève puis s'adressant à Arvak :

— Je t'avais dit de travailler plus dur !

Arvak reçut la critique avec humilité.

— Tu as comblé toutes mes espérances, dit Andlam à l'adresse d'Eliwyl, je suis très fière de toi. Tu devrais rentrer te sécher.

— Oui, maître.

— Allez Arvak, à ton tour !

La journée se poursuivit ainsi, Arvak chuta dans la boue à plusieurs reprises et Andlam riait sous la pluie. Norgar n'y échappa pas non plus.

Discrètement, Riwan s'isola dans ses appartements et s'installa pour méditer.

Elle fit le vide dans son esprit, calma sa respiration, écartant toutes les pensées parasites. Après de longues minutes, elle parvint à cet état où son esprit devenait comme un lac immobile qu'aucun remous ne troublait, et elle porta son attention vers son totem. Elle sentait la présence de Koumal au fond d'elle, comme une boussole pointant son aiguille vers la panthère. Elle attrapa ce sentiment et le suivit comme un fil, comme si elle remontait par la pensée le long de cette direction.

À l'autre bout de la montagne, Koumal perçut son état méditatif, et, comme elle, calma son esprit pour aller à sa rencontre. Devant elle, les dragons jouaient autour de la carcasse d'un chamois qu'elle avait tué. Elle les avait conduits dans une grotte pour les abriter de la tempête.

Les esprits de la panthère et de l'elfe se rejoignirent dans un contact familier. La présence de Koumal lui avait manqué, ses sens aiguisés, sa volonté féroce avaient quelque chose de grisant dont Riwan ne se lassait pas. Tiamé se dandina un instant devant les yeux de la panthère, comme s'il la percevait et Riwan le vit. Elle ignorait si la joie qu'elle ressentit alors venait d'elle ou bien du dragon, et elle dut modérer son émotion pour garder le lien intact. L'échange était fragile.

Tiamé piailla pour rameuter tous les autres qui se postèrent devant Koumal avec leurs grands yeux curieux. Ils étaient tous là, en pleine forme, Rorkane, Tomoko, Fiwarèm, Sérengar, Kinra et Tiamé au milieu. Riwan fit défiler dans l'esprit de Koumal les souvenirs qu'elle avait de la Tombe de Grinkaël et de la majesté de Melkinor. Au trépignement des dragons, elle fut certaine qu'ils les virent aussi.

Les dragons repartirent bientôt chahuter ensemble, plus joyeux d'instant en instant et Koumal tourna à nouveau son esprit vers Riwan :

« Comment ça s'est passé à la Tombe ? Ils s'en sortent comment avec la montagne ? »

« Il faudra chercher des voies faciles. »

« C'était prévisible. »

« Et toi, avec les dragons ? »

« Ils écoutent Tiamé et Tiamé m'écoute. Vous leur manquez beaucoup. »

Ils manquaient à la troupe aussi.

« Quand penses-tu partir pour Svèn-Ild ? » demanda Koumal.

« Dès que la tempête sera passée. »

« Le vent est mauvais. Je n'aime pas ça. »

Riwan ne pouvait qu'être d'accord avec son totem.

« Avec un peu de chance, ça ne durera pas. »

Mais Riwan savait que la tempête s'était installée pour plusieurs jours et Koumal sentait d'instinct, au frémissement sur sa peau, qu'elle serait violente et redoutable.

« Sois prudente », dit la panthère.

« Toi aussi. »

Une volonté féroce lui répondit et le lien s'estompa.

Riwan revint à elle dans la salle vide. Ses muscles raidis par le froid et l'immobilité protestèrent quand elle se leva. Il faisait sombre, difficile de dire si le soleil était couché sous cette pluie battante.

Le lendemain la tempête s'intensifia. Comme la veille, il plut sans discontinuer, mais le vent redoubla avec une violence rare. Toute sortie fut impossible, pour Andlam comme pour les soldats. La visibilité était mauvaise, le vent empêchait Valgar de voler et la pluie diluvienne assignait les Frontaliers à leur logement.

Ils ne pouvaient pas davantage combattre dans la cour pour passer le temps.

Riwan monta jusqu'au poste d'observation pour prendre quelques mesures météo mais celles-ci semblaient indiquer que la tempête n'avait pas encore atteint son paroxysme. Elle en fit part à Andlam qui avait déjà obtenu des conclusions similaires de la part de ses soldats.

Une atmosphère lourde pesait sur Artaug.

Tous paraissaient anxieux.

Si le temps pouvait être capricieux en montagne, une tempête de cette durée et de cette intensité n'était pas fréquente et elle semait l'inquiétude chez les soldats d'Artaug. Depuis deux jours aucune patrouille n'avait pu sortir en mission et c'était un miracle que toutes celles présentes à l'extérieur aient pu regagner la forteresse. Cela signifiait qu'ils n'avaient plus aucune information sur les mouvements des lycans à la frontière.

La troupe pensait aux dragons pris dehors. Riwan eut beau leur parler de la grotte trouvée par Koumal, cela n'apaisait pas leur inquiétude. L'elfe voulut recontacter la panthère mais n'y parvint pas. À cette distance c'était un exercice incertain. Elle savait que Koumal allait bien mais rien de plus.

Le jour suivant passa dans un silence inquiet.

Riwan refit le paquetage de la troupe, vérifiant le matériel de chacun, mais personne ne pensait plus à un départ rapide devant le déluge qui s'éternisait dehors. Avec l'approche de la pleine lune, Andlam ordonna à ses troupes de réviser leur équipement militaire et elle renforça la garde.

Le froid et le vent s'intensifièrent en milieu de journée. La pluie devint mêlée de neige et personne n'y voyait à plus d'un mètre. Le flair des chiens était considérablement affaibli et ils refusaient de passer leurs nuits dehors. Les vigies restèrent en poste malgré tout, dans le froid, le vent et la pluie. Elles tenaient des lampes tempête devant elles, qui éclairaient à peine plus loin que leurs mains.

La lune gibbeuse ne se lèverait que la nuit prochaine, aussi ils n'étaient qu'une dizaine sur le chemin de ronde. Andlam n'avait observé aucun mouvement suspect à la frontière depuis son entrée en poste et tout avait été très calme les jours précédents. Mais, du fait qu'elle n'avait plus aucune information extérieure depuis presque trois jours, elle se tenait prête à tout et avait intimé la vigilance à ses soldats.

Dehors le tonnerre se mit à gronder au loin.

Depuis les bâtiments, on ne voyait des vigies que leur lanterne qui se balançait mollement au rythme de leurs pas. Mécaniquement Andlam les compta, pour tromper l'ennui, une, deux, trois, quatre, cinq, six ; quatre lanternes étaient éteintes. Une terrible intuition la saisit.

À cet instant un éclair déchira le ciel dans un roulement de tonnerre. Il révéla de sa lumière blafarde les corps transformés de leurs monstrueux assaillants. Cinq lycans se trouvaient déjà sur les remparts, d'autres continuaient de franchir le parapet, quatre vigies étaient à terre, démembrées, leur sang mêlé à la pluie. Andlam hurla dans la tourmente :

— Lycans !

Son cri d'alerte fut tonitruant. Des trompes retentirent dans toute la forteresse, surprenant dans la nuit des soldats qui ne s'attendaient pas à une attaque. La moitié des Frontaliers s'aligna en rang de bataille, sans armure, prêts à en découdre et à gagner du temps pour l'autre moitié qui s'équipait.

Il ne s'agissait pas de ces Chiens Errants qui parcouraient l'Aganius, ni de ceux qui ne se transforment que lorsque la lune est favorable. Ceux-ci étaient des Éternels du Kotar. La forme lupine était la seule qu'ils connaissaient. La lumière fugitive de l'éclair se posa sur leur inimitable carrure, leurs épaules musculeuses, leur fourrure épaisse et luisante, leurs oreilles dressées et leurs armures de cuir, cela suffit pour révéler à Andlam toute la gravité de la menace.

Sur le parapet, les dernières lumières des vigies s'éteignirent irrévocablement et les lycans poussèrent leur rugissement de guerre, un cri qui emplit la cour, résonna contre la montagne et se mêla au fracas du tonnerre.

Les bêtes déjà en place brandirent leur bouclier fait d'une carapace de tortue, protégeant l'ascension de leurs camarades. Depuis la forteresse, les arbalétriers humains lancèrent leurs traits chaque fois que, au hasard d'un éclair, ils devinaient leur emplacement à travers le rideau de pluie et de neige.

Mais, avant même que les Frontaliers n'aient fini de se déployer, des arbalétriers lycans se hissèrent sur les remparts, l'escaladant sans mal de leur force surhumaine.

Leur regard perçait la nuit et la tempête. Ils prirent position sur le chemin de ronde et visèrent les ouvertures de la citadelle d'Artaug, rechargeant à une vitesse prodigieuse.

Quand la force d'un homme demandait de longues minutes pour retendre la corde d'une arbalète, les lycans prenaient moins de vingts secondes. Ainsi, à intervalle rapproché, une volée de flèches s'abattait sur les bâtiments, passait au travers des fenêtres, abattait ou mettait hors combat ceux qu'elle touchait. Valgar ne pouvait venir en renfort, les traits auraient percé ses écailles sans difficulté. Les Frontaliers perdirent pied sur la cour.

Un éclair déchira le ciel. Les arbalétriers n'étaient que cinq sur les remparts, entourés chacun de trois ou quatre autres lycans qui formaient devant eux une barrière en carapace de tortue, et à eux seuls ils tenaient en respect les mille soldats Frontaliers d'Artaug. Profitant de la tempête et de la couverture des arbalétriers lycans, d'autres bêtes en armure lourde se hissèrent en haut des murs.

À la faveur de l'éclair, les arbalétriers humains les visèrent mais leurs projectiles n'eurent aucun effet sur eux. Les pointes de fer ne les blessaient pas, ils les retiraient à la main, guérissaient de leurs plaies et recommençaient leurs salves meurtrières. Des flèches d'argent auraient eu plus d'efficacité mais les Frontaliers n'en avaient pas, elles étaient trop chères. Les soldats ne pourraient compter que sur leur lame pour vaincre.

— Il faut abattre les arbalétriers, hurla Andlam. Avec moi !

Andlam s'élança dans la cour, Riwan à sa gauche, Eliwyl à sa droite. Roawir voulut se joindre à elle mais les traits d'arbalète le forcèrent à reculer. Les autres soldats qui les suivirent restèrent sur le carreau.

Leurs yeux d'elfe perçaient l'obscurité de la tempête.

Les lames d'Andlam tournoyaient sous la pluie, découpant les carreaux sans ralentir sa course. Un trait la frôla Eliwyl, qui courrait dans son sillage de justesse, lançant un tracé ensanglanté sur son épaule, mais rien ne pouvait freiner sa course.

Riwan percevait nettement les traits qui filaient dans sa direction, comme s'ils faisaient partie d'elle, qu'elle pouvait décider de la distance à laquelle ils passeraient de son corps ou de son épée. Elle se fiait à son type Sentinelle. D'un bond prodigieux, elle arriva au-dessus du parapet et abattit sa lame sur l'arbalétrier, tranchant le lycan, son arme, et le guerrier à la carapace de tortue qui le protégeait. Dégageant son épée elle la plongea au travers du cœur du second et sa pointe le perfora presque sans rencontrer de résistance. D'un mouliné du bras elle tint en respect les deux autres lycans, mais ceux en armure lourde qui s'étaient déjà hissés à leur côté s'interposèrent. Un trait d'arbalète vola en sa direction et elle battit en retraite.

À sa droite, Andlam avait mis à mort l'arbalétrier qu'elle ciblait et tous ses gardes. Elle esquivait à présent les carreaux que dirigeaient contre elle les deux arbalétriers rescapés, tranchant net les projectiles qui venaient à portée de ses lames.

Eliwyl atteignit également sa cible, mais elle dût immédiatement reculer devant les troupes au bouclier. L'un d'eux, armé d'une griffe en acier aiguisée, la blessa au flanc.

La réussite des trois femmes offrit une brève accalmie aux Frontaliers qui purent se déployer dans la cour, protégés par de hauts boucliers pour avancer sous les traits. Riwan et Eliwyl vinrent trouver la protection derrière eux, tandis qu'un rugissement tonitruant se faisait entendre.

Valgar jaillit des profondeurs d'Artaug.

Un éclair illumina sa silhouette ailée, déployée dans la tempête, sa crinière couleur de feu, ses crocs luisants. Il fonça à une vitesse foudroyante en direction du rempart et frappa en plein vol l'un des deux arbalétriers restant alors qu'Andlam découpait en morceaux le second.

Les traits cessèrent et Andlam reporta sa fureur guerrière contre les lycans en armure lourde qui affluaient à présent sur le chemin de ronde.

De part et d'autre, ces derniers descendirent du parapet pour se jeter sur les humains. Ils étaient armés de marteaux de guerre, de masses d'arme et de haches lourdes, qu'ils faisaient tournoyer autour d'eux. Ils n'étaient pas plus de vingt dans la cour et d'autres continuaient à arriver, mais à chaque tournoiement sauvage de leurs armes, ils fracassaient des boucliers, les bras qui les tenaient, et les soldats derrière les boucliers.

Bientôt, ils coupèrent toute retraite possible à Andlam et contraignirent les Frontaliers à reculer. Les morts s'amoncelaient par centaines dans la cour, les crânes brisés répandant la cervelle dans la boue, sous les rugissements sauvages de la horde de loups qui plongeaient leurs gueules béantes dans les gorges vivantes passant à leur portée.

La pluie décrut légèrement et la visibilité devint meilleure, offrant à la vue des humains le carnage perpétré par les lycans.

Sur le parapet, Andlam et Valgar en tenaient dix en respect. Dans la cour, vingt lycans taillaient en pièce les soldats par dizaines. Les armures de la horde étaient solides. Riwan parvenait à les transpercer de sa lame mais, sans atteindre le cœur, c'était peine perdue. Elle fut bientôt entourée par quatre d'entre eux et, n'ayant aucune chance de victoire, elle se replia avec les autres.

Les Frontaliers équipés arrivèrent en renfort à cet instant. Ils n'avaient pas été longs, mais la charge des lycans avait été si sauvage que des centaines de leurs compatriotes gisaient déjà au sol, morts ou proches de l'être.

Arvak et un petit groupe de Frontaliers parvinrent à isoler un lycan et, tentant le tout pour le tout, il trancha la main droite de son adversaire qui poussa un rugissement de douleur en saisissant son moignon ensanglanté. Arvak le décapita, mettant fin à ses souffrances.

Il n'eut pas même le temps de savourer sa victoire qu'il entendit un trait d'arbalète siffler dans sa direction. La lame de Riwan s'interposa entre lui et le projectile, tandis qu'il devinait l'ombre furtive d'un sixième arbalétrier sur le rempart. Dans l'instant ils furent cernés de trois autres Éternels et battirent en retraite.

Méaglim était celui qui s'en sortait le mieux. Dans la fureur de la bataille il rugissait plus fort que le tonnerre, faisant tournoyer sa zweihänder, tenant quatre Éternels en respect, brisant leur armes sous son impact. Sa rage et sa brutalité rivalisaient avec les leurs. Mais les lycans étaient rapides et aguerris, Méaglim ne parvenait pas à leur infliger des blessures fatales, tandis qu'ils se relayaient pour l'épuiser. Norgar se porta à son secours, trancha la gorge d'un lycan qui s'effondra et se noya dans son sang. Tous deux reculèrent, retrouvant Eliwyl qui, aux côtés de Roawir, venait de mettre à mort un guerrier en armure légère.

Les lycans en armure lourde n'étaient pas plus d'une trentaine et il n'en venait plus des remparts. Mais les tuer se révélait quasiment hors de portée des humains. Leur vitesse, leur force, leur brutalité les écrasaient. À l'inverse les Éternels n'avaient aucune difficulté à tailler en pièces les Frontaliers. Ils possédaient la force de dix Hommes, guérissaient de leurs blessures, répandaient la terreur de leur hurlement, dominaient la mêlée par leur carrure. Ils n'avaient qu'à balancer leurs armes, tailler dans la masse, fracasser des crânes, des colonnes vertébrales ou des membres, pour réduire les soldats à des corps agonisants qui s'entremêlaient au sol.

La terreur se répandit parmi les Frontaliers en voyant qu'ils ne parvenaient pas à tuer leurs adversaires.

Sur les remparts Andlam mettait en pièce les derniers guerriers lourds, mais, alors qu'un éclair zébrait le ciel, un nouveau lycan apparut.

C'était un Éternel à la fourrure rouge, plus petit et plus svelte que les autres. Deux Éternels arrivèrent à sa suite, l'un brun et l'autre gris, qui eux étaient au contraire beaucoup plus grands et musculeux que tous les Éternels de la horde. Le contraste entre eux trois était saisissant et le lycan rouge n'en paraissait que plus terrifiant. Il poussa un rugissement sauvage qui fit frémir tous les humains.

Riwan attrapa la manche d'Arvak.

— La cité est perdue, s'exclama-t-elle dans le chaos, prenez vos affaires et fuyons !

Pour Arvak il n'était pas question de fuir, il se dégagea et repartit au combat tandis que Riwan prenait la direction opposée.

Sur les remparts Andlam fit face à ce nouvel adversaire. Elle n'avait jamais ressenti une telle agressivité chez un combattant. Ses gestes froids et déterminés, la soif de sang qui se lisait dans son regard, sa fourrure hérissée et frémissante firent naitre chez Andlam un frisson de peur. Elle aima sentir la crainte s'éveiller au fond d'elle, attisant sa concentration, aiguisant ses réflexes. Une étincelle de joie sauvage s'alluma dans le regard du lycan. Il dégaina ses armes, deux lames courtes et larges, d'une facture grossière à côté de la pureté de lignes elfiques des armes d'Andlam.

Les deux autres Éternels attaquèrent Valgar alors que le combat entre Andlam et le lycan rouge s'engageait.

Le rouge avait pour lui la vitesse, la force et la vigueur du combattant qui n'a pas encore transpiré. Andlam avait une bien meilleure technique et une longue expérience des batailles, sans conteste elle le surpassait sur ce point. Mais elle s'attendait à un adversaire bien plus primitif dans sa maîtrise martiale. Elle reçut une blessure à l'épaule et seul un repli rapide lui permit d'éviter que son bras ne fût tranché. Elle dut reconnaitre son erreur. Son adversaire était primitif, brutal, assoiffé de sang, ivre de violence, guidé par des instincts sauvages de mort et de destruction, mais au-dessous de tout ceci, se trouvait, bien enfouie sous la fourrure du loup, une humanité rompue aux exercices martiaux, habituée aux joutes à l'épée, capable de lire ses gestes. Il était sauvage certes, mais pas sans adresse.

Andlam jeta un regard autour d'elle. Valgar était en difficulté face aux deux monstrueux Éternels, les Frontaliers se faisaient massacrer. Elle devait en finir rapidement sans quoi tout serait perdu. Le lycan rouge profita de ce bref regard pour se jeter sur elle. Elle esquiva, la fureur du lycan redoubla et elle recula encore. Andlam ne parvenait pas à reprendre l'avantage sur le combat. La pluie frappait son visage ensanglanté, les éclairs zébraient le ciel. Elle poussa un rugissement sauvage et porta une attaque droit en direction du crâne de son ennemi.

Celui-ci s'élança en avant, sans crainte du danger et son pied la frappa sous l'estomac.

Andlam traversa tout l'espace de la cour, Valgar rugit de sa douleur qu'il ressentait au travers de leur lien. Le mur de la forteresse arrêta l'elfe et le choc y laissa l'impact de son corps. Eliwyl ainsi que d'autres Frontaliers se portèrent au secours d'Andlam qui était encore consciente lorsqu'elle retomba au sol.

Seul sur les remparts, Valgar était prostré. La douleur extrême d'Andlam le tenait immobile, incapable de bouger, tremblant et vomissant du sang. Le lycan rouge s'avança vers lui avec arrogance et les deux Éternels lui laissèrent le passage.

Il éleva au-dessus de Valgar, des deux mains, sa lame barbare et l'abattit sur la nuque du dragon qui céda.

Il saisit la tête par les crins couleur de feu, et la dressa à bout de bras dans un rugissement triomphal. La tête coupée du dragon dégoulinait de sang, sa mâchoire battait dans le vide, et ses yeux roulaient encore dans leurs orbites, hagards.

Dans un cri atroce, Andlam mourut également et Eliwyl à ses côtés ne put rien faire pour sauver son maître.

La stupeur et l'effroi envahirent le cœur des Frontaliers.

Alors une odeur d'incendie parvint à Arvak.

Les écuries étaient en flammes, les hennissements de terreur des chevaux dominèrent le tumulte.

Les Frontaliers se désorganisèrent, certains fuyaient vers les tunnels de la forteresse, le vent rabattit la fumée dans la cour, piquant les yeux. Les Éternels continuaient leur carnage. Des fumigènes puants tombèrent dans la cour, lancés par les lycans.

Dans le tumulte, les portes d'Artaug furent ouvertes et des soldats s'enfuirent dans cette direction, à pied, poursuivis par les lycans qui les exterminaient au passage. Mais Arvak ne voyait presque rien de cela, il n'avait plus qu'une seule pensée en tête.

Crépuscule était dans les écuries.

C'était un cheval de guerre, Arvak s'attendait à le voir mourir au combat, mais pas comme ça, brûlé dans les flammes, enfermé dans un box étroit, sans aucun espoir d'échapper à la mort. Il sentit qu'une main le tirait par la manche mais il l'ignora, se dégagea et se porta vers les flammes.

Il tenta d'enfoncer la porte de l'épaule mais elle ne céda pas. Alors un lycan s'interposa, un Éternel à la fourrure noire. Il avait le regard vif et ne portait pas d'armure, tout juste une cape, mais ses gestes étaient rapides et précis. Il dégaina deux saïs qu'Arvak parvint à éviter mais qui mirent en échec sa réplique, coinçant sa lame entre les dents de l'arme.

Norgar vint à sa rescousse ainsi que Méaglim et à eux deux ils parvinrent à tenir en respect le lycan. Arvak reprit ses efforts contre la porte et au troisième coup elle céda.

Les chevaux jaillirent de l'ouverture, comme possédés, certains avaient les crins enflammés et hennissaient de terreur. Le lycan noir tenta de leur faire obstacle mais il trouva Crépuscule cabré devant lui.

Le petit cheval gris tenait tête à un Éternel, balançant ses sabots menaçants dans l'air.

Le troupeau avait séparé Arvak et ses compagnons de l'Éternel qu'ils affrontaient l'instant d'avant, et Arvak n'eut d'autre choix que de profiter de l'opportunité pour fuir. Tous trois attrapèrent ce qu'ils purent en chemin puis se frayèrent un passage dans la confusion. Arvak suivait Norgar et Méaglim qui semblaient mieux savoir que lui où se diriger.

Il n'avait aucune idée d'où se trouvaient les autres, ni s'ils allaient bien. Il n'avait pas vu Roawir dans la mêlée et Riwan avait disparu quand le lycan rouge avait surgi. Il espérait qu'Eliwyl n'était pas repartie au combat venger la mort d'Andlam. Et dans toute cette confusion de sang et de mort, de cris de terreur et d'agonie, monta jusqu'à lui la vérité macabre à laquelle il ne pouvait échapper.

Andlam n'était plus et Valgar était mort.

Chapitre 29

Dans la forteresse d'Artaug, le chaos était total.

Les lycans avaient envahi les bâtiments et massacraient tous ceux qu'ils trouvaient.

Arvak ne savait pas où il allait, ni comment il échappa du carnage. Peut-être dut-il son salut au fait que son chemin le menait à présent vers Svèn-Ild et qu'avec Norgar et Méaglim, il prit la direction du nord quand tous les autres soldats allèrent vers l'ouest. Ou peut-être les Éternels n'étaient-ils pas assez nombreux pour exterminer efficacement mille soldats en une seule nuit.

Arvak n'en savait rien, il avait l'impression de ne plus rien savoir, il courait derrière Norgar, droit vers le nord et des heures durant il ne fit que courir, un sac hâtivement jeté sur les épaules, son épée battant au côté. Parfois il trébuchait sur les pierres glissantes de pluie, sur le sol mouillé, sur la boue mêlée de glace, il sentait alors la poigne ferme de Méaglim le saisir, le remettre sur pied, et il recommençait à courir. La nuit était d'une noirceur d'encre, il attrapa la lanière du sac de Norgar devant lui et durant plusieurs heures son univers se résuma entièrement à cela, la traction de Norgar, la poigne de Méaglim qui le rattrapait. Plus rien n'existait dans cette nuit qu'aucune clarté ne perçait, que sa fuite et l'espoir que ses autres compagnons aient trouvé eux aussi une issue.

L'aube se leva timidement et la pluie se calma.

Arvak, Méaglim et Norgar avaient dépassé le stade de l'épuisement et n'étaient pas plus capables d'arrêter de courir que de continuer. Mais lorsque le jour fut levé Norgar s'effondra complètement.

— Je n'en peux plus, articula-t-il.

— Allez il faut continuer, l'exhorta Arvak.

Il savait que, quelle que puisse être la distance parcourue, elle était dérisoire comparée à celle que pouvait franchir un Éternel. Le chemin qu'ils avaient fait en une nuit, ils le couvriraient en quelques heures d'une galopade sauvage.

Arvak releva Norgar et le porta à moitié.

— Passons ce col, ensuite on verra.

— D'accord.

Méaglim le prit de l'autre côté et ils avancèrent ainsi.

Une fois sur l'autre versant, Norgar s'effondra à nouveau.

— J'ai besoin d'une pause.

Arvak et Méaglim n'étaient pas dans un meilleur état mais ils craignaient de ne pas trouver la force de repartir. Norgar refusa de bouger et ils se résignèrent.

Ils s'assirent sur des rochers et firent l'inventaire de leurs sacs, pris dans la confusion. Ils avaient une gourde pour trois, un peu de pain de route, une trousse de secours. Les seuls vêtements qu'ils avaient étaient sur leur dos et inadaptés au froid. Ils vidèrent la gourde tant ils étaient assoiffés et espérèrent trouver de l'eau bientôt – même si avec toute cette pluie Arvak craignait de ne trouver que de la boue. Ils mangèrent un peu et soignèrent leurs blessures.

Ils avaient reçu des coups auxquels dans le feu de l'action ils n'avaient qu'à peine fait attention. Norgar s'était tordu la cheville au cours de la nuit en courant dans la montagne, et il avait aussi reçu un coup violent à la tête. Il vomit peu après leur repas. Arvak comprit que dans son état, il n'aurait pas dut courir.

Arvak n'avait que des blessures légères, en revanche son armure de Frontalier était en lambeaux, complètement déchiquetée de part et part. C'était un miracle qu'il n'eût rien.

Méaglim avait des lacérations profondes sur les avant-bras et les épaules mais celles-ci ne saignaient plus. Il se régénérait bien plus vite que n'importe quel humain.

Alors qu'ils passaient un onguent sur leurs plaies et bandaient la blessure que Norgar avait à la tête, ils entendirent un lugubre cri d'agonie s'élever de la montagne. Ils comprirent que les lycans pourchassaient les survivants. Reprenant prestement leurs affaires, ils se remirent à fuir. Arvak passa devant et Méaglim surveilla Norgar qui chancelait par moments.

Au creux d'une combe ils trouvèrent un peu de neige. Méaglim en remplit leur gourde et la mit dans ses vêtements, contre sa poitrine, pour la faire fondre tandis qu'ils marchaient. Norgar n'arrivait plus à courir, ils étaient tous à bout.

Ils entendirent alors des pierres dégringoler à leur droite et levèrent la tête.

Un feulement étrangement sympathique leur parvint.

Koumal se tenait là-haut, elle se laissa tomber aux pieds d'Arvak tandis que Kinra, Tomoko et Fiwarèm voletaient gaiement en leur direction.

Arvak fut transporté de joie en revoyant la dragonne. Il ignorait si c'était l'horreur de la nuit ou leur brusque séparation, mais il s'accrocha à cette joie et tout le reste disparut de son esprit. La présence de Tomoko sembla redonner du courage à Norgar, quant à Méaglim, maintenant que la belle Fiwarèm se trouvait près de lui, il avait une volonté à briser la montagne.

Pourtant, les trois autres dragons avaient une attitude qu'Arvak trouva étrange. Ils se tinrent nettement en retrait, les reniflant d'un air dubitatif, s'échangeant des regards indécis. Koumal avait le nez froncé.

Il ne comprenait pas son attitude. L'instant d'avant, la panthère lui avait paru presque amicale, et à présent elle semblait à peine les reconnaitre.

Elle leur fit comprendre qu'ils devaient reprendre la marche et ils la suivirent. Koumal alla vers le nord-est, marchant en tête dans une direction légèrement différente de celle que les trois compagnons avaient suivie jusqu'à présent. Fréquemment, elle se retournait en rugissant, comme pour leur faire comprendre de presser le pas, mais ils étaient épuisés. Ils ne pouvaient que marcher en trébuchant sur les pierres, et en portant Norgar dont la tête lui tournait.

C'est alors qu'Arvak remarqua un faucon voletant au-dessus d'eux :

— C'est Riron, s'exclama-t-il, Roawir ne doit pas être loin, attendons-le.

Koumal exprima son opposition par un rugissement puissant.

Arvak s'assit résolument sur une pierre, il ne se sentait plus capable du moindre pas.

— Nous avons sûrement semé les lycans, expliqua-t-il, avec toute la pluie qui est tombée cette nuit, je ne pense pas qu'ils puissent nous suivre à l'odeur. Méaglim tu crois qu'elle comprend ?

Le gaillard haussa les épaules, incertain.

Koumal rugit à nouveau et se jeta sur Arvak comme pour l'attaquer. Son regard semblait à la fois consterné et plein de colère.

Arvak recula vivement tandis que les dragons s'interposaient pour faire reculer Koumal. La panthère parut se résigner mais la fureur qui brillait dans son regard interpella Arvak. Il sut à cet instant, sans aucun doute possible, qu'il avait absolument tort de ne pas suivre les exhortations de Koumal. Mais il était trop fatigué.

Méaglim lui tendit la gourde qui contenait un peu d'eau. En la prenant, le regard d'Arvak se porta derrière lui et alors il vit apparaître, au sommet du col qu'il venait de franchir, un Éternel à la silhouette grêle. Il ne se trouvait qu'à quelques mètres et du sang maculait son flanc.

Le lycan se figea en voyant les dragons et se redressa de toute sa hauteur pour pousser un rugissement d'alerte. Arvak le regarda, paralysé. L'attention du lycan se porta sur l'autre versant et Roawir en jaillit, sur le dos de Kaléogrim, il décapita le lycan mais trop tard. L'alerte avait été donnée et bientôt des dizaines de chants résonnèrent de toutes parts dans la montagne.

Roawir rejoignit le groupe en vitesse, Eliwyl était en croupe derrière lui. Sans un mot, ils descendirent et hissèrent Norgar sur le dos de la chimère à leur place. Puis ils reprirent leur course effrénée, sous les rugissements de dépit de Koumal.

La panthère les mena à travers les sentes sinueuses jusqu'à un encaissement rocheux où ils retrouvèrent Riwan.

Arvak comprit qu'elle avait quitté la forteresse à l'instant de l'apparition du lycan rouge et que, tandis qu'ils avaient dû s'extirper du chaos ambiant après la débandade, elle courait déjà en direction de Svèn-Ild avec Svalrim. Arvak, Norgar et Méaglim avaient avancé au hasard, vers le nord, mais probablement en faisant des détours inutiles dans leur égarement, alors que Riwan avait suivi une voie rectiligne, guidée par ses yeux d'elfe qui y voyaient en pleine nuit. Elle avait pu prendre un peu de matériel avec elle, quelques vêtements chauds, un peu de vivres, une corde, peut-être d'autres choses qu'Arvak ne voyait pas. C'était bien moins que ce qu'ils avaient pu transporter lors de leur périple jusqu'à la Tombe de Grinkaël, et surtout bien moins que ce dont ils avaient besoin.

Lorsque Koumal se porta à sa hauteur elle lui jeta un regard lourd de sens :

— Quoi ! s'exclama Riwan.

La troupe ne savait pas ce que l'elfe et son totem venaient de se dire.

Elles échangèrent un second regard, et Riwan s'exclama :

— Allez, on décampe !

Riwan prit précipitamment ses affaires et Arvak l'attrapa par le bras :

— Ça te tuerait de prendre trois secondes pour nous dire ce qu'il se passe !

Riwan se dégagea :

— Les lycans ont placé un traqueur olfactif sur vous. Vous sentez cette odeur rance et musquée ? Les lycans peuvent suivre ça à des kilomètres à la ronde et même à travers la pluie ou le blizzard. Le lycan rouge s'appelle Assar Kotarin, il est le roi du Kotar. Grâce à la mort de tous les dragons d'Aganius il pourrait réunir tous les clans de lycans. L'éclaireur que Roawir a abattu les a déjà alertés de la présence des dragons, et ils peuvent nous suivre à l'odeur. Il va se mettre personnellement à nos trousses avec toute sa horde. Notre seule chance maintenant c'est d'espérer que la montagne les tuera avant de nous tuer nous. Ça te suffit ?

Arvak n'ajouta rien.

L'imminence du danger, pour lui et pour les dragons étouffa toutes ses pensées, et pour tout le reste du jour seule resta dans son esprit la volonté de courir.

Ils traversèrent la montagne à un rythme effréné. La pluie et le vent s'étaient calmés mais le ciel restait lourd et menaçant. Riwan savait qu'il ne s'agissait que d'une accalmie. Elle espérait la mettre à profit pour creuser la distance autant que possible, mais les chants des loups, qui résonnaient de loin en loin dans la montagne, lui rappela que le danger était à leurs trousses.

Elle ouvrait la marche et tentait de suivre la direction de Svèn-Ild, en notant les écarts qu'ils prenaient par rapport à ses relevés. Elle devait aussi choisir des voies faciles pour que le reste de la troupe puisse garder le rythme sans risque, mais cela simplifiait l'avancée de lycans. Dans le même temps elle cherchait donc à exploiter les dangers de la montagne pour ralentir leurs poursuivants, ce qui risquait de freiner aussi la troupe. C'était un problème insoluble.

À la nuit tombée, ils arrivèrent au sommet d'un col. Arvak regarda en arrière et vit les Éternels franchir une cime voisine. Il distingua la fourrure couleur de feu d'Assar qui le regardait lui aussi. À côté de lui se devinaient les fourrures grise et brune des deux géants qui avaient tenu en respect Valgar pendant qu'Assar affrontait Andlam, et aussi la fourrure noire d'un lycan plus mince. Arvak était certain de reconnaitre celui qu'il avait combattu en voulant sauver Crépuscule. Un cinquième lycan franchit l'arête rocheuse et dégaina son arbalète, Arvak passa de l'autre côté du versant. Il ne voulut pas vérifier si son arme pouvait le toucher à une telle distance.

La nuit s'installa et le vent se leva.

Sous les nuages, la lune gibbeuse décuplerait bientôt les forces de ces créatures. S'ils survivaient à cette nuit, la pleine lune les cueillerait au lendemain. Arvak avait souvent affronté des lycans du Kotar, mais il ne s'était jamais confronté à une telle fureur que la nuit précédente. Jamais il n'avait vu à l'œuvre une horde aussi violente et bien organisée pour annihiler leurs forces. Moins de cent lycans avaient exterminé mille défenseurs humains. Ils avaient profité de la météo défavorable pour franchir la Passe du Loup à l'abri des regards d'Andlam et Valgar, ils avaient gravi les murs en trompant la vigilance des guetteurs et à partir de là, rien n'avait pu les arrêter. Si les guerres contre les lycans ressemblaient à cela, les perspectives étaient plus terribles encore que tout ce qu'Arvak avait pu imaginer.

Son cerveau recommença à fonctionner.

Il comprit que la frappe de la veille ne pouvait pas être une attaque opportuniste. Leur efficacité avait été bien trop chirurgicale pour être improvisée. Arvak était convaincu qu'elle n'avait poursuivi qu'un seul et unique objectif, abattre Andlam et Valgar. Il s'agissait d'une frappe méthodique, mise en œuvre par un groupe d'élite, organisé et déterminé. En comptant Anar Morken et Valor, cinq dragons tenaient les lycans en respect depuis maintenant presque vingt ans et depuis hier ils n'étaient plus que deux, aucun en état de combattre. Il ne doutait pas qu'ils ne laisseraient échapper aucun humain qui pût témoigner de leur colossale force de frappe.

Les humains penseraient qu'une armée nombreuse de lycans avait attaqué durant la pleine lune, ou que la lycanthropie était entrée dans la forteresse. Ils ne pourraient pas soupçonner la terrifiante offensive des Éternels du Kotar.

Perdu dans ces sombres pensées, il ne vit pas le blizzard se lever, le froid mordant le ramena à la réalité. Il noua un tissu devant son visage, pour se protéger comme il pouvait. Tandis que les autres faisaient de même, Riwan leur distribua des lunettes et des crampons alors qu'ils s'avançaient sur un glacier dans le vent rugissant.

Sans ces deux équipements ils n'auraient eu aucune chance de progresser davantage et intérieurement, malgré lui, Arvak remercia Riwan de la prévoyance dont elle avait fait preuve en fuyant la bataille.

Au-dessus d'eux les nuages se dégagèrent et la lumière blafarde de la lune gibbeuse perça le tourbillon de neige levé par le vent qui continuait de souffler avec vigueur. Un rugissement de lycan se fit entendre.

— Continuez d'avancer, hurla Riwan dans la tourmente. Il faut franchir la crête !

Elle désignait du doigt un point sombre, à quelques centaines de mètres, au sommet d'une cascade de glace, à peine visible dans le brouillard.

Arvak et Eliwyl se mirent à courir dans cette direction, tirant par la bride Kaléogrim qui portait Norgar sur son dos. Riwan fermait la marche avec Méaglim et Roawir.

Le rugissement des loups leur parvenait, et le bruit de leur cavalcade effrénée dans la neige.

La vue de la troupe n'était pas mauvaise, les lunettes et les crampons leur permettaient d'avancer assez bien et de discerner les crevasses dans la lumière de la lune renvoyée par la neige.

Riwan savait que les lycans n'avaient pas ce matériel, ils ne pratiquaient pas la haute montagne. Pour eux la situation serait très confuse, les yeux exposés au blizzard. Le traqueur olfactif les guiderait mais les odeurs plus subtiles de leurs proies leur échapperaient dans la tempête. Riwan pensait exploiter ceci à son avantage, espérant intérieurement que les membres de la troupe ne tomberaient pas dans un piège de la montagne, qu'ils parviendraient sans dommage à gravir la cascade de glace et qu'elle saurait leur donner assez de temps pour que tous les dragons s'échappent et qu'elle pût s'échapper elle-même.

Elle jeta un regard en arrière.

Les écailles des dragons resplendissaient sous la lune, scintillant même à travers le blizzard. Tout espoir de conserver secrète l'existence des jeunes dragons s'éteignit, la peur s'insinua en elle tandis que la silhouette rouge d'Assar émergeait du brouillard, ses prunelles couleur de feu perçant l'obscurité, ses crocs blancs scintillant sous la lune.

De près il ressemblait davantage à un renard qu'à un loup. Son corps était musculeux comme n'importe quel lycan, mais ses oreilles étaient sombres, sa gorge blanche et ses pattes noires. Sa fourrure avait un aspect luisant et il dégageait une impression d'harmonie et d'équilibre, homme et bête mêlés. Il paraissait parfaitement maître de lui-même et la lune décuplait ses forces et sa férocité, sans rien enlever à la lucidité que Riwan devinait dans ses prunelles rougeoyantes. Assar dégaina ses lames et fonça sur l'elfe. Riwan ne dut la vie sauve qu'à son sens de Sentinelle. Elle dévia l'attaque et disparut dans le blizzard.

À sa droite, Méaglim se trouvait aux prises avec le colossal lycan brun.

L'ancien bagnard était un grand gabarit et de large carrure, mais ce lycan le dépassait de deux têtes. Ses poings faisaient la taille de son crâne, ses cuisses étaient larges comme des troncs d'arbres. Par sa stature il ramenait au rang d'avorton tous les lycans que Méaglim avait croisés dans sa vie, et au rang de vermine n'importe quel Chien Errant.

Le brun le prit de vitesse lorsque Méaglim fit mine de dégainer son épée et, les deux poings en avant, il le frappa au ventre et le projeta violemment en arrière. Méaglim roula dans la neige, brisant dans sa course des arêtes de neige dressées sur son chemin, avant de s'immobiliser complètement, sonné et meurtri.

— Grand frère ! hurla Eliwyl en le voyant en difficulté.

Il se releva sur un coude, cracha du sang.

Un lycan plus svelte courait déjà vers lui pour le mettre à mort et Eliwyl courut à son secours. Dégainant ses lames elle s'élança face au lycan dans un assaut furieux. Sa lame traversa son œil gauche, transperçant son crâne de part en part et il recula dans un glapissement de douleur, ce qui laissa à Méaglim le temps de se relever.

La bête n'était pas morte mais Eliwyl était certaine de l'avoir définitivement éborgnée de sa lame en argent, et peut-être infligé des dommages irrémédiables à son cerveau. Pour autant le lycan vivait toujours et la plaie cessa promptement de saigner. Il se mit en garde derrière son bouclier fait d'une carapace de tortue, prêt à repartir à l'assaut.

Non loin, Roawir était aux prises avec le lycan gris. Dans la main gauche, ce dernier tenait une épée à une main dont la facture semblait de qualité. Son bras droit était ganté de fer jusqu'à l'épaule. Roawir se mit en garde. La posture et les gestes de son adversaire avaient une fluidité et une spontanéité qui dénotait une grande aisance martiale. Roawir comprit que toute résistance était dérisoire. Il avait face à lui un maître escrimeur, plus rapide et plus fort qu'il ne le serait jamais et qui cachait sous son apparence de loup un savoir-faire qui surpassait de très loin le sien. Le gris avança vers lui, lentement, dressé de toute sa hauteur, les oreilles résolument pointées vers sa proie, les babines relevées dans un rictus de joie contenue.

Alors, Roawir sentit un souffle brûlant dans son dos. Un chaman lycan s'était glissé derrière lui et avait invoqué des flammes pour l'atteindre.

L'elfe utilisa la magie adverse à son avantage. Les flammes n'avaient pas de secret pour lui, et si la tempête ne lui aurait pas permis d'en créer par l'alchimie, il pouvait sans difficulté prendre le contrôle de celles invoquées par le sorcier.

Les runes de son bâton s'illuminèrent et les flammes non seulement ne l'atteignirent pas, mais l'entourèrent de part en part.

Il les déchaîna sans crainte.

Une bourrasque de flammes atteignit le chaman et le lycan qui faisait face à Eliwyl, le forçant à la retraite, tandis qu'une colonne de feu mettait en déroute le lycan gris.

Ce brusque retournement détourna brièvement l'attention d'Assar et Riwan surgit dans son dos, prête à le frapper. C'est alors que le lycan noir s'interposa, arrêtant sa lame de ses saïs. Riwan rompit l'engagement et disparut à nouveau dans la nuit, se portant en renfort d'Eliwyl et Méaglim.

Roawir attisa les flammes invoquées par le chaman. Elles faibliraient bientôt sous l'assaut du vent et de la neige mais pour l'heure elles flamboyaient d'un éclat attira l'attention de Kaléogrim. Arvak la tenait en longe. Il franchit la crête, mais la chimère qui portait Norgar jetait de fréquents regards en arrière, renâclait. Elle devint de plus en plus rétive lorsque son maître eu disparut de sa vue, et Arvak fit descendre Norgar avant de lâcher la bride.

Kaléogrim libérée s'élança au galop.

Riwan et Eliwyl portaient Méaglim qui trébuchait tandis que les dragons et Svalrim grimpaient la cascade de glace. Tiamé venait d'atteindre le sommet. Il se retourna pour voir où se trouvait Riwan. Alors un frisson glacé de terreur parcourut l'elfe. Saisie d'un mortel pressentiment elle se retourna. À quelques mètres, un arbalétrier tenait Tiamé en joue.

Riwan rugit en s'élançant sur lui, lame au clair, franchissant la distance aussi vite qu'elle le pouvait. Sa lame s'abattit sur l'arme mortelle, mais le lycan se dégagea au dernier instant pour empêcher qu'elle n'entaille son épaule.

Le trait était déjà parti, Riwan le sentit siffler contre sa tempe, aussi précisément que s'il avait fait partie d'elle. Mentalement elle suivit sa course, traversant l'air avec lui vers la poitrine du jeune dragon rouge.

Au tout dernier instant, Svalrim saisit Tiamé entre ses crocs et franchit la crête.

Riwan fut stupéfaite de ne ressentir aucune douleur et le lycan en profita pour s'enfuir. L'elfe se reprit et rejoignit en courant Méaglim et Eliwyl qui étaient parvenus à la moitié de la cascade.

Les flammes de Roawir brûlaient toujours, les derniers dragons passèrent de l'autre côté. Alors l'elfe poussa les flammes dans leur dernier sursaut, les fit flamboyer plus que jamais, tournoyer autour de lui pour barrer le passage des lycans et, lorsque Riwan parvint en haut de la crête, le vent et la neige eurent raison du brasier.

Les sept lycans lui firent face l'arme à la main, prêts à le mettre en pièces.

Mais Roawir n'avait pas peur.

Kaléogrim galopait à toute vitesse dans sa direction dans une course désespérée pour se porter à son secours. En cet instant elle serait morte mille fois plutôt que d'arrêter de courir. Elle franchit en trois bonds la cascade de glace, en deux autres elle avait déjà parcouru la moitié de la distance qui la séparait de Roawir.

Les lycans se jetèrent sur lui et le blizzard redoubla.

Dans la confusion l'elfe échappa à leur vue, attrapa la selle de Kaléogrim, se hissa sur son dos et la créature fit demi-tour, volant plus qu'elle ne galopait, enjambant les crevasses, sautant d'une arête de glace à l'autre pour gravir la cascade et doubla Riwan au sommet du col.

Alors Riwan dégaina l'une de ses épées et l'abattit sur un gigantesque rocher qui bordait la crête. La lame traversa la roche comme si aucune résistance ne se fut opposée à elle et une pierre d'une taille colossale se détacha de la falaise, dégringolant la pente givrée, emportant tout sur son chemin, la pierre, la glace, la neige, dans un vacarme tonitruant. Toute la montagne sembla se détacher, dévalant la pente, obligeant les sept lycans à galoper en sens inverse pour échapper à l'avalanche.

La troupe venait de remporter un temps précieux.

Riwan savait que si les sept survivaient à cela – elle ne doutait pas qu'ils survivraient – il leur faudrait un temps considérable pour contourner l'éboulis et retrouver leur piste dans le brouillard. Ils avaient gagné du temps, mais ce n'était encore que la lune gibbeuse. Demain la pleine lune se lèverait et leur rage serait terrible.

Rengainant sa lame, Riwan franchit la crête.

Chapitre 30

Sur le versant opposé s'étirait une longue pente rocheuse. Riwan et Roawir la dévalèrent avec adresse et retrouvèrent le reste de la troupe ainsi que les dragons. Svalrim tenait toujours Tiamé dans la gueule, galopant presque sans prendre garde à lui. Le carreau d'arbalète s'était fiché dans son épaule mais elle semblait l'ignorer complètement. Méaglim avait repris du poil de la bête et courait au côté d'Eliwyl tandis qu'Arvak poussait Norgar qui avançait de son mieux.

Voyant que tout le monde était vivant, Riwan reprit la tête du groupe et, sans une halte, elle poursuivit sa route vers Svèn-Ild, profitant de l'exaltation de la bataille pour avancer au mépris de la fatigue.

Pourtant celle-ci les rattrapa bientôt. Ils n'avaient pas dormi, presque pas mangé et couraient ainsi depuis déjà la veille au soir, ils atteignirent bientôt une limite au-delà de laquelle aucun ne pouvait aller. Riwan trouva une cavité dans la roche et ils y installèrent leur campement à l'abri du vent.

Roawir utilisa sa magie pour réchauffer la troupe, comme ils l'avaient fait sur la Tombe de Grinkaël. Ils firent fondre de la neige pour abreuver tout le monde, la troupe, les dragons et les chimères, ce qui leur prit un temps considérable. Leur équipement était dérisoire.

Norgar s'endormit presque aussitôt. Sa blessure à la tête n'était pas grave et Riwan ne doutait pas qu'au matin il aurait déjà moins de stigmates de sa commotion, mais pour l'heure il avait besoin de repos. Roawir examina la blessure de Méaglim.

Le coup de poing qu'il avait reçu était d'une force dévastatrice et l'elfe estima qu'il ne devait la vie qu'à sa solide constitution. Le choc lui avait laissé un impressionnant hématome du nombril jusqu'à la cage thoracique et Roawir craignait des dommages internes plus graves dont il n'aurait pas eu connaissance. Il n'avait ni le savoir ni les outils pour dissiper ses craintes, il ne pouvait qu'attendre de voir si l'état de Méaglim se dégraderait ou non.

Le gaillard assurait se sentir bien.

Quand tout le monde fut désaltéré, ils firent chauffer leur repas et réveillèrent Norgar qui le partagea avec eux avant de se rendormir.

Arvak n'avait pas sommeil. À cause de la bataille et de son épuisement extrême il avait dépassé le stade où il se sentait capable de dormir. Une question lui revenait sans cesse à l'esprit et il s'en ouvrit à Riwan :

— Tu as l'air de connaître les lycans. Sais-tu pourquoi Assar a autant de difficulté à fédérer les clans ?

Arvak connaissait la situation politique du Kotar dans les grandes lignes. Il savait que les humains devaient en partie la paix précaire dans laquelle ils vivaient aux divisions internes que connaissait le Kotar. Leurs différents clans n'étaient pas unis derrière un même chef et ne parvenaient pas à entreprendre d'actions militaires unifiées et construites. Mais il ne connaissait pas les raisons exactes de ces divisions internes.

— Assar est le fils de Sayan Kotarin, qui fut le précédent roi des lycans. Il a été couronné à la mort de Fédar Kotarin, le frère de Sayan – qui assurait la régence durant l'enfance d'Assar. Mais pour être reconnu roi par l'ensemble des clans, il doit brandir l'épée Mirendal. Cette épée est l'insigne de son pouvoir, tant qu'il ne la portera pas, des clans détracteurs trouveront moyen de rassembler ses opposants. Or la lame a été perdue à la mort de Sayan. Assar croyait qu'Anar Morken la portait – puisqu'il fut celui qui mit fin à la dernière guerre lycan en tuant Sayan. C'est pourquoi Assar a organisé l'assassinat d'Anar Morken au Kotar. Mais Anar Morken n'était pas en possession de Mirendal.

Le regard de Riwan se perdit dans la flamme du réchaud de Roawir.

— Cette lame a été forgée dans les flammes du phœnix Siguelnaray, qui était le totem de Keltwin, roi d'Aradwin. Il la forgea pour son fils héritier, Radendal, et de lui elle passa dans toutes les mains de ceux qui étaient appelés à régner en Aradwin, jusqu'à Kotarin qui fut le premier des lycans. Assar ignore où la lame se trouve et tant qu'il ne la brandira pas, son emprise sur le Kotar ne sera pas totale.

« Après son coup d'éclat contre Andlam, je pense qu'il espère unir les clans sous sa bannière en étant celui qui aura tué tous les dragons. Je ne serais pas étonnée d'apprendre que les morts d'Anar Morken et de Kared Nimizar étaient aussi de sa main. Je crains que cela ne fonctionne au moins aussi bien que s'il brandissait l'épée Mirendal.

— Si les clans détracteurs apprenaient que nos dragons existent, cela pourrait mettre un frein à ses ambitions, comprit Arvak.

— Et s'il les tue il pourra asseoir définitivement son autorité, trancha Riwan.

Une détermination glacée animait son regard et Arvak comprit que l'elfe était prête à tout pour garder les dragons en vie.

— Pour l'instant ils sont trop petits et vulnérables, et vous trop fatigués. Va dormir, Koumal et moi nous relaierons pour monter la garde. Nous ne pourrons rien faire si nous ne sortons pas vivants de cette course contre la mort.

Il se rangea à cet avis et le sommeil le rattrapa bien vite.

Riwan profita qu'ils dormaient tous pour faire l'inventaire des provisions dont ils disposaient.

Même si elle avait pu partir moins précipitamment que le reste de la troupe, elle n'avait pas eu le loisir de prendre dans les cuisines tout ce dont ils avaient besoin. Elle estimait qu'ils avaient cinq jours de vivres tout au plus, et nettement moins s'ils devaient nourrir les dragons et les chimères. Celles-ci pouvaient se priver de nourriture plus facilement que les dragons, mais avec l'effort que la montagne exigeait, Riwan doutait qu'elles puissent survivre en se passant complètement de repas. Ils allaient devoir se rationner.

De plus dix jours de voyage lui semblaient nécessaires pour rallier Svèn-Ild, en espérant qu'ils parviendraient à faire au plus court et sans se perdre. Leur situation était plus mauvaise encore qu'elle ne le pensait jusqu'à maintenant. Ils n'avaient d'autre choix que de faire en cinq jours un trajet qui en demandait dix, sans quoi leurs vivres ne tiendraient pas jusqu'à mi-chemin. Cela impliquait des passages plus risqués et une fatigue inévitable qui augmenterait encore les risques d'accident.

Elle n'était même pas certaine que ce fût possible.

Elle effleura l'esprit de Koumal et sentit sa détermination mêlée d'inquiétude. À ce stade ils n'avaient d'autre choix que réussir ou mourir.

Lorsque Riwan réveilla la troupe, il faisait encore nuit. De lourds nuages obscurcissaient le ciel et se massaient au nord au-dessus de Tór Ildmin. Le vent était tombé mais quelque chose menaçait dans l'air.

— Il faut repartir, signala Riwan.

Ils étaient tous épuisés et endoloris mais ils obtempérèrent sans négocier.

Norgar semblait avoir bien récupéré, il avait le teint moins pâle et paraissait plus alerte. Méaglim donnait l'impression d'aller bien également.

Riwan leur fit part de ses réflexions concernant leurs maigres ressources et la nécessité d'aller aussi vite que possible. Ils prirent un repas frugal qu'ils partagèrent avec les dragons, puis emballèrent prestement leurs affaires, répartissant les charges entre Svalrim et Kaléogrim.

Ils s'encordèrent avec la seule corde que Riwan était parvenue à emmener, et elle prit la tête avec Koumal. Méaglim fermait la marche.

Le sol était partout gelé.

Dans les passages délicats, Riwan, avec des gestes experts et rapides, sondait la neige devant elle, marquait les difficultés d'un fanion et avançait. Méaglim récupérait les fanions et les lui faisait repasser. Ils avançaient aussi vite que possible. Quand le terrain était propice, ils trottaient sur d'assez longues distances.

Ils progressaient régulièrement et à bonne vitesse, si bien qu'Arvak prit confiance en leurs chances de réussite.

Alors qu'il se prenait à espérer, un hurlement glaçant se fit entendre à travers la montagne, le chant d'un loup, profond et guttural, repris en cœur par de nombreuses voix déterminées. C'était un rugissement de défi, prononcé du fond de l'âme, par une créature qui ne se laisserait pas détourner de son but alors que la pleine lune approchait. Les sept lycans avaient échappé à l'avalanche et pour être à portée de voix malgré le blizzard ils ne devaient plus être très loin.

La troupe se rassembla et se tourna vers Riwan.

Elle s'assit dans la neige, résolue à chercher une issue, mais visiblement incertaine quand au fait qu'il en existât une.

— Réfléchis ! se commanda-t-elle.

Elle échangea un regard avec Koumal.

« Il nous faut plus de temps. »

La panthère avait raison.

Les nuages noirs s'amoncelaient au nord, une tempête se déchaînerait bientôt et les lycans la subiraient comme eux-mêmes allaient la subir.

— Pour l'instant la lune attise toutes leurs aptitudes.

« Mais ça ne durera pas, à la lune déclinante ne demeurera plus que la cruauté de la montagne. »

— Andlam a fait sa dernière ronde trois jours avant la gibbeuse, leur troupe était nombreuse, elle les aurait remarqués.

« Ils sont partis précipitamment, ils ont fait le chemin sous la tempête pour prendre la citadelle par surprise. »

Riwan hocha la tête.

— Ils n'ont pas pu prévoir l'équipement et les vivres nécessaires en haute montagne, ils sont aussi démunis que nous, peut-être plus encore. Une fois passée la vigueur de la pleine lune, la rudesse de la montagne leur fera lâcher prise.

« Ensemble on peut les retarder. »

Riwan n'osa pas dire ce qu'elles savaient toutes les deux. Si elles partaient affronter les Sept, personne ne pourrait guider la troupe, c'était sans issue, et la panthère s'en rendait compte.

— Si c'est une question de temps je peux vous en donner, assura Méaglim.

Riwan lui jeta un regard surpris.

Comme les autres membres de la troupe, il n'avait pas entendu les répliques de Koumal mais il semblait avoir compris l'idée générale.

— Ils nous traquent à l'odeur, c'est toi qui l'as dit, continua Méaglim. S'il s'agit d'odeur, je peux faire bien plus fort et musqué que leur traqueur. Si j'en mets un peu partout dans la montagne ils perdront leur temps à suivre des fausses pistes. Et si le vent est bon je pourrai vous retrouver par le même moyen qu'eux nous suivent.

La nature Change Forme de Méaglim n'était un secret pour personne dans la troupe, mais il était très rare qu'il parle aussi ouvertement de ses aptitudes. Il en ressentit une certaine gêne et son visage s'empourpra.

— N'y va pas, demanda Eliwyl.

Son inquiétude se lisait clairement dans ses yeux.

— Au moins comme ça tu sais ce que je ressens quand je te vois partir au combat.

Eliwyl le frappa au ventre.

— Aïe ! s'exclama Méaglim.

— Désolée, s'excusa Eliwyl en se rappelant sa blessure de la veille.

— Je plaisante, sourit Méaglim.

Mais il ne plaisantait pas.

— Tu es sûr d'arriver à nous retrouver dans le blizzard ? s'inquiéta Arvak.

— Je vous retrouve toujours.

Les autres membres de la troupe échangèrent brièvement des regards mais ils n'avaient rien à proposer, ni pour retenir Méaglim, ni pour empêcher qu'il parte. Les regards d'Arvak et Norgar témoignaient de la même inquiétude qu'Eliwyl et Méaglim en fut touché.

Il se désencorda.

— Ne les affronte sous aucun prétexte, recommanda Riwan, reste aussi loin que possible et revient avant la nuit.

Méaglim hocha la tête, abandonna à la troupe son manteau, sa veste, son épée et ses bottes.

Il s'éloigna en courant pieds nus dans la neige et disparut bientôt derrière un souffle de vent.

La troupe reprit sa route.

Ils ne prirent aucune pause pour manger et continuèrent à avancer à un rythme effréné, le ventre creux, le pas hésitant et le cœur meurtri par l'inquiétude.

Arvak n'avait aucune idée du nombre d'heures durant lesquelles ils marchèrent. Le vent se leva et le blizzard les entoura de part et d'autre. Ils ne s'entendirent plus parler. Par moments Arvak ne voyait guère plus que la corde devant lui, le seul lien qui le rattachait au reste de la troupe.

Un chant bestial résonna dans l'air et il releva la tête.

La lumière crépusculaire de la lune inondait la combe.

— La lune est levée ! s'exclama Arvak.

— Continuez d'avancer, commanda Riwan.

Méaglim n'était pas revenu.

Toute la nuit fut entrecoupée du chant sauvage des loups. Ils s'étaient déployés dans la montagne, faisant entendre leurs hurlements féroces de loin en loin. Méaglim semblait avoir réussi à les dérouter, mais avait-il aussi réussi à leur échapper ?

Le vent forcit encore. Arvak était parfois plié au sol par une bourrasque. Il avait l'impression d'entendre tout près de lui la cavalcade des Éternels, comme s'ils s'attendait à les voir jaillir du blizzard, pour le saisir à la gorge et le dépecer. Il ignorait si ces mirages étaient nés du vent, de la fatigue, de la faim ou de l'ensemble de tout ceci qui faisait délirer son esprit dans la froidure.

Il s'agrippa à la corde qui le reliait aux autres, Kinra marchait près de lui, solide et fière malgré son épuisement, et sa présence lui donnait le courage de continuer à mettre un pied devant l'autre.

Au bout d'un moment il se rendit compte que les chants avaient cessé, et il releva la tête. Une clarté moins pâle illuminait la neige. L'aurore se levait et Méaglim manquait toujours à l'appel.

L'inquiétude l'étreignit.

À quelques pas Norgar trébucha et Eliwyl le releva non sans difficulté. Ils étaient tous à bout de forces. Riwan creusa dans la neige un abri à flanc de montagne et la troupe s'y arrêta. Ils mangèrent et dormirent un peu pour la plupart.

Eliwyl resta debout devant l'abri. Elle scrutait l'horizon, guettant un signe de son frère. Fiwarèm tout près d'elle faisait de même avec des glapissements plaintifs.

Alors, à travers l'épais rideau de neige, ils devinèrent s'avançant vers eux une immense masse sombre. La neige crissait sous ses pas, son souffle rauque se condensait devant sa gueule et ses grognements de bête fauve emplissaient l'air.

Riwan posa la main sur la garde de son épée. À la carrure cela ressemblait à un Éternel.

Eliwyl l'arrêta d'un geste sans appel et Fiwarèm porta vers l'horizon un regard plein d'espoir.

La créature se trouvait à quelques pas. Sa marche était fatiguée et son sang coulait sur la neige blanche.

À présent qu'il était plus près Riwan ne pouvait plus le confondre avec un lycan, plutôt avec un ours car il en avait la taille et la démarche. Mais lorsqu'il fut à quelques mètres elle comprit son erreur. L'animal qu'elle avait sous les yeux était une créature très rare, qui vivait autrefois dans tout le pays mais que les lycans avaient repoussée dans les confins inexplorés du Vaèr. Des cousins, très similaires en apparence, mais bien plus petits en taille vivaient encore dans les îles de Waniri et dans les montagnes du Magcam. Les elfes les appelaient carcajous, les humains gloutons, c'était des cousins de la martre et de l'hermine. Mais les gloutons de Waniri ne dépassaient guère les vingt kilos.

La créature que Riwan avait sous les yeux était un représentant de l'espèce de grande taille, celle que les vaérims appelaient wolverine et qui ne vivait que dans leurs montagnes. Elle devait approcher les deux cents kilos.

Par la taille elle évoquait un ours, et ses oreilles rondes, son allure plantigrade lui donnaient un certain air de famille avec les ursidés, mais sa fourrure bicolore – sombre sur le dos, le ventre et les pattes, plus claire sur le reste du corps –, sa longue queue touffue et sa tête plus aplatie aux motifs en forme de masque, n'étaient pas comparables à un ours.

La bête s'avança encore, gronda piteusement et s'effondra dans la neige en reprenant forme humaine. C'était Méaglim.

Soit il n'avait pas suivi les conseils de Riwan, soit les lycans ne lui avaient laissé aucun choix. Son corps était marqué de terribles blessures, des morsures, des lacérations profondes, des hématomes. Riwan était impressionnée qu'il soit parvenu à se traîner jusqu'à eux. Un rude combat l'avait opposé aux Éternels.

Dans la nature, lorsqu'un glouton rencontrait une meute de loups ou un ours et lui disputait une proie, bien souvent, son opiniâtreté l'emportait sur le nombre et la force de ses assaillants. Riwan n'osait imaginer la férocité d'un wolverine de deux cents kilos jeté contre une meute d'Éternels. Ils n'avaient pas dû en sortir indemnes.

À eux cinq ils tirèrent Méaglim à l'intérieur de leur abri et Roawir aidé de Riwan soigna ses blessures. Sa nature de métamorphe le faisait guérir plus rapidement qu'aucun humain mais les plaies qu'il portait auraient eu raison de dix hommes. Roawir semblait soucieux.

Eliwyl dormit un peu.

Pendant plusieurs heures Méaglim resta inconscient.

Il revint brièvement à lui mais sombra presque aussi-tôt.

— Il faut repartir, décréta Riwan en voyant que la journée avançait.

— Il n'est pas en état, objecta Arvak.

— Quand nous serons tous morts, nous non plus. Nous allons épuiser nos provisions si nous restons trop longtemps ici et Assar pourrait bien nous rattraper.

— Kaléogrim ne pourra pas le porter, il est trop lourd, nota Roawir.

— Alors faisons-le monter sur le dos de Svalrim et continuons.

En temps normal la chimère ne supportait aucun cavalier et Riwan le savait, mais Méaglim était si inerte qu'elle dut le confondre avec un bagage. À moins que la faim eût annihilé chez elle toute volonté de résistance.

La journée était déjà bien avancée quand ils reprirent la route.

Les nuages continuaient de menacer au nord. Riwan tenta de les contourner par l'est pour éviter le gros temps. Mais alors qu'elle s'engageait dans cette voie, le rugissement d'Assar résonna à nouveau dans la montagne.

Les sept les talonnaient toujours.

À voir l'état de Méaglim, elle avait espéré qu'ils seraient blessés et que cela leur offrirait un répit, mais il n'en était rien.

Ils n'avaient plus d'autre choix.

Riwan prit une grande inspiration et s'enfonça plus profondément dans la montagne.

Chapitre 31

La tempête les rattrapa avant la nuit, rugissante, brutale, plus sauvage que n'importe quelle horde de lycans. Un souffle de vent s'opposait à chacun de leur pas, une bourrasque de neige les aveuglait. Ils avançaient courbés, transis, parfois le vent les jetait à terre, menaçait de les emporter, les obligeant à se plaquer contre la neige, jusqu'à ce que les rafales leur permettent à nouveau d'avancer.

Soudain alors qu'ils marchaient, une crevasse s'ouvrit sous les pieds d'Eliwyl et elle bascula dans le vide, entraînant Norgar avec elle. Leur chute fit tomber Arvak et Roawir au sol, entraînés par la corde qui les reliait tous. Riwan planta son piolet dans la neige, Svalrim arqua le dos, les quatre pattes fermement ancrées au sol gelé. À elles deux, elles sauvèrent la cordée du désastre et, joignant leurs forces, elles parvinrent à remonter Eliwyl et Norgar.

La corde venait de leur éviter le pire, mais le blizzard mettait les compétences de Riwan à rude épreuve.

Les tous jeunes dragons faiblissaient à marcher dans la neige. Leurs jeux avaient cessé, leurs piailleries aussi, ils ne faisaient plus que marcher piteusement. Arvak mit Kinra dans son manteau pour la réchauffer. Il la sentit grelottante contre sa poitrine. Il la serra contre lui et continua à avancer.

Sérengar était le seul des dragons à garder de l'entrain. Ses petites pattes griffues ne s'enfonçaient pas dans la neige, sa fourrure le protégeait, et il trottait gaiement sous les flocons en battant l'air de sa queue comme un jeune chiot.

Riwan leur trouva un abri entre des rochers.

Ils descendirent Méaglim et le soignèrent. La plupart de ses blessures avaient un meilleur aspect mais quelques-unes étaient boursouflées et chaudes. Cela ne présageait rien de bon quant à ses aptitudes à retrouver rapidement ses moyens.

Il ne leur restait tout au plus que deux jours de provisions et dehors la tempête hurlait toujours.

Riwan observa son compas, nota leur position sur son carnet. Elle espérait ne pas avoir fait d'erreur dans ses calculs et les conduire dans la direction de Svèn-Ild. Leur situation ne lui laissait aucune marge d'erreur.

Le vent rugissait si fort qu'il leur était impossible d'entendre le moindre hurlement de loup. Ils ignoraient si les sept avaient renoncé ou s'ils les pourchassaient toujours.

Arvak ne pouvait pas concevoir qu'ils puissent être encore sur leur piste. Quelle créature pouvait avoir autant de détermination pour affronter cette tempête de fin du monde ?

Ils dormirent quelques heures puis se remirent en marche.

Svalrim avait la tête basse. La chimère n'avait rien mangé depuis l'attaque des lycans sur Artaug et elle parcourait la montagne lourdement chargée. Depuis qu'elle portait Méaglim, la troupe s'était partagé son chargement, ajoutant à leur fatigue le poids de leurs matelas et couvertures. Malgré tout cela, il n'y en avait pas un parmi la troupe qui n'aurait préféré porter le double de poids si cela avait pu être des provisions, une toile de tente, des piolets, des vêtements fourrés.

Le froid les mordait cruellement.

Roawir s'effondra dans la neige.

Arvak sentit la corde se tendre dans sa direction et se porta à sa hauteur pour le relever sans y parvenir. Il appela à l'aide et Riwan le traîna à l'abri du vent.

Il était inconscient ou délirant, grelottait, le visage crispé dans une attitude douloureuse, sa main serrée contre sa poitrine. Sérengar tout près secouait nerveusement la tête en poussant des glapissements. Pour la première fois depuis leur long voyage, son entrain avait disparu.

Contre sa poitrine, dans sa main crispée, Roawir tenait serré son totem Riron.

L'oiseau était léthargique, presque mort de froid.

S'il succombait, Roawir le suivrait dans l'instant. Riwan se demandait depuis combien de temps Roawir souffrait en silence de la faiblesse de son totem, et pourquoi il n'en avait pas parlé. Mais l'altitude, la faim, l'épuisement rendaient à tous les idées confuses. Il ne s'était peut-être même pas rendu compte des difficultés qui, graduellement, avaient oblitéré son esprit jusqu'à le priver de tous ses moyens.

Riwan ne savait quoi faire. Il n'y avait aucun combustible à ces altitudes, leur seule chaleur venait de la magie de Roawir et lui seul pouvait la générer.

Sérengar s'avança alors et prit l'oiseau entre ses pattes, délicatement, l'entoura de tout son corps, de sa queue et de ses ailes plumeuses, le réchauffant par sa propre chaleur. La troupe resta ainsi de longues minutes, suspendue à l'espoir de voir Roawir revenir à lui.

Bientôt il reprit un peu de couleurs et son visage se décrispa.

Riron finit par sortir de sa léthargie et Roawir revint à lui.

Il alluma un feu pour permettre à son totem de finir de se réchauffer.

Il était secoué et fatigué mais bien vivant.

Arvak échangea son manteau avec Roawir. Riwan n'avait pas pu apporter tous les vêtements chauds nécessaires et, comme en théorie les elfes craignaient moins le froid que les humains, les vêtements chauds étaient revenus en priorité à ces derniers. Mais ceux de Roawir ne conservaient pas suffisamment la chaleur pour préserver Riron du blizzard.

Ils mangèrent, partageant leurs provisions avec Riron, puis reprirent la route.

À partir de là le cheminement fut plus difficile pour Arvak, mais aussi pour Kinra.

De temps à autre, il échangeait son manteau trop léger avec Norgar ou Eliwyl, partageant les difficultés.

Au soir ils finirent leurs dernières provisions et dormirent quelques heures.

Les dragons se serraient les uns contre les autres abattus et fatigués. Pour eux aussi la nourriture manquait.

Le blizzard était toujours aussi fort.

En pleine nuit ils se remirent en route. Il faisait sombre quelle que fût l'heure. Ils marchaient dans un crépuscule sans fin où le jour et la nuit se confondaient, Riwan suivait son compas, progressant laborieusement.

Elle s'arrêta soudain, regarda à nouveau son appareil, regarda l'horizon. Le vent s'adoucit, la neige tomba en rideau plus léger.

Le ciel se dégagea, la neige cessa tout à fait.

— Nous sommes arrivés, déclara-t-elle.

Devant eux apparut une haute montagne, ses contreforts abrupts de roches sombres vertigineusement dressés vers le ciel. À ses pieds la gigantesque mer de glace du Vanar Not s'étendait, scintillante dans le jour timide. Sa surface torturée, comme une mer figée en pleine tempête, exposait ses arêtes déchiquetées et ses crevasses profondes.

Ils étaient parvenus au bon endroit, mais la glace s'étendait à perte de vue, stérile et cruelle. L'horizon ne révélait pas un signe d'une quelconque cité ancienne, pas une colonne brisée, pas une statue de pierre, pas une arche branlante, rien que la roche, le vent et la glace.

Le Vanar Not était une tombe.

Svèn-Ild était la dépouille jalousement gardée.

Chapitre 32

Durant les quelques heures qui suivirent le vent resta faible et Tiamé put survoler la mer de glace à la recherche d'un passage.

La troupe se trouvait au sud-est de la montagne et Riwan estimait qu'ils avaient plus de chance de découvrir un accès dans la partie sud-ouest, car la capitale entretenait davantage de relations avec l'Agamares à l'ouest qu'avec le pays qui à l'époque était celui des elfes, à l'est.

Mais Tiamé était très affaibli, il ne parvint à voler que quelques minutes avant d'être épuisé et il ne découvrit rien de significatif. Riron quant à lui était incapable de prendre son envol.

La troupe se déplaça légèrement vers l'ouest et monta un camp de fortune. Ceux qui le voulaient purent se reposer tout leur saoul. Les blessures de Méaglim avaient un meilleur aspect et il reprenait connaissance de temps à autre.

Ils n'avaient plus rien à manger. Ils firent bouillir le harnachement en cuir de Kaléogrim pour tromper leur faim et celle des dragons. Riwan commença à explorer la mer de glace.

Elle ne reconnaissait rien.

Le Vanar Not était un glacier, comprimé par des forces gigantesques qui le faisaient dériver lentement, créant ces arêtes et ces crevasses si impressionnantes. Des néophytes de la montagne comme les membres de la troupe ne pouvaient le parcourir, et à elle seule des mois seraient nécessaires, voire des années, pour couvrir toutes les aspérités et recoins à la recherche d'un passage.

Elle espérait que Tiamé, après avoir mangé et dormi un peu, pourrait parcourir le ciel à la recherche d'indices qui lui permettraient de reconnaitre l'endroit qu'elle avait traversé vingt ans auparavant. Quelques heures après l'installation de la troupe, il tenta un second vol, mais le vent forcit à nouveau. Tiamé revint se poser, agita piteusement les ailes :

— *Froid*, murmura-t-il par la pensée.

Puis il se recroquevilla dans ses bras.

Riwan n'insista pas et retourna auprès de la troupe, épuisée.

Elle dormit plusieurs heures puis reprit ses explorations malgré le blizzard.

La troupe était impuissante.

Ils occupaient les dragons comme ils pouvaient, trompaient l'ennui et leur désespoir.

Riwan revint vers eux une seconde fois, sans rien de nouveau.

— Tu avais fini par trouver un accès il y a vingt ans ? lui demanda Arvak.

— Tout a changé, reconnut Riwan, rien ne ressemble à ce que j'ai connu. Le passage n'existe peut-être plus aujourd'hui.

L'accablement se lisait dans les yeux de chacun.

Arvak maugréa intérieurement. À quoi s'attendait-il en venant ici ?

La cité avait pris la vie de tant de dracologues avant lui que le Temple avait interdit les explorations. Rien ne suggérait qu'une habitation humaine ait un jour été érigée en ces lieux, seule la stérile mer de glace étendait son territoire. Était-il venu en espérant que, comme par magie, un passage lui serait révélé qui était resté fermé à tous les autres ? Avait-il réellement cru qu'il serait si facile de triompher de la montagne ? De lui arracher ses mystères et ses trésors ?

La troupe sombra dans un sommeil sans rêves.

Au milieu de la nuit, le rugissement formidable de Koumal les réveilla.

Riwan fut sur pied la première. Ce son était une mélodie à ses oreilles, il avait des intonations rassurantes et joviales.

Elle avait capturé un bouquetin. La bête agonisait entre ses crocs, agitant ses membres charnus dans un dernier sursaut. Les chimères et les dragons se précipitèrent vers la carcasse que la panthère leur abandonna.

Ils ne se battirent pas et n'en laissèrent rien, pas un os, pas un poil, tout juste les sabots et les cornes, et encore, les dragons jouèrent avec durant tout le jour. Les membres de la troupe n'avaient toujours rien à manger à part le cuir des harnachements de Kaléogrim, mais voir les chimères et les dragons reprendre de la vigueur et de l'entrain leur redonna du courage. Même malgré le blizzard, les dragons recommencèrent à jouer, à se chamailler.

Riwan redoubla d'efforts, arpentant la mer de glace. Si elle échouait à trouver une entrée, tous les dragons étaient condamnés à mort et elle refusait de se résigner.

Elle ne mangeait pas, buvait à peine, dormait encore moins.

Elle prétendait progresser, reconnaitre un passage, mais Arvak ne sut bientôt plus si elle disait la vérité ou perdait la raison à mesure que la faim et la fatigue s'emparaient d'elle.

Un soir elle se hissa sur un rocher qui surplombait la mer de glace. Le vent rugissait tout autour d'elle. Elle tendit son poing vers la montagne et hurla :

— Je te forcerai à tenir ta promesse, Kalizard ! Tu m'entends ? Je t'y forcerai ! Par tous les moyens !

Et le vent redoublait, rugissant, la repliant sur elle-même et Riwan ne parut plus qu'une silhouette fragile, seule face à la montagne, terrible comme une bête sauvage.

À ce moment Arvak fut convaincu que la folie la guettait.

Mais ils étaient tous dans un état déplorable, apathiques et égarés.

Le lendemain, Riwan repartit explorer la mer de glace et ne revint pas.

Durant de nombreuses heures la troupe attendit, mais la nuit survint sans aucun signe de l'elfe. Ils se mirent à sa recherche au matin.

Ils trouvèrent un fanion planté dans le sol au bord d'une crevasse. Arvak s'encorda et Norgar l'assura tandis que, couché au bord du gouffre, il tentait de voir des signes de Riwan. Arvak distinguait des prises et plus bas le terrain lui semblait plat, un autre fanion y apparaissait. Norgar et Svalrim restèrent en surface, Arvak descendit prudemment. Une fois parvenu au deuxième fanion il découvrit devant lui, dans la fracture entre deux hautes parois de glace, un passage qui se dessinait.

Il détacha la corde et la renvoya. Elle n'était de toute façon pas assez longue pour le sécuriser plus loin. Eliwyl et Roawir en profitèrent pour le rejoindre, Norgar resta en haut.

Arvak attrapa le fanion et utilisa sa hampe pour sonder le terrain. Il n'y connaissait rien mais il tenta de repérer la solidité du sol en imitant les gestes de Riwan. Ce dernier était particulièrement instable et dangereux par endroits. À la surface, par la brèche d'une faille, la neige était tombée, formant au regard un chemin uniforme et lisse. Mais il ne s'agissait en vérité que d'un enchevêtrement complexe de cristaux de glace, sur la fracture profonde d'un bloc plus important, recouvert d'un manteau de neige. Le sol, qui par endroits était ferme, pouvait céder deux pas plus loin sous le poids du marcheur.

Arvak franchit un défilé étroit et trouva un troisième fanion. Il passa une coudée et l'espace se dégagea. Au-dessus de sa tête un dôme de glace isolait complètement l'endroit, formant une grotte dont rien en surface ne suggérait l'existence. Au centre, assise sur la neige, se trouvait Riwan, qui contemplait un immense mur de glace couvrant la roche de la montagne.

Arvak se porta à sa hauteur et posa sa main sur son épaule.

Elle psalmodiait :

— Je suis sûre que c'est ici, ça ne peut être qu'ici, ça doit être ici.

Koumal à ses pieds avait les yeux hagards, la langue pendante. Alors Arvak se rappelait qu'il n'avait pas vu la panthère manger une seule fois depuis le début de leur cavalcade. Même sa proie, elle n'y avait pas touché, et il n'était même pas certain que sa fourrure l'eût efficacement protégée du froid.

Arvak et Roawir arrivèrent à convaincre Riwan de se lever, ils la déplacèrent sur le côté avec Koumal. Roawir alluma un feu grâce à sa magie et fit fondre de l'eau qu'il leur donna à toutes les deux.

Koumal s'endormit à la chaleur des flammes et Riwan reprit un semblant de lucidité :

— Je crois qu'il y a une entrée derrière ce mur de glace. Roawir, tu crois que tu pourrais ouvrir l'accès avec tes flammes ?

— Non je ne peux pas, avoua-t-il. Rappelle-toi, je ne connais pas l'alchimie des fluides et je risque de faire fondre toute la grotte avec mes flammes.

La tête de Riwan retomba, résignée.

Arvak ne savait quoi penser. Il ne voyait qu'un mur gelé, rien ne suggérait à ses yeux un passage.

Eliwyl se tenait debout au milieu de la grotte, là où Riwan se trouvait quand ils l'avaient découverte. Son regard pensif contemplait l'immense mur tout comme Riwan l'avait fait.

La partie du glacier à laquelle Riwan était adossée semblait avoir été lentement poussée vers la partie opposée. De la sorte un vaste amas de glace et d'arêtes de givre avaient pris, à l'endroit de la réunion des deux pans du glacier, la forme d'un bloc haut, large, imposant et compact.

— Ce n'est que de la glace, murmura-t-elle pour elle-même.

La dragonne dorée, Rorkane, parvint à sa hauteur et lui adressa un bref regard.

Une détermination nouvelle emplit Eliwyl.

Elle dégaina ses lames.

— Ce n'est que de la glace ! s'exclama-t-elle. On a affronté bien pire que ça !

Elle poussa un hurlement sauvage et Rorkane joignit sa voix à la sienne.

Durant un instant, il sembla à Arvak que la voix de Rorkane n'avait plus rien de juvénile. C'était un rugissement féroce, qui remontait du fond des âges, depuis un passé que son âme n'avait pas encore oublié, ou peut-être était-ce Eliwyl qui faisait émerger cette rage du tréfonds de son âme par sa seule détermination. Arvak lui vit ce regard des grandes batailles, le feu dans ses yeux alors que son visage calme ne laissait rien paraître.

Elle s'élança et d'un bond abattit ses lames sur le mur de glace. Le premier coup résonna dans toute la montagne. Au second, le mur se fissura dans un craquement rageur. Au troisième la paroi gelée vola en éclats.

Arvak, Roawir et Riwan se couvrirent le visage pour se protéger des débris qui volaient en tous sens. Lorsqu'ils les rouvrirent, Eliwyl se tenait debout, le souffle court, une lueur sauvage dans les yeux. Elle prit une longue inspiration et rengaina ses lames.

Elle se trouvait à présent au seuil de la cité de Svèn-Ild.

Chapitre 33

Un souffle d'air déferla par l'ouverture béante et sombre.

Les derniers débris de glace retombaient en brume légère autour du groupe ébahi. Nul n'osait rompre le silence de cet instant surnaturel.

Alors, un crissement se fit entendre depuis le couloir obscur. C'était le raclement clair d'une patte griffue effleurant un sol gelé. Quelque chose venait à eux depuis les ténèbres et Eliwyl restait devant l'entrée, Rorkane à ses côtés, comme fascinée.

Sa griffe fut la première à sortir de l'ombre, gigantesque, couverte d'écailles blanches, luisante dans la douce lumière qui filtrait au travers du dôme de glace. Puis son poitrail musculeux apparut, et enfin il inclina son cou gracile, passant sa tête par l'ouverture, révélant dans toute sa splendeur son mufle écailleux, ses yeux d'un bleu pur, sa crinière aux plumes chatoyantes.

Il occupait de toute sa hauteur l'immense ouverture de la cité et sa tête pouvait atteindre le dôme de glace qui la surplombait. Ses pattes faisaient la taille d'un Homme, sa gueule aurait englouti deux bœufs. Eliwyl se tenait devant lui, minuscule et tétanisée. Elle avait encore à l'esprit la statue de Melkinor et le souvenir de Valgar, mais elle contemplait pour la première fois un dragon d'une telle puissance.

Jamais de toute sa vie elle n'avait vu une créature aussi gigantesque, ses gestes lents la fascinaient. Il posa sur elle ses yeux d'un bleu iridescent et Eliwyl eut l'impression que ce regard la transperçait de part en part.

— *Que voilà une bien étrange manière de frapper à une porte.*

La voix de la créature sembla jaillir du plus profond de l'esprit d'Eliwyl avec des intonations amicales mais une force qui déferla dans tout son être comme un ouragan. Cela n'avait rien de commun avec les discussions qu'elle avait eues avec Valgar ou Endimir. Elle sut que ce dragon aurait pu la briser de sa seule voix, balayer en quelques mots son équilibre mental, détruire son être comme on souffle une chandelle.

Il approcha son mufle de son visage et la sentit.

Sa voix la tenait immobile, incapable du moindre mouvement.

Alors le dragon porta son attention sur Arvak et Roawir, figés autour de Riwan. Eliwyl parvint à leur jeter un bref regard et, à l'expression de leur visage, elle comprit qu'ils étaient aussi sous l'emprise de la voix du dragon.

Entre eux, Riwan paraissait essoufflée, mais elle releva la tête. Ses yeux brillaient comme de la braise. Koumal à ses côtés essayait de se redresser.

— Tu me dois une promesse, Kalizard.

Alors Rorkane s'ébroua et poussa un rugissement juvénile.

Eliwyl sentit que l'emprise du grand dragon se relâchait et elle posa la main sur la garde de son épée, geste dérisoire mais qui lui donna du courage.

Le dragon reporta son attention sur elle et vit la jeune dragonne dorée qui le défiait.

Son emprise céda brusquement, les laissant tous trois désorientés et pantelants. Eliwyl eut l'impression de tomber dans le vide.

— *Tu as mauvaise mine*, remarqua le dragon à l'adresse de Riwan.

— Nous n'avons pas voyagé dans les meilleures conditions.

— *Je le devine sans problème.*

— Tu n'es pas venu.

— *Je ne savais pas que vous étiez là. La tempête me tient enfermé depuis deux semaines.*

Arvak regardait Riwan d'un air atterré. Comment pouvait-elle avoir la force mentale de converser avec cette créature ? D'endurer ses réponses ? Comment parvenait-elle à organiser ses pensées alors que lui-même se sentait comme emporté par une lame de fond chaque fois que la voix du dragon résonnait dans son esprit ?!

Kalizard ne semblait pas même avoir conscience de la puissance qu'il déployait, son ton et la lenteur de ses gestes avaient quelque chose de bienveillant. Son emprise était tombée, mais sa voix au naturel recelait à peine moins de pouvoir, et cela avait quelque chose de terrifiant, que sa force soit si monumentale alors même qu'il ne semblait pas vouloir en faire usage.

— *Tu as cru que j'allais trahir ma parole*, comprit Kalizard.

Riwan détourna le regard.

— *Aglon peut-être, moi jamais.*

Elle semblait au bord de l'épuisement et la voix de Kalizard était en train de fissurer ses derniers remparts.

— Qui parle ? Qu'est-ce qu'il se passe là-dessous ?

La voix de Norgar perça le silence et Kalizard en parut déconcerté.

— *Combien êtes-vous ?* demanda le dragon à l'adresse d'Arvak, ne lui laissant d'autre choix que de répondre.

— Six, autant de dragons et deux chimères.

Puis il parvint à ajouter de lui-même :

— L'un de nos compagnons est blessé.

Kalizard reporta son attention vers le mince passage jusqu'à la surface.

C'était un défilé étroit et dangereux, Arvak réalisa que jamais Méaglim ne parviendrait à descendre, pas plus que les chimères. Le dragon parut arriver à des conclusions similaires. Il étendit son cou et un souffle irisé jaillit de sa gueule. Arvak n'aurait pas parlé de flammes pour décrire le souffle du dragon. Il avait plutôt le sentiment que, dans l'espace de son souffle, Kalizard tenait la glace sous son emprise. Elle se liquéfia au centre, durcit sur les extrémités, formant un couloir ovale et sûr, qui montait en pente douce jusqu'à l'endroit où attendait Norgar. Ce dernier jeta un coup d'œil par l'ouverture miraculeuse et vit alors pour la première fois la gigantesque tête de Kalizard.

Arvak n'avait pas besoin de voir son ami pour deviner sa sidération.

— *Rassemble le blessé et toutes les affaires, que je puisse vous conduire plus loin*, commanda Kalizard d'un ton impérieux.

La réplique ne s'adressait pas à Arvak, mais la volonté du dragon était si forte qu'il se leva malgré lui. Riwan l'attrapa par la manche et le fit rasoir.

— Et pourquoi j'obéirais ? se rebella Norgar. Décline ton nom, dragon, ou n'attends rien de moi !

— *Que voilà une créature intéressante !* s'amusa Kalizard en glissant sa tête plus avant par l'étroite ouverture, posant son œil de saphir sur celui qui lui tenait tête.

Il libéra complètement Norgar de son emprise, peut-être même l'avait-il exercée sans s'en rendre compte.

— *Vous êtes démunis, je suis chez moi, soyez les bienvenus.*

Au bruit de pas dans la neige Arvak comprit que Norgar partait chercher Méaglim et plier le camp.

Kalizard recula et se coucha à l'entrée de la cité, attendant que toute la troupe fût rassemblée. Les jeunes dragons furent les premiers à franchir le passage. Caracolant gaiement, ils se figèrent soudain devant la silhouette massive de Kalizard, intrigués, curieux et effrayés en même temps.

Ils vinrent timidement le renifler et Kalizard tendit délicatement son museau vers eux. Son souffle ébouriffa leurs crinières et les jeunes dragons ouvraient de grands yeux admiratifs. Ils étaient si petits, à peine la taille d'un chien. À côté d'eux Kalizard ressemblait à une montagne. Arvak se rendit compte que c'était la première fois qu'ils rencontraient l'un de leurs semblables.

Quand Méaglim et Norgar apparurent sous le dôme de glace en compagnie des chimères, Méaglim resta pantois. Lui qui avait été si secoué après la naissance de Fiwarèm tant cela lui semblait hors de portée d'être si près d'un dragon, il fut devant Kalizard comme foudroyé. L'admiration qui se lisait dans son regard flatta la créature. Quant à Norgar, par son expression il sembla demander pardon à Kalizard pour son arrogance première.

Mais le regard de ce dernier exprimait une douce compassion.

— *J'ai prévenu Aglon, il vous attend.*

— Aglon est un elfe, comprit soudain Roawir, tu es son totem.

— *C'est exact, suivez-moi maintenant.*

Sans plus un mot ils lui emboîtèrent le pas et franchirent les portes de Svèn-Ild.

Arvak soutenait Riwan, derrière eux, Norgar et Roawir aidaient Méaglim à marcher. Koumal avançait la tête basse. Ils n'auraient pas pu être dans un plus piteux état, affamés, épuisés, blessés pour certains. Le couloir était sombre autour d'eux, Arvak n'y voyait rien ou presque, il sentait la glace sous ses pieds et discernait devant lui le léger scintillement des écailles et des plumes de Kalizard. Roawir utilisa son bâton d'alchimiste pour diffuser une faible lumière.

Les murs et le sol étaient couverts de glace. Au-dessus d'eux se poursuivait la voûte basse du couloir, montrant des murs lézardés, décrépis, tombant en ruine. On y devinait des bas-reliefs et des écritures, des gravures de scènes de bataille et de célébration, mais balafrés par le temps.

Le sol de glace suivait une pente légère et Arvak finit par comprendre que la neige s'était déversée par cette ouverture, formant un tapis qui allait en s'amenuisant. Le sol était pentu non pas car le couloir s'enfonçait vers le cœur de la montagne, mais parce que l'épaisseur de la glace diminuait sous leurs pieds à mesure de leur marche. Ils progressèrent ainsi, et le plafond gagna en hauteur jusqu'à des dimensions considérables, sur les murs également la glace s'estompait laissant deviner la largeur monumentale de l'accès.

Bientôt la torche de Roawir ne suffit plus à éclairer l'espace. Elle formait une bulle autour de la troupe qui ne révélait plus rien du lointain plafond voûté ni des murs de pierre.

Arvak entendit soudain ses crampons racler la roche et il les retira. Il perçut alors une ouverture lumineuse au loin, et autour de lui une clarté nouvelle baigna l'espace. Le long des murs et des voûtes, par endroits, des lignes finement ciselées dans la paroi émettaient une pâle lumière. Certaines tremblotaient, comme si les fissures qui marquaient la pierre avaient mis à mal leur fonctionnement, mais plus ils avançaient et plus cet éclairage s'améliorait, révélant à la troupe tout un univers de dessins et de gravures, de longues colonnes de textes dans la pierre, des ornements finement ouvragés.

Roawir éteignit sa torche devenue inutile.

Alors qu'ils s'émerveillaient du décor, leurs pas les menèrent vers une salle gigantesque et l'espace qui s'ouvrit à eux était, par sa taille, sans commune mesure avec tout ce qu'ils avaient pu voir ou imaginer auparavant.

Arvak se demanda s'il était seulement possible d'appeler un espace aussi grand une « salle ». Ce devait être à l'origine une grotte naturelle, ou bien une chambre magmatique, car elle s'étendait dans des dimensions inatteignables pour aucun ouvrage humain. Et pourtant son sol, ses murs, son toit, étaient finement ouvragés, comme le grand hall d'une maison royale.

Les murs étaient décorés sur toute leur hauteur d'interminables colonnes de texte, en marge desquels s'entrelaçaient des créatures fantastiques, des chimères, des phœnix et des dragons en grand nombre, d'une multitude d'apparences et de couleurs. La pièce était circulaire et, sur sa périphérie, elle s'ornait, sur plusieurs étages, d'allées bordées de colonnes. Sur la largeur de ces allées en colonnades, quatre dragons de la taille de Kalizard auraient pu marcher de front, et, s'il avait étendu ses ailes, il n'aurait pu en atteindre le plafond. Chaque colonne était également gravé de textes.

Le sol de ces allées était plat et égal mais celui du reste de la salle formait une coupole. Une déclivité très douce, marquée par de légers degrés, continuait jusqu'au centre où se creusait un large bassin d'eau claire. Cette déclivité augmentait encore l'impression de gigantisme de l'espace.

La salle avait des proportions telles que des dragons comme Kalizard pouvaient y déployer leurs ailes et voler par dizaines. La citadelle de Roakinmir y aurait tenu tout entière, avec ses terres agricoles, et encore sa haute tour n'aurait pas atteint le toit qui la surplombait.

Celui-ci formait un dôme translucide, ponctué de points luminescents selon des motifs qui évoquaient les constellations. La neige et la glace s'étaient accumulées à l'extérieur de sorte que seule une douce lumière en filtrait. Tiamé prit son envol, comme s'il eut voulu l'atteindre, mais la fatigue le rattrapa bien avant et il fit demi-tour.

Au centre de la salle, assis sur le rebord du bassin se tenait quelqu'un qui jouait de la flûte. Sa mélodie s'élevait, cristalline et pure, emplissant l'espace, ricochant entre les hautes colonnes, jusqu'aux oreilles de la troupe. Quand ils furent à sa hauteur, Arvak découvrit un homme qui avait l'allure d'un adolescent. Si Arvak avait dû estimer son âge, il ne lui aurait pas donné plus de seize ou dix-sept ans. Son visage imberbe d'elfe renforçait encore l'impression juvénile qu'il dégageait.

Il portait un pantalon grossier et une sorte de toge de lin blanc resserrée à la taille par une cordelette, à laquelle étaient accrochées une serpe et une aumônière. Un cordon de cuir en bandoulière portait l'étui de sa flûte. Il avait les cheveux longs et noirs qu'il portait tressés, entourés sur toute leur longueur par un fin tissu, ne dégageant que quelques mèches rebelles autour de son visage.

Ses yeux étaient fermés, concentrés sur sa musique, qui s'élevait à présent avec des inflexions puissantes.

Il n'accorda à la troupe aucune attention tant qu'il n'eut pas achevé sa mélodie, et, lorsque la dernière note s'éteignit après avoir été longuement tenue dans l'air, alors seulement il ouvrit un œil sur la troupe.

Arvak fut saisi par ce regard.

Il avait les mêmes yeux d'un bleu iridescent que Kalizard et, assurément, beaucoup plus de dix-sept ans.

— Moi qui croyais que nos retrouvailles seraient l'occasion de croiser le fer, lança-t-il à l'adresse de Riwan sur un ton jovial, je suis très déçu de devoir remettre ça.

Arvak soutenait toujours Riwan qui tenait à peine debout.

— Espèce de crétin ! s'emporta Riwan.

— C'est pas une façon de parler à celui qui vous sauve la vie.

— Dis plutôt que tu aurais préféré nous laisser mourir de froid dehors. La promesse que tu m'as faite, voilà ce qui nous sauve.

Aglon la toisa, les mains sur les hanches.

Kalizard se trouvait derrière eux et Aglon lui jeta un bref regard, puis aux dragons.

Il poussa un soupir de dépit et rangea sa flûte.

— Une promesse est une promesse et je n'ai qu'une parole, admit Aglon, je vous dois l'hospitalité. À présent, suivez-moi.

Sans se retourner il les mena hors de la grande salle vers une pièce qui avait dû faire office de réfectoire et qui était d'une architecture beaucoup plus modeste.

Une grande cheminée, surmontée d'un texte gravé dans la pierre qu'Arvak ne comprenait pas, se trouvait à gauche de l'entrée et un feu puissant y brûlait. La troupe se rassembla autour avec bonheur. Sur le mur de gauche se trouvait un bar qui ouvrait sur un second espace au plafond duquel se devinaient pendus des gigots et autres victuailles. Le reste de la salle était presque complètement vide, une longue table et deux bancs, de facture grossière se trouvaient non loin de la cheminée, mais c'était à peu près tout. Arvak devinait qu'il s'agissait de quartiers de domestiques, ou en tout cas d'une partie beaucoup plus populaire de la cité, car le lieu n'avait pas le faste de la grande salle qu'ils venaient de quitter.

La troupe étendit une paillasse près du feu et y installa Méaglim tandis qu'Aglon apportait des baumes médicaux, des bandages et de l'eau chaude. Ils purent laver et soigner ses plaies bien mieux qu'ils n'avaient pu le faire jusqu'à maintenant, ce qui tranquillisa Arvak.

Pendant qu'ils finissaient de nouer les bandages de Méaglim, Aglon commença à disposer de la nourriture sur la table et la troupe se jeta dessus avec appétit. C'était majoritairement de la viande séchée sous différentes formes, accompagnée de gâteaux secs à la farine de tubercule sauvage, quelques baies et quelques fruits séchés, ainsi que des noix. Aglon accompagna ceci d'eau claire et de bière qu'il tira pour l'occasion des tonneaux qu'il gardait en réserve.

Kalizard apporta pour les dragons et les chimères une carcasse de chèvre des montagnes que le froid avait préservée et qui dégela à la chaleur du foyer.

La troupe n'avait pas fait de vrai repas depuis plus d'une semaine et pendant de longues minutes ils ne se soucièrent de rien d'autre. Aglon, assis sur le bar, les regardait en silence.

Quand la troupe fut enfin repue, il prit la parole :

— Que me vaut l'honneur de cette visite impromptue ? Même si c'est toujours avec plaisir que je vois des inconnus engloutir en un repas une semaine de vivres patiemment accumulés en prévision de l'hiver.

Arvak fut gêné, il avait si faim qu'il s'était bâfré sans même songer à la façon dont Aglon s'approvisionnait.

— Nous sommes à la recherche du Mythe de la Genèse tel que se le transmettaient les dragonniers, expliqua Arvak embarrassé. Le roi Tintal a rendu le Temple inaccessible, ce qui nous a amenés à envisager des chemins plus difficiles.

— Et pourquoi braver le danger et la mort pour une vieille histoire ? Quelle importance lui accordez-vous pour faire autant de sacrifices ?

Arvak entendit Riwan pousser un soupir irrité :

— Nous n'avons pas le temps pour tes jeux puérils, Aglon ! Alors épargne-nous s'il te plaît de répéter ce que tu as déjà deviné.

Le regard du jeune garçon se fit pensif et rêveur :

— Ah, cette sale garce de Ténébra, son retour va sacrément ruer dans les chaumières. Content d'être encore là pour voir ça. Même si je dois avouer qu'une guerre m'a suffi. Vous auriez dû voir les premiers lycans, un vrai carnage…

Un grondement lui coupa la parole.

— On t'a demandé le Mythe de la Genèse pas ton récit de la guerre, répliqua Riwan pour appuyer l'intervention de Koumal.

— Vous ne pouvez pas avoir fait la Grande Guerre, intervint Méaglim ébahi, c'était il y a six-cents ans.

— Et tu me donnes quel âge exactement ?

Arvak resta pantois, les autres aussi.

— Ne l'aide pas à changer de sujet s'il te plaît, il ne demande que ça.

Un sourire espiègle dansa sur les lèvres d'Aglon.

— Comment avez-vous trouvé la cité ? demanda Norgar contre l'avis de Riwan.

— C'est moi qui l'ai trouvée, répondit Riwan.

— Grâce à la formation que je t'ai prodiguée et aux contacts que je t'ai fournis, rectifia Aglon, raisons pour lesquelles elle me revenait de droit.

— JE l'ai trouvée après de longues investigations dans les archives du Temple, de Mralèm et de Waniri, et au prix de nombreux efforts pour affronter la tempête et découvrir un passage, pendant que TU restais en arrière à attendre que JE réussisse à ta place.

— Tu lui as « donné » la cité ? crut comprendre Arvak.

— Je l'ai achetée honnêtement au prix d'une promesse que je tiendrais, corrigea Aglon.

— La cité avait besoin d'un gardien, répondit Riwan à l'adresse d'Arvak.

Elle jeta à Aglon un regard dur :

— Gardez en tête que vous n'obtiendrez de ce vieux renard que ce que vous exigerez. Acquérir Svèn-Ild a été sa plus grande ambition. Ne pouvant faire les recherches nécessaires par lui-même, il m'a formée pour être son agent. Il n'a pas été ravi que j'utilise ces connaissances pour trouver la cité moi-même et le doubler. Soyez certain qu'il ne se réjouit pas de nous ouvrir ses portes et ne perdez pas de vue vos objectifs.

— Je suis très vexé d'entendre ça, rétorqua Aglon en croisant les bras sur sa poitrine.

— Est-ce qu'une version du mythe de la genèse des dragonniers se trouve ici ? demanda alors de but en blanc Arvak.

Le sourire d'Aglon devint encore plus net.

— Vous y étiez il y a pas une heure. Toute la grande salle, le voilà votre mythe de la genèse.

Arvak resta bouche bée.

— Svèn-Ild a été détruite, poursuivit Aglon, seule la partie souterraine a survécu. Cette partie enfouie était son Balavan, son lieu de culte, où tous les textes les plus fameux étaient conservés, gravés sur les murs. Il y a plus de deux mille ans, il fut rénové par Azerate, qui les refit en langue moderne, un serken que mon élève ici présente sait traduire puisque je le lui ai méthodiquement et patiemment enseigné. Messieurs, mesdames, si ce sont les textes des dragonniers que vous cherchiez, il n'existe plus d'aussi précieux trésor que Svèn-Ild.

Il passa son bras derrière le bar et en sortit un cahier relié de cuir.

— Et en témoignage de ma sincérité, voici une transcription d'une partie des textes gravés dans la grande salle, tenez-la en haute estime car nulle part ailleurs vous ne pourriez lire un texte comme celui-ci.

Riwan tendit la main dans sa direction mais Aglon le ramena vers lui.

Le regard de l'elfe était accusateur.

— Il ne sera pas dit que je revienne sur ma parole, mais ce n'est pas envers toi que je me suis engagé à remettre les secrets de la cité.

Il tendit le cahier à Arvak qui le feuilleta.

Ses connaissances en serken classique étaient trop minces pour qu'il pût en saisir la lecture, il le tendit donc à Riwan qui le parcourut brièvement. Elle se demanda si le moment était choisi pour en faire la lecture, le texte n'était pas très long, tout juste huit chants, mais peut-être son auditoire était-il fatigué. Elle jeta un regard sur le reste de la troupe.

Tous avaient tourné vers elle un regard attentif. Elle avait entre les mains l'objet de tous leurs espoirs, celui pour lequel ils avaient bravés tant de dangers. Alors, assise près de la cheminée, elle commença à lire, traduisant ligne à ligne en langue commune, et les récits anciens résonnèrent à nouveau dans la salle de pierre, ponctués par le crépitement du feu.

I

« Au commencement était Naga, l'entité originelle.

Il était le néant, l'univers sans limites, l'équilibre absolu, car rien n'est plus équilibré ni absolument immobile que le vide. Mais en lui apparurent bientôt les pensées contraires qui vinrent troubler l'équilibre et qui se cristallisèrent en Olwin et Neskan, les dieux jumeaux. L'opposition d'Olwin et de Neskan, après avoir rompu l'équilibre premier de Naga, fit apparaître la matière. Et plus les pensées s'ennoblissaient, plus elles devenaient complexes et construites, et plus la matière jaillissait du néant, se diversifiait, réagissait, se confrontait. Ce fut le bouillonnement premier de l'existence, le chaos de la matière déchaînée. L'univers fut ainsi avant que des lois ne viennent structurer le chaos, avant que les entités Olwin et Neskan ne se figent dans leur personnalité et qu'avec elles, les forces de l'univers ne s'équilibrent, que la gravité ne régisse la matière, que la mort régisse la vie, que la lumière vienne s'opposer aux ténèbres.

Le commencement du monde fut cette effervescence brutale qui vit apparaître tous les éléments. À l'équilibre premier de Naga succéda un ouragan formé de toutes les forces que le dieu originel avait retenues en son immobilité et il fallut toute la puissance de sa magie pour apporter l'apaisement dans tout ceci. Sans son action, le monde aurait bien pu mourir avant même d'être né. Il prit toutes les forces de l'univers dans une main, toute la matière dans l'autre, et les rassemblant il créa une sphère immense qu'il nomma Alaran. Il venait de doter sa première création d'une force suprême, d'un équilibre que ni Olwin ni Neskan ne pouvaient rompre, unifiant les pensées contraires par un ouvrage supérieur.

Mais Alaran n'avait ni ciel, ni mer, et n'était rien qu'un immense orbe gelé, sans vie, dont l'immobilité était comme l'image de l'immobilité première de Naga, un fragment de néant. Les deux frères s'attaquèrent immédiatement à cette fixité, voulurent la peupler de vie. Ils empruntèrent à Naga ses pouvoirs et ensemble ils s'allièrent pour fondre la glace. Ensemble ils formèrent la mer et le ciel, la terre pour repousser la mer et le feu pour repousser la glace. Mais leur alliance s'acheva lorsqu'ils créèrent la vie, car ils avaient tous deux leur conception de l'univers. Leur dissemblance vint enrichir le monde qu'ils créaient, mais installa dans leur cœur une profonde et éternelle discorde. Ce que l'un créait, l'autre le détruisait par une réalisation encore plus prodigieuse. Olwin imagina ainsi le cerf, et les plantes pour le nourrir ; mais Neskan forma alors le tigre pour en être le prédateur, et le serpent pour ramper et se cacher sur la terre. Olwin créa l'aigle pour vaincre le serpent et rendit le cerf rapide pour qu'il échappât au tigre. Leurs pouvoirs ainsi à tous deux se mêlaient dans la création du monde, et ce dernier en fut d'autant plus beau que les jumeaux étaient dissemblables, et d'autant plus fourni que deux imaginations infinies le construisaient et le façonnaient.

Pour leur malheur il arriva un moment où leur conflit éclata. Ils voulurent créer des êtres plus puissants que ce que l'autre ne pouvait inventer et, curieux tout d'abord, Naga les laissa faire. Mais il ne vit pas assez tôt que leur querelle était au-delà de tout équilibre et qu'à force d'affrontements, le monde allait être détruit. Toutes les eaux de la terre, contaminées par le sang qu'ils avaient fait verser à leurs créatures, devinrent pourpres et se déversèrent dans la mer.

Alors, Naga enveloppa de glace le monde d'Alaran, et ainsi seulement la terre put être lavée de tout le sang versé. Et tandis que la terre, prisonnière des glaces, se reposait de tant de carnages, Naga décida de mettre un terme au combat qui opposait Olwin et Neskan. Leur proposant de se départager dans un duel équitable, il promit d'offrir au vainqueur suffisamment de pouvoir pour imposer sa volonté au vaincu.

Les deux frères jumeaux s'affrontèrent donc, et leur lutte dura tant de temps que lorsqu'un vainqueur se distingua, trois éternités s'étaient écoulées. Le vainqueur de ce duel titanesque qui dura des millénaires fut Olwin.

Alors, Naga, dont le pouvoir était immense, cristallisa une partie de sa magie et ainsi créa les Six Piliers du Monde. Il en offrit cinq à Olwin pour le récompenser de sa victoire, mais un seulement revint à Neskan.

II

Ainsi, Olwin devint maître de l'Air, de la Terre, du Feu, de l'Eau et de la Lumière, ne laissant à Neskan que les Ténèbres. À peine obtenus ses pouvoirs, Olwin entreprit la construction d'un char immense, auquel il attela deux chevaux. Le premier, prince parmi les siens, royal dans son port, se nommait Alsvid. Le second, avec même majesté, tant dans sa droiture que dans son pas léger, était humble comme le sont ces pluies qui, à la faveur de la nuit, fertilisent le sol de sorte que l'aube se lève pour voir éclore les sublimes pétales de la rose printanière. Il se nommait Arvak. Ces deux chevaux avaient le pelage étincelant, car c'était lui qui apportait la lumière sur la terre, mais leurs crinières, d'un rouge de feu et d'or mêlés, lorsqu'ils l'agitaient, à la limite de l'horizon, illuminait le monde de leurs teintes sublimes, colorant le ciel de chaudes lumières bien avant que n'apparût l'éclat intense de leur pelage luisant. Ainsi apparurent l'aurore et la lumière du jour.

Dans le chariot, Olwin mit le soleil, qu'il créa à l'aide de ses nouveaux pouvoirs pour qu'il réchauffât les terres d'Alaran en tournant autour d'elles, et ce fut grâce à cela que, lentement, le monde dégela et revint à la vie. En ces temps reculés, la nuit n'existait pas encore et rien ne succédait au jour. La lumière du soleil perdurait, diminuant juste assez pour apporter aux bêtes qui peuplaient la terre le repos favorable. Mais le Soleil devait être vigilant à chaque instant, car les chevaux fougueux qui tiraient son char n'avaient pour seule idée que de s'enfuir et de parcourir librement les cieux. Malgré son zèle, il arrivait parfois que les deux chevaux s'échappent, le Soleil envoyait alors à leurs trousses les quatre vents et ceux-ci lançaient sur eux leurs éclairs pour arrêter leur course folle dont le ciel résonnait et qu'on appelait le tonnerre.

Puis, Olwin créa les humains à l'aide du Pilier de la Terre. Quand il les eut réalisés, il se rendit compte que le contrôle de ses pouvoirs était encore fragile et alors qu'il avait voulu une créature parfaite, les Hommes furent mortels. Néanmoins, il les aima, leur apprit à cultiver la terre, à domestiquer les animaux. Il leur enseigna le latin qui leur permit de communiquer entre eux, mais malgré cela il se rendit compte qu'il avait agi avec trop de hâte lorsqu'il les avait créés et il prit donc le temps de maîtriser ses nouveaux pouvoirs avant de donner vie à une autre créature. Après de longues années Olwin créa les Anges à l'aide du Pilier de la Lumière. Ces derniers ressemblaient aux Humains, mais, en eux, Olwin était parvenu à corriger en partie les infirmités qu'il n'avait pu éviter lorsqu'il avait créé les Humains. Les Anges étaient beaux et forts, vivaient aussi longtemps que les montagnes ou que les arbres. Olwin leur donna également des ailes et les Anges parcoururent les cieux et en devinrent les maîtres.

En cette heure, Olwin connaissait suffisamment ses pouvoirs pour corriger les erreurs qu'il avait commises et dont les Humains souffraient. Il voulut le faire mais Naga l'en empêcha et ses pouvoirs ne purent aller contre la volonté de son père. Alors il revint à sa tâche de créateur et donna vie aux Wivèrnes qu'il voulut plus habiles encore dans le ciel que ne l'étaient les Anges, et il y parvint. Les Wivèrnes furent plus grands et plus beaux, alors qu'ils volaient, que les Anges tout de lumière auréolés. Mais cependant, Olwin fut déçu car, au sol, ses Wivèrnes étaient disgracieux, marchaient avec peine, étaient courbés comme le sont les vieillards, et, pour s'envoler, devaient s'élancer du haut d'une falaise car alors seulement, le vent s'engouffrant sous leurs vastes envergures leur permettait de prendre leur envol. De plus, ils étaient mortels. Même s'ils pouvaient vivre très vieux, plus vieux encore que les Anges, leurs cœurs et leurs corps souffraient de l'usure du temps. Alors Olwin, qui était lui-même immortel et voulait que ses créatures le soient, leur offrit le pouvoir de plonger dans un profond sommeil, durant lequel ils ne vieilliraient plus et qui leur permettait ainsi de traverser les âges.

Il se concentra encore, cherchant à approcher toujours plus de la perfection, et créa les premières créatures véritablement immortelles : les Driags. Lassé de créatures aériennes, il les avait faites marines, s'inspirant des serpents pour leurs corps fuselés, des aigles pour leurs pattes puissantes et du loup pour l'allure altière de la tête. Ainsi eurent-ils l'oreille et la gueule du céleste chanteur de lune. Leur beauté n'avait nulle égale. Leur corps était recouvert d'écailles qui paraissaient autant de diamants, de rubis, de saphirs, d'émeraudes ou d'opales. Toute la beauté dont les terres d'Alaran étaient capables vivait dans leur apparence. Ils étaient beaux comme l'est la fleur, le vert feuillage des arbres printaniers, comme le ciel illuminé par les couleurs de l'aurore, l'espoir, du ciel étoilé non encore inventé ou pensé par les hommes.

Olwin en fut subjugué, et dans son éblouissement, il parvint à entendre la grande musique de l'univers. Et il n'y avait rien qui ne fût plus proche de la perfection que cette musique, que ce doux bruissement de la vie dont toute la terre résonnait. Sous l'inspiration de cette pure mélodie, concentrant ces pouvoirs en une créature, il imagina les Dragons, tels que lui-même était, et ils furent immortels. Ils volaient plus haut et avec plus de grâce que les Wivèrnes, avaient plus de sagesse que les Anges, étaient plus beaux que les Driags. Il n'y avait nulle limite ni à leur éclat, ni à leur savoir et ils vivaient si vieux qu'ils pouvaient regarder les montagnes naitre, vieillir puis mourir.

III

Naga, qui jusqu'à présent s'était tenu à l'écart, fut effrayé par tant de puissance rassemblée en un seul être. En vérité, il n'avait pas cru en lui-même qu'Olwin fût capable de contrôler à ce point les pouvoirs qu'il lui avait offerts. Alors il comprit son erreur et son impertinence, et résolut d'y remédier. Tandis qu'Olwin était parti s'occuper des Hommes qui requéraient son soutien, Naga, se faisant passer pour un vieillard pèlerin, cachant sa nature divine sous une cape bleue, alla parler aux Dragons et leur dit ces mots :

— Nobles Dragons, vous qui, en ce monde n'avez aucun égal, ni sur terre ni dans les cieux, pourquoi perdez-vous votre temps à aider des êtres qui sont moins que des souris à l'égard de votre noble esprit et de votre œil perçant ?

Et les Dragons en chœur lui répondirent :

— Nul temps n'est perdu à qui veut aider son frère.

En ce temps, il y avait beaucoup à faire sur Terre, car il manquait de nombreuses choses, et les Dragons venaient souvent en aide aux peuples, secondant Olwin dans ses tâches laborieuses. Ainsi, dit-on, l'aidèrent-ils à créer le blé et le maïs, les chiffres et les mesures, ainsi que toutes sortes d'autres choses utiles aux peuples.

— Très superbes Dragons, vous êtes grands autant qu'ils sont petits et vos actions passent pour les plus nobles en cette terre. Vous êtes si savants et eux si ignorants que les échanges entre vous tiennent d'un prodige dont chaque jour je m'émerveille. Vous êtes tels les sommets de ces hautes montagnes que créa Olwin et vous semblez vous adresser aux profondeurs sombres et tumultueuses de l'océan quand vous partagez avec les Hommes le savoir que vous avez puisé à la source des sciences.

Les Dragons se regardèrent sans comprendre encore et répondirent à Naga :

— C'est là une grande gloire qui rejaillit sur nous tous. Olwin nous mit tout en haut de la Terre pour que nous posions sur elle un œil protecteur.

— Et votre lumière, reprit Naga, du haut de cette céleste montagne, illumine toute la terre de votre profonde et infinie sagesse. Mais, ô grands Dragons, que je vous plains en mon cœur, que j'éprouve pour vous de la tristesse, car dans votre perfection, vous vous trouvez plus immobiles encore que le sommet de cette haute montagne, contraints de rester là où Olwin vous mit jadis, tout en haut, sans plus pouvoir en bouger. Je suis bien heureux moi, d'être un homme et d'être si petit. Ma faiblesse et la brièveté de ma vie rendent chacun de mes instants uniques et je m'enorgueillis parce que cela même qui vous enchaîne me rendra libre.

Par ces paroles le pouvoir de Naga s'insinua dans l'esprit des Dragons et l'empoisonna. À partir de cet instant, ils poursuivirent, avec une fureur qu'Olwin lui-même n'avait pas soupçonnée, cette liberté qu'ils trouvèrent dans le mal, car ils avaient été créés pour le bien ; les carnages, la sauvagerie, la bestialité furent l'expression de leur indépendance et ce trait de caractère, Naga le scella en eux et ce fut leur malédiction et toute leur gloire disparut ainsi. On appela cela la Naga Wira, la fureur de Naga, c'était une folie de liberté dans laquelle les Dragons se perdirent. Olwin les avait faits sages, la Naga Wira les poussait à se libérer de cet écrin par la cruauté. En tout ils prenaient le contre parti pour affirmer qu'ils étaient libres.

Quand Olwin découvrit la traîtrise de Naga, il entra dans une telle rage qu'il le tua et, de son sang répandu dans le désert, naquirent les tigres des plaines.

Puis, Olwin jeta sa tête dans le ciel mais Neskan s'en saisit.

Il attacha ensemble deux loups à l'aide d'une corde tissée de fils d'argent. L'un s'appelait Elcaran, ce qui signifie Croc de Fer, et il était blanc. L'autre s'appelait Nirupamir, c'est-à-dire Vengeur Céleste et il était noir. Entre les deux loups, Neskan mit la tête de Naga et il commanda aux monstres de traverser le ciel chaque fois que le soleil disparaîtrait à l'horizon. Mais les deux loups se battaient sans cesse dans les cieux, et ils se battent encore, c'est pourquoi la lune, par cycle, nous apparaît de plus en plus claire. Cela signifie qu'Elcaran le loup blanc est vainqueur. Et lorsque la lune devient sombre et disparaît, c'est que Nirupamir, après s'être remis de ses blessures, se venge de l'affront de son frère. Ainsi apparut la nuit, succédant au jour et toutes les créatures d'Alaran, dans la mer, sur terre et dans les cieux, surent que la nuit était funeste. Elle portait en elle tout le poids de la mort, du premier parricide de l'univers et du combat éternel et sanglant des deux loups terribles.

IV

Avec Naga disparut la plus grande force magique que l'univers eut jamais connue, celle qui permettait de faire apparaître la matière. Sa mort figea le monde, empêchant à jamais Olwin de changer ce qu'il avait créé, scellant chaque peuple tel qu'Olwin l'avait fait. Les Humains furent à jamais mortels, les Dragons à jamais cruels, car la force seule qui eût pu conjurer ces deux grands malheurs avait disparu.

Quant aux pouvoirs qu'Olwin et Neskan détenaient, ils comprirent vite que leurs puissances en étaient imitées et qu'il appartenait aux peuples de l'entretenir, ces peuples qui en puisaient l'énergie et qui devaient la rendre, soit en la donnant, soit en mourant, car ils furent dès lors les seules traces de cette force de jadis qui les avaient créés. Les Six Piliers du Monde prenaient source en eux et ne perduraient que par eux.

Pour que l'énergie de la magie ne se perdît pas, Olwin créa le monde d'Ambar, lieu mystérieux où allaient les âmes des morts, car il fallait que les âmes ne se perdissent pas, qu'elles renaissent, gardant en leur être la flamme précieuse de l'essence vitale de Naga. Olwin cacha le monde d'Ambar sous la surface de la Terre et en confia la garde à Neskan car son monde lui demandait trop d'efforts déjà, pour qu'il pût s'occuper des morts. Parfois, Olwin enfermait dans l'Ambar les resken darsken, les Dragons maudits, ceux parmi les Dragons qui avaient été rendus trop déments par la Naga Wira pour qu'ils pussent demeurer en liberté sur Alaran.

Olwin sentait confusément à ce moment que, dans les profondeurs de l'Ambar où se terraient Neskan et les Dragons maudits, quelque chose couvait, de sombre et funeste. Mais l'ancien dieu ignorait ce qu'étaient les vraies ténèbres et il crut pouvoir faire confiance à son frère. Ô Grand Dragon, que l'éternité se souvienne combien tu payas chèrement pour ta candeur.

Du fond de son abime, Neskan avait eu, depuis la création du soleil, tout le temps d'exercer ses pouvoirs. Promptement, il avait découvert que ses dons lui offraient l'empire sur tout ce sur quoi

Olwin son frère avait apposé sa marque. À sa convenance il lui appartenait de les modifier, de les changer, de les réinventer, et son intérêt tout d'abord se porta sur les roches et les plantes. Il imagina des machines, créa des substances étranges, mit au point des manipulations particulières qui lui permirent de transformer les créations d'Olwin. Mais bien vite les choses inanimées ne purent plus satisfaire sa curiosité et ce fut vers les animaux qu'il tourna ses recherches. Il trouva un moyen d'en mêler deux d'entre eux, quels qu'ils fussent, si étroitement qu'ils n'en formaient plus qu'un seul, et ainsi créa la première chimère.

Mais même alors, ces créatures ne furent que les prémices de son art et bientôt son œil avide se tourna vers l'âme humaine, matériel, que, grâce à son frère qui les lui avait confiées, il possédait en abondance. Il fit du monde d'Ambar un monde de désolation et de souffrance, car la douleur brisait toutes ces âmes et alors il pouvait en faire ce que bon lui semblait. Les Démons qui naquirent de ces manipulations et auxquels il insuffla certains de ses pouvoirs, étaient des entités sans vie et sans conscience, qui n'acquéraient de consistance qu'une fois ajoutés à une créature douée de ces deux qualités.

Dans le même temps, il s'intéressa aux Dragons maudits. Ces derniers s'étaient tellement avancés dans la Naga Wira qu'ils en avaient perdu toute sagesse, toute notion du bien ou du mal. Ils avaient désappris le langage, devenant moins que des bêtes, car même la bête la plus sauvage a sa noblesse. Cela peina Neskan de voir que des créatures si puissantes aient pu devenir incontrôlables même pour lui, fils de Naga. Il retourna donc à ses grimoires, à ses sortilèges, et inventa une langue que les Dragons, même maudits, pourraient comprendre, lire et parler sans avoir rien appris. Cette langue il la nomma serken, et grâce à elle, il put communiquer avec les Dragons maudits. Il dirigea leur colère contre Olwin et cela fut aisé car ces créatures autrefois grandes et sages avaient tout perdu de leur éclat. C'était à dire vrai, une déchéance qui se trouvait bien au-delà de ce que Naga avait souhaité et lui-même s'en serait repenti s'il avait pu voir en leur état les Dragons tels qu'il les avait laissés.

Du plus profond de la terre, ainsi, Neskan préparait l'offensive contre son frère. Alors que la nuit couvrait de silence et d'obscurité son vol, il captura de par le monde deux individus de chaque peuple qu'Olwin avait créé, un mâle, une femelle, et il testa sur eux ses Démons afin de voir quelle espèce et quel sexe étaient les plus faciles à corrompre.

Et ainsi qu'il le croyait, il découvrit que, de toutes les créatures d'Olwin, les Hommes étaient ceux qui, en leur cœur, avait le plus de ressentiment envers Olwin. De tous ils étaient de loin les plus vulnérables et cette faiblesse avait fait naitre en eux une soif de pouvoir que Neskan s'empressa d'étancher. Mêlant à leurs âmes ses Démons, c'était des dons nouveaux qu'il leur offrait, des années de vie, et Neskan achetait en échange des jours d'existence. Un jour par mois, par semaine ou par an, cette vie avec laquelle il avait traité lui appartenait. Voilà ce que Neskan exigeait comme prix de ses services, et cela lui donnait sur toutes ces âmes un empire qui dépassait celui d'Olwin.

V

Bientôt, les Hommes eurent pour Neskan tout l'amour qu'ils avaient eu jadis pour Olwin, et se rebellèrent contre ce dernier, l'accusant de les avoir faits mortels afin qu'ils fussent toujours soumis aux autres peuples, contraints à peiner dans le travail de la terre. Rien n'avait été fait par lui pour adoucir la dureté de leur existence quand Neskan avait été, lui, si louable dans ses actions, leur donnant de la magie, de la force, davantage d'années à vivre, et cela encore était source, dans le cœur des Hommes, de la rancœur qu'ils nourrissaient envers Olwin.

Le plus innocent des dieux ne trouva que répondre à ce peuple qui avait dans son cœur une place si particulière ; il fut blessé en lui-même, dans son amour et dans sa bienveillance. Avec repentir il alla trouver Neskan et son intention était de le remercier car il avait trouvé pour adoucir le destin des Hommes, des artifices que lui-même n'avait su imaginer et n'aurait eu le pouvoir de créer. Mais Neskan l'accabla d'injures, dénombrant ses fautes par des mots dont il savait qu'ils feraient naitre la douleur dans le cœur de son frère et, à l'écoute des tourments dont, malgré lui, il avait accablé les Hommes, le cœur d'Olwin se brisa et, alors que dans un ouragan il quittait Alaran, des larmes de remords coulèrent sur ses joues.

Ses griffes lacérèrent la grande voûte céleste et derrière les lambeaux des cieux déchirés apparut le Mendil, le Monde Caché des Dieux, qui autrefois avait abrité Naga, et où Olwin trouva refuge.

Mais des larmes qu'il avait abondamment versées, et qui étaient tombées dans les flots impétueux de la mer, jaillit le pur Nydrawèn, le lion blanc né des larmes, et ce furent de ses soubresauts, des rugissements par lequel il pleurait le départ du plus généreux des dieux, que naquit la houle marine, les vagues couronnées d'écume et leur rugissement terrible lorsqu'avec rage elles venaient fouetter le rivage.

Ainsi s'enfuit Olwin de dessus la terre.

Alors Neskan, sortant d'Ambar, montra l'endroit d'où Olwin avait fui et parla aux Hommes en ces mots :

— Voyez mes frères, avec quelle rage et quelle cupidité votre ancien dieu protège l'immortalité. C'est sans honneur qu'il vous abandonne en ces terres où règnent la peur et la maladie, pour un royaume merveilleux et éternel où toujours il vivra en bienheureux.

Les Hommes entendirent ce discours et il alluma en eux la flamme jamais éteinte de la colère. Décidés à poursuivre celui qui ainsi les fuyait, ils se constituèrent une armée, et Neskan leur forgea de si solides armures qu'aucune flèche ni aucune lance ne pourrait jamais les atteindre, et des épées que rien ne pouvait briser ou émousser. Alors, parmi les Hommes, se distinguèrent ceux qui avaient les Démons les plus forts, ceux qui pouvaient lire dans les esprits, ou bien changer leur apparence pour celle des animaux, et ceux-là enfourchèrent les Dragons maudits – devenus dociles grâce aux paroles de Neskan – que d'autres Dragons accompagnaient, qui étaient restés libres et n'avaient pas été enfermés par Olwin, mais que la Naga Wira poussa à se rallier à Neskan. Et tous partirent pour assiéger le Mendil.

Mais les Anges les arrêtèrent dans leur route et entre eux débuta un sanglant combat qui dura plus de mille ans.

Le premier à voir que ce qui s'était emparé des peuples était une folie de mort et de dévastation fut Niar, roi des Humains. Il avait cru sa guerre juste, mais, devant les corps de ses frères tombés, devant ceux des Dragons et ceux des Anges amoncelés, qui ne devenaient frères que dans la mort, n'étant pareils qu'alors que leurs corps reposaient, froids et raides, dans la boue imprégnée de sang, quand il vit toute la souffrance et toute la haine qui naissaient sous ses yeux, dévorant les cœurs, épuisant l'amour à force de trop le plonger dans la haine ; il comprit que rien au monde ne pouvait justifier tant d'horreur. Il parla à Azorkin, le Dragon qui le portait et qui était Roi parmi les siens, et, malgré la Naga Wira, la sagesse de ses paroles arriva jusqu'à lui. Tous deux partirent alors, c'était les premiers temps de la guerre entre les Anges et les Hommes. Ils empruntèrent des chemins secrets et cachés, cherchant à atteindre le Mendil, et leur quête dura près de deux mille ans. Il leur fallut tout ce temps pour trouver une porte du monde secret de Naga que les Anges ne gardaient pas. Ils voulaient voir Olwin et lui parler de la guerre, l'exhorter de calmer les peuples qui étaient ses enfants.

Quand, enfin, après tant d'étés passés sur les routes, après que le temps eut fait de Niar un vieil homme que seule la force d'Azorkin soutenait, ils atteignirent le Mendil et découvrirent un univers vide.

Il n'y avait là rien du monde bienheureux que Neskan leur avait décrit. C'était au contraire un lieu immobile et blanc, un morceau de néant où l'esprit se perdait, où le temps n'existait plus. Azorkin et Niar le parcoururent pendant longtemps encore mais ne trouvèrent pas Olwin. Dépités, meurtris en leur âme par un si long voyage, une si longue épreuve qui s'achevait si vainement, ils décidèrent de revenir parmi les leurs.

VI

Pendant ce temps, entre les Hommes et les Anges le combat faisait rage et Olwin ressentait chaque perte en son cœur, qu'elle fût humaine ou angélique, car son cœur ne faisait nulle différence entre ces deux peuples dont il était le créateur et qui étaient pareils à ses enfants. Quittant le Mendil, il revint sur Terre où les Anges l'accueillirent avec allégresse. Olwin les remercia de tant de fidélité mais lorsqu'ils l'exhortèrent à se battre à leurs côtés, celui-ci refusa et se rendit sur le front où Neskan l'attendait.

Ce fut alors à son tour de prononcer les mots qui allaient émouvoir le Seigneur de l'Ambar. Il le traita d'impertinent, lui reprocha de n'avoir pas respecté la volonté de Naga qui voulait qu'il fût, lui, Olwin, le plus grand des deux, et que l'autre fût soumis à sa volonté, par le pacte qu'ils avaient conclu jadis devant Naga, par ce combat auquel ils s'étaient livrés et dont le vainqueur y avait gagné le droit de soumettre l'autre.

Son discours piqua l'orgueil de Neskan et ce dernier proposa à son frère un nouveau duel. Olwin accepta car c'était dans l'espoir de cette proposition qu'il était venu défier son frère. Ensemble ils définirent les termes du combat. Tous deux s'engagèrent à se défaire de leurs Piliers du Monde afin qu'ils fussent dans les mêmes dispositions que lors de leur premier affrontement. Ainsi, Neskan fit don à Harkèn, qui était un Dragon maudit – l'un des plus forts, plus encore que ne l'était Azorkin Roi des Dragons, disparu depuis longtemps en des terres lointaines – du Pilier des Ténèbres. Lorsqu'il entra en sa possession, Harkèn eut accès à toutes les connaissances de Neskan et il lui fut semblable en tout, en esprit comme en force, en intelligence comme en malice, en colère comme en férocité.

Olwin fit don du Pilier de Lumière à Naïnor, dont le cœur était pur et qui était preux comme peu l'étaient parmi les siens. Des Wivèrnes, il choisit Vaèr pour être gardien du Pilier du Vent, car il avait en lui de la sagesse et parce qu'il était habile dans les cieux et qu'il avait pour cela tout l'amour des siens. Puis Olwin porta son regard vers les Driags et désigna Tadéir pour être gardien du Pilier de l'Eau, car il était un roi juste et clairvoyant. Enfin, il offrit le Pilier de la Terre à Niar, car en tout ses lèvres disaient la même chose que son cœur, et le Pilier du Feu à Azorkin, qui, malgré la folie qui animait ses sens, avait su écouter l'amour ; et, portés par la magie, si loin qu'ils fussent tous deux, les Piliers qu'Olwin leur donna trouvèrent leur cœur et s'y cachèrent.

Une fois qu'il eut ainsi partagé ses dons, Olwin se présenta devant Neskan et tous deux s'affrontèrent de nouveau.

Le monde retint son souffle alors que les deux anciens dieux, comme aux jours du commencement, se livraient bataille. Les fiers chevaux de Sol s'immobilisèrent au milieu des cieux, saisis d'effroi devant l'issue du combat fatal, et même les deux loups monstrueux, Elcaran et Nirupamir, qui de la lune dirigeaient le lourd attelage, arrêtèrent leur éternelle querelle pour soutenir de leur regard l'éclatement terrible d'une discorde qui, comme la leur, durait depuis plusieurs millénaires. Les arbres cessèrent de pousser et perdirent leurs feuilles. La mer ne monta ni ne baissa. Même les animaux, pris de panique, se cachaient au plus profond de leurs tanières et se gardaient d'en sortir, tandis qu'Olwin et Neskan se pourchassèrent à travers toute la terre. Les océans et les cieux résonnaient de leurs rugissements formidables, mais leurs forces étaient égales et nul vainqueur ne se faisait connaître. Voyant qu'il ne parvenait pas à avoir le dessus sur son frère, Neskan utilisa alors un stratagème perfide grâce auquel il parvint à blesser mortellement Olwin au cœur. Mais ce dernier, avant que de pousser son dernier soupir, retourna contre lui sa griffe rapide et lui infligea une blessure qui jamais ne devait guérir. Puis il s'effondra, abandonné par ses forces, dans les flots de l'océan, où son corps immense était pareil à une île.

Avant de succomber, il se redressa une dernière fois sur ses membres devenus frêles. Alors que son frère riait et crachait sur son corps déchu, il prononça cette ultime parole qui du serment avait l'inflexion grave et solennelle :

— À tous les peuples de la terre qui sont mes enfants, et pour qui ma faiblesse fut cause de mille tourments, aux Hommes, auxquels je demande grâce et pitié, je fais serment, en mon âme, et par tout ce que j'ai de plus cher, c'est-à-dire toutes les choses de ce monde, grandes ou petites, vieilles ou éternellement jeunes, qu'elles fussent enfants de mon frère ou bien miens, qu'aujourd'hui et qu'en chaque jour de cette immense éternité, je réparerais les torts que j'ai causés ; Hommes, je ferai vôtre l'éternité, et vous, Dragons, cavaliers de l'espoir par qui viendra le salut, soyez les gardiens de ma mémoire, car je meurs aujourd'hui et vous laisse seuls en ces terres avec ma magie, mes espoirs et ce serment de victoire pour seule lumière.

Il mourut ainsi, fier et digne, avec la même grâce par laquelle il avait vécu. Et alors que son âme quittait son corps, elle se dispersa en lambeaux, donnant naissance à des oiseaux fantastiques aux ailes flamboyantes. Les phœnix, au plumage ardent, seigneurs des flammes dont ils avaient la couleur chatoyante, étaient d'entre eux. Et ils avaient à leurs côtés les Kalandria, qui avaient les ailes et tout le corps d'une blancheur plus éclatante encore que ces neiges qui, juchées sur ces hauts sommets, même au plus chaud de l'été, jamais ne fondent et toujours conservent ce pur éclat. Ces oiseaux-là étaient nés de l'essence féminine d'Olwin et elles en incarnaient la plus claire perfection.

Alors tous deux, les phœnix et les Kalandria, arpentèrent toute la terre, portant sur leurs ailes les paroles d'Olwin, et celles-ci allumèrent la flamme de la révolte dans les cœurs des Driags et des Wivèrnes qui vinrent se lier aux Anges pour affronter Neskan et ses Démons.

VII

Mais Neskan, après le mort de son frère, devint faible, car il avait à la poitrine une blessure profonde qui saignait abondamment chaque jour. C'était la blessure du fratricide, revers de la colère et de la jalousie, et elle lui mordait les entrailles comme feu et comme fer. Il mourut au plus fort de la guerre, suivant le même chemin que son frère, qu'il avait aimé avant que les rivalités ne les séparent à jamais ; et Harkèn prit sa place et dirigea son peuple et sa guerre.

Harkèn, qui était d'un esprit intelligent et inventif, continua de perfectionner la magie que lui avait léguée Neskan. Il imagina un Démon que la morsure permettrait de propager et, faisant de la lune l'intermédiaire de sa puissance, imposa à ses monstres le cycle lunaire. Ainsi il créa les Ossans, peuple guerrier dont l'ardeur augmentait à mesure que la lune montait vers son plein. À la lune rousse, par la force du Pilier des Ténèbres, ils se changeaient en fauves, avançaient sur deux pattes mais avec un corps semblable à celui des tigres que Neskan avait si bien créés jadis.

En ces temps de la guerre, les nuits furent plus noires, et les jours étouffés sous un brouillard épais, arraché des plus profondes ténèbres. Derrière ce voile obscur qui imposait au monde la nuit lors même qu'il faisait jour, comme la course du char du Soleil se poursuivait, on pouvait entendre le claquement assourdissant des sabots rageurs d'Alsvid et Arvak, qui frappaient la voûte céleste emplie des nuages qui les rendaient tous deux invisibles. Leur fougue était telle que, brisant leurs entraves, ils vinrent mêler aux Anges dans la bataille leur force prodigieuse. Sol déchaîna les vents et les éclairs pour ramener à lui les coursiers indomptables, mais leur ardeur était telle qu'aucune bride ne pouvait longtemps les tenir, et, tant que cette obscurité assombrit l'air, de nombreuses fois encore on entendit le tonnerre de leurs sabots et le rugissement des vents lâchés à leur poursuite.

Pourtant, malgré ces sombres nuits, ces heures noires, de lumière désertées, la force que les paroles d'Olwin avaient éveillée dans le cœur des peuples ne faiblissait pas. Les Anges poussaient fièrement leur cri de guerre, « Espérance ! », qui dans leur langue ancienne se disait Adahey, et ainsi ils s'élançaient sur le champ de bataille, entourés par les Driags dont les écailles étincelantes déchiraient par leur clarté les voiles de la nuit. Les gardiens Vaèr, Naïnor et Tadéir étaient à leur côté et leurs magies faisaient fuir les Hommes de terreur. C'était une guerre de volonté qui s'ouvrait, opposant les Hommes de moins en moins certains aux peuples qui ne craignaient rien, et qui donnaient à toutes les peurs des Hommes l'exemple de leur audace et de leur bravoure.

Alors les Anges, les Wivèrnes et les Driags commencèrent à remporter des victoires, à repousser les Hommes et les Dragons qui pourtant étaient nombreux et forts, à vaincre les Ossans. Sentant que la victoire lui échappait, Harkèn tenta de partir à la recherche d'Azorkin et Niar qui étaient gardiens du Feu et de la Terre, persuadé qu'il pouvait les rallier à son camp. Mais tous deux étaient encore au Mendil et les portes de ce monde ne s'ouvrirent pas à Harkèn.

Ce dernier décida alors de se mêler aux combats afin d'affronter lui-même ses ennemis et de les occire. Dans la bataille qui suivit, il se trouva bientôt face à Naïnor. L'Ange se tint fièrement devant lui mais lorsque le combat entre eux s'engagea, la supériorité de Harkèn apparut aux yeux de tous et la défaite fut cruelle pour l'audacieux Naïnor. D'un geste traître, Harkèn lui trancha les ailes et, avec elles, le noble gardien de la Lumière perdit tous les pouvoirs que lui avait donnés Olwin. Devenu presque Homme, il chuta sur terre, échappant au regard de Harkèn, conservant la vie grâce à cela, mais pour une existence de peine car il était déchu et la magie avait quitté son corps.

Sa défaite marqua de sombres heures pour les peuples qui luttaient contre Harkèn. La disparition de leur gardien arracha l'espoir du cœur des Anges et, tandis que Naïnor errait de par la terre, pleurant ses ailes perdues, l'alliance cédait du terrain devant l'armée monstrueuse de Harkèn.

Mais ce que l'Ange mutilé ignorait c'était qu'à l'heure de sa disgrâce, lorsqu'il avait senti dans sa chair la lame fourbe de

Harkèn, que son pouvoir lui avait été arraché et que ses ailes étaient tombées, lors même qu'il chutait sur terre, le lion Nydrawèn, au pelage blanc, qui régnait sur les flots, avait jailli de la mer et saisi entre ses crocs les plumes chatoyantes de Naïnor, les dérobant au regard de Harkèn. Retournant dans les flots qui l'avaient vu naitre, longtemps le lion Nydrawèn se cacha, abritant dans son ventre le pouvoir de Naïnor, chose qu'il sentait précieuse et qu'il protégea, de toutes ses griffes et de tous ses crocs, contre les démons de Harkèn qui cherchèrent à s'en emparer. Il savait pourtant en son cœur qu'il ne pourrait éternellement protéger ainsi les ailes de Naïnor, aussi il chercha à retrouver l'Ange duquel elles avaient été arrachées. Et ainsi, Naïnor et Nydrawèn marchèrent-ils tous deux l'un vers l'autre, se cherchant l'un l'autre, obéissant au destin qui les guidait en leurs rêves.

Leur route fut longue avant que n'arrivent leurs retrouvailles mais, lorsque celles-ci se produisirent, Naïnor vit en Nydrawèn son semblable et son frère. Au-delà de ses ailes qu'il abritait en son corps et qui étaient une part de lui, Naïnor vit qu'il partageait avec le lion Nydrawèn une origine commune et que c'était le destin qui avait voulu qu'il fût divisé pour que, cherchant à retrouver son unité, il croisât le chemin de Nydrawèn. Et de même Nydrawèn vit en lui un cœur pur, qui battait avec la même fougue que le sien. Il n'y avait rien en Naïnor dont Nydrawèn ne pût se sentir fier et, de même qu'il avait protégé longtemps ses ailes, il se jura de le protéger lui, pour l'espoir qu'il incarnait de voir triompher la Lumière.

Ce qui avait été fait ne pouvait être défait, et jamais Naïnor ne retrouva ses ailes, jamais elles ne quittèrent le ventre de Nydrawèn. Pourtant, c'est avec la dignité d'un roi qu'il retrouva les siens. Chevauchant Nydrawèn qui galopait avec fougue sur les flots impétueux de la mer, entouré d'un vol de phœnix qui s'était joints à lui, il rejoignit l'armée qui longtemps avait pleuré sa défaite.

C'était dans les profondeurs de l'Ambar, où l'armée unie des peuples, menée par l'Ange Rirdèn, cavalier du fier Alsvid, qui délaissant le soleil dans sa course était venu mêler ses forces à celle des Driags et des Wivèrnes ; qu'eut lieu la plus grande de toutes les batailles dont les gardiens du passé furent témoins. C'étaient là que les peuples, dans un dernier élan, avaient jeté leurs ultimes forces guerrières, n'espérant plus pour la victoire, mais priant seulement pour parvenir à terrasser Harkèn, ou bien à périr avec toute la dignité dont ces héros du passé étaient capables, et c'était là également que Naïnor dirigeait ses pas célestes auxquels s'était accroché l'espoir.

À nouveau, Naïnor se trouva face à Harkèn, et s'il eut été seul, il n'eût pas eu davantage le dessus sur son ennemi que par le passé. Mais Nydrawèn était à ses côtés, et Rirdèn, et les fiers chevaux de Sol ; et avec l'aide de toute la puissance du Pilier de la Lumière, Harkèn fut repoussé. Mais cela ne suffisait pas à assurer sur son armée la victoire et, malgré le soutien des puissants phœnix qui, dans leurs flammes, consumaient les Démons, des Driags dont les flots inondaient l'Ambar, des puissants Wivèrnes qui bataillaient contre les Dragons, et des Anges à l'éclatante magie, les peuples bientôt furent submergés sous le nombre de leur ennemi, qui semblait croître plutôt que de décroître.

Alors qu'ils étaient massacrés par les Démons de Harkèn, les portes du Mendil s'ouvrirent soudain et Azorkin et Niar en sortirent. La terre se rompit devant leurs pas et alors Naïnor, avec l'aide de Rirdèn, des fiers chevaux de Sol, des phœnix, de tous ceux dont le cœur, pas un instant, n'avait cessé de croire en leur victoire, précipita Harkèn dans les profondeurs d'Erandëssur, la Prison de Fer, avec tous les Démons et tous les Ossans qui se trouvaient en Ambar.

Lorsque la terre se referma, les peuples comprirent que le Pilier des Ténèbres, et tous les Démons qu'il avait permis de créer, venaient de disparaître dans un monde d'où jamais plus ils ne sortiraient, et ils furent heureux.

Niar et Azorkin s'agenouillèrent devant les peuples et firent serment de partir en des terres lointaines, emmenant avec eux tous les Hommes et tous les Dragons, pour laisser, à la terre et aux êtres de tous les horizons qui y avait vécu et souffert, le temps de soigner leurs blessures, leur folie et leur haine.

Naïnor entendit la sagesse qu'il y avait dans ces paroles et aussi la vérité, et il demanda son nom à l'Homme qui parlait ainsi. Lorsqu'il se présenta, Naïnor reconnut qu'il était le gardien du Pilier de la Terre et qu'Azorkin, avec lui, était gardien du Pilier du Feu, et qu'ils avaient la bénédiction d'Olwin. Alors il lui délivra les dernières phrases du père des peuples, qu'on appelait aussi l'Adaëssay Olwin car c'était un serment que le grand Dragon avait prononcé, et lorsqu'il les entendit, des larmes se mirent à rouler sur les joues de Niar, car il savait en son cœur d'Homme vieux de trois mille ans que le fier Olwin avait déjà tenu parole.

VIII

Les peuples se retirèrent d'Ambar et la guerre cessa. Niar fut reconnu comme roi par les siens et il montra dans cette tâche plus de dignité et de sagesse qu'aucun souverain. Quant à Azorkin, le long voyage l'avait changé, il avait l'esprit clair et la Naga Wira était bien loin. D'avoir affronté tant d'épreuves aux côtés de Niar, d'avoir voulu l'aider, de l'avoir suivi et protégé, lui avait fait poser sur le monde un tout autre regard. Son amitié pour Niar était si forte, si profonde qu'il perçait ses pensées, il leur suffisait à tous deux d'un regard et alors ils savaient quel sentiment agitait le cœur de l'autre, si c'était de la colère ou de la tristesse, le regret du pays ou bien l'espoir, le remords d'une action passée ou de l'insolence face aux dangers futurs, et cela brillait comme une aura autour du Dragon, illuminait les cœurs de ses frères, perçait les brumes épaisses de la Naga Wira.

Les Dragons portèrent les Hommes jusqu'aux limites de l'océan, et là, ils découvrirent le corps d'Olwin couché dans les flots. Niar, grâce à sa magie, mit de la terre autour de la dépouille du dieu déchu et dit aux Hommes d'y demeurer et de cultiver cette terre car elle était le don d'Olwin. Cette terre ils la nommèrent Darka-Guèn, ce qui voulait dire à la fois « Nouvelle terre » et « Terre du Grand Dragon » et ils y vécurent dans la paix. Plus jamais les Dragons ne furent aussi sauvages qu'avant la guerre, car Azorkin qui était leur roi et qui avait gagné en sagesse depuis tout le temps qu'il était parti, leur montra qu'à aucun instant de leur longue existence la véritable liberté n'avait été portée à leur regard, et que la quête qu'ils en avaient fait par leurs actions monstrueuses n'avait fait que les éloigner de ce qu'ils avaient si ardemment poursuivi.

Olwin les avait créés pour qu'ils fussent bons, et ils l'avaient été. Naga avait voulu qu'ils fussent des bêtes et cette voie qu'il ouvrit devant eux les Dragons la suivirent. Neskan avait voulu qu'ils l'aidassent à se venger d'Olwin et ainsi ils avaient agi. Mais à aucun instant ils n'avaient été libres, et, dans le grand livre de l'histoire, le récit de leur indépendance restait encore à écrire. Ainsi parlait Azorkin, et la Naga Wira s'affaiblit sous ces sages discours. Les Dragons virent le mal là où le mal demeurait, entendirent la sagesse et la vérité lorsque vérité et sagesse se pouvaient entendre. Leur force passa dans le cœur des Hommes, de même que ce qui faisait la force des Hommes passa dans le cœur des Dragons et alors, Hommes et Dragons comprirent qu'Olwin avait tenu sa parole. Tous deux étaient liés ensemble par une promesse ancienne, un serment qui les avait faits frères.

Plus Hommes et Dragons se liaient étroitement et plus le premier vivait vieux, lors même que le second était sage. Les peuples étaient deux mais leur cœur était unique.

Certains Dragons, cependant, entendirent la sagesse d'Azorkin mais continuèrent de désirer la liberté, refusant de se soumettre à quel joug que ce fût et d'aider les Hommes. Ceux-ci quittèrent le Darka-Guèn, s'engageant à une vie de solitaires, redevenant des animaux en ce que les animaux appartiennent aux cycles de la nature, de la vie, et de la mort. Ceux-là, Niar les bénissait et Azorkin les pleurait, mais tous deux les laissaient partir.

Un beau jour, Niar vit venir par la mer, sur des nefs aux larges voilures, l'Ange Naïnor, et à ses côtés était Nydrawèn au blanc pelage, et Rirdèn le grand capitaine qui, en son temps, avait chevauché le fier Alsvid, ainsi que d'autres Anges encore, parmi ses amis les plus chers et ses hommes les plus fidèles. Leur cortège était entouré par le vol gracieux de Vaèr et de ses frères qui, las de vivre dans ces terres où le souvenir de la guerre s'était accroché, étaient venus de loin pour demander grâce à Niar et Azorkin, ainsi qu'à leurs peuples. Niar les accueillit avec chaleur, comme il l'eût fait pour des amis de longue date ou bien des frères de sang, et leur offrit de demeurer en leur terre, qui était vaste et fertile.

Au fil des siècles, les Anges se mêlèrent aux Hommes par mariage ou pur amour et ainsi apparurent les elfes, métissages des anciens ennemis, devenus alliés et frère. Les Anges, les elfes, les Hommes et les Dragons qui avaient lié leur destin à celui des Hommes se jugèrent fidélité et paix éternelle, et jamais ni les elfes ni les Anges n'oublièrent le serment prêté aux Humains.

Les Anges offrirent aux Hommes l'écriture, car leur vie, toujours brève leur faisait perdre dans la mort leur sagesse et leur savoir avant que d'avoir pu les transmettre, et ce don fut pour Niar et tous les siens parmi le plus précieux que jamais ils reçurent d'un ami.

Quant aux Wivèrnes arrivés avec Naïnor, ils établirent leur domaine dans ces hautes montagnes au nord du Darka-Guèn, et qu'on nomma le Vaèr en l'honneur du fier et sage gardien du Pilier du Vent, ainsi que dans le sud où le climat, moins rude, était plus profitable à ces merveilleuses créatures.

Il arriva en certaines circonstances que les Wivèrnes trouvent l'amour auprès des Dragons et de ce métissage apparurent les dragon-mirages auxquels Niar offrit pour territoire les terres luxuriantes du Magcam.

Les Driags furent les seuls à rester éloignés des renouveaux de ce monde mais, parce qu'ils vivaient en mer et que la mer entourait toutes les terres, ils se placèrent en garants de cette paix nouvelle et de la magie d'Olwin qui devaient perdurer. Ils créèrent l'Adaëssay

Olwin qui était une fête que l'on célébrait partout sur la terre pour remercier Olwin d'avoir tenu parole, d'avoir ramené la paix sur Alaran et d'avoir réparé ses anciennes erreurs. Jamais plus les Démons ne reparurent sur Alaran car les phœnix, dignes et fidèles, gardèrent de leurs flammes les frontières d'Erandëssur et veillèrent à ce que jamais aucun Démon ne passât.

Le temps fila, les gardiens des Piliers du Monde quittèrent le Darka-Guèn, les Wivèrnes évoluèrent vers les oiseaux, prenant le nom de vaérims, ce qui veut dire porteurs de l'héritage de Vaèr, en l'honneur du gardien du Pilier du Vent auquel ils devaient tant de bienfaits. Les Hommes et les Dragons devinrent Dragonniers et Darkénéïdes, et leur gloire, pareille à l'étoile éternelle, brilla au travers des siècles avec tout l'éclat de la grâce d'Olwin. Les elfes vécurent parmi les Hommes, qui chantaient leur beauté et leur adresse, car il n'existait pas guerriers plus valeureux que ces gens aux fines oreilles. La magie perdura, entretenue par l'Adaëssay Olwin, et les gardiens de jadis continuèrent de veiller sur le monde, mais depuis leurs terres reculées, afin de ne pas en perturber l'équilibre. En leur cœur, ils se jurèrent les uns aux autres une amitié éternelle, se promettant de revenir si la terre connaissait de nouveau les malheurs de la guerre. »

Chapitre 34

La voix de Riwan retomba doucement et il ne demeura plus que le bruissement des flammes.

Bercé par la chaleur et la voix de l'elfe, Méaglim s'était endormi.

Arvak resta troublé. La somme d'informations était trop extraordinaire pour qu'il puisse l'appréhender en une fois. Il lui faudrait relire le récit pour en saisir tous les détails, mais il percevait d'ores et déjà quelques éléments éclairant leur quête.

La nature des Piliers du Monde lui paraissait à présent plus claire mais d'autant plus inaccessible. Dans la version qu'il connaissait, les Piliers du Monde étaient des artefacts magiques ou des armes. Mais à en croire le mythe présent à Svèn-Ild il s'agissait des puissances créatrices de l'univers, des derniers vestiges de la magie de Naga – ce qui lui rappela un peu les théories des elfes dont Roawir lui avait parlé. Arvak ne savait pas s'il était possible pour des humains comme eux d'être dépositaires d'une telle force et d'en faire usage contre un ennemi.

Le mythe suggérait que cette puissance pouvait être transmise, ce qui était rassurant, mais seuls des dieux l'avaient fait, ce qui était un faible espoir. Pourtant la Ténébra était détentrice du Pilier des Ténèbres, et Arvak n'avait jamais entendu parler de Harkèn avant. Le Pilier des Ténèbres avait du passer de Harkèn à la Ténébra. S'il avait pu être transmis de la sorte, les autres pouvaient l'être tout autant ? Il fallait bien trouver un moyen de s'opposer à elle et les autres Piliers du Monde continuaient de lui sembler être la meilleure option.

Arvak n'en revenait pas que la version qu'il connaissait de ces légendes puissent être aussi différente et faible comparée aux croyances des dragonniers. Il devinait tout un univers de mythologies, de sagas et de récits, que le texte évoquait à peine, et qui devaient chacune posséder leur propre développement.

— Comment la Vulgate des Dracologues peut-elle être aussi différente du Mythe de la Genèse de Svèn-Ild ? s'exclama Norgar déconcerté.

— Lorsqu'Enfel Aran est arrivé au pouvoir, il a cherché à renforcer son autorité en imposant une nouvelle religion qu'il voulait monothéiste, expliqua Riwan. Il a retravaillé le Mythe de la Genèse de Svèn-Ild en retirant tout ce qu'il jugeait encourager l'obscurantisme, et a fait disparaître toutes les copies papier du Mythe de Svèn-Ild. Son travail de destruction de l'héritage des dragonniers a été si méthodique que leur récit n'est demeuré que dans les contes populaires de transmission orale. Lorsque les dracologues ont tenté de reconstituer le Mythe de la Genèse, ils sont parvenus à isoler et retirer les ajouts réalisés par Enfel Aran, mais cela ne laissait qu'un récit mutilé et fragmentaire. Ils l'ont complété du mieux qu'ils ont pu avec les légendes orales. Comme vous pouvez le voir, leur résultat était très approximatif.

Riwan marqua une courte pause :

— Ce sont des explications très superficielles, concéda-t-elle, d'autres éléments sont entrés en jeu. De nombreux lieux de culte ont été détruits au fil des siècles, des bibliothèques ont brûlé, des ouvrages n'ont pas supporté le passage du temps, d'autres figures historiques et pas seulement Enfel Aran ont eu intérêt à exploiter les anciennes légendes en les transformant à leur avantage… Enfel Aran n'est pas le seul responsable du délitement du savoir des dragonniers.

Elle feuilleta quelque peu l'ouvrage :

— Lorsqu'Azerate a fait restaurer le Balavan de Svèn-Ild il a souhaité graver sur ses murs la version la plus unifiée et la plus complète possible des récits relatifs à la Genèse, et il a compilé pour cela les textes qu'il avait, les légendes elfiques et dans une certaine mesure les légendes orales.

— Si je comprends bien, il a fait à son époque ce qu'ont fait les dracologues avec la Vulgate ? intervint Eliwyl.

— Il avait beaucoup plus de textes et une bonne compréhension du serken archaïque, mais dans l'idée oui. Il faut se rappeler que ce texte a été constitué après la fin de l'ère des dragonniers. Les Darkénéïdes ne naissaient déjà plus depuis deux cents ans. Azerate voulait des textes en serken classique justement parce que les textes en serken archaïque qu'on gravait traditionnellement aux murs n'étaient plus compréhensibles. Par la restauration du Balavan de Svèn-Ild il a voulu garder vivante pour les futures générations l'âme des dragonniers, leurs plus grands mythes et leurs plus beaux récits.

— Ça veut dire qu'il pourrait exister des versions plus anciennes encore des légendes sur les Piliers du Monde, comprit Norgar.

— Je n'en sais rien, sans comprendre le serken archaïque il est impossible d'affirmer quoi que ce soit. Le travail d'Azerate nous offre un regard sur les légendes anciennes des dragonniers mais en serken classique. Aucun autre texte ne rend accessible dans cette langue un état aussi ancien de leurs croyances, c'est pour cela que la cité est si précieuse. Et je n'ose même pas imaginer quelles sagas ont été irrémédiablement perdues avec la destruction de la partie haute de la ville. Je ne crois pas qu'il soit possible de trouver une version plus ancienne que celle-ci.

Un silence tomba sur l'assemblée.

Arvak finit par se tourner vers Aglon :

— Est-ce qu'il y a ici des récits sur Pélior et sa quête de Vaèr ?

— Je l'ignore, concéda l'elfe, je n'ai pas tout exploré.

— Nous aurons tout le temps de le faire, continua Riwan, à présent nous ne pourrons plus quitter la cité avant la fin de l'hiver. Ça nous laisse quatre ou cinq mois pour l'étudier.

Les membres de la troupe échangèrent un regard.

La fatigue commençait à les rattraper dans la douce chaleur du réfectoire.

Les dragonnets somnolaient, repus, et Kalizard, couché dans un coin, les regardait dormir tranquillement.

— Vous devriez aller dormir, suggéra Aglon, vous et la cité serez toujours là demain et comme le dit Riwan, vous avez bien assez de temps à présent. Il y a de nombreuses chambres dans cette partie de la cité, c'était les cellules des moines officiant dans le Balavan, installez-vous comme vous le souhaitez.

Arvak hocha la tête et Kalizard se leva pour leur indiquer la route.

La troupe et les dragons le suivirent à travers les couloirs jusqu'à une salle où de petites alcôves avaient été aménagées le long d'une paroi. L'endroit évoquait à Arvak une ruche, les chambres n'avaient qu'une seule pièce, aucune porte, à moins qu'elles ne fussent tombées en ruine avec le temps. Il s'agissait de cellules modestes et circulaires. Le mobilier sommaire avait été taillé dans la masse de la montagne, deux lits superposés, auxquels faisaient face des étagères. Une canalisation apportait de l'eau claire dans un bassinet de pierre qui s'écoulait avec le clapotis léger d'un ruisseau de montagne.

— *Il y a des peaux de yack dans la chambre, là-bas, si vous avez froid ou si vous voulez mettre un rideau devant l'entrée*, proposa Kalizard.

Effectivement, il n'y avait aucun dispositif de chauffage dans les réduits et à présent qu'ils avaient quitté le réfectoire, Arvak sentait déjà la froidure lui revenir et il alla chercher de quoi garnir son lit.

— *Quand la tempête sera calmée, je vous montrerai ce que ça fait de voler sur le dos d'un dragon*, ajouta Kalizard avec un sourire qui se voulait espiègle mais qui dévoila ses crocs acérés en un rictus terrifiant, *vous en aurez besoin lorsqu'ils seront grands.*

Il poussa délicatement du museau Kinra qui se rebiffa avec un piaillement juvénile.

Pendant qu'Eliwyl conduisait son frère épuisé jusqu'à une chambre et qu'elle choisissait la sienne, Arvak regarda sa dragonne et l'imagina adulte. Dans son esprit c'était comme s'il avait fait abstraction de sa croissance, comme si, n'arrivant toujours pas à concevoir qu'elle pût exister, il avait cru sans s'en rendre compte qu'elle ne grandirait jamais.

Kinra faisait à présent deux fois la taille qu'elle avait à la naissance.

D'ici la fin de l'hiver, si sa croissance était similaire à celle des Draco Faber, elle approcherait de la taille d'un cheval et pourrait voler des heures durant sans même se fatiguer. D'ici un an, Arvak pourrait voler sur son dos. Son esprit allait-il se développer autant que son corps ? Arvak pourrait-il converser avec elle comme il avait pu le faire avec Endimir ? Serait-ce aussi puissant que lorsque Kalizard lui parlait ?

Il se demandait s'ils allaient s'entendre tous les deux, s'ils auraient des centres d'intérêt commun. De quoi serait faite leur relation ? Allaient-ils avoir des liens fraternels comme Eliwyl et Méaglim ? Ou fusionnel comme Koumal et Riwan ? Peut-être amicale comme avec Norgar ? Peut-être qu'ils ne s'entendraient que très superficiellement et auraient une relation de bonne intelligence sobre. Arvak était triste rien qu'à l'imaginer.

— *Au fait, Norgar*, interpella Kalizard.

L'intéressé se retourna, comme happé par la voix du dragon prononçant son nom.

— *Tu m'as demandé comment je m'appelais.*

Kalizard entrouvrit la gueule, aucun son n'en sortit.

Norgar eut un soubresaut, comme s'il avait reçu un coup de poing au ventre. Il se recroquevilla sur lui-même alors qu'Arvak se portait auprès de lui.

Au bout de quelques secondes, Norgar leva la main :

— Ça va aller, demanda-t-il, Kalizard c'est très bien.

Le grand dragon quitta sa posture et partit d'un grand rire terrifiant.

— *Je l'aime bien celui-là*, dit-il en tournant les talons.

Norgar se redressa, il saignait du nez.

— Est-ce que ça va ? demanda Arvak avec inquiétude.

Norgar hocha la tête résolument puis partit en direction d'une chambre qu'il avait choisie avec Tomoko.

— Vous en faites pas, vous allez vous y faire, le rassura Riwan dans son dos. Communiquer avec Kalizard est difficile au début, mais avec le temps la pression sera moins forte. Il lui arrive d'être taquin mais il n'est pas méchant.

Elle monta une échelle pour s'installer dans une alcôve au-dessus du sol et Koumal l'imita. Elles semblaient toutes deux savoir où dormir.

Arvak entra dans la salle devant laquelle il se trouvait, Kinra y était déjà.

Elle tournait en rond au milieu de la pièce, s'interrompit, jeta à Arvak un regard scintillant, sauta sur le lit du bas, l'étagère, le lit du haut, elle semblait ravie de ce nouvel espace de jeu.

Arvak sourit et installa les peaux sur le premier lit avant de s'y asseoir. Il jeta un bref regard sur l'endroit qui allait être sa maison pour au moins les quatre prochains mois. Les murs étaient nus et gris, mais pas austères. La pierre avait été ciselée d'arabesques et de fines rainures qui dégageaient une douce lumière. Le clapotis de l'eau était apaisant.

Arvak s'allongea sur le lit. Sans matelas la pierre était dure mais les peaux étaient duveteuses. Au-dessus de lui, le lit supérieur formait un plafond bas, constellé d'inscriptions taillées au couteau. Arvak parcourut du doigt l'alphabet inconnu. Il pensa aux nombreuses générations de moines qui avaient emprunté cette couche avant que la cité ne tombe dans l'oubli. Il sortit son couteau et ajouta son nom et l'année. Kinra se hissa sur son ventre et se roula en boule avant de s'endormir.

Il ajouta également le nom de la dragonne.

Alors l'inquiétude le reprit.

Il posa la main sur Kinra, sentant son flanc palpitant contre sa paume.

Ils avaient surmonté de nombreux dangers et, contre toute attente ils étaient parvenus sains et saufs à Svèn-Ild. Bien davantage de choses s'ouvriraient à eux dans les mois à venir et Arvak espérait qu'ils trouveraient ici une piste qui puisse les conduire jusqu'au Gardien du Pilier du Vent que Pélior avait ardemment recherché.

Mais ils ne pourraient pas rester ici éternellement. À Artaug, les lycans avaient prouvé que rien n'était assez puissant pour s'opposer à leur chasse sauvage, et seuls les dragons de la troupe représentaient un espoir pour les humains.

Malgré tous leurs accomplissements, Arvak ne pouvait oublier que, en chemin, une créature déterminée à abattre les dragons pour rendre incontestable son autorité sur son pays, avait pris connaissance de leur existence. Assar n'aurait de cesse de les traquer et, s'il avait perdu leur piste dans les montagnes, Arvak ne doutait pas que lui et sa horde se jetteraient sur leurs trousses dès lors qu'ils la retrouveraient.

Plus ils passeraient de temps à Svèn-Ild, plus la puissance de leur ennemi croîtrait. La défaite d'Artaug prouvait que les humains n'étaient rien face aux loups du Kotar.

Kinra devait grandir, Arvak également.

Si Andlam avait échoué à protéger Valgar, il n'avait aucune chance de protéger Kinra des Éternels. Il se blama plus que jamais d'avoir végété ces dernières années, alors qu'il aurait eu les capacités de développer son escrime bien au-delà de son niveau actuel.

Demain il demanderait à Riwan de croiser le fer avec lui, et redoublerait d'efforts dans ses prochains entraînements avec Eliwyl.

Arvak s'endormit sur cette pensée.

Et le silence retomba sur Svèn-Ild.

Vous avez dit « accord de proximité » ?

Tout d'abord de quoi parle-t-on exactement ? De grammaire, mais encore ? On parle de l'accord de l'adjectif.

Que nous dit la norme ?

Je me permets de citer *La Grammaire méthodique du français*[1] :

« L'adjectif s'accorde en genre et en nombre avec le nom auquel il se rapporte [...] Si les noms sont de même genre, l'adjectif prend le genre commun [...]. Si les noms sont de genre différent, l'adjectif se met généralement au pluriel et au masculin. »

Les choses sont donc claires à priori, quel est donc l'accord de proximité ?

L'accord de proximité propose que, dans le cas d'un adjectif se rapportant à plusieurs noms de genre différent, on accorde au pluriel et au genre du nom placé le plus près de l'adjectif, plutôt que de systématiser l'accord au masculin. Selon ce principe, si le nom le plus proche est masculin on accorde au masculin ; si le nom le plus proche est féminin, on accorde au féminin.

Vous avez peut-être remarqué :

« les couloirs, la demeure, les salles parurent vides et silencieuses. »

(Chapitre 9)

Cette phrase applique en effet l'accord de proximité, « couloirs » étant masculins.

---

1 *Grammaire Méthodique du français*, par Martin Riegel, Jean-Christophe Pellat, René Rioul, édition Puf, Quadrige Manuels, 7ème édition, p. 603 et 611, 2018, Paris.

Pourquoi l'accord de proximité ?

L'accord de proximité fait partie d'un ensemble de propositions faites par des associations féministes, dans le but de rendre la langue moins centralisée autour du masculin. Ces propositions sont aujourd'hui assez négativement connues dans la presse sous le nom d'Écriture Inclusive. Ne fuyez pas s'il vous plait, promis je ne vais pas tuer des chatons (d'ailleurs j'adore les chats).

Les travaux de Saussure nous ont montré qu'on pense le monde à travers la langue que l'on parle. La langue est le système, le filtre, à travers lequel nous appréhendons le monde. La volonté de féminiser la langue, afin de pouvoir mettre en avant le féminin, touche donc un élément essentiel de l'évolution des mentalités et des sociétés. En faisant évoluer une langue, on fait évoluer le regard porté sur le monde. Oui, la langue est politique.

L'accord de proximité n'est toutefois pas une invention des associations féministes.

Pour comprendre, il faut remonter à l'origine du masculin comme genre non marqué (c'est-à-dire neutre) du français.

Le latin comptait initialement trois genres : masculin, féminin et neutre.

Pourquoi le neutre latin a disparu ?

La réponse est fascinante bien qu'un peu complexe.

Le latin employait diverses voyelles distinguées les unes des autres en fonction de leur longueur. Les voyelles étaient alors soit longues, soit brèves. Entre les IIème et le IIIème siècle, les voyelles longues ont tendance à être prononcées avec la bouche plus fermée, et les voyelles brèves avec la bouche plus ouverte. C'est le bouleversement vocalique qui va conduire aux bases phonétiques du français. Les distinctions de longueur s'effacent progressivement pour laisser place à une différence de timbre (aigüe ou grave) en fonction de l'ouverture de la bouche.

Mais quel rapport entre la prononciation des voyelles et le genre, me direz-vous ? J'y viens.

Pour former les sons d'une langue, nous utilisons un certain nombre d'organes : les cordes vocales, certes, mais aussi la langue, les dents, le palais, le nez. N'avez-vous jamais été « balade » quand vous aviez le « dez bouché » ? C'est parce que la cavité nasale est essentielle pour différencier les sons « m » et « n » des sons « b » et « d », sans cela « malade » devient « balade » et « nez » devient « dez ». Pour vous amuser, essayer de prononcer un « i » tenu et d'ouvrir progressivement la bouche. Si vous ne trichez pas, vous l'entendrez devenir progressivement « é », « è » puis « a ».

Imaginez donc un instant, tous les bouleversements qu'ont entrainé dans la langue le fait de changer l'ouverture de la bouche pour la prononciation des voyelles. Ce changement a affecté les consonnes entourant les voyelles. Ce fut le point de départ des évolutions qui ont fait naitre au fil des siècles notre français actuel.

Pour chaque mot, chaque lettre, chaque son, a été ajouté le fait d'ouvrir davantage ou de fermer davantage la bouche pour le prononcer. Étiré sur plusieurs siècles d'usages, cela a conduit progressivement à l'effacement du système de cas latins : les éléments qui différenciaient les cas les uns des autres, se sont effacés jusqu'à rendre les cas identiques les uns aux autres.

Le seul vestige des cas latins en français moderne : le « s » de nos pluriels.

En ce qui concerne les genres, la déclinaison du neutre est progressivement devenue strictement identique à la déclinaison du masculin. C'est pourquoi le masculin français est employé comme un genre non marqué.

Au moment des lois Jules Ferry sur l'école laïque, gratuite et obligatoire, la question de la vulgarisation de l'enseignement s'est posée. La loi du masculin l'emportant sur le féminin a paru naturelle à ce moment-là, dans l'optique d'enseigner facilement le français : pour la société très patriarcale de l'époque, la formule était facile à retenir et relevait presque du bon sens.

L'accord de proximité, quant à lui, existait en latin, en anciens français et en moyen français puisqu'à cette époque l'idée d'une norme grammaticale n'existait pas encore. Son usage est resté fréquent jusqu'au XIXème siècle.

Pourquoi l'avoir choisi pour *les Enfants de Pélior* ?

Plusieurs éléments ont motivé mon choix.

Premièrement j'ai moi-même beaucoup souffert des stéréotypes de genre. Quand vous faites 1m55 pour 50 kg, et que vous devez expliquer autour de vous que votre passion c'est les combats à l'épée, vous vous heurtez à quelques stéréotypes. Je ne compte plus le nombre de personnes qui ont cherché à me remettre à ma place (celle d'une personne fragile et soumise), juste parce que j'étais une femme. Les choses doivent changer.

Les écrivains ont toujours été les artisans de la langue, ils participent à son évolution, témoignent de ses mutations. Le métier que j'ai choisi me permet d'apporter ma pierre aux changements que je voudrais voir advenir, et je n'avais pas l'intention de m'en priver.

Mais surtout, ce choix est né d'une constatation pratique évidente : si je ne devais accorder mes adjectifs au féminin que quand le groupe qui s'y rapporte est constitué uniquement de noms féminins, je n'accorderais jamais au féminin.

Quel serait l'intérêt de mettre en avant mes personnages féminins, si c'était pour écrire dans une narration presque exclusivement masculine ? Pourquoi chercher à enrichir ma narration, avec tout un tas de noms, pleins d'adjectifs, pour, au final, tout accorder au masculin ?

On va vraiment lire des « Arvak et Eliwyl sont fortes » alors ?

Peut-être, suivant le contexte.

J'ai essayé d'intégrer l'accord de proximité de la façon la plus fluide et la plus discrète possible, pour que ça ne gêne pas la lecture. Je me suis fiée à l'ensemble du propos, pour accorder dans le genre qui me semblait le plus juste en termes de sens ou de son.

Par exemple, si Eliwyl était le sujet de la narration avant et après, une phrase comme « Arvak et Eliwyl sont fortes » pourrait tout à fait intervenir, pour conserver une narration homogène autour d'Eliwyl.

J'ai souvent fonctionné à la majorité, en m'arrangeant pour que le nom le plus proche de l'adjectif soit représentatif de la narration. Donc on lira probablement peu « Arvak et Eliwyl sont fortes » mais plutôt « Eliwyl et Arvak sont forts », car Arvak est souvent le sujet de la narration, ou « Arvak, Eliwyl et Riwan sont fortes ».

*

J'ai rédigé ce court texte dans un objectif de vulgarisation, afin d'expliquer les raisons pour lesquelles j'ai choisi d'employer l'accord de proximité dans mon roman. Il est par nature très approximatif.

Si l'évolution du français depuis le latin vous intéresse, je vous recommande de lire *Linguistique Romane, Domaine et méthode en linguistique française et romane*, de Martin Glessgen (édition Armand Collin) qui est très complet, quoiqu'un peu velu.

Sur le français moderne en général, je crois qu'il n'y a pas mieux aujourd'hui que *La Grande Grammaire du Français*, par Anne Abeillé et Danièle Godard (édition Actes Sud).

Sur le lien entre langue et société, Ferdinand de Saussure a été fondateur, je pense que son *Cours de linguistique général* reste un classique. Cependant, il existe certainement des travaux de linguistiques ou de sociolinguistiques plus complets que je ne connais pas.

Remerciements

Que dire ?

La rédaction des *Enfants de Pélior* a commencé en 2005.

En presque vingt ans de travail, un nombre incalculable de personnes se sont succédées pour me lire, me soutenir, m'enseigner, me critiquer, m'inspirer. Certaines qui étaient des piliers à mes débuts ont vogué vers d'autres horizons. D'autres qui n'ont pas connu mes premières gribouilles sont aujourd'hui là pour voir le livre achevé. Les citer toutes est impossible.

Un immense merci, le mot n'est pas assez grand, à mon meilleur ami, qui a connu l'histoire à ses débuts et qui a toujours été mon premier lecteur. Merci pour le temps que tu as consacré à me relire, à me conseiller, ça n'a pas de prix. Sans toi, c'était impossible.

Merci à mes plus vieux amis, La Belette, les Clampins. En souvenir de ces longues nuits d'insomnie à vous exposer ma mythologie, je ne pouvais pas ne pas vous citer.

Un grand merci à deux de mes professeures du lycée, de français et de théâtre, je sais qu'elles se reconnaitront. On ne remercie jamais assez les professeurs qui nous ont permis de réussir, vous avez été de ceux-là pour moi.

Merci à un forum et à ses membres. Je suis arrivée présomptueuse, sûre de savoir écrire, je suis repartie en sachant vraiment. Sans votre bienveillance et votre patience je n'aurais jamais rien appris, et sans vos critiques constructives, je ne serais pas l'autrice que j'ai réussi à devenir. Et oui, l'écriture c'est tout un monde.

Merci au kendo et à ses nombreux pratiquants, ses professeurs. Les combats de mon roman vous doivent plus qu'à mes modestes compétences stylistiques. J'ai trouvé auprès de vous des alliés solides, en écriture comme dans la vie.

Enfin, merci à toi lecteur, pour m'avoir suivi dans mon sentier médiéval et fantastique. Un livre n'existe que parce qu'il est lu,

Merci d'avoir fait exister *Les Enfants de Pélior.*

Qui suis-je ?

À la première version des Enfants de Pélior, j'avais douze ans.

Ce récit a grandi avec moi et j'ai grandi avec lui.

Dans mon cursus, j'ai opté pour des études universitaires centrées autour de la littérature, pour me perfectionner et créer le livre que j'avais en tête. J'ai commencé par une licence en lettre moderne, puis j'ai poursuivi avec un master en littérature médiévale, afin de suivre les pas de Tolkien en étudiant la philologie. Cela m'a permis de lire, dans leur langue d'origine, les romans de chevalerie médiévaux français.

Entre 2015 et 2019, je me suis uniquement consacrée à la construction de l'univers de mon roman. Le livre que j'imaginais ne permettait pas d'en faire l'économie.

En 2018, j'ai débuté le kendo, afin de rendre mes combats à l'épée plus vivants et plus riches.

Vous pouvez me contacter sur :
- Instagram : milena.owein
- Facebook : Miléna Owein
- Mail : milena.owein@gmail.com

Si vous voulez soutenir ce livre, n'hésitez pas à en parler autour de vous ou à laisser un commentaire sur Amazon.

Avec tous mes remerciements,

Miléna Owein.

Table des matières

A paraître (du même auteur) :

Les Enfants de Pélior, t. II : Adaëssay Olwin.

(hiver 2024)

Printed by Amazon Italia Logistica S.r.l.
Torrazza Piemonte (TO), Italy

58465576R00291